KB241702

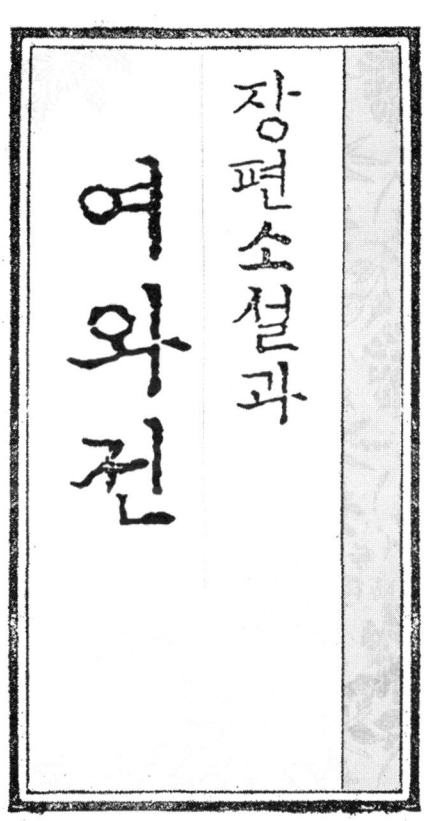

장편소설과

여와전

지연숙 지음

보고사

머리말

이 책의 1부는 박사학위논문이고 2부는 그동안 학술지에 발표한 논문이다. 대부분이 원래 발표되었던 그대로이지만, 책에 실으면서 눈에 띄는 오자를 고치고 영 못마땅했던 몇 구절을 지웠다. 혹시 저자의 논의를 참고하려는 분이 계시다면, 논문보다는 책을 이용해 주셨으면 한다.

박사학위논문에서는 <여와전> 연작을 통해서 조선후기 장편소설의 성립기를 조망해 보려 했다. <여와전>은 장편소설에 대한 나의 산발적인 관심을 하나로 그러모아 방향을 잡아준 작품이다. 본격적인 장편소설은 어떻게 성립되었는지, 조선시대의 독자들은 장편소설에 대해 어떠한 생각을 가지고 있었는지, 항상 궁금했었다. <여와전>은 그러한 의문들을 어느 정도 해소시켜 주었고, 또 그 의문들이 서로 분리되어 존재하지 않는다는 것도 보여주었다. <여와전>에 손색이 없는 논문을 쓰려 했는데, 역시 의욕만 앞섰다. <여와전>의 작자는 이 논문을 어떻게 생각할지 모르겠다. 미흡한 부분이 많지만 게으름 때문에 고칠 엄두를 못 내고, 모자란 대로 그냥 두었다.

개별 논문에서는 각각 <구운몽>, <사씨남정기>, <옥원재합기연>을 다루었다. 각 논문의 접근 방식은 다 다르다. <구운몽>은 문헌학적으로, <사씨남정기>는 순수한 작품 분석으로, <옥원재합기연>은 역사와의 관련성에 주목하여 작품에 다가갔다. <구운몽>, <사씨남정기>, <옥원재합기연>은 조선후기 소설사에서 모두 주옥같은 작품들이다. 괜히 손을 대어 흠집을 낸 것이 아닌지 걱정스럽기도 하지만, 아름다운 작품을 대상으로 논문을 쓸 수 있어서 즐거웠다.

아무 것도 아닌 책을 내면서도 감사 드릴 데는 참 많다. 온유하고 자상하시면서도 사실은 정말 심지가 굳으신 장효현 선생님—본받고 싶은 것이 많지만 성격상 제대로 본받지 못하고 있다—, 학문적인 열정이 무엇인지 보여주신 정규복 선생님, 학부에서 대학원에 이르기까지 오래오래 지도해 주신 인권환 선생님·김흥규 선생님, 부족한 학위논문을 다듬어 주신 정하영 선생님·박일용 선생님, 여러 선생님들의 가르치심에 깊이 감사드린다.

그리고 매일 얼굴을 맞대고 함께 공부해온 고려대 서사분과 선후배들에게 고맙다. 믿음직한 선배들, 똑똑한 후배들, 서로 이끌어주고 힘이 되어주는 서사분과가 있기에 항상 마음 든든하다.

여태까지 아무 걱정 없이 하고 싶은 일을 하도록 해주신 부모님께는 감사함보다 죄송함이 앞선다. 두 분이 건강하시기를 바랄 뿐이다. 어려울 때 의지가 되어주는 동생들에게도 진심으로 고맙다고 하고 싶다.

책을 내주신 보고사 여러분들과 이 책을 읽어주실 분들에게도 감사의 말씀을 전한다. 항상 재미있는 논문을 쓰고 싶은데, 마음만큼 잘 되지 않는다.

2003년 6월
지연숙

목 차

제1부

〈여와전〉 연작의 소설비평 연구

I. 서론

1. 연구 의의와 목적

고전소설의 여러 분야 중에서 최근 가장 활발히 연구가 진행되고 있는 영역은 단연 장편소설이다.1) 장편소설 연구는 판소리계 소설, 영웅소설 등의 연구에 비해 출발이 뒤늦었지만 90년대 들어 연구인원이 급증하면서 상당한 연구성과가 축적되었다.2) 많은 개별 작품이 분석되었고, 담당층, 출현연대, 의식지향, 서사문법 등 제방면에서 논의가 진행되어 이제 연구가 본궤도에 올랐다고 평가된다. 그 동안의 업적을 토대로 조심스럽게나마 장편소설사를 조망하거나3) 영웅소설과의 관련이라

---

1) 장편소설의 명칭에 대해서는 가문소설, 대장편소설, 대하소설, 장편국문소설 등 여러 가지 의견이 있다. 본고에서는 17세기 후반부터 19세기 말까지 창작된 국한문의 장편소설 작품들을 총괄하여 '장편소설'로 지칭하려 한다. '장편소설'은 '가문소설'이라는 용어가 갖는 특정한 의식지향이나 '대하소설'의 구조적 특징(단위담의 결합 등), '대장편소설'이 의미하는 분량상의 제한, '장편국문소설'이 지시하는 표기문자의 범위 등에 얽매이지 않고 보다 포괄적인 의미로 사용될 수 있기 때문이다. 따라서 본고에서 지칭하는 장편소설의 범위 안에는 10책이 넘는 방대한 분량의 작품뿐만 아니라 <구운몽>, <사씨남정기>, <창선감의록> 등과 같은 중장편도 포함된다.
2) 최근 연구 성과에 대해서는 송성욱이 정리한 바 있다. 송성욱, 「대하소설의 최근 연구 동향과 쟁점」, 『고소설연구』 9, 한국고소설학회, 2000. 6.
3) 장효현, 「국문장편소설의 형성과 가문소설의 발전」, 이수봉 외, 『한국가문소설연구 논총』 III, 경인문화사, 1999.

는 제한된 범위에서나마 장편소설의 변모 양상을 추적하려는4) 시도가
나타난 것에서 장편소설 연구가 보다 심화 발전된 단계로 진입하고 있
음을 알 수 있다.

　장편소설 연구의 초창기를 회고한다면 현재의 장편소설 연구 수준은
괄목할 만한 것이다. 그러나 엄밀하게 볼 때, 지금까지 작성된 장편소
설의 역사적 전개도는 간략한 스케치의 수준에서 크게 벗어나지 않는
다. 이것은 장편소설 연구의 일천한 역사뿐만 아니라, 고전소설 일반의
익명성, 장편소설 고유의 분량상의 난점, 각종 자료의 절대적 부족 등
에 기인한다. 이 가운데서도 자료, 즉 장편소설의 형성과 전개 양상을
가늠할 만한 기록이 희소하다는 것은 장편소설 연구에서 심각한 문제
라고 할 수 있다.

　현재 학계에서는 장편소설의 향유 양상을 증거하는 몇 가지 연대 지
표에 의지하여 장편소설의 영역을 세기별로 구획짓고 있다. 그런데 활
용 가능한 장편소설의 연대지표는 안동 권씨가의 소설 분배기, <옥원
재합기연> 목록, <第一奇諺>의 서문이 전부라고 해도 과언이 아니다.
때문에 연구자들은 안동 권씨가의 기록으로부터 17세기 소설을, <옥원
재합기연> 목록으로부터 18세기 소설을, <제일기언> 서문으로부터 19
세기 소설을 판별해 왔다. 그러나 각 목록이 자신의 시대에 존재했던
모든 소설을 기록하고 있는 것이 아닌 만큼, 이러한 구분 하에서는 많
은 소설이 누락될 수밖에 없다. 또한 세기별로 소설을 나누는 것은 소
설사의 대략적인 구도를 잡는다는 데 의의가 있을 뿐, 이것만으로 각

　최길용, 「가문소설계 장편소설의 형성과 전개」, 이수봉 외, 『한국가문소설연구논총』
Ⅲ, 경인문화사, 1999.
　정병설, 「조선후기 장편소설사의 전개」, 이수봉 외, 『한국가문소설연구논총』Ⅲ, 경
인문화사, 1999.
4) 전성운, 「장편 국문소설의 변모와 영웅소설의 형성」, 고려대 박사학위논문, 2000. 8.

시대적 특징이나 장편소설의 발전 혹은 변천의 양상을 드러낼 수 있는 것은 아니다.

장편소설은 삼백 년 가까이 존속하였다. 그 오랜 기간 장편소설이 일률적인 성격을 유지했으리라고 보기는 어렵다. 장편소설은 분명히 시기에 따라 역동적으로 성장하고 변모했을 것이며, 특정 시기만의 경향성이나 유행이 있었을 것으로 추측된다. 최근 장편소설을 유형 분류하려는 움직임도[5] 나타났는데, 만약 장편소설에 뚜렷한 유형이 존재한다면 그것은 동시적으로 형성된 것이기보다는 시차를 두고 발전하고 쇠퇴한 시대적 유행의 결과일 가능성이 높다. 따라서 장편소설의 역사적 전개 과정을 보다 구체적으로 밝힐 수 있다면 장편소설의 유형론 또한 해결될 것으로 전망한다.

장편소설의 사적 전개에 관해서는 아직도 많은 부분이 베일에 가려져 있다. 장편소설의 형성과 분화·변모의 구체적 양상을 밝히는 것은 장편소설 연구자들에게 주어진 최대의 과제라고 할 수 있다. 그런데 이 작업을 성공적으로 수행하기 위해서는 개별 작품의 분석만으로는 부족하다. 우선 창작 시기가 불확실한 작품의 경우, 연구자가 추출한 의식지향을 통해 작품의 창작시대를 가늠한다는 것이 대단히 어려운 일이기 때문이다. 그렇다고 작자나 창작 연대가 밝혀진 작품에 연구가 편중되는 것도 바람직하지 못한 현상이다. 편중된 연구는 소설사적 위상에 대한 과도한 해석을 낳기 쉬우며, 결국 소설사를 기형적으로 이해하게 만들 가능성이 크다.

따라서 장편소설의 역사적 전개도를 보다 충실히 그리기 위해서는

---

5) 정창권은 장편소설을 가문소설, 규방소설, 장편영웅소설로 분류하였다.
  정창권, <소현성록의 여성주의적 성격과 의의 – 장편규방소설의 형성과 관련하여 –」,
『고소설연구』 4, 한국고소설학회, 1998.

안동 권씨가의 소설 분배 기록이나 <옥원재합기연> 목록처럼 연대 지표가 될 만한 새로운 자료가 발굴되어야 한다. 자료 발굴의 중요성은 아무리 강조해도 지나치지 않지만, 자료의 발굴은 노력만으로 이루어지는 것이 아니다. 따라서 획기적인 신자료를 찾는 행운을 기대할 수 없다면, 기존에 학계에 소개되었던 기록이나 작품 가운데 장편소설의 향유 양상을 증거할 만한 언급이나 단서가 존재하지 않는가를 꼼꼼히 살펴야 할 것이다. 특히 序·跋이나 필사기 같은 비교적 정형화된 자료에 한정하지 말고 폭넓게 정보를 구하려는 태도가 중요하다.

장편소설은 이백 년이 넘게 소설사의 주도적 위치를 차지하면서 수많은 독자들에게 읽혔다. 그렇다면 장편소설 못지 않게 장편소설에 대한 담론6) 역시 활발했을 것이다. 수백 수천 종의 작품을 산출시킬 정도로7) 장편소설에 열광했던 독자층이 자신들의 문학장르에 대하여 시종 침묵했다고 믿기는 어렵기 때문이다. 장편소설의 독자들은 어떠한 방식으로든 장편소설에 대해 발언했을 것이다. 다만 장편소설에 대한 담론이 현재까지 거의 알려지지 않은 것으로 미루어 볼 때, 그 담론의 형태가 우리의 고정관념에서 벗어난 독특한 것일 가능성이 높다. 그러므로 장편소설에 대한 자료를 수집하기 위해서는 선입견을 버리고 다양한 가능성을 고려해야 할 것이다.

이와 같은 측면에서 본고는 소설 내부로 눈을 돌리고자 한다. 모든

---

6) 장편소설 목록이나 특정 작품에 대한 단편적인 기록도 모두 담론에 포함된다고 할 수 있다.

7) 蔡濟恭(1720~1799)은 「女四書序」에서 국문소설이 날로 달로 증가하여 천백 종에 이른다고 하였고("竊觀近世閨閣之競以爲能事者 惟稗說是崇 日加月增 千百其種". 「女四書序」, 『樊巖集』. 유탁일 편, 『한국고소설비평자료집성』, 아세아문화사, 1994, p.105), 兪晩柱(1755~1788)도 『欽英』에서 국문소설이 수천 종 수만 권에 이른다고 하였다.("以東國之字 作爲小說 散在國中 合以計之 無慮累萬卷 其名目幾數十百種". 『欽英』 1779년 10월 23일. 兪晩柱, 『欽英』 2, 서울대 奎章閣, 1997. 참조)

문학작품이 그렇듯이 소설에서도 어느 한 작품이 고립적으로 존재할 수
는 없다. 모든 작품은 그보다 앞선 작품들을 수용하고 배척하면서 생성
되며, 그 자신 또한 미래의 작품들에 같은 방식으로 영향을 준다. 이를
바흐친은 대화적 관계라고 설명했고,[8] 크리스테바는 상호텍스트성이라
고 명명했다.[9] 대화적 관계 또는 상호텍스트성이라는 관점에서 본다면,
모든 텍스트는 무의식적으로든 의식적으로든 다른 텍스트에 대해 발화
하게 되어 있다. 이 때 발화의 방식으로는 모방이나 인용, 표절, 암시,
패러디, 아이러니 등이 흔히 사용된다. 이것은 하나의 텍스트가 다른
텍스트에 대해 취하는 특정한 관점, 태도이면서 동시에 하나의 텍스트
에 새겨진 다른 텍스트의 흔적이라고 할 수 있다.

　그렇다면 소설 외부가 아닌 소설 내부로부터의 발화에 귀를 기울임
으로써 소설과 소설사에 대한 정보를 얻을 수 있지 않을까? 이러한 기
대는 완전히 허황된 것만은 아니다. 특히 장편소설에서는 이러한 대화
적 관계가 보다 뚜렷할 것으로 짐작된다. 장편소설들은 유전적 동질성
이 높은 거대한 친족 집단이기 때문이다. 장편소설은 창작방식에 있어
서 거의 비슷한 재료-단위담-의 상이한 결합으로 완성되며,[10] 창작
관습상 단독으로 존재하는 것이 아니라 연작, 방계작, 파생작 등을 거
느리며 친족 관계를 형성한다. 즉, 장편소설은 태생적으로 강한 상호텍

---

8) 아담 이후로 명명되지 않은 사물들, 한번도 사용된 적이 없는 단어란 더 이상 존재
　하지 않는다. 의도적이건 아니건 모든 담론은 한 동일한 대상에 대해 이루어진 과거
　의 담론뿐만 아니라 현재의 담론의 반작용을 미리 감지하고, 예견하는 미래에 올 담
　론들과도 대화의 관계에 들어가게 된다. 츠베탕 토도로프, 최현무 옮김, 『바흐찐:문
　학사회학과 대화이론』, 까치글방, 1987, p.14.
9) 크리스테바는 상호텍스트성(intertextuality)을 모든 텍스트는 인용구들의 모자이크로
　구축되며 모든 텍스트는 다른 텍스트들을 받아들이고 변형시키는 것이라는 의미로
　정의한다. 한용환, 『소설학 사전』, 고려원, 1992, pp.225~226.
10) 송성욱, 「혼사장애형 대하소설의 서사문법 연구」, 서울대 박사학위논문, 1997.

스트성을 지니고 있는 것이다. 따라서 장편소설을 섬세하게 분석한다
면, 장편소설들이 서로에 대해 어떠한 시각을 가지고 있으며 선후관계
는 어떠한가가 밝혀질 것으로 생각한다.

그러나 장편소설의 분량상 이러한 분석은 많은 시간과 노력을 요하는
지난한 작업이 될 것이다. 그런데 굳이 힘든 우회로를 통과하지 않아도
되도록 장편소설의 향유자들은 이미 지름길을 마련해 놓았다. 그것이
바로 소설에 대한 담론을 소설화한 작품들이다. 이들은 소설에 대해 이
야기하는 소설들이다. '소설에 대한 담론의 소설화'란 여태까지 알려지
지 않았던 사례이고, 소설사에서도 평범한 경우는 아니다. 그러나 이와
같은 현상의 존재는 부인할 수 없는 사실로서, 현재까지 세 편의 작품
이 발굴되었으며 더욱이 이들 작품은 독립적으로 존재하는 것이 아니라
연작 관계를 이루고 있다. 이러한 점을 감안한다면, 이 작품들을 소설사
의 기형적인 돌연변이로만 취급해서는 안 될 것이다. 이 작품들은 장편
소설의 독자들이 장편소설에 대한 자신들의 감상이나 견해를 토로하고
공유하기 위해 만들어낸 일종의 의사소통의 통로라고 할 수 있다.

구체적으로 이들은 <鬪色誌演義>, <女媧傳>, <黃陵夢還記>의
세 작품이다. <투색지연의> 등은 장편소설을 비롯한 당대 소설에 대
한 담론을 소설적으로 형상화한 단편소설들이다. 물론 작품에 따라 소
설에 대한 담론을 표출하는 방식은 다르며, 담론의 밀도에도 차이가 있
다. <투색지연의>와 <여와전>은 '소설에 대한 담론의 소설화'라는 성
격을 뚜렷이 보여주지만, <황릉몽환기>는 그러한 성격에서 약간 비껴
나 있다. 그러나 <황릉몽환기> 역시 부분적으로는 전편들의 성향을 이
어받고 있으므로, 장편소설이 아니면서 장편소설에 대해서 이야기하는
소설이라는 점에서 이 세 작품은 한데 묶일 수 있다. 또 이들은 장편소
설 자체나 소설 일반에 대해서 추상적으로 논하는 것이 아니라, 구체적

인 작품들 속의 구체적인 인물들을 등장시켜 구체적으로 논의한다는 공통점을 지닌다. 이것은 다시 말해, 이 작품들이 각기 자신이 창작될 당시 존재했던 소설들에 대한 정보를 풍부하게 보유하고 있음을 뜻한다.

따라서 <투색지연의>, <여와전>, <황릉몽환기>를 정치하게 분석함으로써, 그들이 창작된 시기의 소설사적 상황에 대한 생생한 증언을 들을 수 있을 것이다. <투색지연의> 등을 연구해야 하는 주된 목적과 의의가 여기에 있다.

먼저, <투색지연의> 등은 다수의 소설들에 대해 언급하고 있는데, 이 때 거론된 소설 목록은 <옥원재합기연> 목록과 마찬가지로 연대 지표의 역할을 할 수 있다. 한 작품에서 함께 언급된 소설들은 일단 동시대에 읽힌 작품들이라 할 수 있고, 또 이들은 비슷한 시기에 창작되었을 확률이 매우 높기 때문이다. 또한 연대 추정에 있어서는 <투색지연의>, <여와전>, <황릉몽환기>의 연작 관계가 귀중한 단서가 된다. 연작 관계라는 것은 <투색지연의>, <여와전>, <황릉몽환기>가 차례대로 시간적 선후관계에 놓이는 것을 의미한다. 즉 <투색지연의>에 없었던 작품이 <여와전>에 등장한다면, 이것은 <여와전> 시대에 새로 창작된 소설일 가능성이 높은 것이다.

다음으로, <투색지연의> 등은 여러 소설에 대한 정보를 제공해 준다. 특히 대상이 실전된 작품일 경우, 이와 같은 정보는 매우 값진 것이다. 소설사에 대한 이해를 더 풍부하게 해 주기 때문이다. 지나간 시대의 복원은 필연적으로 남아있는 자료에 기댈 수밖에 없다는 한계를 지닌다. 소설사의 재구도 마찬가지다. 현전하는 작품들이 조선 후기 소설사라는 그림을 구성하는 중요한 부분들임에는 분명하지만 이들을 아무리 교묘하게 배치한다 해도 소설사를 완전하게 복구할 수는 없다. 이것은 남아있는 퍼즐 조각들의 배열이 서툴러서가 아니라 기본적으로 잃어버린 조각들이 많기 때문이다. 실전 작품에 대한 정보는 바로 이 빈 공간을 메꿀 수 있는 귀중한 재료이며, 작품이 현전할 경우에도 <투색지연의> 등의 기록과 현전 작품 내용의 同異를 확인하여 변모 양상을 파악할 수 있다.

마지막으로 <투색지연의> 등은 <투색지연의> 등의 작자로 대표되는 동시대 독자들이 여러 소설 속의 인물과 나아가 그 소설들에 대해 어떤 평가를 내렸는지를 알려 준다. 이것은 당대인의 소설 감상 및 비평이라고 할 수 있다. 지금까지 장편소설의 애독자가 아닌 사대부들의 논평은 익히 알려져 왔지만, 정작 장편소설의 주된 향유자들이 어떤 사고와 미적 감각을 가지고 작품들을 읽고 감상했는가는 주목되지 못했다. 그런데 <투색지연의>나 <여와전>은 장편소설의 매니아가 아니고서는 창작할 수 없는 작품이므로, 이들을 통해 장편소설 독자들의 견해를 직접 청취할 수 있는 것이다. 또 작품에 대한 독자들의 선호 혹은 배척은 이후 소설사의 운동 방향과도 관련이 있을 것이라는 점에서 더욱 중요하다.

요컨대, <투색지연의> 등에 나타나는 소설에 대한 담론은 당대의 소설 향유 양상을 재구하는 데 소중한 자료가 된다. 동시대에 향유된 작품들의 유형 및 성향의 진폭, 시간적 흐름에 따른 소설계의 새로운 변화, 작품 또는 등장인물에 대한 독자들의 관점과 태도, 독자들이 장편소설에서 추구하는 이상 등 <투색지연의> 등이 제공하는 정보는 다채롭고 풍성하다. 따라서 본고는 <투색지연의>, <여와전>, <황릉몽환기>에 대한 정밀한 분석을 통해 이 작품들이 반영하고 있는 각각의 소설사적 상황을 구명하고, 그 각각의 지형도를 연결시켰을 때 드러날 장편소설의 궤적을 탐구하는 것을 목적으로 한다.

2. 연구 현황과 방향

<鬪色誌演義>, <女媧傳>, <黃陵夢還記>는 높은 자료적 가치와 독특한 작품 성격에도 불구하고 그 동안 주목받지 못했다. <투색지연의>는 본고에서 처음 소개되는 작품이므로 선행 연구가 전혀 없으며, <여와전>과 <황릉몽환기>에 대한 연구 성과도 소략한 편이다. 이제 본격적인 논의에 앞서 <여와전>과 <황릉몽환기>에 대한 연구 현황을 살피고, 그 성과와 문제점을 지적하기로 한다.

<여와전>은 송성욱에 의해 최초로 연구되었다.[11] 송성욱은 3종의 이본-규장각본·한국정신문화연구원본·김동욱본-을 비교하면서 작품을 개괄적으로 검토하여 연구의 토대를 마련하였다. 이 과정에서 <여와전>의 등장인물들이 <유씨삼대록>, <소현성록>, <소씨삼대록>, <옥환빙>, <소문록>, <추학기>, <옥기린>, <사씨남정기> 등 여러 장편소설에서 나온 것임이 밝혀졌고, 특히 <유효공선행록>·<유씨삼대록>과 <여와전>이 맺고 있는 관련성이 세밀하게 규명되었다. 송성욱의 논의는 <여와전>에 대한 최초의 연구라는 의의가 있고, 해제 수준을 넘어서 작품의 전모를 분석했다는 점에서 높이 평가할 만하다.

그러나 <여와전>이 당대인의 소설 향유를 보여 주는 중요한 자료라는 사실을 인식하면서도 적극적인 해석은 유보하고 있어 아쉽다. 이러한 태도는 <여와전>을 파생작으로 보는 시각에 기인한다고 생각된다.[12] 송성욱은 <여와전>에서 <유씨삼대록>의 여주인공 진양공주가

---

11) 송성욱, 「여와록과 조선조 대하소설의 관련양상」, 『규장각』 20, 서울대 규장각, 1997. 12.

12) 이러한 견해는 다음의 논문에서도 나타난다. 송성욱, 「대하소설의 연작 유형에 대한 시론」, 『국문학연구 1999』, 태학사, 1999.

가장 큰 비중을 차지한다는 점에 근거하여 <여와전>을 <유씨삼대록>
의 파생작이라고 보았는데, 이것은 <여와전>의 가치를 지나치게 협소
화 하는 관점이다. 진양공주의 비중이 큰 것은 <여와전>의 작자가 여
러 소설의 여주인공 중 진양공주를 가장 훌륭하다고 평가했기 때문이
지, <유씨삼대록>의 별전을 창작하고자 해서가 아니기 때문이다.

<여와전>은 단순히 소재를 얻기 위해 다른 소설의 인물들을 차용
한 것이 아니라 여러 소설의 인물들을 평가하기 위해 그들을 등장시킨
것이다. 그러므로 본고에서는 <여와전>이 파생작이 아니라 당대에 유
행하던 소설들의 품평을 목적으로 창작된 비평 작품이라 보고 논의를
진행할 것이다. <투색지연의>의 성격도 <여와전>과 동일한데, 이것
은 <여와전>이 전편 <투색지연의>로부터 물려받은 것이라고 할 수
있다.

<황릉몽환기>는 <여와전>보다 앞서 장효현에 의해 소개되었다.[13]
장효현은 고려대본을 대상으로 하여, 이 작품을 몽유록으로 이해했다.
이후 그는 고려대본의 마지막 장에 있는 기록을 근거로 洪柱元이나 貞
明公主가 작자일 가능성을 제시하고, 작품의 특색으로 "역사 속의 인
물이 흔히 단선적인 역사적 평가에 가리워진 채로 있으나 기실 인간적
인 비애를 안고 있다는 것을 드러냄으로써 후대의 역사적 평가가 보다
엄정해야 할 필요성을 제기"한다는 점과 "여성주의적 시각"을 들었다.[14]
홍주원·정명공주 부부의 작자설은 어디까지나 가능성일 뿐이지만, 장
효현은 그 가능성을 타진하기 위해 홍주원의 문집『無何堂遺稿』를 검
토하여 국문소설 <蘇生傳>을 읽고 지은 시 <戱書諺書蘇生傳>을 찾

13) 장효현, 「황릉몽환기」,『한국민족문화대백과사전』25, 한국정신문화연구원, 1991.
14) 장효현, 「황릉몽환기에 대하여」, 국어국문학회 전국대회 발표요지, 고려대, 1995. 5.
28.

아냈고, 또 <황릉몽환기>(고려대본)와 합본되어 있는 <忠穆公神道碑
銘>의 작자와 대상에 대해서도 밝혀 두었다. 이러한 작업은 본격적인
연구를 위한 기초 조사로서, 다음 연구자에게 큰 편의를 제공한 것이라
할 수 있다.

그러나 작품에 역사적인 인물만 등장한다고 본 것은 오류였는데,15)
이후 우쾌제에 의해 한 차례 더 논의되었지만16) 이 오류는 수정되지 않
았다. 우쾌제는 <황릉몽환기>의 二妃傳說 수용 양상에만 관심을 두
었고, 나머지 부분에 대해서는 장효현의 견해를 그대로 따랐기 때문이
다. <황릉몽환기>의 실상을 제대로 파악하기 위해서는 작품의 등장인
물 중 하나가 소설 속의 인물이라는 점과, <황릉몽환기>가 <여와전>
의 후편이라는 사실을 알아야만 한다. 따라서 <여와전>이 발견되지 않
은 당시로서는 <황릉몽환기>의 함의를 완전히 이해할 수 없었던 것이
당연한 것이다.

이상으로 <여와전>과 <황릉몽환기>의 연구 현황을 개관하고 각각
의 문제점을 고찰해 보았다. 한 마디로, <여와전>의 경우는 단순한 파
생작으로, <황릉몽환기>의 경우는 역사적 인물만이 등장하는 몽유록으
로 보는 것이 문제였다고 할 수 있다. 즉, 작품에 대한 성격 규정이 적
합하지 않았기 때문에 적실한 이해에 도달하지 못했던 것이다. 이와 같
은 선행 연구의 한계를 극복하기 위해서는 <투색지연의>, <여와전>,
<황릉몽환기>가 이전에 보지 못했던 전혀 새로운 성격의 작품이라는
점을 인정하고, 또 이들의 연작 관계를 충분히 고려해야 할 것이다.

이에 본고에서는 <투색지연의>, <여와전>, <황릉몽환기>의 연작
관계와 독특한 성격에 초점을 두고 논의를 진행함으로써 기존의 연구

---

15) <황릉몽환기>에는 소설 속의 인물이 한 명 등장한다.
16) 우쾌제, 「이비전설의 소설적 수용 고찰」, 『고소설연구』 1, 한국고소설학회, 1995.

가 지녔던 문제점을 해결하고, 작품의 실체에 한 걸음 다가서고자 한다. <투색지연의> 등의 성격을 제대로 파악한다면, 이들에 대한 개별적·종합적 분석을 통해 각각의 작품이 어떠한 소설사적 상황을 제시하며, 전체적으로 어떠한 소설사적 추이를 반영하고 있는지를 해명할 수 있을 것이다.

<투색지연의>, <여와전>, <황릉몽환기>의 작품적 특질을 밝히고 이들이 지니고 있는 소설사적 의의를 고찰하기 위한 구체적인 논의의 방향은 다음과 같다.

Ⅱ장에서는 본격적인 작품 분석에 앞서, <투색지연의>, <여와전>, <황릉몽환기>의 연작 관계를 입증하고 세 작품의 소설 비평적 성격을 밝힐 것이다. <투색지연의>, <여와전>, <황릉몽환기>는 서로 연작 관계에 있지만, 일반적인 유형의 연작이 아니라 파생형 연작에 해당하므로 이들의 관계에 대한 충분한 설명이 필요하다. 이에 본고에서는 이 세 작품의 관련 양상을 충실히 서술하고, 이들을 편의상 <여와전> 연작이라고 부르기로 할 것이다. <여와전> 연작은 자신의 작품 내에 다른 소설 속의 인물들을 등장시켜 포폄하는 특성을 갖고 있다. 따라서 소설 속의 인물들을 비평하는 소설이라고 할 수 있으며, 소설에 대한 비평적 자료로서 가치가 있다. Ⅱ장에서는 이와 같은 <여와전> 연작의 성격을 자세히 서술하여 작품에 대한 이해를 높일 것이다.

Ⅲ장, Ⅳ장, Ⅴ장에서는 <투색지연의>, <여와전>, <황릉몽환기>를 개별적으로 고찰할 것이다. 본고의 궁극적인 목적은 이들 작품의 소설 비평적인 성격을 분석하는 데 있지만, 대상 작품들에 대한 기존 연구가 소략하므로 먼저 작품에 대한 전반적인 고찰이 필요하다. 따라서 Ⅲ장, Ⅳ장, Ⅴ장에서는 먼저 대상 작품의 서지 사항과 이본 현황에 대한 조사, 이본간의 비교, 구성적 특질 분석 등을 통해 작품 자체에 대한 이

해의 기초를 마련할 것이다. 그리고 다음으로 각 작품에 등장하고 있는 인물들이 누구이며, 그들의 출전은 무엇인가를 밝히는 작업을 진행할 것이다. 이는 대상 작품의 소설 비평을 이해하기 위해 반드시 필요한 과정이다. 마지막으로, 이와 같은 작업의 성과를 토대로 각 작품들이 내포하고 있는 소설에 대한 비평의식을 추출해낼 것이다.

Ⅲ장에서는 <투색지연의>에 대한 고찰이 이루어질 것이다. 먼저 서지 사항과 작품 경개를 소개한 후 구성상의 특질을 분석할 것인데, <투색지연의> 현전본이 미완본이기 때문에 작품의 전반적 면모를 살피기 위해서는 完本을 재구할 필요가 있다. 완본의 형태를 추정하는 데는 후편인 <여와전>을 참고할 것이다. 그 후에는 등장인물들의 정체를 밝혀 이들이 모두 소설 속의 인물들임을 확인하고, 작품 내에서 나타나는 인물에 대한 평가를 통해 작자의 소설 비평 의식을 살펴볼 것이다.

Ⅳ장에서는 <여와전>에 대한 고찰이 이루어질 것이다. <여와전>은 다수의 이본을 가지고 있기 때문에 다른 작품에 비해 이본의 현황과 이본간의 차이를 비교적 자세히 살펴볼 필요가 있다. 작품 경개와 이본간의 차이를 검토한 후 구성상의 특질을 파악한다면 작품에 대한 어느 정도의 이해가 가능해질 것이라고 생각된다. 이를 바탕으로 등장인물들을 추적하여 그들의 정체와 출전 작품을 구명하고, 각 인물에 대한 비평 양상을 분석하여 작자가 생각하는 소설 비평의 기준을 밝힐 것이다. 또한 <여와전>의 이본들은 <여와전> 원작자와 견해를 달리하는 경우가 있으므로, 이본 작자들의 소설 비평 의식을 살피는 자리를 따로 마련하고자 한다.

Ⅴ장에서는 <황릉몽환기>에 대한 고찰이 이루어질 것이다. <황릉몽환기>는 <투색지연의>, <여와전>과는 성격이 다르다. 그러나 <여와전>의 뒤를 이어 창작된 것이 명백하고, 층위가 다르기는 하지만 소설

비평 의식도 갖추고 있으므로 <투색지연의>, <여와전>과 함께 소설
에 대한 담론을 소설화한 작품으로서 논의할 수 있다. 작품 경개를 소
개하고 이본을 고찰한 것은 앞의 두 작품과 마찬가지이며, 작품 구조를
분석하는 동시에 창작의 원천이 된 작품도 제시할 것이다. 다음으로 등
장인물의 정체를 밝히고, 그들에 대한 작자의 시선을 통해 소설에 대한
의식과 창작 의도를 살펴볼 것이다.

Ⅵ장에서는 이제까지의 논의를 토대로 <여와전> 연작의 소설사적
의의를 검토할 것이다. 먼저 <투색지연의>와 <여와전>이 소설사의
새로운 연대지표가 될 수 있음을 확인할 것이다. 그리고 Ⅲ장·Ⅳ장·
Ⅴ장의 분석 결과를 종합하여 각 작품이 출현한 시기의 소설사적 상황
을 재구하고, 특히 <투색지연의> 시대에서 <여와전> 시대로 가면서
소설사에 어떠한 변화가 발생했는가를 구명할 것이다. 이와 같은 작업
을 통해 소설사적 성숙과 장편소설의 전변에 대한 문학적인 기록으로
서 <여와전> 연작이 지니는 의의가 정당하게 평가될 수 있을 것이다.

Ⅶ장에서는 Ⅵ장까지의 내용을 요약·정리하고 앞으로 요청되는 과
제에 대해 서술할 것이다.

Ⅱ. 연작 관계와 작품 성격

본고의 주된 목적은 <투색지연의>, <여와전>, <황릉몽환기>에 나타난 소설에 대한 담론을 분석하여, 이들이 각각 보여주는 소설사적 상황을 밝히는 것이다. 그러나 이러한 본격적인 작업에 들어가기 전에 이 세 작품의 관계와 이 작품들의 공통적인 성격을 설명할 필요가 있다. 이 작품들의 관련 양상과 성격은 소설사에서 쉽게 찾아볼 수 없는 독특한 것이기 때문이다.

1. 〈투색지연의〉・〈여와전〉・〈황릉몽환기〉의 관계

<투색지연의>, <여와전>, <황릉몽환기>는 서로 연작 관계에 있는 작품들이다. <여와전>은 <투색지연의>의 후편이고, <황릉몽환기>는 <여와전>의 후편이다. 이들의 관련 양상을 구체적으로 살펴보면 다음과 같다. 논의의 편의상 중간 위치에 있는 <여와전>을 기준으로 삼는다.

먼저 <여와전>과 <투색지연의>의 관계를 살펴보자. <여와전>의 서두는 女媧가 거주하는 천상세계인 화운동 태을단에서 시작된다. 女

媧는 지상으로부터 이상한 빛이 쏘이는 것을 발견하고 千里眼과 順風耳에게 조사를 명한다. 천리안과 순풍이는 이 빛이 漢唐宋明 四代 命婦들이 벌인 黃陵廟 鬪色創業宴에서 발생했다고 보고한다. 여와는 여자들이 보잘 것 없는 色德을 믿고 참람되게 三皇五帝를 칭한 것에 대로하여 벌하려 하다가 伏犧의 의견을 좇아 문창성군과 문일성군을 파견하여 사태를 해결하기로 한다. 이에 문창과 문일이 황릉묘로 내려가서 三皇·五帝·三王·五覇·七雄을 모두 혁파한 후 새로 4인의 명부를 추천하여 좌차를 조정한다.

이상에서 보는 바와 같이, <여와전>에서 중심 내용이 되는 것은 문창과 문일이 황릉묘에 내려가 기존의 위차를 전복시킨 후 서열을 다시정하는 과정이다. 그러나 투색창업연의 발단이나 전개에 대한 구체적서술은 찾아볼 수 없다. 투색창업연이 열린 배경이나 삼황오제의 위차가 정해진 과정은 전혀 설명하지 않은 채, <여와전>은 이미 투색창업연이 완료된 상황을 가정하고 시작하는 것이다. 복희의 언급을 통해 이를 확인해 보자.

> 복희시 날호여 웃고 굴오샤디 너 아회는 식노ᄒ라 샹비는 셩인의 ᄯᆞᆯ이오 셩인의 안희라 셩덕이 이시니 엇디 실녜ᄒ미 이시리오마는 겸공ᄒ미 넘쪄 져 무리 ᄌᆞ식을 사랑ᄒ고 부덕을 공경ᄒ난 가온디 댱 위공 니졍의 쳡 ᄌᆞ운의 무리 외람이 일을 힝ᄒ야 슴황오뎨롤 추존ᄒ니 일을 싱각지 못흔 일이라   (<여와전>, 한국정신문화연구원본)

이제까지의 작품 내용에 투색창업연의 경위에 대한 서술이 전혀 없었음에도 불구하고 복희는 투색창업연의 주동자로 대뜸 당 위공 이정의 첩 자운을 지목한다. 자운에 대한 사전 설명이 없었음은 물론이다. 따라서 <여와전>의 작자는 독자들이 누구나 투색창업연을 알고 있다는 전제하에 작품을 전개시키고 있다고 할 수 있다.

그렇다면 두 가지 가능성을 생각해 볼 수 있다. 투색창업연의 내용이 원래 <여와전>에 있었는데 후대로 오면서 누락된 경우와, 투색창업연을 다룬 <여와전>의 전편이 존재하는 경우가 그것이다. 그런데 <여와전>의 이본 11종에서 투색창업연이 발견되지 않는 것으로 보아 전자일 가능성은 희박하다. 그렇다면 <여와전>의 전편의 존재를 고려해 보아야 할 것이다. 현전하는 고전소설 가운데 투색창업연을 정확히 기술하고 있는 작품은 없다. 그러나 투색창업연의 중심인물들이 그대로 등장하는 작품이 존재하는데, 이것이 바로 <투색지연의>이다.

<투색지연의>의 중심인물은 崔貝貞·賈娉娉이다. <투색지연의>의 내용은 이 두 여성이 각자 휘하의 미녀들을 이끌고 아름다움을 겨루는 것으로, 현전본에서는 최패정이 승리하여 女中天子가 되고 가빙빙이 그 다음 위차를 차지하는 것으로 끝난다. 그런데 <여와전>은 투색창업연에서 최패정이[1] 三皇이었고, 가빙빙이 五帝였다고 기록하고 있다. 비록 <투색지연의>와 위차의 명칭은 다르지만 최패정·가빙빙의 존재와 그들의 高下가 일치하며, 특히 최패정이 최고의 위차를 차지했다는 점이 동일하다. 즉 <여와전>에서 말하는 투색창업연의 위차가 <투색지연의>에서 확립된 위계질서와 부합하는 것이다.

따라서 <투색지연의>에서 최패정과 가빙빙의 상하관계를 주축으로 하는 질서가 확립된 후 그 질서를 전제로 <여와전>이 창작되었다고 추정할 수 있다. <여와전>은 <투색지연의>의 후편이기 때문에 <투색지연의>에서 일어났던 사건들을 반복하여 기술하지 않았던 것이다. 그러나 현전하는 <투색지연의>에는 투색창업연이 존재하지 않는다.

---

[1] <여와전> 이본에 따라서 최패정 또는 최패염으로 표기된다.

그것은 왜일까? 답은 현전하는 <투색지연의>가 후반부가 생략된 미완본이라는 데서 찾을 수 있다. 현전본 <투색지연의>는 최패정이 女中天子가 되어 잔치를 베풀고 고금의 미색들을 부르는 대목에서 어색하게 중단되어 있다. 작품이 자연스럽게 마무리되려면 최패정의 초청을 받은 미녀들이 연회에 참석하여 함께 즐기는 내용이 있어야 한다. 그러므로 원래 <투색지연의>에는 고금의 미녀들이 최패정의 연회에 모여 투색창업연을 펼치는 후반부가 존재했을 것으로 추정된다.

이를 정리하자면 다음과 같다. <투색지연의>는 최패정이 가빙빙과 투색전을 벌여 여중천자가 되는 현전본 내용 뒤에, 천하고금의 미녀들을 모은 후 다시 투색창업연을 통해 삼황·오제·삼왕·오패·칠웅을 정하는 내용이 있는 소설이었던 것으로 추정된다. 그런데 투색창업연에 불만을 느낀 <투색지연의>의 독자 가운데 한 사람이 여와가 황릉묘의 투색창업연 소식을 듣고 대로하여 문창성군과 문일성군을 보내 위차를 바로잡게 한다는 내용의 소설을 창작했으며, 이것이 <여와전>인 것이다. 따라서 <여와전>은 <투색지연의>의 내용에 잇대어 지어진 후편이라고 할 수 있다.

다음으로 <여와전>과 <황릉몽환기>의 관계를 살펴보자. <여와전>과 <황릉몽환기>는 그 성격이 상당히 다르지만, 연작 관계는 분명하다. 다음 인용문을 통해 확인해 보기로 하자.

① 디강 이비는 셩녜라 샹제 텬흥 음교롤 ᄀᆞ옴알게 ᄒᆞ시니 넉디 현부녈녀 다 그 곳의 모다 칭신ᄒᆞ더니 셰월이 오리고 건곤이 늘엇ᄂᆞᆫ지라 셩인의 게오라시미 텬도의 녜ᄉᆞ라 믄득 망국흔 죄인과 실졀흔 녀ᄌᆞ 국식을 인ᄒᆞ야 황능묘의 투입ᄒᆞ야 몱은 자최롤 더러이더니 이제 환당송명 ᄉᆞ디 경샹 녀ᄌᆞ와 쳐쳡이 투식찬님년을 베페 삼황 오제 삼황 오픽 칠웅을 삼고 샹비로 더브러 좌롤 갈와 즐기니 이런 고로 텬변이 되야

흰 기운이 두우롤 게치ᄂ이다   (<여와전>, 한국정신문화연구원본)

　② 다시 상비롤 향ᄒ여 굴오디 낭낭이 녁더 현부녈녀롤 거ᄂ리샤 슈천년이 지나시니 식 신하랄 싱각ᄒ시ᄂ ᄆᆞ옴이 발분망식ᄒᆞ샤 금일 이 거죠의 미츠시미라 쇼셩 등이 ᄯᅩᄒᆞᆫ 감탄ᄒ여 특별이 두어 사롬을 쳥ᄒ여 낭낭 좌우의 보필을 삼고 ᄯᅩ 두 사롬을 블너 최녕조 삼인으로 좌우의 너허 졍ᄉᆞ롤 돕게 ᄒ고 삼왕 오뎨 삼왕 오피 칠웅을 다 혁ᄒᆞ옵ᄂ니 셩심의 합당이 녁이실 쥴 졍치 못ᄒᆞ나이다

　　　　　　　　　　　　　(<여와전>, 한국정신문화연구원본)

　③ 딤이 상뎨의 능은을 밧ᄌᆞ와 텬하 음교롤 ᄀᆞ음아라 녁더 셩비현후로 졍ᄉᆞ롤 의논ᄒ나 텬디 임의 늙어시니 딤의 긔운이 ᄯᅩᄒᆞᆫ 쇠티 아니랴 좌우 셩비ᄂ 임의 녯 벗이오 탑하 근시ᄂ 불과 조디가 위장강의 무리 오린 신하라 시로 됴모의 어딘 신하롤 싱각ᄒ고 심회 울울ᄒ더니 당 위공 니졍의 쳡 ᄌᆞ운의 감언미셜을 딤이 노혼ᄒᆞ야 물니치디 못ᄒ고 초패염 가운화의 무리롤 모화 투식연을 비셜ᄒ고 삼황오뎨롤 분급ᄒᆞ야 일시 파격고져 ᄒ다가 녀와낭낭의 셩히 노ᄒ시믈 만나 문창 문일 두 셩군이 니르러 졔녀롤 즐퇴ᄒ고 딤을 녁징극간ᄒ니 심히 뉘웃고 가연ᄒ야 기후 졍ᄉᆞ롤 힘쓰고 쇽인을 일위미 업더니   　　　　(<황릉몽환기>, 고려대본)

　①은 <여와전>에서 천리안과 순풍이가 황릉묘의 변고, 즉 투색창업연을 여와에게 보고하는 내용이고, ②역시 <여와전>에서 문창성군이 투색창업연의 위차를 혁파하면서 이비에게 아뢴 말이다. ③은 <황릉몽환기>에서 湘妃가 계암에게 한 말이다. 인용문들은 모두 투색창업연에 대해서 이야기하고 있으며, 사건의 발생 경위에 대한 시각도 동일하다. 二妃는 聖女로서 天下 陰敎를 담당하고 있었는데, 하늘과 땅이 늙으면서 성인의 기운도 쇠약해지고 새 신하를 구하는 마음만 급해져서 투색창업연이라는 실수를 저질렀다는 것이다. 특히 ③에서 상비는 자신이 당 위공 이정의 첩 자운의 감언미설에 따라 최패염·가운화

의 무리를 모아 투색창업연을 배설하고 삼황오제를 분급하여 일시 파
적코자 하다가, 여와낭낭의 노하심을 만나 문창 문일 두 성군이 이르러
여러 여자들을 내쫓고 자신의 잘못을 깨우쳐주었다고 말하고 있다. 여
기에서 삼황오제를 분급하여 파적하려 했다는 내용까지는 <투색지연
의>의 것이고,2) 그 이후의 내용은 <여와전>의 것이다. 따라서 <황릉
몽환기>의 이비는 투색창업연을 벌인 <투색지연의>의 이비이고, 이
일로 여와의 노여움을 사고 문창과 문일의 力爭極諫을 만났던 <여와
전>의 이비라는 것을 알 수 있다.

　이처럼 <황릉몽환기>는 자신이 <투색지연의>와 <여와전>의 후일
담임을 자처하고 있다. <황릉몽환기>는 <투색지연의>나 <여와전>과
는 달리 여러 여성들을 등장시켜 고하를 가리는 데 관심이 없는 작품이
면서도 왜 굳이 <여와전>의 뒷이야기라는 점을 강조하고 있을까? 그
것은 <황릉몽환기>의 작자가 <여와전>을 이비 중심으로 수용한 때
문이라고 할 수 있다. 이비 중심으로 보면 <여와전>은 이비가 노혼하
여 실수를 범하자, 여와의 지시를 받은 문창과 문일이 내려와서 그 잘
못을 교정하는 내용의 이야기이다. 그리고 <황릉몽환기>는 이비가 생
전에 저지른 또 다른 실수를 계암이라는 조선의 선비가 지적하고 비판
하는 이야기이다. 즉 <황릉몽환기>의 작자는 <투색지연의>나 <여와

---

2) 투색연의 중심인물로 최패염과 가운화(가빙빙)를 지목한 것으로 보아 <황릉몽환
　기>의 작자는 <투색지연의>도 읽었다고 생각된다. 투색연의 중심인물로 최패염
　을 든 것은 이상할 것이 없다. 최패염은 현전하는 <투색지연의>에서 女中天子로
　나오고, <여와전>의 투색창업연에서도 三皇 중의 으뜸으로 나오기 때문이다. 그
　러나 가운화는 <투색지연의>에서는 최패염과 투색전을 벌이는 중요한 인물이지
　만 <여와전>에서는 비중이 훨씬 낮게 처리된다. 따라서 <여와전>만 읽은 독자라
　면 투색연이 '최패염과 가운화의 무리'에 의해 주도되었다고 할 수 없다. 그러므로
　<황릉몽환기>의 작자는 <여와전>뿐만 아니라 <투색지연의>도 숙지하고 있었다
　고 하겠다.

전>을 모두 이비가 겪은 과거의 사실로 생각하고, 이비의 후일담을 말한다는 입장에서 <황릉몽환기>를 창작한 것이라 하겠다.

이 점을 좀더 상세히 살펴보기로 하자. <여와전>의 후반부에는 문창진군과 관음보살이 舌戰을 벌이는 내용이 있다. 이 때 문창은 관음이 后妃로서의 도리를 어기고 남편을 따라 궁 밖으로 나간 것을 크게 비난하면서 관음을 伯姬·二妃와 비교하는데, 잘 알려져 있듯이 백희는 여자가 밤중에 傅母 없이 혼자 堂에서 내리지 않는다는 예절을 지키기 위해 불에 타죽은 여성이다. 따라서 백희의 죽음은 함부로 궁을 떠난 관음의 행실과 좋은 대조를 이룬다고 할 수 있다. 그러나 이비는 약간 경우가 다르다. 문창은 이비가 血淚를 뿌리는 정성에도 불구하고 舜임금을 蒼梧에 따르지 않았다고 칭송했지만, 엄격히 따지자면 창오까지 가지는 않았으나 관음과 마찬가지로 궁을 떠난 것이 사실이다. 문창은 관음을 비난하는 데 급급하여 이비의 잘못이 드러나는 것을 깨닫지 못했던 것이다.

<황릉몽환기>에서 문제삼는 것은 바로 이 점이다. <황릉몽환기>의 주인공 계암은 이비가 궁을 떠난 것이 후비로서의 예절을 잃은 것이라고 비판한다. 이 비판은 <황릉몽환기>에서 상당히 중요하다. <황릉몽환기>의 내용은 조선의 선비 계암과 경암이 소상강 근처를 유람하다가, 황릉묘에 가서 이비를 만나는 꿈을 꾼다는 것인데, 입몽의 계기가 바로 이비에 대한 비판이기 때문이다. 그리고 꿈속에서도 이비의 失禮에 대한 계암의 비판이 이어져서, 작품의 절반 가량이 이비의 행적에 대한 계암의 비판과 그에 대한 이비의 답변으로 이루어진다. 이처럼 <황릉몽환기>에서 큰 비중을 차지하는 계암의 이비 비판은 <황릉몽환기> 작자의 독창적인 문제의식으로부터 나왔다기보다는 <여와전>에 대한 비판적 감상으로부터 나온 것이다. <여와전>에 관음을 이비

와 견주어 비판하는 내용이 없었더라면, <황릉몽환기>는 창작되지 않았거나 창작되었다 해도 전혀 다른 내용이 되었을 것이다.

<황릉몽환기>가 <여와전>의 후편이라는 사실은 등장인물 가운데 하나인 정씨를 통해서도 드러난다. 정씨는 <유효공선행록>의 주인공으로 <여와전>에서 문창의 추천을 받아 이비의 신하가 된 인물이다. <여와전>이 아니라면 소설 속의 주인공인 정씨가 <황릉몽환기>에서 이비의 신하로 등장할 이유가 전혀 없다. 기존의 <황릉몽환기> 연구에서 정씨의 정체가 밝혀지지 않았던 것도 <여와전>과의 관련성을 알지 못했기 때문이다. 또 정씨가 <유효공선행록>의 등장인물이라는 사실을 알더라도, <황릉몽환기>만 읽어서는 정씨가 왜 황릉묘에 살면서 이비의 寵臣으로 자처하는지 알 수 없다. 정씨는 <여와전>에서 문창에 의해 황릉묘에 영입되어 최고의 위차를 얻었고, 그 결과로 황릉묘에 거주하게 된 것이다. 따라서 정씨의 등장은 <황릉몽환기>가 <여와전>의 후편으로 창작되었음을 보여주는 좋은 증거이다.

<여와전>과 <황릉몽환기>의 이와 같은 관계는 독자들에게도 비교적 널리 알려져 있었던 것 같다. <황릉몽환기>의 이본 5종 중 2종이 <여와전>과 합본되어 있고, 그 중의 한 이본은 아예 <여와전>과 <황릉몽환기>를 '전후편'으로 지칭하고 있기 때문이다.

> 이 칙 전후편 보ㅇ 셰샹 화복간고우락이 일체샹반이니 탄흔들 실 디 잇
> ㄴ 황능묘녹과 경암게암록 만치 아니ㅎ나 셩현현비와 녈녀졀부의 스격이
> 디강 긔록ㅎ녀시며
>   (<황릉묘요얼탕평전>·<경암게암전> 합본, 성균관대본 필사후기)

위 인용문에서는 <여와전>과 <황릉몽환기>를 전후편으로 규정했

을 뿐 아니라 두 작품에 '성현현비와 열녀절부의 사적을 대강 기록'했
다는 공통점이 있는 것으로 보았다. 이것은 이 두 작품이 연작으로 독
자에게 수용되었음을 알려주는 좋은 자료이다. 이처럼 <황릉몽환기>
가 스스로 <여와전>의 후편이라고 주장하고 있고, 독자들도 <여와
전>과 <황릉몽환기>를 전후편으로 인식한 이상, 이 두 작품을 연작
으로 보는 것이 옳다고 할 수 있다.

　이제까지 <투색지연의>, <여와전>, <황릉몽환기>의 관계에 대해
살펴보았다. <여와전>은 <투색지연의>의 후편이며, <황릉몽환기>는
<여와전>의 후편으로서, 각 후편은 전편의 시공간적 배경과 등장인물
을 이어받아 그 뒷이야기를 한다는 입장에서 창작되었다. 그러나 <투
색지연의>와 <여와전>, <여와전>과 <황릉몽환기>는 일반적인 연작
과는 크게 다른 점이 있다. 일반적인 연작은 전편에서는 조부모나 부모
등 앞 세대의 삶을 그리고, 후편에서는 자식이나 손자 등 뒷 세대가 살
아가는 이야기를 하는 것이 보통이다. 이 경우, 전편과 후편의 문제의
식이나 서술시각은 달라질 수 있지만, 후편은 전편을 전면적으로 계승
하고 존중한다. 그러나 <투색지연의>와 <여와전>, <여와전>과 <황
릉몽환기>의 관계는 다르다. <여와전>은 <투색지연의>에 불만을 품
고 <투색지연의>에서 정한 위차를 뒤집기 위해 창작된 작품이며, <황
릉몽환기>는 소설 속의 여성들을 모아놓고 고하를 정하는 <투색지연
의>·<여와전>의 관심사로부터 멀리 비껴난 작품이기 때문이다. 또
<황릉몽환기>는 <여와전>에서 높이 평가된 인물의 일생이 왜곡된
것이라고 주장하여, 결과적으로 <여와전>을 비판하기도 한다. 이처럼
<투색지연의>·<여와전>·<황릉몽환기> 연작에서는 후편이 전편에
대해 비판적인 시각을 지니고 등장한다. 따라서 이들은 일반적인 연작
의 개념에서 벗어나 있다고도 할 수 있다.

그러나 연작의 범위를 좀더 넓게 잡는다면, 여러 가지 유형의 연작을 인정할 수 있다. 후편이 전편의 내용을 유사하게 반복할 수도 있고, 전편의 이야기가 후편으로 이어져서 완성될 수도 있으며, 후편에서 주제의식이 심화되거나 작품 편폭이 확장될 수도 있다. 또, 전편의 일부를 차용하여 전혀 새로운 작품을 창작할 수도 있다.[3] 마지막 경우를 파생형 연작이라고 하는데, 파생형 연작은 전체 이야기 구조나 주제에서 전편과 일치를 보이지 않고 부분적인 삽화나 인물, 사건을 제재로 취해서 이야기를 확장시켜 새로운 독립 작품을 형성한다.[4] 기존에 알려진 작품으로는 <소현성록>과 <영이록>,[5] <소대성전>과 <용문전>이[6] 파생형 연작이다. 파생형 연작의 후편은 전편과 시각을 달리하는 경향이 있다. <용문전>은 주인공 용문이 이미 인기를 누려온 작품인 <소대성전>의 소대성보다 더욱 용맹한 것으로 그렸으며, <영이록>은 <소현성록>에서 바보인 손기를 차용하여 이인으로 형상화하였다. 따라서 파생형 연작의 후편은 반복형, 완성형, 발전형 연작의 후편과 달리 전편이 내세운 주인공에 대해 달리 평가하거나 또는 주인공이 지향하는 가치를 훼손함으로써 주목받으려 한다고 할 수 있다.

<투색지연의>·<여와전>·<황릉몽환기>는 여러 연작 유형 중 파생형 연작에 가깝다.[7] 다만 <투색지연의>·<여와전>·<황릉몽환기>

---

3) 송성욱은 연작유형을 반복형, 완성형, 발전형, 파생형으로 구분하였다. 송성욱, 「대하소설의 연작유형에 대한 시론」, 『국문학연구 1999』, 태학사, 1999. 참조.
4) 박영희, 「소현성록 연작 연구」, 이화여대 박사학위논문, 1994, p.180. 참조.
5) <소현성록>에서는 바보로 놀림받던 소운성의 동서 손기가 <영이록>에서는 도가적인 이인으로 등장한다. 손기는 소운성의 아들을 구해주기도 하고 흑룡을 물리쳐 나라를 구하기도 한다.
6) <용문전>에서 용문은 소대성보다 한 세대 젊은 호국의 영웅이다. 호왕이 선왕이 소대성에게 패한 것을 복수하기 위해 전쟁을 일으키자, 소대성과 용문이 적장이 되어 맞선다. 용문은 소대성보다 뛰어난 무용을 보이지만 스승의 설복에 의해 명진에 투항하여 명의 대원수가 된다.

는 다른 파생작들보다 후편이 전편에 대해 좀더 공격적인 입장을 취한다. 이미 언급했듯이 <여와전>에서는 전편에서 정해 놓은 삼황오제의 위차를 혁파하고 새롭게 조정한다. 즉 <투색지연의>에서 정해진 질서에 불만을 품고 그 질서를 무너뜨리고 새로운 질서를 수립하려는 작품이 <여와전>인 것이다. <황릉몽환기>는 <여와전>의 질서를 본격적으로 부정하거나 조정하려 하지는 않지만, 부분적으로 심각한 견해차를 드러낸다. 따라서 <투색지연의>·<여와전>·<황릉몽환기>는 파생형 연작 중에서도 전편에 대한 비판의식이 강한 사례라고 할 수 있다.

이것은 이들 작품의 성격과 관련이 있다. <소현성록>이나 <소대성전>은 일반적인 소설이지만, <투색지연의>와 <여와전>은 '소설에 대한 소설'이기 때문이다. 일반적인 소설이 그 작품 내에서는 현실로 믿어지는 허구적이면서도 완결적인 이야기를 창조하는 것과 달리, '소설에 대한 소설'은 다른 소설들에 대해 이야기하는 것을 목적으로 한다. 다른 소설들에 대해 이야기한다는 행위에는 어떤 방식으로든 그 소설들에 대한 가치평가가 개입하기 마련인데, <투색지연의>나 <여와전>은 소설을 단순히 화제로 삼는 차원을 넘어서 소설 속의 인물들을 한 자리에 모아 순위를 정하려는 의도를 드러내고 있다. 이것은 다시 말해, <투색지연의>는 <투색지연의> 나름의 소설에 대한 시각과 평가 기준을 지닌 작품이고, <여와전>은 <여와전> 나름의 소설에 대한 견해와 관점을 지닌 작품이라는 것을 뜻한다.

이와 같은 비평적인 성격 때문에 <여와전>은 전편인 <투색지연의>

---

7) 논자에 따라 파생작은 연작이 아니라고 보기도 하는데, 실제로 파생이 한 번만 이루어졌을 경우에는 굳이 연작이라고 부를 필요가 없다. 두 작품의 관계를 원작과 파생작이라고 보면 되기 때문이다. 그러나 <투색지연의>·<여와전>·<황릉몽환기>처럼 파생이 반복되었을 경우에는 파생형 연작이라는 용어가 이들의 관계를 설명하는 데 적절하다고 본다.

에 대해 공격적이 될 수밖에 없다. <여와전>의 작자는 <투색지연의>의 작자가 소설을 보는 시각과 평가에 대해서 동의할 수 없었던 것이다. 만약 <여와전>의 작자가 <투색지연의>의 견해에 전적으로 공감했더라면 <여와전>을 창작할 필요가 없었을 것이고, 부분적으로 문제의식을 지녔더라면 <투색지연의>의 내용을 일부 수정한 이본을 창작하는 데 그쳤을 것이다. 그러나 <여와전>의 작자는 <투색지연의>가 보여주는 소설에 대한 견해에 반발했고, 그 결과로 <투색지연의>의 위차를 전복시키는 후편 <여와전>을 창작하였다. <황릉몽환기>는 <투색지연의>·<여와전>처럼 전적으로 소설에 대해서만 이야기하는 소설이 아니기 때문에, <여와전>이 <투색지연의>에 대해 한 것처럼 <여와전>의 위차를 바꾸려고 하지는 않았다. 그러나 <황릉몽환기>의 작자 역시 소설을 보는 <여와전>의 시각에 대해서 이견을 가지고 있으며, 이것을 자신이 원래 지니고 있었던 문제의식과 결합시켜 새로운 이야기를 개척하였다. 이처럼 <여와전>과 <황릉몽환기>가 다른 파생작보다 전편에 대해 강한 비판의식을 보이게 된 데에는 이들의 전편인 <투색지연의>와 <여와전>이 일반적인 소설이 아니라 소설을 비평하는 소설이라는 점이 크게 작용했다고 할 수 있다.

이상으로 <투색지연의>·<여와전>·<황릉몽환기>의 관련 양상을 살펴보았다. <투색지연의>·<여와전>·<황릉몽환기>는 후편이 전편을 이어받으면서도 전편에 대해 비판적 시각을 보이는 특이한 연작 관계로 연결되어 있는데, 이와 같은 관계는 기존에 거론된 연작 유형 중 파생형 연작에 포함될 수 있다. 본고에서는 이 세 작품을 <여와전> 연작이라고 총칭하기로 한다. 학계에서 통용되는 방식대로라면 첫 번째 작품의 이름을 따서 <투색지연의> 연작이라고 불러야 하겠지만, 세 작품 가운데 <여와전>이 본고에서 주목하는 소설 비평적 성격을 가장

충실하게 지니고 있어 논의의 중심이 되므로 편의상 <여와전> 연작
이라고 지칭하기로 한다.

2. 〈여와전〉 연작의 소설 비평적 성격

본고의 연구 대상인 <여와전> 연작의 성격은 매우 특이하다. 이들
은 '소설에 대한 담론을 소설화한 작품'이라고 할 수 있는데, 이렇게
부를 수 있는 까닭은 다른 소설들에 대해 이야기하는 것이 작품의 주
내용이기 때문이다. <여와전> 연작의 관심사는 여러 소설 속의 인물
들을 등장시켜 그들의 행적을 논평하는 데 있다. 때문에 <여와전> 연
작은 자체적으로 인물을 창조하지 않는다. <여와전> 연작의 등장인물
은 거의 대부분이 다른 소설에 기원을 두고 있으며, 인물들의 행적 역
시 출신 작품 즉 本傳에 해당하는 소설 내용이다. 따라서 <여와전>
연작은 여러 소설 작품에 대한 사전지식이 없으면 이해하기 힘든 소설
이며, 이러한 측면에서 교술적 특성을 지니고 있다고도 할 수 있다.

<여와전> 연작은 그 독특한 성격상, 기존에 알려진 어떤 소설 유형
에도 속하지 않는다. 먼저, <여와전> 연작과 관련성이 깊은 소설 유형
은 장편소설이다. 주로 장편소설에 대한 담론을 소설화했기 때문이다.
<여와전> 연작의 등장인물들은 대개 장편소설의 여주인공들이므로, 그
들의 행적에 대해 논한다는 것은 곧 장편소설의 내용을 논하는 것과 같
다. 그러나 이와 같은 깊은 연관성에도 불구하고 <여와전> 연작을 장
편소설이라고 할 수는 없다. 무엇보다 <여와전> 연작은 장편이 아니
라 단편이며, 서사문법 역시 장편소설의 그것과는 판이하기 때문이다.

오히려 이 작품들은 형식적으로는 演義小說이나 夢遊錄, 夢遊傳奇

와 상당한 유사성을 보인다. <투색지연의>는 역사연의소설에서 흔히
볼 수 있는 군담을 본떴고, <여와전>은 일부 몽유록의 구조적 특성을
차용했으며, <황릉몽환기>는 몽유전기의 틀을 도입했다. 그러나 이러
한 닮은 점은 어디까지나 효과적인 구성을 위해 채택된 것일 뿐, 작품
의 본질을 결정하는 것은 아니다. 또 <여와전>은 일부 몽유록과 유사
하기는 하지만 결정적으로 몽유가 없고, <투색지연의> 역시 미모를 겨
루는 방편으로 군담을 사용할 뿐 연의소설은 아니다. <황릉몽환기> 역
시 몽유전기에서 구조를 차용했지만 작품의 실상은 몽유록에 가깝다.
창작방식에서 <투색지연의>는 일부 寓言小說과도 유사하다. 실제로
연의소설이 아니면서 연의소설을 모방한다는 점에서 <天君演義>, <女
容國傳> 등과 비슷한 것이다. 그러나 <천군연의>나 <여용국전>에는
天君이 마음이라든가, 女容國이 여자의 얼굴이라는 명확한 우의가 존
재하지만 <투색지연의>의 등장인물들은 작품에 소개된 그대로 최패
정·가빙빙이기 때문에, 우언소설로 보기도 곤란하다. 이렇듯, <여와
전> 연작은 기존의 소설 유형으로 포섭할 수 없는 작품인 것이다.

이제 <여와전> 연작의 성격을 보다 구체적으로 알아보기로 하자. 이
미 언급했듯이 <여와전> 연작은 '소설에 대해 이야기하는 소설'이다.[8]
소설에 대해 이야기하는 데에도 여러 가지 방식이 있을 수 있겠지만,
<여와전> 연작은 유독 소설 속의 여주인공들을 논의의 대상으로 삼
는다. 여러 소설 속의 여주인공들을 한 자리에 모아놓고 이런저런 방법
으로 그들을 평가하는 것이다. <투색지연의>의 鬪色戰과 투색창업연,

---

8) 이러한 측면에서 <여와전> 연작은 메타소설이라 할 수 있다. 여기에서 메타소설
   은 단순히 '소설에 대한 소설'이라는 의미로 사용한 것이며, 현대소설의 메타픽션
   (metafiction : 소설이 창작되는 과정 그 자체를 중요한 주제로 다루는 자기반영적인
   소설)과는 관계가 없다.

<여와전>의 위차 조정 등은 모두 인물 평가를 위해 고안해낸 방법들이다. <황릉몽환기>에는 소설 속의 여주인공이 한 명만 등장하지만, 정씨의 행적에 대한 계암의 의문과 정씨의 해명은 역시 정씨라는 소설 속의 여주인공에 대한 평가라고 할 수 있다. 따라서 <여와전> 연작의 관심은 소설 속의 여주인공들의 옳고 그름, 선과 악, 美와 醜, 잘하고 못함을 따지는 것, 즉 여주인공들에 대한 인물 비평에 있다고 하겠다.

엄밀히 말하자면 <여와전> 연작에 나타난 비평 의식은 소설 자체에 대한 것이라기보다는 소설 속의 인물에 대한 것이다. 그러나 우리나라 고전소설에서는 인물에 대한 평가가 소설에 대한 평가와 일치하거나 밀접하게 연결되는 경우가 많다. 소설 중에는 주인공이 절대적인 비중을 차지하는 작품이 있는가 하면, 주인공이 누구인지 알 수 없을 정도로 여러 인물들이 엇비슷한 비중을 갖는 작품도 있다. 중국의 연의소설 등이 후자에 해당한다면 우리나라 고전소설은 대개 전자에 속한다. 우리나라 고전소설은 주인공에 대한 의존도가 높은데, 이 점은 작품의 상당수가 '○○전'이라고 명명된다는 사실에서도 드러난다. 이렇게 주인공의 비중이 큰 소설에서는 주인공에 대한 평가가 곧 작품에 대한 평가가 되는 경향이 있다. 주인공을 배제하고는 작품을 설명할 수 없기 때문이다. 예를 들어 어떤 독자가 춘향을 비판한다면 그것은 당연히 <춘향전>이라는 작품에 대한 비판으로 이어질 것이며, 홍길동을 폄하한다면 <홍길동전>이라는 작품의 가치 또한 낮추어 보게 될 것이다.

주인공을 부정한 후에 그 작품을 긍정적으로 평가하기란 불가능하다. 따라서 주인공에 대한 평가는 자연스럽게 작품에 대한 평가로 이어진다. 그런데 작품 유형에 따라 주인공이 누구냐가 달라진다. 영웅소설에서는 남성 영웅이 작품을 담보하는 반면 장편소설에서는 상대적으로 여성 주인공이 중요하다. 장편소설은 여성들의 장르이기 때문이다. 장편소설의 내용은 대부분 여성의 수난담이며, 장편소설의 주된 독자 역시 여성들이다. 여성 독자들은 여주인공과 자신을 동일시하면서 소설을 읽었을 것이고, 여주인공의 고난과 극복에 가장 흥미를 느꼈을 것이다. 여성 독자들이 장편소설을 일종의 『열녀전』처럼 읽었다는 것은 잘 알려진 사실이다.[9] 그러므로 장편소설에서 여주인공에 대한 평가는 곧 작품에 대한 평가라고 보아도 무리가 없을 것이다.

이러한 측면에서 <여와전> 연작은 '소설을 비평하는 소설'이라고 할 수 있다. <여와전> 연작이 장편소설의 여주인공들을 비평함으로써 그들의 출전 작품에 대한 비평에 도달한다고 볼 수 있기 때문이다. 물론 엄격한 의미의 소설 비평이 되기 위해서는 인물뿐 아니라 구성·주제·문체 등에 대한 고려도 있어야 한다. 그러나 <투색지연의>와 <여와전>은 하나의 소설을 대상으로 구체적인 비평을 수행하는 것이 아니라 여러 소설들의 우열을 가리는 작품이라는 점에 유의해야 한다. 특정 작품만을 비평한다면 인물·구성·주제·문체 등 다양한 사항을 논의할 수 있을 것이다. 그러나 동시에 여러 작품들을 비교 평가해야 한다면 사정은 달라진다. 여러 작품들을 효율적으로 평가하자면 비교의 항목을 단일화하는 것이 바람직하다.

그리고 인물·구성·주제·문체 가운데 비교의 항목으로 어느 하나를 선택할 경우, 인물이 단연 유리하다고 할 수 있다. 인물은 그 속에 구성과 주제를 어느 정도 포괄할 수 있기 때문이다. 구성은 주인공의 행적이고, 주제는 주인공이 지향하는 의식에 다름 아니다. 따라서 인물에 대한 평가는 구성, 주제, 문체 각각에 대한 평가보다도 소설 자체에 대한 평가에 훨씬 가깝다. 이렇게 볼 때, <여와전> 연작은 소설 비평

9) 박영희, 「소현성록 연작 연구」, 이화여대 박사학위논문, 1994, p.69. 참조.

을 위해 소설 속의 인물 비평이라는 방식을 취한 것이고, 이러한 선택
은 유효적절했다고 할 수 있다.

<여와전> 연작은 소설을 비평하는 소설이다. 소설이 소설을 비평한
다는 것이 생경하게 느껴질 수 있다. 소설이 소설 비평의 기능을 담당
한 예가 흔하지 않기 때문이다. 연구자들은 序·跋이나 論·說 형식의
소설 비평에 익숙해진 나머지, 그러한 형식만을 소설 비평으로 인식하
고 있다. 그러나 소설 비평에는 고정된 형태가 있는 것이 아니며, 얼마
든지 다양하고 자유로운 형식이 시도될 수 있다. 중국 소설 비평의 주
요 형식인 評點만 해도 그렇다. 워낙 성행했기 때문에 그 특수성이 상
대적으로 잊히기 쉽지만, 평점은 매우 색다른 비평 형식이다. 평점은
논설처럼 작품과 독립적으로 존재하지 않으며, 서발에 비해서도 작품
과 더 강하게 결합되어 있다. 평점은 그야말로 대상 작품과 하나가 되
어 더 가치 있는 문학작품을 형성한다. 또 정연한 논리적 체계 없이
"평가와 해석, 고증, 그리고 평론 및 감상이 한데 어우러"져[10] 있다. 그
러나 이러한 특성에도 불구하고 평점이 소설 비평이라는 사실을 부정
할 수는 없다.

따라서 우리는 소설 비평의 형식에 대해 열린 자세를 가질 필요가 있
다. 소설 비평은 序·跋, 論·說의 형식뿐만 아니라, 한시를 통해 이루
어질 수도 있고,[11] 시조를 통해 이루어질 수도 있으며,[12] 가사를 통해
이루어질 수도 있다. 여기에서는 학계에 비교적 덜 알려진 가사의 예를

---

10) 方正耀 著, 洪尙勳 譯, 『中國小說批評史略』, 乙酉文化社, 1994, p.26.
11) 李民宬(1570~1624)의 <題崔陟傳>, 李健(1614~1662)의 <題相思洞記> 등 7편,
　　李養吾(1737~1811)의 <題九雲夢後> 등이 이 경우에 해당한다고 할 수 있다.
12) 장효현은 <구운몽>에 대한 독서 감상이 사설시조를 통해 표출된 예를 살핀 바
　　있다. 장효현, 「구운몽의 주제와 그 수용사에 관한 연구」, 정규복 외, 『김만중문학연
　　구』, 국학자료원, 1993. 참조.

잠깐 소개하기로 한다. 가사 <자운가>는[13] 장편소설 <소현성록>(<소
씨삼대록> 포함)을 읽고 그 감상을 피력한 작품으로,[14] <소현성록>의
여러 등장인물들에 대한 짧은 평가로 이루어져 있다.[15] 핵심적인 부분
을 인용하면 다음과 같다.

> ① 강쥬 운남 희외민을 순식간에 평정하고
> 윤씨 가씨 결의홀 졔 진군자가 현뎌ᄒ다
> ② 현경침즁 뎌 화셕은 현불쵸가 바이 업다
> 규문이 가즉ᄒ니 수신졔가 잘도 혼다
> 쳥츈에 입샹ᄒ여 십자오녀 두단 말가
> ③ 공쥬의 약한 팔이 태산에 샹탄 말가
> 소회라 진왕 셩은 셕가에 드지 말소
> 병즁한 아녀자의 일쳑털편 못 피커든
> 소용을 넙히 씬들 그 무숨 장홀소냐
> 이는 비록 그러ᄒ나 칠셩검 빗기 들고
> 만리운 능회 타니 그 아니 호걸인가
> ④ 명현궁 깁혼 곳에 거의 죽을 뎌 목숨을
> 혈셔를 품에 품고 옥계하에 다라드러
> 가부를 살나내니 그 아니 열녀런다[16]

①은 소현성, ②는 소현성의 첫째 부인인 화씨와 둘째 부인 셕씨에

---

13) <자운가>는 현재 조사된 바로 2종이 존재한다. 하나는 고려대본 악부에 수록되어
있고, 또 하나는 <여와전>의 이본 중 <황룽묘요얼탕평전>(성균관대본. <경암게암
전> 합본) 뒤에 <탄금가>·<왕소군가>와 함께 기록되어 있다.
14) '자운가'라는 제명은 <소현성록>에서 蘇府가 위치한 자운산에서 나온 것이다.
15) <자운가>는 작중 화자가 자운산에서 만난 어느 노파가 蘇府의 고적에 대해 이야
기하는 형식으로 되어 있는데, 작품의 말미에서 이 노파는 <소현성록>의 등장인물
중 하나인 셕파의 혼으로 밝혀진다.
16) <자운가> 고려대 악부본.

대한 평가이고, ③은 소현성의 아들 소운성, ④는 소운성의 둘째 부인 형씨에 대한 평가이다. 즉 ① · ②는 <소현성록>(<소씨삼대록> 제외), ③ · ④는 <소씨삼대록>에 관한 내용인데, <자운가>의 작자는 ① · ② 보다 ③ · ④에 관심을 기울이고 있다. 먼저 ①에서는 강주안찰사로서의 치적과 운남의 반란을 평정한 일을 소현성의 업적으로 들고, 곤경에 빠진 윤씨와 가씨를 구한 후 결의남매하여 예를 지킨 일을 두고 眞君子로 평하였다. ②에서는 소현성의 두 부인인 화씨와 석씨가 賢不肖가 아예 없을 정도로 똑같이 賢明沉重하다는 평가를 내렸다. ③에서는 명현공주가 소운성의 박대를 받아 병들었을 때 소운성이 문병 오자 공주가 철여의로 때리고 칼로 찌른 두 차례의 사건을 들어, 병든 아녀자에게도 얻어맞았으니 소영을 옆에 낀들[17] 무엇이 장하겠느냐고 소운성을 조롱하였다. ④에서는 소운성이 명현공주를 박대한 일로 죽음에 처했을 때 형씨가 혈표를 올려 남편을 구한 일을 두고, 형씨를 열녀로 칭송하였다.

①·④는 <소현성록>과 <소씨삼대록>의 서술시각에 따른 일반적인 감상이지만, ②·③은 원작의 서술시각에서 벗어나 독자적인 판단을 보여준다는 점에서 흥미롭다. 원작에서는 소현성의 두 부인 중 석씨가 훨씬 뛰어나고, 화씨는 모든 측면에서 석씨에게 뒤지는 것으로 나온다. 그런데 <자운가>에서는 화씨와 석씨가 똑같이 현숙한 것으로 평가하여 화씨를 옹호하는 입장을 보여준다. 이것은 화씨가 첫째 부인이라는 점과 관련이 있는 듯한데, 가사 <과부가>에서도 유사한 견해를 찾을 수 있다.[18] <자운가>는 <소씨삼대록>에서 뛰어난 영웅으로 형상화

---

17) '소영을 옆에 끼었다'는 것은 소운성이 석파의 친족 소영을 옆에 끼고 동산에 올라가 강간한 사건을 가리킨다.

18) <과부가>는 <소현성록>에 대한 감상으로 '화씨 · 석씨의 절행'을 들어, 화씨와 석

되는 소운성에 대해서도 색다른 관점을 취한다. 소운성의 영웅성이 힘 없는 여성을 강간하는 폭력성에 불과하다는 것이다. <자운가>는 이러 한 시각을 고아소녀 소영을 손쉽게 겁탈하는 소운성과 천자의 딸 명현 공주에게 얻어맞는 소운성을 대비시킴으로써 드러내고 있다. 뒤에 가 서 칠성검을19) 휘두르고 만리운을20) 타니 호걸이라는 내용으로 소운성 을 추어주고 있지만 이것은 칭찬이라기보다는 조롱에 가깝다.

이처럼 <자운가>는 소설 자체의 서술시각에서 벗어나 자기 나름의 관점과 독법을 보여준다. 따라서 <자운가>는 체계를 갖춘 본격적인 소설 비평은 아니지만 소설 비평적인 성격을 다분히 지닌 작품이라고 할 수 있다. <자운가>는 소설에 대한 감상과 비평이 가사를 통해 표 출될 수 있음을 보여주는 흥미로운 예이다. 현재로서는 이와 같은 성격 의 가사가 <자운가> 하나뿐이지만, 더 많은 작품이 존재했을 것으로 생각된다. 장편소설의 향유층과 규방가사의 향유층이 상당 부분 중복 되는 만큼, 장편소설에 대한 감상과 비평이 가사의 형태로 소통되었을 가능성이 충분하기 때문이다. 특히 가사는 서정·서사·교술에 구애되 지 않고 무슨 내용이든 담을 수 있는 장르적 개방성을 보유하고 있으 므로, 소설에 대한 감상을 표현하는 데 무리가 없을 것으로 생각된다.

<자운가>는 소설 비평 형식의 다양성을 입증하는 사례이다. 그러나 <자운가>와 같은 경우—시조, 한시, 가사 등을 통해 소설에 대한 감상 을 표출하는 경우—는 특정 소설 한 편에 대한 감상이라는 점에서 <여와전> 연작과는 성격이 다르다. <여와전> 연작은 하나의 작품에

씨를 동등하게 평가하고 있다. "영등을 노피달고 언문고담 빗기들고 소현성록 보노 라니 화씨석씨 절행이라". <과부가>. 김성배 외,『교주가사문학전집』, 집문당, 1977, p.439.

19) 칠성검은 소운성의 검으로, 칠성참요검이라고 한다.
20) 만리운은 소운성이 타고 다니는 말이다.

대한 감상이 아니라 여러 작품들에 대한 비평을 목적으로 하기 때문이다. 또 <자운가> 등은 소설이 아닌 다른 장르를 통해 소설에 대한 감상과 비평을 전달하지만, <여와전> 연작은 소설에 대한 비평이 또 하나의 소설로 나타난다는 차이점이 있다. 이러한 측면에서 <여와전> 연작과 보다 가까운 작품은 <園林午夢>이라는 중국의 희곡이다.

<園林午夢>은 중국 明代의 雜劇으로[21] 누가 지었는지는 확실하지 않으나 유명한 문학가이며 희곡작가였던 李開先(1502~1568)의 작으로 보는 것이 일반적이다.[22] <원림오몽>은 어떤 漁翁이 園林에서 낮잠을 자다가 崔鶯鶯과 李亞仙이 서로 상대방의 결점을 헐뜯는 꿈을 꾼다는 짧은 내용으로 되어 있는데,[23] 여기에서 중요한 것은 최앵앵과 이아선이 <원림오몽>에서 창조된 인물이 아니라 희곡 <西廂記>와 <曲江池>의 여주인공이라는 사실이다.[24]

어옹이 최앵앵과 이아선의 傳을 읽고 두 사람의 행적이 비슷해서 고하와 귀천을 가릴 수 없다고 평가하자,[25] 이에 분개한 최앵앵·이아선이 어옹의 꿈에 나타나 서로 상대방의 약점을 공격하여 자신의 우월성을 입증하려 한다. 이들의 말다툼은 두 사람의 시비인 紅娘과 秋桂의

---

21) 현전하는 <원림오몽>의 판본에는 3종이 있는데, 본고에서 참조한 것은 崇禎年間의 판본을 1916년에 복각한 貴池劉氏輯刻 暖紅室彙刻傳奇西廂記附錄本이다. (傅大興 撰, 『明雜劇考』 卷一, 世界書局, 中華民國 71(1982), pp.91~92. 참조) 이 본은 『西廂十則曲』(서울대 소장)에 수록되어 있다. 이하 작품 인용은 이 판본에서 하고, 출처는 따로 밝히지 않는다.

22) 傅大興 撰, 『明雜劇考』 卷一, 世界書局, 中華民國 71(1982), pp.91~92.

23) 上海藝術研究所 中國戲劇家協會上海分會 編, 『中國戲曲曲藝詞典』, 上海辭書出版社, 1981, p.473.

24) <西廂記>가 唐 傳奇 <鶯鶯傳>에, <曲江池>가 唐 傳奇 <李娃傳>에 근거하는 희곡임은 말할 나위 없다.

25) "適纔因見案上 有崔鶯鶯李亞仙二傳 仔細看來 他兩箇也差不多 難分貴賤 怎定低昂". <원림오몽>.

爭辯으로 이어지지만 결국 승부를 가리지 못하고 끝난다. <원림오몽>에서 최앵앵 측과 이아선 측이 서로에게 퍼부은 비난은 당대인들이 <서상기>나 <곡강지>에 대해 가한 비판이다.[26] 따라서 <원림오몽>은 최앵앵과 이아선의 말다툼을 통해 <서상기>와 <곡강지>에 대한 당시의 비평적 견해를 소개한 것이다.

이처럼 <원림오몽>은 희곡을 통해 다른 희곡들을 비평한 작품이다. 특정 장르를 통해 특정 장르의 작품들을 비평한다는 측면에서 <원림오몽>은 <여와전> 연작과 성격이 크게 유사하다. 그 중에서도 특히 <투색지연의>와 비슷하여 <원림오몽>이 <투색지연의>의 창작에 영향을 주었을 가능성이 있다. <원림오몽>은 주로 <서상기>의 부록으로 유통되었는데,[27] 우리 나라에도 유입된 기록이 발견된다.[28] <원림오몽>은 희곡이고 <여와전> 연작은 소설이지만, 희곡과 소설은 둘 다 독서물이기 때문에[29] 영향을 주고받는 것은 조금도 어색한 일이 아니다. 그리고 설령 <투색지연의>가 <원림오몽>과 관계 없이 창작되었다 하더라도, <원림오몽>과 같은 작품의 존재에 비추어 볼 때 소설을 비평하는 소설의 출현은 예상 가능한 것이었다고 할 수 있다.

이상에서 살펴본 것과 같이 소설 비평은 고정불변의 형식을 갖출 필요가 없다. 비평자의 의도를 제대로 전달할 수만 있다면 어떠한 형식도 취할 수 있는 것이다. 따라서 소설을 통해 다른 소설들을 평가하는 <여

---

26) 蔣星煜,『明刊本西廂記研究』, 中國戲劇出版社, 1982. 참조.
27) <園林午夢>은 弘治 년간 이후의 明刊本 <西廂記>에 부록으로 실렸다. 蔣星煜, 앞의 책 참조.
28) 유만주는『흠영』에 1784년 10월에 <西廂記> 卷首에 실린 <園林午夢>을 읽었다고 기록하고 있다. "閱園林午夢云云 載西廂首卷". 1784년 10월 6일. 兪晩柱,『欽英』5, 서울大學校 奎章閣, 1997.
29) 明代의 희곡들은 공연물이라기보다는 독서물로서 크게 유행했다고 한다. 양회석,『중국희곡』, 민음사, 1994, pp.183~184. 참조.

와전> 연작도 소설 비평의 한 형식으로 인정할 수 있을 것이다.

한편, <여와전> 연작이 보여 주는 담론의 수준이 본격적인 비평이 아니라 단순한 소감이나 인상비평에 불과한 것이라는 비판이 있을 수 있다. 사실 <여와전> 연작에 나타나는 비평은 논리화·이론화된 것이 아니다. 그러나 이것은 <여와전> 연작의 결함이라기보다는 소설화된 소설 비평이 갖는 고유한 특질이라고 보아야 한다.30) <여와전> 연작은 소설 비평이기도 하지만 소설이기도 하다. 즉, 그 자체가 허구적인 예술 작품인 것이다. 객관적 대상을 논리적으로 분석하거나 주관적 견해를 설득적으로 전개하는 의론이 아니라 상상적인 이야기를 창조하고 예술적으로 구상화시키는 소설인 이상, 논리적 질서보다 미적 질서를 우선시하는 것은 당연한 일이다. 그러므로 <여와전> 연작의 무게중심은 체계적인 비평 이론의 전개가 아닌, 비평 의식과 허구적 서사의 성공적인 결합에 놓인다.

실제로 비평이라는 내용과 소설이라는 형식을 접합시킨 <여와전> 연작의 전략은 자신의 비평적 견해를 효율적으로 전파시키는 데 상당히 유리하게 작용했을 것이다. <투색지연의>나 <여와전>의 예상 독자는 장편소설의 독자이며, 그 중에서도 열광적인 매니아들이다. 그렇지 않고서는 작품을 완전히 소화하기 힘들기 때문이다. 이처럼 소설에 심취해 있는 독자들의 관심을 끄는 데 직설적이고 건조한 평론보다 풍

---

30) 소설 속에서 등장인물을 통해 소설론 또는 소설 비평이 펼쳐지는 경우도 있다. <홍루몽>에서 가보옥이 <서상기>와 <교홍기>를 비평하고, <옥선몽>에서 몽옥이 소설론을 전개하는 등이다. 그러나 이와 같은 경우는 소설화된 소설 비평이 아니라 소설 속에 삽입된 소설 비평이라고 볼 수 있다. <홍루몽>이나 <옥선몽>에 등장하는 소설 비평은 비록 소설 속에 들어있지만 <여와전> 연작처럼 허구적·소설적으로 형상화된 것이 아니라 의론 그 자체이기 때문이다. 따라서 비평의 체계성·논리성은 소설화된 소설 비평의 경우보다 소설 속에 삽입된 소설 비평의 경우가 더 높다고 할 수 있다.

부한 상상력을 유발하는 소설이 한층 효과적이었을 것이다. 또 이 경우에는 비평이 자신의 독자적인 통로를 개척하는 수고 없이 소설의 유통 경로를 그대로 사용할 수 있다는 장점이 있다. 요컨대 <투색지연의>와 <여와전>이 오랜 기간 읽히면서 파생작을 산출할 수 있었던 것은 그들이 소설이었기 때문에 가능했던 일이다.

그렇다고 <여와전> 연작의 비평 수준이 파편적인 감상에 그치는 것은 아니다. <여와전> 연작은 소설을 비평하는 일관된 기준과 의식을 지니고 있다. 다만 소설이라는 특성상, 그것이 표면에 노출되어 있지 않을 뿐이다. 소설의 주제나 의식의 지향은 문면에 진술되기보다는 작품에 구조화되어 있다. 따라서 이를 구명하기 위해서 작품을 분석해야 한다. <여와전> 연작도 마찬가지로, 이들의 소설 비평 의식에 도달하기 위해서는 먼저 작품에 대한 정치한 분석이 필요하다고 하겠다.

이상에서 살펴본 바와 같이 <여와전> 연작은 소설 속의 여주인공들에 대한 인물 비평을 통해 소설 비평이라는 목적을 달성하는 소설이다. 그런데 소설 비평은 아니지만 <여와전> 연작과 근친적인 관계에 있는 작품들이 있다. 몽유록 가운데 <대관재기몽>, <금생이문록>, <금화사몽유록> 등 일군의 작품들이 그것이다. 몽유록에는 특정한 사건과 관련하여 치열한 현실 비판 의식을 보여주는 <원생몽유록>, <피생명몽록>, <강도몽유록>, <달천몽유록> 같은 작품이 있는가 하면, <대관재기몽>, <금생이문록>, <금화사몽유록> 등처럼 지나간 역사적 인물에 대한 강한 비평 충동에 의해 생산된 것들도 있다. <대관재기몽> 등은 실제 역사 속의 인물들을 시공간을 초월하여 한 자리에 모아놓고 품평함으로써 이들 인물에 대한 작자의 비평적 견해를 표출하는 작품이다. <대관재기몽>은 가상의 문장왕국을 세워 역대 우리나라 이름난 문인을 비평하는 작품이고, <금생이문록>은 도학자들의 계보와 서열을 확립하려는 작품이며, <금화사몽유록>은 漢唐宋明 四代 창업주들의 연회를 통해 역대 제왕과 신하들을 題品하는 작품이다. <사수몽유록>, <내성지>, <왕회전>, <몽유성회록> 등은 모두 <금화사몽유록>과 유사한 지향을 보인다.

<대관재기몽> 등은 인물 비평이라는 점, 시공을 초월하여 인물들을 불러모아 題品한다는 점에서 <여와전> 연작과 성격이 비슷하다. 그런데 <대관재기몽>, <금생이문록>, <금화사몽유록>이 <여와전> 연작보다 시기적으로 앞서는 것이 분명하므로, <여와전> 연작이 <대관재기몽> 등의 인물 비평 전통을 이어받은 것으로 생각된다. 특히 <여와전> 연작은 <금화사몽유록>의 영향을 많이 받은 듯하다. <투색지연의>·<여와전>에서 보이는 여중천자의 등극, 태평연, 투색창업연 등은 <대관재기몽>·<금화사몽유록>에서 이미 고안된 형식을 새롭게 활용한 것이다. 특정 유형의 인물들을 시공을 초월하여 집합시키는 데는 연회가, 그들을 평가하는 데는 假想 組閣과 같은 '서열 정하기'가 유효한 형식이기 때문이다.

그러나 <대관재기몽> 등과 <여와전> 연작 사이에는 큰 차이점도 존재한다. <대관재기몽> 등은 실존 인물을 다루지만 <여와전> 연작은 소설 속의 허구적 인물을 다룬다는 것이다. 따라서 역사적 실존 인물에 대한 인물 비평의 전통이 후대로 가면서 소설 속의 허구적인 인물을 비평하는 데까지 영역을 확대했다고 할 수 있다. 그런데 여기에서 주목해 보아야 할 사항은 <금화사몽유록>과 <금화사몽유록>을 본뜬 장편 몽유록 작품들의 경우, 역사적 인물과 소설적 인물의 경계가 명확하지 않다는 점이다. 이들 작품은 인물 개개인에 대한 정보를 정식 역사서에서 얻기도 하지만 역사연의소설에서 취하기도 한다. 대표적인 예로 <금화사몽유록>에서 제갈량·관우 등을 평가하면서 언급한 桃園

結義・六出祁山 등은 正史인 陳壽의 <三國志>에는 없고 소설인 羅貫中의 <三國志演義>에만 존재하는 내용이다. 그러므로, <금화사몽유록>에 등장하는 인물들은 완전히 역사적인 인물이라기보다는 소설이나 민간고사 등이 덧붙여진, 어느 정도 허구화된 인물이라 할 수 있다. 그리고 <금화사몽유록>에서 보여주는 인물 평가 역시 역사적 인물에 대한 비평과 소설적 인물에 대한 비평이 혼효되어 있다고 볼 수 있다.31) 이것은 비평의 대상이 이미 역사적 실재로부터 어느 정도 벗어나고 있음을 보여주는 증거이다.

<금화사몽유록>은 인물 비평의 대상이 역사적 실재로부터 허구적인 소설로 확대되는 과정에 위치한다고 할 수 있다. 그러나 <금화사몽유록>과 같은 경우에는 작자가 소설과 역사를 혼동한 것이지 본격적으로 소설 속의 인물에 대한 비평을 시도한 것이 아니다. 반면, <여와전> 연작에 이르면 어디까지나 소설을 소설로 인식하는 가운데 소설 속의 인물들을 비평하게 된다. 즉 비평의 대상이 역사로부터 소설로 바뀐 것이다. 따라서 <대관재기몽>에서부터 볼 수 있는 인물 비평의 전통은 <금생이문록>과 <금화사몽유록>을 거쳐 장편의 몽유록 작품들로 이어지는 한편, <여와전> 연작과 같은 허구적인 방향으로 전개되기도 했다고 하겠다. <여와전> 연작이 <금화사몽유록>의 영향을 크게 입으면서도 몽유 구조에 집착하지 않는 것 또한 비평의 대상과 관련이 있을 것이다. 실재했던 역사적 인물을 논평하는 몽유록에 비해 허구적인 소설 속의 인물을 평가하는 <여와전> 연작은 사실임을 고집해야 할 부담감이 적기 때문이다.

<여와전> 연작이 보여주는 소설 비평의 가치는 장편소설에 대한 비

---

31) <금화사몽유록> 등이 연의소설에 의지하는 비중이 어느 정도 되는가는 정밀한 확인과정을 거쳐야 밝혀질 것이다.

평이 희소한 현실에 비추어 볼 때 더 높아진다. 김경미는 조선 후기 소설론 가운데 특히 장편소설에 대한 논의가 없으며, "규방 부녀자들을 대상으로 한 장편가문소설이나 여항에서 성행한 필사본 소설들의 말미에도 작품에 대한 단편적인 언급이 보이기는 하나 대개 '사적'이나 '곡절'의 신기함을 강조하는 정도의 수준에 그친"다고[32] 했다. 실제로 장편소설 중에 사대부들로부터 비교적 많은 관심을 받은 <창선감의록>과 <사씨남정기>의 경우에도 도덕적 효용을 인정받는 데 머물렀을 뿐이다. 소설론에서 기법적 측면, 심미적 측면이 고려된 것은 19세기 한문장편소설에 이르러서였다고 할 수 있다. 그러나 사대부 창작 한문장편소설에 대한 비평은 주로 서발의 형태로 이루어지기 때문에 해당 작품에 대한 찬양 일색이 대부분이며, 여러 작품들을 대상으로 한 포폄은 찾아볼 수 없다.

장편소설에 대한 19세기의 비평 자료로서 가장 가치가 높은 것은 洪義福의 <第一奇諺> 서문인데, 여기에서 홍희복은 당시에 읽히고 있는 소설을 연의류, 대하 장편류, 방각본류 등으로 나누고 우리 소설의 소재·구성·주제의 천편일률성과 비교육적인 문제점 등을 지적하였다. <제일기언> 서문은 소설의 국적, 유형, 독자층 등에 대한 당대인들의 인식을 보여주는 귀중한 자료이지만, <鏡花緣>의 번역본(<제일기언>)에 붙인 서문이라는 특성상, 우리 소설에 대해서는 전반적으로 비판하고 있기 때문에 여러 작품들을 비교 평가하는 내용은 없다. 따라서 장편소설에 대해 구체적으로 작품들을 거론하면서 비평한 자료는 <여와전> 연작을 제외하고는 없다고 할 수 있다. 이러한 사정을 감안할 때 <여와전> 연작의 소설 비평적 가치와 의의를 더욱 적극적으로 평가할 필요가 있다고 생각된다.

---

32) 김경미, 「조선후기 소설론 연구」, 이화여대 박사학위논문, 1994, pp.153~154.

Ⅲ. <투색지연의>의 작품 세계

　<투색지연의>는 이제까지 학계에 알려지지 않았던 작품이며, 다른 작품 뒤에 필사되어 있는 관계로 여러 소설 목록에서도 누락되어 왔다.[1] 그러나 <투색지연의>의 작품적 가치는 결코 낮지 않다. <투색지연의>는 내용과 구성방식이 매우 독특하고 흥미로울 뿐 아니라, <여와전>을 산생시키는 등 후대 소설계에 일으킨 반향도 작지 않다. 무엇보다 <투색지연의>는 확인 가능한 범위 내에서는 소설을 비평하는 최초의 소설이라는 의의를 지닌다.

1. 서지 사항과 작품 경개

1) 서지 사항

　<투색지연의>는 현재 조사된 바로는 한문필사의 유일본이다. 가람

---

1) 본고 이후 <투색지연의>에 대한 논의로는 다음을 참조할 수 있다.
　박현규, 「한문본 투색지연의의 해제와 표점본」, 『동아인문학』 창간호, 동아인문학회, 2002. 이 논문은 본고와 별도의 연구로, 제1회 동아인문학회 학술대회(2001.11) 발표문을 수록한 것이다. 이에 따르면 박현규는 「조선에서의 明 李禎 剪燈餘話의 수용과 변이 - 가운화환혼기를 중심으로 - 」(한국중국문화학회, 2000.10)라는 발표에서 <투색지연의>를 처음 소개했다고 한다.

본 <언문칙목록>에[2] 보이는 <투식기>가 <투색지연의>의 이본일 가
능성이 있으나, <여와전>의 이본 중에도 <투색연의>, <투색연> 등
의 제명을 가지고 있는 이본이 있으므로 섣불리 단정할 수는 없다. 현
전본의 서지 사항은 다음과 같다.

> <鬪色誌演義>, 국립중앙도서관 소장. 古朝 48-219. 19f.
> <洞仙記>와 합본. 필사기 : 上章閼茂病月念間畢書于小龍洞宅.[3]

<투색지연의>는 국립중앙도서관본 <洞仙記> 뒤에 <동선기>와 동
일한 유려한 필체로 필사되어 있다. 필사기의 "上章"은 庚을, "閼茂"
는 戌을, 病月은 三月을 가리킨다.[4] 따라서 庚戌年 三月에 필사된 것
이라 할 수 있다. <동선기> 말미에는 "上章閼茂病月旬間畢書"라는
필사기가 존재하여 <동선기>와 <투색지연의>가 경술년 삼월에 10여
일의 간격을 두고 필사되었음을 알 수 있다. 종이의 질이나 책의 상태
로 미루어 경술년은 1910년으로 추정된다. 오자·낙자가 거의 없고 문
맥도 매끄러워 내용을 이해하는 데 문제가 없으며, 아름답거나 볼 만한
구절에는 批點을 찍어 놓았는데 이것은 <동선기>와 마찬가지이다.

<투색지연의>는 국문본인 후편 <여와전>·<황릉몽환기>와 달리
한문본이다. 14회의 장회체 형식으로 되어 있고[5] 각 장회는 '却說'로

---

2) <언문칙목녹>, 규장각 소장, 가람본 『諺文古詩』(가람古811.061-Eo57) 수록.

3) 조선총독부에서 昭和 17년(1942)에 5000원을 주고 구입한 것으로 목록카드에 기록
되어 있다.

4) 이현종 편저, 『동양연표』, 탐구당, 1997. 참조.

5) 장회명은 다음과 같다. 1회. 崔氏貝貞爲第一色. 2회. 賈氏娉娉爲第二色. 3회. 子
英大敗齊娉. 4회. 童仲㑳敗子英. 5회. 張瓊瓊交戰童仲仙. 6회. 瓊瓊刺仲㑳於馬
下. 7회. 貝貞與娉娉轅門舌戰. 8회. 轅門擲鈴以定雌雄. 9회. 娉娉掛榜募色. 10회.
貝貞修德行仁得仙女. 11회. 紫雲等大敗楊太眞等. 12회. 貝貞受降娉娉. 13회. 貝

시작되는데, 장회의 길이는 천차만별이다. 처음부터 장회체의 한문본으로 창작되었는지 확실치 않지만, 현재로서는 한문으로 창작되었다고 보아야 할 것이다. 문체는 평이하면서도 아름답다. 분량은 200자 원고지 45매 정도이므로, 국문으로 번역한다면 그 2배 이상 늘어날 것이다. 이것은 <여와전>과 거의 비슷한 분량이다. 그러나 <투색지연의>는 미완본이기 때문에 생략된 후반부의 분량을 감안한다면 작품의 길이는 훨씬 더 길어질 것으로 생각된다.

2) 작품 경개

<투색지연의>의 작품 경개는 다음과 같다.

1회. 瀛洲 崔貝貞이 陳英과 혼인한 사연이 소개된다.
2회. 漢宮 賈娉娉이 魏鵬과 혼인한 사연이 소개된다.
3회. 패정이 女中天子로 불려지자 漢宮의 여러 낭자들이 분개하며 죄를 물을 것을 주장한다. 빙빙은 鬪色하여 이긴 후에 죄를 다스리기로 하고 齊娉을 대장으로 海春을 부장으로 삼아 3천 궁녀를 보낸다. 패정도 子英을 대장으로 月香을 부장으로 삼아 3천 궁녀를 출사시킨다. 滿花村에서 자영이 제빙을 대패시킨다.
4회. 제빙 등이 도망하여 한궁으로 돌아가자 한궁에서는 童仲仙을 대장으로 代娉을 부장으로 삼아 다시 궁녀들을 보낸다. 동중선이 자영을 대패시킨다.
5회. 張瓊瓊이 나가 동중선과 싸우니 막상막하라 승부를 가릴 수 없다.
6회. 경경이 九華山 선녀가 꿈에 주고 간 약을 얼굴에 바르니 용모가 더욱 아름다워져서 동중선을 대패시킨다.
7회. 패정과 빙빙이 舌戰을 벌인다.

貞封爲女中天子. 14회. 女中天子設太平宴.

8회. 유리패에 금령을 맞히는 경기를 벌여 가장 많이 맞힌 자에게 冠色印을 주고 第一冠色將軍 烈女侯로 봉하기로 한다. 玉蓮이 한 개, 薛英英이 두 개, 笑花가 세 개, 吳五娘이 네 개, 童仲允과 張瓊瓊은 다섯 개씩을 맞춘다. 동중선과 장경경이 冠色印을 서로 차지하려다가 다시 싸움이 벌어지고 경경이 이긴다.

9회. 빙빙이 방을 걸어 미색을 모집하니 楊太眞·西施·愛卿이 온다.

10회. 패정도 修德行仁하여 紫雲·王昭君·綠珠를 얻는다.

11회. 자운 등이 양태진 등을 대패시키자 양태진 등이 달아난다.

12회. 빙빙이 최후의 방법으로 전군을 동원하여 쳐들어오자 패정도 모든 미녀를 거느리고 나가 양측이 혼전을 벌인다. 빙빙이 달아나다가 白雲洞에서 매복을 만나 다시 패하여 滿花城으로 들어간다. 패정이 성을 포위하고 군량을 수송할 길을 끊으니 빙빙이 항복한다.

13회. 패정이 빙빙과 그 수하를 위로하고 연회를 베푼다. 빙빙이 패정에게 여중천자에 등극할 것을 청하고 자운 등도 권하니 패정이 따르기로 한다. 빙빙이 황제에게 상표하자 황제가 패정을 金字光祿大夫 貞敬夫人으로 삼고 萬古女中天子에 봉한다.

14회. 패정이 娉娉을 漢宮大王 銀字光祿大夫 貞烈夫人으로, 瓊瓊을 玉春大王 銀字大夫 貞敬夫人으로, 童仲允을 侍衛大王으로, 五娘을 後庭花 大將軍으로 삼고 紫雲, 昭君, 綠珠는 모두 烈女侯로 봉한다. 크게 별연을 베풀고 천하·역대의 미색절행을 부른다.

2. 작품 구성과 완본 재구

1) 작품 구성

<鬪色誌演義>는 최패정 무리와 가빙빙 무리가 아름다움을 겨루는 내용으로 되어 있다. 뒤에서 다시 밝히겠지만 최패정과 가빙빙은 둘 다

소설 속의 여주인공이다. 두 소설의 여주인공이 우열을 가리고자 다툼을 벌인다는 점에서 <투색지연의>는 <園林午夢>과 그 구도가 같다. 여주인공 뿐 아니라 여주인공의 시비들까지 싸움에 참여한다는 점도 일치하는 사항이다. 그러나 <원림오몽>이 단순한 말다툼이며 구성도 평면적인 반면, <투색지연의>에서는 양측의 대결이 군담으로 전개되며, 스케일이 훨씬 크고 화려하다. 따라서 <투색지연의>가 <원림오몽>보다 소설적으로 한층 발전된 형태라고 할 수 있다.6)

　<투색지연의>의 작자가 실제로 <원림오몽>으로부터 영향을 받았는가는 알 수 없다. 그러나 <원림오몽>이 弘治 년간 이후의 明刊本 <서상기>에 부록으로 실렸기 때문에 국내에서도 상당히 읽혔을 것으로 생각되며,7) <투색지연의>에 영향을 미쳤을 가능성도 있다고 본다. 그러므로 <원림오몽>과 <투색지연의>를 비교하여 공통점과 차이점을 살펴보는 것은 <투색지연의>의 구성적 특성을 이해하는 데 도움이 될 것이다.

　<원림오몽>에서는 <西廂記>의 주인공인 崔鶯鶯과 <曲江池>의 주인공인 李亞仙이 말다툼을 벌이는데, 그 이유는 그들을 똑같다고 본 몽유자 漁翁의 평가에 분개했기 때문이다. 이들의 舌戰은 한 줄씩의 대사를 공평하게 주고받는 형식으로 진행된다. 잠깐 예를 들어 보면 다음과 같다.

---

6) <원림오몽>에 대해서는 "중국희극사상 예술 구상이 가장 독특하고 예술 풍격이 가장 신기한 극본 가운데 하나"라는 평가가 있다.
　　"在中國戲劇史上 藝術構想最獨特 藝術風格最新奇的劇本 我想李開先的<園林午夢>加算是其中較有代表性的". 蔣星煜,『明刊本西廂記硏究』, 中國戲劇出版社, 1982, p.60.
7)『欽英』의 작자 유만주는 <西廂記> 1권에 실려있는 <園林午夢>을 읽었다고 기록하고 있다. "閱園林午夢云云 載西廂首卷". 1784년 10월 6일. 俞晩柱 著,『欽英』5, 서울大學校 奎章閣, 1997.

[鶯] 넌 곡강지에서 과객에게 정을 주었지.

[仙] 넌 보구사에서 떠돌이중에게 눈길을 보냈잖아.

　　　… 중략 …

[鶯] 너는 정원화가 말 위에서 채찍을 떨어뜨리도록 꼬셨지.

[仙] 너는 장군서가 달빛 아래 거문고를 타도록 유인했잖아.

[鶯] 너는 의식을 위해 남자를 갈아치웠어.

[仙] 너는 상사병에 걸려 침식도 잊었었지.

　　　… 중략 …

[鶯] 우리 장군서는 탐화급제했단다.

[仙] 우리 정원화는 금방에 이름이 올랐는걸.

[鶯] 네가 어떻게 오화관고를8) 받은 나한테 비기겠니?

[仙] 난 일찍이 일품부인에 봉해졌단다.

[鶯] 넌 양인 신분을 팔아 천인이 되었으니 마땅히 이혼해야 해.

[仙] 넌 먼저 간통하고 나중에 시집갔으니 당연히 장형을 받아야 해.9)

인용문에서 볼 수 있는 것처럼 <원림오몽>의 대결은 논리적인 공박이라기보다는 단편적인 비방에 가까우며, 주로 상대방의 행실에 대한 공격으로 이루어져 있다. 상대방의 행실은 물론 해당작품에서 여주인공의 행적이다. 따라서 정원화가 채찍을 떨어뜨렸다든가, 장군서가 거문고를 탔다는 것은 모두 <곡강지>와 <서상기>의 내용이다. 최앵앵과 이아선은 서로의 약점을 신랄하게 비난하고 있으며, 이들의 설전

---

8) 五花官誥는 관직을 받은 사람의 아내를 부인으로 봉하는 詔書로, 오색 비단을 사용하여 만들기 때문에 오화관고라 부른다.

9) "[鶯] 你在曲江池上過客留情 / [仙] 你在普救寺中遊僧掛目 / …중략… / [鶯] 你哄鄭元和馬上投策 / [仙] 你引張君瑞月下彈琴 / [鶯] 你爲衣食迎新棄舊 / [仙] 你害相思廢寢忘餐 / …중략… / [鶯] 俺張君瑞也曾探花及第 / [仙] 俺鄭元和也曾金榜題名 / [鶯] 你怎比我受過五花官誥 / [仙] 俺也曾累封爲一品夫人 / [鶯] 你買良爲賤例當離異 / [仙] 你先姦後娶理合杖開". <園林午夢>, 貴池劉氏輯刻 暖紅室彙刻傳奇西廂記附錄本(1916년),『西廂十則曲』수록. 서울대 소장.

은 이미 기생이 된 이아선이 신분이 높은 정원화의 아내가 될 수 없다고 최앵앵이 비아냥거리자, 혼인하기 전에 간통한 최앵앵은 杖刑을 받아 마땅하다고 이아선이 응수하는 데서 절정에 이른다. 그러나 결국 어느 한 쪽이 기선을 제압하지 못하고 끝나는데, 이것은 최앵앵과 이아선의 시비인 紅娘과 秋桂의 설전에서도 마찬가지이며, 이들 역시 승부를 가리지 못하고 몸싸움을 하는 데서 어옹이 꿈을 깬다.

<서상기>와 <곡강지>에 대한 <원림오몽>의 비평 의식을 분석하는 것은 본고의 목적이 아니므로, 여기에서는 <원림오몽>이 단순한 대화식으로 구성되어 있다는 점만 지적하기로 한다.10) 이에 반해, <투색지연의>는 작품의 분량이 길 뿐 아니라 등장인물의 숫자도 많고 구성도 복잡하다. 우선 <원림오몽>에는 4명의 인물만이 등장하지만, <투색지연의>에는 중요 인물만 20명 이상이 등장한다. 다시 말해 최앵앵과 그녀의 시비 홍랑, 이아선과 그녀의 시비 추계로 이루어졌던 양측의 구성이 최패정과 그녀의 무리 7명 대 가빙빙과 그녀의 무리 8명으로 대폭 늘어나고, 거기다가 조력자들과 수천 명의 궁녀들까지 가세하게 되는 것이다. 따라서 <원림오몽>과 비교할 수 없을 정도로 규모가 장대해졌다고 할 수 있다.

구성에 있어서도 주목할 만한 차이가 있다. 무엇보다 가장 큰 특징은 <투색지연의>가 소설 여주인공들의 우위 다툼을 군담으로 표현한다는 점이다. 이것은 <투색지연의> 창작 당시에 유행했던 연의소설의 영향으로 보이는데, <鬪色誌演義>라는 제명에서도 <三國志演義>를 의식한 흔적이 엿보인다. 이처럼 군담과 전혀 상관없는 소재를 가지고 군담을 만드는 구성 방식은 이보다 앞서 <天君演義>에서 찾을 수 있

---

10) 이것은 <원림오몽>이 雜劇의 형식에 제약을 받은 때문이기도 하다.

다. 따라서 <투색지연의>는 단순한 말다툼에 의존하여 우열을 가리려는 <원림오몽>과 달리 <천군연의>식의 상상력을 발휘하여 본격적인 War-game을 벌였다고 할 수 있다. 미녀들은 창칼을 휘두르며 말을 달리기도 하고, 舌戰을 벌이기도 하며, 놀이를[11] 하기도 한다. 그런데 이 모든 경우에 승패를 좌우하는 것은 아름다움이다. <원림오몽>에서는 미모가 비교의 대상에 들어가지 않은 반면, <투색지연의>에서는 그 제명이 표방하고 있듯이 아름다움이 우열을 가리는 첫 번째 기준이 된다. '鬪色戰'에서 공력은 곧 아름다움이다. 그래서 장수가 된 미녀들은 전투에 앞서 화려한 의복을 차려입고 얼굴을 다듬으며 선녀가 준 화장품을 바르고, 군사(궁녀)들은 꽃가지를 받들고 主將의 아름다움을 돕는다.

이처럼 <투색지연의>는 발상이 참신하고 허구적 형상화가 뛰어난 작품이다. 그러나 '투색전'이 <투색지연의>만의 독점물은 아니라고 생각된다. <浮碧夢遊錄>에도 어렴풋하게나마 투색전의 흔적이 남아있기 때문이다. <부벽몽유록>에는 정체가 밝혀지지 않은 '關西妖色將軍 士小娘'이라는 여성이 등장하는데, '투색장군'이란 명칭은 이미 투색전을 전제한 것이다.[12] 關西는 <부벽몽유록>의 공간적 배경인 평양 근처이므로, 관서투색장군 사소랑은 관서지방 즉 평양 인근에서 가장 아름다운 여성이라고 할 수 있다.

　　얼마 후, 수레 소리와 말발굽 소리가 먼 데서부터 가까이 들려왔다. 눈을 뜨고 보니 永明寺 뒤의 소나무와 잣나무 숲 속에 몇 명의 仙娥가 진을 치고 시위하고 있었다. 초록 저고리와 붉은 치마는 봄바람에

---

11) 전투 중간에 시를 지은 후 금방울로 유리패를 맞추는 놀이를 하기도 한다. 현전본에는 미녀들이 짓는 시(절구)가 모두 생략되어 있으나, 완본에는 시가 존재했으리라 생각된다. 이 시의 내용은 각자 소설 속에서의 행적과 관련이 있었을 것이다.
12) <투색지연의>에서는 漢宮의 종족낭자 齊娉이 妖色將軍으로 나온다.

나부끼고, 청아한 노래와 신묘한 춤은 반공에 사무쳤다. 맑은 광채가
사람에게 끼치고 향기로운 냄새가 멀리까지 퍼졌으며 정기는 해를 가
렸고 패옥은 짤랑짤랑 소리를 냈다. 내가 점점 그 앞에 나아가서 엿보
니 靑松壇 아래에 큰 旗가 우뚝 세워져 있는데 "관서투색장군 사소랑
의 깃발"이라 쓰여 있었다. 기 아래에는 젊은 여자가 있었는데, 옥방울
을 차고 화관을 쓰고 붉은 치마를 걷어올리고 구슬 신발을 신고 표연
히 앉아 있었다. 이는 두 명의 梅娘이었다. 나머지 여러 기녀들도 화
려하게 단장하여 차례대로 앉아 있는데, 뛰어나게 빛나는 기상과 청아
한 태도는 비록 양귀비, 서시의 아름다움에 비하더라도 이를 넘지 않
을 듯하였다. 각기 악기를 들고 여러 가지 음악을 번갈아 연주하니 초
목이 춤추고 푸른 물결이 흐르지 않는 듯했다. 옛 일을 슬퍼하고 오늘
일을 논하면서 태연히 담소하였다.13)

위 인용문은 <부벽몽유록>의 한 부분인데, 여기에서 仙娥들은 마
치 군대처럼 結陣作衛하고 있으며, 깃발에는 '妬色將軍'의 이름이 휘
날리고 있다. 이것은 완연히 妬色戰의 한 장면으로, 主將의 인솔하에
군사들이 움직이는 모습이다. 仙娥들의 자리 배치 또한 그렇다. 이들
은 깃발 아래에 小娥라 지칭된 한 여성이 앉고, 그 주위에 梅娘이라고
불리는 두 명의 여성이 앉고,14) 나머지 여성들도 서열대로 질서정연하

---

13) "俄而 車馬軿闐之聲 自遠而邇 擡眼視之 永明寺後 松柏叢裏 多少仙娥 結陣作
衛 綠衣紅裳 飄拂乎春風 淸歌妙舞 凝落乎半空 淸光襲人 香臭發越 旌旗蔽日
佩玉鳴金 予漸進其前 窺而視之 靑松壇下 聳立大旗 其旗曰 關西妬色將軍士小
娘之司命 旗下有小娥 佩玉鷺戴花冠 搴紅裳曳珠履 縹然而坐 此乃二梅娘也 其
餘諸妓 整飾盛粧 次第而坐 其卓犖之氣 淸雅之態 雖比於楊徐之艶 不踰於此也
各執絲管 衆樂迭奏 草木舞搖 綠波不流 弔古論今 自若談笑". <부벽몽유록>,
강동엽 소장.
14) <부벽몽유록>의 이 부분은 문맥이 자연스럽지 않아서, 小娥가 士小娘인지 二梅
娘인지 확실치 않다. 그러나 투색장군은 이매랑이 아니라 사소랑이고, 작품의 뒷부
분에는 투색장군만 나오므로 소아는 사소랑이고, 그 아래 2명의 매랑이 있다고 보
는 것이 타당할 것이다.

게 앉는다. 이들의 서열이 투색전을 통해 결정된 위차, 즉 투색연의 위차라는 점에는 의심의 여지가 없다. 다만 <부벽몽유록>은 투색전을 다룬 작품이 아니고 그 이후의 상황을 다룬 작품이기 때문에 투색전에 대한 더 이상 구체적인 서술이 존재하지 않는 것이라 하겠다.

士小娘의 정체는 정확히 알 수 없지만 그녀가 이끄는 여성들이 모두 기생인 것으로 보아 사소랑도 기생일 확률이 높다. 그런데 중국의 역대 미녀들인 楊太眞, 李夫人, 虞美人이 士小娘에게 최대의 경의를 표하고 있어, 작자가 사소랑에게 큰 자부심을 지니고 있음을 알게 한다. <부벽몽유록>의 작자가 평양에 대한 깊은 애착을 보여주는 것으로 보아, 사소랑이나 매랑은 실존했던 평양 부근의 이름난 기생으로 추측된다. <부벽몽유록>에 대한 자세한 분석은 뒤로 미루기로 하고, 여기에서는 <부벽몽유록>을 통해 투색전의 전통이 생각보다 깊고 넓다는 점만 확인하기로 한다.

요컨대 <투색지연의>는 <원림오몽>과 같이 대결 구도를 취하면서도 연의소설의 군담을 원용하여 작품 편폭을 대폭 확장한 작품이다. 연의소설의 방식을 본뜬 <천군연의>류나 <여용국전>과 마찬가지로 鬪色의 전개에 있어서도 演義라는 제명답게 장수끼리의 일대일 접전, 야습, 설전, 용병의 영입, 전군의 전면전, 매복, 포위 등 연의소설에서 볼 수 있는 여러 가지 전투방식을 활용하여 흥미롭게 구성했다. 또 전투 중간에 시를 짓고 금방울로 유리패를 맞추는 놀이까지 설정하여 다채로운 재미를 준다. 이와 같은 작품의 구성방식을 통해 볼 때, 작자는 장편소설 뿐 아니라 연의소설의 관습에도 익숙한 인물로서, 창의력과 구성력이 모두 뛰어난 것으로 평가된다.

2) 완본 재구

이미 언급했다시피 <투색지연의>는 미완본이다. 이 점을 확인하기 위해 현전하는 <투색지연의>의 결말부를 살펴 볼 필요가 있다.

> 따로 크게 잔치를 베풀고 사자를 파견하여 천하의 미색과 절행을 갖춘 부녀를 불러모아, 그들로 하여금 별연에 참여하도록 했다. 그리고 만고의 이름난 미색과 절행이 있는 神位에 제사를 지냈다. 이 때 몇 조각 상서로운 구름이 겹겹으로 둘러싸여 바로 연석을 향해 오고, 옥피리 소리가 연신 들리며 그윽한 향기가 은은한 사이에, 선녀 몇 사람이 좌우에 시립하고 金鳳雀扇으로 전후에서 옹위하니, 위의와 거동이 마치 玉皇夫人과 같았다. 그리고 그 가운데 彩雲으로 된 장막 안에 다만 仙娥 한 사람이 있었다. 【仙娥는 貝貞이다.】 15)

<투색지연의>의 내용은 절세미색인 崔貝貞과 賈娉娉이 휘하의 미인들을 이끌고 鬪色戰을 벌여 최패정이 승리한다는 것이다. 최패정은 가빙빙을 이기고 女中天子에 등극한 후 太平宴을 열어 천하의 미색절행을 갖춘 부녀를 초청하고 만고의 名色節行이 있는 神에게 제사를 지낸다. 이것은 미색과 절행이 있는 여자라면 생사에 관계없이 누구나 연회에 참석하라는 뜻으로 볼 수 있다. 이에 이 때 상서로운 구름이 연석을 향해 오고 옥피리 소리가 들리면서 몇 사람의 선녀가 한 여자(仙娥)를 모시고 온다. 최패정의 부름에 응답하여 萬古의 名色節行 중 한

---

15) "大設別宴 發遣使者 命招天下美色節行婦女 使之進參別宴 虛位弔祭萬古名色節行之神 于時 數片祥雲 重重疊疊 直向宴席 連聲玉笛 悠悠暗香之間 數人仙女 侍立左右 金鳳雀扇 擁衛前後 衛儀擧動 正若玉皇夫人矣 而其中彩雲帳裏 只有仙娥一人也 【仙娥卽貝貞也】". <투색지연의> 14회. 이하 인용문에서 【 】 안의 내용은 작품에 원래 존재하는 주석이다.

사람이 도착한 것으로 볼 수 있다. 그런데 작품은 바로 여기서 끝나버린다. 필사자는 이 어색함을 무마하기 위해 "仙娥卽貝貞也"라는 細註를 붙여, 앞의 서술이 새로운 인물의 도착을 알리는 것이 아니라 최패정의 위의를 묘사한 것으로 치부하고 있다. 그러나 문맥상 '仙娥'는 결코 패정일 수 없으며, 설사 패정이라 하더라도 작품의 결말로 보기에는 어색하다.

따라서 <투색지연의>는 후반부가 생략되었다고 보는 것이 옳다. 그렇다면 생략된 후반부에는 어떠한 내용이 존재했을까. 이 점은 후편인 <여와전>을 통해 추측할 수 있다. <여와전>은 황릉묘의 투색연을 전제하고 시작된다. <여와전>에 따르면, 황릉묘의 투색연이란 漢唐宋明 4대의 命婦들이 황릉묘에 모여 三皇·五帝·三王·五覇·七雄을 분급한 연회로, 최패정, 정숙렬, 양선영이 삼황이 되고 가빙빙이 오제가 되었으며 윤혜영, 석숙란이 삼왕에, 이현경이 칠웅에 각각 올랐다고 한다. 이와 같은 제왕의 존호 이외에도 제후의 존호, 미녀의 존호가 있어 수많은 여성들이 투색연에 참여했던 것으로 보이며, 삼황 중에서도 최고의 자리는 최패정이 차지한 것으로 되어 있다. 현전하는 <투색지연의>와 비교해 볼 때, 최패정과 가빙빙 외에 많은 여성들이 더 등장하고, 배경이 황릉묘로 이동했으며, 인물들 간의 위차도 세분화된 것을 볼 수 있다. 따라서 <투색지연의>의 후반부에는 정숙렬, 양선영, 윤혜영, 석숙란, 이현경과 수많은 역대 미녀들이 도착하여 새로 위차를 정하는 거창한 투색창업연이 존재했을 것으로 추측된다.

한편, <투색지연의>와 <여와전> 사이에 또 다른 작품이 존재할 가능성도 없지 않다. 만약 또 하나의 작품이 존재한다면, <투색지연의>는 최패정의 여중천자 등극으로 끝나고 황릉묘에 모여 투색창업연을 벌이는 내용은 그 미발견의 작품에 들어가야 하며, <투색지연의> 연작은 4부작이 될 것이다. 또 현전본 <투색지연의>가 단순히 후반부가 생략된 미완본이 아니라 원본과 상당한 차이가 있는 개작본일 가능성도 있다. 그러나 이를 입증할 새로운 자료가 나오기 전까지는 하나의 가능성에 불과하므로, 현재로서는 <투색지연의>의 후반부가 생략되었다고 보는 것이 가장 타당하다고 생각한다.

이렇게 본다면 현전하는 <투색지연의> 말미에 나타난 玉皇夫人과 같은 위의의 미녀는 정숙렬이나 양선영, 석숙란 등 가운데 처음으로 도착한 인물이라고 할 수 있다. 요컨대 <투색지연의>의 원본은 최패정과 가빙빙이 무리를 이끌고 투색전을 벌이는 전반부와 최패정이 여중천자에 등극한 후 천하·역대의 미녀들을 초청하여 자운의 주도하에 다시 위차를 정하는 후반부로 구성되어 있었다고 생각된다.

3. 등장인물의 정체

현전하는 <투색지연의>의 중심 인물은 최패정과 가빙빙이며, 나머지 인물들은 최패정과 가빙빙 휘하의 미녀들이다. 그런데 이 모든 인물들은 <투색지연의>에서 창조된 인물이 아니라 다른 소설에서 차용해 온 인물들이다. 여러 소설 속의 인물들을 등장시켜 서로 高下를 다투게 함으로써 인물들에 대한 작자의 평가를 보여주는 것이다. 때문에 <투색지연의>와 같은 작품에서는 본격적인 작품 분석에 앞서 등장인물의 정체를 밝히는 것이 중요한 과제이다. <투색지연의>의 등장인물들과 그들의 출신 작품을 살펴보기로 하자.

1) 주역 인물군

(1) 가빙빙 외 8명 - 〈빙빙전〉

우선 賈娉娉은 賈平章과 莫夫人의 딸이며 魏鵬의 아내로, <娉娉傳>의 주인공이다. <娉娉傳>은 李禎(1376~1451)의 중편 전기소설 <賈雲華還魂記>를16) 토대로 부연·개작한 작품인데,17) 현재 낙선재 소장 국문본이 유일본이다.18) 박재연은 이를 중국 재자가인소설의 번역으로 보고 있으나19) 확실한 원전은 발견되지 않은 상태이다.20) 현전하는 <빙빙전>은 주인공 빙빙(字:雲華)의 죽음과 還魂이 없으며, 대신 쟁총담이 작품의 대부분을 차지한다는 점에서 <가운화환혼기>와는 별개의 작품이다.

<가운화환혼기>에서는 賈雲華가 죽은 지 2년만에 宋月娥의 몸을 빌려 재생하여 그때까지 혼인하지 않고 있던 魏鵬과 결혼하지만, <빙빙전>에서는 魏鵬이 莫夫人의 양녀 吳氏와 먼저 혼인하고, 우여곡절 끝에 빙빙을 둘째 부인으로 맞는다. 이후에도 위붕은 김씨를 삼취하고 해춘·대빙·동중선·경중선·몽매선 등 여러 첩을 둔다. 그런데 엄밀

---

16) 李昌祺 編, 『剪燈餘話』, 『古本小說叢刊』 5.1, 北京 中華書局, 1987.
　　본고에서는 『빙빙뎐』의 부록으로 활자화되어 있는 <가운화환혼기>를 주로 참고하였다. 박재연 교주, 『중국소설희곡 번역본 총서 1 빙빙뎐』, 학고방, 1995.
17) 박재연 교주, 「낙선재본 聘聘傳 해제」, 『중국소설희곡 번역본 총서 1 빙빙뎐』, 학고방, 1995. 참조.
18) 현전본에는 <聘聘傳>으로 표기되어 있다.
19) 박재연은 "<빙빙전>은 <가운화환혼기>를 토대로 부연하여 쓴 백화 재자가인소설일 것"이라고 추정하고, 작품 말미의 「가운화셔」라는 기록을 토대로 창작 연대의 상한선을 1629년으로 보았다. 박재연, 앞의 논문. 참조.
20) <가운화환혼기>는 6종의 희곡으로 개편되었으나 현재 남아있는 것은 <灑雪堂> 傳奇 한 편뿐이다. <쇄설당> 전기는 빙빙의 죽음과 재생이 있기 때문에 <빙빙전>보다는 <가운화환혼기>에 가깝다.

하게 말하자면 동중선·경중선·몽매선은 <빙빙전>에 나오는 것이 아니라 <동중선전>의 등장인물이다. 현전하는 <빙빙전>은 다섯 권으로 되어 있는데 실제로 <빙빙전>이라 할 수 있는 내용은 권지오의 앞부분 몇 장까지이며, 나머지는 <동중선전>이라는 새로운 소설이다. <동중선전>은 위봉의 첩 동중선의 일대기를 중심으로 서술되어 있으며, <빙빙전>의 입장에서 보면 보유편 혹은 속편이라고 할 수 있다. <동중선전>이 <빙빙전>과 같은 작자에 의해 창작된 것인지, 따로 창작되어 합본된 것인지는 알 수 없다. 그러나 주인공 동중선이 부모에게 구해 달라고 하는 신선의 器物 중에 "됴션 최티원의 관괴"가 있어서, <동중선전>은 국내에서 창작된 작품일 가능성이 높아 보인다. 여기에서는 편의상 <동중선전>도 <빙빙전>에 포함시켜 생각하기로 한다.

<투색지연의>에 등장하는 빙빙이 <가운화환혼기>의 빙빙이 아니라 <빙빙전>의 빙빙이라는 것은 빙빙이 거느리고 있는 海春·代娉·童仲仚·齊娉 등의 미녀들이 <빙빙전>에만 나오는 인물들이라는 점에서 분명해진다. <빙빙전>에서 해춘·대빙·동중선은 모두 위봉의 첩이고, 제빙은 막부인이 빙빙을 섬에 가두었을 때 빙빙 대신으로 데려다 놓은 종족 낭자다. 이들이 등장한다는 것은 <투색지연의>가 <가운화환혼기>가 아닌 <빙빙전>에 의거하고 있음을 뜻한다.

그러나 <투색지연의>의 서술이 현전하는 <빙빙전>과 일치하지 않는 대목도 존재한다. 첫째, 시간적 배경이 어긋난다. <투색지연의>에서는 가빙빙을 최패정과 同時代인 宋末 사람으로 다루고 있지만, <가운화환혼기>와 <빙빙전>의 시간적 배경은 모두 元나라 至正 연간이다. 또 <가운화환혼기>와 <빙빙전>에서는 가운화의 부친이 賈平章으로만 나오는 반면, <투색지연의>에서는 賈似道라는 정확한 이름을 기록하고 있다. 賈似道는 南宋代의 실존 인물로, 사촌누이 賈玉華가

황제의 후궁이 된 연고로 막대한 부를 축적하고 재상까지 되었으나, 각
종 비리를 저지르다가 마침내 비참한 최후를 맞은 사람이다.21) 가사도
는 상당히 유명한 인물로, 그의 생애를 소재로 한 소설이나 희곡도 창
작되었다고 하나 지금은 전하지 않는다.22) 빙빙이 가사도의 딸이라는
것은 빙빙의 생존 연대를 宋末로 한 것과 정확히 부합하는 내용이다.
또 <투색지연의>에서는 빙빙의 집이 葛嶺에 있다고 했는데, 葛嶺은
바로 황제가 가사도에게 사급한 저택이 있는 곳이다. 따라서 가운화와
가사도의 관계는 아무렇게나 연결시킨 것이 아니라고 할 수 있다.23)
<가운화환혼기>나 <빙빙전>에는 가운화의 아버지가 어떻게 죽었는
지 서술되어 있지 않지만, 만약 빙빙의 아버지가 가사도라면 빙빙의 집
안이 그토록 부유한 이유와 아버지가 일찍 죽은 이유가 동시에 해명될
수 있다.

　둘째, <빙빙전>에서는 빙빙이 혼인 전에 위붕과 성관계를 맺은 적
이 없는 것으로 나오지만 <투색지연의>에서는 최패정이 "위붕과 더
불어 親命을 얻기 전에 먼저 친압하고 지냈"다고24) 빙빙을 비난한다.
셋째, <투색지연의>는 玉蓮과 笑花라는 인물을 빙빙의 종족 낭자로
소개하고 있는데, <빙빙전>에서는 찾을 수 없다. 넷째, 동중선의 한자
표기가 다르다. <빙빙전>에서 동중선의 원래 이름은 설자란으로, 산속

21) 가평장에 대해서는 宋史 列傳 奸臣傳에 자세한 기록이 나와 있다. 脫脫(元) 撰,
　　『宋史』, 台北 中華書局, 民國 55(1966). 참조.
22) <賈平章外傳>이라는 소설이 있었으나 실전되었다고 한다. 강소성사회과학원 편,
　　오순방 외역, 『중국고전소설총목제요』 제2권, 울산대학교출판부, 1997, p.181. 참조.
　　<紅梅閣> 傳奇는 가사도의 첩의 이야기를 그린 희곡이다. 陳益源, 『元明中篇
　　傳奇小說研究』, 學峰文化, 1997, p.48. 참조.
23) 清代 張宗橚의『詞林紀事』에도 가운화가 가사도의 딸로 기록되어 있으나, 여기
　　에서는 가운화를 元나라 때 사람으로 분류하여 모순을 보여 준다. 張宗橚(清) 撰,
　　『詞林紀事』 권22, 『筆記小說大觀』 17編6, 新興書局, 1973. 참조.
24) "與魏鵬 未得親命之前 經先親狎". <투색지연의> 7회 貝貞與娉娉轅門舌戰.

에 홀로 산다고 해서 동중선이라고 가칭한다.[25] 이 때 동중선의 한자는 洞中仙이 될 것이다. 그런데 <투색지연의>에서는 童仲㐔이라고 표기하고 있다. 또 <투색지연의>에서는 동중선을 洛浦仙女라고 칭하는데, <빙빙전>에서 동중선의 전생은 "히학선녀"이고 빙빙이 "낙됴선녀"이다.

이러한 차이 중 일부는 현전하는 <빙빙전>에 축약과 생략이 많다는 데 이유가 있겠지만,[26] <투색지연의>의 작자가 읽은 <빙빙전>과 현전하는 <빙빙전>이 다른 계열일 가능성도 없지 않다. 실제로 <빙빙전>은 여러 계열이 존재했던 것으로 생각된다. <빙빙전> 말미에는 "수월뎡몽유긔"와[27] "가운화셔"라는[28] 기록이 덧붙어 있는데, 현전 <빙빙전>의 내용과 일치하지 않을 뿐 아니라 두 기록 사이에서도 진술이 엇갈린다. "수월뎡몽유긔"에서는 宋末을 시간적 배경으로 빙빙의 죽음

---

25) "쇼첩이 박복ᄒᆞ야 냥친을 여희고 산듕의 의지ᄒᆞ야 미록으로 ᄆᆞ울흘 삼고 난학으로 벗들을 사ᄆᆞ니 엇디 세상 인ᄉᆞ를 알니잇가 곳 픠면 봄이 오고 닙 디면 ᄀᆞ올힌 줄 싱각ᄒᆞ니 첩의 나히 겨유 십여세오 이 듕의 이시매 스스로 동듕선이라 ᄒᆞ믄 가칭이라". <빙빙전> 권지오 <동중선전>.

26) <빙빙전>을 자세히 읽어보면 내용이 많이 생략된 듯한 느낌이 든다. 예를 들어 위봉은 김장원에 대한 사전정보가 전혀 제시되지 않은 상태에서 김장원의 딸을 처로 맞겠다는 말을 한다. "김댱원이 부인 친쳑이라 ᄒᆞ니 둘재 부인을 구코져 ᄒᆞᄂᆞ이다"(<빙빙전> 권지삼). 또 오씨가 아들을 낳았다는 사실 이외에는 아무런 설명이 없다가 아들이 갑자기 魏將軍으로 등장한다. <빙빙전> 권지오는 동중선에 대한 설명 없이 "이후의 승샹이 나라 명을 밧ᄌᆞ와 외국의 갓다가 동듕선을 어더오다"라고만 기술한다. 동중선에 대한 이야기는 그 뒤에 이어지는 <동중선전>을 통해서만 알 수 있다. 이것은 또다른 첩인 경중선의 경우도 마찬가지로 <빙빙전> 권지오에서 경중선이 일남을 두었다는 이야기가 나온 후 <동중선전>에서 경중선이 누구인가를 설명한다.

27) "수월뎡몽유긔"는 <빙빙전>의 창작과 세상에 알려지게 된 계기를 몽유 형식으로 술회한 기록이다. 수월정몽유기는 <소현성록>의 자운산몽유록과 유사한데, <빙빙전>이 보다 먼저 창작되었을 것이므로, <소현성록>의 자운산몽유록이 수월정몽유기의 영향을 받은 것으로 생각된다.

28) "가운화셔"는 가운화가 死後에 천자로부터 표장받은 사연이다.

과 재생이 존재하는 것으로 되어 있고, 작품 결말에서 한궁이 망하고 주인공들이 죽는 것으로 나온다. 한편 "가운화셔"에서는 빙빙이 위봉과 혼인한 후 환란을 만나 절을 지켜 죽었기 때문에 황제가 표장했다고 했으며, 시간적 배경은 明 萬曆 연간으로 나타난다. 이렇게 <빙빙전>의 계열이 여러 종류인 것은 이미 다양하게 개편된 중국소설(또는 희곡)을 수용했기 때문일 수도 있고, 국내에 들어와 번역되면서 여러 계열로 분화되었을 가능성도 있다고 하겠다.

(2) 최패정 외 7명 - 〈옥교행〉

崔具貞의 출신 작품은 현전하지 않는다. <여와전>의 두 이본에서 최패염이[29] 등장하는 작품의 제명을 기록하고 있지만, '옥공잉'과 '옥힝고'로 서로 달리 언급하고 있어,[30] 정확한 제명을 알 수 없다. 다행히 가람본 <언문책목록>에 '옥교행'(옥교힝)이라는 작품명이 존재하기 때문에 '옥교행'이 원제가 아닌가 한다.[31] 정확한 제명이 밝혀질 때까지 본고에서는 <옥교행>을 제명으로 사용하기로 한다.

<옥교행>에 대해서는 <여와전>이 이본에 따라 단편적으로 언급하고 있지만, 그보다는 <투색지연의>의 내용이 훨씬 자세하다. 따라서

---

29) <여와전> 이본은 '최패염'으로 표기한 쪽이 더 많다. 이것은 필사본에서 '염'과 '뎡'이 쉽게 혼동되기 때문일 것이다. 최패정이 옳은지 최패염이 옳은지는 아직 단정지을 수 없으므로, <투색지연의>와 관련해서는 최패정을, <여와전>과 관련해서는 최패염을 사용하기로 한다.

30) <文昌星平妖記>(경북대 소장)에서는 '옥공잉'이라 했고, <문일문창양진군황능묘요얼탕평긔>(사재동 소장)에서는 '옥힝고'라고 기록했다.

31) <언문책목록>은 200여 종 이상의 서명을 비교적 정확하게 기록하고 있으므로 신뢰할 만하다. 그리고 '옥교행'와 '옥행교'가 모두 옳을 가능성도 있다. 참고로 <도앵행>은 주인공이 도원동 행화촌 앵화원에 살기 때문에 붙여진 제명인데, 만일 '옥교행'이 '도앵행'과 유사한 경우라면 '옥교행'과 '옥행교'가 둘 다 가능할 것이다.

<투색지연의>는 일실된 작품 <옥교행>에 대한 중요한 정보원이라고 할 수 있다. <투색지연의>에 따르면 <옥교행>의 내용은 다음과 같다.

崔貝貞은 宋末 尙書 崔璟의 막내딸로서, 都督 陳應의 막내아들 陳英의 아내가 되었다. 그런데 혼인한지 한 달만에 황제가 패정의 자색을 듣고 正宮으로 삼고자 하여 부부 사이를 갈라놓았다. 두 사람은 서로 그리워하다가 우연히 진영의 서숙모 陳氏의 집에서 만나 황명을 어기고 서로 따를 것을 맹세했다. 이 사실을 안 진응이 진영을 죽이려 하자 패정이 달려와 남편의 목숨을 구하지 못한다면 같이 죽겠다고 애걸했다. 진응이 패정의 미모와 열절을 보고 감동하여 아들을 용서했는데, 마침 이 때 황제가 죽어 부부가 다시 단합하게 되었다.

물론 위의 내용은 <옥교행>의 전체 줄거리가 아니라 최패정과 진영의 혼사장애 중 하나에 불과한 듯하다. <여와전>에서는 대송 영종 황제의 딸인 문성공주 섭요가 진양공 진중영의[32] 원비이며 최패염은 차비인 것으로 나타나기 때문이다. 따라서 최패정이 황제의 겁박을 받은 데 이어 다시 진영이 부마로 간택되는 혼사장애가 있었다고 할 수 있다. 그리고 <여와전>의 한 이본에서는[33] 宋代 부춘후 진인광의 부인 양백영이 문성공주의 시조모임을 밝히고 있어, <옥교행>은 진인광-진응-진중영의 3대에 걸친 진씨 가문의 이야기라고 할 수 있겠다. 혹은 진인광·양백영 부부의 일은 <옥교행>의 전편에서 서술되었을 가능성도 있다.

<투색지연의>에는 崔貝貞과 陳氏 외에도 陳英의 첩인 子英·月香·張瓊瓊과 시녀 秋香, 동족 낭자 薛英英·吳五娘이 등장한다. 이

---

32) <투색지연의>에서는 진영으로, <여와전>에서는 진중영으로 나온다.
33) <문일문창양진군황능묘요얼탕평귀> 사재동 소장.

들도 모두 <옥교행>의 등장인물이라는 점은 의심할 바 없다. 그러나 <옥교행>이 현전하지 않기 때문에 더 자세한 고찰은 불가능하다.

2) 보조 인물군

<투색지연의>에는 최패정측과 가빙빙측을 도우러 온 前代의 미녀들이 등장한다. 가빙빙측을 돕는 인물로는 楊太眞, 西施, 愛卿이 있고, 최패정측을 돕는 인물로는 紫雲, 王昭君, 綠珠가 있다. 양태진, 서시, 왕소군 등은 소설 속에서 창조된 인물이 아니라 역사적인 인물이다. 그러나 이들의 이야기는 워낙 문학작품에 빈번하게 올려지는 것들이기 때문에 대부분의 사람들은 역사서가 아닌 문학작품을 통해 이 인물들을 접한다. 이 경우 역사적 인물과 문학적(허구적) 인물간의 경계가 그다지 뚜렷하지 않게 된다. <투색지연의>의 작자가 최패정이나 가빙빙 같은 소설 속의 인물들과 함께 양태진 등을 등장시킨 것은 이들 역시 소설 속의 인물로 파악한 때문일 것이다. 이 가운데 양태진과 서시의 경우는 해당 서술이 너무 일반적이라 어떤 특정한 작품에서 왔다고 단정하기 어렵지만, 다른 인물의 예에 비추어 볼 때 이들 역시 소설 또는 기타 문학작품의 독서 경험으로부터 도입되었을 가능성이 높다.

(1) 왕소군 – 〈한궁추〉 계열

<투색지연의>에서는 王昭君을 "元帝 때 單于의 변을 만나 일찍 上仙이 되었"다고[34] 소개하고 열녀로 대우한다. 일찍 上仙이 되었다는 것

---

34) "漢時王昭君 元帝時 逢單于之變 早年上仚". <투색지연의> 10회 貝貞修德行 仁得仙女.

은 욕을 피해 자결했다는 의미로 해석되는데, 이것은 漢 元帝의 궁녀
로서 기원전 33년에 흉노의 呼韓邪單于에게 시집간 왕소군의 실제 사
적과는 다른 것이다. 그렇다면 <투색지연의>에 등장한 왕소군은 어디
에서 나온 인물일까? 元나라 때 馬致遠이 지은 잡극 <漢宮秋>(원제:
破幽夢孤雁漢宮秋)가 이 의문을 풀어준다. 이 작품에서는 왕소군이 黑
龍江에 몸을 던져 자결해 버리기 때문이다. <한궁추>는 왕소군 고사
를 희곡화한 작품 가운데 가장 유명한 것이므로 <투색지연의>의 작
자가 직접 <한궁추>를 읽지 않았다 해도, 간접적으로 영향을 받았을
가능성은 충분하다고 할 수 있다.

<雙鳳奇緣>(一名 昭君傳) 같은 작품이 바로 <한궁추>의 영향을 받
은 소설이라고 하겠다.[35] <쌍봉기연>은 王昭君의 동생 塞昭君이 왕
소군의 뒤를 이어 황후가 되는 등 허구화가 심한 작품이다. 여기에서는
왕소군이 오랑캐 땅에 16년간 머무르지만 九天玄女가 준 仙衣의 보호
를 받아 절개를 지킨 후 白洋河에 浮橋가 완성되자 강물에 뛰어들어
자살하는 것으로 되어 있다. 그녀의 시신은 仙衣 덕분에 썩지 않고 강
물을 따라 흘러 한나라로 되돌아온다. 九天玄女의 仙衣를 입고 죽었
다는 것은 이미 왕소군이 仙女가 되었음을 의미한다고 하겠다. <쌍봉
기연>은 우리 나라에 유입되어 <왕소군새소군전>이라는 구활자본 소
설로 간행되기도 했다.[36] 그간 우리 학계에서는 <왕소군새소군전>에

---

35) 江蘇省社會科學院 編, 吳淳邦 外譯, 『中國古典小說總目提要』 제3권, 울산대학
　　교출판부, 1997, pp.331~337. 참조.

36) <왕소군새소군전>, 『金光淳所藏筆寫本韓國古小說全集』 47, 박이정, 1998.
　　<왕소군출세기>, 朴健會 編, 朝鮮書館, 1915. 연세대 소장.
　　<왕소군새소군전>, 朴健會 編, 光東書局, 1918. 국립중앙도서관 소장.
　　<왕소군새소군전>, 姜夏馨 著·發, 太華書館, 1930. 서울대 소장. 仁川大民族
　　文化硏究所 編, 『舊活字本古小說全集』 21, 銀河出版社, 1984.

대한 논의가 전혀 이루어지지 않았고, 북한에서 나온 고전소설해제에
서는 우리 나라 작품으로 다루었다.[37] 그러나 <왕소군새소군전>은 우
리 나라 소설이 아니라 중국소설 <쌍봉기연>의 번역본이라는 사실을
주지해야 할 것이다.[38]

<쌍봉기연>의 현전본 중 가장 연대가 앞서는 것은 1809년 판본이
므로, 18세기 말 무렵에 창작된 것으로 생각된다. 그러나 <투색지연
의>의 작자가 반드시 <쌍봉기연>을 읽었다고 할 수는 없다. <한궁
추>와 <쌍봉기연> 사이에 얼마든지 성격이 유사한 작품이 존재했을
가능성이 있기 때문이다. 요컨대 <투색지연의>의 작자는 <한궁추>나
<쌍봉기연>처럼 왕소군이 자결한 후 선녀가 되는 내용의 작품을 읽
고 자신의 작품에 왕소군을 열녀로 등장시킨 것이라 하겠다.[39] 따라서
왕소군은 실제 역사 속에서 바로 차용된 것이 아니라 문학 작품 속의
인물로서 <투색지연의>에 출현한 것이다.

(2) 녹주 - 〈녹주전〉

石崇의 첩 綠珠는 宋代 樂史의 傳奇小說 <綠珠傳>에서 비롯된
인물이다. 물론 실존인물이라고도 하지만, 현재 전하는 녹주에 대한 고
사는 모두 <綠珠傳>에서 유래한 것이므로 소설 속의 인물로 보는 것

---

37) 고전문학실 편, 『한국고전소설해제집』 下, 보고사, 1997, pp.162~165. 여기에서는
    <왕소군새소군전>을 18~19세기 작품으로 추정하였다.
38) <왕소군새소군전>이 중국 소설이라는 사실은 박재연이 지적한 바 있다. 朴在淵,
    「韓國所見中國通俗小說朝譯本書目」, 『中國小說繪模本』, 江原大 出版部, 1993,
    p.276.
39) 규방가사 중에도 왕소군을 십 년간 절개를 지킨 열녀로 묘사한 작품이 있는 것으
    로 보아, 왕소군을 열녀로 보는 인식이 널리 존재했음을 알 수 있다.
    "십연지절 왕소군은 복중에 품은충절 안조백셔 해가면서 천추유명 전해서라". <화
    전가라>. 정형우 편, 『가사문학대계 규방가사 Ⅰ』, 한국정신문화연구원, 1979, p.332.

이 타당하다.

(3) 애경 - 〈애경전〉

愛卿은 <투색지연의>에서 본래 嘉興의 기생이었으나 趙子에게 시집간 후 남편과 시어머니를 정성껏 섬기고 환란을 만나 자결한 것으로 서술된다. 따라서 明 瞿佑의 『剪燈新話』 중 <愛卿傳>의 주인공임을 알 수 있다. <투색지연의>에서 애경은 머지 않아 남자로 환생할 것으로 예언되는데, 이 역시 <애경전>의 내용에 충실한 것이다.[40]

(4) 자운 - 〈홍불기〉 계열

紫雲은 "唐나라 때 紫雲으로 李靖과 더불어 太宗을 보좌하여 天下를 진정했"다고[41] 소개되므로, 唐 傳奇 <叫髯客傳>의 紅拂侍女와 관련이 있다고 하겠다. 그러나 <규염객전>과 바로 연결된다기보다는 <규염객전>을 개작한 후대 작품에서 차용된 듯하다. <규염객전>에서 홍불시녀는 張氏로만 불리고 영웅을 지감하는 능력 외에는 큰 활약을 보이지 않는 반면, <투색지연의>에서는 홍불을 紫雲으로 부르고 있으며, 李靖과 더불어 천하를 진정한 영웅으로 칭송하고 있기 때문이다. 따라서 자운은 홍불의 영웅적 성격을 극대화시킨 후대의 작품에서 도입된 인물이라고 생각된다. 실제로 <규염객전>은 여러 차례 희곡으로 각색되었는데, 張鳳翼의 <紅拂記>, 張太和의 <紅拂記>, 凌濛初의 <北

---

40) <애경전>에서는 애경이 죽자 저승에서 그녀의 貞烈을 높이 찬양하여 無錫 지방 宋氏의 아들로 태어나도록 점지하는 내용이 나온다. 瞿佑·劉鶚 作, 李慶善·金時俊 譯, 『剪燈新話·老殘遊記』, 乙酉文化社, 1971. 참조.
41) "唐時紫雲 與李靖佐太宗定天下". <투색지연의> 10회 貝貞修德行仁得仙女.

紅拂>, 馮夢龍의 <女丈夫> 등이 유명하다. 이 가운데 홍불의 영웅적
면모를 가장 잘 부각시킨 작품은 풍몽룡의 傳奇 <여장부>라 할 수 있
다. 이 작품에서 홍불은 娘子軍을 이끌던 平陽公主의 휘하에 들어가
참모로 활약하기 때문이다. 그러나 이 작품들에서도 홍불은 단지 張氏
일 뿐이다.[42]

　홍불은 <隋唐演義>에 가서야 비로소 이름을 얻지만 紫雲이 아니
라 張出塵이다. 그러나 紫雲이 등장하는 작품이 있었고 우리 나라에서
널리 읽혔던 것은 분명하다.[43] 한 예로 <옥원재합기연>에서는 "홍불
즈운은 니론 바 힝노의 무리오 불과 창우의 뉘라"고[44] 언급하고 있으
며, 『閨閤叢書』는 劍俠條에서 "즈운 규영종군 영웅을 엿보아 군듕의
좃다"라고 하고, 小名錄에서 "즈운 니위공 첩"이라고 밝히고 있기 때
문이다.[45] 따라서 현재로서는 紫雲의 출신 작품을 알 수 없지만 자운
이 홍불고사를 개편한 소설 또는 희곡에서 차용되었으리라는 것만은
확실하다.

---

42) 장태화의 <홍불기>는 실전되어 확인할 수 없다. 『中國曲學大辭典』, 浙江敎育出
版社, 1997. 참조.

43) 唐代의 유명한 妓女로 崔紫雲이라는 인물이 있다. 그녀는 원래 兵部尙書 李愿의
樂妓였는데, 杜牧之가 탐내자 李愿이 杜牧之에게 주었다. 이 이야기는 越公 楊素
의 시녀였다가 李靖을 좇은 紅拂의 고사와 유사한 면이 있어, 홍불의 이야기에 자
운의 이름이 결합되어 현재의 '이정의 첩 자운'이 탄생했을 가능성도 있다. 張邦幾
(宋) 撰, 『侍兒小名錄拾遺』, 藝文印書館, 民國 55(1966). 참조. / 『中文大辭典』, 中
華學術院, 民國 69(1980). 참조.

44) <옥원재합기연> 권지십삼. 김기동 편, 『필사본고전소설전집』 20, 아세아문화사,
1980, p.309.

45) 憑虛閣 李氏 原著, 鄭良婉 譯註, 『閨閤叢書』, 寶晉齋, 1975. 『규합총서』의 저작
연대는 1809년이다.

4. 인물 비평 양상과 그 기준

<투색지연의>는 제목 그대로 色이 누가 더 뛰어난가를 두고 전쟁을 벌이는 소설이다. 등장하는 인물들은 최패정측과 가빙빙측으로 나누어지는데, 이는 다시 말해 <옥교행>의 등장인물들과 <빙빙전>의 등장인물들이 서로 싸운다는 것이다. 여기에 양태진·서시·애경과 자운·왕소군·녹주가 양편에 응원군으로 가세한다. <투색지연의>의 작자가 많은 다른 작품을 두고 <빙빙전>과 <옥교행>을 선택하여 우열을 겨루게 한 것으로 보아 이 두 작품은 당시에 큰 인기를 얻고 있었던 것으로 생각된다. 본격적으로 인물 비평의 양상을 분석하기 전에 <투색지연의>의 인물 구성을 정리해 보면 다음과 같다.

	<옥 교 행>	<빙 빙 전>
주 인 공	崔貝貞	賈娉娉
謀士	陳氏	邊嫗
첩	子英·月香·張瓊瓊	海春·代娉·童仲仚
시 녀	秋香	春鴻
동족 낭자	薛英英·吳五娘	齊娉·玉蓮·笑花
응 원 군	紫雲·綠珠·王昭君	楊太眞·西施·愛卿

양쪽 진영의 구성은 상호 대칭적이다. 먼저 天子(최패정)와 大王(가빙빙)이 된 주인공들이 있고, 그 다음으로 주인공을 보좌하면서 軍師의 역할을 담당하는 나이 든 여자들이 있다. 진씨는 패정의 시서숙모이고, 변구는 승상의 첩으로 빙빙의 사부격인 여자다. 이들은 주인공보다 항렬은 높지만 신분은 낮다는 공통점이 있는데, 대체로 장편소설에서 복

잡한 문제를 일으키거나 해결할 때에는 이러한 인물들이 꼭 필요하다. 이들은 신분이 낮기 때문에 체면에 별로 구애받지 않고 일을 주선할 수 있고, 항렬이 높기 때문에 문제가 생겨도 심한 문책을 받지 않기 때문이다.[46] 따라서 <투색지연의>에서 이들을 謀士로 설정한 것은 원작에서의 역할을 고려한 것이라고 할 수 있다. 실제로 진씨는 최패정과 진영이 다시 만나게 되는 계기를 제공하는 인물이고,[47] 변구는 위봉과 빙빙의 혼인에 매파 역할을 하는 인물이다.

전쟁에 이기기 위해서는 참모 뿐 아니라 훌륭한 將帥들이 필요한데, 남편의 첩들이 이 역할을 담당한다. 남편의 첩이라면 주인공을 제외하고는 등장인물들 중에 가장 미모가 뛰어날 것이므로, 투색전에서 장수가 되는 것이 당연하다고 할 수 있다. 그런데 첩 중에서도 가장 총애를 받는 미색이 있기 마련인데, <빙빙전>에서는 동중선이, <옥교행>에서는 장경경이 가장 뛰어난 미인이다. 실제로 <빙빙전>에서 동중선은 너무 아름다워서 빙빙이 몹시 시기하고 경계하는 여인인데,[48] 동중선은 위봉의 여러 처첩 중에 빙빙만이 자기보다 뛰어나다고 인정한다.[49] 장경경에 대해서는 잘 알 수 없지만 <투색지연의>에서 동중선과 막상막하인 것을 보면, <옥교행>에서도 대단한 미녀로 그려졌을 것이다.[50] 원래 작품에서 시녀들은 여전히 시녀나 使者 노릇을 하고, 동족

---

46) <소현성록>의 석파도 같은 유형의 인물이라고 할 수 있다.
47) <투색지연의> 1회 참조.
48) 빙빙은 동중선을 쫓아내기도 한다.
49) "승상아 오놀 듕션의 조식을 보시니 엇더호더니잇가 과연 가부인이 경국석이 이시니 삼오이팔인 제 듕션의 좀 얼골이 어더 가 발뵈리오 츈광이 져므럿눈 줄이 앗가오더 그러나 쇼년의 교염호믈 우이 너기니". <빙빙전> 권지오 <동중선전>.
    인용문과 같이 동중선은 지금은 자신의 미모가 빙빙보다 뛰어나지만 빙빙이 젊었을 때라면 자신이 당하지 못했을 것이라고 평가하고 있다.
50) <여와전>에서는 <유씨삼대록>과 <현봉쌍의록>의 인물들인 위왕비 단씨, 문창군주 영주, 제왕비 홍염, 유현 처 양씨, 양선 처 현영 형제, 신사장군 설씨 등이 "최

낭자들은 전투에 가세하거나 경기에 출전한다. 그러나 이들은 출전 작품에서의 역할도 미미하고, 투색전에 있어서도 결정적인 공훈을 세우지 못한다. 따라서 작품 내에서의 비중에 따라 <투색지연의>에서의 활약도 결정되는 것이라 할 수 있다.

<옥교행>과 <빙빙전>의 대결은 가빙빙이 최패정에게 도전하는 것으로 시작된다. 최패정이 女中天子의 존호를 칭하는 것에 분개하여 군사를 일으킨 것이다. 그런데 漢宮의 妬色將軍 齊娉이 瀛洲에 보낸 격서를 자세히 살펴보면 흥미로운 사실이 드러난다.

> 漢宮娘子 賈夫人은 명성이 이미 알려지고 효절이 드러났으며, 그 미색으로 말하면 꽃이 그 자태를 부끄러워하고, 행실로 논하면 白日마저 빛을 잃는다. 이제 듣건대, 崔娘子는 색도 없고 행실도 또한 없는데, 헛되이 명예롭다 자부하여 망녕되게도 존호를 칭하니, 그 천하를 기만하고 眞人을 멸시한 죄를 묻지 않을 수 없다.[51]

한궁의 입장에서 볼 때, 빙빙의 명성은 이미[已] 드러난 것이고, 패정의 존호는 이제[今] 칭해진 것이다. 이것은 <빙빙전>은 이미 오래 전에 창작되어 알려진 작품이고, <옥교행>은 비교적 최근에 등장하여 인기를 끌게 된 소설이라는 사실을 지적하는 것으로 생각된다. <옥교행>이라는 작품이 널리 읽히면서 최패정의 명성이 높아지자 그보다 앞서 영예를 누렸던 빙빙이 자신의 영광이 탈색될 것에 분노하여 최패정과 일전을 벌이려 하는 것이다.[52]

앵앵 장경경의 류"보다 뛰어나다고 평가한다. 이로 보아 투색창업연에서 <옥교행>의 장경경이 <西廂記>의 崔鶯鶯과 같은 위차를 받은 것을 알 수 있다.
51) "漢宮娘子賈夫人 名聲已聞 孝節表著 言其色 則花羞其態 論其行 則白日偸光 今聞崔娘子 旣無色 而又無行 虛負名譽 妄稱尊號 其欺慢天下蔑視眞人之罪 不可不問". <투색지연의> 3회.

이들의 대결에서 중요한 것은 장경경과 동중선의 승부, 최패정과 가빙빙의 승부, 최패정측의 원군들과 가빙빙측의 원군들의 승부라고 할 수 있다. 이 세 차례의 대결에서 모두 최패정측이 이김으로써 <옥교행>이 최종적인 승리를 거두는 것이기 때문이다. 먼저 장경경과 동중선의 승부를 보기로 하자. 동중선이 자영을 이기자 최패정은 장경경으로 하여금 동중선과 맞서게 한다. 이 때 미녀 삼천을 거느려 가라고 하자 장경경은 "중선은 위붕의 천첩이니 어찌 삼천이나 갈 필요가 있겠"느냐면서53) 수하의 시녀 오백만을 데려간다. 중선을 천첩이라고 무시하는 것으로 보아 장경경은 적어도 貴妾이거나 부인 항렬이라고 생각된다. 그러나 장경경은 생각처럼 쉽게 동중선을 이기지 못하고 고전하다가 마침내 九華山의 선녀가 준 선약(화장품)을 바르고 미모가 월등해져 동중선을 제압한다. 구화산의 선녀가 어떤 이유로 장경경을 돕는지는 알 수 없다. 아무래도 동중선은 천첩이고 장경경은 귀첩(또는 부인)이라는 신분적인 차이가 작용한 것이 아닌가 한다.

빙빙과 패정은 다른 인물들처럼 재주를 겨루지 않는데, 서로 마주보는 것만으로도 패정의 승리가 자명해졌기 때문이다. <투색지연의>는 빙빙을 패정과 비교하여 "소리개와 부엉이가 봉황 옆에 있는 듯하고, 모래와 자갈을 진주와 구슬에 비긴 듯"하다고54) 평한다. 패정의 미모가 빙빙보다 조금 나은 정도가 아니라 압도적으로 패정이 우세하다는 것이다. 사실 서로 다른 소설 속의 인물인 패정과 빙빙의 미색을 비교하여 객관적으로 우열을 가린다는 것은 어려운 일이다. 소설은 영화나

---

52) 빙빙이 패정에 대해 근심하자 동족낭자 제빙은 "지금 만약 이야기를 그만두고 문책하지 않는다면, 누가 낭자가 있음을 알겠습니까?"라고 말한다. "今若說罷而不問 則孰知有娘子者乎". <투색지연의> 3회.

53) "仲㔵魏鵬之賤妾 何必三千而去也". <투색지연의> 5회.

54) "鴟鴞之於鳳凰 沙礫之於珠璣也". <투색지연의> 7회.

만화처럼 시각적인 이미지로 이루어진 장르가 아니기 때문이다. 따라서 더 아름답고 덜 아름답다는 것은 일차적으로 원작에서 그 인물을 어떻게 형상화하고 있는가에 달려 있다고 할 수 있다. 빙빙의 외모는 <빙빙전>에서 다음과 같이 묘사된다.

> 안식은 도홰 츈빙의 비최는 듯 틱도는 모란이 새배 이슬의 즘겻는 듯 허리는 깁을 뭇근 듯ㅎ고 셤셤옥슈와 단슌호치 옥을 공교히 사겻는 듯ㅎ며 시셔 늠뉼과 슈질 비단 ㄸ기 소약난이 다시 산 듯ㅎ시며 효셩이 츌텬ㅎ고 언어 힝실이 일시예 독보ㅎ니   (<빙빙전> 권지일)
>
> 빗긴 귀밋과 믈근 얼굴이 졍졍ㅎ고 놀란 틱도와 아릿다온 거동이 진실로 경셩경국지식이라 광치 암실의 ㅂ이더라   (<빙빙전> 권지일)
>
> 남녁 블근 댱으로셔 빙빙이 나오니 비록 단장을 아녀 녜복을 법다이 ㅎ여시나 거울ㄱ튼 용안이 ㅅ좌롤 비최니 명월이 부상의 걸녀시며 구슬이 창히예 소슨 듯 셤셤ㅎ고 소담ㅎ니 진실노 인간 사롬과 다ㄹ더라
>   (<빙빙전> 권지오 <동중선전>)

위의 인용문을 <옥교행>에서 최패정을 묘사한 부분과 직접 비교해 볼 수 있다면 좋겠지만 불행히도 <옥교행>이 실전되었기 때문에 그렇게 할 수가 없다. 그런데 빙빙의 외모에 대한 묘사는 일반적인 장편소설에서 여주인공을 칭찬하는 내용과 비교하여 상당한 차이가 있다. <옥교행>을 대신하여 이 점을 <소현성록>, <옥원재합기연>과 비교해 보기로 하자. 아래 인용문은 <소현성록>의 석숙란과 <옥원재합기연>의 경빙희를 묘사한 부분이다.

> 처엄은 광치 녕농ㅎ고 풍되 요요ㅎ야 낙일이 약목의 걸니고 옥퇴 치운의 ㅆ엿는 듯 현황ㅎ야 광치 휘동ㅎ니 ㅈ시 보디 못ㅎ러니 댱의 올나 녜롤 뭇고 좌롤 일운 후 눈을 뎡ㅎ야 니기 보니 임의 ㅎ날긔 품슈

흔 배 강산슈긔와 졍명지긔 어리여 미려흐미 범뉴의 빠여나니 가슴 가
온대는 임수의 덕낭을 슈장흐엿고 미우의는 오싴 샹셔의 긔운이 넝농
찬난흐여 냥목은 츄파의 졍긔 업수믈 웃고 쥬순은 잉도의 동글믈 혐의
로이 너기고 셰요는 뉴지의 붓치이믈 나모라고 신댱은 비연의 킈 젹으
믈 브죡히 너겨 놀나디 경삽디 아니며 풍영흐나 툅지디 아냐 텬티 만
광이 타양의 빗츨 그리오니   (<소현성록> 권지이. 이대본)

   놉고 빠혀나고 묽고 완슉흐니 싁싁쇄락흐고 상활쳥고흐미 님하의
풍치오 유한졍뎡흐고 유순유덕흐믄 슉녀의 긔틀이라 츈산은 안개룰 마
시며 션빈은 구룸이 엉긔엿고 화험은 벽도룰 교우흐고 잉순은 단사룰
졉쳣거눌 졍신은 츄슈룰 어리엿고 골슈는 쳥빙을 다돔앗고 안싁은 빅
셜을 빠하시니 완염흐고 뇨됴흔 가온대 더옥 특이흐거눌 흔 빵 명경은
보경을 새로 닷갓고 그 빗나고 므륵녹은 거슨 아아흔 운계예 난초빗치
요요흐고 방틱을 비지 아냐 팔치 샹광이 현난흔디 진슈 아래 일편 월
익이 아황을 가어흐니 쳥졍흐고 품놉하 ᄌ티롭고 어리눅으며 그 허리
경영흐고 그 티되 셥모흔 바는 태진의 반만 우슴과 셔시의 쎵긔미라도
가히 비치 못홀디라   (<옥원재합기연> 권지이십일. 서울대본)

   우선 한 눈에 빙빙을 묘사한 내용이 석숙란이나 경빙희를 묘사한 내
용보다 훨씬 간략하다는 것을 알 수 있다. 석숙란이나 경빙희에 대한
묘사는 빙빙에 대한 묘사에 비해 거의 세 배나 길다. 이것은 <소현성
록>이나 <옥원재합기연>이 <빙빙전>에 비해 훨씬 장편이기 때문에
일어난 변화이기도 하겠지만, 여주인공을 더 뛰어나게 그리려 노력하
면서 나타난 결과라고 생각된다. 그런데 단순히 분량상의 차이가 있을
뿐만 아니라 빙빙과 석숙란·경빙희는 그 이미지가 매우 다르게 형상
화된다. 빙빙은 청초하고 아리따운 미인인 반면, 석숙란이나 경빙희는
맑은 정기와 빛나는 광채가 눈을 부시게 하는 미인이고, 빙빙은 詩書·

音律・針線・紡織 등 구체적인 재능이 뛰어나다고 칭찬된 반면, 석숙란은 江山秀氣와 正明之氣, 경빙희는 幽閑貞靜・柔順有德이라는 志趣와 德性의 측면에서 칭송된다. 다시 말해 빙빙은 佳人才女로서의 이미지가, 석숙란이나 경빙희는 賢婦淑女로서의 이미지가 부각되고 있는 것이다.

<빙빙전>이 <소현성록>・<옥원재합기연>과 보이는 차이는 <빙빙전>과 <옥교행>의 차이로도 볼 수 있을 것이다. <옥교행>은 삼대기적 구성이라든가 여성의 열을 강조하는 에피소드 등을 통해 볼 때 <빙빙전>보다는 <소현성록>・<옥원재합기연>에 가까운 소설인 것으로 생각되기 때문이다. 또 빙빙은 孝行과 絶色을 내세우고[55] 패정은 盛色과 大德을[56] 자랑하는데, 盛色大德은 앞에서 본 석숙란이나 경빙희의 인상이라고 할 수 있다. 따라서 <투색지연의>의 작자는 빙빙의 절색보다는 패정의 성색이 훌륭하다고 평가를 내린 것이다. 그러나 <투색지연의>의 작자가 모든 경우에 성색이 절색보다 뛰어나다는 판단을 내린 것은 아니다. 빙빙은 패정에게는 패하지만 석숙란보다는 높은 위차를 차지하기 때문이다.

빙빙과 패정의 승부는 서로 마주보았을 때 결정된 것이기는 하지만, 서로의 행적에 대해 시비를 벌이면서 더욱 분명해진다. 다음은 두 사람의 설전 내용이다.

패정이 웃으며 말했다.
"나는 최상서의 막내딸로 부모의 명에 따라 陳郎과 결연하였는데, 한 달만에 군주가 무도하여 나를 겁박하고 진랑을 죽이려 하였으나, 내가

---

55) "齊娉等曰 … 孝行絶色 娘子爲首 貝貞居末". <투색지연의> 3회.
56) "子英大笑曰 汝輩豈不聞崔夫人盛色大德之名乎". <투색지연의> 3회.

부월을 피하지 않고 낭군을 구출하여, 陳家를 반석같이 안돈하게 하고, 내 몸도 마침내 허물이 없어졌으니, 이것이 여자의 절행일 뿐이오. 부인은 다만 부모가 뱃속에 있을 때 언약한 것에 의탁하여 위붕과 親命을 얻기 전에 먼저 친압했으니, 이것이 과연 여자가 차마 할 바요? 저으기 부인을 위해 안타까워 하오. 아! 부인은 몸이 부귀한 가운데 있어, 높은 행랑과 난간을 궁중처럼 장대하게 하고, 그저 풍악을 일삼으며 세상 사정을 깨닫지 못하니, 여자의 행실에 어찌 조금이라도 가까운 것이 있다고 하겠소?"

빙빙의 안색이 흙빛이 되어 감히 말을 하지 못하다가, 한참 후 말했다.

"나는 위랑이 오기 전부터 이미 위가의 사람이라 칭해졌고, 위랑이 온 후에 모친이 그 호탕함을 보고 마음에 불평하게 여겨 타인에게 시집보내고자 한 까닭에 부득이하게 그를 섬긴 것이오. 이는 위랑의 풍채 때문이 아니요, 단지 선친의 맹세를 지키려 한 것이니 어찌 허물의 빌미가 되겠소? 부인의 절행은 그렇다면 그렇다고 칩시다. 미색에서 내가 비록 부인에게 미치지 못하지만, 천하에 어찌 더 뛰어난 사람이 없겠소? 망녕되이 존호를 칭하는 것은 심히 괴이하오."

패정이 웃으며 말했다.

"내가 비록 불민하나, 예의와 스스로 겸양하는 도리는 대강 안다오. 내 안색이 천하에 뛰어난 것이 거짓인데도 스스로 존호를 자긍한다면 실로 어리석은 노릇일 게요. 그러나 천하가 여중천자라 부르니, 이 때문에 스스로 힘쓰기에도 겨를이 없는데, 어찌 도리어 자신의 이름을 칭함으로써 후세 사람의 기롱을 취하겠소? 그러나 부인이 이미 미색을 다투고자 하니, 내가 어찌 피하겠소? 부인의 진중에 반드시 미색이 있을 것이고, 첩의 영중에도 또한 미색이 있으니, 각기 진 앞에 내보내 승부를 겨루는 것이 어떠하오?"

빙빙이 말했다.

"부인의 말이 옳소."[57]

---

57) "貝貞笑曰 妾以崔尙書之畢女 承順父母之命 以與陳郎結緣 朔餘 君上無道 必

　<투색지연의>에서는 미색 외에 여성을 평가하는 또 하나의 기준으로 절행을 꼽는다. 패정은 목숨을 바쳐 진영을 구했고, 빙빙은 천신만고 끝에 위붕과의 혼인 약속을 지켜냈으므로 둘 다 절행이 있다고 할 만하다. 그러나 패정은 빙빙이 어머니의 허락을 얻기 전에 위붕과 친압하고 지낸 사실을 들어 빙빙의 행실이 예에서 벗어났다고 비난한다. 여기에서 親狎은 성관계를 가리키는 것으로 생각된다. 단순히 서로 얼굴을 보고 가까이 지낸 것이라면 패정이 "여자가 차마 할 바"가 아니라고까지 말하지 않았을 것이다.58) 현전하는 <빙빙전>에는 혼인 전에 동침하는 내용이 없지만 <가운화환혼기>에는 성관계 장면이 등장한다. <빙빙전>에는 여러 계열이 존재한 듯하므로 <투색지연의>의 작자가 읽은 <빙빙전>은 혼인 전에 성관계를 가지는 계열인 것으로 생각된다.

　아무리 아버지의 언약이 있었다 하더라도 혼인 전에 성관계를 맺는 것은 우리 나라 장편소설에서는 음란하고 천한 행실이다. 혼인을 하기 전까지는 상대방의 얼굴을 보거나 편지를 주고받는 것도 非禮로 치부

欲劫迫 欲殺陳郎 妾不避鈇鉞 救出郎君 使陳家安頓如垣 使妾身終歸無過之地 此則女子之節行耳 夫人則徒托父母腹中之約 與魏鵬 未得親命之前 經先親狎 此果女子之所忍爲耶 窃爲夫人惜之 噫 夫人身居富貴之中 高廊欄干 長與宮中 徒事風樂 未諳世情 其於女子之行 有何一毫相近之事乎 娉娉面色如土 不敢出言 久之 乃曰 妾魏郎未來之前 已稱魏家之物 魏郎旣到之後 夫人見其浩蕩 心有所未平 欲適佢人 故妾不得已事之 此乃非爲魏郎之風彩 只守先君之深盟 有何作咎之端乎 夫人節行 則然且然矣 色則妾雖不及於夫人 天下豈無其右 妄稱尊號 甚可怪也 貝貞笑曰 妾雖不敏 粗通禮義自謙之道矣 妾之顔色 假出於天下 自矜尊號 實所昧昧 而天下謂之女中天子 是以自効之不暇 何乃反稱自名 以取後人之譏議哉 然夫人旣欲妬色 妾安敢避乎 夫人陣中 必有美色 妾營中 亦有美色 各出陣前 以決勝負 如何 娉娉曰 夫人之言是也". <투색지연의> 7회 貝貞與娉娉轅門舌戰.
58) 빙빙의 모친 막부인이 위붕과 빙빙을 兄妹의 예로 서로 보게 했으므로 이들이 한 자리에서 얼굴을 마주하는 것은 예에 벗어난다고 할 수 없다.

되기 때문이다. 따라서 장편소설에서는 여주인공이 자발적으로 이러한 행위를 한다는 것은 상상하기도 힘든 일이다. 이러한 측면에서 빙빙에 대한 패정의 비난은 당연한 것이다. 오히려 이와 같은 비천한 행실에도 불구하고 빙빙이 <투색지연의>에 등장하여 天下第二色이 되었다는 사실 자체가 의외라고 할 수 있다. 현전하는 <빙빙전>에는 혼인 전에 관계를 맺는 내용이 없을 뿐만 아니라 혼인 후에도 빙빙이 한동안 위봉을 거절하는 것으로 되어 있는데, 이것은 여주인공의 비도덕적 행위를 용납할 수 없었던 독자들을 위한 개작일 가능성이 높다.

패정은 또 사치와 풍악을 일삼는 빙빙의 생활 태도를 비난한다. 빙빙이 사치하고 풍악을 즐겼다는 것은 현전하는 <빙빙전>에 자세히 나와 있다.

> 형국 막부인 일녀지 위승상을 위ᄒ야 늣도록 혼녜롤 일오디 못ᄒ엿더니 이제 위승상 둘재부인이 되여시나 오부인과 형뎨 졍을 딕희샤 승상과 희로ᄒ기롤 즐기디 아니샤 쓰디 안궁 깁혼 고디셔 늘그려 ᄒ신고로 종족 낭ᄌ롤 뫼화 풍뉴연낙으로 일월을 디내며 허비ᄒᄂ 쥬찬이 무궁ᄒ더 그롤 브쭉ᄒ야 우리 이리 분주ᄒ나 ᄆ양 외다 ᄒ시ᄂ 가온대 잇ᄂ이다 … 이 믈 혼 머리 안궁의 다하시니 강을 인ᄒ여 누롤 지어 날이 져믈면 누우 흥이 ᄆ차 비롤 ᄐ고 믈 가온대셔 노르시ᄂ이다
>
> (<빙빙전> 권지사)

위 인용문은 빙빙이 위봉을 거절하고 안궁[別宅]에 들어가 지낼 때의 상황으로, 안궁에 필요한 물자를 나르는 심부름꾼의 말이다. 빙빙은 안궁으로 물러나 조용히 근신하기는커녕 무리를 모아놓고 먹고 마시며 그야말로 질탕하게 놀고 있다. 게다가 강 옆에 누대를 지어놓고 밤에 흥이 나면 船遊까지 즐긴다. 사대부가 규수인 여주인공이 이처럼 방탕

한 생활을 하는 예는 본격적인 장편소설에서는 발견하기 어렵다. 주체적으로 풍류를 즐긴다는 점에서 <구운몽>의 정경패 정도가 약간 유사할 뿐이다. 따라서 빙빙은 패정의 비난을 모면할 여지가 없다고 하겠다. 그리고 패정의 비난은 곧 작자를 포함한 당시 독자들의 비난이기도 하다.

빙빙은 패정의 말을 듣고 얼굴빛이 흙빛이 되어 말을 하지 못한다. 이미 승패는 결정되었다고 할 수 있다. 한참만에 빙빙은 위봉을 섬긴 것은 풍채 때문이 아니라 부친의 맹세를 지킨 것이라고 변명한다.[59] 어머니가 다른 곳에 시집보내려 하므로 부득이하여 위봉을 섬겼다는 것이다. 그러나 이것만으로는 패정의 비난에서 벗어날 수 없다. 패정의 비난은 혼전 성관계의 이유가 아니라 성관계 그 자체에 놓이는 것이기 때문이다. 따라서 빙빙의 답변은 패배를 시인하는 것이나 마찬가지이며, 실제로 뒤이어 패정의 절행이 자기보다 높음을 인정한다. 하지만 빙빙은 쉽게 포기하지 않고 자신을 이겼다고 해서 천하제일이 되는 것은 아니라며 시비를 건다. 이렇게 하여 이미 美色과 節行에서 패정의 우위가 판명되었음에도 불구하고 투색전은 계속되게 된다.

절행의 문제는 양편에서 응원군을 얻는 방법과 결과에서도 나타난다. 이 점은 작품 내에서 자세히 논해지고 있다.

① 진씨가 말했다. "빙빙이 비록 太眞 등을 얻었다고 하나, 한 때 외모가 뛰어났던 데 지나지 않습니다. 愛卿이 조금 정조가 있다 하지만,

---

59) 이것은 <빙빙전>에도 나오는 말이다. "빙빙이 눈물을 흘려 굴오더 죽기를 뎡ᄒ믄 브득이 홀 배어니와 부인끠 고훈 즉 소졍이 현현ᄒ니 위형이 얼골이 놉만 못ᄒ거나 직죄 용널ᄒ면 공변되이 언약을 딕희여지라 ᄒ련마는 풍취 긔되 뎌러텻 ᄒ니 부인이 벅벅이 빙빙으로 풍취를 쏠온다 ᄒ실 거시니 츠마 엇디 입을 열리오 쳡의 ᄉ셰 다만 죽을 ᄯᄅᆞᆷ이라". <빙빙전> 권지일.

본디 창기였으니 귀할 것이 없고, 그 나머지는 원래 절행이 없으며, 비록 한 때 이름난 미색이었다 하지만 또한 부인의 색용에는 미칠 수 없습니다. 제가 부인을 우러러 보건대, 평소 덕망이 있어 사람들이 모두 흠앙했습니다. 이런 때를 당하여 인을 행하고 덕을 펴서 더욱 깊고 견고하게 하신다면, 하늘이 반드시 응하고 신명이 도울 것이니, 절행과 미색을 갖춘 자가 부르지 않아도 스스로 올 것이요, 구하지 않아도 저절로 이를 것이니, 어찌 구구하게 방을 걸어 망녕되이 백골을 모으겠습니까?"[60]

② 한 사람은 唐나라 때 紫雲이니, 李靖과 더불어 太宗을 보좌하여 天下를 진정했고, 하나는 漢나라의 王昭君으로, 元帝 때 선우의 변을 만나 일찍이 上仙이 되었으며, 한 사람은 綠珠로, 石崇이 구슬 세 섬으로 바꾸었는데, 시집온지 수년만에 賤人이 겁박하자 목숨을 누대 아래 버렸습니다.[61]

③ 紫雲이 말했다. "西施는 吳王을 미혹시켜 마침내 나라를 망치게 했고, 太眞은 明皇에게 시집갔는데도 또 安祿山과 간통했으니 죄악이 하늘에 가득하여 귀록을 면하기 어렵습니다. 愛卿은 시집간 이후로 趙子를 예로 섬기고 시어머니를 효성으로 봉양했으며, 환란을 만나 죽음을 당연히 여겨 절행이 드러난 까닭에 머지 않아 세상에 남자로 태어날 것입니다."[62]

---

60) "陳氏曰 娉娉雖得太眞等 不過一時外面而已 愛卿稍有貞操 素是娼妓 不足貴也 其佗則元無節行 雖有一時之名色 亦不及於夫人之色也 余瞻夫人 素有德望 人皆欽仰 當此之時 行仁布德 愈深益堅 天必應 而神可佑也 節行美色者 不招而自來 不求而自至 何必區區掛榜 妄聚白骨乎". <투색지연의> 10회 貝貞修德行仁得仙女.

61) "一則唐時紫雲 與李靖佐太宗定天下 一則漢時王昭君 元帝時 逢單于之變 早年上仚 一則綠珠 石崇以珠三石換 嫁數年 爲賤所劫 棄性樓下矣". <투색지연의> 10회 貝貞修德行仁得仙女.

62) "紫雲曰 西施迷惑吳王 終亡其國 太眞旣配明皇 又奸祿山 罪惡充天 難免鬼錄 愛卿入室以後 則禮事趙子 孝養其姑 及遭患亂 視死如歸 節行表著 故未久出世 爲男子者矣". <투색지연의> 10회 貝貞修德行仁得仙女.

빙빙은 사방에 미색을 모집하는 방을 걸어 양태진 등을 얻는다. 패정이 이를 근심하자 패정의 모사인 진씨가 한 말이 ①이다. 진씨는 태진 등 세 사람이 절행이 없을 뿐만 아니라 미색도 패정보다 못하기 때문에 염려할 필요가 없다고 하고, 대신 인을 행하고 덕을 베풀 것을 권한다. 도덕적 우위만 확보하고 있으면 저절로 문제가 해결될 것이라는 전망이다. 진씨의 말대로 선녀들이 패정을 도우러 오며, 선녀들의 면면을 소개한 것이 ②이다. 자운은 열녀이자 영웅이고, 왕소군과 녹주는 목숨을 버림으로써 節을 세운 인물이다. 양태진 등과 비교하여 도덕적으로 훨씬 우월하다. 그래서 전투에서 맞부딪치자 양태진 등은 제대로 싸워보지도 못하고 모두 도망친다. ③에서는 죄악이 큰 서시와 양태진은 영원히 귀신을 벗어날 수 없지만 절행이 있었던 애경은 남자로 환생할 것임을 알려준다.

이처럼 <투색지연의>에서는 지속적으로 절행을 부각시키고 있으며, 그 과정에서 패정의 우월성이 더욱 확고해진다. 그러나 빙빙이 배척당하는 것은 아니다. 빙빙이 몸을 묶고 항복하자 패정은 손수 묶은 것을 풀어주고 위로하여 서열 第二位로 인정한다. '여자의 행실에 가까운 일이 하나도 없다'고 비난한 것에 비하면 관대한 처우라고 하겠다. 이에 보답하듯, 빙빙은 패정을 여중천자로 등극시키는 데 앞장선다. 이러한 설정은 빙빙에 대한 작자의 평가를 반영한다고 할 수 있다. 작자는 빙빙의 비도덕적 행위에 대해 문제의식을 가지고는 있으나 이것은 어디까지나 패정과 비교해서 그렇다는 것이다. 때문에 작자는 도덕률을 그 이상으로 엄격하게 적용할 필요성을 느끼지 못한다. 물론 나중에 정숙렬·양선영 등이 오면서 빙빙의 서열은 4위쯤으로 내려가게 되지만, 여전히 순위권내에 존재한다는 점이 중요하다. 특히 빙빙은 윤혜영이나 석숙란보다도 높은 지위를 차지하는데, 婦德이라는 측면에서 보자면 빙빙은 윤혜영·석숙란보다 훨씬 모자라는 인물이다. 그런데도 <투색지연의>의 작자가 빙빙을 더 높은 위차에 둔 것은 위봉과의 혼약을 지킨 절행을 높이 평가해서라고 생각된다. 한편 패정은 정숙렬 등이 온 후에도 끝까지 최고의 위치를 지킨다.

패정이나 빙빙에 대한 이와 같은 평가는 작자의 독특한 개인적 취향이라기보다는 어느 정도 당시 독자들의 일반적인 여론을 반영한 것으로 생각된다. 그런데 흥미로운 사실은 패정이나 빙빙이 모두 두 번째 부인이라는 점이다. <빙빙전>에서는 養兄 오씨가 위봉과 먼저 혼인하여 원위를 차지했고, <옥교행>에서 패정은 진영과 먼저 혼인했지만 진영이 부마가 되는 바람에 문성공주에게 원위를 빼앗긴 것으로 추측된다. 그런데 <투색지연의>에서는 빙빙이나 패정의 원비는 완전히 배제한 채 작품을 진행한다. 이것은 빙빙과 패정이 비록 次妃이지만, 색과 절에 있어서는 원비를 능가한다고 평가한 때문일 것이다. 다시 말해 원비, 차비의 위계질서보다는 개인의 미색절행이 더욱 중요하다고 인식한 것이다.

이것은 현재 생략되어 있는 후반부에 등장하는 양선영·석숙란의 예를 보아도 알 수 있다. 이들은 둘 다 차비였는데, 모든 점에서 원비보다 뛰어난 차비였던 것으로 생각된다.[63] 그래서 양선영은 삼황의 일원이 되고 석숙란은 삼왕의 위차에 오른다. 이처럼 <투색지연의>는 미모와 절행 등 개인적인 자질을 높이 평가하고 있지만, <여와전>에서는 양선영을 쫓아내고 석숙란을 강등시키면서 새로운 평가의 기준을 보여준다.

이와 같은 변화는 일차적으로 시대적 흐름에 기인하는 것으로 생각

---

63) 양선영의 출전 작품은 미상이다. 석숙란은 <소현성록> 소현성의 둘째 부인이다.

된다. 그러나 시대적인 의식 변화와 함께 작자들의 성별도 관련이 있을 가능성이 있다. <투색지연의>가 한문으로 창작되었다는 점, 연의소설의 방식을 따랐다는 점, 여성들의 색을 즐기려 하는 점, 절행만 지키면 나머지 문제에 대해서는 너그러운 점 등에서 남성의 창작일 가능성이 높아 보인다. 반면 <여와전>은 여성의 삶에 대한 세밀한 관심과 절행 이상의 윤리적 기준 등을 통해 볼 때, 여성의 작품이 분명하다고 생각된다.[64] 따라서 <투색지연의>와 <여와전>의 시각 차이는 상당 부분 남성과 여성이라는 입장 차이에 의해 발생한 것일 수 있다. 그러나 남성과 여성의 상이한 입장이라는 것 또한 시대적인 환경과 동떨어져 존재하는 것은 아니며, 여성의 입장이 <여와전>을 통해 대두하게 된 것 자체에 시대적인 변화가 담겨있다고 생각된다.

5. <부벽몽유록>의 부분적 반론

<浮碧夢遊錄>은 楊太眞, 李夫人, 虞美人을 등장시킨 몽유록이다. 이들은 소설 속의 여주인공이[65] 아니기 때문에 <부벽몽유록>은 <투색지연의>와 성격이 완전히 같지는 않다. 그러나 <부벽몽유록>은 <투색지연의>의 인물 비평에 대해 부분적으로 반론을 펴며 기존에 <투색지연의>가 혹평한 인물의 재평가를 요구하고 있으므로, <투색지연의>가 소설계에 일으킨 반향의 하나로서 다룰 필요가 있다.

<부벽몽유록>은 평양 부벽루에 놀러갔던 몽유자가 關西妬色將軍

---

64) 선행 논자도 <여와전>의 작자를 여성으로 본 바 있다. 송성욱, 「여와록과 조선조 대하소설의 관련양상」, 『규장각』 20, 서울대 규장각, 1997. 참조.

65) 물론 양태진 등은 문학 작품에 빈번히 등장하는 인물이므로 이들을 반드시 역사적 인물로 보기는 어렵다.

士小娘의 연회에 양태진, 이부인, 우미인이 참여하는 꿈을 꾼다는 내용이다. 투색장군 사소랑의 정체가 분명하지 않을 뿐만 아니라 양태진 등이 사소랑의 연회에 참석하기 위해 평양을 방문한다는 것이 의외의 설정이어서 작품의 의미를 해득하기가 쉽지 않다. 투색장군 사소랑이 평양 근처의 名妓일 가능성은 앞에서 언급한 바 있다. 양태진, 이부인, 우미인은 사소랑의 연회에서 각자 소회를 털어놓는데, 그 중에서도 가장 흥미로운 것은 양태진이다. 그녀는 자신의 억울한 사연을 말한 후, 다음과 같이 언급한다.

> "장군의 성대한 모임을 듣고 산을 넘고 물을 건너 이곳에 이르러 평생의 억울한 탄식을 모두 토로했습니다. 바라건대 여러분께서 인간 세상에 전파하여 외로운 혼백의 누명을 씻어 二妃의 반열에 참여하게 해 주신다면, 마땅히 분골쇄신하여 산처럼 높고 바다처럼 깊은 은혜에 보답하겠습니다."[66)

양태진은 사소랑을 비롯한 기녀들이 자신의 원억함을 인간 세상에 전파하여 누명을 씻어주기를 바라는데, 伸雪의 구체적인 징표는 二妃의 반열에 참여하는 것이다. 이비는 물론 순임금의 두 아내인 아황과 여영이다. 그렇다면 이비의 반열이란 무엇일까? <부벽몽유록> 작품 내에서는 더 이상의 설명이 없다. 이처럼 드러난 문면만으로 이해가 불가능하다는 것은 <부벽몽유록>이 실제적 사실 혹은 다른 작품에 대한 지식을 요구한다는 뜻이다. 본고에서는 <부벽몽유록>이 전제하고 있는 작품이 <투색지연의>일 가능성이 높다고 생각한다. <투색지연의>

---

66) "聞將軍之盛會 跋跋山川 以至于此 吐盡平生抑鬱之歎 伏願諸君 傳播人間 以雪孤魂之陋名 參於二妃之班 則當粉骨磨身 以報山海之深恩". <부벽몽유록>, 강동엽 소장.

의 투색창업연에서는[67] 漢唐宋明 四代의 賢妃淑婉들이 이비와 같은 반열에 오른다.[68] 따라서 결국 양태진이 원하는 것은 투색창업연에 참여하여 위차를 얻는 것이며, 이러한 목적을 위해 사소랑의 연회에 나타난 것이라고 하겠다.

<투색지연의>에서 양태진은 가빙빙을 돕다가 자운에게 패해 달아나며, 安祿山과 간통한 淫婦로 매도된다. <부벽몽유록>의 작자는 <투색지연의>의 이와 같은 평가에 불만을 품었기 때문에 양태진에게 변호의 기회를 준 것이라 할 수 있다. <부벽몽유록>에서는 안록산의 난 등이 양태진의 책임이 아니며, 오히려 馬嵬에서 明皇을 위해 죽은 공을 인정해야 한다고 주장한다. 이러한 시각은 唐 傳奇 <長恨歌傳>, 宋 傳奇 <楊太眞外傳>, 元曲 <梧桐雨>(원제:唐明皇秋夜梧桐雨) 등 여러 문학 작품에 공통되게 나타나는 것이다. 따라서 <부벽몽유록>의 작자는 이러한 작품들을 익히 접한 인물로, <투색지연의>의 냉혹한 평가에 반발하여 <부벽몽유록>을 창작한 것으로 생각된다.

그런데 <여와전>에서는 양태진이 조비연과 더불어 투색창업연에 참여한 것으로 나오기 때문에 <투색지연의>와 모순을 일으킨다. 이것은 앞서도 지적한 것처럼 <투색지연의>와 <여와전> 사이에 또 다른 작품이 있기 때문에 발생한 현상인지도 모르며, 혹은 <투색지연의>의 이본에 따른 차이인지도 모른다. 만약 <투색지연의> 중에도 양태진이 포용되는 작품이 있다면, <부벽몽유록>과 같은 여론을 수렴한 결과일 가능성이 있다.

---

67) 물론 현존본에는 존재하지 않으며, <여와전>을 통해 재구할 수 있을 뿐이다.
68) 이비의 반열이라는 것이 이비와 같은 반열이 아니라 이비 휘하의 반열을 의미할 수도 있지만, 대개 반첩여의 반열, 맹덕요의 반열이라고 하면 반첩여나 맹덕요와 같은 반열을 의미하는 경우가 많으므로, 이비와 같은 반열이라고 본다.

또 <부벽몽유록>에는 양태진 외에도 이부인과[69] 우미인이 등장하는데, 이들은 <투색지연의>에서 전혀 거론되지 않았던 인물들이다. 이부인과 우미인은 이비의 반열에 대한 희망을 드러내놓고 말하지는 않지만, 양태진이 그들의 우두머리격이므로 양태진과 같은 목적을 가지고 사소랑의 연회에 참여했다고 보는 것이 옳을 것이다. 요컨대 <부벽몽유록>의 작자는 이비의 반열이 너무 폐쇄적이라고 생각하고, 거기에 들지 못한 미녀들을 대변하고자 작품을 창작한 듯하다. 그러나 <부벽몽유록>의 작자 역시 양태진, 이부인, 우미인 등을 이비의 반열에 당당히 참여할 수 있는 인물로 그리기보다는 동정적인 시선을 보이고 있을 뿐이다.

---

[69] <부벽몽유록>에서는 漢 武帝의 애첩 李夫人이라고 소개하였으나 실상 이부인의 발언을 들어보면 반첩여의 행적에 가깝다. 특히 "한 번 스스로 장신궁에 들어간 후(一自廢置長信之後)"라는 구절은 의심할 바 없는 반첩여의 일이다. 이것은 아마도 작자의 착각인 듯하다.

Ⅳ. <여와전>의 작품 세계

　<여와전>은 그 제명이 <옥원재합기연> 권지십사 서목에 기록되어 있어, 늦어도 18세기 후반 이전에 창작되었을 것으로 생각되는 소설이다.[1] <여와전>은 송성욱에 의해 처음으로 학계에 소개되었다.[2] 송성욱은 <여와전>이 10여 편에 이르는 여러 장편소설의 여주인공들을 등장시킨 작품이라는 사실을 밝히고, <여와전>은 이 모든 작품들로부터 파생되었다고 볼 수 있지만, 특히 <유씨삼대록>과 깊은 연관이 있으므로 <유씨삼대록>의 파생작이라고 하였다.[3] 송성욱은 소설에 대한 소설이라는 <여와전>의 특이한 성격을 정확하게 파악했고 작품의 중요성에 대해서도 인식했지만, 본격적으로 <여와전>의 비평 의식을 분

---

1) <옥원재합기연>은 1786년부터 1790년까지 필사되었다. 소설 목록은 <옥원재합기연> 필사와 관련 없이 후대에 기록되었을 가능성도 있지만, <옥원재합기연> 권지이십일 말미의 필사기에서 <옥원재합기연>과 같은 작가의 작품으로 거론된 <명행록>, <비시명감>, <신옥기린>이 권지십사의 목록에도 그대로—'명힝녹 비시명감 완월 옥원지합 십봉긔연 신옥긔린'의 순서— 나타나는 것으로 보아, 필사 당대의 첨기일 가능성이 높다. 장효현, 「장편 가문소설의 성립과 존재양태」, 『정신문화연구』 44호, 1991. 참조.
2) 송성욱, 「여와록과 조선조 대하소설의 관련양상」, 『규장각』 20, 서울대 규장각, 1997. 12.
3) 이러한 견해는 다음의 논문에서도 나타난다. 송성욱, 「대하소설의 연작 유형에 대한 시론」, 『국문학연구 1999』, 태학사, 1999.

석하지는 않았다. 이것은 <여와전>이 지극히 소박한 윤리적 기준에 의
해 인물을 평가한다고 보았기 때문이었고, 또 한 편의 소설로서 <여와
전>이 구조적 통일성을 결여하고 있다고 보았기 때문이었다.

그러나 본고의 견해는 다르다. <여와전>은 기본적으로 <투색지연
의>의 후편으로 창작된 작품으로서, <유씨삼대록>의 파생작으로 한정
할 수 없는 소설 비평 작품이다. 그리고 소설에 대한 비평 또한 단순한
윤리성을 넘어서 정치하고 일관된 기준에 의해 이루어지고 있다. 따라
서 본고에서는 <여와전>을 당대에 유행하던 소설들에 대한 비평 작품
이라고 보고, 그 비평의 지향과 소설사적 의의에 대해 탐구하고자 한다.
논의의 편의를 위해 작품 경개를 제시하면 다음과 같다.

1. 女媧가 화운동 태을단에서 천도를 강론하며 연회를 벌인다. 지상
에서 이상한 기운이 올라와 알아보니, 이는 황릉묘에서 漢唐宋明 四代
의 命婦들이 二妃를 모시고 妬色創業宴을 벌여 삼황오제를 참칭한 데
서 발생한 것이다. 여와가 대로하여 벌하려 하자 伏犧가 문창·문일 두
성군에게 맡겨 해결할 것을 명한다.

2. 문창·문일성군이 황릉묘로 가서 三皇·五帝·三王·五覇·七雄
을 모두 혁파한 후 새로 4인의 명부를 추천하여 좌차를 조정하고 돌아
오는데, 문창의 공적이 훨씬 크다.

두 성군은 양백영, 정씨, 이씨1, 이씨2의 4인을 추천하여, 정씨를 사
씨와 더불어 曺大家의 반열에 두어 貞淑妃로 봉하고, 이씨1, 이씨2, 양
백영을 班婕妤의 반열에 두어 孝烈妃로 봉한다. 기존에 높은 위차를
차지했던 최패염·정숙렬·조경아·소월영은 양씨 등 5인의 아래에 두
고, 석숙란은 이 열에도 들지 못하게 한다. 윤혜영·장단화는 삭발하여
남해로 내치며, 가빙빙·양선영도 聖門에 들지 못하게 하고, 양태진, 조
비연은 풍도옥에 가둔다. 나머지 미녀 존호를 받았던 이들과 삼황오제
의 위차를 정했던 자운은 본토로 돌아보내 춘추로 조회하는 번신으로

삼고, 이현경과 설초벽 등 문무를 겸전한 여성들에게는 호위장군, 한림학사의 소임을 맡긴다.

3. 문창·문일 두 성군이 떠난 후 湘妃가 莊姜에게 문창과 문일의 고하를 묻자 장강은 문창의 재덕이 훨씬 뛰어남을 논한다.

문창진군은 원래 복희의 둘째 딸로, 동궁인 장녀 여와보다 덕행과 지모가 뛰어나 복희의 업적에 많은 기여를 한다. 이에 섭정공주 칭호를 내리고 蹇脩를 부마로 삼는다. 여와가 스스로 공주에게 미치지 못함을 알아 위를 사양하려 하자 공주는 피세하여 선도를 닦아 백일 승천한다. 옥황상제가 공주를 文昌星으로 중임한다. 공주가 승천한 후 건수가 공주를 못 잊어 다시 만나기를 기도하니 상제가 南斗星으로 삼아 공주와 만나게 한다.

지상에서 건수와 인연이 있었던 낙조선녀 宓妃가 이별 후 공주를 시기하며 건수와 재회하기를 간절히 구하니 옥황상제가 이들을 지상에 환생시키려 한다. 공주는 복비의 방자함과 건수의 색욕을 더럽게 여겨 환생을 거절했으나 옥황상제의 명으로 부득이 강세한다. 이에 건수는 유세형으로, 복비는 장씨 집안의 딸로, 공주는 弘治皇帝의 일녀 딸 진양공주로 환생한다. 일세를 지낸 후 다시 上天으로 돌아 왔으며, 문창의 청으로 복비도 남두성과 함께 지내게 된다.

4. 두 성군의 승첩한 소식을 듣고 여와가 대희하여 상제에게 보고한다. 상제가 문창성을 帝君으로 승품하고 보천예의천존을 더하여 천하문맥대총관으로 삼는다. 문일성은 천의를 거역하고 강세했던 죄를 용서받아 자양진인과 복합한다.

5. 문창진군이 동화궁으로 돌아오던 중 관음을 만난다. 관음은 문창이 자신의 제자들을 내쫓은 것에 분노하여 문창을 제압하려 왔으나, 문창의 훈계를 듣고 오히려 자신의 행실을 부끄럽게 여긴다. 관음의 제자인 목차행자가 문창에게 덤벼들었다가 크게 패한다. 관음이 세존에게 이 일을 고하며 억울함을 호소했으나 세존은 문창이 등한 성인이 아니니 존중하고 다투지 말라고 한다. 이로부터 문창성의 위명이 천상과 인간에 더욱 진동한다.

작품의 실상을 보다 완전하게 파악하기 위해서는 이본의 수집과 대비가 필수적이다. 선행 연구는 3종(규장각본·한국정신문화연구원본·김동욱본)의 이본만을 대상으로 하였는데, 이외에도 상당수의 이본이 현전하므로, 이들을 살펴볼 필요가 있다.

1. 이본 연구

1) 이본의 현황과 특징

<여와전>은 현재까지 조사된 바 17종의 이본이 존재한다.[4]

1 文昌星平妖記
내제 : 문챵셩요얼탕평. 경북대 소장. 古811.31문331. 1책 39f.[5] 국립중앙도서관에 복사본 비치. 古3636.99. 안락국전·오륜가·박태보전 등 합본. 필사기 : 임진(1892)슌월이십오일모챾필셔.[6]

2 女媧錄 單
내제 : 여와록 경낭진군문챵탕평요얼. 규장각 소장. 가람 古813.5 − Y4. 1책 53f.

3 녀와시셩회연녹 권지단
단국대 소장. 古853.5/여635. 1책 12f. 『羅孫本筆寫本古小說全集』 29권 영인.

4 여와전 경낭진군문챵셩요열

---

4) 이본 조사는 조희웅의 『고전소설 이본목록』에서 많은 도움을 얻었다. 조희웅, 『고전소설 이본목록』, 집문당, 1999. 12.
5) 본고에서 확인한 이본의 경우, 엽수(f)는 <여와전> 작품 분량만을 표시한다.
6) 『고전소설이본목록』(조희웅, 앞의 책)에는 중국소설 <平妖傳>으로 잘못 분류되어 있다.

단국대 소장. 古853.5/여635. 1책 36f. 게암겡암젼 합본. 필사기 : 임신(1932?)중츄상이일에 츠칙을 시쟉ㅎㄴ니 아모려나 글시 셔 갈스록 나스지기를 원ㅎ노라.

⑤ 妬色演儀 單

내제 : 투식연의 여와격낭성 문창진군탕평요얼. 박순호 소장. 1책 34f. 한국정신문화연구원 MF 비치. 필사기 : 歲在丁未元月上澣改衣. 셰지 긔희(1899?) 쵸츄월일 총총 츄필셔ㅎ나 디강 헛된 칙이나 긔이ㅎ기 긔록ㅎ여 둘 츠 죠희 업고 유ㅇ놈 붓뎡긔니 게요 긔록ㅎ나 붓 홉괴ㅎ여 간신이 져록ㅎ여시나 진실노 남 볼가 그윽이 붓그럽도다 지필을 다시 어더 셩칙ㅎ기 브라노라 두고 족히 파격홀 만ㅎ도다. 셰지 졍미(1907?) 원월 초싱의 심화 등 언셔로 벗슬 ㅎ다가 이 칙을 보니 우리 틱틱 슈젹이 낙장되기 두어 줄 그리고 칙의 업기 긔조ㅎ노라. 뎡ᄉ(1917?) 납월 염뉵일 이원딕. 무오(1918?) 뎡월 칙듀 □□ □□7) 이원딕.

⑥ 녀와낭낭셩회연

사재동 소장. 1책 34f. 한국정신문화연구원 MF 비치. R16N-001254 -22 필사기 : 병인(1926) 시월 초구일의 여읍 홍문니 셔충ㅎ의 잔촉을 님ㅎ여 넌 이슌지육의 미망인 민씨ᄂ 글시 망칙ㅎ믈 싱각지 안코 쳐량한 회포을 소일코ᄌ 츠칙을 긔록ㅎ노라.

⑦ 문일문창양진군황능묘요얼탕평긔

사재동 소장. 1책 42f. 한국정신문화연구원 MF 비치. R16N-001262 -9. 필사기 : 大韓光武十一年丁未(1907)六月日謄書. 마지막 1장 없음.

⑧ 황릉묘요얼탕평전

성균관대 소장. D7B-61. 1책 21f. 경암게암젼·자운가·탄금가·소군원가 합본. 1928년 4월 26일(순종 신위봉안일) 이후 필사. 필사기는 너무 길기 때문에 생략함.

---

7) □는 판독불능을 표시한다.

⑨ 여와씨젼

    숭실대 소장. 귀811.93. 1책.

⑩ 여와전

    숭실대 소장. 귀811.93. 1책.

⑪ 투싁연

    여승구 古書通信 제15호 1999. 9. 韓國出版貿易株式會社.

⑫ 녀와전 요열녹 탕평 권지단

    盈德郡 丑山面 陶谷里 河回宅 소장. 이수봉 복사본 소장. 1책 53f.

⑬ 황릉묘요얼탕평기

    이종숙 소장. 1책.

⑭ 문챵진군탕평녹

    정병욱 소장. 1책 44f. 긔ᄉᆞ(1869).

⑮ 녀와뎐 문챵셩탕평요얼

    정병욱 소장. 1책 94f. 계츅(1913). 소소매전 합본.

⑯ 문챵진군탕평요얼

    내제 : 투싁연의 녀와격냥셩 문챵진군탕평요얼. 한국정신문화연구
    원 소장. D7B-64. 1책 39f. MF 35/008085. 필사기 : 무인(1878?)이
    월샹순의 필셔. 뉴시삼디록의 진양공쥬 십일세의 뉴세형의게 하가
    ᄒᆞ여 튱효의 유명ᄒᆞ고 초비 당시로 돈목화슌홈과 임봉의 천연ᄒᆞ믈
    칙의 보니 탄복이샹ᄒᆞ니 이거슨 쟝동 형님이 츈츄 칠십칠셰 스믈
    다숫장의 쓰신 거슬 날는 삼십구장의 쓰니 년급육슌이오 마춤 무필
    ᄒᆞ여 글시 우읍도다 연이나 ᄌᆞ손은 기리 두고 보라.

⑰ 女禍傳

    내제 : 문챵진군격냥문. 한국정신문화연구원 소장. D7B-112. 1책
    33f. MF 35/008095. 필사기 : 신유 디월 상한의 필셔ᄒᆞ로라 이 칙 셜
    화 보암족 ᄒᆞ기 벗겨시나 글시 슝괴ᄒᆞ니 보시는 니 우슬디어다. 辛
    酉(1921?)至月上元畢書于華樂堂.

17종의 이본 가운데 본고에서 확인한 것은 ①, ②, ③, ④, ⑤, ⑥, ⑦,

⑧, ⑫, ⑯, ⑰의 11종이며, ⑨, ⑩, ⑪, ⑬, ⑭, ⑮ 6종은 미처 검토하지 못하였다. 그러나 각 이본의 내용이 대동소이하므로 작품을 분석하는 데 큰 무리는 없을 것으로 생각된다.

먼저 제명의 문제를 살펴보기로 하자. <여와전>은 다양한 제명을 가지고 있는데, 대략 세 부류로 나눌 수 있다. 첫째는 '여와전', '여와록', '여와씨성회연록' 등 여와를 앞세운 제명이고, 둘째는 '문창진군탕평요얼'과 같이 '문창진군'이라는 주체와 '탕평요얼'이라는 핵심사건을 지적한 제명이며, 셋째는 작품의 전반적 성격을 '투색연', '투색연의' 등으로 규정한 제명이다.

작품의 주된 사건을 집약해서 보여 준다는 측면에서는 두 번째 유형의 '문창진군탕평요얼'이 가장 적합한 제명이 될 것이다. 그러나 첫 번째 유형이 잘못된 것이라고 보기도 어렵다. 이본 ②, ④, ⑤, ⑫, ⑯의 제명 및 내제에서 드러나는 바와 같이 <여와전>(여와록)은 '女媧橵兩星 文昌眞君蕩平妖孽(傳・錄・記)'과 같은 긴 원제를 축약한 형태로 생각되기 때문이다. <옥원재합기연>의 서목에서 '여와전'으로 기록한 것 역시 축약된 형태를 선호해서일 것이다.[8] 현재로서는 정확한 원제를 알 수 없는 상황이므로 본고에서는 오래 전부터 널리 사용되어 온 명칭인 '여와전'을 제명으로 삼기로 한다. 세 번째 유형이 원제였을 가능성은 거의 없다. '투색연'이나 '투색연의'는 전편의 제명을 그대로 이어받은 것으로, <투색지연의>와 <여와전>의 연작 관계와 작품 성격의 동일성에 주목한 제명이라고 할 수 있다.

다음으로 각 이본의 특징과 변이의 양상을 검토해 보겠다. <여와전> 이본들은 기본적으로 대동소이하여, 단락이나 화소 단위의 출입은 찾

---

8) <옥원재합기연>의 서목에는 <유효공선행록>이 <유효공>으로 <완월회맹연>이 <완월>로 축약되어 나타난다.

아보기 힘들다. 따라서 이본간의 변이는 대개 문장이나 자구의 탈락, 오류, 첨보, 수정 등에 의해 이루어진 것이다. 이러한 변이가 모든 작품에서 공통적으로 나타나는 것이라면, 소설에 대한 소설이라는 <여와전>만의 특성 때문에 발생하는 변이도 있다.

우선 <여와전>은 소설에 대한 소설이기 때문에 등장인물에 대한 주석이 달려 있는 경우가 많다. 이러한 주석은 <여와전>이 창작될 때부터 존재했던 것이 아니라 후대로 내려오면서 필사자들에 의해 덧붙여진 것으로 보인다. 따라서 주가 존재하는 이본도 있고 없는 이본도 있으며, 이본에 따라 주의 내용이나 주의 형태도 다르다. 비교적 완정한 이본에는 雙行細註로 처리되어 있으나, 본문과 주의 구분이 없이 필사된 예도 있다. 따라서 <여와전>에서는 주석의 존재 여부나 내용의 차이 등에 의해서도 이본간의 변이가 나타나게 된다.

또 <여와전>은 소설 속의 인물에 대한 평가를 주된 내용으로 하는 만큼, 필사자에 따라 인물에 대한 평가를 달리할 수 있다. 필사자들은 자신의 견해에 따라 인물에 대한 평가 내용을 바꾸거나, 새로운 인물을 더 등장시키거나, 기존의 인물을 없애거나, 혹은 다른 소설의 인물로 교체시키는 등의 개작을 행하고 있는데, 이러한 경우는 단순한 필사자가 아니라 이본 작자라고 불러야 옳을 것이다. 그런데 이와 같은 개작은 4종의 이본에서 각각 다른 형태로 나타나고 있으므로, 해당 이본의 특징이 될 뿐 이본의 계열에 영향을 주지는 않는다.

각 이본의 특징을 살펴보면 다음과 같다.

① 文昌星平妖記

오자가 많은 편이고 같은 글자 또는 단어를 반복하여 필사한 실수가 많으며, 주석이 본문과 같은 크기로 필사되어 있다. 필자가 참고한 것은 국립중앙도서관에 비치된 복사본인데, 이 복사본에는 책 중간 부분이 한 줄씩 복사되지 않은 곳도 있다. 전반적으로 기본형이라 할 수 있을 정도로 큰 변이가 없는 반면, 석숙란에 대한 평가는 크게 달라졌다. 여기에서 기본형이란 어떤 특정 이본을 가리키는 것이 아니라 여러 이본들을 대조했을 때 가장 기본적으로 나타나는 형태를 말한다. ①의 이본 작자는 석숙란을 변호하면서 사정옥과 같은 반열에 올렸는데, 사정옥이 위차를 받기도 전에 이러한 내용을 언급하고 있는 것이 흠이라고 하겠다. ①은 '임진순월'(壬辰鶉月: 5월)에, ①과 합본된 가사체의 <박태보전>은 '시셰임진윤뉵월'(時歲壬辰閏六月)에 필사되었으므로 ①은 윤육월이 존재하는 임진년인 1892년에 필사된 것이 분명하다고 하겠다.

② 女媧錄 單

비교적 오자가 적고 주석이 자세한 이본이다. 특히 주석이 雙行細註로 단정하게 처리되어 있다. 부분적으로 약간의 축약과 독창적인 변개가 나타나지만 전체적으로 기본형이라고 할 수 있다.

③ 녀와시셩회연녹 권지단

11종의 이본 가운데 변이의 폭이 가장 큰 이본이다. ③은 문창·문일의 추천 명부 4인 중 정씨를 제외한 3인을 <육염기>의 주인공인 서씨 자매로 바꾸고, 이들에게 좌차를 주는 것으로 작품을 종결하였다. 따라서 ③은 다른 이본의 1/3 정도의 분량밖에 되지 않는다. 자운에 대한 언급을 모두 삭제한 것, 주석이 없는 것도 ③만의 특색이며, 단어나 문장 수준에서도 적극적으로 변개를 시도했다. ③은 필사자가 곧 이본 작자로 보인다. 원작과 마찬가지로 '송적 명부 일인과 명적 명부 삼인'이라고 필사를 했다가 이것을 '명적 명부 네 사람'이라고 고쳤기 때문이다. 이것은 ③의 저본이 원작과 같은 본임을 말해준다.

④ 여와젼경 낭진군문챵셩 요열

오자, 낙자, 생략, 축약이 많고 주석과 본문이 혼동되는 등 가장 불량한 이본이다. 약간의 변개가 일어난 곳도 있다. ④만 보아서는 내용을 제대로 이해하기 어려운데, 이것은 ④의 필사자의 잘못이 아니라 ④의 저본에서부터 문제가 있었던 것으로 보인다. ④의 표지와 말미(합본된 경암게암전의 말미)에는 알아볼 수 없는 글씨를 탄식하는 내용의 필사기가 적혀 있다.[9] 이는 본인의 글씨를 말하는 것이 아니라 저본의 글씨를 가리키는 듯하다. 왜냐하면 ④는 비교적 깨끗하고 분명하게 필사되어 있는 데다가, 필사자가 자신의 글씨를 알아보지 못해 안타까워할 이유가 없기 때문이다. ④로 보아 ④의 저본도 전후편(<여와전>과 <황릉몽환기>)이 합본된 형태였던 것 같다.

⑤ 妬色演儀 單

개변이 심한 이본으로, 의미를 훼손하지 않는 범위 내에서 단어와 표현, 문장구조를 많이 고쳤다. 특히 문맥은 짐작할 수 있지만 정확히 이해하기 힘든 내용이라거나 여러 차례 필사되면서 의미가 모호해진 부분이 있으면 과감하게 바꾸었으며, 주석의 위치도 다르다. 그 결과 기본형과는 상당히 다른 독자적인 이본이 되었다. 필사기를 통해 볼 때 1899년(기해)에 필사되었고, 1907년(정미)에 필사자의 딸이 개장했고, 1917년(정사)에는 '이원댁'이라는 여성이 책주인이 된 것을 알 수 있다. 필사자의 딸이 곧 이원댁일 가능성도 있지만 글씨체가 다르기 때문에 필사

---

9) "글시 괴 ″ 아로보지 못 읻답다".

자의 딸과 이원댁은 다른 인물인 것으로 생각된다. 여성의 규범 등을
필사한 책을 뒤집어 필사하였다.

6 녀와낭낭셩회연

오자・낙자가 비교적 적은 이본이다. 약간의 생략과 변이가 있지만
생략과 변이를 통해 자연스러운 문맥을 만들어내고 있으며, 특히 인물
의 이름과 주석을 정확하게 표기한 편이어서 6의 이본 작자는 소설에
대해 상당한 지식을 가진 인물로 생각된다. 6에서는 추천 명부 4인에
윤옥화・남채봉 2인을 추가하여 추천 명부를 6인으로 늘렸고, 문창과
관음의 舌戰에서 관음이 문창을 논박하는 부분을 부연하였다. 필사기에
는 '병인'년에 '여읍 홍문니'에서 66세된 '민씨'라는 여성에 의해 필사
한 것으로 되어 있는데 '여읍 홍문니'는 여주읍 홍문리가 아닌가 한다.
홍문리라는 행정구역이 생긴 것은 1914년이므로, 필사된 시기는 1914년
이후의 병인년인 1926년일 것이다.

7 문일문창양진군황능묘요얼탕평긔

부분에 따라 편차가 큰 이본이다. 어떤 부분은 오자・낙자 없이 완
전한 반면, 어떤 부분에서는 누락이 심하고, 또 어떤 부분에서는 오자
가 많다. 원래의 쌍행세주를 잘못 필사하여 주석이 본문과 같은 크기가
되거나, 주석의 일부가 떨어져나가 다음 행에 들어가는 등의 실수가 있
는가 하면, 인물과 인물의 관계에 대해서는 어느 이본보다 자세히 본문
에서 설명하고 있다. 따라서 7은 충실한 부분과 그렇지 못한 부분을
함께 지니고 있는 특이한 이본이라 하겠다. 1907년에 필사되었다.

⑧ 황룽묘요얼탕평전

비교적 변이가 크고 독특한 이본으로, 누락된 내용이 많고 글씨도 좋지 않아 문맥을 이해하기 힘든 부분도 있다. 주석은 거의 없으며 있더라도 본문과 같은 크기로 필사되어 있다. 필사자는 저본 자체에 오류가 많았으며, 자신도 잘 모르기 때문에 그대로 베꼈다고 말하고 있다.10) 필사기에 순종의 신위를 봉안하는 신문기사를 같이 베껴 적었다는 내용이 있으므로 적어도 순종의 신위를 종묘에 봉안한 1928년 4월 26일 이후에 필사되었다고 할 수 있다.

⑫ 녀와전 요열녹 탕평 권지단

"요열녹 탕평"은 "탕평 요얼녹"의 오기로 생각된다. 그리고 "요열녹 탕평"은 "녀와전" 아래에 부제의 형식으로 적혀 있으므로 ⑫의 정식 제명은 "녀와전"이라고 할 수 있다.

오자는 많지 않지만 누락, 생략된 내용이 많고 변이도 큰 이본이다. 그러나 문맥은 비교적 자연스럽다. 주석은 거의 없으며 있더라도 본문과 같은 크기로 필사되어 있다. <여와전> 이본 가운데서 가장 빨리 학계에 소개되었으나 <유씨삼대록>의 이본으로 인식되었다.11)

⑯ 문챵진군탕평요얼

⑯은 ⑤와 거의 같다고 해도 좋을 정도로 유사한 이본이다. 金海金氏世譜를 뒤집어 필사하였다. ⑤와 ⑯이 매우 비슷하고, 또 필사기를 통해 볼 때 ⑤나 ⑯의 필사자들은 단순 필사만 한 것으로 보이므로 ⑤

10) "본칙이 만이 그릇 쓴 거샬 소질 역시 뜻을 자시 모르압기로 그더로 죠츳여샤오니 아자머님 곳쳐 보시압기 브라오며…". 이본 ⑧의 필사기.
11) 이수봉, 「유씨삼대록 해제」, 『유씨삼대록』 고전소설 제3집, 고려서림, 1988.

⑯의 저본에서 이미 기본형으로부터 벗어나는 큰 변이가 일어났던 것으로 추측된다.

⑰ 女媧傳

표지에는 女禍傳이라고 쓰여 있지만 女媧傳의 오기로 보아야 할 것이다. ⑰은 오자가 적고 해독 불가능한 부분이 거의 없으며 문맥도 합리적이다. 글씨는 졸렬한 편이나 알아보기 쉬우며, 주석도 완비되어 있다. 오자나 누락이 적은 것은 필사자가 꼼꼼하게 교정을 보았기 때문으로, 오자를 고치거나 빠진 글자를 채워 넣은 흔적이 여러 군데 남아있다. 그러나 ⑰에도 나름대로 변이가 있기 때문에 완전한 기본형이라고 보기는 어렵다. ⑰의 가장 큰 변개는 사정옥을 삭제해 버렸다는 것인데, ⑰이 원작에 가깝고 사정옥은 뒤에 첨가된 것이라는 가정도 해 볼 수 있지만, 실제로 그럴 가능성은 거의 없다. ⑰도 모든 이본과 마찬가지로 새로운 명부를 9인으로 기록하고 있으며, 이것은 사정옥을 포함시킨 인원수이기 때문이다.

2) 이본의 계열과 善本 선정

이제까지 각 이본의 특징을 검토해 보았는데, 이러한 결과를 바탕으로 이본간의 친소관계를 따져볼 수 있다. 이미 지적한 바와 같이 11종의 이본을 대조했을 때 가장 두드러지는 현상이 ⑤와 ⑯의 친연성이며, 이 두 이본의 근친성은 의심할 바가 없을 정도이다. ⑤⑯의 관계를 확인하기 위해 ⑤, ⑯, ⑦을 함께 제시하면 다음과 같다. ⑦을 택한 이유는 인용한 부분만을 놓고 볼 때, ⑦이 ⑤⑯을 제외한 다른 이본 가운데 비교적 문맥이 합리적이고 내용이 풍부하기 때문이다.

최뎡양 삼인이 능히 삼황의 덕이 이시며 오데는 ᄯᅩ흔 무슨 효측홀 일이 잇느뇨 빙빙의 무리 엇지 감히 일을 참시ᄒᆞ뇨 가히 슬푸다 삼황은 만더 셩군이시여놀 (이본 ⑤)

최정양 삼인이 능히 삼황의 덕이 잇스셔 오데 ᄯᅩ흔 무슨 효측홀 일이 잇느뇨 빙빙의 무리 엇지 감히 일을 참시ᄒᆞᄂᆞᆫ고 가이 슬푸다 삼황은 만더 셩군이시여날 (이본 ⑯)

치퓌염 졍슉녈 양션영이 능히 삼황의 덕이 잇스며 오졔ᄂᆞᆫ ᄯᅩ 무슴 효측ᄒᆞ여 힝ᄒᆞᄂᆞᆫ 일이 니셔 빙빙의 무리 춤칭ᄒᆞᄂᆞ요 가히 슬푸도다 하우 은셩탕 쥬문왕 삼왕은 만고 셩닌이시여놀 (이본 ⑦)

한 눈에 보더라도 ⑤와 ⑯은 동일하고, ⑤⑯과 ⑦의 거리는 상당한 것을 알 수 있다. ⑤와 ⑯의 차이는 구개음화의 여부나 조사의 출입, 어미의 사소한 변화인데 반해, ⑤⑯과 ⑦은 인물명의 표기에서부터 축약형과 원형으로 나누어지고, 유사한 의미이지만 사용하는 단어가 다르며, 문장 구조마저 다르다. 그런데 여러 면에서 보다 자연스럽고 정확한 쪽은 ⑦이라고 할 수 있으므로, 이 부분만을 두고 본다면 ⑦이 기본형에 가깝고 ⑤⑯은 기본형에서 멀리 떨어져 나온 이본이라 할 수 있다. 나머지 이본들 중에서 ⑤⑯과 비교적 유사한 것은 인물명에서 '최정양'이라는 축약형태를 사용하고 있는 ⑧과 ⑫이다. 그러나 ⑧의 해당부분에는 생략이 많고,12) ⑫에는 독특한 변개가 나타나므로13) ⑤⑯과 그 이상의 연관성을 찾기 힘들고, ⑧과 ⑫ 사이에도 별다른 공통점이 없다.

---

12) "최뎡양이 능히 삼황이 덕이 이셔 빙빙이 무리롤 위롤 춤칭ᄒᆞ나뇨 가히 슬푸다 ᄒᆞ은쥬 샴황은 만더 셩군이시어놀". 이본 ⑧.
13) "최정양 인니 능히 삼황의 덕이 이시며 오졔는 ᄯᅩ 무산 효측ᄒᆞᄂᆞᆫ 일 이셔 빙빙의 무리 참예ᄒᆞ니 가히 흐슴ᄒᆞ도다 하은쥬 삼왕은 만고 셩인이어놀". 이본 ⑫.

한편 ⑦은 ①, ⑥과 비슷하다. ①에는14) 오자, 낙자와 반복 필사된 실수가 많고, ⑥에는15) '뎡【슉녈】'처럼 본문을 주로 처리한 실수가 있지만 '~있으며 ~있어 ~하나뇨'라는 전체적인 문장의 골격은 ⑦과 같다. 또 이들은 '하은주 삼왕'이 아니라 '하우 은성탕 주문왕 삼왕'이라고 쓰려고 했다는 점에서도 유사하다. ⑦은 이것을 모두 본문으로 두었지만, ①과 ⑥이 '성탕' 또는 '문왕(무왕)'을 주로 처리한 것으로 보아 원래 형태는 '하【우】은【성탕】주【문왕(무왕)】삼왕'이었을 것으로 생각된다.16) ②와17) ⑰도18) ①⑥⑦과 큰 차이는 없다. '~있으며 ~있어 ~하나뇨'라는 합리적인 문장 구조가 약간 훼손되었고, 주가 없는 '하은주 삼왕'의 형태를 지닌다는 것이 ①⑥⑦과 다를 뿐이다. ③은19) ①⑥⑦의 기본형 문장을 더욱 이해하기 쉽게 부연하고 고쳐 놓았다.20)

즉 ①, ②, ⑥, ⑦, ⑰이 비교적 기본형의 형태를 지니고 있다고 하겠다. 그러나 기본형이라고 해서 반드시 같은 계열이라고 할 수는 없는

---

14) "최과념은 뎍슉녈 양션녕이 양션이 능히 능히 슘황이 덕이 잇시면 영 오졔는 무슨 효측ᄒᆞ여 힝ᄒᆞᄂᆞᆫ 일이 잇셔 빙빙이 무리 츔거ᄒᆞᄂᆞᆫ 가히 슬푸다 향우셩됴ᄂᆞᆫ【무왕】삼왕은 맛대 셩군이시어늘". 이본 ①
15) "최픠염【딘영의 츠비】뎡【슉녈】양【션영】능히 슘황 오졔의 덕이 잇스며 오뎨ᄂᆞᆫ ᄯᅩ 무삼 효칙ᄒᆞᆫᅣ 힝ᄒᆞᄂᆞᆫ 일니 잇셔 비빙의 무리 츔거ᄒᆞᄂᆞ뇨 가히 슬푸다 하우ᄂᆞᆫ【셩탕】은 듀【문왕】슴왕은 만뎌의 셩군이시어날". 이본 ⑥
16) 삼왕은 원래 夏나라 禹王, 殷나라 湯王, 周나라 文王·武王을 말한다.
17) "최픠염 뎡슉녈 양셩영이 능히 슘황의 덕이 이시며 오뎨ᄂᆞᆫ 무슨 효측ᄒᆞ녀 힝ᄒᆞᄂᆞᆫ 일이 이시며 빙빙의 무리 츔칭ᄒᆞᄂᆞ뇨 가히 슬푸다 하은쥬 삼군은 만뎌 셩군이시어날". 이본 ②
18) "최픠뎡 뎡슉녈 양션영이 무슴 삼황의 덕이며 오뎨ᄂᆞᆫ ᄯᅩ 무슴 일을 효측ᄒᆞ야 힝홀 일이 이시며 빙빙의 무리 츔거ᄒᆞᄂᆞ뇨 가히 슬프다 ᄒᆞ은주 삼황은 만뎌 셩군이시어날". 이본 ⑰.
19) "최픠염 뎡슉녈 양션영 세 사롬이 능히 삼황의 덕이 이시며 오뎨의 신명과 영무롤 뉘 당ᄒᆞ여 효측ᄒᆞ고 힝홀 재 잇기로 빙가의 무리 참거ᄒᆞᄂᆞ뇨 가히 슬프다 하은듀 삼왕은 만뎌 셩군이시여눌". 이본 ③
20) ④는 해당 부분이 복사되지 않아 살펴볼 수 없었다.

데, 다음의 몇 가지 예를 살펴보면 [17]은 나머지 [1][2][6][7]과는 다른 계열이라고 생각된다.

첫째, 이본들은 정숙렬이라는 인물이 말하지 않은 기간이 3년인가 10년인가를 두고 둘로 나뉘어진다. [7][8][12][17][5][16]은 3년이고,[21] [1][2][3][4][6]이 10년이다.[22] 3년과 10년은 필사시에 '삼년→심년→십년', 혹은 '십년→심년→삼년'으로 바뀔 수 있는 여지가 다분하다. 개인적인 견해로는 10년간 말을 하지 않는다는 것은 너무 길기 때문에 3년이 옳은 것으로 생각되지만 현재로서는 正誤를 밝힐 방법이 없다.

둘째, 등장인물인 '최패염'은 이본에 따라 '최패정'으로 나타나기도 하는데, 이 또한 필사본에서 '염'과 '뎡'이 혼동될 수 있기에 발생한 변이라고 할 수 있다. [8][12][17]이 '최패정' 계열이다.

셋째, '최패염'의 남편인 '진중영'에 대한 표기도 살펴볼 만하다. 모든 이본이 앞부분에서는 최패염의 남편을 '진중영'으로 기록하고 있지만 뒷부분에 가서는 '진중영', '진영', '신영', '진낭'으로 다르게 표기하고 있다. 올바른 '진중영'을 사용하고 있는 이본은 [5][16][17]이며, '진영'은 [2][4][6][12], '신영'은 [1][7], '진낭'은 [8]에서 볼 수 있다. 따라서 [17]과 [5][16]이 친연적이며 [1]과 [7]의 관계가 깊고, [1][7]의 '신영'이 '진영'의 오기라는 점에서 [1][7]은 [2][4][6][12]와도 관련이 있다고 하겠다.

넷째, 이본들은 다음 인용문에서 문장 첫머리의 발어사에 따라 4개

---

21) 대표로 이본 [17]만 인용하기로 한다.
"뎡슉녈은 【옥환 셜경뉴의 쳐】 유슌단졍ᄒᆞᆫ 힝실이 이시ᄃᆡ 삼년을 말ᄒᆞ지 아니ᄒᆞ야 댱부로 ᄒᆞ여곰 ᄒᆞᆫ 어린 사ᄅᆞᆷ이 되게 ᄒᆞ니 부덕의 ᄃᆡ흠이라 연이나 ᄆᆞᆰ고 고요ᄒᆞᆫ 덕이 이스니 셩문의 나아오미 불ᄉᆞᆺ치 아니토다". 이본 [17].

22) 대표로 이본 [2]만 인용하기로 한다.
"뎡슉열은 【옥환빙의 셜경윤 쳐】 유슌단결ᄒᆞᆫ 힝실이 이시대 십년을 말ᄒᆞ지 아냐 댱부로 ᄒᆞ녀곰 어린 사ᄅᆞᆷ이 되게 ᄒᆞ니 부덕의 흠이나 ᄆᆞᆰ고 고요ᄒᆞᆫ 덕이 이시니 셩문의 나ᄋᆞ오미 불ᄀᆞ치 아니토다". 이본 [2].

의 유형으로 나누어진다. 인용문은 편의상 각 유형당 1개씩만 제시하기로 한다.

　　화셜 황능묘의셔 이비낭낭이 슘황 오뎨 슘왕 오픠 칠웅과 진시황과 초소왕으로 더부러 창업연을 베퍼 즐기다니 (이본 [2])
　　츠시의 황능묘 이비낭낭이 삼황 오뎨 오패 칠웅 등 두이황으로 더부러 창업년을 베퍼 크게 즐기더니 (이본 [5])
　　어시예 황능묘 이비낭낭이 삼황 오졔 오픠 칠웅 두시왕과 소소왕으로 더부러 창업연을 베퍼 크게 질기더니 (이본 [8])
　　이젹의 황능묘의셔 이비낭낭이 슘황 오졔 삼왕 오픠 칠웅 두실왕과 소소왕으로 더부러 창업연을 베퍼 크게 질긔더니 (이본 [1])

　[2][3]은 '화셜', [5][16]은 '차시', [8][17]은 '어시예'로 각각 친연성을 보이며, '이젹에'를 사용하는 나머지 [1][4][6][7][12]는 가장 숫자가 많아 '이젹에'가 기본형이라고 생각된다.

　이상과 같은 결과를 종합해 본다면 [17]은 확실히 [8], [12], [5][16]과 관련을 가지고 있으므로, [1][2][6][7]과는 다른 계열이라고 보아야 할 것이다. 요컨대 <여와전> 이본들은 큰 차이가 없는 [1][2][6][7]을 중심으로 하면서 변이형인 [3], [4]가 있는 계열과, [17]을 중심으로 하면서 변이형인 [8], [12], [5][16]이 있는 계열로 나누어진다고 할 수 있다. 기본형인 [1][2][6][7] [17]에서도 [1]과 [7]은 오자가 많고, [6]은 변이가 있기 때문에 [2]와 [17]이 연구의 텍스트로 적합하다고 할 수 있다. [2]와 [17] 중에서는 [17]이 해독 불가능한 부분이 더 적다는 점에서 善本이라 할 수 있다. 따라서 본고에서는 [17]을 주된 텍스트로 삼는다. 다만 [17]에는 사정옥이 삭제되었다는 흠이 있는데, 이 점은 [2]를 비롯한 다른 이본들을 참조하여 보완하기로 한다.

2. 작품 구성과 문학적 전통

<여와전>의 구성은 <金華寺夢遊錄>류의 몽유록과 가장 많이 닮아 있다. 그것은 <여와전>이 <금화사몽유록>과 마찬가지로 인물 비평을 목적으로 하는 소설이기 때문이다. 다만 <금화사몽유록>은 실존했던 역사적 인물-남성-을 대상으로 하고, <여와전>은 허구적인 소설 속의 인물-여성-을 대상으로 한다는 차이가 있을 뿐이다. 따라서 <여와전>은 <금화사몽유록>의 小說版이며 女性版이라고 할 수 있다. <금화사몽유록>은 17세기 전반에 창작되어[23] 19세기까지도 엄청난 인기를 누렸는데, <금화사몽유록>의 성공은 <투색지연의>나 <여와전>의 창작에 큰 영향을 주었을 것으로 생각된다.

현재로서는 <여와전>을 통해 추측해 볼 수 있을 뿐인 漢唐宋明 4代 命婦의 妬色創業宴은 원래 <금화사몽유록>의 한당송명 4대 창업주의 연회에서 행해지는 題品과 假想 組閣을 패러디한 것이며,[24] <여와전>의 문창과 관음의 대결은 <금화사몽유록>에서 元 太祖의 침입을 秦始皇과 漢武帝가 격퇴시킨 사건의 변형이다. 물론 인물 비평을 위해 가상세계를 설정하고 위차나 관직으로 상징되는 새로운 질서를 부여하는 것이 <금화사몽유록>에서 처음 고안된 장치는 아니다. 심의는 일찍이 <大觀齋記夢>에서 문장으로 관직의 고하가 결정되는 가상의 왕국을 선보였는데, 그 목적은 문인들을 품평하는 데 있었다. 여

---

23) <금화사몽유록>의 창작 연대는 기존에도 17세기로 알려져 왔으나, 최근 <금화사몽유록>의 개작본인 <왕회전>의 언급을 통해 정확한 창작 시기를 1639년(인조 17)으로 추정한 연구가 있었다. 임치균, 「왕회전 연구」, 『장서각』 2, 한국정신문화연구원, 1999.

24) 특히 '투색창업연'이란 명칭은 <금화사몽유록>의 창업연에서 착안한 것으로 보인다.

기에서 몽유자로 등장한 심의 자신은 문장 왕국의 질서에 불만을 품은
김시습의 반란을 직접 진압하기도 한다. 따라서 비평적 목적을 위해 가
상의 세계를 만들고 그 가상의 세계를 침탈하려는 세력을 격퇴시킨다
는 구성은 연원이 깊은 것이라 할 수 있다. 그러나 <투색지연의>나
<여와전>에 직접적인 영향을 준 것은 당시 유행하고 있었던 <금화사
몽유록>으로 생각된다.

　<금화사몽유록>의 연회는 아무나 참여할 수 있는 것이 아니라 선
택과 배제를 결정하는 확고한 원칙이 있는 폐쇄적인 모임이다. 원 태조
는 분명히 창업주이지만 오랑캐라는 이유로 배제되며, 王莽, 董卓은 패
역의 죄로, 袁紹, 李密 등은 인재를 제대로 쓰지 못했다는 이유로 용
납되지 못한다. 모임 내부에서도 모두가 동등한 것이 아니라 좌정이나
題品, 가상 조각 등을 통해 끊임없이 구별화·서열화를 지향한다. 이것
은 각 인물에 대한 정확한 평가를 도출하기 위한 과정이라고 할 수 있
는데, <여와전>도 같은 성향을 보여준다.

　<여와전>은 다음과 같은 3개의 서사 단락으로 짜여져 있다.

① 여와의 명으로 문창·문일성군이 황릉묘의 투색창업연을 혁파하고
　　위차를 재조정함.
② 문창·문일의 轉生譚이 서술되고 상제가 이들의 공훈을 표장함.
③ 문창이 관음과 일전을 벌여 대승함.

　서사단락 ①은 황릉묘의 명부들에 대한 인물 비평이다. 문창은 기존
에 투색창업연에 참여했던 여성들을 새롭게 평가하고 서열을 재정비한
다. 이 과정에서 황릉묘에서 축출되는 여성이 있는가 하면 새로 황릉묘
에 초빙되는 여성도 생긴다. 서사단락 ②는 문창과 문일에 대한 품평인

데, 문창과 문일의 轉生譚을 통해, 그리고 莊姜의 포폄을 통해 문창이 더욱 우월하다는 사실이 입증된다. 서사단락 ③은 문창과 관음에 대한 비평이다. 문창은 관음을 가볍게 제압함으로써 자신의 우월성을 과시한다. 문창과 문일은 황릉묘의 명부들보다 위에 있고, 문창과 관음은 문일보다 위에 있다. 따라서 <여와전>은 아래에서부터 서열을 정하여 점점 높은 수준으로 올라가서 최종적으로 가장 뛰어난 인물을 결정하는 방식을 취한다고 할 수 있다. 이것은 제왕들의 서열을 정한 후에 신하들의 서열을 정하는 <금화사몽유록>의 방식과는 반대이지만, 서사의 동력이 끝없는 서열화의 욕망에 있다는 점은 같다.

<여와전>은 세부적으로도 <금화사몽유록>과 유사한 점이 많다. <금화사몽유록>에서는 제갈량이 群臣을 題品하는 소임을 맡아 역대 신하들의 반열을 정하고 인물의 고하를 포폄하며 부적합한 인물들을 쫓아내는 등 여러 가지 일을 해낸다. 창업주, 중흥주, 패왕을 각각 다른 장소에 분리시키자는 것도 공명의 제안이었기 때문에, 제왕의 등급을 결정한 것도 사실상 제갈량이라고 할 수 있다. <여와전>에서는 文昌星이 투색창업연에 참여한 역대 命婦들을 꾸짖어 잘못을 깨우치고, 각각의 인물을 평론하여 좌차를 상승시키거나 강등시키며, 새로운 인물들을 초빙하여 서열을 다시 정한다. 따라서 <금화사몽유록>에서는 제갈량에게, <여와전>에서는 문창에게 인물 비평의 권한이 일임되어 있다고 할 수 있다. 그리고 인물 비평이 어떤 사건이나 대화를 통해 드러나는 것이 아니라 한 사람의 論說에 의해 결정된다는 것도 두 작품의 공통점이다. 이러한 점은 <여와전>의 전편인 <투색지연의>의 경우와 비교해 볼 때 더 분명해진다. <투색지연의>에서는 인물들의 고하가 전투나 놀이의 승부를 통해 정해지기 때문이다.[25]

그러나 <여와전>의 구성이 <금화사몽유록>의 전통에 온전히 기대

고 있는 것은 아니다. <여와전>의 서사단락 ②는 몽유록에서는 찾아볼 수 없는 내용으로, 장편소설에서 볼 수 있는 謫降譚과 유사하다. 그러나 반드시 적강도 아니고 여러 번의 삶에 대해 다루고 있으므로, 轉生譚이라고 하는 것이 정확할 것이다. 이 전생담은 <유씨삼대록>과 <옥교행>에 근원을 두고 있지만 기존의 소설에 존재하는 이야기가 아니라 <여와전>의 작자가 창작해낸 것이다. 따라서 이 부분은 소설 비평이 아니라 새로운 소설이라고 볼 수도 있으며, 여기에만 주목한다면 <여와전>이 <유씨삼대록>의 파생작이라는 견해도 가능하다. <금화사몽유록>에는 이런 내용이 없는데, 그것은 <금화사몽유록>이 역사적 인물의 실제 행적에 대해서만 논평하고, 역사적 인물의 행적을 자기 마음대로 수정하거나 부연하지 않았기 때문이다.[26]

그렇다면 <여와전>의 작자가 소설 비평의 와중에 굳이 없는 이야기를 만들어 넣은 이유는 무엇일까. <금화사몽유록>의 목적은 과거 역사 속의 인물들을 평가하는 데 있으므로 새로운 이야기를 지어낼 필요가 없다. <여와전>도 기존 소설 인물에 대한 평론만을 목적으로 했다면, 복잡한 轉生譚까지 만들어내지 않았을 것이다. 그러나 <여와전>의 작자는 기존 소설에 대한 비평과 아울러 장편소설이 앞으로 나아가야 할 바람직한 방향과 인물형을 제시하려는 의도가 있었기 때문에 스스로 창작을 가미하게 된 것이다. 따라서 <여와전>의 작자가 창작해낸 부분을 자세히 분석해 보면 <여와전>의 작자가 제시하는 장편소설의 미래상이 드러날 것이다.

---

25) 물론 <투색지연의>에서도 후반부로 가면 자운의 평론에 의해 투색창업연의 위차가 결정되었을 것으로 생각된다. 이 때 자운의 역할은 <금화사몽유록>에서 신하들에게 적합한 관직을 부여한 동방삭의 역할과 같은 것이라고 할 수 있다.
26) 19세기에 나온 <금화사몽유록>의 개작본 <王會傳>에서는 실존 인물의 행적이 수정되기도 한다.

서사단락 ③의 문창과 관음의 대전은 <금화사몽유록>의 원 태조의 침입과 격퇴에서 착안된 것이 분명하다. 외부 적대세력과의 일전은 가상 세계의 배타성을 강화하는 동시에 가상 세계를 지지하는 질서 또는 이념이 그만큼 강력하고 가치 있는 것임을 입증하는 데 효과적이기 때문이다. 그런데 <금화사몽유록>은 외적의 침입과 격퇴를 문장 몇 개로 처리한 반면, <여와전>은 독립적인 서사단락을 이룰 정도로 비중을 두고 있으며, 앞부분과 인과적으로 연결되도록 설정하였다. 따라서 '외적의 침입과 격퇴'라는 부분이 <금화사몽유록>에서보다 더 소설적으로 발전된 형태로 나타난다고 할 수 있다. 이러한 경향은 <泗水夢遊錄>에 이르면 더욱 극대화되어 외적이 양주·묵적·노자·석가로 다양화되고 대결 양상도 군담화된다.

요컨대 <여와전>의 구성은 효율적인 소설 비평을 위해 고안되었으며, <금화사몽유록>의 비평 전통에 크게 의지하고 있지만 <금화사몽유록>보다는 한층 소설적이라고 할 수 있다. 그것은 <여와전>이 역사에 대한 비평이 아니라 소설에 대한 비평이기 때문에 태생적으로 보유하게 된 성향이라고 하겠다.

<금화사몽유록> 이외에 <여와전> 또는 <투색지연의>의 기본 구상에 영향을 미친 작품으로는 <사씨남정기>를 들 수 있다. 二妃가 사후에 천하의 陰敎를 관장하여 황릉묘에서 역대 현부열녀를 신하로 거느린다는 설정은 현재로서는 <사씨남정기>에서 가장 먼저 발견되기 때문이다. 황릉묘라는 사후 세계가 김만중의 창작인지, 혹은 그 이전부터 존재해 왔는지는 알 수 없지만, 수많은 소설 속에서 여성들의 정신적 귀의처로 확고한 위치를 차지하고 있는 것이 사실이다. 이비는 고난에 처한 여성들을 위로하고 그들의 정당성을 확신시켜 주며, 이 때 여성들은 항상 사후에 황릉묘(또는 이비의 다른 처소)로 돌아와서 이비의

신하가 될 것이라는 예언을 받는다. 이것은 장편소설이나 영웅소설뿐
만 아니라 판소리계 소설인 <춘향전>에서도 마찬가지이다. 따라서 황
릉묘의 세력은 후대로 갈수록 장편소설이라는 유형을 넘어서서 조선
후기 소설 전반으로 확대된 것으로 생각된다.

그런데 재미있는 것은 이비의 신하로 나오는 인물들이 각 작품에서
조금씩 달라진다는 것이다. <사씨남정기>나 <여와전>에서 등장하는
班婕妤, 莊姜, 孟德曜, 曹大家 네 사람이 기본적인 구성원이라면, <성
현공숙렬기>에서는 조대가가 빠지고 제갈량의 부인 황씨가 등장하고,
<춘향전>에서는 弄玉, 綠珠, 王昭君, 戚夫人 등이 나온다.27) <곽장
양문록>에서는 황릉묘가 아닌 선계의 어떤 공간에 女媧, 二妃, 太姒,
上元夫人, 孟德曜, 班婕妤 등이 등장한다. 여기에서 여와가 상좌를 차
지하는 것은 <여와전>의 영향이 아닌가 한다. 이와 같은 차이를 면밀
히 분석한다면 작품 또는 작자의 개성을 이해하는 데 상당한 도움이
될 것이다.

3. 등장인물의 정체

이미 선행 연구에 의해 <유효공선행록>, <유씨삼대록>, <소현성
록>, <소씨삼대록>, <한씨삼대록>, <옥환빙>, <사씨남정기>, <소
문록>, <추학기>, <옥기린> 등의 작품이 <여와전>의 취재원이 되
었음이 밝혀졌고, 송성욱이 주목한 바와 같이 이들은 대개 장편소설들
이다.28) 그러나 본고에서 여러 종의 이본을 검토해 본 결과, 기존에 알

---

27) 김진영·김현주·김희찬 편저, 『춘향전 전집』 3, 박이정, 1997. 참조.
28) 물론 이 가운데 <추학기>와 <옥기린>은 일실된 작품이며 그 제명조차 <여와

려진 것보다 더 많은 작품을 찾을 수 있었으며, 작품의 성격 또한 장편소설에만 국한되지 않음을 발견하였다. <여와전>에 등장하는 인물들과 그들의 출전 작품을 살펴보면 다음과 같다.

‖ 공통 등장인물 ‖

인물	출전작품	신분
양백영	옥교행	부춘후 진인광 부인. 여태부
문성공주 섬요	옥교행	대송 영종황제 女. 진양공 진중영 원비
최패염	옥교행	진양공 진중영 차비
가빙빙	빙빙전	위봉 차비
윤혜영	소문록	소현 처
양선영	미상	
석숙란	소현성록	소경 차비
조경아	추학기	정중연 처
정숙렬	옥환빙	설경윤 처
소월영	한씨삼대록	한창유 처
사정옥	사씨남정기	유연수 부인
장단화	옥기린	여숙 차비
자운	미상	당 위공 이정 첩
이현경	이현경전	대사마 병부상서 겸 청주후[29]
정씨	유효공선행록	승상 효문공 유연 부인
이씨1	유씨삼대록	승상 문충공 유우성 부인
진양공주	유씨삼대록	대명 홍치황제 女. 승상 진국공 대장군 유세형 원비

전>을 통해 처음으로 알려지는 것이므로 장편소설로 단정하기 어려운 점도 있다.
29) 이현경의 신분은 <여와전>에서는 언급되지 않았기 때문에 <이현경전>을 참고했다.

문창군주 영주	유씨삼대록	유세형 女
양씨	유씨삼대록	유현 처
현영 형제	유씨삼대록	유우성 女. 양선 처
설초벽	유씨삼대록	유세창 차비. 신사장군
이씨2	현봉쌍의록	승상 한국공 요광현 부인
단씨	현봉쌍의록	위왕 요몽성 부인
홍염	미상	제왕비
관음	안락국전	사라수대왕 왕비 원앙부인[30]

‖ 특정 이본 등장인물 ‖

인물	출전작품	신분
윤옥화	창선감의록	승상 화진 부인
남채봉	창선감의록	승상 화진 부인
서자염	육염기	위국공 서달 제4녀. 방효유 처
서기염	육염기	위국공 서달 제5녀. 경청 처
서월염	육염기	위국공 서달 제6녀. 건문제 황후

본고에서 처음으로 정체가 밝혀진 인물은 <빙빙전>의 빙빙, <현봉쌍의록>의 이씨2와 단씨, <안락국전>의 관음(원앙부인), <이현경전>의 이현경, <육염기>의 서씨 3자매이다. 문일성(문성공주)과 최패염의 출전 작품이 <옥교행>이고 양백영이 문성공주의 시조모로서 <옥교행> 또는 그 전편에 해당하는 작품에서 차용되었다는 사실도 여러 이본의 검토를 통해 드러났다. 이제 보다 구체적으로 등장인물의 신원 및 출전을 살펴보도록 하겠는데, 선행 논의에서 이미 정체가 드러난 인물도 보충이 필요할 경우 다시 설명하기로 한다. 그리고 다른 인물들과 양상이

---

30) 관음의 정체는 이본 ①의 부록 <안락국전>에 밝혀져 있다.

좀 다르지만 여와도 중요한 등장인물의 하나이므로, 여와의 인물형상
에 대해서도 잠시 살펴볼 필요가 있다.

1) 양백영·문성공주·최패염 - 〈옥교행〉

문일성(문성공주)과 최패염의 출전 작품이 동일하다는 사실은 선행연
구에서 이미 밝혀진 바이다. 그러나 <여와전>에 해당 소설의 제명이
명시되지 않았고, 또 문성공주나 최패염이 등장하는 작품이 현전하지
도 않기 때문에 이 소설이 어떠한 성향의 작품인가에 대해서는 깊이
있는 논의가 이루어지지 못했다.

그러나 전편인 <투색지연의>가 발굴됨에 따라 혼사장애와 관련한
최패염의 행적의 일단이 드러났고, <여와전>의 여러 이본을 검토한
결과, 작품명과 작품의 성격에 대해 약간의 단서를 찾을 수 있었다. 이
작품의 제명을 언급하고 있는 것은 이본 ①과 ⑦이다. 물론 '옥공잉'
(①), '옥힝고'(⑦)로 각기 다르게 기록하고 있어 어떤 것이 원래의 제명
인지 알 수 없으며, 둘 중의 하나가 반드시 올바르다는 보장도 없다. 다
행히 가람본 <언문책목록>에 '옥교행'(옥교힝)이라는 작품명이 존재하
기 때문에 '옥교행'이 원제가 아닌가 한다.

또 이본 ⑦은 추천된 4명의 명부 중 宋代 부춘후 진인광의 부인으로
나오는 양백영이 문성공주의 시조모라는 중요한 정보를 전달하고 있
어,[31] 양백영의 夫 진인광이 문성공주의 夫 진중영의 조부가 됨을 알
수 있다. 그렇다면 <옥교행>은 송대를 배경으로 하는 진인광-진모-
진중영 3대에 걸친 이야기라고 할 수 있겠다.

---

31) "하나흔 용뫼 빅년갓고 골격이 어름갓흐니 효로써 몸을 세우고 효로써 몸을 마츠
니 송격 부춘후 진닌광의 부닌 녀틱부 양빅영이니 문일셩의 싀조모요". 이본 ⑦

작품의 성향을 살펴보자면, 양백영을 소개할 때는 효를 강조하여 해당 작품(혹은 이야기)에서는 효녀 또는 효부로서의 행적이 주내용이었을 것으로 보이나 구체적인 것은 알 수 없다. 한편 <옥교행>(혹은 <옥교행>에서 최패염과 문성공주가 등장하는 부분)은 혼사장애와 처첩갈등이 중심 사건이었을 것으로 생각된다. 왜냐하면 <투색지연의> 내용을 참조해 볼 때 최패염과 진중영의 혼사에도 이미 천자의 강탈이라는 장애가 있었던 데다가, 문성공주가 진중영의 원비가 되고 먼저 혼인한 최패염이 차비로 강등되기 위해서는 다시 한 번 파란이 있어야 하기 때문이다. 또 <여와전>에서는 문성공주(원비)와 최패염(차비) 외에도 진중영의 처첩으로 숙경·양씨 등이 더 있어서, 숙경은 죽임을 당하고 양씨는 비구니가 되는 등의 사건이 일어났다고 서술하고 있다.[32] 이와 같은 언급에 비추어 볼 때 <옥교행>은 진중영이 여러 처첩을 갖추기까지의 혼사장애와 한 남자와 다수의 처첩 사이에 벌어지는 애정갈등을 다룬 작품이었을 것이다.

2) 가빙빙 - 〈빙빙전〉

가빙빙의 정체에 대해서는 Ⅲ장에서 이미 밝혔으므로 다시 거론할 필요가 없을 것이다. <투색지연의>와 마찬가지로 <여와전>에서 언급하고 있는 빙빙 역시 <賈雲華還魂記>의 빙빙이 아니라 <빙빙전>의 빙빙이며, 다음 인용문에서 이 점을 확인해 볼 수 있다.

---

32) "지어 최픠염은 문일셩은 싀오흐미 업스나 어지리 격국을 감화치 못ᄒᆞ여 숙경을 안전의셔 죽이디 구치 안니코 양시로 무죄히 공규의 흔을 품어 승니 되게 ᄒᆞ니 이 부덕의 더흠니라". 이본 ⑥

가시는 션밍을 디회여 위랑의게 도라가고 졀의로써 죽윈 일노써 명
교의 용납ᄒ나 죵시 간샤ᄒ고 어디디 아냐 오시롤 【가시는 위분의 아
비로 언약ᄒ긔 졍혼ᄒ엿더니 오시는 가방의 형이니 빙빙의 모 막시 위
분을 사회 삼지 아니려 오시를 가시라 속여 혼인ᄒ니라】 쳔방빅게로
회롱ᄒ야 속이고 거문고와 금낭의 글을 너허 위랑을 스통ᄒ야 힝실이
음샤쳔누ᄒ니 엇지 감히 셩문의 나와 춤위롤 거ᄒ리오 (이본 ②)

<빙빙전>에서 빙빙과 위봉은 이들이 태어나기 전에 부친들이 정혼
한 사이였는데, 빙빙의 어머니 막씨가 호방한 위봉을 탐탁치 않게 여겨
양녀 오씨와 혼인시켰다. 이에 빙빙은 인용문 내용과 같이 오씨 몰래 거
문고와 금낭에 글을 넣어 위봉과 정을 나누면서 처음의 언약을 지키려
한다. 결국 빙빙은 모친의 노여움을 사 외딴 섬에 유폐되는 등 우여곡
절 끝에 위봉의 둘째 부인이 된다. 오씨와의 혼인 등은 <빙빙전>에서
만 볼 수 있는 사건이므로, <여와전>의 빙빙은 <가운화환혼기>가 아
니라 <빙빙전>에서 나온 인물임이 확실하다.

그러나 <여와전>의 기록은 현전하는 작품과 다른 점도 있어 주목
을 요한다. <여와전>에서는 빙빙이 절의로 죽었기 때문에 名教에 용
납한다고 했으나 현전본에서는 節死는 물론 빙빙의 죽음 자체가 나타
나지 않는다는 사실이다. 현전본에서 절사하는 인물은 빙빙이 아니라
위봉의 첩 동중선이다.[33] 또 위의 인용문에서 【 】 안의 내용 즉 오씨에
대한 자세한 주석은 이본 ②에만 나타나는데, 막씨가 오씨를 가씨라고
속여서 혼인시키는 내용은 현전본에 존재하지 않는다. <여와전>에서
는 위봉과 빙빙이 혼전에 '사통'했다고 했지만, 현전본에 그러한 내용

---

33) 천자가 동중선의 미모를 듣고 첩으로 삼으려 하자 동중선은 처음에는 달아났으나
나중에는 魏門에 화가 미칠 것을 생각하고 궁궐에 들어가 자결한다. <빙빙전> 권
지오 <동중선전>.

이 없는 것도 다른 점의 하나이다.[34] 그러나 이것은 '사통'이 '성관계
를 배제한 단순한 밀회'의 의미로 사용될 수도 있으므로 군이 차이로
볼 필요는 없다. 혼인하지 않은 두 남녀가 몰래 만나는 사실만으로도
충분히 '사통'으로 표현될 수 있기 때문이다. 오씨를 가씨라고 속여 혼
인시켰다는 것도 이본 ②에만 나오는 주석이므로 필사자의 착각일 가
능성이 있다. 따라서 중요한 차이는 빙빙의 죽음과 관련된 것이다. 다
른 내용은 <여와전>의 작자나 이본 작자가 잘못 생각한 것일 수도 있
겠지만, 주인공의 죽음은 쉽게 착각할 수 있는 내용이 아니라고 생각되
기 때문이다.

　이 문제에 대한 단서를 찾기 위해서 현전본 <빙빙전> 말미의 부록
"수월뎡몽유긔"와 "가운화셔"에 주목할 필요가 있다.[35] "수월뎡몽유긔"
는 <빙빙전>의 창작과 세상에 알려지게 된 계기를 몽유 형식으로 술
회한 기록으로 빙빙의 죽음과 재생을 언급하고 있으며, "가운화셔"는[36]
빙빙이 위붕과 혼인한 후 몇 해만에 환란을 만나 九重[궁궐]에서 節死
하자, 천자가 碑를 세워주고 上元妃 玉牒을 내렸다고 기록하고 있다.
이 중 "가운화셔"의 내용이 절의를 지켜 죽었다는 <여와전>의 기록과
상통한다. 그렇다면 "가운화셔"와 <여와전>의 기록이 모두 왜곡이거
나 오류라고 보기는 어려우므로 절의를 지켜 죽는 내용의 <빙빙전>

---

34) 현전하는 <빙빙전>에서는 혼전에 성관계가 없는 것은 물론 혼인 이후에도 한동
　안 빙빙이 위붕을 거절한다.
35) "수월뎡몽유긔"과 "가운화셔"가 현전본 <빙빙전> 본문의 내용과 어긋난다는 것
　은 III장에서 이미 지적한 바 있다.
36) "가평쟝 쏠 빙빙이 한궁 막시의 겨믄 녀지라 아비 죽을 제 혈셔호 밍셰롤 딕희여
　천신만고롤 일됴 우음ᄌᆞ티 어기고 인생을 죠로부평ᄀᆞ티 혀여 구튀여 위붕의 나비
　잡는 그믈의 걸니여 호뎝쌍몽이 여러 츈츄롤 디내디 못ᄒᆞ여셔 환을 만나 구듕의
　도라가 명이 진커놀 그 졀의롤 감격ᄒᆞ샤 시신으로 ᄒᆞ여곰 금관으로 쟝ᄒᆞ시고 각별
　표문홀 비롤 셰워 후셰예 뎐케 ᄒᆞ실 시". <빙빙전>, 「가운화셔」.

이 존재했을 가능성이 높다고 할 수 있다. 인물은 다르지만 현전하는 <빙빙전>에도 유사한 삽화가 등장한다는 것이 이와 같은 추정에 개연성을 더해준다.

따라서 <빙빙전>에는 <가운화환혼기>를 비교적 충실히 따른 계열(죽음과 재생)과, 빙빙의 죽음만 있는 계열, 그리고 빙빙의 죽음이 없는 계열(현전본) 등 적어도 3개의 계열이 있었다고 생각된다. 또 빙빙의 죽음 여부와 관계없이 혼전에 성관계가 있는 계열과[37] 없는 계열로[38] 나누어 볼 수도 있다. 이처럼 다양한 이본이 존재한다는 것은 현전하는 <빙빙전>이 단번에 형성된 것이 아니라 <가운화환혼기>로부터 여러 차례의 개작을 거쳐 이루어졌음을 말한다. 다시 말해, <가운화환혼기> 또는 <가운화환혼기>에 바탕을 둔 재자가인소설이 여러 차례 개작을 거쳐 국내 독자들의 취향에 맞게 변모된 것이 현전하는 <빙빙전>이라고 할 수 있다.

3) 정숙렬 - 〈옥환빙〉

정숙렬은 여러 이본에서 "옥환빙 설경윤의 처"라는 주석을 달아 놓았기 때문에 쉽게 정체를 알 수 있는 인물이다. <옥환빙>은 일실된 작품인데, 현전하는 <소현성록>의 말미에 <옥환빙>에 대한 언급이 존재하여 이를 토대로 작품의 내용을 추정해 볼 수 있다. <소현성록>에 따르면 <옥환빙>의 주인공은 설경윤·정환 부부로, 두 사람의 혼사장애와 설경윤이 여러 처첩을 취하면서 벌어지는 애정갈등을 다룬

---

37) <투색지연의>의 작자가 읽은 이본이 여기에 해당한다.
38) <여와전>의 작자가 읽은 이본과 현전본이 여기에 해당한다.

소설이다. 그런데 여기에서 정환의 字는 소개되어 있지 않고, 후에 천
자로부터 받은 별호 역시 "숙요당"이기[39] 때문에 <여와전>에서 '정숙
렬'이라는 이름을 붙인 근거를 알 수 없다. <옥환빙> 이본에 따라 별
호가 "숙요당" 대신 "숙렬당"으로 나타나는지도 모른다.

기존에 <옥환빙>은 <한씨삼대록>・<설씨삼대록>・<영이록>과
함께 <소현성록>의 파생작이라고 알려졌었다.[40] 그러나 <소현성록>
의 관련 내용을 자세히 검토해 보면 <옥환빙>이 <소현성록>의 파생
작이 아니라 오히려 <소현성록>보다 앞서 존재했던 작품일 가능성을
발견할 수 있다. 우선 <옥환빙>은 파생작들 가운데 그 제명과 줄거리
가 <소현성록>에서 명백하게 소개되어 있는 유일한 작품이다.[41] <설
씨삼대록>・<영이록>은 내용 소개도 없어 <소현성록>에서는 그 존
재를 전혀 알 수 없고, <한씨삼대록>은 내용은 부분적으로 언급하고
있으나 제명은 나타나지 않는다. 따라서 <설씨삼대록>・<영이록>은
<소현성록>이 인기를 얻은 뒤에 다른 작자에 의해 구상・창작되었다
고 생각되며, <한씨삼대록>은 <소현성록>의 창작시에 작자가 함께
구상했거나 창작한 작품이라고 할 수 있다.[42]

---

39) 다른 이본들과 달리 이본 ⑤와 ⑯은 "숙요당"이라는 별호를 기록하고 있다.
   "슉뇨당 졍슉녈은 유슌단졍훈 힝실이 이시디 삼년을 말을 아냐 댱부로 ᄒ여곰 어
   린 사룸이 되게 ᄒ니 부덕의 흠이나 묽고 조혼 덕이 이시니 셩문의 나아오미 블ᄉ
   치 아니토다". 이본 ⑤
   "슉뇨당 졍슉열은 뉴슌훈 힝실이 잇스디 삼년을 말을 아니ᄒ여 장부로 ᄒ여곰 어
   린 사룸이 되게 ᄒ니 부덕의 험이나 묽고 조혼 덕이 잇스니 셩문의 나아오미 블ᄉ
   치 아니토다". 이본 ⑯.
40) 박영희, 「<소현성록> 연작 연구」, 이화여대 박사학위논문, 1994.
41) 그래서 작품의 실존 여부가 의문시되기도 했다. 그러나 꾸량의 목록과 <여와전>
   의 내용을 통해 <옥환빙>의 실존을 확인할 수 있다. 그리고 권섭의 기록에는 <한
   씨삼대록>・<설씨삼대록>은 존재하나 <옥환빙>은 없어서 <옥환빙>이 <소현성
   록> 연작에 포함되지 않을 가능성을 보여 준다.
42) <한씨삼대록>은 소현성의 큰누나 소월영의 이야기이므로 시간 순서로 보아 <소

그러나 <소현성록>은 <옥환빙>에 대해서는 자세하게 서술하고 있으며, <옥환빙>이 蘇門과 밀접한 관련을 지니고 있는데도 <옥환빙>의 작자 여성이 고의적으로 蘇門과 관련된 사실을 삭제했다고 거듭 주장하고 있다.

> 쇼현셩녹 곳 보면 옥환빙이 그 ᄌ손인 줄 아나 옥환빙 곳 보면 소현
> 셩녹을 아디 못홀디라 옥환빙 말ᄉᆞᆷ이 번화ᄒᆞ고 다ᄉᆞ ᄒᆞ며 직상의 일홈
> 을 쓰디 아냐 벼술노 일ᄏᆞ라시니 이ᄂᆞᆫ 녀셩의 천인으로 시졀 직상을
> 알기 쉽고[43] ᄯᅩ 감히 일홈을 쓰디 못ᄒᆞ야 믄득 작명으로 존칭ᄒᆞ야 원
> 녀를 두디 아니니 가히 우엄죽 ᄒᆞ고 분명티 아니니 원니 옥환빙의 니
> 츄밀은 뎡시랑 부인의 ᄉᆞ촌남이니 이 곳 화부인의 친형 니시랑 부인의
> 아돌이오 셜경윤의 표미 소낭ᄌᆞ 뉴시라 ᄒᆞᄂᆞᆫ 쟈는 곳 뉴평쟝의 ᄯᆞᆯ이오
> 소운경의 둘재 며ᄂᆞ리니 뎡시로 더브러 각별ᄒᆞᆫ 친ᄒᆞᆫ 배오 … 전후시말
> 이 ᄆᆞᄎᆞᆷ내 소시 가문을 거더디 아냐시며
>
> (<소현성록> 권지십오. 이대본)[44]

위의 인용문은 표면적으로 두 작품의 관계를 강하게 주장하고 있는 것 같지만 자세히 읽어 보면 <옥환빙>에서는 <소현성록>과의 관련성을 전혀 발견할 수 없다는 점을 진술하고 있다.[45] <옥환빙>과 <소

현성록>보다 앞선다. 따라서 소월영의 이야기를 대충이라도 구상 또는 집필한 이후에 소현성의 이야기로 넘어가는 것이 자연스럽다.

43) 서울대 소장 <소현성록> 26권 26책본에는 이 부분이 다음과 같이 되어 있다. "직상의 일홈을 쓰지 아냐 벼슬을 일ᄏᆞ라시니 이ᄂᆞᆫ 녀경이 천인으로 시졀 직상을 졔 알기 어렵고". <소현성록>. 서울대본. 같은 곳을 서울대본은 "어렵고"로, 이화여대본은 "쉽고"로 달리 쓰고 있다. 그러나 어느 하나가 틀렸다고 보기는 어렵다. 서울대본은 천인이 재상의 이름까지 알기가 어렵다는 것이고, 이대본은 재상이라는 작위로만 알기가 쉽다는 뜻이기 때문이다.

44) <옥환빙>에 대한 언급은 현전하는 완질의 <소현성록> 4종(규장각본, 서울대본, 박순호본, 이대본) 모두에 존재한다. 본고에서는 문맥이 가장 합리적이고 완정한 이대본을 인용하였다.

현성록>의 인척관계 역시 상당히 구차하게 연결되어 있고, 이러한 인척 관계는 작품(<옥환빙>)의 서사 전개에 전혀 영향을 미치지 않는다. <소현성록>의 찬술자(작품 내에서)들은 <옥환빙>을 고치려 하다가 <소현성록>만 올바로 저술한다면 군이 <옥환빙>을 금할 필요가 없다고 결론을 내리기도 한다.[46] 이는 실제로 <소현성록>의 작자가 이미 유통되고 있는 <옥환빙>을 고칠 수 없는 사정을 보여 준다고 할 수 있다. 그렇다면 군이 <소현성록>에서 <옥환빙>과의 관계를 상정하는 이유는 무엇일까?

　　옥환빙과 소현성녹을 노코 그 슈미롤 즈시 슬피매 녀공이 굴오더 셜경윤의 얼골이 블과 옥ス티 희고 입이 블그므로써 곱다 니르나 엇디 십소의 무궁흔 풍치롤 미츠리오 십쇠 흔갓 미뫼 슈려홀 뿐 아니라 쳥쇄윤틱흔 풍광이 이셔 경윤의 강강이 아롬다옴과 품격이 니도ᄒ니 가히 비기디 못홀 거시어늘 녀셩의 아당ᄒᄂ 말이 위쟈ᄒ기의 미츠니 엇디 가쇼롭디 아니리오 ᄒ믈며 셜규ᄂ 이 곳 일셰예 풍뉴랑이나 위의 강엄ᄒ믄 잇거니와 모믄 챵악을 즐기며 ᄋᄌ롤 금단ᄒ니 이 부형의 유엄흔 배 아니오 깁히 셩현의 쥬식 경계롤 져ᄇ렷고 ᄯ 며ᄂ리와 아돌이 싀아비와 조모 알픠셔 언어롤 화답ᄒ고 희롱을 일우니 ᄌ못 슈엄흔 일이 아니오 규의 모친 범시 비록 관후ᄒ나 ᄆ옴이 번화ᄒ고 잡되여 과부의 고요흔 졀되 업고 뎡슉뫼 비록 아롬다오나 너모 고집ᄒ고 닝낙ᄒ야 한샹셔 부인 소시의 군ᄌᄌᄐ 풍도와 태부인 셕시의 유슌팀졍 화열흔 셩덕을 미츠리 업고 경윤의 얼미 두 사롬이 희희롤 찬조ᄒ나 니셕 이파롤 ᄇ라디 못홀디라 셜가 부지 소운셩 형뎨게ᄂ 쎠딘 일이 만흐디 녀셩이 거줏 거

---

45) <옥환빙>에는 소현성이라는 이름도 나오지 않는다는 점이 분명하다.
46) "셜가 부지 소운셩 형뎨게ᄂ 쎠딘 일이 만흐디 녀셩이 거줏 거술 찬도ᄒ미 만ᄒ니 진실로 고이ᄒ도다 됴공 왈 형의 말이 올ᄒ더 아등이 샹명을 밧ᄌ와시니 오직 현셩녹을 공논으로 홀 ᄯ롬이디 더롤 금ᄒ여 므엇ᄒ리오 녀공이 됴공의 ᄯ디 ᄆ춤ᄂ 고티디 아니믈 보고 홀 일이 업서". <소현성록> 권지십오. 이대본.

술 찬도ᄒ미 만흐니·진실로 고이ᄒ도다 (<소현성록> 권지십오. 이대본)

　인용문은 <소현성록>의 찬술자 여공의 언급으로, <소현성록>과 <옥환빙>을 일일이 비교하면서 <소현성록>의 인물들이 <옥환빙>의 인물들보다 훨씬 탁월하다고 주장하고 있다. 설경윤은 소현성의 十子보다 못하고, 정숙요는 고집스럽고 냉정하여 소월영이나 석숙란보다 못하고, 설경윤의 孼妹들은 유머의 측면에서 소현성의 서모인 이파와 석파를 따라가지 못한다는 것이다. 또 설경윤의 부친 설규에 대한 비판—즉 주색에 침닉했으며 부형의 도리를 제대로 못했다는 비판—은 소현성의 단엄한 행실과 엄격한 자녀교육에 비견해서 한 것이 분명하고, 설경윤의 할머니 범씨가 과부의 절도가 없다는 것 역시 소현성의 어머니 양부인이 집안에 풍류를 금하는 등 과부로서 근신한 것을 염두에 둔 비교 평가라 할 수 있다.

　이와 같은 서술 태도는 일반적인 연작 소설에서 전편이 후편을 예시하거나 후편이 전편을 소개하는 경우와는 판이한데, 이것은 <옥환빙>을 거론한 이유가 기존의 인기 작품인 <옥환빙>을 비판함으로써 <소현성록>의 가치를 높이려는 것이었기 때문이라고 생각된다. 특히 인물 구성에·있어서 범씨와 양부인, 설규와 소현성, 설경윤과 소현성의 십자, 정숙요와 석숙란의 대응이 지나치게 잘 맞아떨어지므로, <소현성록>이 처음부터 <옥환빙>의 인물 구도를 차용했을 가능성이 있다. 작품에 웃음을 제공하는 인물 역할이 한쪽은 庶女들로, 한쪽은 庶母들로 고정되어 있다는 것도 놓칠 수 없는 유사점이다. 한편 <옥환빙>은 4권에 불과한데 <소현성록>은 15권 이상의 방대한 분량이며 자손들이 비약적으로 늘어나면서 이야기도 길어진다. 이것은 당시 소설의 장편화의 경향을 보여주는 것이라고 할 수 있다.

그러므로 <옥환빙>이 <소현성록>의 파생작이 아니라 오히려 <소현성록>을 <옥환빙>의 파생작으로 보는 것이 옳다. 만약 <옥환빙>이 <소현성록>의 파생작이라면, <소현성록>이 아직 존재하지도 않는 <옥환빙>을 5~6면에 걸쳐 장황하게 비판할 필요는 없었을 것이다.

4) 자운 - 〈홍불기〉 계열

자운에 대해서는 Ⅲ장에서 이미 살펴본 바 있다. <여와전>에서 자운은 투색창업연의 위차를 정했던 인물로 소개되는데 이것은 <투색지연의>에서의 자운의 위상과도 부합하는 설정이다. 자운은 <투색지연의>에서 최패염측의 원군인 세 선녀 중에서도 가장 주도적인 역할을 담당하기 때문이다.

　　당 위공 니졍의 쳡 즈운의 무리 외람이 일을 힝ㅎ야 슘황오뎨를 추존ㅎ니 (이본 ⑰)
　　당 위공 니졍의 쳡 즈운이 미쳔흔 즈최로 죠고마흔 환슐과 의협을 미더 방즈히 셩인의 문의 나아오미 외롬ㅎ믈 아지 못ㅎ고 (이본 ⑰)

위 인용문에서 자운에 대한 정보는 ① 미천한 출신, ② 환술, ③ 의협의 세 가지이다. 환술과 의협이 자운의 대표적인 자질로 거론된다는 점에서 자운의 출신작품은 영웅소설적인 면모를 지니고 있는 것으로 생각된다. 홍불의 영웅적 면모는 張鳳翼의 <紅拂記>에서부터 조금씩 나타난다. <紅拂記>의 장씨는 평소 書史와 兵符를 좋아하고,[47] <隋

---

[47] "好不富貴 只是奴家情耽書史 性好兵符 每聞喚聲 好不耐煩也". 『紅拂記』第三齣. 張鳳翼,『紅拂記』中, 國戱劇硏究資料 第1輯,『全明傳奇』34. 臺北 天一

唐演義>의 張出塵은 "義俠의 奇女子"로[48] 소개되며 越公 부중을 떠나면서 남긴 편지에서 자신이 "어려서 許眞君의[49] 방술을 배워 영웅을 식별하는 혜안을 가졌"다고[50] 한다. 따라서 이처럼 홍불의 俠女·術士的 이미지가 지속적으로 강화되면서 <투색지연의>나 <여와전>에서 말하는 '자운'이 등장하는 작품이 나온 것으로 보여진다.

그런데 중국의 희곡이나 소설에서는 홍불이 엄연한 정실이 되는 반면, <여와전>이나 『규합총서』 등은[51] 모두 자운을 첩이라고 못박고 있어 상당한 차이가 있다. 후자의 경우에는 紫雲의 출신이 미천하기 때문에 功臣의 嫡妻가 될 수 없다는 사고가 작용한 것으로 보여진다. 이처럼 신분에 대한 강한 차별의식을 드러내고 있는 것으로 보아, <여와전>의 작자가 읽은 작품이 홍불고사를 개작·부연한 국내 창작 소설일 가능성도 생각해 볼 수 있다.

5) 이현경 – 〈이현경전〉

다음으로 이현경의 경우를 살펴보자. 이현경은 원래 투색창업연에서

出版社, 발행년 미상.

48) "一個是執拂美人 是姓張名出塵 顔色過人 聰穎出衆 是個義俠的 奇女子". 『隋唐演義』 제16회. 元 羅貫中 原撰, 淸 褚人穫 改撰, 『隋唐演義』(一百回), 世界書局, 民國 57(1968). 참조.

49) 許眞君의 이름은 許遜이며 신선의 한 사람이다. 宋 徽宗이 至道玄應神功妙濟眞君으로 봉했다고 한다. 李叔還 編, 『道教大辭典』, 臺北, 巨流圖書公司, 民國 68(1979). 참조.

50) "妾緣幼受許君之術 暫施慧眼 聊識英雄". 『隋唐演義』 제16회. 元 羅貫中 原撰, 淸 褚人穫 改撰, 『隋唐演義』 一百回, 世界書局, 民國 57(1968). 참조.

51) 『閨閤叢書』는 劍俠條에서 "조운 규영종군 영웅을 엿보아 군듕의 좃다"라고 하고, 小名錄에서 "조운 니위공 첩"이라고 밝히고 있다. 憑虛閣 李氏 原著, 鄭良婉 譯註, 『閨閤叢書』, 寶晉齋, 1975. 참조.

칠웅 중 1인이었는데, 문창성에 의해 삼황오제가 혁파되면서 황릉묘 호
위장군에 임명된다. 따라서 이현경은 투색창업연에 있어서나 문창성의
위차 재조정에 있어서나 긍정적인 평가를 받고 있다고 하겠다.

> 칠웅 되어든 니현경 등 칠인이 문무지지 겸전ᄒ고 천셩이 호샹ᄒ야
> 공교롭지 아니물 일크르샤 호위디장을 ᄒ이샤 금갑투고의 디장긔롤 쥬
> 샤 황능묘롤 딕희라 ᄒ시고 (이본 ①)

이현경은 "문무를 겸전하고 천성이 豪爽하여 공교롭지 않은" 7인의
대표로 설정되어 있는데, <여와전>의 성격상 이현경이 특정 소설의 주
인공일 것임은 의심의 여지가 없다. 따라서 <여와전> 창작 당시에 여
성이 문무를 겸비하고 활약하는 내용의 소설이 읽혀졌음을 추측할 수
있다. 다만 이현경이 바로 뒤에 언급되는 설초벽처럼 장편소설에서 한
단위담의 주인공이었는지, 아니면 보다 편폭이 좁은 작품에서 본격적
인 주인공이었는지는 확실치 않다.

그런데 현전하는 작품 중 <이현경전>은[52] 이현경이라는 여성 주인
공이 문무 양면에서 탁월한 재능을 발휘하여 출장입상하는 내용으로
이루어져 있어, <여와전>의 이현경이 <이현경전>에서 나왔을 가능
성이 있다. 물론 <이현경전>은 여성영웅소설 중에서도 후대적 변모를
보여주는 작품으로 알려져 왔기 때문에[53], 과연 18세기에 <이현경전>
이 존재했겠는가 하는 의문을 갖게 된다. 그러나 <이현경전>은 방각
화되어 널리 읽힌 일반적인 영웅소설(또는 여성영웅소설)과는 다른 특징

---

52) 필사본에서는 <이현경전> 또는 <이형경전>으로, 구활자본에서는 <이학사전>으
로 알려져 있으며, 김태준의 『조선소설사』에서는 <이현경전>으로 기록하고 있다.
53) 강진옥, 「이형경전(이학사전) 연구」, 『고소설연구』 2, 한국고소설학회, 1996.
전용문, 「이학사전의 구조와 인물성격 연구」, 『고소설연구』 3, 한국고소설학회, 1997.

을 가지고 있어, 오히려 남성영웅소설보다도 이른 시기에 창작된 작품인지도 모른다. <이현경전>에는 영웅소설을 특징짓는 초반기의 고난 체험이 없고, 군담이 초반부에만 나타나며, 남녀의 애정 문제를 둘러싼 자존심의 대립이 작품의 주된 내용을 이룬다. 또 현전하는 구활자본 <이학사전>에는 생략·축약된 것으로 짐작되는 부분이 여러 군데 있다. 따라서 <빙빙전>의 예에서 본 것처럼, 현전하는 <이현경전>과 <여와전>의 작자가 읽은 <이현경전> 사이에는 상당한 간격이 존재할 수 있다. 때문에 본고에서는 잠정적으로 <여와전>의 이현경을 <이현경전>의 주인공으로 보기로 한다.

그런데 여기에서 흥미로운 점은 <여와전>에서 이현경이 혼자서 황릉묘의 호위대장이 된 것이 아니라는 사실이다. 해당 내용을 자세히 읽어보면 이현경을 비롯하여 칠웅이 되었던 여성들 모두가 황릉묘의 호위대장이 된 것을 알 수 있다. 이 점을 통해 당시 소설에 이현경처럼 문무를 겸전한 여성 주인공이 드물지 않았으리라고 추측할 수 있다. 만약 이현경과 같은 여성영웅이 당시 소설에서 대단히 예외적인 인물이었다면 <여와전>에서도 이현경을 좀더 특수하게 취급했을 것이다.

6) 이씨1·진양공주·기타 － 〈유씨삼대록〉

(1) 이씨1

이씨1은 <유효공선행록>에도 나오고 <유씨삼대록>에도 나오는 인물이다. <여와전>에서는 이씨1을 다음과 같이 소개하고 있다.

ㅎ나흔 용뫼 계화ㅈ고 풍치 옥남기 금게의 빗긴 듯 ㅈ퇴롭고 고은 비치 좌우의 쏘이니 뉵십년 힝격이 온공ㅎ고 ㅈ혜ㅎ고 단엄ㅎ고 청청

[정정]ᄒ니[54] 오복의 흔 흠이 업시 **존고의 훈을 딕희여 호령이 듕문 밧 글 나지 아닌 지니** 이 곳 승상 문튬공 뉴우셩의 부인 니시오 【니시는 뉴년의 총부오 문창셩의 존고니 뎡시 며느리】 [55] (이본 ②)

인용문 내용대로 이씨1은 유연과 정씨 부부의 며느리이고 유우성의 부인이며, 유세형의 모친으로서 진양공주의 시어머니이다. 그리고 내용 중 일부는 <유씨삼대록>에서 이씨1이 스스로 언급한 내용과 일치한다.

　　나는 덕 업는 스람이라 섭심근후ᄒ야 ᄌ녀의ᄭ 스랑을 온전이 ᄒ고 비복의ᄭ도 독흔 형벌과 급흔 ᄭ지럼을 일으지 아야 쇼님이 침선과 졔ᄉ 밧들기에 잇서 암탉 시벽 우름을 경계ᄒ야 **선부인 규훈을 직키고 호령이 중문 밧글 ᄂ오지 아닛ᄂ니** (<유씨삼대록> 권지이. 이수봉본)[56]

인용문은 이씨1이 유세형(아들)과 장씨(며느리) 등을 불러 놓고 훈계한 내용의 일부이다. 두 인용문의 진하게 표시한 부분을 비교해 볼 때, <여와전>이 <유씨삼대록>의 구절을 그대로 옮겼음을 알 수 있다. <유씨삼대록>에 단 한 차례 나오는 해당 구절을 인용한다는 것은 작품을 한 번 읽고 난 막연한 감상으로는 불가능한 일이다. 따라서 <여와전>의 작자는 독서시에 미리 인물의 평가가 될 만한 부분을 발췌 정리해 두거나, 적합한 인물평을 찾기 위해 작품을 다시 읽는 등 치밀한 작업을 통해 <여와전>을 창작한 것으로 생각된다.

---

54) 이하 인용문에서 [ ] 안의 내용은 필자가 다른 이본들을 참조하여 잘못된 글자를 교정한 것이다.
55) 이 주는 이본 ②에만 존재한다.
56) <유씨삼대록>, 이수봉 소장. 18권 18책.『유씨삼대록』고전소설 제3집, 고려서림, 1988. 영인.

(2) 진양공주

<여와전>의 실질적인 주인공인 문창진군은 <유씨삼대록>의 진양
공주이다.[57] 진양공주는 <유씨삼대록>에서 弘治皇帝의 외동딸이며 正
德皇帝의 누이로, 유우성의 아들 유세형에게 하가하여 유관, 유현의 두
아들과 딸 문창군주 영주를 낳은 인물이다. 이와 같은 문창의 정체에 대
해서는 선행 연구에서 이미 밝혀졌으나 약간의 보완할 점이 있다. 먼저
문창성이라는 명칭의 문제를 살펴보자. 文昌星은 원래 사람의 祿籍이
나 文章을 맡아보는 별자리로, 과거를 보는 선비들이 신봉하는 신이
다.[58] 때문에 고전소설에서는 대부분 남성이 문창의 화신으로 등장하
고 여성과 문창을 연결시키는 경우는 흔치 않다. 그런데 <여와전>에
서는 진양공주를 문창성으로 등장시키고 있다. 그렇다면 이것은 <여와
전>의 독자적인 설정일까 아니면 어떤 근거가 있는 것일까. <유씨삼
대록>을 검토한 결과 진양공주를 문창성과 동일시하고 있는 부분을
한 군데 발견할 수 있었다.

> 공의 친우 티사령 셩훈은 운슈션싱 모부인 친질이라 위인 박학다지
> ᄒ야 천문지리 발근 고로 흠쳔관을 가음앗더니 심중쇼유랄 일너 의론
> 흔디 셩티 놀나 왈 원니 근리 문창셩이 ᄌ미와 셔로 응ᄒ야 금즁에 은
> 복ᄒ여시니 쇼졔 고이히 넉여더니 이 반다시 공쥬의 쥬셩이럿다
>
> (<유씨삼대록> 권지사. 이수봉본)

---

57) 이본 ②는 진양공주의 이름을 "명요"로 기록하고 있으나 현전하는 <유씨삼대록>
   에는 진양공주의 이름이나 字가 나오지 않는다.

58) "梓潼帝君姓張名亞子 居蜀七曲山 任晉戰歿 人爲立廟祀之 唐宋屢封至英顯
   王 道家稱梓潼帝君 掌文昌府事 及人間祿籍 故元加封爲帝君 而天下學校 亦有
   祠祀者 歲二月三日遺祭". 李叔還 編, 『道敎大辭典』, 臺北, 巨流圖書公司, 民國
   68(1979).

위 인용문은 진양공주가 유세형의 박대를 받고 궁궐에 다시 들어가 지낼 때의 일로, 마음이 바뀌어 공주를 그리워하게 된 유세형이 흠천관 으로 있는 친우 성한에게 고민을 털어놓자 성한이 대답하는 장면이다. 성한은 문창성이 천자의 주성인 紫微星과 서로 응하여 궐내에 있다면 서 진양공주의 主星이 文昌星이라는 사실을 밝힌다. 이 때 자미성은 진양공주의 오빠인 정덕황제이다. 이와 같은 내용을 통해 볼 때, <여 와전>은 임의로 진양공주를 문창성과 연결시킨 것이 아니라 <유씨삼 대록>에 기초하여 상상력을 더욱 확대시킨 것이라고 할 수 있다.

이것은 진양공주 뿐만 아니라 유우성, 유세형의 경우도 마찬가지이다. <여와전>에서는 유우성을 文曲星, 유세형을 南斗星으로 설정해 놓았 는데, 실제로 <유씨삼대록>에는 유우성의 주성을 문곡성, 유세형의 주 성을 남두성이라고 진술한 부분이 존재한다.[59] 따라서 <여와전>의 작 자는 <유씨삼대록>을 정밀하게 읽고 가능한 한 <유씨삼대록>의 내 용에 근거하여 작품을 창작했다고 할 수 있다. 한편 유연이 元始天尊 이라든가 홍치황제가 九華眞人, 정덕황제가 赤脚大仙, 유관이 角木蛟, 유현이 奎木狼이라는 내용은 <유씨삼대록>에 나오지 않는데, 이것은 <여와전>의 작자가 진양공주, 유우성, 유세형의 예에서 착안하여 다 른 등장인물에게까지 적용시킨 것이라고 하겠다. 元始天尊은 잘 알려 진 바와 같이 도교에서 가장 높은 신이며, 赤脚仙人은 옛날에 득도한 신선으로 皇帝로 환생했다는 고사가 있다. 角木蛟와 奎木狼은 二十 八宿에 속하는 별들이다. 九華眞人은 찾을 수 없으나 九華眞妃라는

---

59) 유우성과 유세형이 출전했을 때 진양공주는 천문을 보고 두 사람이 안전하다는 사실을 안다. "천승을 우러러 바리보니 승승의 쥬셩 문곡셩과 부마의 남두셩이 비 치 관관호지라 졍셩흐 긔운이 죠요흐고 오식 빗치 무지게 갓치 버려 자미랄 향흐 얏눈지라". <유씨삼대록> 권지십삼. 이수봉본.

선녀는 존재하는데, 紫淸上宮에 거주한다고 한다.[60]

(3) 문창군주 · 양씨 · 현영 형제 · 설초벽

이들은 <여와전>에서 정씨와 이씨1을 따라오는 인물들로, 이씨2를 따라온 <현봉쌍의록>의 인물들과 함께 소개된다.

> 기듕 위왕 봉셩의 쳐 단시와 문창군쥬 녕쥬와 졔왕비 홍염과 뉴현의 쳐 냥시와 냥션의 쳐 현명과 신샤양군 셜시 등 졔亽(필자주:娣姒) 뉵칠인의 텬향국식이 최잉잉 댱경경의 뉘 아니오 (이본 ⑰)

문창군주는 <유씨삼대록>에서 진양공주의 딸이고, 양씨는 유현의 처로 진양공주의 며느리이며, 현영은 유우성의 딸이며, 설초벽은 유세창의[61] 둘째 부인이다. 위 인용한 내용이 가장 기본적인 공통 내용이라 할 수 있는데 이본에 따라 인물들을 보다 자세히 설명하기도 한다. 예를 들어, 문창군주 영주를 "문창셩 소교"(②) 또는 "소싱 쳐"(⑦)로, 양씨를 "년국후 뉴현의 쳐"(⑤⑯)로,[62] 설초벽을 "뉴셰챵의 계비"(①②) 또는 "뉴셰챵 츳비"(⑦)로 설명하는 등이다. 한편 현영 형제를 "셜영 형제"(④)라고 한다든가, "현형□ 등 샴형뎨"(⑧)라고 하기도 하는데, 이는 유우성의 딸이 설영 · 현영 · 옥영의 삼형제이기 때문이다. 이처럼 인물에 대한 상세 정보가 다양하게 나타난다는 것은 원래 이러한 설명이 있었던 것이 아니라 이본이 유전되면서 필사자들의 개입에 의해 하나

---

60) 中文大辭典編纂委員會 編, 『中文大辭典』, 中華學術院 中國文化硏究所, 民國 62(1973). 참조.
61) 유세창은 유세형의 동생이다.
62) <유씨삼대록>에서 유현은 연국후에 봉해진다.

씩 덧붙여졌다는 뜻이다. 그리고 많은 필사자들이 인물에 대해 무엇인
가 덧붙이거나 바꿀 수 있었다는 것은 그만큼 <유씨삼대록>이 널리
읽혔다는 것을 의미한다.

7) 이씨2 · 단씨 - 〈현봉쌍의록〉

이씨2(名:봉란. 字:숙례)와 단씨는 <현봉쌍의록>에서 차용된 인물인데,
이씨2는 문창·문일 두 성군이 추천한 4명의 명부 중 4번째이며, 단씨
는 이씨2의 며느리이다. 이씨2에 대한 <여와전>의 설명은 다음과 같다.

> 흐나흔 용뫼 천화갓고 골격이 옥셜갓트니 단엄ᄒ고 신졍ᄒ며 속의
> 일졈 하지 업고 부덕이 공근ᄒ고 졀힝이 열열ᄒ야 오복이 구젼ᄒ니 디
> 명 졍덕 연간의 승상 한국공 뇨광현의 부닌 니씨 봉난이라 (이본 7)63)

<현봉쌍의록>은 明 초기를 배경으로 한 요씨 가문의 이야기로, 요
광현의 처 이씨와 요광현의 여동생 요위주, 요몽성의 처 단씨가 반복적
으로 겪는 혼사장애와 처처갈등이 중심 내용이다64). 따라서 위 인용문
의 이씨가 <현봉쌍의록>의 주인공 이씨임은 의심할 여지가 없다. 또
한 <여와전>에서는 단씨를 "위왕 몽성의 처"로 소개하고 있는데, 몽
성이란 요광현과 이씨 사이에 태어난 아들 요몽성이다. <현봉쌍의록>
의 현전본에서는65) 요몽성의 벼슬이 상서에 불과하지만, <여와전>을
통해 후에 위왕으로 봉해졌음을 알 수 있다.

---

63) 이씨2의 이름을 봉난이라고 밝힌 것은 이본 7뿐이다.
64) 전성운, 「현봉쌍의록 연구(1)」, 『한국 고소설사의 시각』, 국학자료원, 1996. 참조.
65) 현존하는 <현봉쌍의록> 이본들은 모두 낙질이어서 그 전개나 결말이 불명확하다.

또한 <여와전>에서 "제왕비 홍염"으로 제시된 인물이 있는데, 이는 아마도 제왕의 아들(또는 손자)에게 시집가서 후에 제왕비가 된 요광현의 딸 중 1인인 듯하다. 물론 요광현의 딸 중 작품에서 확인되는 인물은 운화군주 소생 성염 뿐이지만, 현전 이본이 모두 불완전하다는 점을 감안한다면 홍염의 존재도 충분히 생각할 수 있다. 게다가 운화군주는 제왕의 딸이므로 특정 집안과 겹겹이 인척이 되는 장편소설의 혼인 관습상, 요광현의 딸 중 이씨 소생이 제왕가에 시집갔을 가능성이 있다.

8) 관음 - 〈안락국전〉

<여와전>의 후반부는 상제로부터 天尊에 봉해진 문창성이 자신의 처소로 돌아가던 중 관음을 만나 一戰을 벌이는 내용으로 되어 있다. 관음은 문창이 윤혜영·장단화 등 자신의 제자를 내쫓은 데 분을 품고 설욕하러 온 것이었는데, 도리어 문창에게 前世 행적을 비난받고 굴복한다. 그런데 관음의 행적으로 제시되는 내용을 살펴보면 이 또한 소설에 근거했음을 알게 된다.

> 당초의 일국 왕후로 가왕이 불도의 외입ᄒ야 나라흘 ᄇ리고 명순(필자주:靈山)으로 가나 디시 싱각ᄒ여 듀청을 못ᄒ나 맛당이 티즈로 더브러 종샤롤 직회여 국조롤 길게 ᄒ미 어진 후비의 덕이어눌 부인의 몸으로써 티즈롤 다리고 만니의 쫄와 나서 등도의 쩌러져 무슈ᄒᆫ 곤욕을 보고 몸이 보리슈 아리 쎡어지니 졀기 비록 아롬다오나 치신을 잘못ᄒ여 죠둥 졀ᄉ와 샤직을 희망ᄒ고 옥보방신이 표표이 참ᄉᄒ니 이제 외로온 넉시 인뉸을 폐ᄒ고 머리롤 싹그며 술을 티와 운슈풍운을 의지ᄒ여 무슴 유익ᄒ미 잇ᄂ냐 …중략… 불가ᄂᆫ ᄌ비ᄒ기로 본을 ᄒᆫ즉 디시 굿길 젹 쥬인이 무도ᄒ나 가속 쳔녀인이 다 사오나올 이 업스

니 셩블ᄒ야 원슈룰 갑흐미 심흔 곳의 다ᄒᆞᆯ지니 엇디 그 샤던 디룰 모
술 민도라 옥셕을 분변치 아니리오 (이본 ⑰)

위와 같은 서사 구조는 비록 완벽하게 일치하지는 않지만 <安樂國
傳>에서 발견된다. <안락국전>은 <月印釋譜>[66) 등의 불경에서 온
작품으로,[67) 그 서사적 골격은 다음과 같다.

① 왕비가 불도를 위해 떠나는 왕을 따라 나섰으나 발이 아파서 중간
   에 포기하고 자청하여 장자의 종으로 팔린다.
② 아들 안락국을 낳는다. 안락국이 자라자 아버지를 찾아가고, 그 사
   이에 분노한 장자가 왕비를 죽인다.
③ 안락국이 돌아와 왕비를 되살리고, 함께 극락(아버지가 있는 곳)으
   로 간다.[68)

왕비가 불도에 심취한 왕을 따라 나섰다가 중간에 이별하고 고난을
겪은 후 죽는다는 기본 서사 구조가 <여와전>에서 제시된 관음의 생
전 행적과 일치한다. 원래 <안락국전>의 이야기는 彌陀三尊[아미타
여래・관세음보살・대세지보살]의 本生譚의 일종으로, 말미에 왕비[鴛
鴦夫人]는 지금의 觀世音菩薩이고, 왕[沙羅樹大王]은 지금의 阿彌陀
佛이며, 태자 安樂國은 지금의 大勢至菩薩이라는 설명이 부기되어 있
다. 그러므로 <여와전>에서 말하는 관음의 생전 행적은 <안락국전>
의 왕비 원앙부인의 행적임이 분명하다. 그렇다면 <여와전>의 내용이
불경을 참조한 것인지, 아니면 소설 독서로부터 비롯된 것인지 검토해

---

66) 『譯註 月印釋譜』 제 7・8권, 사단법인 세종대왕기념사업회, 1993.
67) 사재동, 「안락국태자경의 연구」, 『불교계 서사문학의 연구』, 중앙문화사, 1996. 참조.
68) <안락국전>, 한국정신문화연구원 소장본 참조.

볼 필요가 있겠다.

　<안락국전>은 공간적 배경, 등장인물, 사건 등 제측면에서 <안락
국태자경>과 차이가 있다. 그 중에서도 가장 큰 변화는 장자가 종들을
시켜 안락국 모자를 추격하던 중 하늘의 벽력으로 종들이 즉사하고 장
자의 집이 연못으로 변하는 장자징치담의 추가다. 그런데 <여와전>에
서는 주인이 살던 곳을 연못으로 만들어 가속 천여 인을 몰살시킨 관
음의 행위를 비난하고 있으므로 소설을 수용한 것으로 보인다. 그러나
소설과도 일정한 차이를 지니고 있는데, <안락국태자경>이나 소설
<안락국전>은 공히 원앙부인이 안락국을 임신한 상태에서 출발하여
장자의 집에서 출산하는 것으로 되어 있다. 그러나 <여와전>에서는
태자를 데리고 떠났다고 하여 불경과 소설 어느 쪽과도 일치하지 않는
다. 따라서 <여와전>의 작자가 읽었던 <안락국전>은 소설본이기는
하지만 현전하는 이본과는 다른 내용이었을 것으로 추정된다.

　그런데 다행히도 이본 ①에 부록으로 필사된 <안락국전>을 통해
<여와전>의 취재원이 된 이본의 실상을 확인할 수 있다.[69] 이본 ①에
附記된 <안락국전>과 기존 소설본과의 차이는 다음과 같다.

① 사라수대왕과 원앙부인이 영산으로 떠날 때 이미 태자 안락국이 태
　어나 있으며 자발적으로 부모를 따라간다.
② 안락국이 부친을 찾아가는 내용이 없다. 원앙부인은 안락국이 나무
　하러 간 사이에 살해되어 계수나무 아래에 버려진다.
③ 안락국이 원앙부인을 회생시키는 내용이 없다. 안락국은 모친의 시
　신을 보고 장자를 피해 달아나려 한다.

---

69) "원닉 관음보살은 셔역국 사라슈뎌왕 원앙부인이니 틱즈 안낙국을 나하 틱평이
　즐기시더이". <안락국전>. 이본 ①의 부록.

④ 안락국 모자가 바다를 건너 사라수대왕을 찾아가는 것이 아니라 龍船이 내려와 안락국에게 이미 부모가 성불했음을 알리고 극락으로 데려간다.

⑤ 하늘에서 벽력이 내려와 장자를 징치하는 것이 아니라 성불 이후 원앙부인이 직접 장자를 징치한다.[70]

이 중 ①·②·⑤는 <안락국태자경> 및 기존 소설 이본들과 전혀 다른 이 이본만의 특징인데, ①·⑤가 <여와전>의 언술과 정확하게 일치한다. ③·④는 소설본보다는 <안락국태자경>과 유사하지만, ④는 <안락국태자경>을 그대로 수용한 것이 아니라 <西遊記>의 내용을 가미하여 변개를 보여 준다.[71] 따라서 이본 [1]의 필사자가 읽은 <안락국전>은 <여와전>의 작자가 대상으로 한 <안락국전>과 거의 동일한 작품이며, 이들은 현재까지 알려진 <안락국전> 이본들과는 별도의 계열이라고 할 수 있다. 이와 같은 사실은 <안락국전> 연구에 있어 새로운 발견인 동시에, 불전계 소설과 장편소설의 향유층이 일정 정도 중복되기도 했음을 알려 주는 증거라 하겠다.

덧붙여, <여와전>에서 관음을 수행하고 있는 목차행자, 선재동자, 용녀는 모두 <西遊記>에 등장하는 인물들이다. 목차행자는 托塔天王 李靖의 둘째 태자로, 동생 哪吒와 함께 <서유기>에도 나오고 <封神演義>에도 나온다. <서유기>에서는 관음의 맏제자로 이름은 木叉이

---

70) "원앙부인은 관음이 되시여 유리병의 ᄉ슈룰 너코 냥뉴가지의 물을 무쳐 쑤리니 만슈댱ᄌ 집의 바다 기천이 되어 혼 소힐너라 만슈댱ᄌ와 그 집 사람이 큰 굴엉이와 겨근 비암이 되어 텬만년이 지나도록 인형을 엇지 못ᄒ니라". <안락국전>. 이본 [1]의 부록.
71) 안락국이 탄 배[龍船]는 밑바닥이 없는 배로, 배를 탄 후 곧 자신의 시체가 물에 떠내려가는 것을 본다. 이것은 <서유기>의 마지막 부분에서 三藏 일행이 靈山으로 들어갈 때 배를 타는 장면과 흡사하다.

고 법명은 惠岸行者이며,[72] <봉신연의>에서는 普賢眞人(후의 普賢菩薩)의 제자로 木咤라고 한다.[73] 善財童子와 龍女는 본래 普莊嚴童子·兜率天子와 함께 華嚴宗에서 말하는 四勝身成佛인데,[74] 중국에서는 白衣觀音의 수행자로 보편화되어 있다.[75] <서유기>에서 용녀는 처음부터 관음의 제자로 나오고, 선재동자는 牛魔王의 아들 紅孩兒로 三藏 일행을 괴롭히다가 관음에게 제압당해 제자가 된다.[76]

9) 서씨 3자매 - 〈육염기〉

이미 언급했다시피 이본 ③은 <여와전> 이본 가운데 가장 특이하고 변화의 폭이 큰 본이다. 이본 ③은 추천 명부 4인 중 양백영, 이씨1, 이씨2를 서씨 3자매로 교체시켰는데,[77] 이들은 위국공 서달의 제4, 5, 6녀로, <육염기>의 등장인물들이다.

<육염기>는 9회의 장회체 소설이며, 明의 창업공신인 魏國公 徐達의 여섯 딸에 대한 이야기이다. 현재 3종의 이본이 전하고,[78] 꾸랑의 목록에[79] 보이는 <셔씨뉵렬긔>(徐氏六烈記)도 동일한 작품인 듯하다.

---

72) 吳承恩(明) 著, 『西遊記』(一百回), 三民書局, 民國 65(1976). 제6회 참조.

73) 許仲琳(明) 撰, 『封神傳』(一百回), 世界書局, 民國 63(1974). 참조.

74) 한국불교대사전편찬위원회, 『한국불교대사전』 3, 보련각, 1982. 참조.

75) 앙리 마스페로, 신하령·김태완 옮김, 『도교』, 까치, 1999, p.187. 참조.

76) 吳承恩(明) 著, 『西遊記』(一百回), 三民書局, 民國 65(1976). 제40~42회 참조.

77) "지후쟈 삼인은 혼갈갓치 놉흔 졀조 츄텬ㅅ고 아름다 얼골은 쳥강닝우의 팔월부용이오 삼츈졀의 일슌 상월이니 이는 위국공 셔달의 세 쏠이오 뭇든 □부샹셔 방효유의 부인이오 둘재는 한님흑스 경쳥의 안희요 셋재는 건문황뎨 우귀흐신 황회라". 이본 ③

78) <六艶記>. 영남대 소장. 古813.5. 1권 1책(권지일). 낙질. MF. 813.408 ㅇ343ㄱ N4.
<六艶記>. 하성래 소장. 2권 2책. 완질.
<뉵염기>. 연세대 소장.

79) 모리스 꾸랑 원저, 이희재 번역, 『한국서지-수정번역판』, 일조각, 1994.

<육염기>는 역사적 사실과 허구를 조합하여 구성한 작품으로, 주인공 6인의 면면을 살펴보면 이 점을 쉽게 납득할 수 있다.

『明史』는 서달의 딸 3인을 기록하고 있다.[80] 장녀는 燕王과 혼인하여 文皇帝后가 되었고, 나머지 두 딸은 각각 代王妃, 安王妃가 되었는데, <육염기>에서는 3명이 6명으로 늘어나며, 장녀가 燕王妃, 이녀가 齊王妃, 삼녀가 沐王妃(雲南王妃), 사녀가 方孝孺 妻, 오녀가 景淸 妻, 육녀가 建文帝 皇后가 된다.[81] 이는 연왕의 찬탈과 관련된 정황을 입체적으로 그리기 위해 건문제측(建文帝·方孝孺·景淸)과 연왕측(燕王·齊王·沐王)을 반반씩 설정한 것으로 이해된다.

이본 ③에서 등장하는 자염, 기염, 월염의 행적은 다음과 같다. 方孝孺의 처 자염은 남편이 文皇帝(燕王)의 신하가 될 것을 거절하여 十族이 멸해지는 화를 당했을 때 자녀를 피신시켜 대를 잇게 하고, 자신은 남편의 시체를 안장한 후 자결하였으며, 景淸의 처 기염은 남편이 문황제를 암살하려 하자 아들을 피신시키고 자신은 딸들과 함께 자결하였다. 建文帝 황후 월염은 연왕이 기병하자 건문제와 함께 머리를 깎고 도망하여 30여 년간 불도를 닦은 후 진세의 인연이 다하여 먼저 죽었다.

10) 윤옥화 · 남채봉 - 〈창선감의록〉

윤옥화와 남채봉은 이본 ⑥에만 나타나며, 다음과 같이 소개되어 있다.

남은 이위 명부는 종치 다람화 두종이 금게의 빗겻는 듯 유훈뎡뎡ᄒ미 안노의 ᄂ타나 골격이 초싱 쳥빙을 묽게 씨슨 듯 ᄌ티 만광이며 어

80) "長女爲文皇帝后 次代王妃 次安王妃". 張延玉(淸) 撰, 『明史』卷一百二十五 <列傳第十三>, 台北 中華書局, 民國 55(1966).
81) 연왕, 제왕, 목왕, 방효유, 경청, 건문제는 모두 실존인물이다.

질기 흔갈갓투여 비환고쵸을 가초 격그디 무음을 동치 아냐 효을 힘쓰
며 동녈을 화우ᄒᆞ여 쵸악훈 존고을 감동케 훈 지니 이 명 가경년간의
승샹 화딘의 두 부인 윤옥화 남치봉이라 (이본 ⑥)

明 嘉靖 연간 승상 花珍의 두 부인은 말할 것도 없이 <창선감의
록>의 여주인공들이다. 윤옥화는 시랑 尹爀의 딸 尹玉花이고, 남채봉
은 어사 南標의 딸 南彩鳳이다. 초악한 존고는 화진을 핍박했던 嫡母
沈氏가 분명하다. 그런데 至孝로 심씨를 감화하여 개과시킨 것은 윤옥
화와 남채봉이 아니라 화진이므로, 이본 ⑥이 윤옥화와 남채봉의 공을
과장한 측면이 없지 않다.

11) 여와

女媧는 원래 신화 속의 인물이지만 <開闢衍繹通俗志傳>, <三敎
同源錄>, <封神演義> 등과 같은 소설 작품에도 등장한다. 그렇다면
여와는 이러한 중국소설에서 차용된 인물일까? 그렇지는 않다. 몇몇 기
록을 검토해 본 결과, <여와전>의 여와는 특정 소설로부터 온 인물이
아니라 전대의 문헌이나 소설로부터 얻은 지식을 바탕으로 새롭게 창
조된 인물임을 알 수 있었다. 따라서 여와의 출전 작품을 찾을 필요는
없지만, 신화 속의 여와는 어떤 인물이며, <여와전>에서의 인물 형상
은 어떠한가를 잠깐 살펴보는 것이 작품 이해에 도움이 될 것이다.
    <여와전>에서 여와는 복희씨의 장녀로 등장한다. 신화 속에서 여와
와 복희는 일반적으로 오누이나 부부이므로,[82] 여와를 복희의 딸로 설
정한 것은 이례적이라 할 수 있다. 그러나 <여와전>의 작자가 복희와

---

82) 위앤커 지음, 전인초·김선자 옮김, 『중국신화전설』, 민음사, 1999. 참조.

여와의 관계를 터무니없이 꾸며낸 것은 아니다. 『帝王世紀』에 따르면 伏義氏는 姓이 風으로 120년간 재위했고, 복희씨가 죽자 역시 風姓인 女媧氏가 제위를 이어 女皇이 되었다고 한다.[83] 복희와 여와의 자세한 관계는 나와 있지 않지만 여와가 복희의 계승자라는 점만은 분명하다. 이와 같은 기록에 따라 <開闢衍繹通俗志傳>이나 <三敎同源錄> 같은 중국소설들은 모두 여와가 복희의 뒤를 이어 황제가 되는 것으로 서술하고 있다.[84] <여와전>의 작자 역시 이러한 예를 알고 있었기 때문에 여와를 복희의 東宮으로 설정했다고 생각된다. 그러나 <여와전>의 작자는 이러한 수직적 관계를 보다 적극적으로 해석하여 복희와 여와를 부녀지간으로 확정하고 있는데, 이것은 문창진군을 복희의 또 다른 딸로 등장시키기 위한 안배라고 할 수 있다.

<여와전>에서 여와는 화운동 태을단에서 삼대 성군과 더불어 천도를 강론하며, 共工, 千里眼, 順風耳 등을 신하로 거느리고 있다. 그런데 <봉신연의>에서 여와가 伏義·炎帝·軒轅 세 성인을 참배하기 위해 찾는 곳이 火雲宮이어서,[85] <여와전>의 작자는 <봉신연의>도 읽은 듯하다. 한편 共工은 不周山을 들이받아서 하늘을 무너뜨린 인물인데, 여러 문헌에서 여와의 신하로 나온다. 『제왕세기』에서는 단순히 여와의 치세 말엽에 共工氏라는 제후가 있었다고 했고,[86] 『史記索隱』의 <三皇本紀>에서는 제후 공공씨가 祝融과 싸우다가 부주산을 들

---

83) "庖犧氏風姓也 … 在位一百二十年 … 庖犧氏沒女媧氏代立 亦風姓也 承庖犧制度 始作笙簧 … 亦蛇身人首 一號女希是爲女皇". 皇甫謐(晉) 撰, 『帝王世紀』, 『原刻影印 百部叢書集成』, 藝文印書館, 民國 56(1967). 참조.

84) 물론 이 소설들에서는 여와가 복희의 여동생으로 나온다.

85) 許仲琳(明) 撰, 『封神傳』(一百回), 1回, 世界書局, 民國 63(1974). 제1회 참조.

86) "庖犧氏沒女媧氏代立 亦風姓也 承庖犧制度 始作笙簧 無所革造 … 亦蛇身人首 一號女希是爲女皇 其末有諸侯共工氏 任智形以强伯而不王". 皇甫謐(晉) 撰, 『帝王世紀』, 『原刻影印 百部叢書集成』, 藝文印書館, 民國 56(1967). 참조.

이받아 하늘의 기둥이 무너지자 여와가 五色石을 녹여 하늘을 메꿨다
는 이야기도 싣고 있으며,[87] 소설 <開闢衍繹通俗志傳>에서는 공공
이 복희의 시대부터 신하로, 나중에 반란을 일으키자 여와가 정벌하는
것으로 나온다.[88] 따라서 <여와전>의 작자가 아무 이유 없이 공공을
여와의 신하로 출연시킨 것이 아님을 알 수 있다. 또다른 여와의 신하
인 千里眼과 順風耳는[89] 보통 天妃娘娘의 부하로 여겨지는 小神들인
데,[90] 女神의 수하라는 점에서 여와낭랑의 신하들로 만들었는지도 모
르겠다.

요컨대 <여와전>의 작자는 『제왕세기』와 같은 문헌 기록과 <봉신
연의> 등의 소설 내용, 기타 신격에 대한 지식을 조합하여 여와라는
인물을 창조해냈다고 할 수 있다. <여와전>의 다른 인물들이 <여와
전>에서 창작해낸 것이 아니라 모두 원작이 있듯이 여와도 완전한 허
구가 아니라 나름의 전고를 지니고 있음을 알 수 있다.

4. 인물 비평 양상과 그 기준

선행 연구에서는 <여와전>의 인물 비평 기준이 "현숙하고 유순한
부덕에 다름 아니기 때문에 지극히 소박한 것"이라고[91] 보았으나, 이는

---

87) 司馬貞(唐) 撰, 『史記索隱』, 『百部叢書集成』, 藝文印書館, 民國 53(1964).
88) 周游(明) 撰, 『開闢衍繹通俗志傳』, 『古本小說集成』, 上海古籍出版社, 발행년
  미상.
89) 千里眼, 順風耳를 실존 인물인 離婁와 師曠의 신격화로 보기도 한다.
90) 天妃娘娘은 海上의 안전과 자손의 점지를 담당하는 女神이다. 天后, 天上聖母,
  馬祖 등으로도 불린다. 천비낭랑의 시종들인 千里眼과 順風耳는 그녀로 하여금
  이 세상에서 일어나는 모든 일을 잘 보고 듣도록 도와준다. 앙리 마스페로, 신하
  령·김태완 옮김, 『도교』, 까치, 1999. 참조.

작품의 실상과 다르다. <여와전>의 작자는 일반적인 수준의 부덕보다
도 훨씬 정치한 평가 기준을 지니고 있으며, 소설 독서와 감상에 있어
전문적인 수준을 보여 준다. 이제 보다 구체적으로 인물 비평의 양상을
검토·분석하여 인물 비평의 기준을 밝히도록 한다.

1) 황릉묘 명부들에 대한 인물 비평

투색창업연의 위차와 문창에 의해 조정된 위차를 보면 다음과 같다.[92]

	투색창업연의 위차		문창에 의해 조정된 위차
三皇	최패염·정숙렬·양선영	정숙비 (조대가 반열)	사정옥·정씨
五帝	가빙빙	효열비 (반첩여 반열)	이씨1·이씨2·양백영
三王	윤혜영·석숙란·조경아		최패염·정숙렬·조경아·소월영
五覇	소월영	호위장군	이현경 등 칠인
七雄	이현경	장군 겸 한림학사	설초벽

투색창업연에서는 위와 같은 삼황 오제 즉 제왕의 존호 이외에도 제
후의 존호, 미인의 존호 등 여러 가지 다양한 위차가 있었던 것으로 보
인다. 그러나 존호의 품계와 존호를 받은 인물들이 확실하게 드러나지
않아 구체적으로 논의하기 어렵다. 문창에 의해 조정된 위차에서 정숙

91) 송성욱, 앞의 논문.
92) 조경아와 소월영은 투색창업연에서의 위차가 확실치 않으나 작품의 문맥이나 서
술 태도로 보아 조경아가 삼왕, 소월영이 오패에 해당한다고 생각되어 다음과 같이
표시하였다.

비와 효열비는 큰 차이가 없고, 호위장군과 장군 겸 한림학사도 직무는 다르지만 위차는 같은 듯하다. 그런데 호위장군이나 한림학사가 정숙비·효열비의 바로 아래 품계라고 보아서는 안 된다. 왜냐하면 <여와전>에서는 조정된 위차를 가리킬 때 '새로운 명부 구인'이라고 하여 장군이나 한림학사를 포함시키지 않고 있기 때문이다. 따라서 장군과 한림학사는 황릉묘의 실무직 정도에 해당한다고 하겠다.

투색창업연의 품계가 많은 인원을 수용하는 복잡한 것이라면, 문창에 의해 조정된 품계는 단순하고, 인원도 단촐하다. 그리고 위차 조정에서 가장 두드러지는 현상은 새로 영입된 인물들이 최고의 위차를 차지한 것이다. 기존의 인물들은 대개 강등되었는데, 단순한 하향 조정에서부터 축출에 이르기까지 강등의 진폭은 다양하다.

(1) 강등된 경우

가. 양태진·조비연

가장 심한 대접을 받은 것은 미녀로 이름난 양태진과[93] 조비연이다. 이들은 망국한 죄인과 실절한 무리라는 죄명으로 풍도옥에 감금된다.[94] 楊太眞은 본래 壽王의 아내였다가 시아버지인 唐 明皇의 貴妃가 되었기 때문에 윤리를 어지럽혔다는 지탄을 받고 있으며, 安祿山의 난에 대한 책임도 있고, 안록산과 사통했다는 이야기도 있다. 趙飛燕은 漢 成帝의 황후로, 역시 성제의 후궁인 동생 合德과 함께 매우 부정적으로

---

93) 현전하는 <투색지연의>에서는 양태진이 가빙빙측의 원군으로 왔다가 최패염의 원군인 자운 등에 의해 본형이 드러나 쫓겨간 것으로 되어 있다. <여와전>의 내용을 보면 양태진이 다시 돌아와 투색창업연에 참여한 듯한지만, 단언하기는 어렵다.
94) 이들이 투색창업연에서 어떠한 위차를 가졌는지는 확실치 않지만 삼황·오제·삼왕·오패·칠웅의 27인 내에는 들지 못했던 것으로 생각된다.

평가되는 인물이다. 조비연 자매는 원래 제비와 여우의 요정으로, 황제의 총애를 받으면서도 자식을 낳지 못하자 다른 후궁들의 아이를 살해하고 여러 남자와 정을 통했다고 한다.[95] 이와 같은 인식에 비추어볼 때, 양태진과 조비연에 대한 <여와전>의 처우는 그리 지나친 것은 아니라고 할 수 있다.

나. 윤혜영·장단화

그 다음으로 무거운 처벌은 축출인데, 윤혜영과 장단화가 여기에 해당된다. 이들은 여러 가지 이유로 수죄를 당하지만, 축출의 결정적인 이유는 불교를 신봉했다는 것이다. <여와전>은 불교에 대해 매우 배타적인 태도를 취하고 있다. 먼저 윤혜영에 대한 비판은 다음과 같다.

> 윤가 녀ᄌᄂ【소문녹 소현 쳐】① 가부의 실졍ᄒᄆᆯ 흐ᄒ야 홍뉘 뉴미롤 줌가 ② 사롬의 괴로이 넉이ᄂ 긴 셜화 평싱 잇지 아니ᄒ고 ③ 가부로 ᄒ여곰 월당규벽ᄒᄂ 졍을 감심ᄒ야 ④ 몸이 미화당의 곱초이며 구구히 별야 못고지롤 도모ᄒ고 ⑤ 향을 ᄉᆞᄌ 부쳐의 졔지되믈 발원ᄒ여 이단의 몸으로써 디우의 일홈을 비우ᄒ니 죄 더옥 듕ᄒ고 (이본 [17])

<소문록>의 주인공 윤혜영은 소현의 원비로, 결혼 후 10년간 남편의 박대를 받다가, 나이가 들어서야 부부 사이가 좋아진다. 인용문에서 ①은 남편 소현이 둘째 부인인 조씨만을 총애할 때 윤씨가 눈물을 흘

---

95) 趙飛燕 자매의 荒淫故事를 서술한 소설로 宋代 傳奇 <趙飛燕外傳>, 연대를 알수 없는 백화소설 <昭陽趣史> 등이 있다. (宁稼雨 撰, 『中國文言小說總目提要』, 山東 齊魯書社, 1996. / 江蘇省社會科學院 編, 吳淳邦 外譯, 『中國古典小說總目提要』 제1권, 울산대학교출판부, 1997. 참조) 그러나 역사서인 『漢書』의 평가는 다르다. 班固는 「趙皇后傳」에서 조비연·합덕 자매에 대해 객관적으로 서술하고 있다. (班固, 안대회 편역, 『선집 漢書列傳』, 까치, 1997. 참조)

리며 슬퍼한 사실을, ②는 소현이 마음을 돌려 윤씨를 사랑하게 되자 윤씨가 틈만 있으면 구박받았을 때의 일을 꺼내 남편을 괴롭힌 것을, ③은 조씨와 유보모의 모해를 받아 소부에서 쫓겨나[96] 옆집에 거처할 때 밤마다 소현이 담을 넘어 만나러 온 것을, ④는 소현과의 밀회가 발각되자 梅花欌 속에 숨어 別墅[별장]로 탈출한 후 그곳에서 남편과 같이 지낸 것을, ⑤는 남편의 박대를 받을 때부터 불교를 신봉하여 관음화상에 예배한 것을 가리킨다.

<소문록>에서는 윤혜영을 비할 수 없이 현숙한 여성으로 칭송하고 있지만, 이상에서 보는 바와 같이 그녀의 행실을 특별히 정대·현숙하다고 하기는 어렵다. 물론 남편의 사랑을 받지 못해 눈물을 흘리는 것, 박대받을 때의 서러웠던 이야기를 되풀이하는 것 등이 크게 잘못된 행위는 아니다. 그러나 장편소설의 여주인공들은 대부분 침석의 은정 즉 부부간의 성적인 애정을 초개같이 여기고 남편이 아무리 잔인하게 굴더라도 원한을 품지 않는 높은 부덕을 갖추고 있기 때문에 그에 비하면 윤혜영은 수준미달이라고 할 수 있다. 또 무고하게 쫓겨났다고 해도 천자의 명으로 별거하고 있는 중에 남편을 받아들여 잠자리를 함께 한 것은 예를 지킨 처신이라 하기 어렵다. 게다가 윤씨는 아예 별장을 마련하고 남편을 빼돌려 함께 사는 용의주도함도 보여준다.

따라서 윤씨는 일반적인 장편소설에서 보기 힘든 특이한 여주인공이라고 할 수 있다. 그녀는 현대적인 시각에서 볼 때는 매력적인 인물이지만, 장편소설에서 통용되는 婦德의 기준에는 크게 미치지 못하는 것이 사실이다. 아마도 윤씨가 다른 장편소설에 등장했다면 용렬한 인물이나 악한 인물로 평가되었을 것이다. 그런데 이보다 더 큰 문제는 윤

---

96) 이 때 상원위도 조씨에게 빼앗겼다가 아들들이 출세한 후 회복한다.

씨가 일찍부터 불교에 귀의하여 조석으로 향을 피우고 예불을 올리는 신자라는 사실이다. 윤씨는 石佛에 기자치성을 하여 아들을 얻기도 하고, 불가에 神功을 드림으로써 전세의 업보를 소멸시키기도 한다. 따라서 이단이라는 문창의 지목에는 나름대로 근거가 있다고 하겠으며, 이 때문에 윤씨는 황릉묘에서 쫓겨나게 된다.

다음은 장단화를 수죄하는 대목이다.

> 문챵이 이에 댱단화ᄅᆞᆯ 【옥긔린의 녀슉의 ᄎᆞ비】 불어 면젼의 ᄭᅮᆯ니고 수죄 왈 네 ᄒᆞᆫ 조각 ᄉᆡᆨ과 졀의 이시나 너의 샹원부인 뉴시로 ᄒᆞ여곰 무광ᄒᆞᆫ 사ᄅᆞᆷ이 되게 ᄒᆞ고 나죵은 ᄌᆞ녀의 녱[영]귀ᄒᆞ믈 승셰ᄒᆞ여 감히 좌ᄅᆞᆯ 우ᄒᆡ ᄒᆞ야 겸공ᄒᆞ믈 아지 못ᄒᆞ고 부쳐의 뎨ᄌᆡ 되어 몸이 금단 우ᄒᆡ 잇셔 합쟝 좌화ᄒᆞ니 당당이 도라갈 곳이 잇거ᄂᆞᆯ 감히 셩문의 듕인과 ᄒᆞᆫ 가지로 봉후의 녜ᄅᆞᆯ 바드리오 네 분의ᄅᆞᆯ 아지 못ᄒᆞ미 ᄉᆞᆷ셰[사라셔] 원의[위]ᄅᆞᆯ 능만ᄒᆞ고 죽어 모든 신녕을 희롱ᄒᆞ니 (이본 ⑰)

장단화에게 色과 節義가 있다는 것은 <여와전>의 작자도 인정한다. 자녀의 榮貴를 乘勢했다는 내용으로 보아 자녀도 잘 키워 모두 출세시킨 것을 알 수 있다. 따라서 <투색지연의>에서라면 장단화는 높은 평가를 받았을 것으로 생각된다. 그러나 이러한 훌륭한 행적에도 불구하고, 문창은 두 가지 이유로 장단화에 대해 분노하고 있다. 첫째는 장단화가 元妃 유씨를 무시했다는 것이고, 둘째는 불교를 믿었다는 것이다.

먼저 문창은 장단화가 원비를 무광하게 하고 겸공함을 알지 못했다고 비난하고 있는데, 次妃가 색과 절의가 뛰어나고 자식까지 출세시켰다면 원비가 무색해질 것은 당연한 일이다. 그리고 '나중에는 자녀의 영귀함을 승세하여 좌를 위에' 했다는 내용으로 보아 장단화는 정식으

로 원비의 직첩을 받지는 않았지만 원비보다 더 높은 대접을 받고 살
았음을 알 수 있다. 원비보다 더 뛰어난 것이 차비의 죄는 아니지만 문
창의 입장에서는 이것도 비난거리가 된다. 원비의 위상을 훼손시켰기
때문이다. 더욱이 장단화가 아무리 뛰어나다 해도, 차비인 이상 원비보
다 높은 대우를 받아서는 안 된다는 것이 문창의 견해인 것이다. 둘째
로 문창은 장단화가 부처의 제자로 合掌坐化했으면서도[97] 황릉묘에
나와 제후의 위를 받은 것을 문제삼는다. 장단화는 마땅히 불교의 사후
세계로 가야 하며, 유교의 사후세계인 황릉묘에 나아와서는 안 된다는
것이다.

장단화에 대한 문창의 비판은 결국 '分義를 모른다'는 말로 요약된
다. 차비이면서 원비보다 뛰어났던 점, 불제자이면서 유가의 연회에 참
여한 점이 모두 분의를 무시한 행위라는 것이다. 따라서 '분의의 수립'
이야말로 <여와전>에서 중시하는 사항임을 알 수 있다.

문창은 윤혜영과 장단화를 단순히 쫓아내는 것이 아니라 그들의 머
리를 깎아 고깔을 씌우고 흰 장삼을 입혀서 '다시는 사람의 류에 들
수 없도록' 만든 후 내쫓는다. 이것은 불교에 대한 배격인 동시에 이단
의 무리가 다시 유교적 세계에 무분별하게 섞여 들 수 없도록 낙인을
찍는 행위라고 할 수 있다.

다. 가빙빙·양선영

불가의 신자가 아니면서도 축출된 것으로 보이는 두 사람이 가빙빙
과 양선영이다. 이들은 투색창업연에서 오제와 삼황의 위차를 차지하
고 있었던 인물들인데, 문창에 의해 '聖門에 들 수 없다'라는 판정을

---

97) 合掌坐化는 앉아서 두 손을 모으고 죽는 불교식의 죽음이다.

받는다. 이들을 쫓아내는 장면은 따로 없기 때문에, 이들이 정말 축출 되었는지 아니면 春秋로 조회하는 藩臣이 되었는지, 황릉묘에 계속 남 아있는 것인지는 모호하다. 그러나 이들에 대한 비난이 축출에 버금가 는 강한 어조로 이루어지는 것은 사실이다. 먼저 가빙빙의 예를 보자.

> 가시ᄂ 션밍을 딕희여 위랑의게 도라가고 졀의로써 죽원 일노써 명 교의 용납ᄒ나 종시 간샤ᄒ고 어디디 아냐 오시롤 【가시ᄂ 위분[붕]의 아비로 언약ᄒ긔 졍혼ᄒ엿더니 오시ᄂ 가방(빙)⁹⁸⁾ 의형(義兄)이니⁹⁹⁾ 빙 빙의 모 막시 위분[붕]을 사회 삼지 아니려 오시롤 가시라 속여 혼인 ᄒ나라】 쳔방빅게로 희롱ᄒ야 속이고 거문고와 금낭의 글을 너허 위랑 을 ᄉ통ᄒ야 힝실이 음샤쳔누ᄒ니 엇지 감히 셩문의 나와 춤위롤 거ᄒ 리오 (이본 ②)

앞에서 <빙빙전>의 계열이 여럿 존재할 가능성을 언급한 바 있다. <투색지연의>의 작자가 읽은 <빙빙전>은 혼전 성관계가 있는 계열 로 추측되는데, 위 내용을 보면 <여와전>의 작자는 혼전 성관계가 없 는 계열을 읽은 듯하다. 거문고와 금낭에 글을 넣어 사통했다는¹⁰⁰⁾ 것 은 혼전 성관계가 없는 현전본 <빙빙전>과 같기 때문이다.

<투색지연의>에서 문제가 된 것은 혼전 성관계와 사치였다. 한편 혼 전 성관계가 없는 <여와전>에서는 전혀 다른 일이 비난의 표적이 된 다. 위 인용문에서 보는 것처럼 <여와전>에서는 빙빙이 오씨를 속인 것을 가장 큰 죄목으로 삼는다. 오씨는 빙빙의 養兄이자 위붕의 원비

---

98) 이하 인용문의 ( ) 안의 내용은 필자가 다른 이본들을 참조하여 빠진 글자를 넣은 것이다.
99) ( ) 안의 한자는 필자가 넣은 것이다.
100) 여기에서 사통은 성관계를 배제한 단순한 밀회를 의미하는 것으로 생각된다.

다. 실제 작품에서 빙빙은 오씨를 감쪽같이 속이고 위봉과 몰래 만나는
가 하면, 위봉의 첩들에 대한 오씨의 질투를 부추겨 어처구니없는 행동
을 하도록 만든다. 겉으로는 오씨를 생각해 주는 척하면서 실은 자신의
속셈을 채우는 것이다. <빙빙전>에서는 오씨를 몹시 용렬하게 묘사함
으로써 빙빙을 정당화하고 있으나, <여와전>의 작자는 오씨를 희롱하
고 이용하는 빙빙의 간교함에 분노한다. 따라서 <투색지연의>에서는
전혀 고려되지 않았던 원비의 입장이 <여와전>에서는 전면적으로 대
두했다고 볼 수 있다.

이러한 태도는 먼저 살펴본 장단화의 경우에서도 나타났던 것이며,
양선영의 예에서도 반복해서 볼 수 있다.

> 지어 양시 선영의 일은 더욱 가쇼로오니 사롬이 부모 유쳬[체]로 육
> 신이 고으며 (보기) 슬흐미 쳐음 티상[생]으로 죽기의 이르희 한 ㄱ지
> 니 즁간의 변형ᄒ야 문득 다른 ᄉ람이 되어 녀화[와]낭낭의 얼골을 빌
> 니다 ᄒ니 (맹낭코) 요괴롭기 심한 가온디 스스로 총을 미더 구고와 쟝
> 부랄 법[업]슨 것갓치 ᄒ야 공연이 황시롤 쳔거ᄒ야 덕을 낫토고 지조
> 와 식을 궁[긍]과ᄒ기롤 마지 아냐 쥬시롤 나리와 원위예 거ᄒ니 이ᄀ
> 혼 녀지 무슨 덕으로 셩문의 둘[들]니오 (이본 ①)

양선영의 죄는 유씨를 천거한 것과 원위를 차지한 것 두 가지이다.
장편소설에서 또는 장편소설에 대한 감상에서 남편을 위해 처첩을 들
인 것을 잘못이라고 하는 경우는 드물다. 투기하지 않는 것은 여성이
갖추어야 할 중요한 덕목이며, 남편에게 처첩을 알선하는 행위는 대개
부덕의 실천으로 여겨지기 때문이다. 그런데도 <여와전>의 작자는 양
선영을 비난한다. 차비가 원비보다 더 훌륭한 평판을 얻는 것을 참을
수 없기 때문이다. 인용문을 통해 양선영은 처음부터 원비였던 것이 아

니라 주씨를 끌어내리고 원비가 된 것을 알 수 있다. 즉 처첩을 천거하여 덕을 드러내고 아름다운 미모로 남편의 사랑을 받아 원비에 오른 것으로 짐작된다. 그러나 <여와전>의 작자에게 위차의 역전이란 있을 수도 없고 있어서도 안 되는 범죄적 행위이기 때문에, 양선영은 聖門에 들 수 없다는 판정을 받는다.

가빙빙과 양선영은 한쪽은 원비를 속였다는 이유로, 한쪽은 원비를 끌어내리고 자신이 원위를 차지했다는 이유로 축출되었다. 결국 두 사람 모두 원비에 대한 分義를 어겼다는 점에서 비난받고 있는 것이다.

라. 석숙란

다음으로 살펴볼 석숙란도 원비와의 관계 때문에 제왕의 존호를 박탈당한다. 석숙란의 경우는 양선영의 예와 달리 작품이 현전하기 때문에 <여와전>의 공정성을 확인해 볼 수 있다. 석숙란은 <소현성록>에서 소현성이 맞아들인 세 부인 중 가장 현숙한 여성이다. 그러나 <여와전>의 평가는 의외다.

> 셕슉난은 【소경의 ᄎ비】 유슌ᄒᆞ 부덕이 낫다 ᄒᆞ나 감지롤 지[자]임ᄒᆞ여 당당ᄒᆞᆫ 원비 소임을 ᄌᆞ당ᄒᆞ야 셩되 어지지 못ᄒᆞ고 가부의 츌졍시의 아둘을 디ᄒᆞ야 은은이 원비 화시의 디악을 비최여 스스로 덕을 쟈량ᄒᆞ고 나죵은 거쳐좌와의 춤남ᄒᆞ미 샹원과 병좌ᄒᆞ니 진짓 겸손ᄒᆞᄂᆞᆫ 덕이 업스니 감히 쥬무왕을 비우ᄒᆞ야 춤칭ᄒᆞ리오 (이본 ⑰)

<여와전>은 석숙란의 유순한 부덕을 인정하면서도 차비인 석숙란이 원비 화씨와 동등하게 행동한 것에 강한 불만을 드러내고 있다. 구체적으로 석숙란의 잘못은 원비 소임을 자당했다는 것과 원비의 대악을 드러냈다는 것, 원비와 거처를 동등하게 했다는 것이다. 먼저 원비 소임

을 자당했다는 것은 석숙란이 소부의 가사를 자기 마음대로 했다는 것
이 아니라, 존고 양태부인의 甘旨를 전담한 사실을 가리킨다.101) 실제
로 <소현성록>에서 양부인의 시중을 드는 것은 주로 석씨다.

　① 셕부인이 슬픈 거술 ᄎ마 부인 식봉과 침금을 ᄀ옴아라 티만티
아니코 일향 됴혼 비ᄎ로 시봉ᄒ며 딕슉ᄒ니 부인이 그 효의와 셩덕을
감격히 너겨 익듕ᄒ미 더으고 화부인은 심시 흘난ᄒ고 비회 ᄌ츌ᄒᄆ
로ᄡᅥ 듀야 침당의 드러 됴셕문안 밧근 나ᄃ니디 아니ᄒ니
　② 내 ᄯᅩ 뭇ᄂ니 그디 평일의 내의 좌애[와] 슯히믄 능히 셕시 ᄀᆺ더냐
(<소현성록> 권지십일. 이대본)

　위 인용문은 소현성이 운남으로 출정했을 당시의 일이다. ①은 소현
성의 출정 직후 석씨가 양부인을 지극히 시봉했다는 것이고, ②는 양부
인이 화씨가 석씨만큼 자신의 坐臥를 잘 살피지 못하는 것을 편지로
꾸짖는 내용이다. <소현성록>의 문면만 보자면 화씨가 자신의 소임을
게을리했기 때문에 석씨가 효부 노릇을 하게 된 것이라 하겠지만, 관점
을 바꾸어 생각해 본다면 석숙란이 화씨의 소임을 가로챈 것이라 할
수도 있다. 석씨가 화씨보다 양부인의 총애를 받고, 나아가 소현성의
중대를 받게 된 결정적인 이유가 바로 양부인을 잘 받든 공로 때문이
라는 점을 잊어서는 안 된다. <여와전>의 작자가 보기에 석씨가 진짜
로 겸손한 덕이 있다면, 자신이 화씨보다 시어머니를 훨씬 더 잘 모실
수 있다 하더라도 자신의 소임이 아니므로 사양하고 물러나야만 하는
것이다.

---

101) 시어머니의 음식과 잠자리를 보살피는 것이 반드시 첫째 부인만 할 수 있는 일
인지는 확실치 않다. 그러나 중국의 명나라 황실에서는 황후가 직접 태후의 시중을
들었다고 한다. 웨난·양스 공저, 유소영 옮김, 『황릉의 비밀』, 일빛, 2000. 참조.

둘째로 가부의 출정시에 아들을 대하여 원비의 대악을 은근히 드러
내었다는 것은 다음 인용문을 가리킨다.

> 희이 야야룰 뫼셔 가매 모친끠 다시 뵈오믈 밋디 못ᄒ리니 태태는
> 불쵸ᄌ룰 과려티 마른시고 셩톄룰 안보ᄒ쇼셔 대인이 겨실 적은 화평
> 커니와 대인이 나가시니 가너 블평ᄒ미 만ᄒ리니 태태는 무릇[롯] 일
> 을 범연히 마른시고 조심ᄒ시며 모든 아이 년쇼키로 미거ᄒ고 의논이
> 업ᄉ니 범ᄉ룰 술피시며 운현과 샹의ᄒ시고 졔녀[뎨]의 망녕된 말을
> 쓰디 마른쇼셔 부인이 닐오디 가듕 ᄉ리는 존당이 겨시고 내 비록 불
> 민ᄒ나 죡히 아라 ᄒ리니 너는 이 념녀룰 말고 다만 승샹을 뫼셔 개가
> 룰 브르고 도라오믈 원ᄒ노라   (<소현셩록> 권지십일. 이대본)

인용문은 소운성이 부친을 따라 운남으로 출정하면서 모친(석숙란)과
나눈 대화이다. 소운성이 부친과 자신이 없는 동안 화씨가 가내에 禍
亂을 일으킬 것을 크게 우려하자 석숙란은 "내 비록 불민하나 죡히 알
아 할 것"이라고 대답한다. 큰 의미 없는 일상적인 대화로 넘기기 쉬운
한 마디이지만, 자세히 살펴보면 석숙란은 화란의 발생을 부정하지 않
음으로써 원비 화씨에 대한 아들의 평가에 동조하고 있음을 알 수 있
다. 석숙란이 진정으로 원비를 존중한다면 아들을 꾸짖어야 마땅하다.
따라서 원비의 대악을 드러내고 덕을 자랑했다는 <여와전>의 주장은
나름대로 근거가 있는 것이다.

셋째로 원비와 거처좌와를 같이 했다는 것은 석숙란 소생의 아들들
이 출세하면서 이루어진 일이다. 소현성이 운남에서 돌아오자 양부인
은 아들에게 다음과 같이 말한다.

> 내 너룰 보니고 병이 죳고 심회 사오나오니 강뎡의 가니 셕시는 평

일 내의 좌와를 숣히던 고로 흔 가지로 드려다가 일년을 흔 방 듕의셔
디내매 내의 심스를 위로ᄒ고 내의 불평ᄒ믈 닛게 ᄒ야 슬픈 거술 춤
고 노모 셤기미 딘시 녀종이라도 밋지 못홀디라 엇디 유공흔 며느리
아니리오 ᄯ흔 운성이 너를 드려나가 젼딘의 공을 일우고 제의 공을
굽초아 네 일홈을 빗나게 ᄒ니 네 평일 원비 계비로ᄡᅥ 범스를 닉도히
층등ᄒ니 비록 올흔 일이나 이제란 삼가 범연흔 쳐ᄌ로 혜디 말라

(<소현셩록> 권지십이. 이대본)

소현성은 원래 원비를 높이고 계비를 낮추어 범사에 차등을 두고 있
었지만 양부인은 석숙란 모자의 공을 인정하여 이제부터는 우대할 것
을 당부하고 있다. 석씨가 화씨와 동등해지는 것을 시어머니가 먼저 허
락하고 나선 것이다. 효자인 소현성은 이후 어머니의 말에 따라 석씨를
극진히 후대한다. 한편 석숙란의 아들 삼형제는 천자에게 상소하여 모
친을 높여줄 것을 청한다. 이것은 "평일 ᄌ긔 모친이 ᄆ냥 겸손ᄒ야 권
을 화시ᄭᅴ 도라보내고 태부인 승상도 네의를 잡아 화시를 경등ᄒ여 가
니 셰력이 화시ᄭᅴ 온젼ᄒ야 셕부인 쳐신과 거체 서의코 ᄂᄌ믈 앙앙
ᄒ"여[102] 일으킨 의논이다. 이에 천자는 석씨를 정숙현덕부인으로 봉하
고 작위를 높여 화씨와 동등하게 만들어준다.[103] 이제 석숙란은 안으로
는 시어머니의 허락을 얻고 밖으로는 천자의 조서를 받아 명실상부하
게 화씨와 동등해진 것이다. 아들들은 거처 또한 장려하게 신축하여 오
십 간의 누각과 백여 인의 시녀를 마련해 준다.

따라서 석숙란에 대한 <여와전>의 비판은 모두 사실이다. 다만 <소

---

102) <소현셩록> 권지십이. 이대본.
103) "셕부인은 졍슉현덕부인을 봉ᄒ시고 ᄉ관 보내여 헌슈ᄒ시고 노비 수빅을 ᄉ급
    ᄒ시며 칠보ᄤ봉관과 홍금뎍의와 무ᄋ리 옥ᄶᅵ를 주샤 각별 텬을 보내시고 쟉위를
    도도와 화부인과 ᄀ티 ᄒ시니 영광이 죠요ᄒ더라". <소현셩록> 권지십이. 이대본.

현성록>에서는 석씨가 화씨보다 월등히 훌륭하게 그려지고 있기 때문에 아무도 석숙란의 행위에 문제가 있다고 느낄 수 없는 것이다. 다시 말해 <소현성록>은 미모, 효성, 재능, 식견 등 모든 면에서 뛰어난 석씨가 단지 차비라는 이유로 자기보다 훨씬 못한 화씨에게 평생 눌려사는 것은 부당하다고 생각하고 있는 반면, <여와전>의 작자는 원비와 차비의 자질의 차이가 아무리 크다고 해도 그것이 원비와 차비의 분의를 역전시킬 수는 없다는 입장이라고 하겠다.

마. 최패염·정숙렬

위차가 단순히 하강한 경우로는 최패염과 정숙렬이 있다. 이들은 투색창업연에서 최고위인 삼황의 위차에 있었는데, 문창에 의해 두 번째 반열로 조정된다. 따라서 이들은 위차가 강등되기는 했지만, 조정된 위차에서도 상당한 평가를 받는 인물들이라 할 수 있다.

먼저 삼황 중에서도 으뜸이었던 최패염의 경우를 살펴보자. <투색지연의>에서는 최패정이 진영과 혼인하는 내용만을 요약 서술하고 있는데, <여와전>에서는 최패정이 진중영의 둘째 부인이며 원비는 문성공주라고 하여 언뜻 보기에 <투색지연의>와 모순을 일으키는 듯하다. 그러나 부마로 간택되면 조강을 버릴 수도 있으므로 진중영이 황제의 강요 또는 피치 못할 사정으로 최패정을 돌려보내고 문성공주를 맞았을 가능성이 높다. <여와전>의 내용에서 단서를 좀더 찾아보기로 하자.

> 최픠뎡이 쏘 웃듬 좌의 이시믈 보고 문챵이 문일셩을 도라보고 골오
> 더 금일 널위 졔왕의 좌듕의 우리 냥인이 니르러 만일 겸공ᄒ므로 ᄭᅵ고
> 고구의 졍으로 두어 용셔ᄒ미 이신즉 녀와의 쳥ᄒ시믈 욕되게 ᄒ미라
> 셩군은 쳥컨더 최픠졍을 인졍을 두지 마라소셔 문일셩이 팔쳐 봉미롤

찡긔고 날호여 ᄀᆞᆯ오ᄃᆡ 셩군의 의논이 맛당ᄒᆞ시니 엇지 ᄉᆞ졍을 주[두]어 텬의ᄅᆞᆯ 넉ᄒᆞ리오 슈년이나 소셩이 졀노 더브러 고[교]계 깁허 샹[삼]빙ᄒᆞᄂᆞᆫ 거죠ᄅᆞᆯ ᄒᆞ야 진군의 ᄂᆡ죠ᄅᆞᆯ 삼으니 이제 도로혀 폄박ᄒᆞ미 젼휘 ᄃᆞ란지라 쟝ᄎᆞᆺ 엇지 ᄒᆞ리오 (이본 17)

위 인용문에서 문일성은 자신이 최패정과 더불어 交契가 깊어 三聘하는 거조를 하여 陳君의 내조로 삼았다고 말하고 있다. 이 내용을 통해 추측컨대, 문성공주가 하가한 후 최패정의 인품과 열행을 듣고 감동하여 친정에 있는 최패정을 세 번이나 예를 갖추어 청하여 진중영의 차비로 삼은 듯하다. 문창의 '故舊의 정' 운운에 비추어, 문성공주와 최패정은 서로를 깊이 知己로 허한 관계였다고 할 수 있다. 그런데 문성공주는 일찍 죽은 것으로 되어 있으므로,[104] 문성공주 사후 최패정은 진중영의 실제적인 원비로 지냈으리라는 점을 짐작할 수 있다.

그렇다면 <여와전>에서는 최패정을 어떻게 평하고 있으며, 무엇 때문에 위차를 강등시켰는지 알아보자.

① 지어 최ᄑᆡ졍은 문일셩을 열복ᄒᆞ여 싀오ᄒᆞ미 업ᄉᆞ니 어지나 젹국을 감화치 못ᄒᆞ여 뉵[슉]경을 안젼의셔 죽이ᄃᆡ 구치 아니ᄒᆞ며 양시로 ᄒᆞ여곰 무죄히 공규의 ᄒᆞᆫ을 품어 승이 되게 ᄒᆞ니 부덕의 ᄃᆡ흠이라 덕은 임ᄉᆞ의 문의 죄ᄅᆞᆯ 엇고 ᄉᆡᆨ은 조경아의 아ᄅᆡ 잇거ᄂᆞᆯ ᄎᆞᆷ남이 ᄋᆞᆺ듬 좌의 거ᄒᆞ니 엇지 스ᄉᆞ로 븟그럽디 아니리오 슈연이나 일졈 쳔년ᄒᆞ미 이셔 궁과ᄒᆞ미 업ᄉᆞ니 단쳐ᄅᆞᆯ 용샤ᄒᆞ고 뎡조 냥인의 녈의예 나아감족 ᄒᆞ거니와 (이본 17)

② 최ᄑᆡ뎡은 소셩의 심애ᄌᆞ라 그 허물이 이스나 댱부의 편벽ᄒᆞ미오

104) 진양공주(문창)는 25세에 죽었는데 "연긔 삼츈을 당ᄒᆞ"였다고 서술된다. 그렇다면 "연긔 최쇼ᄒᆞ"하다고 설명된 문성공주(문일)는 스물이 되기 전에 죽은 것으로 보인다.

그 본심이 아니니 가히 용셔ㅎ염즉 홀가 (ㅎ나이다) 문챵이 쇼왈 셩군
으로 ㅎ여곰 픠졍의 일을 당ㅎ면 슉경의 죽으미 업고 냥시 박명이 심
치 아니리니 틴스의 슘쳔후궁은 이러티 아니ᄂ지라 픠졍이 ᄆ춤ᄂ 젼
춍흔 허물이 잇ᄂ이다 문일셩이 묵연ㅎ더라 (이본 ⑰)

①은 문창이 최패정의 위차를 강등시키는 부분이고, ②는 문일이 최
패정을 변호하자 문창이 다시 과실을 지적한 부분이다. 인용문을 통해
볼 때 최패정의 잘못은 敵國을 잘 교화하지 못했다는 것이다. 숙경과
양씨는 모두 진중영의 처첩으로, 숙경은 남편의 총애를 얻으려고 악행
을 벌이다가 죽은 듯하고,105) 양씨는 혼인이 아예 불가능해졌거나, 혹
은 남편의 박대를 받아 僧尼가 된 것 같다. 이 두 가지 사건은 모두
최패정에게 직접적인 책임이 있는 것이 아니다. 그래서 문일은 최패정
의 허물은 남편의 편벽한 애정 때문이지 본심이 아니라고 두둔하기도
한다. 그러나 문창은 太姒의 삼천 후궁 중에는 숙경이나 양씨 같은 이
가 없었다는 말로 단호하게 잘라버린다. 이것은 최패정이 실제적인 원
비의 위치에 있으면서도 太姒처럼 남편의 처첩들을 원망 없이 거느리
지 못하고 자신이 총애를 독차지 했다는 뜻이다.

그렇다면 최패염에게서 긍정되는 면은 무엇일까? 문창은 최패염이
문성공주에게 悅服하여 猜惡하지 않은 것과 矜誇하지 않은 것을 들어
정숙렬, 조경아와 동렬이 되는 것을 허락하고 있다. 원비인 문성공주를
진심으로 잘 섬기고 잘난 체 하지 않았다는 것이 가장 인정할 만한 덕
목이 되는 것이다. 이 경우는 앞서 석숙란이나 양선영이 덕과 색을 자
랑하여 원비를 무색하게 했다는 이유로 처벌된 것과 표리를 이룬다. 따
라서 <여와전>의 작자는 원비가 아닌 여성들의 경우, 원비에 대한 절

___

105) 총애를 받고 있는 최패정을 모해했을 가능성이 높다.

대적인 복종과 겸손을 제일의 미덕으로 평가했다고 할 수 있다.

정숙렬은 <옥환빙>의 주인공이다. <옥환빙>은 일실된 작품이지만 줄거리는 <소현성록>에 비교적 상세히 소개되어 있다. 정환(정숙렬)이 정혼을 배약하려는 모친 소씨에게 맞서 곡경 끝에 설경윤과 혼인하고, 설경윤이 父命으로 부씨·경씨·이씨·옥경공주 등을 취하지만 끝내 미모가 뛰어난 정씨만 총애한다는 것이 작품의 주된 내용이다. <여와전>에서 정숙렬을 구체적으로 어떻게 평가하고 있는지 알아보자.

> 뎡슉열은 【옥환빙의 셜경윤 쳐】 유슌단결흔 힝실이 이시대 십년을[106] 말흐지 아냐 댱부로 흐녀곰 어린 사롬이 되게 흐니 부덕의 흠이나 묽고 고요흔 덕이 이시니 셩문의 나으오미 불긋치 아니토다 (이본 ②)

정환의 흠은 3년(혹은 10년)동안 말을 하지 않아 남편을 바보로 만들었다는 것이다. 정환이 침묵시위를 한 이유는 정확히 알 수 없으나, <소현성록>의 내용을 참조해 볼 때, 아마도 설경윤이 자신만을 총애하고 다른 처첩들을 소대하는 것에 불만을 품고 남편의 행동을 고치기 위해서 벌인 행동인 듯하다.

> 뎡시 모친의 투긔ᄂᆞᆫ 업스나 텬셩이 고집흐고 의ᄉᆞ 휘츌티 못흐야 흔고들 딕희여 두로혀디 못흐ᄂᆞᆫ 병이 이시나 ᄯᅩ흔 온슌흐고 쳥한흐야 모든 덕국의 홍안을 슬허흐고 댱부를 긔유흐되 고틸 길히 업서
> (<소현성록> 권지십오. 이대본)

<소현성록>은 정씨가 고집이 센 편이지만, 온순하고 청한하여 敵國

들을 위해 남편의 마음을 돌리려고 애썼음을 기록하고 있다. 다른 처첩의 박명을 염려하는 착한 마음씨에, 고집이 세고 임기응변이 없는 성격이라면 몇 년씩 침묵시위를 할 만하다고 생각된다. 이러한 정환의 행동은 남편을 제대로 공경하지 못했다는 점에서는 흠이 되겠지만, 좋은 의도에서 나온 만큼 <여와전>에서는 맑고 고요한 덕을 인정하고 있다.

이것은 <소현성록>의 평가와는 크게 다르다. <소현성록>에서는 정환이 비록 아름답지만 너무 고집스럽고 냉담하여 석숙란의 柔順·沉靜·和悅한 盛德에 미칠 수 없다고 주장한다.[107] 또 <소현성록>은 정환과 설경윤이 시아버지 설규와 조모 범부인 앞에서 언어를 화답하고 희롱했다면서 비판적인 입장을 취하고 있다.[108] 실제로 <소현성록>의 주인공인 소현성과 석씨는 어머니 앞에서 서로 눈길도 마주치지 않을 정도로 예를 지킨다. <여와전>의 작자가 이처럼 예절을 잘 지키는 석숙란보다 시부모 앞에서 남편과 희롱하기도 하고, 화가 나서 남편에게 침묵시위를 하기도 하는 정환의 손을 들어준 이유는 어디에 있을까? 여기에도 원비와 차비에 대한 편파적인 시각이 작용한 듯하다.

석숙란은 모든 점이 훌륭하지만 바로 그 훌륭함으로 화씨를 무색하게 만들었기 때문에 용서받을 수 없는 반면, 정환은 원비이기 때문에 웬만한 잘못은 용서가 되고, 또 끝까지 남편의 애정을 독점하면서도 별다른 비판을 받지 않을 수 있었던 것이다.

---

107) "뎡슉뵈 비록 아롭다오나 너모 고집호고 넝낙호야 한상셔 부인 소시의 군조곳튼 풍도와 태부인 셕시의 유슌 팀졍 화열혼 셩덕을 미츠 리 업고". (<소현성록> 권지 십오. 이대본)

108) "며느리와 아둘이 싀아비와 조모 알픠셔 언어를 화답호고 희롱을 일우니 조못 슈엄혼 일이 아니오". <소현성록> 권지십오. 이대본.

(2) 상승된 경우

가. 조경아·소월영

문창에 의해 위차가 상승된 것은 기존의 인물 중 조경아와 소월영이며, 그외에는 모두 외부에서 영입된 인물들(양백영, 정씨, 이씨1, 이씨2)이다. 예외적으로 투색연에서 위차에 들지 못했던 사정옥이 영입된 인물들과 더불어 최고위를 차지하는 것도 주목해야 할 점이다.

먼저 조경아는 <추학기>가 실전된 작품이기 때문에 자세한 고찰이 어렵다. 그러나 <여와전>에서도 "스스로 나타남이 없다"고 할 정도로 뚜렷한 고난이나 활약 없이 '孝奉舅姑 承順君子'하는 여성이었던 것으로 생각된다.[109] 소월영은 <한씨삼대록>의 여주인공이다. <한씨삼대록>은 소월영의 시집인 한씨 가문의 이야기인데, 소월영이 한생과[110] 혼인하여 겪는 사건 즉, 남편이 영씨를 재취하여 상원위를 주고 소씨를 박대하다가 회과하는 내용이 중심이 되는 듯하다.[111]

> 소월영은 권변이 이시더 듕뎡은 졍딕ᄒ고 강강ᄒ니 너도[조]의 공이 크고 구고롤 공경ᄒ고 효우ᄒ미 고인의 풍치 잇셔 가히 ᄉ랑홉고 가히 공경ᄒ염죽 ᄒ니 진짓 녀듕 군지라 최뎡죠 삼인으로 좌롤 도으미[ᄀᆞ오미] 맛당ᄒ도다 (이본 ①)

權變이란 일의 형편에 따라 임기응변으로 일을 처리하는 수단을 말한다. 따라서 권변이 있다는 것은 소월영이 반드시 正道만 고집하지

---

109) "조경아【츄학긔 뎡듕연 쳐】는 지조와 덕을 감초고 오즉 존구랄 공경ᄒ며 가중의 영을 조츠니 비록 스스로 나타나미 업ᄂᆞ 진짓 유순ᄒ 슉녜요 그 명광염뫼 죠화랄 가진 지라 맛당이 졔뉴의 웃씀이 될 거시오". 이본 ①
110) <여와전> 이본들은 한생의 이름을 '한창유'로 기록하고 있다.
111) 현전하는 <한씨삼대록>은 낙질 1책이기 때문에 작품의 전모를 알기는 어렵다. 현전본의 내용에 대해서는 박영희가 소개한 바 있다. 박영희, 앞의 논문 참조.

않고 상황에 따라 權道로 행하기도 했다는 뜻이다. 권변의 구체적인 내용은 알 수 없지만 <여와전>의 작자는 권변에도 불구하고 소월영의 中情은 正大强剛하다고 평가한 후, 내조를 잘 하고 구고를 공경하고 효우한 것을 칭찬하고 있다. 조금 장황하지만 <소현성록>에서 소월영이 자신이 겪은 일을 회상하는 장면을 살펴보자.

> 내 나히 십수세죽 한샹셔의 가뫼 되니 가히 조강의 결발이라 흐련마는 샹셰 풍경이 허랑흐야 일호도 경듕흐미 업고 공연히 박딕흐야 드리미러 뭇도 아니나 내 인시 어리던디 셜운 줄이 업고 시시로 챵녀를 드리고 내 난간의 와 풍뉴흐며 구고는 미안흔 늣비츠로 문안을 밧디 아니시고 둘재 부인 영시를 어더 즐길 시 날노 흐야곰 영시를 샹원위로 셤기라 흐며 영시 시녀로 능욕흐고 쏘 샹셰 영시로 더브러 즈식을 잡아다가 샹셔는 티며 영시는 도도더 그 어미 사오나오니 샹공은 모이 티라 빅단 능욕이 비홀 디 업스더 내 죠곰도 셟디 아니코 분티 아냐 흔갓 우어 뵐 ᄯ롬이오 일일은 영시 샹셔로 더브러 안자 날을 브론다 흐거늘 아니 가니 부체 스매를 잇글고 내 방의 와 영시 다숫 가지로 날을 수죄흐고 샹셔는 겨틱셔 영시의 말을 도으니 그 경상이 진실노 한심흐디 내 다시 싱각흐니 내 팔지 역시 긔특흐야 뎌 긔귀흔 경상을 귀경흐는도다 시븐디라 노흡디 아냐 도로혀 대쇼흐고 다만 닐오디 영시의 젼통흠과 교만흐미며 한낭의 무식방탕흐미 가히 일셰예 긔담이 되염죽 홀 분 아냐 죡히 쳔츄의 뎐흐리로다 흐고 다시 말을 아니니 저희도 이시토록 ᄭ짓다가 도라가거늘 내 이제 그 형상을 그렷더니 일일은 영시 쟈근 매를 들고 드러와 날을 티고져 흐니 내 비록 잔약흔 녀지나 엇디 뎌의게 굴흐리오 시녀로 흐야곰 잡아내고 수죄흐야 도라보내니 일노브터 더욱 보채디 실노 셟디 아냐 잇다감 뎌의 흐는 일을 싱각고 웃더니 수년만의 샹셰 엇디 싱각흔디 허믈을 즈칙흐고 날을 경딕흐나 내 각별 아른 톄 아니터니 샹셰 내의 족즈를 보고 영시로 더브러 날 ᄭ짓던 일을 싱각고 스스로 붓그리더라 이제 영시 늣비츨 아당흐고

구괴 지극 후디ᄒ시니 구고는 감히 일ᄏ라 원망티 못ᄒ려니와 영시의 괴괴ᄒᆫ 거동은 실노 닛기 어려온다라 … 이제 샹셰 범ᄉ를 졍다히 ᄒ고 날을 공경ᄒ나 쇼년적은 ᄀ장 우읍더니라 이제 챵쳡과 영시를 박디ᄒ니 아니 덕듕티 아니냐   (<소현성록> 권지칠. 이대본)

위의 인용문에는 남편 한생이 둘째 부인 영씨와 더불어 소월영을 갖은 방법으로 모욕하고 박대하던 정경이 생생하게 그려져 있다. 게다가 시부모는 아들을 말리기는커녕 소월영을 못마땅하게 생각하여 문안도 받지 않는다. 이러한 절망적이고 비참한 상황에서도 소월영은 조금도 굴하지 않고 남편과 적국의 거동을 한 편의 코미디를 보듯이 태연하게 구경하며, 때로는 강경하게 대응하기도 한다. 그녀는 자신을 질욕하는 남편과 영씨에게 교만하고 무식방탕하여 천추에 전할 것이라고 맞받아치고, 자신을 때리려는 영씨를 오히려 잡아내어 수죄하며, 남편과 영씨가 날뛰는 거동을 그림으로 그려 족자를 만들기도 한다. 이러한 행동들이 바로 소월영의 '권변이 있으나 중정은 정대강강한' 측면이라고 할 수 있을 것이다.

<여와전>에서 정확히 지적하고 있듯이 소월영은 온순하고 화열한 여성은 아니다. 남편의 과실을 그림으로 그려 증거를 남기는 일도 썩 아름다운 일이라고 보기는 어렵다. 그러나 <여와전>의 작자는 이러한 점을 문제삼지 않으며, 오히려 소월영의 위차를 상승시킨다. 소월영이 투색창업연에서보다 문창에 의해 더 높이 평가되는 이유는 무엇일까? 그것은 소월영이 원비이기 때문이다.

소월영은 영씨에 의해 핍박을 받았지만, 한생의 마음이 바뀌면서[112]

---

112) 현전하는 <한씨삼대록>(낙질. 연대본)에는 어린 처남 소현성을 보고 감탄하여 한생의 마음이 변하는 것으로 되어 있다고 한다. 그렇다면 소월영은 친정덕을 톡톡

사태는 역전된다. 소월영은 영씨에게 빼앗겼던 모든 것-남편의 사랑, 상원위, 구고의 중대-를 고스란히 되찾아오고, 영씨는 이제 살아남기 위해 소월영에게 아첨하는 신세가 된다. 다시 말해 <한씨삼대록>은 원비 소월영의 수난과 통쾌한 복수를 그린 소설이다. 원비와 차비의 분의를 무엇보다 중요하게 여기는 <여와전>이 이처럼 원비와 차비의 분의를 바로 세우는 작품을 마다할 이유가 있겠는가? 그래서 <여와전>은 소월영의 위차를 더욱 높여 주는 것이라고 할 수 있다.

나. 양백영·정씨·이씨1·이씨2

가장 높은 위차를 차지한 것은 문창과 문일에 의해 추천된 인물들이다. 문창과 문일은 4인을 추천하는데, 양백영은 문일의 시조모이고, 정씨와 이씨1은 각각 문창의 시조모, 시모에 해당하여 문창과 문일이 소속 작품의 인물들을 우선적으로 추천하고 있음을 알 수 있다. 문창, 문일과 관계없이 추천된 인물은 이씨2로 <현봉쌍의록>의 여주인공이다.

흐나흔 용뫼 빅연ㅈ고 골격이 어룹ㅈ흔니 효로써 일옴을 셰우고 효로써 몸을 ᄆᆞᄎᆞ니 이ᄂᆞᆫ 송격 부츈후 딘인광의 부인 녀티부 양빅녕이오
흐나흔 묽은 돌ㅈ고 풍치 옥분의 불근 ᄂᆞ초ㅈ흐니 니 녜의로써 군ᄌᆞ롤 셤겨 간고험ᄂᆞᆫ의 ᄆᆞ옴을 동치 아니ᄒᆞ야 효졀을 셰우고 졀의예 죽어 지긔에 군ᄌᆞ롤 갑흐니 이ᄂᆞᆫ 딕명 홍치 년간의 승상 효문공 뉴연의 쳐 부인 뎡씨오
흐ᄂᆞ흔 용뫼 계화 일지ㅈ고 틱되 옹[옥]남기 금계예 빗긴듯 ᄌᆞ틱롭고 고온 빗치 좌우의 쏘이니 뉵십년 힝젹이 온공ᄒᆞ고 단엄ᄒᆞ며 ᄌᆞ혜ᄒᆞ고 졍졍ᄒᆞ니 오복의 흔 흠이 업시 구고의 훈을 딕희여 호령이 듕문 밧

히 본 것이라 하겠다.

글 나지 아니ᄒ니 이ᄂ 초국 문튱공 뉴우셩의 부인 니시오
　네지ᄂ 용모 텬화ᄀᆺ고 골격이 빙셜ᄀᆺᄒ니 단엄ᄒ고 신명ᄒ야 속의
일졈 하지 업고 복[부]덕이 공근ᄒ고 졀ᄒᆡᆼ(이) 널널ᄒ야 오복이 구젼ᄒ
니 이ᄂ 디명 졍덕 년간의 승샹 뇨광현의 부인 니시라 (이본 ⑰)

이들에 대한 소개를 살펴보면, 양백영은 孝, 정씨는 孝節·節義, 이
씨1은 溫恭·慈惠, 이씨2는 端嚴·神明을 대표적인 자질로 평가받고
있으며, 이는 실제 작품에서의 성격을 충실히 반영한 것으로 생각된다.
양백영은 작품이 현전하지 않으므로 논외로 하고, 먼저 정씨의 경우를
살펴보자.

정씨는 <유효공선행록>에서 유연의 아내인데, 작품에서 유연은 성
격이 맞지 않는 부친 유정경과 계후권을 노리는 동생 유홍에 의해 숱
한 고난을 겪는다. 이 와중에 정씨는 자기 밖에 모르는 남편 유연,[113]
포악한 시아버지 유정경, 간악한 시동생 유홍, 그리고 나름대로 고집이
있는 친정아버지 정관의 틈바구니에 끼어 더욱 심한 고초를 당하게 된
다. 그녀는 구박을 당하다 못해 매를 맞고 黜去되기도 하고, 절개를 지
키려 가출했다가 풍랑을 만나기도 하고, 동굴에서 굶어죽고 얼어죽을
위기에 처하기도 한다. 그리고 어렵게 다시 합쳐서 임신까지 한 마당에
시아버지의 편지 한 장으로 인해 남편에게 또 내쫓기는 수모를 당하기
도 한다. 그러나 이 모든 곤액을 당하면서도 정씨는 유연을 원망하지
않는데, 이것이 바로 '艱苦險難에 마음을 움직이지 않은 것'이다. 그런
데 정씨가 유연을 원망하지 않은 것은 그렇게 할 수밖에 없는 유연의
처지를 깊이 이해했기 때문에 가능한 일이다. 그리고 유연 또한 정씨가
'자신을 이해한다는 사실'을 잘 알고 있다.

---

113) 여기에서 자기밖에 모른다는 것은 자기의 효밖에 모른다는 뜻이다.

> 부인이 괴로이 익을 만나되 원망치 아니믄 나의 효의를 알미오 격소
> 의셔 산간 아ㅅㅎ기롤 구ㅎ고 나의 잇는 곳을 춫지 아니믄 나의 형세
> 어려오믈 알미오 도라오미 흔 집의 삼년을 쳐ㅎ여 서로 보지 아니ㅎ더
> 부인이 날노뼈 박졍타 아니믄 나의 녜롤 즁히 녀기믈 알미라 녯날 관
> 포와 ㅅ괴미 부인과 흑싱의게 이시니 비록 니르지 아니나 심복ㅎ미오
> 금일 지긔 졍분 긋츠니 비록 늣거오나
>
> (<유효공선행록> 권지십이. 서울대본)

인용문은 유연이 죽음을 눈앞에 두고 정씨에게 한 말이다. 두 사람
의 평생이 그 속에 요약되어 있다고 할 수 있는데 이들의 관계는 부부
에 앞서 '知己'로 표상된다. 그리고 유연이 죽자 정씨는 담담한 태도로
남편의 입관을 본 후 피를 토하고 죽는다. 이것이 바로 <여와전>에서
말한 바 '절의에 죽어 지기의 군자를 갚은' 일이 되는 것이다. 따라서
정씨에 대한 <여와전>의 소개는 <유효공선행록>에 대한 깊이 있는
이해와 분석에서 나온 것이라고 할 수 있다.

이씨1은 <유효공선행록>과 <유씨삼대록>에 모두 등장하는 유우성
의 부인으로, 결혼 직후-10세가 갓 넘은 어린 나이- 한동안 유우성의
타고난 호색 때문에 고초를 겪는다.[114] 그러나 그녀는 <유효공선행록>
에서는 후반부에 잠깐 등장하는 인물이고, <유씨삼대록>에서는 지속
적으로 등장하기는 하지만 '자애로운 어머니'라는 조연에 불과하다. 성
격이 지나치게 강렬하고, 심하게 말하면 포악한 남편 유우성과 대조되
어 이씨1은 더욱 온유해 보인다. 아들이나 며느리들이 잘못을 저지르
더라도 어지간하면 좋은 말로 타이르고 문제를 확대시키지 않으려는

---

114) 유우성은 부친의 명을 어기고 억지로 이소저와 동침하려 하며, 이소저가 거부하
   자 그녀의 눈앞에서 창녀들과 관계를 가진다. 결국 유우성은 이소저를 구타하여 기
   절시키고 강간한다.

성격이다. 존고의 규훈을 지키고 호령이 중문 밖으로 나오지 않았다는 것은 앞에서도 언급했다시피 <유씨삼대록>에서 전재한 내용인데, 자기 주장을 강하게 내세우지 않았던 이씨1에게 적합한 평가라고 할 수 있다. 따라서 이씨1은 황릉묘 최고의 반열을 차지하기에는 조금 부족한 인물이라 할 수도 있는데, 문창의 시어머니라는 인척 관계에 의해 추천된 것으로 보인다.

이씨2는 <현봉쌍의록>의 요광현의 부인이다. 문창, 문일과 아무 연고가 없으면서도 추천되었다는 점에서 자타가 인정하는 숙녀의 표본이라고 할 수 있다. 이씨2는 혼인 전에는 계모 곽씨의 핍박을 받고, 혼인 후에는 요광현의 첫째 부인 청릉군주에 의해 온갖 고난을 겪는다. 외간 남자와 사통했다는 누명을 쓰기도 하고, 납치되어 매를 맞고 독약을 마시기도 하고, 겁탈 당할 위기를 겪기도 하며, 요광현이 운남으로 정배되자 수만 리를 여행하여 사경에 이른 남편을 살려내기도 한다. 이씨2의 활약상은 자신을 범하려던 호색한 무평군을 준절하게 꾸짖어 개심시키고, 천지신명에게 기도함으로써 남편의 목숨을 연장시키는 데서 절정에 이르는데, 이것이 <여와전>에서 말한 烈烈한 節行이다. 또 이씨2는 사람을 한 번 보고 그 사람의 선악과 길흉화복을 꿰뚫어보는 明鑑을 지니고 있다. <여와전>이 이씨2를 '神明하다'고 평가한 것은 이 때문이다.

이씨2가 요광현의 둘째 부인이라는 점이 <여와전>의 일관된 원비 우선의 태도와 어긋나는 것이 아닌가 생각할 수 있으나 그렇지 않다. 황제의 늑혼에 의해 청릉군주가 원비가 되기는 했지만, 이씨2를 살해하려 한 악행이 드러나자 청릉군주는 스스로 도망쳐 개가하고, 아버지 한왕과 더불어 황위를 찬탈하려 함으로써 국가의 反賊이 되기 때문이다. 결국 청릉군주는 반란군을 지휘하다가 요광현의 손에 참수된다. 따라서 청릉군주는 요광현의 원비로 인정될 수 없으며, 이씨2가 요광현의 정실인 것이다.

이상에서 살펴본 결과, 문창에 의해 추천된 정씨, 이씨1, 이씨2는 행실이 높고 덕이 뛰어난 여성들로, 모두 원비라는 공통점을 지니고 있다.[115] 따라서 <여와전>이 투색창업연에서 높은 위차를 차지했던 차비들을 내쫓거나 강등시키고, 그 자리에 더욱 현숙한 부덕을 갖춘 원비들을 투입했다는 것을 알 수 있다. 실제로 정씨, 이씨1, 이씨2는 지나칠 정도로 시부모와 남편에게 복종하며, 매사에 희생적·헌신적이고, 자신의 감정이나 불만 따위는 절대 겉으로 드러내지 않는다. 일례로 이씨2의 경우를 잠깐 살펴보자.

> 포운니 ᄂ아 드러 귤오대 쇼져 곽씨 난을 만ᄂ실 쟈도 오히려 슬푼 소식또 ᄒ시고 괴로온 회포도 잇다감 ᄒ시더니 이졔 이런 픠험흔 시졀을 당ᄒ야 도로혀 타년이 개의치 아니시고 비ᄌ 등의 뭇ᄂ 바로 대답 긔롤 쾨히 아니시니 고이치 아니리잇고 쇼져 츄파롤 옴겨 유모롤 보고 날호녀 귤오대 어미 날을 비록 길너시ᄂ 니 심ᄉ롤 아지 못ᄒᄂ또다 당년 가변은 문홰 위티ᄒ고 형댱이 ᄉ지의 겨시미 창황ᄒ야 ᄒ날을 부라고 따흘 굴어 한 몸이 몬져 죽어 춤혹흔 형쟝의 거동을 보지 말고져 ᄒ미 ᄉ긔 조용ᄒ믈 엇지 못ᄒ거니와 도ᄎᄒ여ᄂ 비록 운쉬 긔구ᄒ야 니의 일이 비록 슌치 못ᄒ나 니의 일신이 죽을 따람이라 조종과 문호의 달인 위망이 아니오 … 환니 이슨즉 맛당이 우음을 먹음고 사셩을 슌히 ᄒ야 쳔명을 긔다리고 괴로온 슬푸믈 일위 분의 죡한 줄 아지 못ᄒ고 불통ᄒ믈 아니리니 유모와 부용의 말이 다 내의 뜻을 모라미로다
>
> (<현봉쌍의록> 권지삼. 한국정신문화연구원본)

---

115) 양백영도 女太傅라는 관직으로 보아 원비가 분명하다고 생각된다.

이씨2가 청릉군주에게 고초를 겪으면서도 태연하자, 유모와 시비들은 계모 곽씨에게 핍박을 받을 때와 다른 이유를 묻는다. 이씨2는 계모 곽씨의 家變은 가문을 위태롭게 하고 유일한 아들인 오빠를 死地에 빠뜨린 大變이었기 때문에 슬퍼했지만, 지금의 환란은 祖宗·門戶와 상관 없는 자기 일신의 일이므로 슬퍼할 이유가 없다고 대답한다. 즉 가문과 관계된 공적인 일이 아니면 자신이 무죄하게 죽는다 하더라도 슬픔을 느낄 이유조차 없다는 것이다.

이러한 모습은 가빙빙이나 윤혜영과 매우 다를 뿐 아니라, 정숙렬, 소월영, 석숙란과도 차이가 있다. 윤혜영이나 소월영은 남편 또는 적국에 대한 불만과 분노를 상당히 진솔하게 드러내며, 석숙란도 가끔은 감정을 표현하는 인물이기 때문이다. 따라서 가빙빙과 윤혜영이 인간적이고 개성적이라면, 정숙렬, 소월영, 석숙란 등을 거쳐 정씨, 이씨1, 이씨2로 갈수록 인간미는 적어지고 부덕은 강화된다고 할 수 있다.

다. 사정옥

황릉묘에서 최고의 지위를 차지하는 것은 외부로부터 영입된 4인뿐만이 아니다. 4인이 도착하기 전에 문창은 황릉묘 내에서 한 사람을 발탁하는데, 이것이 <사씨남정기>의 사정옥이다.

> 문챵니 뉴연슈 부인【남뎡긔예 사시뎡옥】ᄉᆞ시을 쳥ᄒᆞ여 좌의 올이고 칭쳔 왈 어다다 부인이녀 묽은 덕은 어름갓고 공변된 마음은 옥갓타니 가회 밍덕요의 열의 나ᄋᆞ가 쳔츄 녀지[싀] 되넘작 ᄒᆞ도다 (이본 ⑥)

사씨는 이미 황릉묘에 거주하고 있었던 것으로 서술되지만 투색창업연에서 어떠한 대우를 받았는지는 알 수 없다. 그러나 삼황 오제 등 27

인 내에 들지 못한 것이 확실하므로, 푸대접을 받고 있었다고 할 수 있다. 어쩌면 투색창업연에는 사씨가 아예 등장하지 않았는지도 모른다. 어쨌든 <여와전>의 작자가 사씨를 외부에서 불러오지 않고 황릉묘 내부에서 찾은 것은 <사씨남정기>의 내용 때문인 것으로 보인다. <사씨남정기>에서 사씨는 황릉묘를 방문하여 이비를 만나는 꿈을 꾸는데, 여기에서 50년 후 즉 사후에 황릉묘로 돌아와 曹大家·孟德曜와 어깨를 나란히 할 것이라는 예언을 듣는다. 이 예언이 옳은 것이라면 사씨는 이미 황릉묘에 돌아와 있어야 한다. <여와전>은 사씨를 황릉묘에서 재발견해낼 뿐만 아니라 조대가의 반열에 올림으로써116) <사씨남정기>의 예언을 성공적으로 성취시켜준다.

그밖에도 <여와전>이 <사씨남정기>를 신경 쓴 듯한 흔적이 있는데, 이것은 원래 황릉묘에 존재하는 명부의 숫자에서 나타난다.

어시에 황능묘 상해 쮀놀며 즐겨흐매 모든 현부녈녀 빅녀인니 시로운 명부 구인으로 더부러 월픽셩관과 운상무의로 조복을 가초아 일시의 산호만셰롤 브릇더라 (이본 ⑰)

투색창업연에서 위차를 차지했던 인물들이 모두 정리되면서—축출되거나 藩臣이 됨으로써— 결국 황릉묘에 남게 되는 것은 명부 9인이다. 그런데 <여와전>에서는 현부열녀 백여 인이 새로운 명부 9인과 더불어 만세를 불렀다고 기술하고 있다. 그렇다면 투색창업연 이전부터 이비의 신하였던 명부들이 백여 명이라는 것인데, 이것은 <사씨남정기>의 내용과 일치한다.

---

116) 조대가의 반열은 곧 맹덕요의 반열이라고 할 수 있다. <사씨남정기>에서는 장강과 반첩여가 동편에, 조대가와 맹덕요가 서편에 자리하기 때문이다.

여관이 명부 백여 명을 인도하여 섬돌 아래에 차례로 서게 하였다. 명부들은 모두 성관과 월패로 단장하고 있었다. … 명부 백여 명도 낭낭의 좌우에 줄지어 앉아 있었다.[117]

인용문에서처럼 사씨가 황릉묘를 방문했을 당시 이비에게 朔望으로 朝謁하러 오는 명부의 숫자가 바로 백여 인이었다. <사씨남정기>를 염두에 두지 않았다면 이와 같은 일치된 숫자가 나오기는 어려울 것이다. 또 <사씨남정기>와 상관없이 씌어진 것이라면, 정숙비와 효열비 반열에 오른 9인의 여성들을 굳이 '새로운 명부'라고 못박지도 않았을 것이다. 따라서 <여와전>은 <사씨남정기>를 상당히 의식하고 있었다고 생각된다.

문창은 사씨에 대해 '맑은 덕과 공번된 마음'이라고 평하는데, '공번된 마음'이란 다른 인물들에 대해서는 한 번도 사용된 적이 없는 특이한 표현이다. '공번되다'는 것은 치우침이나 사사로움이 없이 공정하다는 뜻이다. 다른 인물들에게 흔히 쓰인 '효', '절', '유순', '단엄'이 아니라 '공번'인 이유는 무엇일까. 이것은 후사를 얻기 위해서 교씨를 첩으로 들이고, 나중에 또 임씨를 첩으로 들인 사씨의 행위와 관련되는 듯하다. <여와전>의 작자는 앞서 별다른 이유 없이 남편에게 처(또는 첩)를 천거한 양선영을 덕을 자랑하려 했다는 이유로 비판한 바 있다. 양선영과 사정옥은 똑같이 남편을 위해 여자를 천거했지만, 양선영의 행위는 비난받고 사정옥의 행위는 칭송된다. 이것은 사정옥은 원비로서 후사를 염려하여 첩을 들인 것이고, 양선영은 의도적이든 의도적이 아니든 원비에 맞서기 위해 처(또는 첩)를 들인 것이기 때문이다. 다시 말

---

117) "女官引命婦百餘人 敘立階下 皆星冠月珮 … 命婦百餘人 分坐於左右". 김만중 지음, 이래종 옮김, 『사씨남정기』, 태학사, 1999, pp.288~289.

해 사정옥은 자신의 이익에 반하여 첩을 들였고, 양선영은 자신의 이익을 위해 첩을 들인 것이다. 이처럼 사씨가 자신의 사사로운 이익에 치우치지 않고 가문과 남편을 위해 공정하게 행동했다는 것이 <여와전>에서 사정옥을 높이 평가하는 이유라고 하겠다.

그러나 사씨의 제반 행위, 곧 교씨를 첩으로 영입하고, 교씨를 꾸짖고, 쫓겨난 후에 유씨의 선영에 의탁하고, 후에 임씨를 첩으로 들인 모든 행동이 오직 유씨 가문과 남편을 위한 것이었다고 할 수 있을까. 여기에는 劉家에서의 자신의 입지를 지키고 강화하려는 사씨의 현실적인 계산이 들어 있다.[118] <여와전>의 작자가 이러한 사실을 몰랐다고 생각되지는 않는다. 오히려 너무나 잘 알고 있었기 때문에 '공번'이라는 표현을 쓴 것으로 생각된다. 사씨는 한미한 가문의 딸로 태어나 王家와 같이 부귀한 劉門의 안주인이 되었고, 자식을 낳지 못하는 치명적인 결함에도 불구하고 슬기롭게 처세하여 결국 자신의 권리와 위치를 온전히 지켰다. <여와전>의 작자는 철저하게 원비를 옹호하는 인물이며, 원비와 차비의 분의가 엄격히 지켜지는 사회를 이상적인 세계로 꿈꾸는 인물이다. 따라서 <여와전>의 작자가 보기에 미약한 현실적 기반에도 불구하고 원비(처)의 권리를 최대한 획득·수호해낸 사씨는 영웅적인 인물이라고 할 수 있다. <여와전>이 사씨를 '千秋의 女師'로[119] 추앙하고 가장 높은 항렬에 놓은 것도 이 점과 무관하지 않을 것이다.

---

118) 지연숙, 「사씨남정기의 이념과 현실」, 『민족문학사연구』 17, 민족문학사학회, 2000. 12. 참조.

119) 실제로 <사씨남정기> 말미에서 사씨는 황후의 인견을 받고 六宮의 스승이 된다. "皇后聞謝夫人賢德 數召引見 六宮師事之". 김만중 지음, 이래종 옮김, 『사씨남정기』, 태학사, 1999, p.341.

2) 문창과 문일에 대한 인물 비평

<여와전>의 세계는 세 개의 영역으로 나뉘어져 있다. 첫째, 여와 등 삼황오제가 거처하는 天上의 火雲洞, 둘째, 이비가 역대 현부열녀를 거느리고 있는 地上의 黃陵廟, 셋째, 옥황상제가 있을 뿐만 아니라 문창과 문일의 처소가 있는 上天이 바로 그것이다. 따라서 이제까지 살펴본 것은 어디까지나 황릉묘 내에서의 위차이고, 문창과 문일은 황릉묘의 위차를 초월하는 존재다. 애초 복희가 문창·문일을 황릉묘에 보내게 한 것도 그들의 "덕이 텬하의 웃듬"일 뿐 아니라 "식이 져 이십칠인의 우희 잇"기 때문이었다. 다시 말해, <여와전>은 황릉묘의 정숙비나 효열비들보다도 문창과 문일을 훨씬 높게 평가하고 있는 것이다.

그렇다면 문창과 문일은 어떤 인물이며, <여와전>이 이들을 황릉묘의 사씨, 정씨 등보다 훌륭하게 평가하는 이유는 무엇인지 알아볼 필요가 있다. 문창과 문일은 여러 가지 공통점을 가지고 있다. 우선 둘 다 공주이고, 원비이며, 출중한 외모와 덕성을 갖추었고, 早卋했다. 뿐만 아니라 혼인하게 된 경로도 비슷하다. 문창[진양공주]은 유세형과 장씨가 정혼한 이후 본의 아니게 두 사람 사이를 깨고 유세형의 원비가 되었으며, 문일[문성공주]은 이미 혼인한 최패염을 내쫓고 진중영의 원비가 되었다. 물론 盛德을 지닌 진양과 문성은 장씨와 최패염이 남편의 차비가 되도록 적극적으로 주선하여, 진양·유세형·장씨, 문성·진중영·최패염이라는 3인의 부부가 각각 탄생하게 된다.

<여와전>의 작자가 원비 지상주의자라는 점은 이미 밝힌 바 있다. 따라서 진양과 문성의 경우는 <여와전>이 가장 이상적으로 생각하는 원비-차비의 관계를 보여주는 사례일 것으로 생각된다. <옥교행>이 현전하지 않으므로 <유씨삼대록>의 진양을 중심으로 이야기해 보기로

하자. 진양은 신분, 외모, 덕성, 재능 등 모든 면에서 차비 장씨와 비교할 수 없이 월등하게 그려진다. 장씨가 처음에 진양을 미워하여 독살하려 한 것도 진양이 너무나 완벽한 인물이기 때문이다. 게다가 진양은 보통 공주가 아니라 황제를 섭정하는 공주로서 막강한 권력을 지니고 있다. 그녀는 국가 대소사에 관여할 뿐 아니라, 황제가 후사 없이 죽자 다음 황제를 지명하기도 한다. 또 천문과 지리에 통달하여 미래를 예측하는 능력도 가지고 있다. 이 때문에 차비 장씨 또한 총명하고 아름다운 여성이지만, 진양과는 도저히 경쟁 상대가 되지 못한다. 그러므로 <여와전>의 작자가 바란 것은, 원비와 차비를 동일한 차원에서 이야기할 수 없을 정도로 원비가 현격한 우위를 보이는 작품이었다고 하겠다.

그런데 <여와전>의 작자는 진양과 문성을 원작 그대로 소개하는 데 그치지 않고 한 걸음 더 나아가 새로운 창작을 시도한다. 이것이 원작에는 없는 진양과 문성의 轉生譚이다.

먼저 문성은 천상의 문일성으로, 天意를 거역하고 宋朝를 구하기 위해 降世하였다가 천명을 어긴 죄로 빨리 죽어 하늘로 돌아온다. 남편 진중영도 紫陽眞人이라는 신선인데, 上界에 복귀한 뒤에도 색에 침닉했던 지상에서의 행동 때문에 상제의 미움을 받아 문성과 함께 지내지 못한다. 진중영은 괴로워하던 차에 문성이 황릉묘탕평요얼에 성공하자 그 공으로 부부가 復合하는 즐거움을 누리게 된다.

진양의 경우는 보다 복잡하다. 진양은 원래 복희씨의 둘째딸이며 여와의 동생으로, 복희씨의 모든 업적에 지대한 공헌을 하여 섭정공주의 칭호를 받았다. 부마 騫脩와 혼인했다가, 여와가 공주에게 동궁의 위를 사양하려 하자 산 속에 숨어 선도를 닦아 승천했다. 하늘에 올라간 뒤에 문창성이 되었고, 건수 역시 승천하여 남두성이 되어 부부가 復合하였다. 그런데 건수와 인간세상에서 私情이 있었던 洛水의 여신

宓妃가 건수를 그리워하여 다시 만나기를 빌자, 문창, 남두, 복비가 모두 인간 세상에 태어나게 된다. 문창은 진양공주, 남두는 유세형, 복비는 장씨가 되어 일세를 지낸 후 다시 상계로 돌아온다. 문창이 덕을 베풀어 복비도 낙수로 가지 않고 천상에 올라와 남두의 副房이 되도록 한다. 문창은 황릉묘탕평요얼의 공으로 帝君으로 승품되고[120] 普天睿懿天尊 天下文脈大總官이 된다.

이와 같은 轉生譚은 원래의 작품에는 없는 내용이다. <유씨삼대록>에 진양공주의 主星이 문창성이며, 그 재주가 上古 聖人과 같다는 내용이[121] 있기는 하지만 위와 같은 복잡한 前生과 後生의 이야기는 나오지 않는다. 따라서 위의 내용은 원작에 만족하지 못한 <여와전>의 작자가 전적으로 꾸며낸 것이라 할 수 있는데, 이러한 전생담이 존재함으로써 얻어지는 효과는 무엇일까.

우선 문성과 진양이 원작에서보다 훨씬 더 대단한 인물이 된다. 그런데 이들은 단순히 훌륭한 인물이 아니라 위대한 인물로 그려진다. 다시 말해 황릉묘의 명부들처럼 효행이나 열절 때문에 칭송되는 것이 아니라 功業 때문에 찬양된다는 것이다. 문일은 기울어져 가는 宋朝를 바로 세우기 위해, 즉 황실과 국가를 구하려는 목적에서 세상에 태어났고, 문창은 복희의 모든 위업을 함께 이룩한 문화영웅으로서 천하의 문장을 관리하는 임무를 맡고 있다. 이들이 상대하는 것은 국가와 천하라는 거대한 세계이므로, 이미 규방 내의 효행, 예의, 절의 같은 소소한

---

120) 실제로 文昌星은 元나라 때 輔元開化文昌司祿宏仁帝君으로 승품되었다. 앙리 마스페로, 신하령·김태완 옮김, 『도교』, 까치, 1999. 참조.
121) "공주의 성심인덕은 아란 졔 오러거니와 오히려 그 지조를 아지 못ᄒ엿더니 금일 바독 두논 죠화 주턴도수를 안흥야 진단쇼옹의 궁리와 복혜현원의 신술을 효측ᄒ야 호호탕탕홈이 흡연히 슝고 셩인 갓ᄒ니 엇지 말셰 탁속에 아녀ᄌ로 아리오". <유씨삼대록> 권지육. 이수봉본.

덕목으로 재단할 수 없게 된다. 이것은 황릉묘의 현부열녀들과는 차원
이 다른 聖人의 경지라고 할 수 있다.

> 삼황 오뎨 삼왕은 하인야며 조고로 스덕을 직희는 녀지 블과 몸을
> 조심ᄒ고 댱부의 권을 ᄇ롤 ᄯ롬이라 아지 못게라 텬긔[지]롤 지략[쟉]
> ᄒ고 셩신운변[벽]을 그 댱듕의 두고 지조와 덕이 텬지 일월노 징형ᄒ
> 는 삼황 오뎨 ᄀᆺᄒ 니 잇는잇가 (이본 17)

위 인용문은 문창이 상비에게 투색창업연의 참람함을 지적한 말인
데, <여와전>의 작자가 전편 <투색지연의>를 비판한 말이라고도 할
수 있다. 여기에서 문창은 삼황오제의 위를 받으려면 적어도 "天地를
裁作하고 星辰雲霹을 掌中에 두고 재주와 덕이 天地日月로 빛을 다
툴 정도"가 되어야 한다고 주장한다. 이것은 여성들이 삼황오제를 칭
한 것 자체가 외람하다는 비판이기도 하지만 삼황오제로 선정된 인물
들이 그 위호에 적합하지 않다는 말이기도 하다. 원래 투색창업연에서
삼황오제가 된 여성들은 불과 규방 안에서 色과 德이 있을 뿐 가문적
혹은 국가적으로 내세울 만한 공적이 없었다. 이에 <여와전>의 작자
는 자신의 작품에서 진정으로 삼황오제의 존호에 걸맞는 여성을 보여
주기로 결심한 듯하다. 때문에 실제로 三皇의 한 사람으로 꼽히는 여
와를 등장시키고, 소설의 여주인공 가운데 국가적인 功勳이 인정되는
진양과 문성을 발굴한 것이라 할 수 있다. 그러나 <여와전>의 작자는
원작 내용만으로는 부족함을 느껴 轉生譚을 창작하여 진양을 복희·
여와와 맞먹는 上古 聖人으로 격상시켰다. 따라서 <여와전>의 작자
는 婦德에만 충실한 여성보다는 위대한 활약을 보이는 여성을 기대하
고 있었던 것을 알 수 있다.

둘째, 진양과 유세형, 문성과 진중영이 천상에서 영원히 부부가 되게 함으로써 원작에서 잃어버린 행복을 보상받게 한다. 진양과 문성은 모두 일찍 죽었기 때문에 남편과 해로하지 못했다. 또 살아있을 때도 진양은 유세형의 박대를 받고 헤어져 산 적이 있었다. 대신 장씨나 최패염은 원래부터 남편과 사이가 좋았고, 진양이나 문성이 죽고 나서는 원비가 되어 남편과 더불어 오랫동안 화락한 부부로 살았다. <여와전>의 작자는 이 점에도 불만이 있었던 것 같다. 그래서 차비들은 떼어버리고 천상에서 두 사람의 부부만이 행복을 누리게 하였다. 문성·진중영 부부의 경우, 차비인 최패염은 황릉묘에 있기 때문에 천상 수란궁에는 두 사람만이 오붓하게 살게 된다. 진양·유세형 부부의 경우, 차비인 장씨는 낙수의 여신이기 때문에 낙수를 떠날 수 없다. 나중에 장씨는 동화궁의 副房이 되어 천상에 올라오지만 이것은 어디까지나 진양이 덕을 베푼 결과이다.

요컨대 <여와전>의 작자는 애정 어린 부부생활 역시 원비의 당연한 권리이며, 침해당해서는 안 된다고 본다. 유세형과 진중영이 모두 아내가 일찍 죽은 것 때문에 한이 맺혀 단명했다는 설명도, 진양과 문성에 대한 애정이 장씨나 최패염에 대한 애정보다 훨씬 깊다는 것을 강조하기 위해서 들어간 것이다. 다시 말해 원비는 모든 것을 차지해야 하고 무엇 하나 잃을 수 없다는 것이 <여와전>의 입장이라고 하겠다.

그러므로 천상에서도 원비와 차비의 분의는 당연히 엄격하다. 남두와 복비가 인간 세상에 내려가게 되었을 때 문창은 원래 강세할 계획이 없었다. 그러나 列星諸人의 권유로 인해 내려가게 된다.

열성 졔인이 복비의 문창을 항거홀 뜻이 이시물 무이 넉겨 샹졔긔 알외고 문창을 잠간 하셰ᄒ여 남두의 집을 딘졍ᄒ며 복비로 ᄒ여곰 버

금 부인이 되여 위츠와 형셰 감히 항거치 못ᄒ고 마춤닉 (문챵의) 돌
[슐]힌 되게 ᄒ니 (이본 ②)

가만히 내버려두었더라면 남두[유세형]와 복비[장씨]가 인간 세상에
태어나 인연을 뜻대로 이룰 수 있었을 텐데, 列星諸人이 '원비에게 항
거할 뜻'이 있는 복비를 미워하여 일제히 방해하고 나선다. 잠시라도
복비가 원위를 차지하고 자득하게 살지 못하도록 굳이 문창을 딸려 보
내고, 게다가 복비가 위차와 형세에서 감히 문창에게 항거할 수 없는
조건으로 태어나게 하는 것이다. 이러한 열성제인의 입장이란 곧 <여
와전> 작자의 견해로, 어떠한 경우에도 차비가 원비에게 항거하는 것을
용납할 수 없다는 일관된 태도를 여기에서 다시 한 번 확인할 수 있다.
이제까지 살펴본 것은 문창과 문일의 공통점이라고 할 수 있다. 그
러나 문창과 문일에게도 차이점이 있고, 그 때문에 고하가 나누어진다.
문창과 문일이 황릉묘를 떠나자 莊姜이 두 사람에 대해 다음과 같이
평론한다.

문일셩이 빅티만넘이 긔졀ᄒ야 하자홀 곳이 업스디 너모 몱아 피골
과 혈육이 서ᄅ 비치[최]미 룔텨[도로혀] 고히ᄒ지라 엇지 문창의 광윤
ᄒ 셜부와 쇄락ᄒ고 신듕ᄒ디 혜힐ᄒ고 싸혀나미 비기리잇고 몱으디
윤튁ᄒ고 완젼ᄒ디 빙셜갓ᄒ니 두 사롬의 고으며 긔특ᄒᆷ은 상ᄒ치 아
니ᄒ디 자시 보미 문창이 삼ᄉ분 승ᄒ고 힝식 서ᄅ 갓흔 둧ᄒ나 문창
은 죽기의 이리히 부부 듕졍과 ᄌ녀[녀]의 고고ᄒᆯ 관념ᄒ여 구구ᄒ
미 업고 모후의 상사롤 인ᄒ여 디효의 못[밋]춧고 문일셩은 죽기의 님
ᄒ야 모후롤 붓드러 혼빅이 우더라 하니 그 엇지 (성인의) 사싱 덧덧ᄒ
일을 직히미리오 ᄯ 긔졀ᄒ여실 젹 진듕녕의 부ᄅᄂ 소리롤 둣고 관음
이 일단 ᄌ비지심으로 져 부부롤 다시 보게 뇩환당으로 문셩의 엇게롤
치니 놀나 쪄러저 찌엿더라 ᄒ니 만일 빔[범인]으로 ᄒ여곰 니라면 가

> ᄒᆞ거니와 셩인이라 ᄒᆞᆫ즉 만물지니ᄅᆞᆯ 조ᄎᆞ 사싱이 졍ᄒᆞᆫ 거시 이시리니 읏지 부처의 조홰 그 가온ᄃᆡ 이시리오 이 두어 일이 불간[가]ᄒᆞ니 문창은 셩녈ᄃᆡ사 지친의 잇거ᄂᆞᆯ 유ᄒᆞ로브터 긔[거]졀ᄒᆞ야 명뉸ᄃᆡ졀을 세우니 이에 ᄂᆡ도ᄒᆞᆫ지라 용안ᄌᆡ덕이 문일셩 우ᄒᆡ 잇ᄂᆞᆫ가 ᄒᆞ나이다 (이본 [17])

장강은 문일의 외모가 너무 맑아 파리한 반면, 문창은 맑으면서도 윤택하기 때문에 문창이 더 뛰어나다고 평가한다. 문일은 10대에 죽었고 문창은 25세의 한창 나이에 죽은 만큼, 문일이 꽃봉오리라면 문창은 만개한 꽃이라고 할 수 있다. 화려함과 풍염함에서 문창이 나은 것은 당연한 일이다.

행적에 대해서는 임종시의 태도와 불교에 대한 입장이라는 두 가지 측면에서 두 사람을 비교하였다. 먼저 임종시의 태도를 보면, 문창은 모후의 喪事를 과도히 애척하여 죽음에 이르렀고, 죽음에 임해서도 부부의 정에 연연하거나, 엄마 없이 자랄 자녀를 염려하여 구구하게 슬퍼하는 일이 없었다고 한다. 실제로 이 내용은 <유씨삼대록>에서 확인할 수 있다. 다음은 임종이 가까운 진양공주의 병석에 유세형이 자녀들을 데리고 온 장면인데, 이 때 장자 관은 8세, 차자 현은 6세, 딸 영주는 4세였다.

> 관과 현은 놀ᄂᆡ ᄉᆞᆷ연이 눈믈 흘니고 녀ᄋᆞᄂᆞᆫ 모친의 품에 업ᄃᆡ여 ᄋᆡ읍ᄒᆞ니 진공이 흐르ᄂᆞᆫ 루수 좌석에 ᄉᆞ모ᄎᆞᄂᆞᆫ지ᄅᆞ 공주 추연히 식을 곳치고 좌우를 도라보와 왈 ᄂᆡ 임의 황고와 모후의 뒤ᄅᆞᆯ ᄯᅡ르지 못ᄒᆞ믈 한ᄒᆞ니 엇지 유ᄋᆞ를 희아르리오만은 긔식이 임의 진ᄒᆞ여 모ᄌᆞ의 졍이 ᄭᅳᆺ처지리니 져 유ᄋᆞ의 고고ᄒᆞ믈 오히려 ᄎᆞᆷ연ᄒᆞᆫ지ᄅᆞ 그려ᄂᆞ ᄂᆡ 마음이 편치 아니니 유익호미 업ᄂᆞᆫ지ᄅᆞ ᄲᆞᆯ니 다려ᄀᆞ 장부인ᄭᅴ 양휼ᄒᆞ기를 밧ᄌᆞᆸ기 ᄒᆞᄅᆞ 말ᄉᆞᆷ이 ᄎᆞᆷ연ᄒᆞ되 다시 눈을 들어 보미 업고 공과 상접할 ᄯᅳᆺ

이 업시니   (<유씨삼대록> 권지팔. 이수봉본)

다시 눈을 들어 아이들을 보지 않았고, 남편 유세형과도 相接할 뜻
이 없었다는 내용으로부터 장강의 평가가 도출되었다고 할 수 있다. 진
양이 모후에 대한 효성으로 인해 죽음에 이른 것은 사실이지만, 남편이
나 자녀에 대해 애정이 없는 것은 아니다. 진양 역시 남편·자녀와 영
원히 헤어지는 슬픔을 품고 있다. 그러나 그녀는 끝까지 정대하고 담담
한 태도를 유지하며, 삶에 대한 집착이나 남편·자녀에 대한 미련을 보
이지 않는다. 이것이 바로 성인의 자세라는 것이다.

한편 문일은 임종시에 혼백이 모후를 붙들고 울었다고 했는데, 이것
은 생에 대한 애착 때문이다. 그래서 장강은 문일의 태도가 '성인의 사
생의 떳떳한 일'이 아니라고 한다. 모름지기 성인이라면 삶과 죽음이
어느 때인가를 알아야 하고, 죽음이 닥쳤을 때 초연하게 받아들여야 한
다고 생각하기 때문이다.

장강은 문성이 기절했을 때 관음이 살려주었다는 이야기에도 심한
반감을 보인다. 보통 사람이라면 그럴 수도 있겠지만 성인의 死生은
이미 정해져 있는 것이어서 부처가 끼어들 수 없다는 것이다. 그런데
문성의 꿈에 관음이 나타나 회생시켜 주었다는 것은 문성이 스스로 책
임져야 할 행적이라기보다는 작품의 구성이 그런 것이다. 관음이 등장
하여 주인공을 살려내는 것으로 보아, <옥교행>은 불교에 대해 배타
적인 태도를 취하는 작품은 아니라고 생각된다. 주인공인 문성공주나
최패염의 태도도 마찬가지였을 것이다.

그러나 <유씨삼대록>은 다르다. 장강은 진양이 지친인 성렬대사를
어려서부터 거절했다면서 明倫大節이라 칭찬했는데, 성렬대사는 <유
씨삼대록>에서 진양의 고모인 명아공주다. 그녀는 일찍이 출가하여 僧

이 되었으며 법력이 높아 生佛로 불리고 있었다. 그래서 모든 황친들이 성렬대사를 추앙하고 拜佛했으나 당시 7세인 진양공주만이 이를 거절하고, 자신의 비자들이 수락사(성렬대사의 절)에 왕래하는 것도 허락하지 않는다. 다음은 부황과 모후의 물음에 대한 진양의 답변이다.

> 명아공쥬 흐시는 비 픠도라 풍속을 숭히오고 윤을 결흐니 신의 쇼학은 유업이라 도 임의 셔르 다라오니 셔르 통흐미 가치 아니흐옵고 쏘 신이 힘을 드흐와 쳔하 불법을 치려 흐옵더니 도로혀 지친 가온더 이런 일이 이셔 셩더치화를 샹히오니 크게 붓그러온지라 신의 거나린 비ㅈ로 흐여곰 통흐야 공문의 도학을 □슈흐리잇가
>
> (<유씨삼대록> 권지십사. 이수봉본)[122]

진양은 명아공주의 출가를 크게 유감스럽게 여기고 있는데, 이것은 단순히 불교를 싫어해서만이 아니라 명아공주 때문에 천하의 불법을 剪除하려는 자신의 계획에 차질이 생겼기 때문이다. 이처럼 적극적으로 불교를 탄압하려는 포부를 지니고 있는 진양이 앞서 황릉묘에서 윤혜영과 장단화를 내쫓은 것은 자연스러운 일이며, <여와전>의 작자는 진양에게 그녀가 생전에—<유씨삼대록>에서— 해 보지 못한 불교 탄압을 실현할 기회를 제공했다고 할 수 있다.

요컨대 <여와전>의 작자는 문창이 문일보다 한 수 위라는 평가를 내린다. 문창과 문일은 둘 다 원비 중의 원비라 할 만하지만, 성인의 경지에 이른 것은 문창이고, 문일은 그렇게 보기에는 미흡한 점이 있다는 것이다.

---

122) 이 내용은 진양공주 사후에 진양공주의 며느리인 왕씨가 수락사 성렬대사를 찾아 祈子하려 하자, 원상궁이 왕씨를 훈계하면서 인용한 진양공주의 말이다.

3) 문창과 관음에 대한 인물 비평

고전소설 특히 장편소설에서는 선한 여성이 고난에 처하게 되면 초월계의 인물이 구해 주는 경우가 많다. 이 때 자주 등장하는 것이 이비와 관음이다. 이들은 모두 여성이기 때문에 당연히 여성을 보호하고 구원하는 신격으로 인식되는데, 관음은 불교적인 신이고 이비는 유가적인 신이다. <사씨남정기>와 <창선감의록>에서는 이들이 한꺼번에 등장하는 모습을 볼 수 있다. 이비가 사씨를 황릉묘에 불러 천도에 대해 깨우쳐 주면, 관음은 사씨를 수월암으로 인도하여 실제적으로 보호하고, 남채봉이 부모를 잃었을 때는 이비가 위로해주고, 치독당했을 때는 관음이 나서서 구해주는 것이다. 이러한 역할 분담은 이비와 관음의 상호공조체제라고 부를 만하다. 따라서 <사씨남정기>나 <창선감의록>의 시대만 하더라도 이비와 관음이 동등하게 존중되었고 서로 우호적인 관계를 유지하고 있었다고 할 수 있다. 이러한 평화로운 공존은 한동안 지속된 듯하다. 이 기간에는 이비의 신하이면서도 관음의 제자일수 있었고, 관음의 제자이면서도 이비의 신하일 수 있었다.

그러나 <여와전>에 이르면 편의에 따라 양쪽을 오가는 것이 더 이상 허용되지 않는다. 문창이 윤혜영과 장단화를 삭발하여 내쫓음으로써 이비와 관음 중 하나를 선택할 것을 강요하기 때문이다. 문창 즉 진양공주는 <유씨삼대록>에서부터 '불교를 칠' 의사가 있었던 인물이다. 그러나 진양의 排佛 의지는 <유씨삼대록>에서는 사후에 회상의 형식으로 등장할 뿐 본격적으로 서사화되지는 않는다. <여와전>에서 이를 구체적으로 발현시킨 것은 문창의 배불 의지가 <여와전> 작자의 견해와 일치했기 때문이라고 할 수 있다. 그런데 여기에서 <여와전>이 소설에 대해 이야기하는 소설이라는 사실을 다시 한 번 상기해야 한다.

<여와전>의 작자가 불교를 배척한 것은 작자의 실제 삶에서의 일일 수도 있지만 그보다는 소설 안에서의 일일 가능성이 높다. 실제 생활에서도 불교를 싫어했겠지만, 소설 속에 불교적 색채가 들어있는 것을 싫어했다는 이야기다. 요컨대 <여와전>의 작자는 배경사상으로서든, 단순한 소품으로서든 소설 내에 불교적인 분위기가 존재하는 것을 원치 않았고, 그래서 문창을 내세워 장편소설 내의 불교 세력을 공격하도록 한 것이다.

문창의 도발을 받고 크게 화가 난 관음은 일전을 불사할 각오로 문창을 찾아온다. 이 때 문창은 방금 상제로부터 천존에 봉해져 처소 동화궁으로 돌아가던 중이었는데, 이미 관음이 찾아올 것을 짐작하고 있었다. 따라서 문창은 윤혜영과 장단화를 쫓아낼 때부터 이러한 상황을 예측하고 있었다고 할 수 있다. 이는 곧, 문창과 관음의 만남은 작자에 의해 작품 초반부터 계획되었고, 윤혜영과 장단화의 축출은 관음과의 대결을 예비하는 복선이라는 것을 뜻한다. 그렇다면 <여와전>의 작자가 굳이 관음을 작품에 끌어내리려는 이유는 무엇일까?

장편소설 내의 불교 세력의 정점에는 관음이 존재하고, 관음은 이비와 마찬가지로 숭앙되는 존재이다. 이러한 관음의 위상은 그녀의 숭배자 몇몇을 추방한다고 해서 쉽게 흔들리지 않는다. 관음이 장편소설에 등장하고 여성들을 구원하는 한, 장편소설은 여전히 불교적 색채를 띨 것이다. 관음의 구원을 받은 여성들이 그녀를 신봉하는 것을 막을 방법이 없기 때문이다. 그래서 <여와전>의 작자는 보다 근본적으로 문제를 해결하기 위해서는 관음에게 직접 타격을 주어야 한다고 생각하고, 문창과 관음의 정면승부를 설정한 것이라고 할 수 있다.

이제 관음과 문창의 설전을 구체적으로 살펴보기로 하자. 먼저 관음이 선제공격을 한다. 관음은 문창이 성렬대사 명아공주와 절교한 것,

장단화·윤혜영을 황릉묘에서 쫓아낸 것에 유감을 표명하며, 지친의
정을 끊고 현인을 예우할 줄 모르니 편벽하고 고집하다고 비난한다.[123)
이에 대한 문창의 반응은 매우 공격적이다.

문창이 즉식 답왈 디스는 드르라 텬지 초[판]츌훈 후 다만 유되 잇
고 블되 업더니 셕기 듕이의 명광셩덕을 싀우흐야 유도룰 쩌[뒤]쳐 고
이흔 도룰 지어 텬하룰 더러이니 님군과 아비룰 폐후고 보[본]형뎨논
능운도의 쯰우고 덕을 힝후노라 흔 거시 눔[만민]의 혈육을 그릇케[글
게] 봉[공]양을 붓고 공부흐여 먹는 거시 다 슈고 아냐 눔의 지물(을)
도적후니 흐물며 쳥졍키룰 자랑홀진디 (졔쇄골 보살은) 십만 츄흔의 더
러이믈 밧고 믄득 공덕이라 일크르니 엇지 스스로 붓그럽지 아(니)리오
(이본 [17])

위의 인용문은 문창의 답론 중 불교 일반에 대한 비방에 해당되는
내용이다. 석가가 공자를 시기하여 儒道를 변형시켜 佛道를 만들었다
는 주장은 불교의 위상을 추락시키려는 중상모략이라고 할 수 있는데,
<여와전>의 작자는 나중에 석가를 등장시켜 이것을 긍정하도록 함으
로써 자신의 의도를 더욱 효과적으로 달성하고 있다. 불교가 임군과 아
비를 폐하고, 만민의 혈육을 긁어 공양을 받으며, 수고하지 않고 남의
재물을 도적하여 먹는다는 등은 불교가 일반적으로 받는 비난이다. 이
러한 일반론만은 관음을 패퇴시키기에 역부족이라고 생각했는지 <여

123) "보살이 다시 합장 쇼왈 … 셩군이 우리 불셩불멸도룰 비쳑흐여 빈승의 졔ᄌ 명
인 셩군의 지친이어늘 음문을 뭊쳐 샹통치 아니코 빈승의 졔ᄌ 댱단화 윤혜영이
유훈졍졍흔 ᄉ덕이 셩비룰 감동ᄒ야 봉후직을 습후엿거늘 셩군이 구박ᄒ여 니치시
니 일즉 드르니 셩인은 박졀흔 일이 업다 ᄒ니 셩군이 진실노 셩덕이 이신즉 어
[엇]지 지친의 졍과 현인을 녜우ᄒ미 업셔 이러틋 ᄒ리오 유되 오류믈 출힐 ᄯᄅᆷ이
라 우리 불가의 쳥졍안(일)흔 덕의 비기리오 셩군의 쥬의 편벽ᄒ고 고집ᄒ니 빈승
이 위ᄒ여 긔연ᄒ믈 이긔지 못ᄒ리로다". 이본 [17].

와전>의 작자는 관음에 대한 인신공격을 개시한다.

여기에서 문창은 관음을 <안락국전>의 鴛鴦夫人으로 파악한다. <안락국전>은 관음을 이비나 문창·문일 및 황릉묘의 여성들과 동일하게, 실존했던 后妃 또는 卿相家의 夫人으로 파악하려는 <여와전>의 의도에 잘 들어맞는 작품이라 할 수 있다. 관음이 원래부터 신이었다면 다른 인물들에게 한 것처럼 생전의 행적을 평가할 수 없기 때문이다.

> 디시 쏘 허물이 잇느니 엇지 서릭 긔이리오 당초의 일국 왕후로 가왕이 불도의 외입호야 나라흘 ᄇ리고 명[영]손으로 가나 디시 ᄉᆡᆼ각호여 득[듀]쳥을 못호나 맛당이 티즈로 더브러 종샤ᄅᆞᆯ 직희여 국조ᄅᆞᆯ 길게 호미 어진 후비의 덕이어ᄂᆞᆯ 부인의 몸으로써 티즈ᄅᆞᆯ 다리고 만니의 쏠와 나서 듕도의 ᄲᅥ러져 무슈흔 곤욕을 보고 몸이 보리슈 아리 썩어지니 졀긔 비록 아름다오나 치신을 잘못호여 죠동 졀ᄉᆞ와 샤직을 희망호고 옥보방신이 표표이 참ᄉᆞ호니 이제 외로온 넉시 인눈을 폐호고 머리ᄅᆞᆯ 싹그며 술을 틱와 운슈풍운을 의지호여 무슴 유익호미 잇ᄂᆞ냐 우리 유도의 쥬실 슘모는 니조ᄅᆞᆯ 어지리 호여 팔ᄇᆡᆨ년 텬하ᄅᆞᆯ 일위시고 황영은 반쥭의 피눈믈 쓰리는 졍셩이 계시디 슌을 능히 창오의 ᄯᅡ로지 못호시고 빅희는 블이 브트디 방의 ᄂᆞ리지 아니호고 녜도ᄅᆞᆯ 직희여 죽기ᄅᆞᆯ 감심호니 디시 블쵸흔 가댱의 외입기로 일국 왕후로 쏠와 나셔 나라히 망호고 몸이 죽기의 니르ᄆᆡ 엇더ᄒᆞ뇨 불가능 ᄌᆞ비호기로 본을 호쥭 디시 굿길 젹 쥬인이 무도호나 가속 쳔녀인이 다 사오나올이 업ᄉᆞ니 셩블호야 원슈ᄅᆞᆯ 갑흐미 심흔 곳의 다홀지니 엇디 그 샤던 디ᄅᆞᆯ 모ᄉᆞᆯ 민도라 옥셕을 분변치 아니리오 셩인의 이물ᄒᆞᄂᆞᆫ 덕은 곤츙초목의 니르히 호싱ᄒᆞᄂᆞ니 흔 사름의 ᄉᆞ오납기로 인ᄒᆞ여 쳔녀명을 해ᄒᆞᄆᆡ 이포역픠라 가히 ᄌᆞ비흔 셩덕이라 (이본 17)

문창은 원앙부인의 두 가지 행적을 비난하는데, 하나는 출가하는 남편 사라수대왕을 따라나섰다는 것이다. 문창은 원앙부인의 佛心을 전혀 인정하지 않고 이해하지도 못하는 입장이기 때문에 원앙부인의 행위가 오로지 남편을 좇은 것으로만 비춰진다. 그래서 문창은 '불초한 가장의 외입'을 바로잡기는커녕 부인의 몸으로 태자를 데리고 만 리 길을 따라나선 것이 잘못된 처신이었다고 비난한다. 后妃로서의 임무와 예의를 망각했다는 것이다. 후비로서의 임무에 충실하자면 일단 왕의 출가를 막아야 하고, 그것이 불가능하다면 태자를 보호하여 宗嗣를 지켜야 한다. 또 후비로서의 예의를 지키자면 마음대로 궁궐을 나가 돌아다녀서는 안 된다. 문창이 거론한 周室 三母는 후비로서의 임무에 충실한 경우라 할 수 있고, 二妃와 伯姬는 후비로서의 예의를 지킨 경우라 할 수 있다.

문창은 또 원앙부인이 성불한 후 長子에게 보복한 것을 以暴易暴라고 비난한다. 불가의 자비에 위배된다는 것이다. 이는 타당한 지적이라고 할 수 있다. 앞서 언급했듯이 장자징치는 불경에는 없고 소설본에만 나오는 내용이다. 그리고 <여와전>의 작자가 읽은 것과 거의 같은 내용으로 보이는 이본 ①의 부록 <안락국전>에서는 장자징치의 주체가 하늘이 아닌 관음으로 되어 있어, 관음의 대자대비한 모습과는 더욱 거리가 있다고 할 수 있다. 따라서 <안락국전>의 복수담이 불가의 교리와 배치된다는 <여와전>의 비난은 설득력이 있다고 하겠다.

그런데 이와 같은 설전의 와중에 흥미로운 내용이 하나 눈에 띈다. 문창이 불교를 비난하면서 불교에서는 本形體를 凌雲渡에 띄운다고 한 말이 그것이다.124) 凌雲渡는 <西遊記>에 나오는 강으로,125) 석가

---

124) "석기 듕이의 명광셩덕을 싀우ᄒᆞ야 유도롤 쪄[뒤]쳐 고이훈 도롤 지어 텬하롤 더러이니 님군과 아비롤 폐ᄒᆞ고 보[본]형톄ᄂᆞᆫ 능운도의 ᄯᅴ우고 덕을 힝ᄒᆞ노라 훈 거시 눔[만민]의 혈육을 그ᄅᆞ케[글게] 봉[공]양을 볏고 공부ᄒᆞ여 먹ᄂᆞᆫ 거시 다 슈고

모니가 있는 靈山으로 들어가기 위해서는 이 곳을 건너야 한다. 三藏 일행은 밑바닥이 없는 배를 타고 능운도를 건너는데 이 때 삼장의 시체가 떠내려 가는 것을 본다. 즉 삼장은 능운도에 자신의 육신을 벗어두고 해탈한 상태로 영산에 들어가는 것이다.126) 따라서 '본형체를 능운도에 띄운' 사실을 두고 불교를 비난하고 있는 <여와전>의 작자는 실은 <서유기>의 독자였다고 할 수 있다. 이 점은 <여와전>에서 관음을 수행하는 목차행자가 <서유기>에서 관음의 大徒弟로 나오는 木叉라는 사실에서도 확인된다.

설전의 결과, 관음은 문창에게 승복하지만 화가 난 관음의 행자 목차가 문창에게 덤벼들어 싸움이 벌어진다. 이 때 문창은 위력으로 다시 한 번 관음 일행을 굴복시킨다. 목차는 쇠막대로 문창을 공격하는데, 이 '쇠막대'는 <서유기>에서 목차의 무기인 鐵棍을 번역한 것임을 쉽게 알 수 있다. 이에 문창은 복희씨가 팔패를 긋던 붓을 꺼내 반격한다. 문창의 무기가 붓이라는 것은 학문의 신이라는 그의 관할영역에 그럴 듯하게 어울리는 것이다. 벽력같은 소리를 내며 날아간 붓은 목차의 정수리에 박혀 빠지지 않는다. 관음이 유리병의 감로수를 뿌리며 진언을 외웠으나 더욱 깊이 박힐 뿐이다. 게다가 문창의 眼光에 관음의 蓮臺가 기울어지고 감로수가 마르고 버들잎이 시드는 이변까지 일어난다. 이 사태는 관음이 제자를 대신해 사죄하고, 문창은 '불가의 보복하는 패도를 효측하지 않으려'고 목차를 용서하는 것으로 마무리된다. 이 부분은 짧지만 神魔小說的인 성향이 강한데, 이러한 성향은 <서유

아냐 늄의 지물(을) 도적흐니". 이본 ⑰.

125) 정확히 말하자면 강물 위에 걸려있는 외나무 다리의 이름이지만, 강물로 이해해도 의미는 같다.

126) 吳承恩(明) 著, 『西遊記』(一百回), 三民書局, 民國 65(1976). 제98회 참조.

기>로부터 도입된 것이 분명하다. "아는 이는 ㄱ바엽기 헛것ㅈㄷ고 모ㄹ 는 니는 무겁기 되ㄱ"다고 묘사되는 문창의 붓은 孫悟空의 如意棒을 떠올리게 한다. 따라서 <여와전>의 작자는 불교를 배척할 것을 주장하고 있지만, 불교적인 소설에 대해 완전히 외면하고 있었던 것이 아니라 <서유기>나 <안락국전> 등 다양한 불교적 소설을 섭렵했고 어느 측면에서는 그 영향을 받기도 했다고 할 수 있다.

이 점과 관련하여 다음 인용문을 살펴보기로 하자.

> 문챵이 평싱 디스의 소힝을 긔탄ᄒ여 취치 아닛는 고로 셩녈디시 황가지엽으로 디스롤 혹ᄒ믈 개연ᄒ여 지친의 의롤 끗고 댱단화 윤혜영은 비록 과악이 업스나 임의 디스롤 츄존ᄒ며 감히 셩비의 문의 드러 셩현의 일홈을 도적ᄒ여 졍스롤 어즈러이고 ᄒ 몸의 유불을 겸ᄒ니 분별ᄒ여 너치미 명졍언순ᄒ고 이인이 ᄯ 유존ᄒ던 곳의 도라가미 소원이 이러는지라 디시 아쳐ᄒ미 고이치 아니리오 문챵이 임의 사라셔는 듕이의 덕을 츄모ᄒ고 죽으미 명을 밧ᄌ와 문믹을 총출ᄒ미 유뒤 찬연ᄒ니 모든 셩인을 뫼시니 삼강니 두렷ᄒ고 오륜이 효연ᄒ나 디스의 무리는 방외지물이라 마음의 허치 안일지연졍 침노ᄒ미 업스니 각각 소학을 힘쓸지니 이대[이에 와 분난ᄒ미 스스로] 니룬 바 안한ᄒ 덕이 아니로다 (이본 ⑰)

위의 내용은 문창이 셩렬대사를 거절하고 윤혜영·장단화를 내쫓은 이유를 설명하는 부분이다. 여기에서 문창은 관음을 추존하면서 셩비의 문에 들어오는 것, 즉 유불을 겸하는 것이 부당하다고 주장하면서, 분별하여 내친 것이 오히려 名正言順하며 윤혜영·장단화 또한 有尊하던 곳에 돌아갔으니 소원을 이룬 것이라고 반박한다. 문창은 윤혜영과 장단화를 축출함으로써 유불이 혼재된 무분별·무차별한 상태에 분별과 질서가 부여되었다고 보는 것이다. 그리고 이것은 불가의 영역을 침범하거나 공격한 것이 아니므로 문제가 되지 않는다는 입장이다. 다시 말해 이비의 신하와 관음의 제자를 완전히 분리시키고, 서로 침범하지도 말고, 서로 간섭하지도 말자는 것이 문창의 제안이다.

그런데 이비의 신하와 관음의 제자를 분명히 나누자는 것은 유교적 소설과 불교적 소설의 영역과 경계를 명확히 하자는 말에 다름 아니다. 앞에서 <여와전>의 작자가 <서유기>나 <안락국전> 같은 불교적 성향의 소설을 읽었다는 사실을 지적한 바 있다. 이와 같은 독서 경험을 통해 <여와전>의 작자는 어떠한 작품이 불교적인 소설이고 어떠한 작품이 유교적인 소설인지를 잘 알게 되었을 것이다. 그는 분명히 불교적인 작품들이 유교적인 작품들에 섞여 황릉묘에 들어와 있는 것을 두고 볼 수 없었고, 그래서 불교적 체취가 강한 소설들-그 소설들의 여주인공들-을 돌려보냄으로써 황릉묘의 유교적 순수성을 지키고, 유불을 배타적으로 구분하려 했다. 그러나 <여와전>의 작자가 원하는 유불의 상호불침범·상호불간섭은 서로 대등한 관계가 아니라 유가의 절대적인 우위를 전제로 하는 것이다. <여와전>의 작자는 문창과 관음의 대결에서 문창이 압도적인 승리를 거두게 함으로써 관음의 위상을 추락시켰는데, 그 이유는 간단하다. 관음이 더 이상 장편소설에서 여성의 구원자로 등장하지 못하도록 하려는 것이다. 관음만 사라진다면 장편소설에서 불교의 세력이 크게 위축될 것이기 때문이다.

한편 이 승부로 인해 문창은 불교를 물리친 영웅이 되어 천상천하에 명성을 드날리게 된다. 관음을 굴복시킨 것은 황릉묘에서 요얼을 탕평한 것보다도 훨씬 더 큰 공적이다. 따라서 문창은 이제 문일을 비롯한 다른 누구와도 비교가 불가능할 정도로 아스라히 높은 위치에 올라서게 된다. 특히 관음과의 一戰으로 문창과 문일의 격차는 확연히 벌어

진다. 문일은 생전에 관음의 도움을 받아들였던 만큼 능력이나 위치에
서 관음과 대적할 수 없다. 반면 문창은 관음을 가볍게 제압함으로써
자신이 문일보다 몇 단계 공력이 높다는 것을 증명해 보인다. 그러므로
문창과 관음의 승부는 문창에 대한 <여와전>의 평가를 굳히는 기능
도 있다고 할 수 있다.

  그런데 한 가지 주목해야 할 점은 문창이 오로지 儒家의 인물인 것
이 아니라 儒·仙을 겸한 인물이라는 점이다. 문창이 긍정된다는 것은
유가와 더불어 선가가 긍정된다는 것이다. <여와전>의 작자는 道仙
的인 분위기에 대해서는 거부감이 없으며 오히려 옹호하는 입장인데,
이것은 문창(진양)에게 덧칠해진 도선적 색채가 <유씨삼대록>에서 온
것이 아니고 대부분 <여와전>의 독창이라는 점에서 더욱 명확히 드
러난다. 그렇다면 이것은 소설 비평에 있어서 어떤 의미를 지니는가.
<여와전>의 작자는 장편소설에서 불교적 색채를 몰아내는 대신 그 공
백을 仙家的인 분위기로 대체하려는 비전을 가지고 있었던 것으로 추
정된다. 작품의 중심은 유교적 이념에 충실해야 하지만 유교적인 합리
주의만으로는 소설적 흥미가 부족하기 때문에 도선적인 요소가 필요하
다고 본 것이다.

  이상과 같이 <여와전>의 인물 비평 양상과 그 기준을 살펴본 결과,
<여와전>의 인물 비평의 특징은 철저한 원비 중심의 사고, 윤리적 기
준의 강화, 불교에 대한 배척으로 요약된다. 이러한 세 가지 특징은
<여와전> 시대에 새롭게 등장한 소설들의 특성을 반영하는 동시에,
과거의 소설들에 대한 비판이라고 할 수 있다. 즉, 이전의 소설들에서
는 원비와 차비의 분의가 엄격하지 않았고, 여주인공이 특별한 악행만
하지 않으면 婦德을 갖춘 것으로 생각했으며, 불교에 대한 배타적 의

식도 희박했던 반면, <유효공선행록>, <유씨삼대록>, <현봉쌍의록> 등 새로 나타난 소설들에서는 원비가 훨씬 더 존중되고, 부덕의 기준이 한층 강화되었으며, 불교에 대한 배척도 극렬해진 것이다. 한 마디로 더욱더 유교적 이념에 충실한 소설들이 나왔다고 할 수 있다. 특히 <유효공선행록>과 <현봉쌍의록>에서는 부덕의 기준이 엄격해짐과 동시에 여성의 고난이 대폭 강화된 양상을 보여준다. 특히 여주인공이 규방 안에서 고난을 겪을 뿐만 아니라 규방을 벗어나 혼자 세계와 맞서는 경험을 한다는 데 주목할 필요가 있다. 이와 같은 종류의 고난은 <빙빙전>, <소문록>, <옥환빙>, <한씨삼대록>, <소현성록> 등에서 볼 수 없었던 것이라는 점에서 장편소설의 새로운 변화라고 볼 수 있다. 따라서 <여와전>의 작자는 최근에 등장한 이 새로운 경향의 소설들을 열렬히 지지했고, 자신의 지지를 <여와전>이라는 작품을 통해 표명한 것이다.

<여와전>의 인물 비평에는 현재 존재하는 소설들에 대한 평가 뿐 아니라 장편소설이 앞으로 나아가야 할 방향도 제시되어 있다. 이것은 비평이 마땅히 갖추어야 할 전망이라고 할 수 있다. 황릉묘에서의 인물 비평이 <여와전> 당시까지의 소설사적 상황을 보여주고 그에 대해 논의한 것이라면, <여와전> 작자의 독창적인 창작인 문창과 문일에 대한 전생담이나 문창과 관음의 대결 등에는 장편소설의 미래에 대한 <여와전> 작자의 기대와 비전이 담겨 있다고 할 수 있다.

<여와전>의 작자는 가장 이상적이고 위대한 여성으로서 문창의 형상을 창조해냈다. 조선 후기의 모든 소설을 통틀어 여성의 위상이 이처럼 높고 여성의 활약이 이처럼 눈부신 예는 없는 것으로 생각된다. <여와전>의 작자가 문창과 같은 인물을 만들어낸 것은 장편소설에서 문창과 같은 위대한 여성들이 더욱 많이 등장하기를 기대했기 때문일 것

이다. 같은 의도에서 <여와전>의 작자는 여성영웅들에 대해서도 관대했다. 이 또한 여성이 功業을 성취하는 하나의 방법이기 때문이다.

　<여와전>의 작자는 불교를 배척하는 대신 도선적인 요소를 작품에 끌어들여 儒·仙의 연합전선을 꾀한다. 이것은 儒·仙의 합동공세를 통해 불교를 몰아내고, 작품의 흥미는 그대로 유지하자는 발상에서 나온 것이다. <여와전>의 작자는 <서유기>나 <봉신연의> 같은 신마소설을 탐독한 인물로서, 지나치게 현실적인 논리로만 진행되는 작품에는 흥미를 느끼지 못했던 것 같다. 예를 들어 <유효공선행록>과 <현봉쌍의록>은 매우 사실적인 작품이다. 이 두 소설에는 초월계의 개입이나 신이한 일이 전혀 없고 모든 일이 현실세계의 논리로 진행되고 해결된다. 가장 신비한 사건이라면 <현봉쌍의록>에서 요광현의 꿈에 선관이 나타나 이씨의 기도로 수명이 연장되었다는 것을 알려주는 정도이다. <유효공선행록>에서는 유연이나 정씨가 그토록 혹독한 고난을 겪는데도 神人은커녕 죽은 어머니도 한 번 현몽하는 법이 없다. 초월계의 개입이 자제되는 것은 <유씨삼대록>도 비슷하지만, <유씨삼대록>에는 진양공주의 신이한 능력이 전면에 등장하고 있어 <유효공선행록>이나 <현봉쌍의록>만큼 현실적이라고 보기 어렵다. 진양의 이와 같은 능력은 天文秘書를 보고 터득한 것으로 나온다. 따라서 <유씨삼대록>은 <유효공선행록>이나 <현봉쌍의록>에 비해 仙界나 異術에 관한 관심이 조금 더 높다고 할 수 있다. <여와전>의 작자가 <유씨삼대록>을 가장 애호한 것은 바로 이러한 경향과도 관련이 있는 듯하다. 다시 말해 <여와전>의 작자는 초월계의 존재나 개입을 긍정적으로 생각하고 있었으며, 다만 그 초월계가 불교적인 세계가 아니라 仙界이기를 희망한 것이라고 할 수 있다.

5. 이본 작자들의 부분적 반론

<여와전>을 읽고 또 필사했다는 것은 어느 정도 <여와전>의 주장에 동의했다는 증거이다. 그들은 <여와전>을 두고 볼 만한 이야기로 생각했기 때문에 읽고 베끼는 수고를 기꺼이 감수한 것이다. 그러나 <여와전>의 독자들이 <여와전> 작자의 견해에 무조건 찬성한 것은 아니다. <여와전>의 독자들 중에도 장편소설에 대한 견식이 있는 인물들이 있었고,127) 이들은 자신의 독서감상과 위배되는 내용이 발견되면 수정하거나 삭제함으로써 자신의 의견을 반영하였다. 따라서 이들은 단순한 필사자가 아니라 이본 작자라고 부르는 것이 옳다. 그러나 이들은 아예 새로운 작품을 창작하여 전면적으로 <여와전>을 비판한다거나 나름대로의 새로운 비평적 체계를 세우는 데까지는 나아가지 않았고, <여와전>에 대해 부분적인 반론에 그쳤을 뿐이다. 그러나 이들의 견해는 <여와전>이 독자들에게 어떻게 받아들여졌는가를 보여주는 귀중하고 흥미로운 자료들이다.

1) 이본 ①의 경우

<여와전>에서 강등된 인물 가운데 가장 억울해 할 사람은 <소현성록>의 석숙란이다. 석숙란은 현숙하고 아름다운 여성인데도 원비보다 뛰어나다는 이유로 존호를 빼앗겼기 때문이다. 따라서 이본 ①과 같이 <여와전>의 평가에 반대하고 석숙란을 옹호하는 의견은 충분히 나올 만한 것이다.

---

127) 사실 장편소설에 대한 상식이 없다면 <여와전>을 읽어도 아무런 흥미도 느끼지 못할 것이고, 이러한 사람들은 <여와전>을 끝까지 읽지 않을 것이다.

석슉난은 지조와 부덕을 겸ᄒ고 쏘흔 그 명광염뫼 조화를 가쵸더 나히 최지ᄒ야 쇼경의 ᄎ비 되어시나 원비 화시 악악흔 욕이 시시로 ᄒ더 모러예 더지고 존당 감지을 밧드옵고 원비와 소고룰 극진이 셤기오니 존당 양틱부인ᄀ흔 녀듕군왕의 부인이로되 ᄒᄌ할 고지 업고 소경ᄀ흔 셩현군지로대 지긔룰 허ᄒ고 소월영ᄀ흔 군ᄌ의 소고라도 황복ᄒᄂᆫ 고지 만ᄒ니 가히 하늘이 복을 쥬셔 진왕 윤셩ᄀ흔 아들을 ᄂ횻고 황후 쌀을 나아 의복과 좌ᄎ을 원비갓치 ᄒ니 무릿 스람되ᄂᆷ미 어진 거시 읏씀이라 쏘 썩시 초도 굿긴 거시 ᄉ경 【뉴원수 쳐】 의 비기지 못ᄒ나 음힝으로 * 1줄 안 보임 * 니 ᄉ시 좌ᄎ의 감족 ᄒ도다 (이본 ①)

이본 ①의 작자는 석숙란이 뛰어난 자질(재주·부덕·자색)에도 불구하고 나이 차이 때문에 차비가 되었음을 전제한다. 석숙란이 나이만 어리지 않았으면 화씨보다 먼저 혼인하여 소현성의 원비가 되었을 것이라는 이야기다. 즉 이본 ①의 작자는 원비와 차비의 분의를 절대적인 것으로 생각하지 않는다. 대신 이본 ①의 작자가 중요시하는 것은 개인의 품성이다. 석씨가 화씨보다 어질기 때문에 하늘이 복을 주셔서 왕과 황후의 모친이 되었으니 의복과 좌차를 원비와 같이 한다 해도 문제가 되지 않는다는 것이다. 이러한 견해는 <소현성록>의 서술 태도와 일치하는 것이라 할 수 있다.

또 이본 ①의 작자는 사정옥의 고난보다 그 강도가 약하기는 하지만 석씨도 초년에 여씨의 작변을[128] 겪었으므로 사씨와 같은 좌차에 오를 만하다고 평가하고 있다. 사씨의 좌차는 황릉묘에서 가장 높은 것이므로, 이것은 석숙란을 위차에서 제외시킨 <여와전> 작자의 평가를 정면으로 반박한 것이다. 그런데 여기에서 흥미로운 것은 심한 고난을 겪

---

128) 여씨가 개용단을 먹고 석씨의 모습으로 변신하여 음란하게 굴었기 때문에 소현성이 석씨를 출거시킨 사건을 말한다.

은 인물일수록 높은 위차를 받는 것으로 보는 이본 작자의 시각이다. 이것은 <여와전>의 중요한 규칙 하나를 지적하고 있는 것으로 생각된다. <여와전>에서 가장 높은 정숙비의 위차를 받은 것은 사씨와 정씨였는데, 이들은 모두 舅家에서 출거당하고 혼자서 수천 리를 여행하면서 고난을 겪은 인물들이다. 효열비로 봉해진 이씨2 역시 계모와 청릉군주의 박해를 받고 운남까지 남편을 찾아가는 등 험한 일을 겪었다. 따라서 이본 작자의 생각대로, <여와전>에서는 수난이 심할수록 위차도 높아진다고 할 수 있다.129)

그러나 이본 작자의 견해와 달리 석숙란의 고난을 사씨나 정씨의 고난과 같은 종류로 보기는 어렵다. 석숙란도 출거당하기는 하지만 친정에 가서 지내다가 아들을 낳아 돌아오는 것이 고난의 전부이기 때문이다. 사씨나 정씨에 비하자면 이 정도의 고난은 고난 축에도 끼지 못할 뿐 아니라 고난의 범위가 규방을 벗어나지 않는다는 점에서 사씨·정씨와 경우가 다르다. 석숙란의 고난은 처처 갈등으로 인해 벌어지며, 가내에서 발생하여 가내에서 해결되고, 고난을 야기시킨 주체 즉 모해자가 심각하게 처벌되지 않는다는 점에서 소월영, 윤혜영 등의 체험과 유사하다.130)

2) 이본 ③의 경우

이본 ③은 황릉묘의 위차 조정에서 작품이 종결되어 버리는 특이한

---

129) 이씨1과 양백영에게는 이러한 수난이 없었는데, 이것은 이씨1이 진양의 시어머니이고 양백영이 문성의 시조모라는 연고로 추천된 때문이라고 생각된다.

130) 석숙란을 모해한 여씨는 출거되어 새로운 삶을 찾고, 소월영과 윤혜영을 핍박하던 적국들은 소·윤의 고난이 해결된 뒤에도 계속 동렬로 살아간다.

이본이며, 문창에 의해 추천되는 명부도 4인 중 3인이 교체된다. 정씨만 그대로 등장하고 나머지 세 사람은 <六艶記>의 서씨 자매로 바뀌는 것이다. 그런데 이들의 출전 작품인 <육염기>는 불교적인 성향이 짙은 소설이다. <육염기>의 주인공들은 원래 천상의 선관 또는 불가의 나한이었다가 세상을 진정하기 위해 강세하는 것으로 설정되어 있으며, 建文帝 부부는 현생에서도 승려가 되어 40년간 불도를 닦는다. 따라서 <육염기>의 인물들을 추천한 이본 ③의 작자는 <여와전>의 작자보다는 불교에 호의적인 태도를 가지고 있었다고 하겠다. 불교 배척이 강하게 나타나는 작품의 후반부를 생략해 버린 것도 이와 관련이 있을 것이다. 그러나 이본 ③의 작자가 처음부터 개작을 할 의도로 필사를 시작한 것 같지는 않고, 즉흥적으로 등장인물을 교체한 후 작품을 마감해 버린 듯하다. 이것은 '송적 명부 일인과 명적 명부 삼인'이라고 필사를 했다가 이것을 지우고 '명적 명부 네 사람'이라고 고친 사실에서 추측할 수 있다.

그런데 ③의 이본 작자가 원작자에 비해 불교를 긍정하고 있기는 하지만 <육염기>의 서술시각을 그대로 받아들인 것은 아니다.

쏘 흔 녀지 계슈복지 왈 신쳡의 소회는 타인과 다른지라 신의 부뷔 박덕무의흐여 빅셩을 능히 거느리지 못흐고 보위롤 능히 직히지 못흐여 튱신 녈스로 흐여곰 십족의 혹화롤 당케 흐고 쏘 제 목숨을 앗겨 구챠히 변형흐여 이단의 몸이 되엿스오니 어느 넘치로 셩문의 츙수흐오며 무슨 면목으로 녈위 셩녀롤 디흐오리잇가 사라셔 동싱 등의 참화롤 밧게 흐고 죽어셔 뭇형 부뷔 다 지옥 죄인이 되오니 셩젼 수후의 무슴 빗나미 잇느니잇고 복원 낭낭은 셩지롤 거두샤 비박지인의 분을 평안케 흐쇼셔 (이본 ③)

위 인용문은 건문제의 황후로 연왕의 찬탈 이후 승려가 된 서월염이 위차를 사양하는 내용이다. 여기에서 서월염은 비구니가 된 것을 '이단의 몸'이라면서 수치스럽게 생각하고 있으며, 연왕 부부 즉 큰언니 부부를 지옥 죄인으로 규정하고 있다. 그런데 이러한 태도는 <육염기>의 서술시각과는 큰 차이가 있다. <육염기>에는 불교에 대한 부정적인 시각이 전혀 존재하지 않을 뿐만 아니라 여러 도교적 신들보다도 석가세존이 상위의 신인 것처럼 그려지고 있다. 그리고 영락제[연왕]도 건문제와 마찬가지로 세존의 제자로, 이미 정해져 있었던 임무를 다한 것이기 때문에 사후에 어떠한 문책도 받지 않는다. 따라서 이본 ③의 작자는 <육염기>를 이해하는 데 있어 원작의 의도에서 크게 벗어나 있다고 할 수 있다. 그렇다면 ③의 이본 작자가 <육염기>의 인물들을 높이 평가한 이유는 무엇일까.

　　진군이 낫빗□ 곳치고 공경디왈 션악을 분면ᄒ여 어지 니롤 나오고 악ᄒ 니롤 물□ 제 엇지 유복과 혈복을 갈희리오 부인 ᄌ민 형뎨의 놉흔 녈□과 아롭다온 일홈을 ᄉ모ᄒ연지 오러디 능히 인진치 못ᄒ엿더니 오늘날 다힝이 녀와의 명으로써 이에 니르매 특별이 ᄉ위 부인을 니뤼여 이비의 쳔거ᄒᄂ니 모롭이 ᄉ양치 말고 위 장강 반쳡의 무리로 병녈ᄒ여 샹비롤 돕고 민ᄉ롤 샹의ᄒ여 ᄡ 쇼셩 등의 갈구ᄒ 쓰즐 헛되게 마르쇼셔 (이본 ③)

인용문은 서씨 자매들이 薄命을 이유로 위차를 사양하자 문창이 개유한 내용이다. 황릉묘의 위차를 정하는 데 있어서 有福과 歇福을 가리지 않으며, 서씨 자매는 높은 열절이 있으므로 위를 받을 만하다는 것이다. 실제로 <六艶記>는 <徐氏六烈記>로 불릴 정도로 여섯 자매의 烈을 부각시킨 작품이다. 특히 서자염, 서기염, 서월염 자매는 모두 운명이 불행했기 때문에 烈節이 더욱 돋보인다.[131] 따라서 이본 ③의 작자는 <여와전>의 작자가 선호한 현부보다는 열녀를 높이 평가한 것을 알 수 있다. 또 이것은 <여와전>에서 행복한 결말을 누린 인물만을 높은 위차에 올린 데 대한 반발이라고 할 수 있을 것이다.

3) 이본 ⑥의 경우

이본 ⑥은 두 가지 점에서 특이한 이본이다. 추천 명부에 <창선감의록>의 윤화옥과 남채봉을 추가한 것과, 문창의 불교 배척에 대해서 문제점을 지적한 것이 그것이다. 그런데 <창선감의록>의 여주인공들을 등장시킨 것보다도 몇 배 흥미를 끄는 것은 문창을 비판한 부분이다. 이본 ⑥의 작자는 관음이 문창을 비난하는 부분을 다음과 같이 부연하였다.

관음니 흡장 쇼왈 성군니 이러틋 ᄒ시니 빈승이 엇지 기이리오 금일 니르문 다른 년괴 아니라 성군이 불상불멸지도을 비쳑ᄒ여 빈승의 뎨ᄌ 명애 성군의 지친니어날 음신을 ᄆᆞᆽ쳐 셔로 통치 아니니 심히 박졀ᄒ고 댱단화 윤혜영은 유한뎡뎡ᄒ 스덕니 성비을 감동ᄒ야 봉후딕을 습ᄒ엿거눌 성군이 구박ᄒ야 니치시니 일쪽 드르니 성인은 박졀ᄒ 일니 웁스니 성군이 진실노 덕이 잇시면 지친의 졍과 현인슉녀을 네우ᄒ미 업셔 니러틋 ᄒ리오 일쪽 **녕존당 뎡부인니 오년을 우리 암듕의 와 의탁ᄒ시고 사시 뎡옥니 미쵼을 짓고 빈승의 뎨ᄌ 묘상의 구ᄒ믈 입어 뎨ᄌ의 도을 극진니 ᄒ미 빈승이 도아 일혼 아달을 ᄎᆞᆰ고 두 사람의 녕복니 무궁ᄒ미 부쳐을 공경ᄒ야 셤기고 불가의 졍셩이 지극ᄒ미 빈승이**

감동ᄒ야 부부며 부ᄌ의 뉸을 온젼케 졔도ᄒ미라 이졔 두 ᄉᆞ롭의게ᄂ
당단화 윤혜영의 법을 쓰지 아니ᄒ시ᄂ뇨 불가의 잠간이라도 왓던 사람
은 다 도라보니시미 올커날 당단화 윤혜영만 비쳑ᄒ시니 셩군의 ᄉᆞᄉ
업ᄉᆞᄆ 이러틋 편벽ᄒ고 고집ᄒ니 빈승이 위ᄒ여 가연ᄒᄆ 이기지 못
ᄒᄂ니다 (이본 6)

인용문에서 진하게 표시한 내용은 이본 6의 작자가 창작해 넣은 것
이다. 이본 6의 작자는 장단화·윤혜영을 내쫓은 문창의 불교 배척에
형평성의 문제가 있다고 본다. 장편소설에서 고난을 당하는 여성은 대
개 암자나 절에 의탁하기 마련인데, 이것이 아무리 일시적인 피신처라
해도 불교를 배척하면서 절에 머무르는 사람은 없다. 때문에 절에 안신
한 여성들은 어느 정도 신앙심을 가지고 부처에게 예불하면서 고난이
해소되기를 기다리게 된다. 이본 6의 작자가 지적한 것이 바로 이 점
이다. <여와전>에서 가장 높은 위차를 차지한 두 사람 정씨와 사씨
역시 수월암에서[132] 수 년씩 머무르며 관음을 섬겼던 인물이 아니냐는
것이다. 따라서 이본 6의 관음은 문창에게 불교를 정말 배척하고 싶다
면 윤혜영·장단화만 남해로 돌려보내지 말고 사씨와 정씨 및 불가에
잠깐이라도 의탁했던 여성들은 모두 돌려보내라고 요구한다.

이것은 문창의 불교 배척이 지닌 허점을 명쾌하게 지적한 것으로 보
인다. 실제로 정씨는 조주에서 유연에게 버림받은 후 머리를 깎고 비구
니가 되어 5년을 지냈으며, 사씨는 두발과 복색을 고치지는 않았지만 6
년간 암자에 머물면서 묘희와 함께 모든 수고를 함께 하였다. 비구니와
모든 수고를 함께 한다는 것은 머리만 깎지 않았을 뿐 비구니로서 생

---

132) 사씨와 정씨가 머무르는 절 이름은 둘 다 水月庵이다. 水月庵은 그 이름에서,
관음의 33현신의 하나인 水月觀音을 모시는 비구니들의 절임을 알 수 있다.

활했다는 뜻이다. 따라서 관음이 이들을 자기 제자라고 주장할 충분한 근거가 있는 셈이다. 문창이 이와 같은 정씨와 사씨의 행적에 대해서는 침묵하면서 윤혜영과 장단화만 내친다는 것은 정말 불공평한 처사로 보인다. 그러나 이본 ⑥의 작자는 문제만 제기했을 뿐 해결책을 내놓지는 못했다. 관음의 공격에 대해 문창은 제대로 답변하지 않은 채 어물쩍 넘어가 버리고, 관음도 더 이상 그 문제를 거론하지 않는 것이다. 이것은 이본 ⑥의 작자가 문창의 행위에 대해 문제의식을 느꼈지만 문창의 입장에서는 어떻게 반론을 펴야 하는지 몰랐고, 그렇다고 스토리를 바꿔 관음이 문창을 이기게 만든다는 것도 감당하기 어려웠기 때문에 벌어진 현상일 것이다.

그렇다면 <여와전>의 작자는 정씨와 사씨의 일에 대해 어떤 생각을 지니고 있었을까. 정씨와 사씨는 그대로 두고 윤혜영과 장단화를 추방한 것은 과연 형평성에 어긋난 일이었을까. <여와전>은 정씨・사씨가 불가에 의탁한 것과 윤혜영・장단화가 불가에 의지한 것에 어떤 차이가 있는지 밝히지 않고 있다. 아마 이것은 <여와전>의 작자로서는 별로 입에 담고 싶지 않은 화제였을 것이다. 자신이 현숙한 여성으로 추대한 인물들에게 오점이 되는 과거이기 때문이다. 그러나 정씨・사씨의 경우와 윤혜영・장단화의 경우를 동일하게 볼 수는 없다. 왜냐하면 정씨・사씨는 살아남기 위해 어쩔 수 없이 절에 들어간 것이고, 그들의 신앙은 일시적인 것이었지만, 윤혜영・장단화는 자유의지로 불교를 선택하고 평생 신봉했기 때문이다. 다시 말해 <유효공선행록>・<사씨남정기>에는 불교가 소재 차원에서 잠깐 등장할 뿐이지만, <소문록>・<옥기린>에서는 불교가 작품의 배경사상이 될 수도 있는 것이다. 이것은 큰 차이이다. 따라서 <여와전>에서 윤혜영・장단화를 쫓아낸 것은 이들이 불교를 일시적 도피처가 아닌 신앙으로 받아들인 때문이라고 할 수 있다.

그런데 사씨와 정씨도 사례가 완전히 같지는 않다. 사씨는 觀音讚을 짓는 등 혼인 이전부터 불가와 인연이 있었고, 관음의 구원을 직접 받았으며, 고난이 해결된 뒤에는 남편 유연수와 함께 나란히 예불을 드리기도 한다. 따라서 <사씨남정기>는 불교를 유교적으로 해석하기는 하지만 어쨌든 불교에 대해 호의적인 태도를 보이는 작품이다. 반면 정씨는 남편에게 버림받은 상태에서 아이를 낳아 길러야 했기 때문에 부득이하게 절에 의탁한 것이고, 집에 돌아온 뒤에는 이단의 행위를 했다고 하여 남편 유연의 박대와 멸시를 받는다. 정씨 또한 尼姑가 되었던 일을 욕되게 생각한다. 따라서 여주인공이 비구니가 되는 내용이 있음에도 불구하고 <유효공선행록>은 불교에 대해 배척적인 입장을 취하고 있는 작품이다.

이러한 차이가 발생하는 이유는 무엇일까. 무엇보다 <사씨남정기>와 <유효공선행록> 사이에 존재하는 시간적 격차와 이에 따른 소설 경향의 변화를 생각해 볼 수 있다. <사씨남정기>·<창선감의록>의 시대만 하더라도 불교에 대한 배척이 심하지 않았고, 그랬기 때문에 <소문록>이나 <옥기린> 같은 불교적인 소설이 성행할 수 있었을 것이다. 그러나 <유효공선행록>·<유씨삼대록>·<현봉쌍의록>의 시대에 이르면 불교를 배척하여 장편소설을 정화하려는 움직임이 강하게 일어나며, <여와전>도 이러한 새로운 경향을 지지하고 있는 것이다.

4) 이본 [17]의 경우

이본 [17]에는 사씨가 등장하지 않는다. 이본 [17]의 작자가 사씨를 소거시킨 이유가 무엇인지는 명확하지 않다. 그러나 필사상의 실수로 빠뜨린 것이 아니라 일부러 없앴다는 것은 분명하다. 문창이 사씨를 칭찬하는 부분을 삭제했을 뿐만 아니라, 사씨를 정씨와 더불어 정숙비에 봉하는 부분도 바꾸어 정씨와 이씨가 정숙비가 되는 것으로 만들었기 때문이다. 그런데 이본 ⑰처럼 사씨를 제외시켜도 작품에 큰 지장이 없다는 것은 사씨가 차지하는 위치는 높지만 실제 비중은 그리 크지 않음을 말해준다. <여와전>의 작자는 외부로부터 초빙되어 오는 정씨, 이씨1, 이씨2, 양백영에 대해서는 그 외모를 온갖 미사여구를 동원해 칭송하면서도 사씨의 용모에 대해서는 일언반구 언급하지 않았다. 따라서 사씨는 <여와전>에서 융숭한 대접은 받고 있지만 이것은 원로로서의 대우일 뿐 오늘의 주인공으로서 주목을 받는 것은 아니라고 할 수 있다.

이상과 같이 이본 작자들이 <여와전>에 대해서 가지고 있는 불만과 비판을 살펴보았다. 이본 ①은 원비와 차비의 분의보다는 개인의 품성을 중시했고, 이본 ③은 현부보다 열녀를, 행복한 쪽보다 불행한 쪽을 높이 평가했다. 이본 ⑥은 불교 배척에 대한 형평성 문제를 제기했고, 이본 ⑰은 원로라는 이유로 대접을 받고 있는 사씨를 제거해 버렸다. 이와 같은 이본 작자들의 문제 제기는 나름대로 모두 타당성을 지니고 있어, <여와전>의 독자들이 수동적으로 작품을 향유하기만 한 것이 아니라 적극적으로 소설 비평에 참여했음을 알 수 있다. 따라서 <여와전>은 그 자체로 하나의 완성된 소설 비평이지만, <여와전>의 이본이 산출될 때에는 똑같은 닫힌 구조의 <여와전>이 복제되는 것이 아니라, 끊임없이 새로운 비평적 견해가 첨가되고 수정되면서 활발한 비평문화를 열어갔다고 하겠다.

V. <황릉몽환기>의 작품 세계

<黃陵夢還記>는 조선의 두 선비가 중국 소상강을 유람하다가 꿈에 황릉묘를 방문하고 돌아온다는 내용의 소설로 창작 연대나 작자는 밝혀져 있지 않다. <황릉몽환기>를 처음 소개한 장효현은 간략한 해제와 더불어 작자, 문학사적 의의 등 몇 가지 중요한 문제를 지적함으로써 학계의 관심을 구했다.[1] 그러나 그동안 <황릉몽환기> 연구에는 별다른 진전이 없었다. <황릉몽환기>에 대한 논의가 부진했던 것은 <황릉몽환기>를 몽유록으로만 보고 장편소설 연구자들이 관심을 갖지 않았기 때문이다. <황릉몽환기>는 몽유록이지만 <여와전>의 후편으로서 장편소설과도 관련이 있는 작품이다. 따라서 본고에서는 <여와전>과의 관계 및 장편소설에 대한 비평적 시각을 중심으로 <황릉몽환기>를 고찰하기로 한다.

먼저 논의의 편의를 위해 작품 경개를 소개하면 다음과 같다.

大明 崇禎 연간에 영남 선비 경암과 호서 선비 계암은 대대 명문의 후예이나 성명을 감추고 同隣에 은둔하여 知己로 지낸다. 어느 날 두

---

1) 장효현, 「황릉몽환기에 대하여」, 국어국문학회 전국대회 발표요지, 고려대, 1995. 5. 28.

사람이 유람을 떠나 瀟湘八景에 이른다. 경암이 옥소, 계암이 거문고를 연주하면서 가을밤의 회포를 달래던 중, 계암의 곡조에 二妃를 비판하는 뜻이 들어있는 것을 듣고 경암이 이유를 묻는다. 계암은 娥皇·女英의 비할 데 없는 복록으로 瀟湘에서 혈루를 뿌리고 도로에서 節死한 것은 과욕이라고 한다. 경암이 湘妃가 알면 죄를 입을 것이라고 하자, 계암은 오히려 直言正論으로 칭찬받을 것이라고 한다. 두 사람이 웃으며 술을 마시던 중 청의여동 한 쌍이 이비의 부름을 알린다.

두 사람이 청의여동을 따라 黃陵廟 上仙宮에 도착하니 周室 三母, 衛 莊姜, 漢 班姬 등 聖妃淑婉이 이비를 모시고 있는 별세계였다. 이비의 명에 따라 계암이 남편의 부음을 듣고 만리에 발섭한 것은 后妃의 예가 아님을 논한다. 이비도 계암의 주장을 옳게 여겨 失禮를 인정한다. 그러나 복록 뒤에 가려진 슬픔이 있었다면서, 舜의 가족들이 舜과 자기 자매를 핍박하던 일과 舜이 농사짓고 질그릇을 구울 때 수고를 함께 한 일, 舜이 왕위에 오르고 가족들이 회과한 후에는 아들 商均의 불초함 때문에 마음 아팠던 일 등을 이야기한다. 그리고 진짜 복록을 갖춘 것은 周文王의 妃 太姒라고 한다. 이에 太姒가 나와서 文王이 7년간 羑里城에 유폐된 사건, 맏아들 伯邑考의 참사, 불초한 아들들인 管叔鮮·蔡叔度의 반란 등 자신은 이비보다 더 큰 슬픔을 겪었음을 설명한다. 이에 계암도 자신의 불평한 소회를 털어놓고 이비의 신하가 되기를 구하나, 이비는 정해진 운명이 있으니 돌아가 천도를 기다리라고 한다. 계암이 이비에게 하직하고 나오는데 효문공 유연의 부인 정씨가 나타난다. 정씨는 자기 부부의 행적이 세상에 잘못 알려졌다면서, 남편은 조주 적소에서 원사했고 자신은 아들 우성을 낳은 후 溺水自死 했으니 尼姑가 되어 수월암에서 지내다가 돌아왔다는 왜곡된 이야기를 믿지 말라고 한다.

진주발을 내리는 소리에 깨어 보니 꿈이었다. 두 사람이 유람에 흥미를 잃고 고향에 돌아오니 겨울이 되어 물색이 더욱 처창했다.

1. 이본 연구

<황릉몽환기>는 현재까지 조사된 바로는 다음과 같은 5편의 이본이 존재한다.

> ① 황릉묘몽유록
>
> 강전섭 소장. 落張. 유한당언행록 대문문·술방문 합본. 필사기 : 병인(1866?) 듕츈 슌간 친측 대방 남창하의셔 셔ᄒ노라.
>
> ② 황릉몽환기
>
> 고려대 소장. C15−A109. 落張. 표지 : 雜記彙集 慶安齋 手筆. 듕목공신도비명(忠穆公神道碑銘) 합본.
>
> ③ 게암겡암전
>
> 단국대 소장. 古853.5/여635. 여와전 경낭진군문챵셩요열 합본. 필사기 : 임신(1932?)즁츄 상이일에 츠칙을 시죽ᄒᄂ니 아모려나 글시 써 갈ᄉ록 나ᄉ지기를 원ᄒ노ᄅ.
>
> ④ 황릉묘몽환기
>
> 성균관대 소장. D7B−49. 등왕각서·비파행 등 합본.
>
> ⑤ 경암게암젼
>
> 성균관대 소장. D7B−61. 황릉묘요얼탕평전·자운가·탄금가·소군원가 합본. 1928년 4월 26일(순종 신위봉안일) 이후 필사. 필사기는 너무 길기 때문에 생략함.

5편이 모두 국문 필사본이므로 현재로서는 국문으로 창작되었다고 생각된다. 그러나 한문으로 창작된 후 국문으로 번역되어 유통되었을 가능성도 배제할 수는 없다.[2] 이본 ②는 표지의 기록으로 보아 '慶安

---

2) 최근 <황릉몽환기>의 한문 이본인 <船遊問答>의 존재를 알게 되었다(이 사실을 알려주시고 자료를 제공해 주신 정용수 선생님께 감사드린다. 정용수, 「캘리포

齋'라는 남성에 의해 필사된 것으로 추정되고, 이본 ①과 ⑤는 여성이 필사·소장한 듯하다. 이본 ①에 합본되어 있는 술방문은 여러 가지 종류의 술 빚는 방법을 기록한 글이고, 이본 ⑤는 필사자가 <옥린몽> 등 다른 소설을 빌려볼 생각으로 아주머니에게 보낸 것이기 때문이다.

<황릉몽환기> 각 이본의 특성과 차이점을 검토해 보면 다음과 같다.

먼저 이본 ①은 몽유자 소개·입몽·이비와의 만남 등 작품의 도입부가 찢겨져 나가고 없으며 생략과 부연이 심하다. 상비가 투색연을 열어 여와의 노여움을 입었던 사건을 술회하는 대목이 생략되었다. 이본 ②는 중반부의 태사의 발언 중 뒷부분과 이비의 답언, 계암의 소회가 누락되어 있는데, 책을 다시 묶을 때 빠진 듯하다. 실제로 이본 ②는 책을 다시 묶을 때 발생한 착오 때문에 6면 다음에 13면~18면이 들어 있고 7면부터가 그 뒤에 들어 있다. 그러나 이본 ②는 오자가 가장 적고 문맥이 합리적이다. 이본 ③은 중간에 내용이 누락되어 문맥 파악이 어렵고 오자·낙자도 심하다. 이본 ④와 ⑤는 완본이다. 이본 ④는 약간의 오자가 존재하지만 내용이 풍부하고 완전하다. 반면 이본 ⑤는 오자·낙자가 많고 문맥이 비합리적이어서 텍스트로 적합하지 않다.

디명 슝뎡 년간의 녕남션비 경암과 호셔션비 계암은 셰디명문이오 줌영거족이라 일즉 셩명을 곱초고 낙낙흔 뜻이 고운야학 ㅈ흐여 속졀

니아대학 소장 한국 고소설 자료의 비판적 연구」, 『동남어문논집』 14, 동남어문학회, 2002.12. 참조). <선유문답>은 미국 버클리대에 소장되어 있으며, <강도몽유록>의 부록으로 합책되어 있다. <선유문답>은 기존의 <황릉몽환기>를 후반부로 하고, 주인공 두 사람과 仙翁이 문답하는 내용(선유문답)을 전반부로 한다. 그래서 내제에는 <船遊問答 黃陵墓夢記>라고 되어 있다. 원작이 이러한 형태였다가 뒷부분의 '황릉몽환기'가 분리되어 나간 것인지, 아니면 <황릉몽환기>에 후대에 '선유문답'이 첨가된 것인지는 단정할 수 없다. 아직 면밀히 검토하지는 못했으나, 후반부만 두고 볼 때, 국문본 <황릉몽환기>보다 한문본 <선유문답>이 약간 축약된 형태인 듯하다.

업시 속셰말쇽의 힝홀 비 업손디라 봉황의 샹셔를 알윌 곳이 업고 긔
린의 때 아닌 바로써 구체의 먹기를 탐ᄒ야 엇디 문을 빗나디 아니ᄒ
며 회음의 부귀를 구ᄒ여 유확의 핑ᄒᄆᆯ 감심ᄒ리오 문달을 졔후의게
구치 아니코 부귀를 만승의게 비디 아니ᄒ야 다만 냥인의 심담이 상됴
ᄒ야 교계 빅년의 디나니 비록 셰한의 사괴미 아니나 그윽이 지음의
신긔ᄒ미 잇는디라 (이본 ②)

디명 숭정 연간의 역남션비 계암 겡암은 셰가명이오 ᄌ명거족이로
디 셩명을 감초고 낙낙ᄒ 쓰지 고운야학 갓ᄒ야 속졀업시 문장덕힝이
말셰의 힝홀 비 업손지ᄅ 봉황이 상셔랄 야을 곳지 업고 긔린니 쩌 안
인 ᄇ로 구쳔의 먹기를 치ᄒᄒ야 문을 빗너지 안니ᄒ고 회음후 부귀랄
구치 안니ᄒ고 부귀랄 만승의 비지 안니ᄒ야 다만 양인의 심담이 상조
ᄒ야 교긔 빅연의 신긔ᄒ미 잇는지ᄅ (이본 ③)

대명 승뎡 년간의 녕남션비 경암과 호셔션비 계암은 셰디명문이오
ᄌ명거족이로디 일쪽 셩명을 감쵸고 낙낙ᄒ 뜻이 고운야학 ᄀᆾᄒ야 속
졀업시 문댱덕힝이 강셰말쇽의 희올 비 업산디라 봉황의 샹셔를 알 고
이 업고 긔린이 쩌 아닌 바로써 구톄의 먹기를 다ᄒ야 엇디 문을 빗니
지 아니ᄒ며 회음의 부귀를 구ᄒ야 유확의 힝하ᄆᆯ 감심ᄒ리오 문달을
데후의 구치 아니ᄒ고 부귀를 만승의 비지 아니ᄒ야 다만 양인의 심담
이 샹조ᄒ고 교계 빅년의 디나니 비록 셰한의 사괴미 아이ᄂ 그윽이
지음의 신긔ᄒ미 잇는거라 (이본 ④)

디명 슝졍 연간이 영남션비 경암과 션 게암은 셰가명이요 ᄌ명거족
이로디 셩명을 감초오고 낙낙ᄒ 뜻이 고운과 야학 갓ᄒ여 속졀업시 문
쟝덕힝이 말셰이 힝홀 비 업손지라 봉황이 샹셔를 아을 고지 업고 긔
린이 쩌 안인 바로 구쳔이 먹기를 치하난여 문을 빗너지 안이ᄒ고 회
음후 부귀를 구치 아니ᄒ여 옥황이 힝ᄒ믈 감심ᄒ미오 문달을 졔후기
구치 아니ᄒ고 부귀를 만승이 비지 아니ᄒ야 다만 양인이 심담이 샹조
ᄒ여 교계 빅년이 신긔ᄒ미 잇는지라 (이본 ⑤)

위의 인용문은 경암과 계암을 소개하는 부분인데,3) 이본 ②와 ④는 비교적 내용이 정확하고 풍부하며 오자가 적은 반면, 이본 ③과 ⑤는 오자가 많고 문맥이 자연스럽지 못하며 자구의 탈락이 빈번하다. 이본 ③과 ⑤는 자구의 오류가 유사하여 친연성이 쉽게 확인되며, ③의 오류가 더욱 심한 것으로 보아 ③이 ⑤를 대본으로 필사했을 가능성이 있다. 특히 이본 ⑤가 '호셔선비 계암'을 '선 게암'으로 잘못 필사하자 이본 ③은 아예 '선'을 빼 버리고 계암과 경암을 모두 '역남선비'로 만들어 버린 것을 볼 때 ③이 ⑤ 또는 ⑤의 모본을 베낀 것이 거의 확실하다고 생각된다. 이본 ②와 ④는 유사하지만 ②는 보다 정확하고 ④는 내용이 좀더 풍부하다는 차이가 있다. 예를 들어 韓信의 고사와 관련한 "유확(油鑊)의 펑(烹)ᄒ믈"을 이본 ②는 옳게 표기했으나 이본 ④는 "유확의 힝ᄒ믈"로 잘못 옮겼다. 반면 이본 ④는 이본 ②가 빠뜨린4) "문댱덕힝이"를 가지고 있다.

이본 ②와 ④, ③과 ⑤가 각각 친연성을 지니는 데 반해 이본 ①은 독립적이다.

혼 부인이 셧녁 댱을 들고 셰년이 나아오니 옥모화틱는 건곤의 졍슉혼 긔운과 상나의 뇨락ᄒ고 졍신이 부용 낭협의는 일만 가디 자틱롤 머금어시며 의의졀뉸ᄒ야 텬홰 금계예 빗겻ᄂᆞᆺ 쇄락혼 광치는 홍일이 부상의 됴요혼 ᄃᆞᆺ 엄졍셕셕혼 긔샹은 천산이 츄유롤 띨친 ᄃᆞᆺ 하일의 엄슉ᄒ믈 겸ᄒ여시며 셜샹의 난만혼 홍도홰 픠엿ᄂᆞᆫ ᄃᆞᆺ 무슈혼 미홰 납셜을 무릅써 긔이혼 향긔롤 뿜는 ᄃᆞᆺ 빗ᄂᆞᆫ 귀밋촌 텽샹인□의 가히 비홀 거시 업스니 지란ᄀᆞᆺ혼 긔딜의 운샹무의 현샹예디로 경화과 옥패롤 울녀시니 덕긔 유츌ᄒᆞ야 두샹의 샹운셔애 어리엿고 광윤혼 셜보와 유

화성장흔 긔되 얼푸시 요디 왕뫼 하강흔 듯 브라보미 묽은 둘이 아미산을 눌넛고 일졈 아황이 두렷ᄒᆞ야 츄쳔샹월 ᄀᆞᆺ더라 (이본 ①)

흔 부인이 셧녁 댱을 두ᄅᆞ혀고 셔연이 나오니 화모옥티 건곤의 졍슉흔 긔운과 샹노의 뇨락흔 졍신이니 운샹무의와 혜샹녜더로 경환과 옥피을 울녀시니 브라보미 붉은 둘이 아미산의 눌넛고 일졈 아황이 두렷ᄒᆞ야 츄텬샹월 ᄀᆞᆺ더라 (이본 ②)

일위 부인이 셔역 즁을 들고 셔현히 나오니 화용옥티와 건곤의 졍슉흔 긔운과 샹노의 니룩흔 졍신이오 운샹의와 션셩여리로 경환가 옥피랄 울이니 브ᄅᆞ보미 명월이 아미손을 둘넛고 일쌍 안광이 두렷ᄒᆞ야 추쳔샹월 갓더ᄅᆞ (이본 ③)

흔 부인이 셧녁 쟝을 들고 셔연이 나오니 화모월티 건곤의 딕슉흔 긔운과 샹노의 뇨락흔 졍신이니 운샹무의와 텬샹녜더로 경환과 옥피롤 울녀시니 브라보미 묽은 달이 아미산을 둘넛고 일쌍 아황이 두렷ᄒᆞ야 츄텬샹월 ᄀᆞᆺ더라 (이본 ④)

일위 부인이 셔역 쟝을 들고 셔연히 나오니 화모옥티와 건곤이 졍슉흔 긔운과 샹노이 니락흔 졍신이오 운샹모이ᄂᆞ와 션샹여리로 경환과 옥피롤 울니몰 보미 명월이 이미샨이 둘넛고 일쌍 안광이 두렷ᄒᆞ야 츄쳔샹월 갓더라 (이본 ⑤)

이본 ①만 부인(졍씨)의 외모에 대한 묘사가 길어서, 다른 4편의 이본과 비교할 때 부연이라고 생각된다. 물론 원본에 이러한 묘사가 존재했다가, 이본 ①에만 남고 나머지 4편은 그들의 祖本에서 누락되었을 가능성도 있다. 둘 중 어떤 경우라도 이본 ①이 나머지 이본들과 경로가 다르다는 점은 분명하다. <여와전> 내용에 대한 상비의 언급을 삭제해 버린 것도 이본 ①만이 지니는 특징이다.

위의 인용문을 통해서 ③·⑤의 친연성이 다시 확인된다. 같은 실수를 범하고 있을 뿐 아니라 ①·②·④는 "흰 부인", "밝은 달" 등 고유어를 사용한 반면, ③·⑤는 "일위 부인", "명월" 등 한자어를 선호하고 있기 때문이다.

또 하나 살펴볼 점은 ①·②의 "일점 아황"이 ④에서 "일쌍 아황"으로 변하고 ③·⑤에서 다시 "일쌍 안광"으로 바뀐다는 사실이다. 鴉黃은 여성의 이마에 칠하는 노란빛의 분인데, 이마 전체에 칠하는 것이 아니라 커다란 점을 찍듯이 중앙에 바르는 것이다.5) 따라서 ④의 필사자는 아황이 눈썹[蛾眉]을 가리키는 것으로 잘못 이해하고 "일점"을 "일쌍"으로 바꾼 듯하며, ③·⑤의 필사자는 아황의 의미를 모를 뿐 아니라 '한 쌍 눈썹이 두렷하여 추천상월 같다'는 문맥이 부자연스럽다고 느꼈기 때문에 "아황"을 "안광"으로 고친 것이라고 하겠다. 이로써 볼 때 ④→⑤→③의 순서로 형성되었으리라 생각된다.

요컨대 <황릉몽환기>의 원본은 이본 ②와 같은 완정한 문맥에 ④의 풍부한 내용을 갖추고 있었을 것이다. 이러한 원본 계열로부터 생략과 축약이 비교적 심한 ①이 먼저 분화되고, 이후 문맥이 깔끔하지만 약간의 생략이 존재하는 ②가 나왔으며, 내용은 모두 갖추고 있지만 오자가 있는 ④로부터 문맥이 어지럽고 오자·낙자가 많은 ⑤와 ③이 차례로 나왔을 것으로 추정된다. 본고에서는 가장 내용이 정확한 이본 ②

---

5) "여자들은 또한 흔히 노란색 연고로 칠한 초승달 모양의 더 큼직한 사랑스러운 점, 아름다운 점을 덧칠했다. 이 점은 黃星靨, 眉間黃이라고 불렸다. 이 풍조는 명나라 말기까지 계속되었다". R. H. 반 훌릭, 장원철 옮김, 『중국성풍속사』, 까치, 1993, p.233.

　<隋唐演義>에서는 楊貴妃의 용모를 형용할 때 "눈썹먹으로 두 눈썹을 짙게 그렸고, 아황을 이마 중간에 찍었다"고 하였다. "黛綠雙蛾 雅黃半額". <隋唐演義> 79회. 元 羅貫中 原撰, 淸 褚人穫 改撰, 『隋唐演義』 一百回, 世界書局, 民國 57(1968) 再版. 참조.

를 주텍스트로 삼되 ②에 결락된 내용은 이본 ④를 참고하기로 한다.

이본 문제에 덧붙여 창작과 관련된 단서를 하나 살펴보기로 하자.
<황릉몽환기> 이본 ②(고려대본)는 <忠穆公神道碑銘>과 합본되어 있
는데, 忠穆公 洪振道(1584~1649)는 인조와 이종사촌 형제로서 인조반
정에 공을 세워 南陽君에 봉해진 인물이다. 그리고 권말에는 "永安尉
洪柱元 / 貞明公主 / 宣祖大王第一女"라는 기록이 존재한다.6) 홍진
도, 홍주원, 정명공주의 삶은 모두 인조반정과 밀접한 관련을 가진다는
공통점이 있다. 따라서 필사자가 아무 이유 없이 <황릉몽환기>와
<忠穆公神道碑銘>를 합본하고 홍주원·정명공주의 이름을 기록한
것은 아니라고 생각된다. 본고에서는 이러한 기록과 <황릉몽환기>의
내용에 모종의 관련이 있을 것으로 보고, 혹시 작품의 등장인물이 실존
인물을 비유한 것이 아닌지 살펴보았다. 그 결과, 작품 속의 이비는 宣
祖 繼妃 仁穆王后와 상당한 유사성이 있었다.

계암은 이비의 지나친 애통과 남편의 시신을 찾아 나선 행동을 비난
했는데, 인목왕후는 선조 승하 후 건강을 해칠 정도로 과도하게 비통했
고, 선조의 능에 배릉하기를 평생 소원했기 때문이다. 물론 남편의 죽
음을 슬퍼하고 배릉을 원하는 것은 모든 왕후가 마찬가지라고 할 수
있지만, 인목왕후가 남달리 주목되는 것은 가장 떠들썩하게 문제를 일
으켰고, 이러한 사실들이 <계축일기>로 전해지는 등 널리 알려져 있
다는 점에서이다. 인목왕후는 선조가 승하한 후 광해군에게 親祭와 拜
陵을 졸랐으며, 배릉이 자꾸 연기되자 대궐이 진동할 정도로 통곡했다
고 한다.7) 인조반정 이후에도 인목왕후는 다시 배릉을 시도했다. 이 때

---

6) 장효현은 이 기록에 근거하여 정명공주나 그 남편 홍주원이 <황릉몽환기>의 작
   자일 가능성을 조심스럽게 제기한 바 있다. 장효현, 앞의 논문.
7) 광해군 1년 9월 12일의 기록. 『조선왕조실록』 참조.

사간원이 올린 啓辭에 "市井의 匹婦도 이런 일을 하지 않는다."는 구
절이 있었다.[8] 신하들이 과격한 발언을 할 정도로 인목왕후가 배릉에
강한 집념을 보였던 것이다. 따라서 인목왕후는 남편의 죽음을 지나치
게 비통해 했고 배릉의 의지가 아주 강했다는 점에서 이비와 유사하다
고 할 수 있다.

또한 인목왕후의 哀冊文에서 인목왕후를 이비에 비유하고 있기도
하다.

> 운이 양구(陽九:재난)에 모이고 몸이 온갖 환난을 당하여, 창오(蒼梧)
> 에서 임금의 수레가 멀리 떠나가니 반죽(斑竹)에 눈물이 젖었습니다.
> … 구의(九疑)에 외로운 무덤이 가련하지만 삼릉(三陵)이 산기슭을 연
> 한 것이 다행스럽습니다.[9]

애책문은 故人의 덕을 기리는 글이므로 典故를 화려하게 인용하면
서 온갖 聖人을 끌어오는 것이 일반적이지만, 二妃에 견주는 경우는
드물다.[10] 그러나 위의 애책문에서는 선조가 승하한 후 인목왕후가 통
곡을 그치지 않았던 것을 소상반죽으로 비유하고, 宣祖·懿仁王后 朴
氏·仁穆王后 金氏의 삼릉을 舜이 홀로 묻힌 九疑山의 무덤과 대조
시켜 의인·인목 두 왕후를 마치 아황·여영처럼 표현하였다. 이를 통
해 당대에도 인목왕후와 이비를 연결시키는 인식이 있었음을 알 수 있
다.

---

8) 인조 8년 9월 5일의 기록. 『조선왕조실록』 참조.
9) "運鍾陽九 身丁百羅 蒼梧駕遠 班竹淚滋 … 憐九疑之孤墳 幸三陵之連麓". 인
　조 10년 10월의 기록. 『조선왕조실록』 참조.
10) 端宗의 妃 定順王后만이 이비에 비유되었는데, 이것은 단종과 정순왕후의 비극
　적인 운명 때문이다.

그리고 인목왕후는 바로 정명공주의 모친이다. 이비와 인목왕후의 행적의 유사성과 <황릉몽환기> 이본 ②에 인목왕후의 유일한 혈육인 정명공주의 이름이 적힌 것은 우연의 일치로 보기에는 공교롭다. 그러나 어떤 관련을 인정한다 해도 시기적으로나 작품 내용으로나 홍주원이나 정명공주가 <황릉몽환기>를 직접 창작했을 가능성은 희박하다. 따라서 그들의 후손이나 직접적인 후손이 아니더라도 인목왕후의 사적을 잘 알고 있는 後人이 창작한 것이 아닌가 한다.

2. 작품 구조와 창작 원천

<황릉몽환기>는 '입몽－몽중세계－각몽'이라는 전형적인 몽유 구조로 되어 있으며, 몽유 구조는 다시 旅行記의 구조 속에 편입되어 있다. 몽유의 체험이 일상적인 생활공간이 아니라 여행지, 그것도 중국의 소상강이라는 먼 이국땅에서 이루어지기 때문이다. 그리고 각몽 이후에 바로 작품을 끝맺지 않고 짧게나마 귀환과정을 설정하여 '여행의 출발－여행지에서의 체험(입몽－몽중세계－각몽)－귀환'이라는 안정적인 구조를 형성하였다. 몽유 체험 내부는 몽중 세계의 인물들과 몽유자의 심회토로로 이루어져 있다. 이비에 대한 계암의 비판을 계기로 입몽한 후 이비, 태사, 계암, 정씨가 차례로 발언한다. 따라서 <황릉몽환기>의 구조는 다음과 같이 정리될 수 있다.

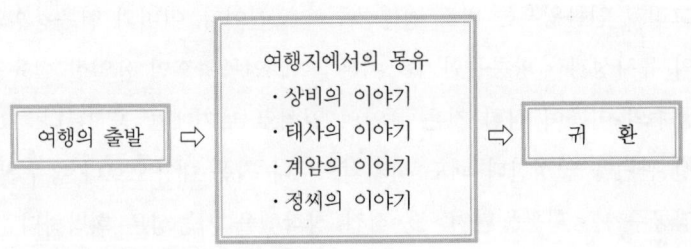

그런데 <황릉몽환기>와 유사한 구조와 소재를 가지고 있는 중국 宋代의 傳奇가 존재하여 흥미를 끈다. 五代 혹은 宋初의 작품으로 추정되는 <湘妃神會>가 바로 그것이다.

唐 光啓(885~888)년간에 濮陽人과 博陵人이 각각 兵禍를 피해 嶺南으로 가던 중 湘邑에서 만나 친구가 되었다. 이들은 湘邑에 寓居하면서 산수를 유람한다. 어느날 二妃廟에 가서 絶句를 지어 이비의 한을 읊고, 다음날 江亭에 올라 長韻의 賦를 지어 역시 이비를 弔喪한다. 객사로 돌아와 一更쯤 되었을 때 2명의 靑衣가 나타나 娘子의 부름을 전한다. 복양과 박릉이 따라가 보니 낭자는 곧 二妃였다. 이비는 두 처사의 시를 칭찬한 후 연석을 베풀고 西施, 妲己, 桃源洞仙子, 洞庭龍女를 불러 대접하게 한다. 모두가 각자의 심회를 시로 읊는다. 四更이 되어 헤어지면서 이비가 두 청의로 하여금 二生을 각각 侍寢하게 한다. 즐거움에 취해 날이 밝는 줄 모르다가 놀라 깨어보니 二妃廟에서 진흙으로 만든 청의의 塑像과 더불어 잔 것이었다. 두 사람은 무서워서 급히 객사로 돌아왔다. 수일동안 청의들이 二生의 꿈속에 나타나다가 영남을 거쳐 남해로 들어가자 울면서 작별하고 더 이상 나타나지 않았다.[11]

---

11) 江洵 撰(추정), <湘妃神會>,『燈下閒談』下卷. 필자가 확인한 것은『古體小說鈔 宋元卷』에 실린 내용이다. 程毅中 編著,『古體小說鈔 宋元卷』, 中華書局, 1995.

<湘妃神會>는 唐代 傳奇 <周秦行記>,[12] <顔濬>[13] 등과 동궤
의 작품이다. 이들 작품에서 주인공은 여행 중에 前代의 미녀들을 만
나 연회를 즐기고 그 중 한 사람과 동침하는 꿈을 꾼다. <상비신회>
의 독특한 점은 몽유자가 한 사람이 아니라 두 사람이며, 이들이 꿈에
황릉묘를 방문한다는 것인데, 이것이 바로 <황릉몽환기>와의 공통점
이다. 물론 <황릉몽환기>의 몽중 사건 내용이나 그 성격은 <상비신
회>의 그것과는 다르지만, 몽중 체험을 제외한 외형적인 구조는 <상
비신회>와 동일하다고 해도 좋을 정도로 닮아 있다.

먼저 <상비신회>에서 몽유자는 복양 사람과 박릉 사람이다. 濮陽
은 河南省에 있는 縣이고 博陵은 河北省에 있는 縣이므로, 출신지역
이 남북으로 전혀 다르다. 이들은 兵禍를 피해 가다가 湘邑에서 만나
마음이 맞는 친구가 되고, 잠깐 머물면서 산천을 유람한다. <황릉몽환
기>에서 몽유자 경암과 계암은 영남(경상도) 선비와 호서(충청도) 선비
이다. 역시 출신지역이 멀리 떨어져 있는 것을 볼 수 있다. 경암과 계
암이 어디에서 만났는지는 정확히 서술되어 있지 않다. 이들은 혼탁한
세속을 피해 어느 곳에선가 만나고, 지기상합하여 같은 마을에 우거하
며 산천을 유람한다. 전혀 다른 지역 출신의 두 사람이 타향에서 만나
친구가 되고 한 마을에 잠시 머물면서 함께 산천을 유람한다는 작품
초반의 내용 전개가 <상비신회>의 그것과 같다. 이와 같은 공통점이
우연히 발생했다고 보기는 어려울 것이다.

몽유자에 대한 命名도 그렇다. '복양'과 '박릉'의 발음이 서로 비슷

---

12) <周秦行記>에서 주인공 牛僧孺는 薄太后의 廟에서 하룻밤 머물며 戚夫人, 王
昭君, 楊太眞, 潘淑妃, 綠珠 등을 만나는 꿈을 꾼다. 韋瓘, <周秦行記>, 『앵앵전』,
정범진 편역, 성균관대 출판부, 1995. 참조.
13) <顔濬>에서 주인공 顔濬은 張麗華 등 陳朝의 궁인들을 만나 하룻밤을 즐기는
꿈을 꾼다. 배형, 정범진·김낙철 편역, 『신선과 도사 이야기-전기』, 까치, 1999. 참조.

하듯이 '경암'과 '계암'도 발음이 비슷하다. 입몽의 계기가 몽유자들의 특정한 행위와 관련된다는 점도 유사하다. <상비신회>에서는 시를 지어 이비의 한을 읊은 것이 이비의 마음에 들어 초청을 받고, <황릉몽환기>에서는 거문고 연주에 이비의 한을 부정하고 비판하는 뜻을 담았기 때문에 이비의 노여움을 사 불려간다. 이비를 칭송하고 폄하한다는 차이가 있으나 몽유자들이 이비에 대한 특정한 발언을 했기 때문에 입몽한다는 점은 같다.

따라서 <황릉몽환기>의 작자가 <상비신회>를 읽고 그 내용전개나 구조를 차용하여 <황릉몽환기>를 창작했을 가능성이 높다고 생각된다. <상비신회>가 <황릉몽환기> 창작의 구조적・소재적 원천이 되는 셈이다. 이렇게 볼 때 <황릉몽환기>의 몽유 구조는 전대 몽유록으로부터 물려받은 것이라기보다는 夢遊傳奇를 직접 계승한 것이라 할 수 있다. 그러나 <황릉몽환기>의 몽중 체험은 역대의 미녀들과 하룻밤 즐거움을 만끽하려는 傳奇的 분위기와는 거리가 멀다. 傳奇보다는 이념과 현실의 괴리에 대해 고민하는 몽유록적 전통에 충실하기 때문이다. 이 점은 다음 항에서 상론될 것이다.

3. 등장인물의 정체와 창작 의식

1) 등장인물의 정체

<황릉몽환기>의 몽중 세계에는 娥皇, 女英, 太姒, 鄭氏 등의 여성 인물이 등장한다. 이 가운데 소설 속의 인물은 정씨 한 사람뿐이며, 나머지 인물들은 모두 신화적・역사적 인물이라 할 수 있다. 娥皇과 女英은 잘 알려진 대로 堯임금의 딸로서 舜임금의 두 妃가 된 인물들이

며, 太姒는 周文王의 妃이자 武王의 모친이다. 二妃와 太姒는 실존
인물이므로 정체를 밝히는 작업이 필요하지 않다. 그러나 <황릉몽환
기>는 이 인물들의 생애에 대해 상당히 구체적으로 언급하고 있으므로,
<황릉몽환기>가 이들을 어떻게 평가하고 있는가를 정확히 이해하기
위해서는 작품내의 서술과 그들의 실제 사적을 비교해 볼 필요가 있다.

(1) 이비

娥皇과 女英은 堯임금의 두 딸로서 함께 舜임금에게 시집갔으며,
흔히 二妃라고 불린다. 이비에 대한 기록은 劉向의 『列女傳』이나[14]
司馬遷의 『史記』에서[15] 찾을 수 있으며, <황릉몽환기>의 내용 역시
이러한 기록에 토대하고 있다. <황릉몽환기>는 주로 『사기』 <五帝本
紀>에 바탕을 두면서 이비가 소상에서 節死했다는 『열녀전』 <有虞
二妃>의 내용을 받아들였으며, 이비의 피눈물이 대나무에 흩뿌려져
斑竹이 되었다는 민간 전설은 부정하고 있다. 이비는 두 사람이지만 대
부분의 문학 작품에서 한 사람이나 마찬가지인데, <황릉몽환기>에서
도 처음에는 각각 소개되지만 결국 발언하는 것은 湘妃[16] 한 사람이
다. 다소 장황하지만 인용하면 다음과 같다.[17]

① 우흐로 구고(舅姑)긔 뜻을 엇줍디 못ᄒ고 버거 슉미(叔妹) 화우
(和友)티 못ᄒ니 텬ᄌ(天子)의 녀(女)도 ᄒ낫 촌녀(村女)만 못ᄒ고 만승

---

14) 劉向, 이숙인 옮김, <有虞二妃>, 『열녀전』, 예문서원, 1996.

15) 司馬遷, 정범진 외 옮김, 『史記』, 까치, 1997.

16) 湘妃라는 이름은 누구를 말하는지 애매하다. 통상 아황은 湘君, 여영은 湘夫人이
라고 부르기 때문이다. 상비는 두 사람을 총칭하는 용어라고 할 수 있다.

17) 이하 인용문의 ( ) 안 한자는 필자가 넣은 것이다.

(萬乘)의 부긔(富貴)롤 구고(舅姑)긔 더으디 못ᄒ니 우양창늠(牛羊倉
廩)이 ᄯ 무어시 귀ᄒ리오 부ᄌ(夫子)의 시름은 민텬(旻天)의 호읍(號
泣)ᄒ시고 ᄌ미(姉妹)의 근심은 텬디롤 호앙(呼仰)ᄒ야 단갈포의(短褐
布衣)로 잠기롤 밧ᄀ의 잡으시니 우리 엇디 고당(高堂)의 안거(安居)ᄒ
리오 당ᄌ리의 뉘뿔밥과 질병의 메육국을 이랑 가온더 밧드러 긔갈(饑
渴)을 구하며 하빈(河濱)의 질그릇슬 구우시미 우리 ᄌ미 ᄯ 섭홀 안으
며 불을 ᄯ며 슈고롤 눈호니 ᄒ물며 집 우희 불 일고 우물의 물이 소
슬 적 비록 셩인의 덕이 놉고 지혜 먼들 엇디 부인 녀ᄌ의 놀나디 아
니며 슬허 아니리오 ᄌ미 서로 붓드러 하ᄂᆞᆯ을 브르고 간위(肝胃)롤 슬
오거늘 샹(象)의 오만ᄒ고 간악ᄒ여 무례ᄒ미 ᄧ이 업스니 진실노 텬
ᄌ의 쏠과 셩인의 부뫼시나 ᄒ올 뵈 업스니 엇디 녀ᄌ 되미 귀쳔(貴賤)
이 이시리오

②　힝혀 황상(皇上)의 지셩디효(至誠大孝)로 부모롤 감동ᄒ시고 형
졔(兄弟) 돈목(敦睦)ᄒ샤 우리 ᄯᅩ흔 구고(舅姑)의 ᄌ익(慈愛)롤 밧줍고
다시 만방(萬邦)을 모림(冒臨)ᄒ야 남훈뎐(南薰殿) 가온더 삼위(三位)
부뷔(夫婦) 금(琴)과 슬(瑟)이 고로며 셩셰(盛世)예 티평(太平)을 일워
니 남은 근심이 업슬거시로더 덕이 박(薄)흔 더 복이 과(過)ᄒ고 위인
이 미(微)흔 바의 일홈이 넘은 고로 텬의(天意) 외오 넉이샤 샹균(商均)
의 불쵸ᄒ미 부군(父君)을 츄착(墜落)ᄒ니 ᄌ모(慈母)의 약흔 ᄆᆞ옴이
ᄒ ᄅᆞ도 즐거오미 업고 스스로 ᄐᆡ교(胎敎)의 불션(不善)ᄒ미 붓그러운디
라 셰흥(世興)이 ᄉ연(蕭然)하여 풍상(風霜)의 이운 간위(肝胃) 다시 사
라디니 만승(萬乘)의 귀ᄒ미 부운(浮雲)ᄀᆞᆺ고 ᄉᆞ히(四海)예 ᄀᆞ옴열미 흔
터럭 ᄀᆞᆺᄒ니 황상의 근심은 텬하롤 ᄉᆞᆺ로이 집삼디 못ᄒ야 셩인(聖
人)을 구ᄒ시미 발분망식(發憤忘食)ᄒ시고 창싱(蒼生)을 고휼(顧恤)ᄒ
샤 슉식(宿食)의 마슬 이즈시니 어느 날 흔 ᄡᅥ가 이시리오

③　지셩(至誠)이 감텬(感天)ᄒ샤 우(禹)롤 만나 텬하롤 맛디시고 텬
하롤 순슈(巡狩)ᄒ샤 붕어창오지산(崩於蒼梧之山) ᄒ시니 진실노 그
ᄡᅥ 녜졀(禮節)은 이제와 다른 고로 샹균(商均)의 불쵸ᄒ미 셩인(聖人)

의 녜졀(禮節)을 어그롯칠디라 즈쇼(自少)로 풍샹감고(風霜甘苦)의 서
로 보존ᄒ던 비라 이제 즈미 서로 붓드러 쇼샹(瀟湘)의 니르니 일만
썰기 대숩흔 츄풍(秋風)이 소슬(蕭瑟)ᄒ고 일텬 여흘 샹슈(湘水)는 오
열(嗚咽)ᄒ여 흐르디 아니ᄒ니 이 쎄룰 당ᄒ야 슈(壽) 만셰(萬歲)신들
엇디 슬프디 아니며 민텬의 호읍ᄒ시고 후시(後嗣) 쏘흔 불효(不肖)ᄒ
시니 뎨(帝)의 복녹이 셩덕(聖德)과 ᄀᆞᆺ디 못ᄒ신다라 ᄒᆞ물며 님붕(臨崩)
의 약과 차룰 밧들미 업스니 유흔디통(幽恨之痛)이 슈요(壽夭)의 다ᄅᆞ
미 이시리오 즈연 쇼쇼흔 눈물이 쇼샹대룰 물드리나 엇디 텬하(天下)
반듁(斑竹)이 다 딤(朕)의 누흔(淚痕)이리오 그 씨 반듁을 니ᄅᆞ는 재
반ᄃᆞ시 쇼샹의 이비(二妃) 누흔ᄀᆞᆺ다 하니 니ᄅᆞ는 재 모호ᄒ고 듯ᄂᆞᆫ 재
미혹ᄒ여 텬하 반듁이 다 딤의 혈뉘(血淚)라 ᄒ니 엇디 가소롭디 아니
리오 (이본 ②)

위 인용문에서 ①은 舜이 부친 瞽叟와 이복동생 象에게 핍박받던
일을 이비의 입장에서 서술한 것이다. 순의 부친 고수는 후처와 그 아
들 상을 사랑하고 순을 미워하였으므로, 순의 아내인 이비도 시집식구
들과 화합하는 데 많은 고초가 있었을 것이다. 이러한 측면에서 시부모
의 사랑을 받지 못하고 손아랫 시누이와 화합하지 못했다는 이비의 탄
식은 수긍이 가는 내용이다. 순의 누이동생은 <오제본기> 正義에서
는 顆手, <유우이비>에서는 繫로 나오는데, <유우이비>에서는 순이
여러 차례 살해될 위기를 겪는 것을 보고 "계가 불쌍히 여겨 두 올케
와 화해하였다"고 하였다. 올케들과 화해했다는 것은 그 전에 심하게
반목했음을 의미하므로, <황릉몽환기>의 작자 또한 이와 같은 기록을
보고 상상력을 발휘한 것일 것이다.
牛羊倉廩은 순이 사는 곳마다 도시가 생기고 번영하자 요가 순에게
창고를 지어주고 소와 양을 내려준 것을 말하며, 昊天號泣은 박해를

받을 때마다 순이 들판으로 도망쳐서 하늘을 향해 슬피 울었다는 고사를 가리킨다.[18] 순이 歷山에서 밭을 갈고 河濱에서 질그릇을 구웠다는 이야기도 <오제본기>에 나오는 내용이다. 고수와 상은 순을 죽이려고, 지붕에 올라가게 한 후 불을 지르기도 하고, 우물을 파게 한 후 흙을 덮기도 했는데,[19] 상은 순이 죽으면 형수들을 차지하려는 욕심을 가지고 있었다. <황릉몽환기>에서 상을 '오만하고 간악하며 무례함이 짝이 없다'고 표현한 것도 그 때문이다.

②는 舜이 즉위한 후의 일을 서술하였다. 시집 식구들과의 갈등은 해결되었지만 이번에는 아들 商均 때문에 마음이 편하지 않았다고 했는데, <오제본기>는 상균에 대한 자세한 설명 없이 "상균이 불초하여 순임금이 미리 하늘에 우를 천거"했다고 기록하고 있다.[20] 따라서 ②는 못난 아들을 둔 어머니의 심정을 추측하여 기술한 것이라 할 수 있다.

③은 舜이 禹에게 양위한 후의 일을 서술하고 있다. 기록에 따르면, 순은 양위한 후 남쪽을 巡狩하다가 蒼梧에서 죽었고, 二妃는 양자강과 상수 사이에서 죽었다고 한다. 인용문에서 상비는 葬地에 가는 것이 예에 어긋나지만 갈 수밖에 없었던 이유를 설명하고, 이비의 혈루 때문에 斑竹이 생겼다는 이야기는 후세의 왜곡이라고 주장하였다.

이상과 같이 살펴본 결과, <황릉몽환기>의 이비에 대한 내용은 역사적 기록과 어긋나지 않는 범위에서 상상력을 발휘한 것이다. 舜의 입장에서 쓰여진 <오제본기>를 이비의 입장에서 다시 서술했다고 보면 적절할 것으로 생각된다.

---

18) "舜往于田 號泣於旻天". 『孟子』, <萬章>.
　　"舜往于田號泣 日日呼旻天 呼父母". 『열녀전』, <유우이비>.
19) <황릉몽환기>에서 우물에서 물이 솟았다고 한 것은 작자의 착오일 것이다.
20) <오제본기> 正義에 따르면 아황은 자식이 없었고 여영이 상균을 낳은 것으로 되어 있다. 또 순이 천자가 된 후 아황은 后가 되었고 여영은 妃가 되었다고 한다.

(2) 태사

太姒는 周나라 文王의 아내이며 武王의 어머니이다. 시할머니 太姜, 시어머니 太任과 함께 周室三母로 불리며, 文德을 갖추었다 해서 세 명의 여인 중에서도 특별히 文母로 칭송된다. 태사는 文王을 내조하고 太姜과 太任을 공경하는 한편, 伯邑考, 武王發, 周公旦, 管叔鮮, 蔡叔度 등 10명의 아들을 낳아 길렀다.[21] 또 질투하지 않고 많은 후궁들을 잘 거느려 자손을 번창하게 했다. 때문에 『詩經』의 첫 머리인 周南을 태사의 덕을 찬양한 시로 보기도 한다. 태사는 영광과 복록을 누린 여성의 상징이며, 태사에 비유되는 것은 최고의 찬사라고 할 수 있다. 그런데, <황릉몽환기>에서는 태사의 일생을 다른 각도에서 바라본다.

> 첩(妾)이 제후(諸侯)의 녀(女)로 제후(諸侯)의 뷔(婦) 되오미 구고(舅姑)의 덕화(德化)는 임의 만디(萬代) 일ᄏᆞᆫ 비니 ᄯᅩ흔 엇디 못ᄒᆞᆯ 영화(榮華)오나 시운(時運)의 이(利)치 못ᄒᆞ믈 만나와 칠년(七年) 유리셩(羑里城)의 곤익을 당ᄒᆞ니 첩이 엇디 낭낭(娘娘)의 밧 가온대 광ᄌᆞ리을 니시며 하빈(河濱)의 불찌 드시믈 블워 아니리잇고 셔빅(西伯)이 님거(臨去)의 외ᄉᆞ(外事)는 빅ᄋ(伯兒:伯邑考)와 산의셩(散宜生)을 맛디고 궁거는 첩이 간검ᄒᆞ게 ᄒᆞ니 쳐녀(千餘) 후궁(後宮)과 일빅(一百) 졔ᄌᆞ(諸子)룰 거ᄂᆞ리나 부인의 도리 듕문(中門) 밧글 간녜치 못ᄒᆞ고 칠년 ᄉᆞ이예 간장(肝腸)이 촌삭ᄒᆞ엿거ᄂᆞᆯ 망녕된 아히 어미 말을 듯디 아니코 대효(大孝)룰 위본(爲本)ᄒᆞ야 만니(萬里) 발셥(跋涉)의 풍상을 무릅써 혼군(昏君)의 손의 참화(慘禍)룰 만나니 첩의 심장이 비여셕(非如石)이오 비여금(非如金)이라 엇디 여러 ᄌᆞ녀 이시므로 싱각ᄒᆞ리오 디원극통(至冤極痛)과 넉이디탄(逆理之歎)이 ᄲᅧ룰 ᄇᆞ으고 살흘 버히ᄂᆞᆫ 돗ᄒᆞ

---

21) 유향, 『열녀전』, <주실삼모> 참조.

거눌 희(噫)라 관채(管叔鮮·蔡叔度)의 불츙불효ᄒ믄 진실로 첩의 여
앙(餘殃)이라 틱교(胎敎) 불션(不善)ᄒ믈 붓그려 텬딕(千代)예 풀니지
아니니 발(發:武王)과 쵸(處:成叔處?)의 표표ᄒᆫ 거슨 ᄆ양 예스롭고 악
즈(惡子)의 흉음은 심골(心骨)이 경한ᄒ니 지금의 닛디 못ᄒᆫ 흔(恨)이라
ᄒ믈며 빅ᄋ(伯兒:伯邑考)의 참변은 쳔만셰 디나ᄂ 오히려 심신이 경동
ᄒ고 심혼이 이쳬ᄒ니 팔빅년 부귀복녹이 무어시 즐거오리잇가

(이본 ⎡1⎤)

태사가 말하는 내용은 대부분 역사서에 존재하는 것이다. 羑里城의
곤액이란 남편인 文王(당시 西伯)이 紂王에 의해 유리성에 유폐되었던
사건을 말한다. 이 내용은『사기』<周本紀>에 보이며, 서백이 유리에
갇히자 신하 閎夭 등이 뇌물을 써서 풀려나게 했다고 기록되어 있다.
周公이 武王의 아들 成王을 대신하여 섭정할 때 管叔鮮과 蔡叔度가
반란을 일으킨 것도『사기』에 기록된 사실이다.

그러나 태사가 가장 애통해 하는 사건인 伯邑考의 참사는 좀 다르
다. 백읍고의 죽음은 正史인『사기』에는 없고, 사료적 가치가 부정확한
『十八史略』등의 통속적인 史書와 <封神演義> 같은 소설에만 나온
다.22)『십팔사략』·<봉신연의>에서는 백읍고가 부친을 석방시키려고
紂王을 찾아갔다가 妲己의 미움을 사 죽게 되는데, 주왕은 문왕이 진
짜 聖人인가를 알아보기 위해 백읍고의 살로 국(혹은 떡)을 만들어 문
왕에게 먹인다. 그리고 문왕은 백읍고의 살로 만든 음식이라는 것을 알
았지만 슬픔을 참고 먹은 덕분에 진짜 성인이 아니라고 하여 풀려난다.

<황릉몽환기>가 백읍고의 죽음을 중요하게 다루고 있는 것으로 보
아 <황릉몽환기>의 작자는『십팔사략』이나 <봉신연의>를 읽었다고

---

22) 백읍고의 존재는『열녀전』에도 나온다.

생각된다. 그런데 문왕의 아들이 100명이라든가, 백읍고가 떠나기 전에 태사가 말렸으나 듣지 않았다는 내용은『십팔사략』보다는 <봉신연의> 에 가깝기 때문에, <봉신연의>가 <황릉몽환기>의 정보원일 가능성 이 높다. 그러나『십팔사략』이나 <봉신연의>는 이 사건을 당사자인 문왕과 백읍고에 초점을 맞춰 서술한 반면, <황릉몽환기>는 이 비극 의 목격자이면서 가장 큰 슬픔을 겪었을 태사의 입장에서 조명했다는 차이가 있다.

(3) 정씨

정씨는 <유효공선행록>에서 주인공 유연의 부인이다. <황릉몽환 기>에서 정씨를 설명하는 부분은 다음과 같다.

　혼 부인이 셧녁 당을 두르혀고 셔연이 나오니 화모옥티 건곤의 졍슉 혼 긔운과 상노의 뇨락혼 졍신이니 운상무의와 혜샹녜디로 경환과 옥 픠을 울녀시니 브라보미 붉은 둘이 아미산의 눌넛고 일졈 아황이 두렷 ᄒ야 츄텬상월 ᄀᆺ더라 팔을 드러 좌졍ᄒ고 말을 부쳐 골오디 쳡은 디 명 셩화년간 승샹 뎡관의 쳔금 소괴요 효문공 뉴연의 부인이라 심규의 양셩ᄒ야 편샤혼 디 머무디 아녀시더 시운이 불니ᄒ야 만샹풍파룰 경 녁ᄒ고 됴쥐 격소의셔 뉴공이 원슈ᄒ니 쳡이 복으롤 나하 비ᄌᆞ 난향을 맛기고 닉슈ᄌᆞᄉ 흔디라 후리의 ᄋᆞᄌ 우셩이 현달ᄒ야 텬ᄌᆞ긔 고ᄒ고 됴쥐 물ᄀᆡ의 우리 부부의 효졀을 긔록ᄒ야 비롤 셰엿거늘 후셰 사롬이 목슘을 앗기고 일홈을 쳔히 넉여 쳡이 니괴 되여 슈월암의 오년을 머 므러 무즈러진 머리와 흰 옷 스스로 뉴가의 도라와 뉴군의 견집된 거 동을 보고 사다 ᄒ니 엇디 긔괴티 아니며 뉴공은 효의군지라 엇디 가 엄의 소초롤 보고 날을 다시 용납ᄒ며 것츨 견집하야 궤도와 권변롤 쓸 사롬이리오 셰속이 치치ᄒ야 그러툿 ᄒᆞᆯ 낙ᄉ로 아나 쳡과 뉴군은 임의 효졀노 몸을 ᄆᄎ시니 엇디 구챠히 헷 일홈을 비러 셰인을 속이미 통ᄒ티 아니리오 ㅇ지 복녹이 무량ᄒ니 운쇼 간의 흔이 업고 ᄯᆞ흔 샹비의 통션이 되여시니 ᄯᆞᆺ을 일웟ᄂᆞᆫ니라 군은 나의 본말을 ᄌᆞ셰 아ᄂᆞ니 쳡의 위니ᄒᆞ믈 고지 드러 고이히 넉이디 말나 죽을 ᄯᆞ흘 엇기 어려오니 그 ᄯᆡᄅᆞᆯ 만나미 스이여귀 ᄒᆞ미 맛당티 아니리오 (이본 ②)

정씨는 자신을 大明 成化 연간의 승상인 정관의 딸이며 효문공 유연의 부인이라고 소개한다. 이것은 <유효공선행록>의 정씨의 인적 사항과 완전히 일치하므로, <황릉몽환기>의 정씨가 <유효공선행록>의 여주인공이라는 점은 확실하다. 그리고 정씨는 <여와전>에서 孫婦인 문창진군에 의해 추천되어 황릉묘에서 가장 높은 위차에 올랐었기 때문에, 그 후편인 <황릉몽환기>에서 이비의 寵臣으로서 황릉묘에 거주하고 있는 것이다. 그런데 <황릉몽환기>는 <여와전>보다 정씨의 생애를 자세히 기록하고 있으며, 그 내용을 종합해 본다면 정씨가 유연과 혼인한 후 여러 가지 고난을 겪다가 유연이 조주 적소에서 죽자 유복자 우성을 낳아 시비 난향에게 맡기고 물에 빠져 자살했다는 것이다. <유효공선행록>에서 유연이 조주로 유배된 것도 사실이고, 정씨의 시비가 난향인 것도 사실이며, 정씨가 아들 우성을 낳은 것도 사실이다. 그러나 <유효공선행록>에서는 유연이 조주에서 죽지 않으며, 정씨도 자살하지 않는다. 당연히 유우성이 부모의 효절을 기려서 비를 세우는 일도 없다.

그렇다면 <황릉몽환기>의 내용과 <유효공선행록> 내용이 서로 어긋난다는 것인데, <황릉몽환기>의 작자가 현전하는 <유효공선행록>과 다른 이본을 보았기 때문에 이와 같은 현상이 생긴 것은 아니다. 작자는 <유효공선행록> 내용을 알면서도 의도적으로 부정한 것이기 때문이다. 이것은 정씨가 자신의 행적이 왜곡되었다고 주장하면서 <유효

공선행록>의 내용을 언급하고 있다는 점에서 드러난다. <유효공선행
록>에서 정씨는 유연에게 버림받은 후 수월암에 들어가서 승려가 되
고 그곳에서 아들 우성을 낳아 기르며 5년간 지내다가 劉家로 다시 돌
아오는데, 위의 인용문에서 정씨는 바로 그 이야기를 하고 있다. 즉
'세상에 알려진 이야기는 잘못되었다'는 것이 정씨의 입장인데, 이것은
거꾸로 잘못된 이야기의 존재를 긍정하는 것이다. 다시 말해 세상에 널
리 알려진 <유효공선행록>의 내용에는 정씨가 尼姑가 된 것으로 나
온다는 뜻이다. 정씨는 몽유자 계암에게 자신이 이고가 되었다는 말을
믿지 말라고 당부하기까지 한다. 이를 통해 볼 때, 현전하는 <유효공
선행록>과 다른 내용의 이본이 있는 것이 아니라 <황릉몽환기>의 작
자가 특별한 목적을 가지고 <유효공선행록>의 일부 내용을 부정한
것이라 하겠다.

2) 창작 의식

선행 연구에서는 <황릉몽환기>의 몽유 체험을 '역사적 인물들을
만나 역사적 평가 속에 가리워진 인간으로서의 비애에 대해서 이야기
를 듣는 것'이라고 보았다.[23] 이러한 견해는 온당하지만, 몽유자인 계
암의 비중이 적절히 고려되지 않았다는 문제점이 있다. <황릉몽환기>
는 몽유자에게 많은 관심을 기울인다. <황릉몽환기>의 서두 부분은
계암과 경암의 속세를 피해 은거한 志趣를 장황하게 설명하는 데 할애
되어 있다. 즉, 경암과 계암을 일반적인 몽유자가[24] 아닌 傳奇의 주인

---

23) 장효현, 「황릉몽환기에 대하여」, 국어국문학회 전국대회 발표요지, 고려대. 1995.
   5. 28.
24) 일반적인 몽유록의 몽유자란 방관자형·참여자형의 몽유자를 말한다. 서대석, 「몽

공처럼[25] 묘사하는 것이다. 실제로 <황릉몽환기>가 <상비신회>라는 傳奇를 창작의 원천으로 삼고 있는 만큼 경암과 계암이 傳奇的 성격을 띠는 것은 당연하다고 하겠다. 따라서 본고에서는 계암의 존재를 중심으로 <황릉몽환기>를 독해하는 것이 바람직하다고 본다.

<황릉몽환기>에서 계암은 二妃의 행적을 비판한 것 때문에 황릉묘에 불려 가서 이비와 논쟁을 벌이게 된다. 계암은 부귀와 복록을 누린 이비가 天壽를 다한 남편의 죽음에 피눈물을 흘린 것은 過慾이고, 后妃가 만 리 떨어진 殯所를 찾고 도중에 號泣하는 것은 있을 수 없는 非禮라고 공박한다. 계암은 伯姬의 不下堂을 예찬하고 百里不奔喪을 여자의 행실로 규정하는 엄격한 유가적 관점에 서 있다. 이비는 예절을 잃었다는 지적은 수긍하지만, '창오(蒼梧)의 따름'과 '소상(瀟湘)의 절사(節死)'가 과욕이라는 시각에는 반발한다. 계암이 자신들의 복만 알고 슬픔을 알지 못한다는 것이다. 이에 상비는 인간 세상에서 겪었던 비애, 즉 舜의 가족간의 갈등과 아들 商均의 불초함으로 인한 심리적 고통을 토로한다.

舜이 부친 瞽叟와 계모, 이복동생 象에게 박해를 받은 故事는 널리 알려져 있다. 그러나 <황릉몽환기>는 舜을 중심으로 한 이야기를 이비의 입장에서 조명하여, 여성 중심의 새로운 시각을 보여 준다. 이러한 시각은 <황릉몽환기>의 작자가 <유효공선행록> 등 많은 장편소설을 읽은 경험에서 나온 것이라고 생각된다. 장편소설은 대부분의 내용이 여성 수난이기 때문이다. 그러나 여성 중심적인 역사 해석을 보여주

유록의 장르적 성격과 문학사적 의의」,『한국학논집』 3, 계명대, 1975. 참조.
25) <대관재기몽> · <안빙몽유록> · <금생이문록> 등 몽유록 가운데서 몽유자의 비중이 상대적으로 큰 작품들은 모두 傳奇的 색채를 띠고 있다. 신재홍,『한국몽유소설연구』, 계명문화사, 1994. 참조.

는 것이 <황릉몽환기>의 목적은 아니다. <황릉몽환기>의 의미를 밝
히려면 이비나 태사 등 각 인물의 이야기보다도 그 이야기가 어떻게
배치되어 있는가를 살펴야 한다.

　계암과 湘妃의 문답은, '이비는 복록이 무궁했으므로 슬퍼할 이유가
없다'는 계암의 주장에 상비가 '슬퍼할 수밖에 없었던 이유'를 설명하
는 것으로 정리된다. 이와 같은 논답은 상비와 태사 간에 다시 한 번
반복된다. 상비가 周文王妃 太姒야말로 진짜 복록을 누렸다고 하자,
태사는 자기가 이비보다 더 참혹한 지경을 겪었다고 주장하는 것이다.
태사는 文王의 羑里城 유폐, 伯邑考의 참사, 管叔鮮·蔡叔度의 반란
등을 들어 자신의 심리적 고통이 얼마나 컸는지를 설명한다. 과연 태사
가 거론한 사건들은 이비의 경험보다 한층 혹독한 것이다. 그래서 태사
는 물론 이비와 모든 숙녀들이 함께 눈물을 흘리며 슬퍼하게 된다.

　이비와 태사의 술회는 무궁한 복록을 누렸다는 聖人에게도 각각 슬
픔이 있다는 것으로 요약될 수 있다. 지금까지의 화제는 '聖人의 슬픔'
이었던 셈이다. 그러나 작자가 궁극적으로 말하고 싶었던 것은 성인의
문제가 아니라 보통 사람의 문제이며, 성인의 슬픔은 凡人의 슬픔을
이끌어내기 위한 장치일 뿐이다. 그래서 작자는 태사로 하여금 다음과
같이 화제를 돌리게 한다.

　　쥬비 다시 안식을 고치시고 졍금샤왈 낭낭과 첩은 힝혀 텬도의 어엿
　비 넉이시믈 닙스와 오히려 두어 가디 한이 잇거니와 즈고 녈녀와 졀
　효의 녀지 앗가온 긔딜노 흔두 가디 슬픔 뿐 아니라 흔두 가디 즐거움
　도 업슬 지 만흐니 엇디 가련치 아니리잇가 샹비 탄왈 현비 말숨이 금
　옥ᄀᆞ도다 연이나 기둥의 위로홀 밧즈는 어진 힝실과 아롭다온 효졀이
　표표히 나타나 쳔츄의 쳥명이 뻐지 아닐 즈는 쏘흔 한이 업술지라 인
　싱일스는 셩인도 면치 못ᄒᆞ시고 화복슈요는 블의악인도 굴히오미 업수

니 비록 흔 번 쇄옥낙화를 슬허흐나 일홈이 빗나고 덕힝이 후셰의 스
싱흔즉 쏘흔 아롬답지 아니랴 (이본 ④)

이제 화제는 성인으로부터 범인으로 이동한다. 그런데 단순히 평범
한 사람이 아니라 유교적 이념을 실천하기 위해 온갖 고초를 겪었으나
끝내 불행하게 죽은 사람들이 관심의 대상이 되며, 당연한 수순으로 이
들의 슬픔은 어떻게 위로받을 수 있는가? 라는 문제가 제기된다. 이것
은 <금생이문록>에서 금생이 품었던 문제의식과 일치하는 것이다. 상
비는 사후에 淸名이 전하고 후세의 師表가 되면 생전의 고통과 슬픔
이 상쇄된다고 본다. 상비의 관점은 전형적인 유가적 세계관을 반영하
며, <금생이문록>에서 금생의 의문에 대한 정몽주의 답변과도 유사하
다. 이념과 현실 사이의 모순을 도저한 이념의 현시를 통해 해소시키려
는 것이다.26) 그런데 <황릉몽환기>에서는 이와 같은 원리원칙에 입각
한 답변이 슬픔을 해소하거나 진정시키지 못한다.

　　셩이 비샤돈슈 왈 셩인도 각각 흔이 계시니 범부속즈는 더옥 니룰올
거시 업거니와 신의 원한은 고금의 방불흔 재 업스오니 스셩의 난뎡홈
과 진토의 구츠홈은 거셰쇼공디요 명운의 긔박홈과 신셰예 곤돈흐문
즈고의 잇디 아닌 비라 녕졍고고흐고 우우냥냥흐와 대히예 돗 업손 비
오 운니의 구술 업손 용이라 셩을 쓰흐나 알 니 업고 힝을 닷그나 보
리 업논 바의 쇽졀업시 시졀을 슬허흐고 탁셰룰 각분흐여 강호의 파탕
흐며 산슈의 오유홈도 쏘흔 온젼치 못흐고 치국 안민의 듕흥대업도 긔
필키 어려오니 아디 못거이다 이 몸이 어느 쩌예 ᄆᆞ츠며 어느 날 이
한이 풀니리잇가 인싱이 흔 번 나미 튱효 두 가디룰 다 엇디 못하여도
쏘흔 다 일치 못흐려든 신이 홀노 다 엇디 못흐고 구츠히 투싱흐니 원

------

26) 신재홍, 앞의 책 참조.

이 미치디 아니리잇가 낭낭이 임의 텬ᄒ 음교를 가슴아샤 싱민을 졔도
ᄒ시니 신을 건져 탑하의 용납ᄒ시면 셰셰싱싱의 슈은보덕ᄒ오리이다
(이본 ②)

계암은 기다렸다는 듯이 가슴 속에 맺힌 원한을 쏟아 놓는다. 몽유
록에서 몽유자는 대개 세상에 대해 불평한 소회를 지니고 있지만, 계암
만큼 그것을 직설적으로 표출하는·인물은 없다. 계암은 자신의 원한이
고금에 방불한 자가 없다면서 사생진퇴의 어려움을 온 세상이 알고 있
고[擧世所共知], 신세의 기박함이 自古에 없을 정도라고 과장한다. 이
와 같은 계암의 심리 상태는 서두의 인물 소개와는 큰 괴리를 보인다.
작품의 서두에서는 계암이 속세말속을 꺼려 자발적으로 은거한 것으로
서술되었기 때문이다. 그러나 山水遨遊와 治國安民을 둘 다 期必하
지 못하고 충효도 둘다 온전치 못하며 구차히 투생했다는 인용문의 내
용으로 보아 계암은 자발적으로 세상을 버린 것이 아니라 어쩔 수 없
는 상황으로 은거한 것이라 하겠다.

작품 내에 이러한 모순이 발생하는 것은 작자 의식 내부의 갈등 때
문일 것이다. 몽유록에서 몽유자는 작자의 문제 의식을 반영하는 인물
이다. 그러므로, <황릉몽환기>에서 계암에 대한 진술이 상호 모순되는
것은 작자가 스스로의 처지에 대해 심리적인 갈등을 겪고 있음을 말해
준다. 조선조의 유자들은 관직에 진출하여 공명을 얻으려고 각고의 노
력을 기울이는 한편, 정계에서 밀려났을 때는 자발적으로 속세를 등진
다는 태도를 취한다. 때문에 정치 일선을 떠나 귀향하거나 폄직된 사대
부들의 詩 속에는 자연을 속세와 격리된 청고한 공간으로 즐기면서도
중앙 정계에 미련을 보이며 자신을 알아주지 않는 세태를 탄식하는 내
용이 들어 있는 경우가 많다. <황릉몽환기>에서 보이는 모순된 진술

역시 이와 같은 이율배반적인 심리 상태로부터 비롯된 것이다. 즉, 작자는 표면적으로는 현재의 삶을 자발적인 선택이라고 자긍하고 있으나 실제로는 소외감과 패배감에 시달리고 있는 것이다. 그리고 이러한 심리적 갈등을 극복해 보고자 <황릉몽환기> 같은 작품을 창작했다고 할 수 있다.

따라서 처음에 계암이 이비를 비난했던 것 역시 온전히 禮에 대한 관심 때문이라기보다는 이비의 복록에 대한 동경과 질시 때문이라고 보는 것이 옳다. 계암은 이비와 태사의 이야기를 듣고 그들에게도 슬픔이 있다는 것을 알게 됨으로써 동질감을 느낀다. 그래서 한가한 隱士로 위장했던 겉모습을 허물고 가슴 속의 울분을 여과 없이 토로하게 된 것이다. 그렇다면 이처럼 거침없이 쏟아놓은 원한과 분노를 어떻게 수습할 것인가의 문제가 남는다.

상비는 신하가 되고 싶다는 계암의 청을 다음과 같이 거절한다.

> 샹비 츠탄 왈 경이 나기를 쩌 아닌 바의 흐여 샹셔롭지 아닌 지화로 조믈의 희극을 만나미라 엇디 신명을 슬혀흐리오 경의 소견이 놉고 의논이 명쾌흐여 천고셩현을 우럴흐미 급쟝유(汲長孺)의 풍치 잇스되 홀노 그디 몸의 어두오미 이러틋 흐야 셰시 일그로조츠 다르고 일월이 죠셕으로 변흐느니 경의 슴십 년 고락이 몃 번을 변흐믈 보냐 츠후시쏘 이러틋 눈회흐미 잇스리니 거리끼지 말고 안이슈디흐라 니 비록 경을 가의흐나 엇디 텬긔를 누셜흐며 더옥 그디 거취 미인 곳이 잇거늘 니 엇디 쳔단흐리오 부졀업시 울통흔 원긔를 미즈 텬디 화긔를 감샹치 말고 가지록 격을힝인흐야 텬도의 어엿비 넉이시믈 밧즈와라 경이 완디 오리니 도라가 후의 못기를 브라노라 (이본 ④)

상비는 계암의 30년 인생에 여러 차례 浮沉이 있었듯이 앞으로의

삶에도 윤회가 있을 것을 예언하면서 원한을 버리고 積德行仁에 힘쓰
라고·당부한다. 그런데 상비의 답변은 모호하다. 한편으로 희망적인 장
래를 암시하는 듯하지만, 또 한편으로는 유가적 원칙주의를 고수할 뿐
별다른 대안이 없는 듯하기도 하다. 그리고 상비는 더 이상의 대화를
원하지 않는 듯 서둘러 계암을 돌려보내려 한다. 계암은 아직도 가슴속
에 풀리지 않는 의혹을 안고 눈물을 흘리며 하직한다. 이것으로 꿈이
끝나고 작품이 마무리된다면 부자연스러울 것이다. 작자는 어떤 방식
으로든 노출된 문제를 보다 선명하게 수습할 필요가 있다.

　계암은 상비를 하직하고 나오다가 또 다른 여인을 만난다. 그녀는
<유효공선행록>의 정씨다. 정씨는 계암에게 자신을 소개한 후 남편
유연과 자신이 조주에서 죽었으며, 수월암에 머물다 돌아와 10년을 더
살았다는 것은 조선 사람들이 꾸며낸 말이니 믿지 말라고 한다.

> 셰속이 치치ᄒᆞ야 그러툿 ᄒᆞ믈 낙ᄉᆞ로 아나 첩과 뉴군은 임의 효졀노
> 몸을 ᄆᆞᆺᄎᆞ시니 엇디 구챠히 헷 일홈을 비러 셰인을 속이미 통훈티 아
> 니리오 ᄋᆞ지 복녹이 무량ᄒᆞ니 운쇼간의 흔이 업고 ᄯᅩᄒᆞᆫ 샹비의 통션이
> 되여시니 ᄯᅳ을 일웟ᄂᆞ니라 군은 나의 본말을 ᄌᆞ셰 아ᄂᆞ니 첩의 위니
> (爲尼)ᄒᆞ믈 고지 드러 고이히 넉이디 말나 죽을 ᄯᅡ홀 엇기 어려오니
> 그 ᄶᅢ롤 만나미 ᄉᆞ이여귀(死而如歸) ᄒᆞ미 맛당티 아니리오 셩이 돈연
> 치경 왈 부인이 평싱 횡ᄉᆞ의 하졈(瑕點) 되믈 쇼싱이 ᄯᅩᄒᆞᆫ 고이히 넉
> 이옵더니 과연 여ᄎᆞᆫ 곡졀이 잇도소이다 (이본 ②)

　두 사람의 대화를 통해 계암이 <유효공선행록>의 독자로서 작품
내용에 대해 의문을 지니고 있었다는 사실을 알 수 있다. 정씨는 계암
이 의심을 품었던 부분이 후세인의 왜곡이라고 증언한다. 즉 계암은 자
신의 평소의 생각을 정씨와의 만남을 통해 확인하는 것인데, 계암의 견

해는 곧 작자의 견해이다.

<유효공선행록>에서 정씨는 비구니가 되어 5년간 지내다가 劉家로 돌아와 10년을 더 살고 죽는다. 정씨가 행복을 누린 것은 생의 마지막 7~8년간이며, 그 이전은 고난으로 점철된 삶이었다. 따라서 유가로의 복귀 이후는 정씨의 효절이 생전에 보상을 받는 기간이다. 그런데 <황릉몽환기>는 바로 그 눈부신 보상의 기간이 실재하지 않는다고 주장하면서, 유연과 정씨를 비극적인 삶을 산 실존인물로 간주한다.[27] 그렇게 보는 편이 禮에 합당할 뿐 아니라 더 사실적이기 때문이다.

<황릉몽환기>의 작자는 장편소설의 福善禍淫이 현실에서 가능하다고 믿지 않는다. 오히려 온갖 고난을 겪은 善人이 끝내 비참한 최후를 맞는 것이 더 현실적이라고 본다. 그렇다면 정씨가 해결되지 않은 울분과 의문을 품은 채 떠나려는 계암에게 군이 자신의 사연을 알리는 것은 어떤 의미이겠는가. 결국 <황릉몽환기>의 작자는 정씨를 등장시켜 계암에게 복선화음의 허구성과 天道의 불확실성을 보여 준 것이다. 물론 정씨는 사후의 청명이 충분한 보상이 되었으므로 이제 한이 없다고 선언한다. 그러나 이러한 결론은 이념에 대한 철저한 확신에서 나온 것이 아니라 선택의 여지가 없기 때문에 도달한 곳일 뿐이다.

이 점은 각몽 이후의 서술에서도 확인할 수 있다.

언미홀의 누상의셔 진쥬발을 일시의 지우니 그 소릐 징연흔디라 놀나 씨치니 냥인이 쥬효롤 비겨 잠간 조오라시니 은하는 경경흐고 효월은 상노의 희여시니 심신 즈못 쳐창흐여 몽亽롤 서로 니른미 긔이코 황홀흐야 다시 믈식관경의 뜻지 업서 젹막히 치롤 보아 훌훌이 도라

---

27) 유연과 정씨는 실존인물이 아니다. 유연, 정씨, 유우성 등 <유효공선행록>의 주요 등장인물을 『明史』에서 찾아 보았으나 확인할 수 없었다.

오니 임의 초동 쇼한지절이라 쇠흔 국화는 괴로이 쥬인을 기다렷고 황
낙흔 목엽은 쁠 사롬이 업서시니 쳐초흔 물식과 닝담한 경개 근심을
더욱 돕는 듯ᄒᆞ더라 (이본 ②)

정씨와의 대화를 끝으로 계암과 경암은 꿈에서 깨어나는데 각몽 이
후의 분위기는 몹시 쓸쓸하다. 계암과 경암은 유람에 흥미를 잃고 귀환
하며, 고향에 도착했을 때 초겨울로 접어든 계절적 배경 또한 을씨년스
럽다. 장래에 대한 밝은 희망이나 기대는 찾아 볼 수 없고 근심스럽고
처창한 분위기에서 작품이 끝난다. 만약 계암이 상비의 예언에 기대를
걸거나 정씨의 이야기를 듣고 이념에 고양되었다면 좀더 긍정적인 태
도를 취했을 것이다.

요컨대 <황릉몽환기>는 계암이라는 몽유자를 내세워 작자가 세상
에 대해 지니고 있는 불평과 원망을 토로한 후, 강고한 현실을 확인하
는 것으로 끝맺는 작품이다. 그러나 현실을 확인하는 것이 반드시 절망
적인 것만은 아니다. 계암은 이비·태사·정씨와의 만남을 통해 세상
에서 자신만 불우한 것이 아님을 발견하기 때문이다. <황릉몽환기>의
작자가 이비나 태사에게서 불행한 측면을 발견해내고 <유효공선행
록>의 정씨를 군이 불행하게 만든 것은 불행을 공유함으로써 자신의
고통을 조금이나마 덜어 보려는 시도이다. 따라서 <황릉몽환기>는 불
우한 혹은 자신이 불우하다고 믿고 있는 선비의 자기 위안을 위한 작
품이라고 하겠다.

<황릉몽환기>의 기능을 위안으로 받아들이는 것은 독자도 마찬가
지였다. 이본 ⑤의 필사기를 살펴보자.

쌍비와 쥬비의 성인의 덕이 ᄒᆞᆫ날 갓고 만승이 부귀로도 슬푸미 잇고

유혼지통이 이셧다 ᄒ시니 ᄒ말며 어지도 못ᄒ고 무덕무복인 우리 녀
ᄌ리오 익호지원 극분ᄒ 닉 아히 졍아모야 ᄌ고로 널녀와 효졀이 녀지
앗가온 ᄌ질노 ᄒ두 가지 슬픔 쑨 아녀 ᄒ두 가지 즐거움도 업ᄉ니 엇
지 가련코 슬푸지 아니리마는 샹비 말슴이 힝실과 아롬다온 효졀이 표
표히 쮜녀ᄂ 쳥명이 셕지 아닐 ᄌᄂ 한이 업다 ᄒ시고 인싱일ᄉᄂ 셩
인도 면치 못ᄒ며 이듕이 현비슉완이 박명ᄒ 지 ᄒ둘이 아니로더 후셰
예 이비긔 근시ᄒ여 춍신이 되녀 즐기며 위로홈을 밧ᄌ와시니 엇지 화
복슈요를 임이로 홀 슈 이시리오 다만 슬푸고 원□□을 셔려 두고 고
요ᄒ 덕을 눔모르게 닥가 어진 부인이 되고 편노친을 지효로 셤겨 그
쳑화심을 돕지 말며 고고ᄒ ᄌ녀를 줄 교양ᄒ야 효부 되고 어진 어미
미진ᄒ며 가ᄉ를 션치ᄒ며 셰간을 윤산아며 원통 늣거온 □ 군ᄌ의 후
ᄉ가 션션ᄒ여 슘십 젼 쏄으고 쏄은 평싱이ᄂ 후인이 모도 츄앙ᄒ야 일
홈이 ᄂᄐᄂ게 ᄒ녀라 … 오히려 너는 셰샹이 머무러 낙이 잇고 쇼님이
잇거이와 그보다 더ᄒ ᄉ롬이 몃몃친 줄 알이요 (이본 ⑤의 필사기)

이본 ⑤는 다른 사람에게 주기 위해 필사된 이본이어서 필사기가 곧
편지의 역할을 하고 있다. 이본 ⑤에는 두 종류의 필사기가 있는데, 하
나는 필사자가 아주머니(정아모:정아무개)에게 보내는 글이고, 또 하나는
어머니가 딸(정아모)에게 보내는 글이다. 필사자와 '어머니'의 관계는 정
확히 알 수 없으나 祖孫뻘인 것으로 추측된다. 위 필사기는 어머니가
딸(정아모)에게 보낸 글로, 어머니는 <황릉몽환기> 본문 중 태사와 상
비의 말을 인용해 가면서 남편을 잃은 딸을 위로하고 있다. 남편을 잃
은 고통이 크겠지만, 성인에게도 슬픔이 있고 여자로서 더 심한 일을
겪은 사람도 많으니 이제 그만 슬픔을 진정하라는 것이다. 어머니는 딸
이 자신의 불행과 시련을 이겨낼 힘을 얻기를 기대하고 있고, 이러한
목적을 위해서 다른 사람의 고통과 불행을 확인하면서 동질감을 느낄
수 있는 <황릉몽환기>가 선택된 것이다. 이 경우 복선화음이 어김없

이 실현되는 장편소설류는 오히려 슬픔만 가중시킬 뿐일 것이다. 위 인용문에서 언급된 정아모는 장편소설에 일가견이 있는 독자였던 것 같다. 이본 ⑤의 필사자가 정아모에게 <옥린몽> 제8권과 양문록을 있는 대로 빌려달라고 부탁하고 있기 때문이다. 따라서 정아모의 현재 상황에서 장편소설은 도움이 되지 않는다고 생각한 어머니가 필사자를 시켜 <여와전>과 <황릉몽환기>를 베껴 보내게 한 것이라 하겠다.

<황릉몽환기>는 불우한 한 선비가 자신의 심회를 위로할 목적으로 창작한 작품이다. 그러나 <여와전>의 후편이며 역대 여성들이 등장하는 설정 때문에 남성보다는 오히려 여성들에게 널리 읽히면서 그들의 불행과 고통을 위무하는 기능을 담당한 듯하다. 따라서 <황릉몽환기>는 현실적 좌절을 이념의 관철로 무마하는 전형적인 몽유록과도 다르고 찬란하지만 지나치게 허구적인 장편소설과도 다른 새로운 지점을 확보했다고 생각된다.

4. 인물 비평 양상과 그 기준

엄격하게 말해 <황릉몽환기>는 <투색지연의>·<여와전>과 성격이 다르다. <황릉몽환기>가 지니고 있는 소설 비평적 성격은 부분적인 것이며, <여와전>의 후편이기 때문에 그러한 성격을 얼마간 물려받았다고 보는 것이 타당할 것이다. 그러나 <황릉몽환기>가 지니고 있는 소설에 대한 물음과 비판은 전편들과는 다른 각도에서 나름대로 의미심장하다.

앞에서 살펴본 바와 같이 <여와전>은 매우 엄격해 보이는 윤리적 기준을 세워 놓고 소설 속의 인물들을 비평하였다. 그러나 기준이란 비

평자에 따라 그리고 시대에 따라 얼마든지 바뀔 수 있으므로, 완벽한
비평, 그리고 완결된 비평은 존재하지 않는다. <황릉몽환기>는 <투색
지연의>에 대해 <여와전>이 그랬던 것처럼 전편을 전면적으로 문제
삼을 의도는 없었지만, <여와전>의 비평이 가지고 있는 허점을 찌르
고 있다.

<황릉몽환기>는 소설 속의 인물로 <유효공선행록>의 정씨만을 등
장시킨다. 정씨는 <여와전>에서 문창진군의 추천을 받아 曹大家[班
昭]의 반열에 올랐던 인물이다. 그러나 <황릉몽환기>의 작자가 보기
에 <여와전>에서 높이 평가된 정씨의 행적에도 큰 결함이 존재한다.
수월암에서 5년간 비구니로 지낸 사실이 그것이다. 이것은 이미 <여와
전>의 이본 ⑥(사재동본)에서 문제가 된 적이 있는 내용이다. <여와전>
의 이본 ⑥에서 관음은 정씨가 절에 의탁하여 부처를 극진히 섬겼고
그 공덕으로 나중에 복을 누린 것이라고 주장하면서, 윤혜영·장단화를
내쫓으려면 정씨도 돌려보내라고 요구한다.[28] 이것은 정씨의 행위가 잘
못되었다고 비판한 것이 아니라 문창의 불교 배척에 형평성의 문제가
있다는 것을 지적한 것이지만, 뒤집어 보면 같은 이야기라고 할 수 있
다. 사실 어떤 이유라 하더라도 사대부가의 여성이 斷髮爲尼한 것을
두고 예를 지켰다고 하기는 어렵다.[29] 때문에 <여와전>의 이본 ⑥의

---

28) "일즉 녕존당 뎡부인니 오년을 우리 암듕의 와 의탁ᄒ시고 사시 뎡옥니 미츤을 짓
고 빈승의 뎨ᄌ 묘상의 구ᄒ믈 입어 뎨ᄌ의 도을 극진니 ᄒ미 빈승이 도아 일흔 아
달을 츳고 두 사람의 녕복니 무궁ᄒ미 부쳐을 공경ᄒ야 셤기고 불가의 졍셩이 지
극ᄒ미 빈승이 감동ᄒ야 부부며 부ᄌ의 눈을 온젼케 졔도ᄒ미라 이졔 두 스룸의게
눈 댱단화 윤혜영의 법을 쓰지 아니ᄒ시ᄂᆞ뇨 불가의 잠간이라도 왓던 사람은 다
도라보니시미 올커날 댱단화 윤혜영만 비쳑ᄒ시니 셩군의 ᄉᆞᄉ 업스믈 이러틋 편
벽ᄒ고 고집ᄒ니 빈승이 위ᄒ여 가연ᄒ믈 이기지 못ᄒ눈니다". (<여와전> 이본 ⑥)
29) 그래서 다른 장편소설에서는 절에 의탁하더라도 머리만은 깎지 않으며, 혹은 시비
가 대신 머리를 깎고 주인을 봉양하기도 한다.

작자나 <황릉몽환기>의 작자 등을 포함한 많은 독자들이 정씨와 정씨를 높이 평가한 <여와전>에 대해 불만을 가지게 되었던 것이라 생각된다.

<황릉몽환기>의 작자는 <여와전>이 <투색지연의>에 대해 했던 것처럼 위차를 다시 정하는 방법을 사용하지 않고, 정씨로 하여금 문제가 되는 행적 즉 비구니가 되었던 사실을 부인하게 만드는 방법을 선택했다. 작자가 정씨를 직접 비난하는 것이 아니라 정씨 스스로 <유효공선행록>에서의 자신의 행적을 비판하게 한 것이다. 이것은 교활한 전략이다. <유효공선행록>이라는 장편소설 전체를 개작하지 않고도 개작한 것과 마찬가지의 효과를 얻을 수 있기 때문이다. 그런데 좀더 주의 깊게 살펴보아야 할 점은 <황릉몽환기>의 작자가 과연 무엇을 비난하고 있는가 하는 것이다.

> 첩은 디명 셩화 년간 승상 뎡관의 쳔금 소괴요 효문공 뉴연의 부인이라 심규의 양셩ᄒ야 편샤훈 디 머무디 아녀시디 시운이 불니ᄒ야 만상풍파롤 경녁ᄒ고 됴쥐 젹소의셔 뉴공이 원ᄉᄒ니 첩이 복ᄋ를 나하 비ᄌ 난향을 맛기고 닉슈ᄌᄉ ᄒ다라 후리의 ᄋᄌ 우셩이 현달ᄒ야 텬ᄌ긔 고ᄒ고 됴쥐 물ᄀ의 우리 부부의 효졀을 긔록ᄒ야 비롤 셰엿거놀 후셰 사롬이 목숨을 앗기고 일홈을 쳔히 넉여 첩이 니괴 되여 슈월암의 오년을 머므러 무즈러진 머리와 흰 옷ᄉᄉ로 뉴가의 도라 와 뉴군의 견집된 거동을 보고 사다 ᄒ니 엇디 긔괴티 아니며 뉴공은 효의군지라 엇디 가엄의 소초롤 보고 날을 다시 용납ᄒ며 것츨 견집하야 궤도와 권변롤 쓸 사롬이리오 셰속이 치치ᄒ야 그러툿 ᄒᄆᆯ 낙ᄉ로 아나 첩과 뉴군은 임의 효졀노 몸을 ᄆᄎ시니 엇디 구챠히 헷 일홈을 비러 셰인을 속이미 통혼티 아니리오 ᄋ지 복녹이 무량ᄒ니 운쇼 간의 흔이 업고 쏘흔 샹비의 통션이 되여시니 뜻을 일웟ᄂ니라 군은 나의 본말을 ᄌ셰 아ᄂ니 첩의 위니ᄒᄆᆯ 고지 드러 고이히 넉이디 말나 죽을 ᄯᅡ흘 엇기

어려오니 그 씨롤 만나미 스이여귀 흐미 맛당티 아니리오 (이본 ②)

인용문을 잘 읽어보면 정씨가 <유효공선행록>에서의 자신의 행적
뿐만 아니라 남편 유연의 행적까지도 비판하고 있음을 알게 된다. <유
효공선행록>에서 유연은 舜에 비견되는 至孝의 君子로 극구 칭송되
지만, 서술자의 일방적인 주장을 무시하고 작품을 읽어보면 孝를 내세
워 사람이 차마 하기 힘든 여러 가지 행위를 태연히 해내는 인물이다.
그는 무죄한 줄 알면서도 부친의 명에 따라 병든 정씨를 重杖하여 출
거시키며, 장인 정관이 부친 유정경을 탄핵하려 한 사실을 알고 오갈
데 없는 임신한 아내를 다시 내쫓는다. 요컨대 유연은 자신이 효자가
되기 위해서라면 정씨를 포함해 그 무엇을 희생시켜도 상관없다고 생
각한다.30) 그러나 이와 같은 비인간적 행위도 孝라는 절대적 과제를
위해서라면 어느 정도 용납된다고 할 수 있다. <황릉몽환기>에서 문
제삼는 것은 유연이 孝를 위해 정씨를 죽음으로 내몰았다는 것이 아니
라 자신이 내세운 명분을 어기면서 정씨를 다시 받아들였다는 것이다.

인용문에서 정씨는 孝義君子인 유연이 "엇디 가엄의 소초롤 보고
날을 다시 용납흐"겠느냐고 반문한다. 劉家에서 정씨를 거의 죽게 만
들어 쫓아내자 분개한 정관은 일찍이 들은 유정경에 대한 추문을31) 기
록하여 유정경을 탄핵하려 했는데, 딸이 결사적으로 반대했기 때문에
초안에 그치고 실행하지 않았다. 이것이 바로 "家嚴의 所草"이다. 그

---

30) 박일용은 정씨가 겪는 수난이 유연이 추구하는 명분론적 이념의 관념성을 생생하
게 드러내준다고 지적한 바 있다. 박일용, 「유효공선행록의 형상화 방식과 작가의
식 재론」, 『관악어문연구』 20, 서울대 관악어문학회, 1995.

31) 추문의 내용은 유정경이 모친의 머리를 돌로 쳐서 과상풍으로 죽게 했다는 것, 아
버지의 창첩과 통간한 후 일이 누설될까봐 죽였다는 것, 민가 여자를 빼앗았다는
것이다.

런데 이 상소의 초안이 유정경을 거쳐 유연에게까지 전해져 다시 정씨가 쫓겨나게 된 것이다. 아버지의 원수의 딸과 부부가 될 수 없다는 명분 때문이었다. 하지만 정씨는 수월암에서 출가하여 아들 우성을 낳아 기르다가 유정경이 회과하면서 유가로 돌아오게 된다. <황릉몽환기>의 작자는 이것을 모순이라고 본다. 유연이 정말 효의군자라면 일단 정관과 結怨한 이상, 어떤 일이 있더라도 원수의 딸인 정씨를 다시 맞아들여서는 안 된다는 것이다.

또 <황릉몽환기>에서 정씨는 <유효공선행록>에서 자신이 유가로 돌아온 뒤에 유연이 보여준 태도를 비난한다. 유연은 정씨를 다시 데려오는 것을 거부하고, 정씨가 돌아온 이후에도 못마땅해 하며 여러 차례 정씨를 모욕한다. 그런데 이것은 유연의 본심이 아니라 정관에 대해 보복하고 그의 기세를 꺾어놓기 위해 벌이는 작전이다. 유연은 부친을 탄핵하려 한 일과 정씨를 개가시키려 했던 일로 정관에게 크게 앙심을 품고 있는데, 장인 정관이 부친 유정경과 비교할 수 없을 정도로 훌륭한 인물이기 때문에 더욱 정관을 미워한다. 정관이 유정경을 무시하고 劉家를 업신여길까봐 아내와 아들을 핍박함으로써 정관을 제압하고자 하는 것이다. 이러한 유연의 의도는 다음 인용문에서 잘 드러난다.

> ① 모즈의 싱스 거쳐틀. 니 알빈 아니니 즈슌(필자주:유연)이 니 연좌
> 롤 저의게 쓰고즈 흐거든 그 뜻을 두로혀 노부의 말을 듯고 즈슌을 긋
> 친 후 니 집의 보니고 그러치 아니면 싱심도 나를 압두흐여 네 집 죄
> 인으로써 니 집의 보니지 못흐리라
>
> ② 상셰 복지 왈 쇼지 뎡관으로 격원을 프지 못흔 연고는 야야를 히
> 흔 원슈라 스원을 깁히 미즈 스실의셔 됴혼 낫츨 나타니지 못흐믄 싱
> 아흐신 호텬터은을 갑흘 비오 됴당 일은 흔 가지로 흐여 올흔 일을 찬

ᄒ고 그른 일을 붓드러 화복을 일체로 ᄒ여 임군을 돕ᄉ오미 션군의
지우를 갑흐미라 엇지 냥젼홀 일을 ᄇ리이오 뎡관의 혐규을 프지 못홀
진디 근본은 뎡예라 대인의 명이 게시나 뎡관이 우리 디 모히ᄒ 한을
가이 ᄒ 번 욕ᄒ믈 마지 못홀지니 싱각지 못ᄒ시ᄂ니잇가

(<유효공선행록> 권지팔. 서울대본)

  정관이 정씨를 데리고 와서 舊怨을 풀기를 청하자 유연은 장인이
보는 앞에서 어린 우성을 불러 너희 모자가 집안을 망칠 것이라고 욕
하고 문밖에 내친다. ①은 이 때 화가 난 정관이 돌아가면서 유연에게
한 말이다. 정씨와 우성을 구박하는 것으로 자신을 압두할 수 있을 것
으로 생각하지 말라는 것이다. 이것은 유연의 속셈을 적중하게 읽은 것
이라고 할 수 있다. 정관이 화가 나서 가버리자 이번에는 유정경이 유
연을 불러 꾸짖는데, 유연은 ②와 같이 부친에게 대답한다. 여기에서
유연은 정씨를 결코 받아들일 수 없다고 부친을 설득하는 것이 아니라,
받아들이는 것을 기정 사실로 치고 정관에게 맺힌 한을 정씨나 우성에
게 풀어야겠다고 말한다. 정씨나 우성을 괴롭혀서 정관에게 복수하겠
다는 것이다. 이러한 유연의 의도를 알고 있기 때문에 정관은 우성에게
이제 죽든지 살든지 관여하지 않겠다고 하고 가버린다.[32] 자신이 딸과
외손자에게 애정을 기울일수록 유연의 박대가 더욱 심해질 것이기 때
문이다. 이와 같이 유연은 겉으로는 정대한 군자인 척 하지만 실은 본
심과 행동이 전혀 다른 야비한 인간이다. 따라서 '겉으로 堅執하면서
詭道와 權變를 쓴'다는 <황릉몽환기>의 평가는 유연의 위인을 정확
히 꿰뚫어 본 것이라 할 수 있다.

---

32) "승상이 참연ᄒ여 눗츨 ᄉ미 가리오고 니르디 네 모ᄌ의 ᄉ싱은 네 아비 이시니
    거춰롤 노부의게 번득이지 말고 죽어도 예셔 죽고 발 뒤축을 도로혀지 말나". <유
    효공선행록> 권지팔.

<황릉몽환기>는 유연과 정씨를 둘 다 비판적으로 보고, <유효공선행록>의 사건 전개를 유연이 유배지 조주에서 寃死하고 정씨는 물에 빠져 자결하는 것으로 바꿔버렸다. 이렇게 되면 <유효공선행록>은 후반부가 사라져서 전혀 다른 소설이 되어 버린다. 즉 <황릉몽환기>의 작자는 <유효공선행록>을 실제로 개작하지 않고도 개작한 것과 동일한 효과를 거두고 있는 것이다. 이것은 <여와전>의 작자가 진양공주의 轉生譚을 창작하여 자신이 원하는 인물과 소설의 방향을 제시한 것과 마찬가지이다. 그런데 재미있는 것은 <황릉몽환기>의 작자가 허구적 인물인 유연과 정씨를 실존인물처럼 만들고 있다는 것이다. 흔히 소설은 실존인물·실제 사실에 허구적인 인물이나 사건을 덧붙여 창작되고, 이 때문에 역사를 왜곡했다는 비판을 받는다. <황릉몽환기>는 이러한 점을 역으로 이용하여, 소설 내용의 절반을 삭제함으로써 나머지 절반을 더욱더 실제 사실처럼 여겨지도록 만든 것이다. 이러한 방법은 자신이 개작해낸 <유효공선행록>의 진실성을 강조하는 데 성공적이라고 할 수 있다.

그렇다면 <황릉몽환기> 작자에 의해 <유효공선행록>은 어떠한 방향으로 바뀌었을까. 앞에서도 언급했듯이 유연과 정씨의 혹독한 고난만 남고 그들이 유교적 이념에 충실함으로써 받은 보상은 사라져 버린다. 유정경이 회과하고 유홍이 벌을 받고 유연이 정씨와 재합하고 조정에 출사하여 부귀영화를 누리는 福善禍淫의 내용이 모두 사라지고, 유연과 정씨의 효절을 알리는 비석 하나만이 세워지는 것이다. 이렇게 되면 이 소설은 더 이상 우리에게 익숙한 장편소설이 아니라고 할 수 있다. <황릉몽환기>에서 정씨는 <유효공선행록> 내용을 가리키면서 세속 사람들은 이러한 일을 "樂事"로 알지만 자신이 보기에는 구차하게 허명을 빌어 사람들을 속이는 것이라고 한다. 즉 <황릉몽환기>의

작자는 항상 행복한 결말로 끝나는 장편소설이 사람들을 기만하고 있다고 본 것이다. 실제로 장편소설은 복선화음을 어김없이 실현시키기 위해 비현실적이거나 억지스러운 반전을 설정하는 예가 많다.[33] <황릉몽환기>의 작자는 이러한 창작 관습에 문제가 있다고 보고, 여기에서 과감히 탈피할 필요성을 제기한 것이다. <황릉몽환기>의 작자가 원한 것은 보다 사실적이고 그래서 비극적인 소설이라고 할 수 있겠는데, <여와전>의 이본 ③에서 높이 평가된 <육염기>가 비교적 이러한 성향에 부합한다고 할 수 있다.

<황릉몽환기>가 <여와전>에 등장했던 많은 소설 속의 여주인공들 가운데 유독 정씨를 택한 것도 정씨가 다른 인물들보다 비판받을 점이 많았기 때문이라기보다는, <유효공선행록>이 다른 작품들에 비해 자신이 원하는 소설로 바꾸기에 적합했기 때문이라고 할 수 있다. 실제로 <유효공선행록>은 다른 장편소설들에 비해 수수한 작품이다. 많은 장편소설들이 상층 벌열과 황친국척의 부귀하고 호화로운 삶을 보여주는 데 치중하지만, <유효공선행록>은 그러한 화려한 분위기와는 거리를 두고 사실성과 이념성을 추구한다. 따라서 다른 장편소설들에 비해 <유효공선행록>은 <황릉몽환기> 작자의 체질에 맞는 작품이었던 것이다. 때문에 마음에 들지 않는 뒷부분을 잘라내는 약간의 손질만으로 <유효공선행록>은 <황릉몽환기>의 작자가 원하는 작품으로 탈바꿈할 수 있었다.

---

33) 물론 이것은 장편소설뿐 아니라 고전소설 전체에 해당되는 문제이기도 하다.

Ⅵ. <여와전> 연작의 소설사적 의의

　장편소설은 소수의 작품을 제외하고는 언제 창작되었는지 알 수 없다. 이와 같은 창작 연대의 불확실성 때문에 기존의 장편소설 연구에서는 주로 작품 분석을 토대로 작가층과 작가의식을 추론하고, 나아가 창작 시기를 가늠해 왔다. 그러나 이것은 선택의 여지가 없는 상황에서 취한 연구 방법으로, 연구 결과의 신뢰성은 그다지 높지 않다. 게다가 이러한 방법에 의해 추출된 작가 의식을 바탕으로 장편소설을 시대순으로 배열한다든가, 특정한 시대의 장편소설의 면모를 논하는 것은 위험한 일이다. 이와 같은 상황을 감안할 때, 비교적 이른 시기의 장편소설의 존재 양상에 대한 자료를 제공하고, 이들 작품의 등장인물에 대한 褒貶을 통하여 장편소설에 대한 당대인의 미적·윤리적 평가 기준을 제시하는 <여와전> 연작의 의의는 자못 크다. 더욱이 이들은 계기적으로 창작된 연작이기 때문에, 시대적 추이에 따라 장편소설이 변동하는 양상과, 장편소설에 대한 독자들의 변화된 요구까지도 보여준다. 따라서 <여와전> 연작의 발굴은 소설사에 몇 편의 새로운 작품을 추가하는 것 이상의 의미를 지닌다고 하겠다.

　<투색지연의>나 <여와전>은 단순히 하나의 소설이 아니라 당대 소설사적 상황을 집약해 놓은 비평 작품이다. 이들이 보유하고 있는 다

양한 정보, 즉 여러 장편소설의 창작 시기, 실전된 작품의 존재 또는 그 내용, 작품에 대한 당대 독자의 인식과 평가 등은 조선 후기 소설사를 이해하는 데 귀중한 자료이며, 序跋이나 필사기에 국한되었던 빈약한 장편소설 비평의 지평을 확장시켰다는 점에서도 의의가 있다. 앞에서는 개별 작품 분석을 통해 각 작품이 다루고 있는 소설에는 어떤 것이 있으며, 소설에 대한 평가 기준은 무엇인가를 살펴보았다. 본 장에서는 이제까지의 논의를 종합하여 <여와전> 연작이 반영하고 있는 각각의 소설사적 상황과 장편소설의 전변 양상을 파악하고, 이와 같은 운동성을 선도하고 지지했던 향유층의 의식을 고찰함으로써 <여와전> 연작의 소설사적 의의를 밝히도록 하겠다.

1. 장편소설의 전변 양상

<투색지연의>와[1] <여와전>은 시간적으로 선후 관계에 있는 작품이며, 둘 다 소설에 대해 이야기하고 있다. 이들은 거의 같은 작품들을 다루고 있지만, <여와전>에는 <투색지연의>에서 볼 수 없었던 몇 편의 새로운 작품들이 등장하며, 또 <여와전>은 이 새로운 작품들을 더 높이 평가한다. 이와 같은 차이는 개인적인 독서 경험의 차이나 취향의 차이에서 나올 수도 있지만, 시대의 변화에 따른 것일 가능성이 높다. 소설사에 새로운 작품 경향이 등장하면서 그 새로운 작품군에 대한 지지와 기존 소설에 대한 비판이 <여와전>이라는 소설 비평으로 나타났던 것이다.

---

1) 여기에서 말하는 <투색지연의>는 <여와전>을 참조하여 재구한 <투색지연의>를 가리킨다.

　물론 <여와전>에서 새로 나타난 작품들이 사실은 <투색지연의> 시대에도 있었는데, <투색지연의>의 작자에게는 긍정적인 평가를 받지 못했을 가능성도 있다. 그러나 이러한 경우라 하더라도, 서로 다른 평가 기준이 완전히 개인의 성향에 의존한다고 보기는 어렵다. 개인의 성향 또한 시대적 성향 속에서 나오는 것이며, <투색지연의>나 <여와전>이 오늘날까지 전해질 수 있었던 것은 이 작품들의 견해가 특정한 개인의 것이 아니라 어느 정도 당시 독자들의 의견을 대표했기 때문이라고 생각되기 때문이다.[2]

　그러므로 본고에서는 <투색지연의>가 보여주는 소설사적 상황과 <여와전>이 보여주는 소설사적 상황에 시대적 변화가 존재한다고 보고, 그 차이를 장편소설의 전변으로 이해하고자 한다. 이를 위해서는 먼저 각 작품이 보여주는 소설사적 상황을 살펴보아야 한다.

　<투색지연의>에 등장하는 작품은 <옥교행>, <빙빙전>, <애경전>, <녹주전>, <한궁추> 계열의 작품, <홍불기> 계열의 작품, <옥환빙>, <한씨삼대록>, <소현성록>(<소씨삼대록> 포함), <소문록>, <이현경전>, <옥기린>, <추학기> 등이다. 여기에는 <녹주전>, <애경전>과 같은 중국 소설도 있고, <한궁추> 계열의 작품이나 <홍불기> 계열의 작품처럼 반드시 중국 희곡이라고 단정할 수는 없지만 중국 희곡에 근원을 두고 있는 작품도 있으며, <옥환빙>, <한씨삼대록>, <소현성록>과 같이 분명한 우리 나라 작품도 있고, 국적이 다소 불분명한 <빙빙전>과 같은 작품도 존재한다. 또 이들은 중국의 傳奇, 戲曲, 중

---

2) 현재 <투색지연의>는 미완본 1종만이 남아있는 반면, <여와전>은 17종의 이본이 현전한다. 이것은 <투색지연의>가 <여와전>보다 오래된 작품이라는 데도 이유가 있겠지만, <투색지연의>를 비판한 <여와전>의 견해에 더 많은 사람들이 공감하면서 <투색지연의>는 도태되고 <여와전>만 살아남았다고 볼 수도 있다.

편 傳奇小說, 才子佳人小說, 우리 나라의 장편소설, 여성영웅소설 등 다양한 유형에 걸쳐 있다.

<투색지연의>에 나타난 소설들이 이처럼 넓은 스펙트럼을 가지고 있다는 것은 <투색지연의>의 작자로 대표되는 당시 소설 독자들이 중국과 우리 나라의 다양한 소설 유형을 섭렵하고 있었음을 뜻한다. 즉 이 시기에는 <애경전>과 같은 중국의 중편 傳奇小說이 지속적으로 읽히는 가운데 새로운 재자가인소설이나 희곡 등이 번역 혹은 개작되었으며, 한편에서는 국내 창작의 장편소설, 여성영웅소설들이 활발하게 창작되고 있었다고 할 수 있다. 그러나 중국의 희곡·소설이 우리 소설과 함께 등장한다고 해서 이들이 대등한 비중으로 취급된 것은 아니다. <투색지연의>의 작자는 중국 소설의 인물이 분명한 애경, 자운, 왕소군 등은 투색전의 직접적인 당사자가 아닌 원군으로 등장시키고, 우리 나라 장편소설의 인물인 최패정과 중국 소설에 뿌리를 두고 있지만 국내 독자의 취향에 맞게 개작된 소설의 주인공인 가빙빙을 작품의 주역으로 삼았다. 따라서 <투색지연의>의 작자는 우리 소설의 주인공들끼리 색을 다투게 하고, 중국 소설의 주인공들은 보조적 인물로서 등장시킨 것이다. 이것으로 보아 <투색지연의>의 작자는 중국 소설과 우리 소설에 대한 뚜렷한 구별 의식을 지니고 있었다고 생각된다.

<투색지연의>에 등장하는 작품 중에서 국내작으로 볼 수 있는 것은 <빙빙전>, <옥교행>, <옥환빙>, <한씨삼대록>, <소현성록>, <소문록>, <이현경전>, <옥기린>, <추학기> 등이다. 이들 사이에도 먼저 창작된 작품이 있고 나중에 창작된 작품이 있겠지만, <투색지연의>라는 작품에 함께 언급되어 있으므로 일단 같은 시대의 작품이라고 할 수 있다. <투색지연의>의 창작 시기는 확실히 알 수 없다. 그러나 <투색지연의>에 등장하는 작품들은 대개 17세기 후반~18세기 초반에 창

작된 것으로 생각된다.

　먼저, <빙빙전>은 현전본도 18세기 초반에 이루어진 것으로 짐작되므로 창작 연대는 그보다 앞설 것이다.[3] <한씨삼대록>은 1692년 전후에 존재했다는 기록이 있으므로 17세기 후반 작품이 확실하다. 기존에는 <한씨삼대록>이 <소현성록>의 파생작이므로 <소현성록>의 창작 연대는 <한씨삼대록>보다 더 빠를 것으로 보았으나,[4] 반드시 그렇다고 볼 수는 없다. <한씨삼대록>은 <소현성록>의 파생작이라기보다는 함께 구상된 자매편의 성격이 강하기 때문에 거의 동시에 창작되었거나 혹은 <소현성록>보다 먼저 창작되었을 가능성이 있다. 작품 내에서 시간적 선후로 보더라도 <한씨삼대록>이 앞서는 이야기이고, 15책 이상의 거질인 <소현성록>을 창작하기 위해서 습작기간이 필요했으리라는 점에서도 그렇다. <옥환빙>은 <소현성록>의 모델이 된 작품이므로 <소현성록>보다 빨리 창작되었을 것이다. <옥기린>의 창작 시기는 <신옥기린>과의 관계로 따져볼 수 있다. <옥원재합기연>의 필사자는 <명행록>, <비시명감>, <신옥기린>이 모두 <옥원재합기연> 작자에 의해 창작된 작품임을 증언하고 있다.[5] 그런데 이 때 '신옥기린'에서 '옥긔린' 3자는 보통 크기로, '신' 1자는 '옥'자의 우편 상단에 작게 쓰여 있어,[6] 기존 작품인 <玉麒麟>과 새로 창작된 <玉麒麟>을 구분하기 위해 후자를 <新玉麒麟>으로 명명한 듯한 인상을 준다. 이렇게 볼 때 <옥기린>은 18세기 후반 이전에 창작된 <신옥기린>보다 앞서는 작품이므로, 늦어도 18세기 중반 이전, 빠르면 18세기

---

3) 박재연, 앞의 책. 참조.
4) 박영희, 「장편가문소설의 향유집단 연구」, 『문학과 사회집단』, 집문당, 1995. 참조.
5) <옥원재합기연> 권지이십일 필사기. 규장각 소장. 김기동 편, 『필사본고전소설전집』 30, 아세아문화사, 1980, p.620.
6) <옥원재합기연> 권지십사의 목록에는 4자 모두 보통 크기로 되어 있다.

전반 이전에 창작되었을 가능성이 있다고 하겠다.

<투색지연의>에 나오는 국내 소설 9편 중 4편은 17세기 후반의 것이고, 1편은 늦어도 18세기 중반 이전의 것이다. 따라서 <투색지연의>는 17세기 후반~18세기 전반의 소설사적 상황을 대변하는 것이라 할 수 있다. 그런데 <투색지연의>의 후편인 <여와전>은 그 제명이 <옥원재합기연> 소설 목록에 들어 있으므로 늦어도 18세기 후반 이전에 창작되었을 것이다. 그렇다면 <여와전>이 반영하는 소설사적 상황은 <여와전>보다 빠른 18세기 중반 이전의 것이 되겠는데, <여와전>에 새롭게 등장하는 작품인 <유효공선행록>, <현봉쌍의록>, <유씨삼대록>은 모두 18세기 전반의 소설로 추정되어 왔다.[7] 따라서 <여와전>은 18세기 전반의 소설사적 상황을 기록한 작품으로 볼 수 있을 것이다. 그렇다면 자동적으로 <여와전>의 전편인 <투색지연의>가 보여주는 소설사의 단면은 이보다 더 빠른 17세기 후반~18세기 초 무렵의 것이 될 것이다.

17세기 후반~18세기 초의 우리 소설사에 <구운몽>, <사씨남정기>, <창선감의록>과 같은 사대부 창작 소설 이외에 <옥환빙>, <한씨삼대록>, <소현성록>, <설씨삼대록>, <조승상칠자기> 같은 장편소설이 존재했다는 사실이 알려진 것은 비교적 근래의 일이다.[8] <소현성록> 등이 17세기 후반의 작품이라는 것이 밝혀지면서, <구운몽>, <사

---

7) <유효공선행록>, <유씨삼대록>, <현봉쌍의록>은 모두 <옥원재합기연> 서목에 그 제명이 기록되어 있으므로, 18세기 후반 이전에 창작된 것이 확실하다. 또 <유씨삼대록>은 박지원이 1780년에 중국에서 보았다는 기록이 남아 있어, 18세기 전반에 창작된 것으로 추정되어 왔고(박일용, 「유씨삼대록의 작가의식 연구」, 『고전문학연구』 12, 한국고전문학회, 1997. 참조), <현봉쌍의록> 역시 작품 성격 때문에 18세기 중반 이전에 창작된 것으로 추측된 바 있다(전성운, 앞의 논문. 참조).

8) 박영희, 「소현성록 연작 연구」, 이화여대 박사학위논문, 1994. 참조.

씨남정기>, <창선감의록>으로부터 장편가문소설이 형성되었다는 종래의 견해는 수정이 불가피해졌고, 장편소설의 연원이 생각보다 깊다는 사실을 인식하게 되었다. 이것은 장편소설 연구에 있어서 큰 진전이었다. 그러나 그 이후로 17세기 후반의 소설사 이해는 다시 답보 상태였는데, 이것은 일차적으로 더 이상의 자료가 발굴되지 않았던 데 있다. 따라서 <투색지연의>는 17세기 후반~18세기 초에 <옥환빙>, <한씨삼대록>, <소현성록> 외에도 <빙빙전>, <옥교행>, <소문록>, <이현경전>, <옥기린>, <추학기> 등 다수 작품이 존재했음을 밝힘으로써 당시의 소설사를 한층 다양하고 풍부하게 이해할 수 있는 길을 열었다고 할 수 있다.

그렇다면 이 작품들은 과연 어떤 작품들인지 보다 자세히 살펴볼 필요가 있겠는데, 이들의 성격을 명확히 설명하기 위해서는 <여와전>에만 등장하는 소설들과 비교해야 한다. <여와전>에는 <투색지연의>에 등장한 작품들 외에도 <유효공선행록>, <현봉쌍의록>, <유씨삼대록>이 더 나온다. 앞서 언급한 바와 같이 이 세 작품은 모두 18세기 전반의 소설로 추정되는 장편가문소설이다. 장편가문소설은 장편소설 가운데서 가장 세력이 큰 유형이며, 연구자들에게도 가장 친숙한 유형이다. 한 마디로, <유효공선행록>, <현봉쌍의록>, <유씨삼대록>은 18세기 소설사의 주류에 속하는 작품인 것이다. 그런데 <투색지연의> 시대의 작품들은 <유효공선행록> 등과 성격이 다르다. 이것은 다시 말해, 17세기 후반~18세기 초의 소설들은 18세기 전반의 소설들과 성격이 달랐다는 것이다.

이제 구체적으로 <투색지연의> 시대의 작품들의 성격과 <여와전> 시대 작품들의 성격이 어떻게 다른지를 살펴볼 차례이다.

먼저, 분량을 알아보자. <투색지연의> 시대의 작품들은 <빙빙전>이

5책, <옥환빙>이 4책, <한씨삼대록>이 4~5책,9) <소현성록>이 15책 이상, <소문록>이 14책, <이현경전>이 2책이며, <옥교행>, <옥기린>, <추학기>는 실전된 작품이므로 분량을 알 수 없다. 여기에는 비교적 짧은 작품과 긴 작품이 섞여 있는데, 이것은 아직은 10책 이상의 장편이 보편화되지 않았다는 증거가 아닐까 한다. 이에 반해 <여와전>에서 새로 등장하는 작품들은 세 편 모두 10책 이상의 분량이다. <유효공선행록>과 <현봉쌍의록>은 12책이고,10) <유씨삼대록>은 이본에 따라 차이가 있지만 20책 정도이다. 따라서 <투색지연의> 시대는 4~5책의 소설이 10책 이상으로 장편화되는 과도기였고, <여와전> 시대에 들어서면 안정적으로 10책 이상의 장편소설이 산출되었다고 할 수 있다.

작품의 시대적 배경에도 차이가 있다. <투색지연의>에 나오는 작품 중에는 유달리 宋代를 배경으로 한 작품이 많다. <옥환빙>, <한씨삼대록>, <소현성록>은 어떤 방식으로든 친족 관계에 있으므로 시대적 배경이 같은 것이 당연하지만, <빙빙전>,11) <옥교행>, <소문록>까지도 모두 宋代를 배경으로 하는 우연의 일치를 보여, 이것이 당시의 유행이 아니었나 생각된다. <이현경전>만이 명 가정 연간을 시간적 배경으로 삼고 있다. 그런데 <여와전>에 나오는 작품들은 明代를 배

---

9) 權燮(1671~1759)의 소설분배기록을 보면 龍仁 李氏(1652~1712)가 필사한 서책 속에 <한씨삼대록>과 <설씨삼대록>은 2질씩 들어있다. 2질씩 필사할 수 있었던 것은 이 작품들이 <소현성록>만큼 길지 않았기 때문일 것이다. 박영희 역시 권섭의 소설분배기록에 나오는 작품들 중 <소현성록>을 제외한 나머지는 분량이 4~5권 안팎일 것으로 추정하였다. 박영희, 「장편가문소설의 향유집단 연구」, 『문학과 사회집단』, 집문당, 1995. 참조.

10) <현봉쌍의록>은 완질이 현전하지 않지만, 필사기에 "도합 열두권"이라는 기록이 남아있다. <현봉쌍의록> 6권 5책, 한국정신문화연구원 소장. 참조.

11) 현전하는 <빙빙전>에서는 배경이 元代이지만 <투색지연의>에서는 宋代라고 했다.

경으로 한다. 일반적으로 장편소설에서 시대적 배경으로 가장 많이 사용되는 것이 明代이므로 세 작품 모두 明代를 배경으로 한다고 해서 이상할 것은 없다. 그러나 <투색지연의>는 송대에, <여와전>은 명대에 치중하고 있어, 장편소설의 시대적 배경으로서 宋과 明이 교대로 유행했을 가능성도 생각해 볼 수 있다.

다음으로, 서사적 편폭의 차이를 살펴보자. <투색지연의> 시대의 작품들은 <여와전> 시대의 세 작품에 비해 서사적 편폭이 좁다. 모든 문제가 규방 안에서 벌어지고 규방 안에서 해결되어, 갈등의 파장이 그 이상으로 확산되지 않는다. 먼저, <빙빙전>, <옥환빙>, <옥교행>은 혼사장애와 남편의 애정을 둘러싸고 벌어지는 처처(첩)간의 갈등이 작품의 주된 내용이다. 남편의 애정을 여주인공이 시종일관 독차지하고, 다른 처첩들은 남편의 사랑을 뺏으려 노력하지만 결국 실패하기 때문에, 여주인공이 심각한 위해를 입지 않고 극적인 반전도 없다. <빙빙전>과 <옥교행>에서는 무도한 황제가 등장한다는 공통점이 있다.[12] <한씨삼대록>과 <소문록>은 박해자와 피해자가 분명하고, 반전이 존재한다는 점에서 앞의 작품들과는 다르다. <한씨삼대록>과 <소문록>에서는 원비와 차비가 가권과 남편의 애정을 두고 치열한 갈등을 벌이는데, 처음에는 원비가 박해를 받았으나 나중에는 승리한다. 이러한 구성은 <사씨남정기>와 비슷하다고 할 수 있지만, 적대자가 극악하지 않고, 이 때문에 주인공 여성의 고난도 약하다는 차이가 있다. <소현성록>과 <옥기린>은 원비보다 뛰어난 차비가 부덕을 훌륭히 실천하여 마침내 원비와 동등한 위치에 나아가게 된다는 이야기이다.[13] <소

---

12) <빙빙전>에서는 황제가 위붕의 첩인 동중선을 빼앗아 후궁으로 삼으려 하며, <옥교행>에서는 황제가 진영의 아내인 최패정을 빼앗아 정궁으로 삼으려 한다.
13) 양선영이 등장하는 제명을 알 수 없는 작품도 이와 유사한 내용으로 생각된다.

현성록>은 남성의 편벽된 애정을 주소재로 다룬 <옥환빙>의 파생작
으로, <옥환빙>의 자유로운 감정 표현과 예교에 대한 느슨한 태도에
불만을 느낀 작자가 윤리성을 강화하여 창작한 작품이었다. 따라서 앞
에서 열거한 다른 작품들보다 윤리적 기준이 엄격해진 것을 볼 수 있
다. 그러나 적대자가 여전히 악랄하지 않기 때문에[14] 고난의 강도는
다른 작품들과 비슷하다.

　<투색지연의> 시대의 작품들은 이처럼 대부분 규방이라는 제한적
범위 내에서 사건을 진행한다. 그러나 <여와전> 시대에 오면 사정이
달라진다. <유효공선행록>에서는 처처갈등이 아닌 계후갈등과 정치적
갈등을 상정하고 있기 때문에 자연히 고난의 규모가 커지고 강도가 높
아진다. 적대자는 간교하고 극악한 방법으로 주인공들을 모해하고, 여
주인공은 규방 밖의 세계로 던져져 수난을 당한다. 여주인공이 고난을
당할 뿐 아니라 남주인공도 마찬가지로 시련을 겪는데, 이것은 가문 전
체로서도 큰 위기가 된다. <현봉쌍의록>에서는 갈등의 종류가 처처갈
등이기는 하지만, <투색지연의> 시대와 달리 처처갈등이 발전하여 가
문과 국가에 중대한 위기를 가져오게 된다. 나쁜 처에 의해 주인공 여
성은 살해될 뻔하고, 주인공 남성은 유배되고, 국가에는 반란이 일어나
는 것이다. 이 때 선한 여성들이 고난을 무릅쓰고 달려가 남편을 구하
고 등문고를 쳐 무죄를 밝히는 등의 활약을 벌인다. 따라서 여성의 고
난과 활약이 표리를 이루게 된다. <유씨삼대록>에는 여러 가지 갈등
이 산발적으로 등장하지만, 가장 문제가 되는 것은 역시 처처갈등이다.
선한 처를 모해하다 쫓겨난 나쁜 처와 그녀의 시비가 황후를 통해 주
인공의 가문을 멸문시키려 하기 때문이다. 이것은 황후와 주인공 가문

---

14) 적대자들은 처벌되지도 않는다. 석숙란의 적대자 여씨는 개가하고, 형씨의 적대자
　　명현공주는 병들어 죽어버린다.

사이에 존재하던 불편한 관계를 적대자들이 효과적으로 이용한 결과인데, 이 사태를 해결하는 것은 죽은 여주인공이 남긴 서찰로, 가문을 구하는 여성의 활약과 신이성이 강조된다.

다시 말해, <투색지연의> 시대 작품들의 경우, 처처갈등이 가문적·국가적 위기를 유발하지 않고 대부분 규방 안에서 해결되며, 여성이 도로를 방황하며 고난을 겪는 일이 없다. 그 이유는 적대자가 극단적인 방법을 사용하지 않기 때문이며, 따라서 선한 여성이 승리를 거둔 뒤에도 심하게 보복하지 않는다. 작품에 커다란 긴장감이나 굴곡이 없어 밋밋하게 느껴질 수도 있지만 대신 현실에서 얼마든지 일어날 수 있는 사소한 갈등과 감정의 문제를 곡진하게 다루어 흥미롭게 읽힌다. 이것은 일반적인 장편가문소설에서 처처갈등을 가문적·국가적 위기로 연결시키기 위해 무리하게 사건을 비화시키는 것에 비해, 현실적이고 신선하다고 할 수 있다. 한편 <여와전>에 나오는 작품들에서는, 악인과 선인의 대립이 극단적이고, 갈등이 개인의 존재기반은 물론 가문과 국가의 존립을 뒤흔들 만큼 격렬하다. 갈등이 개인의 차원에서 끝나지 않고 가문적 위기로 확대된다는 것은 그만큼 가문의식이 강화되었다는 증거이기도 하다. 주인공의 고난은 심각해지고, 특히 여성은 규방 밖으로 내몰리게 되며, 대결이 첨예한 만큼 적대자에 대한 보복과 응징도 가차없이 이루어진다.[15]

인물 형상에서도 차이가 있다. 먼저, 남성의 경우, <투색지연의> 시대의 남성들은 대부분 허랑하고 호색한 風流才子다. <빙빙전>의 위봉, <소문록>의 소현, <옥환빙>의 설경윤, <옥교행>의 진중영, <한씨삼대록>의 한창유는 모두 미색에 침혹하는 인물들로, 위봉은 가는

---

15) 박해자가 부모(시부모)나 형제일 경우 부모나 형제는 용서하고, 그들의 공모자만 처벌한다.

곳마다 미첩을 얻고, 소현은 아내를 여럿 두고도 미인을 보면 거짓말을 해서라도 취하려고 하며, 한창유는 창첩을 데리고 본처의 거처 앞에서 풍류를 즐긴다. 설경윤은 정환의 미모를 사모하여 혼인도 하기 전에 규녀의 침실에 뛰어들었고, 진중영은 內作色荒하여 단명했다고 할 정도이다. 따라서 이들은 단엄한 군자와는 거리가 멀고 예교에 구애받는 일도 없는 인물들이다. 그러나 <유효공선행록>, <현봉쌍의록>, <유씨삼대록>에서는 인물 형상이 완전히 달라진다. 남성 주인공들이 모두 正人君子로 바뀌는 것이다. 유연은 자나깨나 체면과 명분을 생각하느라 여색에 관심이 없는 인물이고, 요광현은 풍류를 즐기고 창첩을 거느리면서도 동시에 공자를 만나 논담하는 꿈을 꿀 정도로 유교적 이념에 충실한 인물이며, 유세형 역시 豪華한 기상이 있지만 쓸데없이 미색을 모으는 사람은 아니다. 이들이 추구하는 것은 미녀가 아니라 숙녀이며, 色이 아니라 德이다. 그런데 <소현성록>은 <투색지연의> 시대의 작품이지만, 주인공 남성의 인물 형상은 <여와전> 시대에 가까워져 있다. 소현성은 갑갑할 정도로 금욕적인 생활을 하는 도덕군자이기 때문이다.

여성의 경우, <투색지연의> 시대의 주인공 여성들은 부덕이 있다고 칭해지기는 하지만 특별한 악행을 하지 않고 투기하지 않는 정도이다. <빙빙전>의 빙빙은 남편의 첩들에게 후하게 대하지만 자기보다 예쁜 동중선은 쫓아내며, <소문록>의 윤씨는 투기는 하지 않지만 조씨에게서 상원위와 가권, 계후권을 모조리 빼앗은 후에야 만족한다. <한씨삼대록>의 소씨는 남편의 허물을 그림으로 그려 기록을 남기고, <옥환빙>의 정씨는 화가 나서 수 년 동안 남편과 말을 하지 않는다. 따라서 개인차는 있지만 이들은 자신의 권리나 이익을 위해 투쟁할 줄도 알고, 무조건 순종만 하는 것이 아니라 남성의 폭압적 행위에 항의도 하고 맞서 싸우기도 하는 주체적인 인물들이라고 할 수 있다. 물론 엄격한 유교 윤리의 기준에서 보자면 이들은 문제가 많은 여성들이다. <소현성록>의 석숙란은 비교적 뛰어난 부덕을 지니고 있으나, 그러한 석씨도 부당한 대우를 받았을 때는 저항하기도 하고, 남편을 비난하기도 한다.[16] 또 부덕의 실천을 통해서이기는 하지만 자신의 입지를 서서히 구축하여 마침내 원비와 동등한 지위를 차지하는 역량을 보여준다. 반면 <여와전> 시대의 여성들은 모두 盛德을 갖춘 賢婦로, 어떤 고난이 닥쳐도 원망 한 마디 없이 태연히 견뎌내는 인물들이다. 이들은 유교적 이념의 실천을 위해서라면 죽음도 두렵지 않다는 초연한 자세를 취하기 때문에, 자신의 지위나 권리를 위해 노골적으로 다투지 않는다.

따라서 <투색지연의> 시대의 풍류재자형 남성상이 <소현성록>에서부터 도덕군자로 바뀌어 <여와전> 시대로 이어지게 되며, <투색지연의> 시대의 주체적인 여성상이 <한씨삼대록>·<소현성록>을 거치며 부덕을 갖춘 여성으로 탈바꿈하여 <여와전> 시대에 이르면 완벽한 부덕을 구비하게 되는 것을 볼 수 있다. 즉 꾸준히 도덕성이 강화되어 가는 것이다. 특히 <소현성록>은 기존 소설인 <옥환빙>의 해이한 도덕 기강을 비판하면서 나온 작품이어서, <투색지연의> 시대의 다른 작품에 비해 두드러지게 윤리를 강조하고 있다. 다시 말해 <소현성록>의 높은 윤리성은 장편소설이 태생적으로 보유한 것이 아니라, 예교의 틀에 속박되지 않았던 초기 작품들을 비판하는 와중에 후천적으로 획득된 형질이라고 할 수 있다. 그리고 이와 같은 도덕적 지향은 <여와전> 시대에 더욱 강화되어 간다.

그런데 이제까지 살펴본 <여와전> 시대의 특징들은 장편가문소설이

---

16) 백순철, 「소현성록의 여성들」, 『여성문학연구』 창간호, 한국여성문학학회, 1997. 참조.

라는 작품군 전반에서 흔히 발견되는 것이어서, 장편가문소설의 이와 같은 특성이 <여와전> 시대에 이르러 비로소 구비되었다는 사실을 알 수 있다. <여와전> 시대보다 앞선 <투색지연의> 시대에는 규방이라는 제한적인 공간에서 혼사장애나 처처(첩)갈등을 실감나게 그리는 작품들이 소설사의 주류를 이루었던 것이다. 지금까지 정확한 실상을 파악하기 어려웠던 이 시기를 초기 장편소설 시대라고 부를 수 있을 것이며, <여와전>은 초기 장편소설 시대가 마감되고 본격적인 장편가문소설의 시대로 진입한 시점에서 창작된 작품이라고 할 수 있다.

기존 연구에서는 장편소설이 성립 초기부터 경직된 유교적 이념을 표방하고 있다고 생각해 왔다. 이것은 장편소설이 사대부 창작 소설로부터 장편가문소설로 발전했다는 전제 때문이었다. 그러나 <여와전> 연작의 분석을 통해 사실이 그렇지 않았음을 알 수 있었다. 오히려 자유분방한 감정 표현과 예교에 대한 느슨한 태도를 지니고 있는 작품들이 소설사의 앞자리에 위치하고, 점차적으로 유교적 윤리가 강화되면서 오늘날 우리가 보는 장편가문소설이 형성되었던 것이다. 그리고 비교적 유교 윤리로 잘 단속되어 있는 <사씨남정기>, <창선감의록>은 초기 소설사에서 오히려 예외적인 작품들이었다.

<사씨남정기>나 <창선감의록>은 잘 알려져 있듯이 사대부 작자에 의해 창작되었다. 이 작품들이 조선조 문인들에게 좋은 평가를 받고 바람직한 작품으로 권장되었던 것은 유교적 이념의 분식이 강하며, 지배 질서를 주입하는 데 효과적이었기 때문이다. 이것은 다시 말해 이 작품들이 교화적인 의도에서 창작되었다는 것이다. 그런데 소설이 유행을 하지 않고 소설에 열광하는 독자층이 없었다면 사대부가 소설을 통해 교화적인 의도를 드러낼 필요도 없었을 것이다. 즉 교화에 도움이 되지 않거나 악영향을 끼칠 수 있는 수많은 소설이 당대에 널리 읽히고 있

었기 때문에 이러한 잘못된 조류를 바로잡고자 사대부들이 소설 작자
로 참여하게 된 것이다.

따라서 사대부들의 소설은 같은 시대 통속소설에 대한 반발로서 출
현했다고 할 수 있다.[17] 그런데 이 경우 사대부들이 새로운 소설적 지
평을 개척한다든가 이제까지 없었던 작품 유형을 만들지는 않았을 것이
다. 기존의 작품과 완전히 다르다면 독자들에게 외면을 당했을 것이
기 때문이다. 따라서 사대부들은 당시에 유행하고 있는 소설들을 개작
하여 좀더 고급하고 유가적 이념에 부합하는 작품을 만들어냈을 것이
다. 이러한 사실은 <寃感錄>이라는 국문소설을 토대로 했다는 <창선
감의록>의 창작 경위를 통해서도 짐작해 볼 수 있다. <창선감의록>의
원작이라 할 수 있는 <원감록>은 "원한과 응보가 맞물려 참혹하고 뼈
가 시릴"[18] 정도의 작품이라고 한다. 그런데 <창선감의록>에서도 악인
인 조녀와 범한 등이 비참한 말로를 맞기는 하지만, 뼈가 시릴 만큼 원
한과 응보가 참혹하다고 느껴지지는 않는다. 정말 응보가 정확하게 실
현되려면 화춘이나 심씨가 벌을 받아야 할 것이다. 이것은 추측일 뿐이
지만, <원감록>은 원래 화진을 핍박하던 화춘이나 심씨가 그 과보를
똑같이 돌려받는 인과응보 관념이 강한 작품이었는데, 형제 갈등이 파

---

17) 이미 규방을 중심으로 널리 읽히고 있었던 장편가문소설에 대해 사대부 남성들이
이데올로기적으로 개입하고 대응하는 과정에서 산출된 작품이 <사씨남정기>나
<창선감의록>이라는 견해를 다음의 두 논의에서 볼 수 있다.
　강상순, 「구운몽의 상상적 형식과 욕망에 대한 연구」, 고려대 박사학위논문, 2000,
p.2. / 정출헌, 「17세기 국문소설과 한문소설의 대비적 위상」, 『고전소설사의 구도와
시각』, 소명출판, 1999, p.199.
　본고의 시각은 기본적으로 위의 논의와 일치한다. 그러나 본고에서는 <사씨남정
기>나 <창선감의록> 이전에 널리 읽힌 통속소설은 장편가문소설이 아니라고 생각
한다. 위의 논의에서는 <사씨남정기>나 <창선감의록> 이전에 널리 읽힌 장편가문
소설이 구체적으로 어떤 작품인지는 밝히지 않았다.
18) "盖寃報相仍 憯愴酸骨". <창선감의록>, 김동욱본.

국으로 치닫는 것을 볼 수 없었던 사대부 작자의 개입으로 <창선감의
록>과 같은 용서하고 회과하는 작품이 탄생되었을 가능성이 있다.

사대부 작자들의 작품은 투박한 원작을 잘 다듬어 세련화시키고, 유
교적 이념으로 재포장해낸 것들이다. 예를 들어 <구운몽>은 <빙빙
전>과 비교해 볼 만하다. <빙빙전>은 호방한 주인공 위붕이 관직이
상승하면서 여러 처를 얻고, 가는 곳마다 첩을 모으는 내용으로, <구
운몽>과 유사하다. 대단한 갈등이나 위기가 없으며, 작품 후반부에 친
구끼리 처첩의 미색과 재주를 겨루는[鬪色] 내용이 있는 것도 <구운
몽>과의 공통점이다. 다른 점은 <빙빙전>에는 처처 또는 처첩의 쟁
총과 갈등이 있지만, <구운몽>에는 갈등의 그림자도 비치지 않는다는
것이다. 따라서 <빙빙전>으로부터 처처(첩)갈등을 소거해낸다면 더욱
<구운몽>과 유사해질 수 있다. 이것은 다시 말해, <구운몽>이 <빙
빙전>과 같은 작품에 유교적 이념을 투사하여 일부다처제 하에서 당연
히 일어날 수 있는 처첩갈등을 증발시켜 버린 작품이라는 것을 뜻한다.

<사씨남정기>는 <소문록>이나 <한씨삼대록>과 견주어 볼 수 있
다. 이 세 작품의 공통점은 몰락한 가문의 딸이 혁혁한 문벌가에 시집
가서 어려움을 겪은 끝에 결국 자신의 입지를 공고히 하고 행복하게
살게 된다는 것이다. <사씨남정기>의 사씨와 <한씨삼대록>의 소씨는
편모 슬하이며, <소문록>의 윤씨는 고아다. <소문록>의 윤씨는 처음
에 승상의 딸인 둘째 부인 조씨에게 갖은 핍박을 당하지만, 명철하게
참고 견디다가 마침내 남편의 총애도 차지하고 가권도 회복하며, 조씨
가 낳은 장자를 제치고 자신의 아들로 계후하게 한다. <한씨삼대록>의
소씨 역시 남편과 둘째 부인 영씨에게 곤욕을 당하는데, 소씨는 윤씨와
는 달리 결코 가권을 내놓지 않고 버틴다는 차이가 있다. 소씨의 고난
은 남동생 소현성이 자라면서 해결된다. 소현성의 비범함을 보고 남편

한생이 마음을 돌려 소씨를 중대하기 때문이다. 따라서 한생이 소씨를 박대한 이유가 한미한 친정을 업신여긴 때문이라는 것을 알 수 있다. <사씨남정기>의 사씨는 처지가 소씨와 비슷하다. 한미한 가문, 편모 슬하에 남동생은 아직 어리다. 이처럼 객관적인 조건은 유사하지만 사씨의 고난은 다른 인물들보다 훨씬 큰데, 이것은 유교적 이념 지향을 강화시키기 위해서이다. 같은 이유로, 다른 작품에서라면 호색한이었을 유연수는 결백해지고 대신 첩으로 강등된 교씨가 모든 악명을 떠안는다.19) 이처럼 <사씨남정기>는 사대부 작자의 이데올로기적 개입이 어떻게 벌어지는지를 목격할 수 있는 훌륭한 예가 된다.

그러나 이처럼 이념적으로 분식되었음에도 불구하고, 17세기의 사대부 창작 소설들은 이후에 출현하는 본격적인 장편가문소설에 비해 여전히 자유롭고 생기발랄한 측면을 가지고 있었다. <구운몽>의 양소유와 팔선녀, <창선감의록>의 윤여옥과 진채경은 風流才子 · 佳人才女로서20) 후대 소설들의 正人君子 · 賢婦淑女와는 다르다. 이와 같은 생동하는 인물 형상은 사대부 창작 소설들이 그들에게 가려져 잊혀진 17세기 소설사의 실제 주역들에게 빚지고 있는 몫이다.

요컨대 17세기 후반의 소설사적 주류는 18세기 소설에 비해 유교적 이념 지향이 현저히 약한 작품들이었고, 사대부 창작 소설들을 필두로

---

19) 이러한 측면에서, 축첩의 실제 동기가 가부장의 색욕 충족이라는 박일용의 지적은 정확하다. 박일용, 「사씨남정기의 이념과 미학」, 『고소설연구』 6, 한국고소설학회, 1998. 참조.

20) <창선감의록>은 화진이라는 이념적 인물을 전면에 배치함으로써 기존 소설에서 탈피하려는 지향도 보여준다. 최근에 <창선감의록>의 복합적인 구성에 주목한 논의(박일용, 「창선감의록의 구성 원리와 미학적 특징」, 『고전문학연구』 18, 한국고전문학회, 2000)가 있었는데, <창선감의록>의 복합성은 연애담 · 애정담에 치중하는 기존 소설의 성향과 새로운 규범적인 소설을 창작하고자 하는 성향이 공존함으로써 생겨난 것으로 생각된다.

유교적 윤리 기준을 강화해야 한다는 주장이 제기되면서 점차적으로 규범적인 성향이 강해져 갔다고 정리할 수 있다.[21]

2. 향유층의 의식 변화

모든 장르에서 그렇겠지만, 장편소설에서도 향유층의 의식 지향의 변화 없이는 어떠한 변화도 발생할 수 없다. 장편소설이 바뀐다는 것은 어떤 방식으로든 향유층의 미의식이나 윤리의식에 먼저 변화가 생겼다는 뜻이다. 장편소설의 전변을 <여와전> 연작이 담고 있는 정보를 재구성하여 파악할 수 있었다면, 향유층의 의식은 <여와전> 연작에 나타나는 비평적 의식을 분석함으로써 추출해낼 수 있다.

<투색지연의>는 말 그대로 색을 겨루는 작품이다. 따라서 인물을 평가하는 데도 일차적인 기준이 미색이며, 여성의 아름다움을 그 자체로 즐기고 감상하려는 심미적인 시각이 강하다. 그러나 <투색지연의>는 한편으로, 미색과 함께 절행을 인물을 평가하는 중요한 기준으로 삼고 있다. 모든 승부는 미모에 의해 결정되지만, 절행의 우열과 미색의 우열이 반드시 일치한다. 이것은 절행을 소설 속의 인물을 평가하는 중요한 기준으로 부각시키려는 의도라고 할 수 있다. 그러나 <투색지연의>의 도덕적 기준은 상당히 유연하다. 이것은 혼전에 사통을 하고, 원비를 속이고, 첩을 내쫓은 빙빙이 五帝의 위를 차지하는 것만 보아

---

21) 이와 같은 성향이 19세기 말까지 변함없이 지속되었다는 것은 결코 아니다. 18세기 전반에 장편가문소설이 완성되는 시점까지 윤리성이 강화되고 그 후 어느 정도의 수준을 유지한다는 것뿐이다. 그리고 장편가문소설은 완성 이후에 곧 여러 가지 방향으로 다시 변모하기 시작한다고 생각한다. 그 변모의 방향 중 하나는 영웅소설로 가는 길인데, 이에 대해서는 다음의 논문을 참조할 수 있다. 전성운, 「장편 국문소설의 변모와 영웅소설의 형성」, 고려대 박사학위논문, 2000.

도 알 수 있다. <투색지연의>의 작자는 빙빙의 절행을 높이 평가하여 다른 결점을 모두 덮어준 것이다. 따라서 <투색지연의>의 윤리적 기준은 아직 허술한 데가 많다고 할 수 있다.

이것은 상당 부분 중국 소설, 예컨대 중·단편의 문언전기나 희곡의 영향을 받은 결과라고 생각된다. <투색지연의>에는 많은 중국 소설 작품들이 함께 등장하고 있어 당시에 중국 소설이 널리 읽혔음을 보여준다. 중국 소설의 유입이 우리 장편소설의 형성과 발전에 기폭제가 되었을 것이라는 데는 많은 논자들이 동의하고 있다.[22] 그러나 기존에는 주로 연의류에만 주목했기 때문에 장편소설에 미친 중국 소설의 영향을 제대로 평가하지 못했다고 생각된다. 장편소설과 보다 가까운 중국 서사물의 유형은 애정담을 다룬 희곡이나 재자가인소설 등이며, <투색지연의>에 등장하는 작품들도 그러한 것들이다. 중국에서 유입된 다양한 서사물들은 장편소설의 맹아 단계에서 풍부한 자양분으로 작용했을 것이다. 그리고 그 과정에서 중국 소설의 윤리적 기준이나 의식이 초기 장편소설에서 그대로 통용되거나 잔존했을 확률이 높다.

중국 소설에서는 여성의 부덕을 판별하는 기준이 그다지 엄격하지 않고, 대개 절행이 있으면 훌륭하다고 평가한다. 그런데 이 때 절행은 <빙빙전>의 빙빙이나 <서상기>의 앵앵의 경우처럼, 유교적 이념의 실천으로서가 아니라 남녀간의 애정을 성취하기 위한 방편으로 등장하는 수가 많다. 그러나 우리 나라의 본격적인 장편가문소설에서는 빙빙이나 앵앵의 예는 사통이지 절행이 아니다. 진정한 절행이 되려면 절을 지키면서도 정혼한 남자의 얼굴도 본 적이 없고 편지도 주고받은 적이

22) 임형택, 「17세기 규방소설의 성립과 창선감의록」, 『동방학지』 57, 연세대 국학연구원, 1988. / 장효현, 「장편가문소설의 성립과 존재양태」, 『정신문화연구』 44, 한국정신문화연구원, 1991.

없어야 한다. 따라서 <투색지연의>의 윤리적 기준은 후대의 우리 나라 소설의 윤리적 기준보다 중국 소설의 그것에 가깝다고 할 수 있다.

그러나 <투색지연의>는 결국 빙빙보다 패정을 우월하게 평가하여 우리 소설이 <빙빙전>과 같이 중국 소설의 잔재를 지니고 있는 작품으로부터 <옥교행>과 같은 순수한 국내 창작물로 나아가야 한다는 것을 보여주고 있다. 따라서 당시에도 유교적 윤리를 강화하려는 움직임이 부단하게 존재하고 있었음을 알 수 있다. <투색지연의>의 윤리적 의식은 중국의 중·단편 문언전기나 희곡의 도덕적 기준으로부터 우리 나라 장편가문소설의 도덕적 기준으로 이행하는 과도기적 성격을 나타낸다고 하겠다.

<투색지연의>는 여성을 夫家에서의 서열보다는 미색과 절행이라는 개인적인 자질과 행위에 의해 평가하려는 경향을 보여준다. 높이 평가된 여성들 중에 유독 次妃가 많고 작품에서 아예 元妃를 배제한 것도, 次妃라도 능력이 더 뛰어나면 인정해 주어야 한다는 사고를 드러내는 것이다. 이것은 일단 진보적인 사고라고 할 수 있다. 그러나 이 문제는 <투색지연의> 작자의 性, 좀더 넓게는 당시 소설 독자들의 性과도 관련이 있을 것으로 생각된다. <투색지연의>의 작자가 남성일 가능성이 높다는 것은 앞에서 언급한 바 있다. <투색지연의>에는 중국의 傳奇로부터 우리 나라의 장편소설에 이르기까지 다양한 유형의 작품들이 등장한다. 중·단편 문언전기와 재자가인소설, 장편소설, 여성영웅소설을 한꺼번에 읽는 독자층의 性比는 어떠할까? 정확한 수치를 계산할 수는 없지만, 수십 책 이상의 본격적인 장편소설 시대의 독자층보다는 남성의 비율이 높을 것으로 추측된다. 남성의 입장에서 보자면 첫째든 둘째든 모두 자신의 아내이기 때문에, 서열보다는 개인적인 賢不肖가 더 중요하다. 부덕보다 절행을 우선시하는 것도 남성적 시각에 가깝다. 남

성에게 무엇보다 중요한 것은 여성이 자신에게 節을 지키는가이고, 부덕은 그 다음 차례인 것이다.

그러나 여성의 시각에서는 문제가 달라진다. 우리 나라는 일부일처제 사회이므로, 정상적인 모든 기혼여성은 첫 번째 처이면서 유일한 처가 된다. 따라서 장편소설의 독자들은 자연스럽게 소설 속의 원비에게 자신을 투사하면서 작품을 읽는다. 또 장편소설의 독자들은 대부분 상층 가문의 여성이므로 적처로서의 위상이 침해되는 것에 민감했을 것이다. 이처럼 대부분의 독자들이 원비를 옹호하고 지지한다면, 원비를 부정적으로 그리는 작품이 나오기는 어려워진다. 따라서 <투색지연의> 시대의 작품들에 원비보다 뛰어난 차비가 많이 등장하고, 높이 평가되었다는 것은 아직 여성들이 장편소설의 주도권을 확보하지 못했다는 것을 뜻한다고 하겠다.

<여와전>에서도 美는 인물을 평가하는 중요한 기준으로 작용한다. <여와전>에 등장하는 인물들 중에 아름답지 않은 여성은 하나도 없다. 반드시 미녀가 아니라도 현숙할 수 있고 장편소설에서도 가끔 그런 여성이 보이지만, <여와전>에 등장하기 위해서는 일단 미색을 갖추어야 한다. <여와전>에서 문창·문일이 황릉묘에 내려가 뭇 여성들을 쉽게 제압하는 것도 문창·문일의 미모를 보는 순간 모두가 승복했기 때문이다.

그러나 <여와전>은 미적인 측면보다는 윤리적인 측면에 더 비중을 둔다. <여와전> 인물 비평의 가장 큰 특색은 강한 元妃 중심 의식에 의해 지배된다는 것이다. <여와전>은 아무리 도덕적으로 뛰어나고 타고난 재질이 훌륭해도 次妃에 대해서는 평가가 인색하다. 이것은 장편소설이 상층 士大夫家 여성들을 위한 장르로 확실하게 자리잡았음을 보여주는 증거이다. 일부일처제 사회에서, 소설 속의 원비는 현실 속의

正妻에, 차비 이하는 현실 속의 妾에 대응될 수밖에 없다. 장편소설의 주된 향유층인 상층 여성들에게 소설 속에서라도 원비 이하 다처의 지위를 동등하게 설정한다는 것은 현실 사회에서 처와 첩의 위계질서를 무너뜨리는 무도한 행위로 받아들여졌을 것이다. 따라서 <여와전>은 원비와 차비의 분의를 어지럽히고 있는 작품들을 비판함으로써 장편소설이 담당 계층의 이익을 충실히 대변해 줄 것을 요구하고 있는 것이다. 한편 장편소설에서는 같은 신분의 다처들은 비교적 평등한 대우를 받지만, 妾 특히 賤妾(妓妾)은 거의 인간 대우를 받지 못하며 쉽게 죽여버릴 수도 있는 존재로 나온다. 이것은 첩에 대한 처들의 현실적인 적대감이 투사된 것이다. 그러므로 장편소설은 嫡妻 혹은 미래의 적처들을 위한 소설 유형이라 할 만하다.

<여와전>은 <투색지연의>에 비해 윤리적 기준을 엄격하게 설정하고 있는데, 이 역시 장편소설의 향유층이 상층 여성으로 고정된 것과 관련이 있을 것으로 생각된다. 장편소설이 상층 여성들을 대상으로 번창하기 위해서는 소설적 흥미 외에 교양서 또는 수신서로서의 기능을 겸하는 것이 유리하다. 그 편이 바람직한 소설로 평가될 가능성이 높기 때문이다. 이 때문에 장편소설은 분량을 확대하고 유교적 윤리성을 강화하는 자기 변신을 이룩한 것이다. 그런데 이렇게 되면 초기 장편소설 시대에서처럼 처처 상호간의 살벌한 암투라든가, 부부간의 기세 싸움, 재물과 권력(가권)에 대한 노골적인 집착 등을 더 이상 그릴 수 없게 된다. 주인공은 지극한 善人이어야 하기 때문이다. 따라서 처처갈등, 부부갈등의 현실적 맥락은 유교적 이념에 의해 은폐되거나 혹은 아예 상실되고, 대신 성격적으로 극악한 인물이 등장하여 온갖 악랄한 행위를 자행하게 된다. 악인은 가문 내부에서 다시 용납받기 어려우므로 가문 외부의 세력과 연대하여 주인공의 가문을 파멸시키려 한다. 이 때문에

가문 외부로 갈등이 확산되고, 고난의 정도나 규모가 심화·확대되는
것이다.23) 이와 같은 장편소설 전변의 노정이 가부장적 가문 이데올로
기의 확산과 맞물려 있었음은 물론이다.

유교적 이념 강화와 더불어 <여와전>은 불교에 대한 극렬한 배척
을 보여준다. 초기 장편소설 시대에는 소설 속에 불교적 색채가 있어도
문제가 되지 않았으나, 본격적인 장편가문소설 시대에 이르면 유불의
공존을 청산하려는 노력이 나타난다. 이것은 유교적 이념이 강화되면
서 자연스럽게 나타나는 현상이다. 그러나 워낙 많은 작품들이 불교적
소재를 사용하고 있기 때문에, <여와전>에서도 기존의 소설을 모두
배격하지는 못했고, 불교가 작품의 배경사상이라고 할 수 있을 정도의
작품에 한해서만 파문했다. 이것은 불교의 입장에서 보면 탄압이지만
불교적 소설과 유교적 소설을 엄격히 구별하자는 의도에서 나온 것이
므로, 소설을 배경 사상에 따라 분류하려는 비평자의 시각이라 할 수
있다.

<여와전>에서는 지상(황릉묘)과 천상(上天)이라는 두 개의 공간을 창
조하여 소설 속의 인물들을 평가하는데, 지상이 烈節의 공간이라면,
천상은 功業의 공간이다. 열절의 대표자는 이비이고, 공업의 대표자는
女媧·文昌 자매이다. 황릉묘 위에 공훈을 세운 여성들을 위한 공간을
마련했다는 것 자체가 공훈을 우위에 두고 있음을 보여준다. 그리고 황
릉묘에서는 기존의 소설들을 있는 그대로 평가한 반면, 천상에서는 가
장 바람직하게 생각되는 소설을 더욱 이상적으로 개작하여 보여줌으로
써 장편소설이 나아가야 할 방향을 제시하였다. 그 방향을 정리하면,

---

23) <여와전>이 <투색지연의>에서 소외되었던 <사씨남정기>를 재평가하는 것도
   전대의 소설 중에서 <사씨남정기>가 <여와전> 시대의 장편소설과 가장 비슷한
   면모를 지니고 있기 때문이다.

첫째, 장편소설의 유교적 이념 지향을 더욱 강화할 것, 둘째, 장편소설에서 여성의 활약을 보다 활성화시킬 것, 셋째, 불교를 배척하는 대신 도선적 요소를 활용하여 이원적 세계를 구축하고 흥미소로 삼을 것 등이다. 이러한 <여와전> 작자의 제안은 대부분 후대의 장편소설에서 실현된 것으로 생각된다. 여성 주인공이 천문서를 배워 남편을 구하고 국가의 위란을 극복하는 이야기가 장편소설에서 다수 발견되며, 주인공들이 천상의 신선이었다가 적강하여 태어나고, 이들의 本身과 관련이 있는 초월계의 인물이 후견인 노릇을 한다는 설정도 흔히 볼 수 있는 것이기 때문이다.[24] 또 불교에 대한 배척도 어느 정도 실현되었다고 할 수 있다. 특히 그 이전에 비해 관음에 대한 신앙은 현저히 줄어든 것으로 생각된다.

유교적 이념의 강화와 여성의 대외적 활약은 모순처럼 보이지만, 장편소설은 여성들의 장르이고, 여성 독자들은 여성 주인공의 활약을 기대하기 때문에 이 두 가지를 조화롭게 양립시키는 것이 장편소설의 성공 비결이 된다. 유교적 이념에 충실한 여주인공이 가문을 구하고 나라를 구하는 공적까지 세우는 것이다. 독자들이 여주인공의 활약을 원한다는 것은 남녀에 대한 서술 비중을 보더라도 알 수 있다. 장편소설에서 남성의 무용담이나 입공담은 대단히 성글게 서술된다. 장편소설의 독자들이 조정에서의 정치적인 논쟁이나 외방에서의 치적, 전쟁터에서의 군담 등에 대해서 큰 흥미를 느끼지 못하기 때문에 작품에서 그러한 내용을 다루지 않는 것이다. 설령 작자가 창작했다 하더라도 대부분의 필사자들이 그 부분을 한두 줄로 요약해 버렸을 것이다. 그러나 여

---

24) 임치균은 "대장편소설은 시간이 흐를수록 이원적 세계관은 강화되고, 사실화 지향성은 약화되며, 여성 활약은 점차 강화되는 방향으로 전개되었을 가능성이 매우 크다"고 보았다. 임치균, 『조선조 대하장편소설 연구』, 태학사, 1996, p.232.

성의 문제에 대해서는 그렇지 않다. 장편소설은 여성의 수난을 정밀하게 그려내며, 무한히 확대 재생산시킨다. 그리고 여성의 고난은 한편으로 대외적 활약의 계기가 된다. 여성에게 고난을 가해 규방 밖으로 몰아내는 것은 여성이 규방 밖으로 나갈 수 있는 방법이 그것뿐이기 때문이다. 즉 처음에는 유교적 이념이 강화되면서 심해졌던 여성의 고난이 후대로 갈수록 여성이 규방 밖의 세계로 나가 모험을 겪고 활약할 수 있게 해 주기 위해서 설정된다.

요컨대 <여와전>의 비평은 본격적인 장편가문소설의 출현에 대한 독자층의 반응을 보여주는 작품이다. <여와전>의 작자는 장편가문소설을 지지하는 입장에서 전대 소설을 비판적으로 정리하고, 앞으로 장편가문소설이 나아갈 방향까지 제시해 주었다. 이것은 단순히 한 개인의 견해가 아니라 향유층 전반의 의식을 반영하는 것이며, 장편가문소설이 성립한 후 갑자기 생겨난 것이 아니라 장편소설의 전변을 일으킨 원동력이라고 할 수 있다. 이것은 이후 장편가문소설이 <여와전>의 전망대로 운동해 나갔다는 점을 통해서도 확인할 수 있다.

<황릉몽환기>는 장편가문소설이라는 유형 자체에 대해 회의적인 시각을 보여준다. 장편가문소설에서는 유교적 이념의 실천이 반드시 행복한 결말을 보장해야 한다. 그러나 현실에서는 그렇기 때문에 필연적으로 여러 가지 무리한 구성이 뒤따르게 된다. 그 결과 작자가 처음에 설정한 인물의 성격을 훼손할 수도 있고, 유교적 윤리 기준에서 벗어나기도 하며, 환상적인 요소에 기댐으로써 사실성이 희생될 수도 있다. <황릉몽환기>에서는 이러한 측면들을 비판하면서 행복한 결말을 포기하고 소설에서의 현실성 문제를 再考할 것을 요구한다. 이것은 <여와전>의 한 이본(이본 ⑥, 사재동본)에서 제기한 문제와 유사한데, <황릉몽환기>의 작자나 <여와전> 이본 ⑥의 작자는 유교적 윤리가 충실

하게 구현되면서도 사실성을 확보한 새로운 소설 유형을 원하는 것이다. 물론 이 새로운 유형의 소설에서는 비극적인 결말이 다수를 차지하게 될 것이 분명하다. 이 새로운 유형의 소설에 가장 근접한 것은 <여와전>의 이본 ⑥에서 추천한 <육염기>인데, <육염기>는 분량상 장편이라고 할 수도 없고, 가문소설도 아니며, 복선화음이 실현되지 않고, 그러면서도 주인공들의 운명에서 공통적으로 烈이라는 유교적 가치가 구현되는 특이한 작품이다. <육염기>가 이처럼 불행한 결말을 수용할 수 있었던 것은 현세에서의 행복과 불행이 모두 前世에 예정된 것이라는 초월적 논리가 뒷받침되어 있었기 때문이다.

한 마디로 <황릉몽환기>는 장편가문소설 자체에 대한 반성적 시각을 보여준다고 할 수 있다. 이러한 견해는 장편가문소설의 열기가 주춤해진 18세기 중후반에 나온 것으로 생각되며, 사실적인 소설을 요구할 만큼 소설사가 성숙했다는 징표라고 할 수 있다.

이제까지 <여와전> 연작의 비평적 의식을 통해 드러나는 장편소설 향유층의 의식 변화를 살펴보았으며 요약하면 다음과 같다.

초기 장편소설 시대의 독자들은 보다 자유분방한 중국 소설에 익숙해져 있었고, 유교적 윤리에 민감하지 않았다. 그러나 상층 여성이 장편소설의 주된 독자층으로 자리잡아가고, 사대부가 소설 작자로 참여하면서 소설의 도덕성을 강화해야 한다는 주장이 제기되었다. 이에 따라 일종의 윤리적인 자정이 이루어졌는데, 현재 볼 수 있는 장편가문소설들은 그 윤리적 정화가 완성되면서 산출된 것들이다. 윤리적 검열을 통과하지 못한 초기 장편소설 시대의 작품들은 대부분 도태되었다고 생각된다.

오늘날 우리에게 친숙한 작품들은 유교적 이념 지향이 한껏 고양된 지점에서 양산된 장편가문소설들이다. 이미 이 때에는 상층 여성 독자가 그들의 계층적 입장을 소설에 반영시킬 만큼 성장하였으며, 이들의 기호를 만족시키기 위해 변모하는 과정에서 장편국문소설이 발전했다고 생각된다. 장편가문소설 성립기에는 유교적 이념이 강화되면서 매우 사실적이고 여성 수난이 강한 작품이 나왔으나, 후대로 갈수록 유교적 이념에 충실하면서도 여성의 주체적인 활약을 그리는 소설이 나오게 되었고, 불교가 배척되면서 도선적인 배경의 이원적 세계가 도입되었다. 따라서 성립기의 사실성은 사라지고 환상성과 오락성이 강화되었다고 할 수 있다. 18세기 중반 정도에는 이러한 변화가 이루어진 것으로 생각된다.

장편가문소설이 한창 자기복제에 열중하고 있을 때에 일부 독자들은 장편가문소설의 지나친 허구성을 지적하면서 회의적인 견해를 표명했다. 이들은 획일적인 복선화음에서 벗어난 새로운 소설을 기대했으나 결실을 얻지는 못했다.

Ⅶ. 결론

본고는 이제까지 학계의 주목을 받지 못했던 <투색지연의>, <여와전>, <황릉몽환기>가 연작임을 밝히고, 이들을 '소설을 비평하는 소설'이라는 관점에서 분석함으로써 이제까지 알려지지 않았던 고전소설사의 새로운 영역을 개척하는 것을 목적으로 삼았다. <여와전> 연작은 소설 비평을 소설을 통해 드러내는 독특한 유형의 작품으로, 그 존재 자체만으로도 흥미로운 일이다. 더욱이 이들은 소설에 대한 비평 자료가 영성한 현실에서 구체적인 작품에 대한 당대인의 비평을 담고 있는 귀중한 자료이며, 장편소설에 대한 수많은 정보를 비축하고 있는 寶庫다. 그러므로 <여와전> 연작 연구는 조선 후기 장편소설에 대한 진전된 이해를 위해 반드시 필요한 작업이라고 할 수 있다. 본고에서는 이와 같은 연구의 필요성을 인식하고, <여와전> 연작의 실체와 의의를 가능한 한 충실히 밝히려 하였다. 이제까지의 논의를 정리하는 것으로 결론을 대신하고자 한다.

Ⅱ장에서는 본격적인 작품 분석에 앞서, <투색지연의>, <여와전>, <황릉몽환기>라는 세 작품이 파생형 연작임을 밝히고, 이들이 소설 비평적 성격을 지닌다는 점을 설명하였다. <여와전> 연작은 여러 소설 속의 여주인공들을 등장시켜 포폄함으로써 인물 및 그의 출전 작품을

비평하는 작품이다. 이들은 <대관재기몽>·<금화사몽유록> 등의 인물 비평 전통을 이어받았으나, 비평 대상을 역사 속의 인물이 아니라 소설 속의 인물로 바꾸어 소설 비평으로 기능하게 되었다. <여와전> 연작은 여러 소설을 다루면서 작품에 밀착되어 있는 유일한 비평 자료라는 점에서 가치가 높다.

Ⅲ장에서는 <투색지연의>를 분석하였다. <투색지연의>는 한문 필사본으로, 국립중앙도서관본이 유일본이며 14회의 장회로 구성되어 있다. <투색지연의>에서는 소설 속의 여주인공들이 미색과 절행으로 우열을 가리는데, 이들의 다툼은 군담으로 표현된다. <투색지연의>는 비슷한 성격을 지닌 중국의 雜劇 <원림오몽>에 비해 훨씬 소설적으로 발전한 작품이었다. <투색지연의> 현전본은 미완본이기 때문에 후편인 <여와전>을 통해 완본을 재구하였다. 그 결과에 따르면, <투색지연의>의 원본은 <옥교행>의 주인공 최패정과 <빙빙전>의 주인공 가빙빙이 투색전을 벌이는 전반부와, 최패정이 여중천자에 등극한 후 천하·역대의 미녀들을 초청하여 자운의 주도하에 투색창업연의 위차를 정하는 후반부로 구성되어 있었다.

<투색지연의>는 스스로 인물을 창작하지 않고 다른 소설 속의 인물들을 소집한다. <투색지연의>에 등장하는 인물들은 <옥교행>, <빙빙전>, <애경전>, <녹주전>, <한궁추> 계열, <홍불기> 계열 등 각종 소설이나 희곡에서 차용되었다. <투색지연의>의 등장인물 중 상당수가 중국 작품의 주인공이어서, 당시에 국내 작품과 중국 작품이 함께 읽혀졌음을 보여준다. <투색지연의>의 평가 기준은 윤리적으로 느슨하여, <투색지연의> 시대의 작품들은 조선 후기의 일반적인 장편가문소설들과 차이가 있음을 알 수 있었다. 그러나 <투색지연의>는 중국 소설로부터 우리 소설로, 우리 소설 중에서도 윤리적인 통제가 강한 작

품으로 소설사가 차츰 이동해 가는 양상을 보여주었다. '투색전'의 전통은 <부벽몽유록>에도 흔적이 남아 있는데, <부벽몽유록>은 <투색지연의>에 참여하지 못한 양태진 등이 자신을 변호하는 내용이다.

　Ⅳ장에서는 <여와전>을 분석하였다. 먼저 11종의 이본을 고찰한 후, 한국정신문화연구원본을 善本으로 삼아 논의를 시작하였다. <여와전>의 작품 구성은 <금화사몽유록>에서 고안된 형태에 의존하고 있었으며, 황릉묘라는 사후 세계의 기본 착상은 <사씨남정기>로부터 가져온 것이었다. <여와전>은 문창·문일성군이 황릉묘의 투색창업연을 혁파하고 위차를 재조정하는 부분, 문창·문일의 전세 행적이 서술되고 상제가 이들의 공훈을 표장하는 부분, 문창이 관음과 일전을 벌여 승리하는 부분이라는 세 개의 서사단락으로 이루어져 있었다. <여와전>의 등장 인물은 <유효공선행록>, <유씨삼대록>, <옥교행>, <소현성록>, <옥환빙>, <한씨삼대록>, <현봉쌍의록>, <사씨남정기>, <추학기>, <소문록>, <빙빙전>, <옥기린>, <이현경전>, <안락국전>, <봉신연의>, <서유기> 등에서 차용되었다. 이 중 <여와전>의 시대에 새롭게 등장한 장편소설은 <유효공선행록>, <유씨삼대록>, <현봉쌍의록>의 세 작품이었다.

　<여와전>에서는 기존의 <투색지연의>의 인물들이 차지하고 있는 위차를 혁파하고, 미모와 부덕에 따라 새롭게 위차를 정하였다. 기존의 인물들은 대부분 강등되고, 새로 등장한 <유효공선행록> 등의 인물들이 높은 위차를 차지하였다. 이것은 <투색지연의>에서 <여와전>의 시대로 오면서 소설에 대한 기대 지평이 변모했음을 보여주는 것이었다. <여와전> 작자의 비평 기준은 첫째, 강한 원비 중심 의식, 둘째, 강화된 유교적 윤리 기준, 셋째, 불교에 대한 배척이었다. 특히 <여와전>의 작자는 원비와 차비의 분의를 강조하는 인물이었다. 이상이 이

미 존재하는 소설에 대한 비평이라면, <여와전>의 작자는 자신이 바라는 소설의 모습도 제시하고 있는데, 규방 안에서 부덕을 지키는 여성보다는 가문과 국가를 위해 기여할 수 있는 여성을 기대하였다. 이는 여성 독자의 자아 실현에 대한 욕구가 표현된 것이라 할 수 있다. 또 장편소설에서 불교를 배척하는 대신 도선적 요소를 도입할 것을 제안하기도 했다.

Ⅴ장에서는 <황릉몽환기>를 고찰하였다. <황릉몽환기>는 5편의 이본이 존재하는데, 고려대본이 善本이었다. <황릉몽환기>는 중국 五代의 傳奇 <湘妃神會>에서 소재와 구조를 차용하였으나, 몽중 세계 중에서는 몽유록적인 성향이 강하였다. <투색지연의>·<여와전>과 달리 본격적인 소설 비평은 아니며, 비평 의식이 부분적으로만 나타났다. <황릉몽환기>는 불우한 선비가 자기 위안을 위해 창작한 작품으로, 세상에 대해 불평과 원망을 지니고 있었던 몽유자 계암이 황릉묘에서 이비·태사·정씨와 이야기를 나누고 누구에게나 불행이 있다는 것을 알고 위안을 받는다는 내용이었다. 여기서 등장하는 정씨가 <유효공선행록>의 여주인공인데, <황릉몽환기>는 정씨·유연 부부의 행적이 非禮라고 비판했다. 그러나 <황릉몽환기>는 정씨를 직접 비판하지 않고 정씨로 하여금 자신의 행적을 부인하게 만드는 전략을 사용했다. 즉 <유효공선행록> 내용을 개작한 것이었다. 그 결과 <유효공선행록>은 비극적인 소설이 되었다. 이는 <황릉몽환기>의 작자가 복선화음이 어김없이 실현되는 장편소설류가 아니라 보다 사실적이고 비극적인 소설을 원했다는 증거였다. 요컨대 <황릉몽환기>의 작가는 현실의 문제를 좀더 절실하게 드러낼 수 있는 소설을 추구했다고 하겠다.

Ⅵ장에서는 이제까지의 논의를 토대로 <여와전> 연작의 소설사적 의의를 검토하였다. 먼저 <여와전> 연작을 통해 드러나는 장편소설의

전변 양상을 살펴보고, 그 후에 이와 같은 장편소설의 전변을 추동한
향유층의 의식 변화를 고찰하였다.

<투색지연의>는 17세기 말~18세기 초의 소설사적 상황을 반영하
는 것으로, <여와전>은 18세기 전반의 소설사적 상황을 보여주는 것
으로 추정하였다. <투색지연의> 시대에는 <빙빙전>, <옥교행>, <옥
환빙>, <한씨삼대록>, <소현성록>, <소문록>, <이현경전>, <옥기
린>, <추학기> 등의 우리 나라 소설과 함께 중국 소설, 희곡 등 다양
한 서사물이 읽히고 있었다. 이 시대를 초기 장편소설 시대라고 할 수
있다. 이 시기에는 기존에 알려진 것보다 많은 작품이 존재했고, 유교적
예교주의의 속박도 심하지 않았다. 초기 작품들이 후대 작품들에 비해
보다 자유분방하고 생동감 있었던 원인은, 무엇보다도 중국소설의 영
향에 있었다. 중국소설의 유입이 장편소설의 형성과 발전에 중요한 자
극이 되었을 것으로 생각되기 때문이다. 특히 <투색지연의>에서 보이
는 것과 같은 애정담 위주의 희곡이나 재자가인소설이 우리 장편소설
에 영향을 주었을 것이다. 따라서 이 시기 소설사의 주류를 차지한 것
은 중국 소설의 영향을 받아 예교주의에 긴박되지 않은 소설들이었고,
<사씨남정기>, <창선감의록> 같은 사대부 창작 소설들은 오히려 예
외적인 작품이었다고 하겠다. 사대부들은 통속적이고 윤리적 기준이 느
슨한 당시 소설들에 반발하여 도덕적인 소설을 창작하려 했으며, 당시
유행하던 작품을 윤리적 기준을 강화시키는 방향으로 개작한 결과 <사
씨남정기>, <창선감의록> 등이 산출된 것으로 추측된다.

상층 여성이 독자층으로 등장하고, 사대부들의 소설이 나오면서 초기
장편소설사는 윤리적 기준을 강화해야 한다는 압박을 받았다. 그 결과
점차 도덕적 규범에 합당한 소설이 양산되기 시작했으며, 인물 형상도
바뀌기 시작했다. <소현성록>이 이러한 변화를 잘 보여주는 작품이었

다. 이와 같은 변화를 완성시킨 것은 장편가문소설의 등장이었다. 유교적 이념이 강해짐에 따라 갈등의 양상, 인물의 형상, 고난의 강도 등 제측면에서 변화가 일어났고, 상층 여성의 교양서·수신서로서의 기능도 강화되었다. <여와전>은 바로 이 시기, 본격적인 장편가문소설의 성립기를 보여주는 작품이었다. 이 시기의 <유효공선행록>, <현봉쌍의록>, <유씨삼대록> 등의 작품은 초기 장편소설 시대에 비해, 서사의 편폭이 커지고, 선악의 대결이 뚜렷해졌으며, 고난이 강화되고, 가문의식이 뚜렷이 성장했다. <여와전>의 작자는 장편소설의 전망으로서, 여성의 활약을 증대시키고 도선적 요소를 활용할 것을 제안하였는데, 실제로 이후의 장편소설사는 그렇게 전개되었다.

이와 같은 장편소설의 전변이 가능하기 위해서는 향유층의 의식의 변화가 선행해야 했다. 상층 여성들은 수동적으로 소설을 향유한 것이 아니라 자신들의 취향과 이해관계를 반영할 것을 적극적으로 장편소설에 요구하고 미리 그 청사진을 제시하기도 하였다. 그리고 18세기 중후반에 이르면, 장편가문소설에 식상한 독자가 더욱 사실적인 새로운 소설 유형을 요구하기에 이르렀다.

본고는 <여와전> 연작의 각 작품이 출현한 시기의 소설사적 상황을 재구하고, 특히 <투색지연의> 시대에서 <여와전> 시대로 가면서 소설사에 어떠한 변화가 발생했는가를 구명하였다. 이와 같은 논의는 이제까지 추상적으로 거론되어 온 17세기 후반의 소설사를 보다 구체적으로 드러내고, 본격적인 장편가문소설이 어떻게 성립되었는가를 밝혔다는 점에서 의의가 있다. 그러나 본고는 <여와전> 연작이 보유한 정보를 해석하는 데만 치중했기 때문에, 이와 같은 소설사적 전개에 어떠한 문학적·사회적 변수가 어떻게 작용했는가에 대해서는 구체적으로 밝히지 못했다. 이 점은 후속 작업에 의해 보완되어야 할 것이다.

제 2 부

각 론

Ⅰ. <구운몽>의 텍스트

- 서울대본 · 노존B본 · 노존A본의 위상에 대해 -

1. 서론

<구운몽>은 우리 고전소설 중에서 가장 탁월한 몇몇 작품 가운데 하나다. 이 때문에 많은 선학들이 일찍부터 <구운몽> 연구에 열정을 쏟아왔다. 텍스트에 관한 연구도 예외가 아니다. 특히 이 분야에서는 정규복의 업적이 독보적이다. 정규복은 40여 년간 <구운몽>의 텍스트 연구를 담당하여 왔으며, 현재까지 <구운몽>의 텍스트와 관련하여 학계에 알려진 사실 대부분이 그의 업적이다.[1] 그 중에서도 가장 중요한 성과는 방각본 <구운몽>의 대본이 되는 노존본 계열을 발굴하고, 을

---

1) 정규복의 주요 논저는 다음과 같다.

정규복, 『구운몽 연구』, 고려대출판부, 1974.

정규복, 『구운몽 원전의 연구』, 일지사, 1977.

정규복, 「구운몽 노존본의 연구」, 『교육논총』 8, 고려대 교육대학원, 1978.

정규복, 「구운몽의 원작에 대하여」, 우리문학연구회 편, 『한국문학론』, 일월서각, 1981.

정규복, 「구운몽의 표기문자에 대하여 -설성경씨의 한문 · 국문 표기설에 부쳐-」, 『개신어문연구』 1, 충북대, 1981.

정규복, 「구운몽의 원작과 텍스트의 문제」, 『교육논총』 15, 고려대 교육대학원, 1985.

사본과 노존본의 차이를 밝혀 노존재구본을 완성한 것이다.[2] 이는 <구운몽> 텍스트 연구사에 길이 남을 업적으로 평가된다.

그런데 다소 거칠게 말하자면 <구운몽> 텍스트 연구는 <구운몽> 원전의 표기문자 논쟁이었다고 할 수 있다. <구운몽> 텍스트와 관련한 논란의 핵심이 원전의 표기문자 문제였고, 정규복이 수십 년간 <구운몽> 텍스트 연구에 매진한 것 역시 <구운몽>의 한문원작설을 입증하기 위해서였다. 잘 알려져 있듯이 표기문자 논쟁의 당사자는 문헌기록과 서울대본을 중심으로 국문원작설을 지지하는 연구자들과 이에 맞서 한문원작설을 주장해 온 정규복이다. 그러나 오랜 세월 계속되어 온 이 논쟁은 아직도 끝나지 않았다. 계해본→을사본→노존본으로 거슬러 올라가며 <구운몽>의 원전에 접근해간 정규복의 집념어린 노력으로 한동안 한문원작설이 정설로 굳어지는 듯 하였으나, 1987년에 서울대본과 동계(同系)인 강전섭본이 발굴되면서 국문원작설이 다시 힘을 얻었기 때문이다.

정규복은 기존의 노존재구본을 노존A본, 강전섭본을 노존B본이라 명명하고, 노존B본을 개작한 것이 노존A본이라고 하여 노존B본의 선행을 인정하였다.[3] 그러나 그는 서울대본은 노존B본의 축자직역(逐字直譯)일 뿐이라고 하여 한문원작설을 고수하였다.[4] 다니엘 부셰(Daniel Bouchez)는 이와 같은 정규복의 견해에 반대하면서, 노존A본과 노존B본이 국문본을 토대로 각각 한역되었을 가능성을 제기하였다.[5] 이들의 논쟁은 각자 자

---

2) 정규복, 『구운몽 원전의 연구』, 일지사, 1977.
　　최근 정규복은 새롭게 수집된 자료들을 토대로 노존A재구본의 첨보작업을 행한 바 있다. 정규복, 「구운몽 노존본의 첨보작업」, 『동방학지』 107, 연세대 국학연구원, 2000.
3) 정규복, 「구운몽 노존본의 이분화」, 『동방학지』 59, 연세대 국학연구원, 1988.
4) 정규복, 「구운몽 서울대학본의 재고」, 『대동문화연구』 26, 성균관대 대동문화연구원, 1991.

신의 주장을 보완하여 한 차례 더 이루어졌으나6) 뚜렷한 결말이 나지는
않았다.

이상과 같은 <구운몽> 텍스트 연구에서 가장 큰 문제는 정규복과
부세의 논쟁 이후 더 이상 진전이 없었다는 점이다. 연구자가 세대 교
체되어야 할 시점에 도달했으나, 새로운 연구 인력이 충원되지 않았던
것이다. 이것은 일차적으로 고전소설 연구자들이 다른 분야에 비해 품
이 많이 드는 이본 연구를 기피한 데 원인이 있을 것이다. 그러나 <구
운몽>의 중요성과 가치를 인정하면서 텍스트 연구만을 외면할 수는 없
다. 정규복의 일관된 주장대로 텍스트 연구는 작품의 미학적 · 주제적
연구를 위한 초석이라는 측면에서 마땅히 주목되어야 한다. 그리고 <구
운몽> 텍스트 연구에 대한 무관심은 정규복 · 부세 등 선학들의 값진
노고를 헛되이 하는 행위이기도 하다. 특히 정규복과 부세의 논문에는
<구운몽> 원전언어 · 이본의 계열 · 선후관계 등 여러 가지 논쟁거리들
이 지적되어 있어, 조금만 관심을 갖는다면 중요한 시사점을 발견할 수
있다.

따라서 본고는 부족하나마 정규복과 부세의 논의를 비판적으로 재검
토함으로써 <구운몽> 텍스트 연구가 나아가야 할 방향을 모색해 보
고자 한다. 정규복은 노존B본을 세련되게 개작한 것이 노존A본이고,
국문으로 직역한 것이 서울대본이라고 보았고, 부세는 노존A본과 노존
B본은 각각 한역된 것이고 그 선후관계는 알 수 없다고 하였다. 따라
서 현재 <구운몽> 텍스트 연구에서 중요한 이본은 노존B본7) · 노존A

---

5) 다니엘 부세, 「구운몽저작언어변증」, 『한국학보』 68, 일지사, 1992.
6) 정규복, 「다니엘 부세의 구운몽저작언어변증 비판」, 『한국학보』 69, 일지사, 1992.
   다니엘 부세, 「원문비평의 방법론 소고 - 남정기와 구운몽을 중심으로 - 」, 『동방학
   지』 95, 연세대 국학연구원, 1997.
7) 『김만중문학연구』의 영인본을 참조하였으며, 이하 인용면수는 영인본의 면수이다.

본8)·서울대본9) 3종이라고 할 수 있다. 본고에서는 이들 이본의 관련
양상을 구체적으로 밝히고, 각자의 위상을 가늠해 보고자 한다. 이와
같은 작업이 침체된 <구운몽> 텍스트 연구에 조그만 활력이 되기를
기대한다.

2. 서울대본과 노존B본

정규복은 노존B본이 현존 이본 중 가장 앞서며, 서울대본은 노존B본
의 직역본이라고 하였다.10) 서울대본과 노존B본이 같은 계열이라는 것
은 의심의 여지가 없다. 그러나 서울대본을 노존B본의 번역이라고 주
장한 근거는 상당히 취약하다. 두 이본이 표기문자만 다를 뿐 똑같이
닮아있다면 서울대본이 노존B본의 번역일 가능성도 있지만 노존B본이
서울대본 또는 서울대본과 같은 국문본 계열의 한역일 가능성도 고려
해야 하기 때문이다. 정규복은 서울대본이 역어체(譯語體)·축자역(逐字
譯) 내지 오역(誤譯)·컨텍스트의 불비(不備)·존비체의 불일치 등으로
인해 번역본일 수밖에 없다고 했으나,11) 정규복이 지적한 내용 대부분
은 번역의 증거가 되기에는 불충분하다.

정규복 외,『김만중문학연구』, 국학자료원, 1993.
8) 노존A본은 실재하는 텍스트가 아니라 하버드대본 등 여러 필사본들을 토대로 한
   정규복의 재구본이다. 본고에서는 편의상 정규복의 재구본을 노존A본이라고 지칭
   하고 이를 텍스트로 사용하기로 한다. 이하 인용면수는 재구본의 면수이다. 노존A
   본(정규복 재구본)에 오자가 있을 경우는 이 계열의 선본(善本)인 하버드대본을 참
   조하였다.
9)『한국고소설선』의 영인본을 참조하였으며, 이하 인용면수는 영인본의 면수이다.
   인권환 외 편저,『한국고소설선』, 태학사, 1995.
10) 정규복,「구운몽 서울대학본의 재고」,『대동문화연구』26, 성균관대 대동문화연구
    원, 1991.
11) 정규복,「서울대본고」,『구운몽연구』, 고려대출판부, 1974.

먼저, 서울대본에 나타나는 정도의 역어체는 장편국문소설에서도 흔히 볼 수 있는 것으로 번역의 결정적인 증거가 아니다. 일반적인 장편국문소설과 비교할 때, 정규복이 지적한 서울대본의 "우렬과 싱숙이 업디 아니ᄒᆞ디(雖不無優劣生熟)", "어미의 죵다(필자주:'다'는 '가'의 誤記)ᄒᆞᄂᆞ 잉첩(御妹從嫁之妾)", "만니의 봉후롤 홀 거시니(封侯於萬里之外)" 등은 역어체라고 볼 수 없으며, 또 한문식의 문투가 강하다고 해서 반드시 번역의 결과라고 보기도 어렵다.

그리고 서울대본에 존재하는 오류들은 번역에서 온 것이라기보다 국문을 필사하는 과정에서 발생한 것일 가능성이 크다. 실제로 서울대본의 직접적인 대본이 국문본이었음을 알려주는 증거가 많이 눈에 띈다. 문맥상 "역관(驛館)"이 "연왕"(142)으로, "하동(河東)"이 "화동"(156)으로 "협녀(俠女)"가 "쳡여"(151)로 기록된 것 등은 국문본과 국문본 사이에서 발생하는 오류임이 분명하다. 주어의 생략이나 몇몇 구절이 빠진 것도 서울대본이 오역한 것이 아니라 국문본 필사상의 실수로 보아야 할 것이다.

정규복이 지적한 예 가운데 하나를 살펴보자. 그는 서울대본의 "쥰혹도 업디 아녀 황잡흔 글귀"라는 구절이 B본의 "元無竣惑荒雜之句"의 오역이라 하였다.[12] 이 구절은 양소유가 천진교에서 삼장시를 지은 사연을 월왕에게 이야기해 주는 부분이다. 이해를 돕기 위해 좀 길게 인용하면 다음과 같다.

> 노존A본   而醉興方濃 不知慚愧 拾掇荒蕪之語 構成一詩 不記其詩
>   意何如 句格何如 265
> 노존B본   少遊醉中 元無竣惑 荒雜之句 不知以何爲辭 476

---

12) 정규복, 「구운몽 노존본의 이분화」, 『동방학지』 59, 연세대 국학연구원, 1988.

> 서울대본 쇼위 취듕이라 쥰혹도 업디 아녀 황잡흔 글귀롤 무어시라
> 지여던디 201

서울대본의 "쥰혹"은 현대어 "주눅"에 해당하는 고어로,[13] "부끄러운 줄 모르고 언죽번죽하는 태도나 성미"를 말한다. "쥰옥(쥰혹) 업다"가 "沖達"의 의미이므로,[14] "쥰혹도 업디 아녀"는 "부끄러운 줄 모르고" 정도의 뜻이 될 것이다. 다시 말해, 서울대본의 해당 구절은 양소유 자신이 취중이기 때문에 부끄러운 줄도 모르고 황잡한 글귀를 지었다는 내용이다. 노존B본 역시 "취중이고 원래 미혹됨이 그침이 없어", 즉 "취중이고 원래 미혹되어" 황잡한 글귀를 지었다는 것이고, 노존A본을 보더라도 "취홍이 높아 참괴함을 모르고 황당한 글귀를 엮어서 시를 이루었다"라고 했으니 의미상 다를 것이 없다. 특히 서울대본의 "술에 취해 부끄러운 줄 모르고"와 노존A본의 "취홍이 높아 참괴함을 모르고"는 완전히 동일하다. 따라서 위의 구절은 서울대본이 오역을 했다는 증거가 될 수 없을 뿐더러, 오히려 "쥰혹도 업디 아냐"를 다양하게 한역한 결과가 "元無竣惑", "不知慚愧"일 가능성이 있다.

또 정규복은 천진교 삼장시에서 술 "洛陽春"을 "낙양봄"이라 한 것이 서울대본의 오역이고, 나머지 국문본에서는 모두 "락양춘"으로 되어 있다고 하였다.[15] '낙양춘'과 '낙양봄'의 관계만 생각한다면 '낙양춘'이 술이름이라는 것을 알지 못한 서울대본의 번역자가 오역한 것이라 생각하기 쉽다. 그런데 서울대본에는 낙양춘이 두 번 언급되며, 한 번은 "낙양츈"으로 또 한 번은 "낙양봄"으로 나온다.

---

13) '쥰혹'은 '쥰옥'의 다른 표기형태다. 박재연, 『고어ᄉ뎐』, 중한번역문헌연구소, 2001.
14) 『고어ᄉ뎐』은 '沖達'을 '쥰옥 업다'라고 번역한 『漢淸 德藝』의 예를 들고 있다. 박재연, 『고어ᄉ뎐』, 중한번역문헌연구소, 2001.
15) 정규복, 「서울대학교본고」, 『구운몽 연구』, 고려대출판부, 1974, p.172.

텬진교 머리예 쥬루에 포는 낙양츈이란 술은 흔 말 갑시 십쳔젼이니
이다 110
쥬루니취낙양츈 술다락의 와 낙양봄을 취ᄒ여도다 113

위에서 보다시피, 서울대본은 '낙양춘'이 술이름임을 몰라서 '낙양봄'
으로 쓴 것이 아니다. 여기에서 주목할 점은 문제의 '낙양봄'이 시, 그
것도 천진교 시 중 노존A본의 첫 수에 나오는 단어라는 것이다. 서울
대본은 천진교 삼장시에 실제로 사장시를 기록하였는데, 그중 세 수는
노존B본의 삼장시이고, 나머지 한 수는 노존A본의 삼장시 중 첫 번째
시이다.16) 서울대본의 필사자, 혹은 그 선행본의 필사자가 무슨 생각으
로 노존A본의 첫 수를 노존B본의 삼장시 뒤에 적어 넣었는지는 알 수
없다. 그러나 어쨌건 노존A본의 시가 서울대본에 들어간 것은 번역이
다. 서울대본의 필사자가 노존A본을 보고 직접 번역했건, 이미 국문으
로 번역된 노존A본을 참조했건 간에 번역을 거쳐 서울대본에 정착되었
다는 것이다. 따라서 이 부분에 번역의 양상이 나타나는 것은 당연한
일이라고 할 수 있다. 그리고 '낙양봄'이 반드시 오역으로 생각되지는
않는다. 노존A본의 시를 잠깐 살펴보자.

楚客西遊路入秦 酒樓來醉洛陽春 183

楚客은 양소유 자신이고, 洛陽은 원래 秦나라 땅이다. 초나라의 나
그네가 서쪽으로 가는 길에 낙양에 들렀는데, 주루에 와서 낙양춘이라
는 술을 마시고 취했다는 것이다. 낙양춘이 그저 술이름이라면 이 시는
서술적이고 무미건조하다. 그러나 洛陽春이 향기로운 고급술일 뿐만

---

16) 이 사실은 선행 논자들이 여러 차례 지적한 바 있다.

아니라 낙양의 춘경(春景)이라고 해석하면 좀더 시적인 맛이 난다. 마침 양소유가 낙양에 도착한 것은 봄이고, 천진교 모임의 명분 역시 봄 경치의 완상이었다. '낙양춘'을 '낙양봄'으로 번역한 사람도 분명히 이와 같은 고려를 한 것으로 추측된다. 따라서 '낙양춘'이 '낙양봄'으로 번역된 것은 서울대본 필사자가 노존A본을 보고 첨가한 것이므로 서울대본의 원래 모습과는 무관하며, 번역 역시 오역은 아니라고 하겠다.[17]

이상과 같이 서울대본에는 한문본의 번역임을 입증할 만한 결정적인 단서가 없다. 그렇다면 노존B본은 어떤지 살펴보자.

정규복은 노존B본이 노존A본에 비해 산문체·산만체·구어체라고 했다.[18] 그런데 산문체·산만체·구어체라는 것은 국문본을 직역한 문체일 가능성이 높다. 몇 가지 예를 들어보자.

노존A본   丞相熟視之 似是舊面 280
노존B본   承相細觀 則顔面果熟 461
서울대본   승샹이 ᄌ시 보니 과연 눛치 닉은 ᄃᆺ ᄒ거늘 215

인용문은 16회에서 양소유가 호승(胡僧)을 만나는 장면에 있는 구절이다. '熟視'라는 한자어를 사용한 노존A본에 비해 노존B본은 '자세히'에 해당하는 '細'字와 '보다'에 해당하는 '觀'字를 써서 우리말 단어를 일일히 번역한 듯한 인상을 준다. 물론, 서울대본이 노존B본을 번역했다고 할 수도 있겠지만, 서울대본이 한문식 어투에 다가갔다기보다는

---

17) 노존A본의 시가 들어있기 때문에 서울대본은 노존A본 성립 후에 필사된 것이 분명하다. 그러나 필사 시기가 늦다고 하여 서울대본이 노존A본보다 작품의 원형에 가깝다는 사실을 부정할 수 있는 것은 아니다.

18) 정규복, 「구운몽 서울대학본의 재고」, 『대동문화연구』 26, 성균관대 대동문화연구원, 1991.

노존B본이 우리말 문장에 접근한 것으로 보인다.

> 노존A본 古今詩文 無所不通 且其詩眼尤妙矣 靈如鬼神 182
> 노존B본 詩文無不知之 看文之眼 如神明 570
> 서울대본 고금시문을 모를 거시 업고 더욱 글보는 눈이 신녕ᄌᆞ투여 111

위에서도 노존B본의 문체는 한문식 문장이 아니라 서울대본을 그대로 옮긴 듯한 직역체로, "無不知之"·"看文之眼"은 "모를 거시 업고"·"글보는 눈"을 한자로 표기한 데 지나지 않는다.

다음은 지명 표기이다.

	1회	2회	16회
노존A본	秀州縣	英南縣	河東[19]
노존B본	壽州地	嶺南地	淮南地
서울대본	쉬 짜히오	녕남ᄯᅡ히	하람짜

우리말에는 한자어와 고유어가 이중적으로 존재하기 때문에 한자어를 사용할 때 이해를 돕기 위해 동일한 의미의 우리말을 거듭 사용하는 경우가 있다. 한자어로 된 지명 뒤에 '땅'을 붙여 쓰는 언어습관(예: 전라도땅, 경상도땅)도 이에 속한다고 할 수 있는데, 위에서 보는 바와 같이 서울대본에 '지명+ᄯᅡ'라고 표기된 곳은 노존B본에도 어김없이 '지명+地'로 적혀 있다. 이와 같은 현상은 노존B본과 서울대본이 같은 계열임을 확증시켜 주는 동시에 노존B본의 상위에 국문본이 존재할 가

---

19) 노존A 재구본에는 '河東'으로 되어 있으나 이것은 誤記이다. 정규복이 노존B본을 참조하여 '淮南'으로 바로잡은 바 있다. 정규복, 「구운몽 노존본의 첨보작업」, 『동방학지』 107, 연세대 국학연구원, 2000.

능성을 시사하는 것이다. 노존B본이 서울대본과 같이 '지명+짜'로 표기된 국문본을 저본으로 하지 않았다면 "壽州地"나 "嶺南地"와 같은 어색한 표현을 할 이유가 없었을 것이다. 한편, 노존A본은 "秀州縣"·"英南縣"이라고 하였다. 표현으로 보자면 "壽州地"나 "嶺南地"보다 자연스럽지만 서로 다른 행정구역인 州와 縣, 道와 縣을[20] 겹쳐쓰는 오류를 낳고 말았다. 이것은 노존A본이 그 상위 국문본에 존재하는 '지명+짜'를 한문식 표현으로 옮기려 했으나 지리적 상식이 부족하여 발생한 실수라고 할 수 있다.

그렇다고 해서 노존B본의 직접적인 대본이 국문본이라고 생각되지는 않는다. 예를 들어 노존B본에는 '龍'을 '就'로 잘못 쓴 실수가 나타나는데, 이것은 흘려 쓴 '龍'字를 '就'字로 착각하고 필사한 것이 분명하다. 따라서 노존B본의 상위에 국문본이 존재할 가능성은 높지만 현전하는 노존B본이 국문본에서 바로 한역된 이본은 아니라고 할 수 있다.

이제까지 간략하게 두 가지 사실을 검토해 보았다. 하나는 서울대본이 한문본의 번역임을 입증할 만한 증거가 없다는 것이고, 또 하나는 노존B본의 "한국적 구어체"가[21] 국문본의 직역의 흔적일 가능성이 크다는 것이다.

3. 노존A본과 노존B본

노존A본과 노존B본의 동이(同異)는 정규복과 다니엘 부세에 의해 여러 차례 논의되었다. 정규복은 노존B본의 산문체·산만체·구어체가 노존A본의 율문체·수식체·문어체로 다듬어졌다고 보았으나,[22] 부세는

---

20) 노존A본에는 '英南'으로 잘못 표기되었지만, 사실은 '嶺南'이며 이것은 道名이다.
21) 정규복, 「구운몽 노존본의 이분화」, 『동방학지』 59, 연세대 국학연구원, 1988, p.137.

양본에서 우리말의 고유어에 해당하는 단어는 이자(異字)로, 한자어가 굳어진 경우는 동일하게, 지명·인명 등의 고유명사는 동음이자(同音異字)로 나타나는 점에 주목하여 노존A본과 노존B본이 국문본을 토대로 각각 번역되었을 것으로 추정하였다.23) 이에 대해 정규복은 이본에 따른 동음이자는 한문본 사이에서도 볼 수 있으며, 노존B본과 노존A본의 1회·16회가 자자구구(字字句句) 일치하므로 별개의 번역일 가능성은 전무하다고 반박하였다.24) 부세는 다시 1회·16회의 일부가 일치하는 것은 사실이나 이것은 전체 작품 분량의 8%에 불과하다고 반론을 제기하고, 고유명사가 동음이자로 나타나는 현상은 국문 저본의 존재를 방증하는 것이라고 강조하였다.25)

두 논자의 견해에는 각각 문제점이 있다. 부세는 노존A본이 노존B본을 대본으로 한 것이라면, "선행자의 표현들을 임의로 고치는 것은 가능하겠으나, 거의 낱말마다 불필요한 수정을 한 이유는 납득이 잘 가지 않는다"고26) 하였다. 그러나 노존A본의 작자가 노존B본을 자신의 취향과 기호에 맞게 개작하기로 작정했다면, 의미를 손상시키지 않는 한 얼마든지 수정할 수 있는 것이라고 생각된다. 한편 정규복은 인명·지명 등의 고유명사에서 대부분 노존B본의 것이 옳다는 것을 밝혀 놓고도27) 노존B본의 정자(正字)가 노존A본에서는 동음의 오자(誤字)로 나타나는 이유는 설명하지 않았다.

노존A본이 노존B본의 내용을28) 대폭 부연하면서 보다 문식(文飾)이

---

22) 정규복, 「구운몽 노존본의 이분화」, 『동방학지』 59, 연세대 국학연구원, 1988.
23) 다니엘 부세, 「구운몽저작언어변증」, 『한국학보』 68, 일지사, 1992.
24) 정규복, 「다니엘 부세의 구운몽저작언어변증 비판」, 『한국학보』 69, 일지사, 1992.
25) 다니엘 부세, 「원문비평의 방법론 소고 - 남정기와 구운몽을 중심으로 - 」, 『동방학지』 95, 연세대 국학연구원, 1997.
26) 다니엘 부세, 「구운몽저작언어변증」, 『한국학보』 68, 일지사, 1992.
27) 정규복, 「구운몽 노존본의 이분화」, 『동방학지』 59, 연세대 국학연구원, 1988, p.159.

가미된 문체로 재창작한 결과라는 것은 명백하다. 그래서 노존A본은 노존B본이나 서울대본보다 원작에 가까울 수 없다. 이 점에 대해서는 정규복과 부셰 모두 동의하고 있다. 다만 부셰는 노존A본의 저본이 국문본이라는 것이고, 정규복은 노존본의 상위에 국문본이 존재하는 것을 인정하지 않기 때문에 노존B본이 가장 선행하는 이본이고, 여기에서부터 대첨보(大添補)가 일어난 노존A본과 직역된 서울대본이 각각 나왔다고 보는 것이다.

이 장에서는 이와 같은 선행 논자들의 견해와 상호 비판을 염두에 두면서 노존A본과 노존B본의 관계에 대해 살펴보고자 한다. 먼저, 노존A본과 노존B본의 전반적 차이를 정리하면, 노존A본은 노존B본에 비해 한문 문법에 합당하며, 묘사·상황 설명·인물의 대화 등이 크게 부연되어 있고, 노존B본에 없는 시나 상소문 등이 삽입되어 있다. 노존B본의 시가 비슷한 의미의 다른 시로 교체된 경우도 있다. 노존A본은 노존B본에 비해 문장이 유려하여, 언뜻 소박한 문체의 노존B본이 노존A본으로 개작된 것이 당연해 보인다. 그러나 이와 같은 정규복의 주장을 따를 때 문제가 되는 것이 역시 인명·지명 등 고유명사의 차이이다.

	1회	2회	2회	2회	9회[29]	12회
노존A본	秀州	楊州	播州	英南	楊洲	眞州
노존B본	壽州	梁州	貝州	嶺南	涼洲	秦州

위에 예로 든 지명들은 노존B본의 것과 노존A본의 것이 거의 동음인데, 노존B본이 정자이고, 노존A본이 오자이다. 정오(正誤)의 판단 근

---

28) 이것은 서울대본의 내용이기도 하다.
29) 노존A본은 8회, 노존B본은 9회다.

거는 작품 내에 있다. 예를 들어 심요연은 토번(吐藩)과 가까운 변방 사람으로 소개된다. 그렇다면 심요연의 고향은 강소성(江蘇省) 양주(楊洲)가 아니라 감숙성(甘肅省) 양주(凉洲)가 되어야 한다. 또 양소유가 토번을 정벌한 후 돌아올 때 진주를 거치는데, 이 때 진주는 강소성(江蘇省) 진주(眞州)가 아니라 토번의 영토로부터 장안(長安)에 이르는 중간 지점인 감숙성(甘肅省) 진주(秦州)여야 한다.[30] 또 구사량(仇士良)의 변란으로 황제가 피난을 간 곳은 강소성(江蘇省) 양주(楊州)가 아니라 섬서성(陝西省) 양주(梁州)다. 양주(楊州)는 너무 멀어 피난지가 될 수 없으며, 당(唐) 경원군(涇原軍)의 반란 때 덕종(德宗)이 봉천(奉天)·양주(梁州)로 피난했던 전례로 보아, 양주(梁州)가 옳다고 할 수 있다.

이처럼 노존B본은 지명들이 작품의 설정에 정합한 반면, 노존A본에서는 지리적 상식이 완전히 무시되어 있다. 만약 노존A본의 작자가 노존B본을 대본으로 했다면 이와 같은 오류가 나타나는 이유를 설명하기 어렵다.[31] 위의 글자들은 한자끼리 혼동을 일으킬 수 있는 자형(字形)도 아니기 때문이다. 따라서 노존A본의 지명에 오자가 많은 것은 중국 지리에 대한 감각이 전혀 없는 노존A본의 작자가 국문본을 한역하면서 나타난 현상일 가능성이 있다.

인명을 예로 들어보자.

---

30) 지명의 정오(正誤)에 대해서 부세의 논문을 참조할 수 있으므로 중복되는 내용을 일일이 다루지는 않는다. 다니엘 부세, 「구운몽저작언어변증」,『한국학보』 68, 일지사, 1992. 참조. 다만, 부세는 積石山이 甘肅省에 있다고 했는데, <구운몽>의 적석산은 甘肅省에 있는 小積石이 아니라 靑海省에 있는 大積石으로 보는 것이 옳다. 토번의 영토에 있는 적석산은 靑海省의 것이기 때문이다.
31) 노존B본의 고유명사가 옳고 노존A본의 것이 틀렸다 해도 동음이 아닌 경우에는 필사상의 실수일 확률이 높다. '西凉州'(노존B본)가 '西潦州'(노존A본)로, '淮南'(노존B본)이 '河東'(노존A본)으로 바뀐 것이 여기에 해당한다. 이들은 흘려쓸 경우에 착각을 일으킬 수 있는 한자들이며, 하버드대본에는 '西凉州', '淮南'으로 올바르게 표기되어 있어, '西潦州', '淮南'이 필사상의 오기임을 알 수 있다.

노존A본 大王神弓 無異汝陽王也 263
노존B본 大王之神箭 古之養王不及也 478
서울대본 대왕의 신전은 네 양왕의 밋디 못ᄒ리로소이다 199

낙유원의 사냥에서 월왕이 활을 쏘자 양소유가 칭찬한 말이다. 이본 간의 차이는 "汝陽王", "古之養王", "네 양왕"에서 나타나는데, 노존B 본과 서울대본은 음은 다르지만 '옛날의 양왕'이라는 같은 뜻이다. 반면 노존A본의 "汝陽王"은 다른 인물을 가리키면서도 서울대본 "네 양왕"과 음이 거의 일치한다. 이것은 단순한 우연이라고 볼 수 없다. "古之養王"이 "汝陽王"으로 바뀌는 것보다는 국문 "네 양왕"이 "녀양왕"으로 변하는 것이 훨씬 쉬운 일이다. 즉 국문 "네 양왕"으로부터 "古之養王"과 "汝陽王"이 각각 나왔다고 보는 것이 자연스러운 것이다. 혹은 '古之養王'→'네양왕'→'녀양왕'→'汝陽王'일 수도 있겠지만, 어쨌든 국문본을 거치지 않고는 '古之養王'과 '汝陽王'으로 분화되기 어렵다. 따라서 노존B본과 노존A본은 어떤 식으로든 국문본과 연결되어 있으리라는 추정을 할 수 있다.

이번에는 허구적인 인물들의 이름을 살펴보자.

노존A본 大卿 次卿 舜卿 季卿 五卿 致卿 275
노존B본 大卿 次卿 叔卿 季卿 有卿 致卿 465
서울대본 대경 ᄎ경 슉경 계경 유경 치경 211

위는 양소유의 아들들의 이름이다. 역시 노존B본과 서울대본은 완전히 일치하고, 노존A본은 셋째·다섯째 아들에서 차이를 보인다. 노존B 본의 "叔卿"·"有卿"이 노존A본에서는 "舜卿"·"五卿"으로 나타난 것이다. 이 중 옳은 것은 노존B본이다. 이 이름들은 각각 출생 순서를 가리키고 있는데, 叔에는 '셋째'라는 뜻이 있고, 有는 又와 통하기 때문이다. 따라서 양소유의 아들들의 이름은 큰아들, 작은아들, 셋째아들, 막내아들, 또아들, 정말막내아들 정도가 되는 것이다. 그런데 노존A본이 노존B본을 대본으로 했다면 "叔卿"을 의미도 통하지 않고 자형도 전혀 다른 "舜卿"으로 바꾸었을 리가 없다. 이것은 국문 필사과정에서 '슉경'이 '슌경'으로 바뀐 후 노존A본의 "舜卿"이 되었다고 보는 것이 가장 자연스럽다.

양소유의 딸들의 이름에도 유사한 증거가 있다.

노존A본 傅丹 永樂 275
노존B본 全丹 永樂 464-465
서울대본 뎡단 역락 211

부세는 "傅丹"의 자형이 "傳丹"과 비슷한 데 착안하여 국문 '전단'으로부터 '傳丹' → '傅丹'으로 바뀐 것으로 보았다.[32] 필자도 이에 동의한다. 고전소설에서 여성의 이름은 팔선녀의 경우에서도 알 수 있듯이 여성적인 이미지가 들어 있는 경우가 많으며, 자매의 이름이라면 흔히 공통의 요소가 들어가든가 짝을 이루는 뜻이 된다. 그러나 전단(全丹 또는 傅丹)과 영락(永樂)은 전혀 연결되는 내용이 없어 현재의 한자들이 완전히 잘못된 것 같다. 작자가 의도한 것은 "전단(栴檀)"과 "영락(瓔珞)"으로 생각된다. 전단(栴檀)은 향이고 영락(瓔珞)은 구슬 장식인데 둘 다 불교에서 사용하는 것이며, 함께 언급되는 경우가 많다.[33] <구

---

32) 다니엘 부세, 「구운몽저작언어변증」, 『한국학보』 68, 일지사, 1992.
33) 어떤 상서로운 일이 있을 때 꽃을 뿌리고 전단향을 사르며, 온갖 보배와 영락으로 불상이나 보탑(寶塔) 등을 치장하는 장면이 불경에 자주 나온다.

운몽>의 불교적 성격, 그리고 전단 자매의 모친인 팔선녀가 관음상 앞
에서 결의형제하는 등의 설정을 두고 볼 때, 딸들의 이름에 불교적 색
채가 들어가는 것은 이상한 일이 아니라고 하겠다.

누각의 명칭에 나타나는 동이(同異)도 살펴보자.

> 노존A본 259
> 慶福堂 燕喜堂 鳳簫宮 凝香閣 淸和樓 太史堂 禮賢堂 尋興院 迎春
> 閣 賞花樓 望月樓
> 노존B본 482-483
> 慶福堂 燕喜堂 鳳簫宮 凝香閣 淸霞樓 催事堂 禮賢堂 希秦院 迎春
> 閣 山花樓 待月樓
> 서울대본 194-195
> 경북당 연희당 봉소궁 응향각 청하루 티스당 녜현당 희진원 영춘함 화
> 산루 대궐누

차이가 나는 곳은 "淸和樓"와 "淸霞樓", "太史堂"과 "催事堂", "尋
興院"과 "希秦院", "賞花樓"와 "山花樓", "望月樓"와 "待月樓"이다.[34]
이들은 대부분 비슷한 의미여서 어느 것이 옳고 어느 것이 그른가를
판단할 수 없으며, 의미뿐만 아니라 발음도 같기 때문에 국문본을 보고
각기 번역·필사하는 과정에서 차이가 발생한 것이라 할 수 있다. 국문
에서 '청하'·'청화', '티스당'·'ᄎᆞ스당'·'티스당', '상화루'·'산화루'
는 쉽게 혼동될 수 있는 글자들이다.

진채봉의 처소인 "尋興院"과 "希秦院"처럼 전혀 다른 명칭도 있다.
이 가운데 옳은 것은 노존B본의 "希秦院"으로 생각된다. 누각들의 이

---

34) 서울대본은 역시 노존B본과 계열을 같이 하고 있다.

름은 대체로 주인과 연관되어 있는데,[35] "尋興院"은 진채봉과 아무 관련이 없기 때문이다. 반면 "希秦院"의 '秦'은 진채봉의 성(姓)이기도 하고 출신지이기도 하다.[36] 따라서 본래의 명칭은 "希秦院"이고 노존A본의 "尋興院"은 그다지 어울리지 않는 개변이다.

이상과 같이 양본의 고유명사 표기에 나타난 차이를 검토해 보았다. 그 결과는 노존A본과 노존B본이 직접적으로 관련되었을 가능성보다는 윗대의 국문본, 또는 둘 사이의 국문본을 통해 간접적으로 연결되어 있을 가능성이 더 크다는 것이다.

그러나 이렇게 볼 때에도 문제가 없는 것은 아니다. 정규복이 누차 주장했듯이 노존A본과 노존B본의 1회·16회에는 분명히 자구(字句)까지 일치하는 부분이 있다.[37] 부셰에 따르면 1회 중 사자가 양처사 집에서 나와 손을 흔들며 성진을 불러서 "此大唐國淮南道…"라고 말하는 부분부터 서술문의 표현들이 다르며, 16회의 양소유가 꿈을 깨는 장면, 즉 호승이 난간을 쳐서 구름이 누대를 덮고 주변이 어두워지는 부분부터 다시 양본이 대동소이하다고 한다.[38] 필자가 조사한 결과도 대략

---

35) 양소유의 모친 류씨의 처소는 집안의 어른이 사는 곳이기 때문에 "慶福堂"이며, 난양공주의 처소는 난양이 퉁소의 인연으로 결연했으므로 "鳳簫宮"이다. 정경패는 실질적인 집안의 안주인이므로 편안하고 기쁜 "燕喜堂"에 거처하고, 가춘운의 처소 "迎春閣"은 주인의 이름 '춘'(春)에 응한 것이다.

36) 진채봉의 고향 華州는 춘추전국시대에 秦나라의 영토이다.

37) 노존A본과 노존B본이 각각 번역되었다고 주장한 부셰도 다음과 같이 언급한 바 있다. "작품의 이 92%와는 반대로 노존A·B본의 선두와 말미가 상호 동일한 사실은 <구운몽> 본문의 역사로 볼 때 중요하다. 밝혀지게 된 것은 이 논쟁의 좋은 결과라 하겠다. 텍스트를 분석해 연구해 보아야 하겠지만 이 공동 부분의 문체는 B본에보다 A본에 가까운 것으로 보인다. 그렇다면 현재로 양소유 일대기에 국한된 노존B의 유일한 표본에 또는 그 선행자에 성질이 아직 불명한 조작이 행해졌다는 말이 된다". 다니엘 부셰, 「원문비평의 방법론 소고 - 남정기와 구운몽을 중심으로 -」, 『동방학지』 95, 연세대 국학연구원, 1997, p.166.

38) 다니엘 부셰, 「원문비평의 방법론 소고 - 남정기와 구운몽을 중심으로 -」, 『동방학

이와 유사한데, 좀더 구체적으로 살펴볼 필요가 있다. 우선 1회를 보자. 작품이 시작되는 부분은 노존A본과 노존B본이 똑같다.

天下名山 曰有五焉 東曰東岳卽泰山 西曰西岳卽華山 南曰南岳卽衡山 北曰北岳卽恒山 中央之山曰中岳卽嵩山 此所謂五岳也 五岳之中 惟衡山距中土最遠 九疑之山在其南 洞庭之湖經其北 湘江之水環其三面 若祖宗儼然中處 而子孫羅立而拱揖焉 七十二峯 或騰踔而蠹天 或嶄峍而截雲 如奇**標俊**彩之美丈夫 七竅百骸 皆秀麗淸爽 無非元氣所**鍾**也 其中最高之峯 曰祝融 曰紫盖 曰天柱 曰石廩 曰蓮花 五峯也 其形擢**竦** 其勢**陟**高 雲翳掩其眞面 霞氣藏其半腹 非天氣廓掃 日色晴朗 則人不能得其彷彿**焉** 노존A본 167

인용문은 노존A본의 것이다. 여기에서 진하게 표시한 "曰"을 빼고, "標俊"을 "表浚"으로, "鍾"을 "種"으로, "竦"을 "疎"로, "陟"을 "陵"으로, "雲"을 "霧"로, "焉"을 "矣"로 고치면 노존B본이 된다. 이것은 정규복이 말한 대로 직접적인 영향관계 없이는 나타날 수 없는 현상이며, 국문본을 각기 번역하여 위와 같은 일치를 얻는다는 것은 불가능한 일일 것이다.

그런데 여기에서 주목해야 할 점은 부세가 지적한 바와 같이 이 부분의 문체가 노존A본에 가깝다는 것이다. 노존B본의 문체가 간결하고 단순하다면, 노존A본의 문체는 만연체·화려체에 가깝다. 그리고 노존B본은 한문 문법에 거의 신경을 쓰지 않기 때문에 어조사의 사용도 극히 제한되어 있다. 그런데 위 인용문에는 의미에는 별 상관이 없는 수식이 많고 '其'의 사용이 빈번하여 전반적인 노존B본의 문체와는 상당

지』 95, 연세대 국학연구원, 1997.

히 다르다. 이 점은 서울대본과 비교해 보면 분명해진다. 앞에서도 살펴보았지만 노존A본·노존B본·서울대본을 비교해 보면 항상 노존B본과 서울대본이 서로 직역을 한 것처럼 일치해 왔다. 그런데 서두와 말미에서는 그렇지 않다.

> 텬하의 일홈난 뫼히 다ㅅ시 이시니 동은 굴온 동악 태산이오 셔는 굴온 셔악 화산이오 가온디는 굴온 듕악 슝산이오 북은 굴온 북악 홍산이오 남은 굴온 남악 형산이니 이 닐온 오악이라 오악 듕의 형산이 뉴의 머니 구의산이 남녁히 잇고 동졍회 북의 잇고 샹강믈이 삼면의 둘넛□[39] 일흔두 봉 가온디 다ᄉ 봉이 가쟝 놉고 놉흐니 츅늉봉과 ᄌ개봉과 텬쥬봉과 셕뉴봉과 년화봉이라 샹히 구름 속의 드러 쳥명ᄒᆫ 날이 아니면 그 곳을 보디 못ᄒᆞᆯ너라 서울대본 95

먼저 가장 큰 차이는 노존A·B본에는 오악의 서술 순서가 동서남북중이지만, 서울대본에서는 동서중북남으로 되어 있다는 것이다.[40] 그리고 서울대본에는 노존A·B본의 "若祖宗儼然中處 而子孫羅立 而拱揖焉"과 "或騰踔而蠹天 或嶄巀而截雲 如奇標俊彩之美丈夫 七竅百骸 皆秀麗淸爽 無非元氣所鍾也"에 해당하는 내용이 없다. 또 "雲翳掩其眞面 霞氣藏其半腹 非天氣廓掃 日色晴朗 則人不能得其彷佛焉"은 "샹히 구름 속의 드러 쳥명ᄒᆫ 날이 아니면 그 곳을 보디 못ᄒᆞᆯ너라"라고 간단하게 처리되어 있다. 얼핏 서울대본이 축약된 것이 아닌가 생각할 수도 있겠지만 이와 같은 간략한 문체가 노존B본·서울대본 계

---

39) □는 판독불능을 나타낸다.

40) 이 점은 노존B본의 출현 이전에 이미 설성경이 지적한 바 있다. 설성경은 작품의 배경이 남악 형산이기 때문에 오악 중 마지막에 남악이 오도록 배치한 서울대본이 더 우수하다고 평가하였다. 설성경, 「구운몽의 구조적 연구 Ⅳ-표기문자론-」, 『원우논집』 2, 연세대, 1974.

열의 본래적 성격이고, 부연이야말로 노존A본의 대표적 특징이라는 사실을 기억할 필요가 있다. "조종은 의젓하게 중앙에 자리를 잡고 자손들은 늘어서서 두 손을 맞잡고 읍하고 있는 것 같았다"라든지, "구름이 그 진면목을 가리고 이내가 그 허리를 감싸서 날씨가 깨끗하고 햇빛이 맑지 않으면 사람들이 그 비슷한 모습조차 볼 수 없었다"는 등의 수식적인 표현은 모두 전형적인 노존A본의 문체이다.

예를 하나 더 들어보자.

> 노존A본　性眞十二歲　棄父母　離親戚　**依歸**師父　卽剃頭髮　言其義則無異生我育我　語其情　則所謂無子有子　父子之恩深矣師弟之分重矣　蓮花道場　卽性眞之家　**捨**此何之 171
>
> 노존B본　性眞十二歲　棄父母　離親戚　**歸依**師父　卽剃頭髮　言其義則無異生我育我　語其情　則所謂無子有子　父子之恩深矣師弟之分重矣　蓮花道場　卽性眞之家**也　舍**此何**往焉** 583
>
> 서울대본　성진이 십이셰의 부모를 ᄇ리고 소승님을 조차 머리를 싹그니 년화도당이 곳 셩진의 집이니 날을 어디로 가라 ᄒ시ᄂ니잇가 99

위 인용문에서도 노존A·B본은 두세 글자가 다를 뿐이다. 서울대본과 비교해 볼 때 노존A·B본에 부연된 내용은 "친척을 떠나서"와 "그 의로 말하자면 나를 낳으시고 기르신 것과 다름이 없고 그 정으로 말하자면 이른바 자식이 없으나 자식이 있는 것이니 부자의 은혜가 깊고 제자의 분의가 중합니다"이다. 역시 의미상의 변화는 없으나 장황해지는 A본 특유의 문체라고 할 수 있다.

이처럼 노존A·B본이 동일하고 서울대본이 다른 양상이 지속되다가 다음 인용문에 이르면 세 이본이 모두 같아진다.

노존A본   汝自欲去 吾令去之 汝苟欲留 誰使汝去乎 且汝自謂曰 吾
　　　　　　何去乎 汝所欲往之處 則汝可歸之所也 171

노존B본   汝自欲去 我令何去之 汝苟欲留此 誰使汝去乎 且汝自謂
　　　　　　吾何去乎 汝所欲往之處 卽汝可歸之所也 583

서울대본   네 스스로 가고져 홀시 가라 흐미니 네 만일 잇고져 흐면
　　　　　　뉘 능히 가라 흐리오 네 쏘 닐오디 어더로 가리오 흐니 너
　　　　　　의 가고져 흐는 곳이 너의 갈 곳이라 100

노존A · B본이 같을 뿐 아니라 서울대본과도 특별히 차이가 나는 구
절이 없다. 그런데 보다 중요한 것은 이후부터는 노존B본이 노존A본을
떠나 서울대본과 일치하게 된다는 것이다.

노존A본   弟子雖有不謹之罪 比之阿難 猶且輕矣 何必欲送於豊都乎
　　　　　　171

노존B본   弟子雖有罪 比阿難尊者 似不重 何以令往酆都乎 582

서울대본   졔지 비록 죄 이시나 아란존쟈의 비기면 중티 아닌 듯흐니
　　　　　　어이 풍도의 가라 흐시느뇨 100

노존A본은 '죄가 오히려 가볍다', '보내려 하느냐'라고 한 반면, 노존
B본과 서울대본은 '죄가 무겁지 않은 듯하다', '가라고 하느냐'로 표현
이 일치하고 있다. 이와 같은 변화는 다음 인용문에서 더욱 분명해진다.

노존A본   心苟不潔 雖處山中 道不可成矣 不忘其根本 雖落於十丈
　　　　　　狂塵之間 畢竟自有稅駕之處 汝必欲復歸於此 則吾當躬自
　　　　　　率來 汝其勿疑而行矣 172

노존B본   心苟不淨 雖在山中 而道難成 不忘根本 雖往紅塵 而有歸
　　　　　　路 汝若欲歸 則吾自領來 勿疑而行 582

서울대본 ᄆᆞᆷ이 됴치 못ᄒᆞ면 비록 산듕의 이셔도 도롤 일우기 어렵
고 근본을 잇디 아니면 홍진의 가셔도 도라올 길히 이시니
네 만일 오고져 ᄒᆞ면 내 손조 ᄃᆞ려올 거시니 의심말고 힝홀
디어다 100

"難"과 "어렵고", "往紅塵"과 "홍진의 가셔도", "有歸路"와 "돌아올
길히 이시니" 등 노존B본은 더 이상 설명이 필요치 않을 정도로 서울
대본과 완전히 일치하고 있으며, 노존A본은 특유의 부연으로 노존B본
보다 분량이 길어졌다. 노존A · B본의 차이는 성진이 양소유로 태어난
이후에 더욱 커진다.

노존A본   性眞 飢則飮乳 飽則止哭 當其始也 心頭尙記蓮花道場矣
         及其漸長 知父母之恩情 然後 前生之事 已茫然不能知矣
         173
노존B본   性眞此後 飢則啼 啼則哺乳 始則猶不忘蓮花峯矣 及漸長
         大 知父母恩情 前生事 已茫然矣 580
서울대본 성진이 이후는 비 고프면 울고 울면 졋 먹이니 처음은 마음
         속의 남악 년화봉을 잇디 아니ᄒᆞ더니 졈졈 자라 부모의 은
         졍을 아니 젼싱 일은 망연히 잇고 싱각디 못홀너라 102

노존B본과 서울대본은 '배가 고프면 울고 울면 젖을 먹인다'고 했는
데 노존A본은 '배가 고프면 젖을 먹고 배가 부르면 울음을 그친다'고
하였다. 큰 차이는 아니지만 '젖을 먹이느냐', '젖을 먹느냐'로 주체도
달라졌고, 사용된 동사도 모두 다르며, 큰 차이는 아니지만 의미도 약
간 다르다. 뒷부분에서는 양본의 문장 구조 자체가 제 각각이며, 일치
하는 부분은 '부모의 은정'이나 '전생의 일' 같은 고정된 명사구뿐이어

서 서울대본 같은 국문본을 토대로 개별적으로 번역되었다고 해도 전혀 이상하지 않다.

이와 같은 차이가 내내 유지되다가 16회의 "昏昏暗暗 尋丈不卞 丞相若在醉夢中矣"에서부터 노존A본과 노존B본이 갑자기 똑같아진다. 여기에서부터 작품 끝까지 대략 990자 정도가 일치하는 것인데, 그중 양본의 차이는 30여 자 정도에 불과하며, 그것도 조사의 출입이나 유사한 의미·같은 음의 다른 글자를 사용한 정도이다. 그런데 흥미로운 것은 이 부분에서 노존B본이 노존A본과 어긋나고 을사본과 일치하는 대목이 종종 있다는 것이다.

노존A본   遂引上法座 講說經文 白毫光射世界 天花下如亂雨 281
노존B본   遂因上法座 講說經文 其經有 白毫光射世界 天花下如亂
          雨 等語 458
을사본   遂引上法座 講說經文 其經有 白毫光射世界 天花下如亂
          雨 等語 452[41]
서울대본   드듸여 법좌의 올나 경문을 강논ᄒ니 빅호빗티 세계의 ᄡᅩ이
          고 하늘 ᄭᅩᆺ치 비ᄀᆞᆺ티 ᄂᆞ리더라 217

인용문은 "昏昏暗暗 尋丈不卞…" 이후에서 이본의 차이가 가장 큰 구절이다. 노존A본과 서울대본은 육관대사가 『금강경』을 설법하자 백호빛이 온 세계에 쏘이고 하늘꽃이 떨어졌다고 한 반면, 노존B본과 을사본은 경문의 내용에 백호빛이 쏘이고 하늘꽃이 떨어졌다는 말이 있다고 하였다. 이 경문이란 『금강경』일 텐데, 일단 『금강경』에는 "白毫…" 등의 내용이 없으며, 경문 내용에 그런 말이 있다는 것보다는 실

---

41) 『구운몽 원전의 연구』에 영인된 을사본을 참조하였다. 면수는 영인본의 것이다.

제로 빛이 쏘이고 꽃이 비처럼 떨어졌다는 것이 설법의 감동을 표현하는 데 효과적이다. 따라서 "其經有"와 "等語"는 을사본의 첨보라고 할 수 있다. 정규복에 따르면 노존A본 계열의 필사본 중에도 14~16회가 을사본과 유사한 정규복본(석헌본)과 같은 이본이 있다고 한다.[42] 그렇다면 노존B본은 석헌본처럼 노존A본과 을사본의 중간적 성격을 지닌 이본과 영향관계가 있다고 할 수 있겠다. 이 문제는 잠시 접어두고, 노존B본이 노존A본 또는 을사본과 유사해진다는 것은 곧 서울대본과 멀어지는 것이라는 사실을 상기하자.

"昏昏暗暗 尋丈不卞…"의 바로 직전까지도 노존B본은 서울대본과 똑같았다.

> 노존A본   胡僧笑曰 丞相尙未醒昏夢矣 少游曰 師傅可能使少游大覺乎 280
>
> 노존B본   胡僧笑曰 相公猶未覺春夢矣 承相曰 何以則師父能使少遊覺春夢乎 460
>
> 서울대본   호승이 쇼왈 샹공이 오히려 츈몽을 ᄭᅵ디 못ᄒ엿도소이다 승상왈 스뷔 엇디면 쇼유로 ᄒ야금 츈몽을 ᄭᅵ게 ᄒ리오 215

인용문에서 보는 것처럼 노존B본은 서울대본과 일치하면서 노존A본과는 단어와 문장구조를 달리하고 있다. 특히 B본에서는 "師父", A본에서는 "師傅"를 사용하였다. 그런데 "昏昏暗暗 尋丈不卞…" 이후에는 노존A·B본이 모두 "師傅"로 표현되며, 노존B본과 서울대본이 전혀 달라진다. 이것은 노존B본이 어떤 사정 때문에 갑자기 노존A본의 영향을 받았다는 증거이다.

---

42) 정규복, 『구운몽 연구』, 고려대 출판부, 1974, p.132.

노존A본(을사본도 이와 같음)
說法將畢 乃誦四句之偈 性眞及八尼姑 皆頓悟本性 大得寂滅之道 281
노존B본
說法將畢 乃誦四句之偈 性眞及八尼 皆頓悟本性 大得寂滅之道 458
서울대본
셜법ᄒᆞ믈 댱ᄎᆞᆺ ᄆᆞᄎᆞ매 네 귀 진언을 송ᄒᆞ야 ᄀᆞᆯ오ᄃᆡ 일졀유의법 염모환 됴영 여디역여쳔 응작여시관 이리 니ᄅᆞ니 셩진과 여ᄃᆞᆲ 니괴 일시의 ᄭᆡ ᄃᆞ라 불싱불멸ᄒᆞᆯ 졍과ᄅᆞᆯ 어드니 217

작품의 거의 마지막 부분이다. 사구게송(四句偈頌)이 서울대본에만 존재하고 노존A본 등 한문본에는 없으며, 성진과 팔선녀의 득도 역시 한문본에서는 '본성을 깨우치고 적멸의 도를 크게 얻으니'로, 국문본에서는 '불생불멸할 정과를 얻으니'로 표현이 크게 다르다. 이를 통해 볼 때 노존B본의 원래 모습은 "昏昏暗暗 尋丈不卞…" 이후에 사라졌고 노존A본과 을사본의 성격을 띤 내용이 대신 채워졌다고 할 수 있다.

요컨대 노존B본이 노존A본과 같은 부분에서는 서울대본과 다르고, 서울대본과 같은 부분에서는 노존A본과 다르다. 그런데 서울대본과 같은 부분이 전체의 92%로 압도적이고 노존A본과 일치하는 부분은 완전히 노존A본의 문체이므로, 노존B본이 앞뒤로 노존A본의 영향을 받았다고 할 수 있다. 특히 마지막 부분은 노존A본 계열 중에서도 을사본과 유사하여, 노존A본 계열과 을사본의 중간적 성격을 띤 이본의 영향을 받았다고 할 수 있다.

이제까지 장황하게 노존B본과 노존A본의 1회·16회의 상동성에 대해 살펴보았다. 1회에서는 2706자 정도가, 16회에서는 990자 정도가 일치하여 노존B본과 노존A본은 전체적으로 3696자 가량이 같다. 이것은 노존A본 기준으로는 4.8%, 노존B본 기준으로는 7.8%에 해당하는 분량이며, 노존B본의 장수로 계산하자면 1회에서 4장, 16회에서 1장 정도이다. 노존B본은 이 7.8%에서는 노존A본과, 나머지 92%에서는 서울대본과 내용이 일치한다. 서울대본과 상동한 92%가 노존B본의 진면목에 해당하는 것은 분명하다. 그렇다면 왜 서두와 말미에서만 몇 장씩 노존A본과 일치하는 것일까?

필자는 노존B본의 선행본에 앞뒤로 낙장이 생겼을 가능성을 고려해야 한다고 생각한다. 필사본을 여러 사람이 돌려보다 보면 자연히 앞뒤가 해지고 떨어져 나가게 되며, 현전하는 필사본 중 많은 수가 이러한 상태이다. 결본(缺本)이 된 필사본은 그대로 유전되는 수도 있지만 다른 완본의 도움을 받아 다시 채워지는 경우도 많다. 노존B본의 선행본인 한문본도[43] 이와 같은 경로를 겪었을 것으로 추정된다. 즉 노존B본의 선행본의 소장자가 앞뒤 떨어져 나간 부분을 노존A본 계열이면서 을사본의 성격도 지니고 있는·어떤 한문본을 참조하여 채워 넣은 것이 노존B본의 성립인 것이다.[44] 이미 언급했다시피 노존A · B본이 일치하는 부분은 현전하는 노존B본에서 앞 4장, 뒤 1장으로, 충분히 다른 이본을 구해 메꿔 넣을 만한 분량이다. 이러한 설명은 물론 가설이지만, 이 가설이 아니고서는 노존B본이 서울대본과 92%가 동일하면서 앞뒤 8%만 노존A본과 일치하는 현상을 설명하기 어렵다.

노존B본이 노존A본과 일치하는 것은 오히려 노존A본의 영향을 받은 것이므로, 노존A본이 노존B본으로부터 개작되었다는 증거가 될 수 없다. 이렇게 되면 노존A본과 노존B본이 각각 국문본으로부터 한역되었

---

43) 노존B본의 직접적인 대본이 아니라 더 상위의 본일 수 있다.
44) 여기에서 '성립'은 노존B본(강전섭본)의 직접적 필사가 아니라, 현재와 같은 내용으로 이루어진 최초의 시점을 가리킨다.

을 가능성을 부정할 이유가 없는 셈이다. 그리고 노존B본은 적은 부분이지만 노존A본 계열(또는 을사본 계열)의 영향을 받았기 때문에, 순수한 노존B본의 모습은 서울대본에서 찾아야 할 것이다.

4. 〈구운몽〉의 두 계열

앞장의 논의를 통해 노존B본과 서울대본이 동일한 계열이며, 노존B본은 낙장을 보완하는 과정에서 노존A본의 영향을 받았을 뿐 직접적인 영향관계가 없음이 드러났다. 따라서 <구운몽> 이본에는 노존A본 계열과 노존B본 계열이라는 두 가지 계열이 존재한다고 할 수 있다. 노존A본 계열에는 노존A 필사본뿐만 아니라 을사본 계열과 계해본 계열이 포함되며, 노존B본 계열에는[45] 노존B본과 서울대본이 포함된다.[46] 두 계열을 비교해 본 결과, 그 상위에는 국문본이 존재하는 것으로 추측된다. 그리고 원래의 국문본의[47] 모습을 그대로 지니고 있는 것이 노존B본 계열이고 노존A본 계열은 국문을 한역하면서 대폭 부연 개작한 계열이라 할 수 있다. 노존A본 계열·노존B본 계열이라는 말은 오히려 혼동을 줄 수 있으므로 이제부터 A계열과 B계열로 지칭하기로 한다.

A계열은 한문 문체가 유려하며 내용이 자세하다. 그러나 원작에 가

---

45) 노존B본 계열은 서울대본 계열이라 불러도 무방하다. 노존B본 계열의 전체적인 모습을 다 갖추고 있다는 측면에서 서울대본 계열이라는 명칭이 적합할지도 모른다. 본고에서 노존B본 계열이라는 명칭을 사용하는 것은 편의적인 이유일 뿐이다.
46) 설성경의 논문을 보면 김동욱본 1종도 이 계열인 듯하다. 그러나 필자는 확인하지 못했다. 설성경, 「구운몽의 구조적 연구 Ⅳ-표기문자론-」, 『원우논집』 2, 연세대, 1974.
47) 이 국문본 위에 다시 한문본이 있을 가능성도 있으므로, 국문원작설을 단정하기는 이르다.

까운 것은 B계열이고 여러 가지 측면에서 A계열보다 뛰어나다. 그 예를 몇 가지 들어보자.[48]

먼저, 양본의 분장(分章)을 살펴보자. A계열과 B계열은 8회와 9회에서 장회를 나누는 곳이 다르다. A계열은 심요연이 양소유를 찾아와 동침하고 떠나는 곳까지가 8회인 반면, B계열은 양소유가 심요연에게 정체를 묻는 부분에서 8회가 끝난다. 즉 심요연과의 동침은 9회에 나오는 것이다. 이 중 어느 쪽이 더 원작에 가까운가는 다른 장회들의 분장을 통해 알 수 있다.

2회는 양소유가 낙양에 도착하여 술을 마시다가 상품(上品)의 술을 찾아 천진교로 가는 장면에서 끝난다. 5회는 여귀(女鬼)로 변장한 가춘운이 양소유와 다음 만남을 약속하고 사라지는 데서 끝난다. 6회는 양소유가 계섬월인 줄 알고 동침했던 여자가 낯선 사람임을 발견하고 놀라는 장면에서 끝난다. 7회는 진채봉이 양소유의 환선시 밑에 시를 써 놓았다가 천자가 부채를 찾자 이제는 죽었다고 놀라는 장면에서 끝난다. 9회는 용궁의 사자가 양소유를 모시러 오는 곳에서 끝난다.

이상을 통해 볼 때 <구운몽>은 하나의 사건이 완결되는 곳에서 분장되는 것이 아니라 새로운 사건이 시작되려 하거나 사건이 전환되는 지점, 다시 말해 독자의 호기심이 잔뜩 고조되는 지점에서 분장된다는 사실을 알 수 있다. 그러므로 8회와 9회에서도 심요연이 나타나서 분위기가 긴장되었을 때 8회가 끝나고 그 정체는 9회에서 비로소 밝혀져야 하며, B계열의 분장이 옳은 것이다. 이와 같은 분장의 기법은 장회체 소설의 전통이기도 하다. 장회체 소설은 이어질 내용에 대해 독자가 기대를 가질 만큼만 사건을 서술한 후 '分析下回'라는 상투어로 하나

---

48) A계열은 이미 교합된 완본인 노존A재구본이 있으므로 이를 이용하고, B계열은 노존B본과 서울대본에 각각 장단점이 있으므로 함께 참조해야 한다.

의 장회를 마감하기 때문이다.

덧붙여, 선행 논자들이 여러 차례 지적한 바와 같이 가장 큰 차이를 보이는 8회의 제명도 A계열의 것(宮女掩淚隨黃門 侍妾含悲辭主人)보다는 B계열의 것(侍妾守義辭主人 俠女神劍赴花燭)이 적합하다. 진채봉이 울면서 태감을 따라갔다는 것은 8회의 중요 사건이라 할 수 없고, "宮女掩淚隨…"를 따를 경우 16회 전체의 회제에서 심요연이 한번도 등장하지 않는다는 문제가 있기 때문이다. 그런데 B계열의 '俠女神劍赴花燭'에서 '神'은 서울대본(첩여슈검부화촉)을 참조하여 '袖'로 고치는 것이 좋을 것 같다. 위치상 '神'이 동사가 되어야 하며, '袖'와 '神'은 자형이 유사하여 혼동하기 쉽다. '袖'라고 하면, '시첩은 의를 지켜 주인을 사양하고 협녀는 검을 소매에 넣고 화촉에 나아가다'라는 완전한 문장이 된다.

다음으로, 양본의 삽입시를 살펴보자. 양소유의 천진교 삼장시는 A계열과 B계열에서 달리 나타난다. 원작에 가까운 것은 B계열의 것이다. A계열의 작자가 원래의 시를 다른 시로 대체한 것은 그만큼 자신의 시적 능력을 자부해서일 것이다. 그렇다면 원작의 것으로 생각되는 B계열의 시와 A계열의 시를 비교하여 어느 쪽이 더 뛰어나고 상황에 부합하는지 알아보자.

A계열 183(노존A재구본)
楚客西遊路入秦　酒樓來醉洛陽春　月中丹桂誰先折　今代文章自有人
天津橋上柳花飛　珠箔重重映夕暉　側耳要聽歌一曲　錦筵休復舞羅衣
花枝羞殺玉人粧　未吐纖歌口已香　待得樑塵飛盡後　洞房花燭賀新郎
B계열 569(노존B본)[49]
香塵欲起暮雲多　共待妙姬一曲歌　十二街頭春腕晚　楊花如雪奈愁何

---

49) 이하 B계열에 인용되는 한문본은 노존B본, 국문본은 서울대본이다.

花枝愁殺玉人粧 未發纖歌氣已香 下蔡陽城渾不管 只恐難得鐵爲腸
旗亭暮雪按凉州 最時王郞得意秋 千古斯文元一脉 莫敎前輩擅風流

　두 계열의 시를 비교해 보면 먼저 A계열의 제3수와 B계열의 제2수
의 앞 두 구가 일치하는 것이 눈에 띤다. "꽃가지가 옥인의 단장을 부
끄러워하고 가느다란 노래가 나오기도 전에 입이 먼저 향기롭다"는 구
절이 두 계열의 시에 공통되는 것이다. 나름대로 새롭게 삼장시를 창작
하려 한 A계열의 작자가 "花枝愁殺…"만을 그대로 옮긴 것은 14회,
낙유원의 연회에서 양소유의 삼장시를 들은 월왕이 이 두 구가 가장
뛰어나다고 평했기 때문이다. 즉 천진교 시를 다 바꾸어 버리면 월왕의
평가도 그에 맞게 수정해야 하는데 A계열의 작자에게 그것은 좀 부담
스럽게 느껴진 듯하다.

　전체적으로 A계열의 시는 직설적이다. 우선 "달 가운데 붉은 계수나
무(계섬월)를 누가 먼저 꺾을까. 시대마다 문장가는 있는 법이지"나 "대
들보 먼지 다 날린 후에 동방화촉의 신랑을 하례하리" 등은 노골적으
로 잘난 체하는 내용들이다. 그리고 "초나라 나그네가 진나라에 들어
와서 주루에서 낙양춘에 취했다" 등은 지나친 서술형이어서 시적인 맛
이 없다. 제1수와 제2수에서는 전2구에서 객관적인 사실을 서술하고
후2구에서는 계섬월과 자신의 관계를 읊는 방식이 사용되었다. 그런데
제3수의 전2구에서는 갑자기 계섬월에 대한 서정적인 묘사가 들어가
부자연스럽다. 이것은 "꽃가지…"의 구를 반드시 넣어야 하기 때문에
억지로 맞춘 듯한 인상을 준다.

　이에 비해 B계열의 시는 완곡하다. 제1수에서는 날은 저물어 가는데
모두들 미인의 노래를 기다리는 상황을 보여준다. 미인이 노래를 부르
지 않는 것은 마음에 드는 시가 없어서이다. 그런데 양소유는 봄이 늦

어 "楊花"가 눈처럼 흩날리는데 어째서 근심하느냐고 묻는다. 봄은 실제 시를 읊는 계절적 배경이며, "버들꽃(楊花)"은 양소유 자신이다.[50] 양소유가 나타났으니 더 이상 어떤 시를 노래할까 걱정하지 않아도 좋다는 것. 그러면 이제는 노래를 해야겠는데, 제2수에서는 꽃가지가 옥인의 단장을 부끄러워한다고 미인의 아름다움을 칭송하고 노래를 하기도 전에 이미 향기롭다고 떠받들었다. 그리고는 하채와 양성은[51] 다 필요 없으나 다만 미인의 철석같은 마음을 얻지 못할까 걱정한다고 하였다. A계열의 시는 다른 문사들과의 경쟁심과 성취욕만 강조하고 있는 반면, B계열의 시는 계섬월에 대한 구애의 뜻을 간절하게 표현하여 양소유의 다정공자(多情公子)로서의 진가를 십분 발휘하였다. 제3수에서는 당(唐) 개원(開元) 연간의 고사를 인용하였다. 당시에 시인 왕창령(王昌齡)·고적(高適)·왕지환(王之渙) 세 사람이 나란히 이름이 났었는데, 어느 춥고 눈 오는 날 함께 술집(旗亭)에 가서 술을 마셨다고 한다. "旗亭"·"暮雪"·"王郞"은 모두 이 고사에서 가져온 것이고,[52] "전배들로 하여금 풍류를 전담하게 말라"고 하여,[53] 천진교의 시회(詩會)도 왕창령 등의 모임과 마찬가지로 뛰어난 재사(才士)들이 풍류를 즐기는 자리라고 치켜올렸다. 사실 양소유는 지나가다가 남의 모임에 끼어든 사람이다. 이 정도의 예의를 차려주는 것이 나쁠 리 없다.

이처럼 A계열의 시보다는 B계열의 시가 한층 운치가 있다. 이것은 B

---

50) 양화(楊花)는 봄에 흔히 볼 수 있는 경물(景物)인 동시에 '버들'(楊)이 성(姓)인 양소유를 가리킨다.
51) 下蔡와 陽城은 춘추시대 楚나라의 고을 이름으로 미인이 많은 곳이라는 의미이다.
52) 양주곡(凉州曲) 또한 현종(玄宗) 연간에 유행한 악곡이다.
53) <구운몽>의 시대적 배경은 모호하지만 적어도 당(唐) 헌종(憲宗) 이후, 문종(文宗)이나 무종(武宗) 연간이다. 따라서 현종(玄宗) 연간의 문인들이 양소유 등에게 전배(前輩)가 된다.

계열의 시가 원작이고, 김만중의 역량이 A계열 개작자의 그것보다 탁월했다는 데 이유가 있을 것이다.

세 번째로, 양본의 표현을 살펴보자. A계열이 B계열보다 문체가 유려하다고 하지만 항상 그런 것은 아니다. B계열이 지니고 있는 섬세한 언어 표현을 A계열이 감당해 내지 못한 경우가 종종 있다. 하나만 예를 들어보자.

> A계열
> 妾本來膽弱 聞此言 便覺歌喉自廢 恐不能唱一曲也 261
> B계열
> 妾本蟾弱之人 聞此言 而喉間癢癢 似不能唱歌 顔皮辣辣 亦欲生粉刺矣 481
> 첩은 담 약흔 사롬이라 이 말을 듯더니 목굼기 가닐가닐흐야 노리롤 못 브롤가 시브고 낫곳치 짝근짝근흐니 분가시조차 도드려 흐ᄂ이다 196

인용문은 월왕부와의 투색(鬪色) 소식을 들은 후 계섬월이 하는 말이다. 원래 A계열의 가장 큰 특색은 부연인데, 여기에서는 오히려 B계열보다 짧아졌다. 그것은 "목구멍이 간질간질, 얼굴이 따끔따끔"이라는 절묘한 표현을[54] 제대로 살리지 못하고 "목구멍이 막혀서"라고 무미건조하게 축약해 버렸기 때문이다. B계열의 해당 구절은 장편국문소설에서도 쉽게 찾을 수 없는 재미있는 고유어 표현이라는 점에서 가치가 있다.

네 번째로, 양본의 문맥의 정합성을 살펴보자. A계열에는 원본의 문맥을 제대로 살리지 못한 경우가 있다. 낙유원에서 홀연히 나타난 백능파가 상령곡(湘靈曲)을 연주했을 때의 일이다. 월왕은 크게 칭찬하며 이

---

54) 이 부분의 표현에 대해서는 김종철이 그 절묘함을 지적한 바 있다. 김종철, 「구운몽의 세계와 그 표현」, 『한글』 226, 한글학회, 1994.

곡조를 속인도 배울 수 있겠느냐고 묻는다. 백능파가 자신은 옛 곡조를 전한 것뿐이니 당연히 배울 수 있다고 대답한다. 이 때 월왕의 첩인 만옥연이 나와서 秦나라 箏으로 어떤 곡을 연주한다. A계열에서는 이것이 白蓮曲이고 B계열에서는 湘靈曲이다.

A계열

萬玉燕告於王曰 妾雖不才 以平日所習之樂 試奏白蓮曲矣 斜抱秦箏 進於席前 以纖葱拂絃 能奏二十五絃之聲 運指之法 淸高流動 殊可 聽也 268

B계열

便玉燕告于王曰 妾雖無才 試使妾之所執風流 傳得白娘子之湘靈曲 矣 玉燕抱秦箏 以十三絃 二十五絃之聲 一一傳來 用手之法 精切流 動 少無差錯 凌波驚曰 此娘子之聰明 蔡文姬不能及也 472

믄득 만옥연이 왕긔 술오디 쳡이 비록 지죄 업스나 시험ㅎ야 쳡의 잡 드는 풍뉴로 빅낭즈의 상녕곡을 뎐ㅎ야 보리이다 옥연이 진쟁을 안아 열셰 시욹으로 이십오현 소리롤 일일이 옴겨오디 손 쓰는 법이 졍졀ㅎ 고 뉴동ㅎ야 조곰도 츠착이 업스니 능패 놀나 니르디 이 낭즈의 총명 은 쵀문희라도 밋디 못ㅎ리로소이다 204

B계열에서 백능파가 놀라는 까닭은 만옥연이 방금 한 번 들은 상령 곡을 그대로 연주해냈을 뿐 아니라, 원래 상령곡을 연주하는 악기는 25 현의 슬(瑟)인데 만옥연이 13현의 진쟁(秦箏)을 가지고 음을 다 표현해 냈기 때문이다. 인용문 이후에 여러 사람들이 만옥연을 칭찬하는 것도 처음 들은 곡을 다른 악기로 완벽히 연주해낸 것이 기특해서다. 그런 데, A계열에서는 엉뚱하게도 만옥연이 상령곡과는 아무 상관이 없는 백련곡을 연주하며, 그러면서도 진쟁으로 25현의 소리를 다 냈다고 하 여 앞뒤가 맞지 않는다. 또 만옥연의 연주는 속인도 상령곡을 배울 수

있겠느냐는 월왕의 물음에 답하는 것이기 때문에 반드시 상령곡을 연
주해야만 한다. 따라서 A계열의 내용은 문맥의 정합성을 해치는 오류
라고 할 수 있다. 이러한 실수는 A계열의 작자가 원작을 완전히 이해
하지 못했거나, 혹은 A계열의 대본이 된 국문본에 낙장이나 누락 같은
문제가 있어서 발생한 것으로 생각된다.

　양소유가 누대에 올라 인생의 허무를 말하는 장면에서도 비슷한 오
류가 나타난다.

　A계열
　丞相乃投玉簫 與八人 徒倚欄干 擧手指明月而言曰 北望則平郊四曠
　頹嶺獨立 夕照殘影 明滅於荒草之間者 卽秦始皇阿房宮也 西望則悲
　風悄林 暮雲冪山者 漢武帝茂陵也 東望則粉墻繚繞於靑山 朱甍隱暎
　於碧空 只有明月 自來自去 玉欄干頭 更無人倚者 卽玄宗皇帝 與太
　眞同遊之華淸宮也 279
　B계열
　承相投洞簫 召夫人娘子 倚欄干 擧手指示曰 北望平郊坧原 夕陽暎
　衰草 此則秦始皇阿房宮也 西望悲風吹寒林 暮雲覆空山 此卽漢武帝
　之茂陵也 東望粉堞繞靑山 朱甍隱於半空 明月自去來 而無倚玉闌之
　人 此卽玄宗皇帝 與太眞妃子所遊之華淸宮也 462
　승상이 옥쇼룰 더디고 부인낭ᄌ룰 블너 난단을 의디ᄒ고 손을 드러 두
　루 ᄀᄅ치며 ᄌ으더 븍으로 바라보니 편ᄒ 들과 믄허딘 언덕에 셕양이
　쇠ᄒ 플에 비최엿는 곳은 진시황의 아방궁이오 셔로 ᄇ라보니 슬픈 ᄇ
　람이 츤 수플□ □고 져믄 구룸이 빈 뫼히 덥흔 대는 한무뎨의 무릉이
　오 동으로 ᄇ라보니 분칠흔 셩이 쳥산을 둘넛고 붉은 박공이 반공에
　숨엇는디 명월은 오락가락ᄒ디 옥난간을 의디홀 사룸이 업스니 이는
　현죵황뎨 태진비로 더브러 노ᄅ시던 화쳥궁이라 213-214

　양소유는 북쪽·서쪽·동쪽을 각각 바라보며 전대 황제들의 영화가

이제는 덧없음을 말한다. 그렇다면 손을 들어 가리키는 대상은 당연히 각 방향이어야 하는데, A계열에서는 명월이라고 했다. 이것은 지시하는 대상이 맞지도 않을 뿐 아니라 시간적 배경과도 어긋나는 진술이다. 위 인용문의 시간적 배경은 해가 막 저물려 하고 석양빛에 모든 것이 더 쓸쓸해 보이는 저녁 무렵이고, 그래야만 멀리 바라볼 수도 있다. 따라서 달, 그것도 밝은 달이 떴다는 것은 있을 수 없다. A계열에 갑자기 달이 등장한 것은 현종 황제의 화청궁에 대해 "밝은 달은 오락가락하는데 난간에 의지하여 바라볼 사람은 없다"라고 한 부분을 잘못 받아들인 것으로 보인다.

다섯 번째로 상식에 대해 살펴보자. A계열의 작자가 지리적 상식에 특히 약하다는 것은 이미 지적한 바와 같으며, 이번에는 그 이외의 풍습이나 고사에 대한 상식을 예로 들어보겠다.

A계열
出家之人 或有不髡55)髮 不掩耳者 變服亦不難矣 188
B계열
出家之人 不裹足 不穿耳 變服似不難也 562
우리 출가훈 사룸은 귀룰 뚤디 아니훈 사룸도 이시니 변복ᄒ기 어렵디 아닐가 ᄒ노라 119

위는 양소유가 정경패를 만나려고 여도사로 변장할 때 두련사가 한 말인데, A계열과 B계열의 의미가 상당히 다르다. 먼저 B계열에서는 일반 여성들이 '발을 싸매거나 귀를 뚫는다'고 했는데 이것은 발이 자라지 못하게 싸매는 전족과 귀를 뚫어 귀고리를 하는 풍속이다. 두련사는

---

55) '髡'은 '裹'나 '裸'의 오자일 가능성이 있다. 裹라면 머리를 싸매다, 裸라면 머리를 밀다라는 뜻이 될 것이다.

출가한 사람들은 그런 풍속을 따르지 않으니 양소유(전족을 하지도 않고 귀를 뚫지도 않은)가 여도사로 변장하더라도 어려울 게 없다고 하였다. 그러나 A계열에서는 여도사가 일반적으로 머리를 싸매거나 귀를 가린다고 하였다. 중국의 풍속을 몰랐기 때문에 일반인보다는 출가한 사람의 복색에 독특한 점이 있을 것이라고 생각했던 것이다.

> A계열 雖咏雪之蔡女 瞠乎下矣 242
> B계열 謝道縕不及也 500 / 亽도온이라도 밋디 못ᄒ리로다 178

인용문은 진채봉의 시를 보고 태후가 감탄하는 내용이다. 진채봉의 시재가 진(晉)나라 때 여류시인이었던 사도온(謝道縕)보다도 낫다고 평가하였는데, A계열에서는 약간 부연하여 "눈을 읊던 채녀"라고 바꾸었다. 사도온이든 아니든 여류시인의 이름이면 상관없겠지만, 여기에서는 사도온의 영설시(詠雪詩)를 엉뚱하게 음률로 유명한 채문희(蔡文姬)에 갖다 붙여 오류가 되었다.

이제까지 살펴본 결과, 분장의 적절성·삽입시의 품격·표현의 정채·문맥의 자연스러움·고사에 대한 정확한 상식에서 모두 B계열이 뛰어나다는 점을 확인하였다. 따라서 <구운몽>을 연구할 때는 A, B 양계열 중 B계열을 텍스트로 삼아야 한다고 하겠다. 그런데 B계열에는 완전한 선본(善本)이 없기 때문에 노존B본과 서울대본을 교합하여 원작의 모습을 찾을 수밖에 없으며, 이 작업이 빨리 이루어져야 하겠다. 그러나 B계열이 원작에 더 가깝다고 하여 A계열을 무시해도 좋다는 것은 아니다. A계열은 수많은 필사본과 방각본을 거느리고 현전 <구운몽> 이본의 절대 다수를 차지하고 있으며, <구운몽>이 낳은 또 하나의 작품인 <구운기>도 A계열을 토대로 한 것이다. 따라서 A계열은

<구운몽> 이본사의 압도적인 승자로서 수용사 연구에서 중요하게 취급되어야 한다. 요컨대, <구운몽> 원작과 김만중의 창작의식을 연구할 때는 B계열을, <구운몽>의 수용과 소설사적인 영향을 연구할 때에는 A계열을 텍스트로 삼아야 한다.

A계열이 승리한 원인에 대해서는 따로 분석해야 하겠으나, 일단 유려한 한문 문체를 지녔다는 것이 가장 큰 강점이었다고 할 수 있다. 또한 자세하게 부연이 되어 있고, 같은 상황을 여러 번 설명해주기 때문에 B계열에 비해 이해하기가 편하다는 이유도 있을 것이다. 다음의 예를 잠깐 살펴보자.

A계열
水府舊無此曲 寡人長女 嫁爲涇河王太子之妻 因柳生傳書 知其遭牧羊之困 寡人弟錢塘君 與涇河王大戰 大破其軍 率女子而來 宮中之人 爲作此舞 號曰錢塘破陣樂 或稱貴主行宮樂 … 故改其名曰 元帥破陣樂也 尙書又問曰 柳先生今何在耶 未可相見耶 229

B계열
此曲水府昔無 寡人之長女 嫁涇河而逢辱 錢塘弟戰於涇陽而勝 率來女子 宮中之人作此舞 謂之錢塘破陣樂 亦謂貴主還宮樂 … 只改名曰元帥破陣樂矣 尙書大悅 告于王曰 劉先生安在 可得見乎 518
이 곡됴 슈부의도 녜는 업더니 과인의 믓쫄이 경하의 싀집 갓더니 욕을 보거늘 젼당 아이 경양의 가 ᄊᆞ홈 이긔고 녀즈룰 드려오니 궁듕 사롬이 이 글을 민드라 젼당파진악과 귀쥬환궁악이라 ᄒᆞ여 … 일홈을 곳쳐 원슈파진악이라 ᄒᆞᄂᆞ이다 샹셰 대열ᄒᆞ여 왕긔 술오딕 이제 뉴션싱이 어딕 잇ᄂᆞ니잇고 가히 서르 보리잇가 164

인용문은 양소유와 용왕의 대화인데, 당(唐) 전기(傳奇) <유의전>(柳毅傳) 내용이 인용되고 있다. A계열에서는 동정용왕의 큰딸이 경하로

시집가서 양을 치며 곤욕을 겪은 사연을 유의가 편지를 전해 주어 알
았다는 이야기를 다 설명하고 있으나, B계열에서는 경하에 시집가서 욕
을 보았다고만 하였다. 즉, 유의에 대한 직접적인 언급이 없는 것이다.
그러나 양소유는 이 이야기만 듣고도 바로 유선생은 어디 있느냐고 묻
는다. 이것은 양소유가 이미 <유의전>을 숙지하고 있기 때문에 구태
여 다 듣거나 다 말할 필요가 없는 것이고, 달리 말하면 작자가 그러한
것이다. 작자는 '동정용녀', '경하', '전당파진악' 등의 주제어만 제시하
면 곧 '유의'라는 답을 찾아낼 수 있는 독자를 가정하고 작품을 창작하
였다. 그러나 대부분의 독자들의 수준은 그렇지 못하기 때문에 많은 상
식과 추리를 요구하는 B계열보다 편안하게 모든 정보를 제공받을 수
있는 A계열에 의존하게 된 것이라 할 수 있다.

또한 A계열에는 B계열에는 없는 장편국문소설적인 면모가 덧씌워져
있다. 이것은 B계열에 없는 상소문을 삽입하고 모친을 모셔오는 부분
을 확대 부연하면서 나타난 현상이다. <구운몽>과 멀지 않은 시기에
창작된 <소현성록> 등은 부모 특히 홀로 남은 어머니에 대한 지극한
효성을 보여준다. 이에 비해 <구운몽>은 양소유의 애정 탐닉에 치중
하여 모친에 대해서는 거의 신경을 쓰지 않는다. 그러나 B계열에 비해
서 A계열은 양소유를 효자로 부각시키는 데 상당한 배려를 하고 있어,
효·가문 의식 등이 전경화(前景化)된 동시대 소설에 견인되는 모습을
보여준다. 이러한 변모는 A계열이 B계열에 대해 절대 우위를 차지하게
한 주요 요인일 것으로 생각된다.

5. 결론

논의의 결과를 요약하면 다음과 같다.

노존B본과 서울대본, 노존B본과 노존A본을 비교 검토한 결과 서울대본이 한문본의 번역이라는 결정적 증거가 없는 반면, 노존B본은 국문본의 번역일 가능성이 나타났다. 그러나 노존B본의 직접적 대본이 국문본은 아니었다. 노존A본 또한 상위에 국문본이 존재한다는 것을 추측할 수 있었다. 그리고 노존B본과 서울대본은 같은 계열이었고, 노존B본과 노존A본의 부분적인 일치는 노존B본이 낙장을 보완하기 위해 노존A본과 을사본의 중간적 성격을 지닌 이본을 수용함으로써 나타난 현상이었다. 따라서 노존B본과 노존A본은 직접적인 영향관계가 없고 양본은 국문본을 대본으로 독자적으로 번역되었다고 하겠다.

현전하는 <구운몽> 이본은 노존A 필사본·을사본·계해본을 포함한 노존A본 계열과 노존B본(강전섭본)·서울대본을 포함하는 노존B본 계열로 나누어지며, 본고에서는 이를 A계열·B계열이라고 부르기로 하였다. B계열은 분장의 적절성·삽입시의 품격·표현의 정채·문맥의 자연스러움·고사에 대한 상식 등 여러 측면에서 뛰어나기 때문에 <구운몽>의 원작을 연구할 때에는 B계열을 텍스트로 해야 한다. 반면, A계열은 유려한 한문 문체, 자세한 설명, 장편가문소설적인 변모 등을 통해 이본간의 경쟁에서 승자가 되었기 때문에 <구운몽>의 수용사를 연구할 때는 A계열을 텍스트로 해야 한다.

앞으로 B계열의 교합을 통해 <구운몽> 원작의 모습을 재구해야 할 것이며, A계열·B계열의 성격과 성립시기 등에 대해서도 본격적인 논의가 뒤따라야 할 것이다.

Ⅱ. <사씨남정기>의 이념과 현실

1. 서론

<사씨남정기>는 서포 김만중이 창작하고 북헌 김춘택이 한역한 작품으로, <구운몽>과 더불어 활발하게 연구되어 왔다. 초기에는 창작·번역 당시의 정치적 정황을 고려하여 목적소설로 보는 관점이 우세했다.1) 그러나 목적성을 부정하거나2) 혹은 목적성이 있다고 해도 독자 수용에 있어서는 의미가 없다는 주장3) 역시 꾸준히 이어지며 세련화되었다.4) 이러한 연구 성과를 이어 받아 90년대 초에는 정치적 우의의 가능성을 인정하는 동시에 작품의 문학적·사회적 의미를 밝히는 한층 심화된 논의가5) 나왔다. 최근에는 욕망의 문제나6) 미학적 성취에7) 주

---

1) 대표적 연구는 다음과 같다.
   정규복, 「사씨남정기 논고」, 『국어국문학』 26, 1963.
   김무조, 『서포소설연구』, 형설출판사, 1974.
2) 김현룡, 「사씨남정기 연구 - 목적성 소설이라는 견해에 대하여」, 『문호』 5, 건국대, 1969.
3) 이원수, 「사씨남정기의 반성적 고찰」, 『문학과 언어』 3, 문학과 언어 연구회, 1982.
4) 이러한 입장을 가정소설적 관점이라고 부를 수 있다.
   우쾌제, 『한국 가정소설 연구』, 고려대 민족문화연구소, 1988.
   이원수, 「가정소설 작품세계의 시대적 변모」, 경북대 박사학위논문, 1991.
5) 진경환, 「창선감의록의 작품 구조와 소설사적 위상」, 고려대 박사학위논문, 1993. 2.
   이상구, 「사씨남정기의 작품구조와 인물형상」, 정규복 외, 『김만중문학연구』, 국학목하는 등 새로운 각도에서의 접근이 이루어지고 있다.

이와 같은 선배 학자들의 노력 덕분에 <사씨남정기> 연구는 다른 고전소설 작품의 경우와 비교하여 상당히 높은 수준에 이르렀다. 그러나 정작 주인공인 사정옥은 논의에서 소외되어 온 듯하다. 많은 연구자들이 사씨를 절대선이며 이념의 화신이라고 규정한 후, 사씨보다는 교씨·동청을 중심으로 작품을 독해했기 때문이다. 교씨와 동청은 적극적으로 욕망을 추구하는 현실적인 인물이고, 사씨는 이념에 집착하는 관념적이고 수동적인 인물이라는 시각이 일반적이었다고 하겠다.[8]

예를 들어, 이원수는 사씨를 "현실성이 결여된 관념적 규범에만 맹

자료원, 1993. 2.

6) 김현양, 「사씨남정기와 욕망의 문제 - 소설사적 평가와 관련하여」, 『고전문학연구』 12, 한국고전문학회, 1997.

7) 박일용, 「사씨남정기의 이념과 미학」, 『고소설연구』 6, 한국고소설학회, 1998.

8) 이러한 논의는 80년대 후반 이후 활발해졌다. 이보다 앞선 7,80년대의 연구에서는 표면적인 서술시각에 따라 사씨를 婦德을 갖춘 이상적인 여인으로 칭송하고, 교씨를 악녀로 매도하는 데 그쳤다. 그러나 이와 같은 시각 차이에도 불구하고 사씨를 '선하고 수동적인 운명론자'로 파악하는 것은 마찬가지다. "얌전하기만 하고 일방적으로 수모를 당하기만 하는 태도"(송하춘, 「사씨남정기 재고」, 『어문논집』 17, 고려대, 1976), "교녀에게 함해를 당하면서도 조금도 원망하지 않는 忍者的 聖者型"(우쾌제, 「사씨남정기고」, 정규복·소재영·김광순 편, 『한국고소설연구』, 이우출판사, 1983), "인고의 미덕"(신동욱, 「사씨남정기와 삶의 건전성의 논리」, 『김만중연구』, 새문사, 1983), "봉건윤리에 충실하면서도 절망하고 고민하는 모습을 보여 주는 인간적인 인물"(이금희, 「사씨남정기 연구(2)」, 『원우논총』 4, 숙명여대, 1986), "동양적 여성의 최고수준을 완비한 환상적 인물"(사재동, 「사씨남정기의 몇 가지 문제」, 『고소설연구논총 다곡 이수봉선생 회갑기념논총』, 1988) 등이 사씨에 대한 7,80년대 연구자들의 평가였다.
사씨를 절대적인 이념의 화신으로 보는 시각은 <사씨남정기>에 대한 본격적인 논의보다는 다른 작품을 연구하는 가운데 <사씨남정기>를 거론한 경우 더욱 강화된다. 많은 연구자들이 사씨를 '자존심도 없고 고난을 극복하려는 의지도 없이 婦道만 추구하는 인물'로 단정하고 이러한 사씨의 형상으로부터 각 작품의 주인공 여성이 얼마나 멀리 나갔는가를 측정함으로써 개별 작품의 가치를 입증하려 했기 때문이다.

종하는 소극적 운명론자"로 규정했고,[9] 이상구는 사씨가 "오로지 수동
적인 자세로 자신의 역경을 감내"한다고 보았다.[10] 김현양은 <사씨남
정기>를 전복시켜 "교씨욕망기"로 읽어냈으며,[11] 박일용은 사씨가 "이
념을 위해 자신의 삶을 비극적 상태로 이끌어 가는 역설"이 나타난다
고 했다.[12] 연구자마다 작품을 해석하는 관점이 독특함에도 불구하고,
사씨가 관념적(비현실적)이고 수동적인 인물이라는 데에는 대체로 의견
을 같이 한다고 볼 수 있다.

그러나 필자는 사씨가 단순히 관념적이고 수동적인 인물이라는 견해
에 쉽게 동의할 수 없다. 사씨는 너무나 완벽하게 이념으로 치장하고 있
기는 하지만, 현실적인 맥락을 지니고 존재하며 현실적인 논리에 의해
행동하는 인물이다.[13] 교씨가 욕망을 지니고 있는 만큼 사씨도 욕망을
가지고 있으며, 교씨의 행위를 현실적으로 해석할 수 있다면 사씨의 행
위도 마찬가지로 해석될 수 있어야 한다. 사씨와 교씨(나아가 임씨까지
도)는 작가가 구축해 놓은 동일한 질서 속에서 움직이는 존재, 다시 말
해 같은 규칙의 적용을 받는 플레이어(player)이기 때문이다.

사씨는 분명히 이념적인 인간형이다. 그러나 장편소설에서 이념적인
인간형은 특수한 인간형이 아니라 거의 모든 작품에 등장하는 보편적
인 인간형이다. 이념에 충실하다고 해서 감정이나 욕망이 없는 것이 아
니다. 오히려 이념과 명분은 하나의 생존 수단이고 전략이다. 따라서

---

9) 이원수, 앞의 논문.
10) 이상구, 앞의 논문.
11) 김현양, 앞의 논문.
12) 박일용, 앞의 논문.
13) 여기에서 말한 '현실적인 맥락', '현실적인 논리'는 17세기 후반의 실제 상황을 그
　　대로 보여준다는 의미는 아니다. 사씨의 현실성은 어디까지나 허구적으로 창조된
　　작품 내에 존재하는 것이며, 작품에 축조된 상황하에서 처지와 행위가 필연적인 인
　　과관계를 지님을 뜻한다.

소설 속의 인물들이 이념에 집착한다는 현상 자체보다는 이들이 이념에 헌신하는 이유는 무엇이며 그 결과로 획득되는 것은 무엇인가를 살펴야 한다.14) 이러한 문제의식 하에 사정옥을 다시 한 번 생각해 보기로 하겠다.

　텍스트는 이래종의 교감본을 사용하기로 한다. 이래종의 교감본은 김춘택 한역본 계열의 6종의 한문본을 대조하여 완성된 것이다.15)

---

14) 논문을 완성한 후에 본고와 매우 유사한 문제의식에서 출발한 선행 논의가 존재한다는 것을 알았다(정출헌, 「가부장적 가족제도의 질곡과 고전소설 - 사씨남정기의 주요인물에 대한 탐구」, 『문학과 교육』 12, 문학과 교육연구회, 2000, 여름). 정출헌은 <사씨남정기>의 주요 인물을 고찰하면서 사씨가 유씨가문에서 확보하고 있는 권력과 현실적 처지에 주목하였다. "사씨에 대한 맹목적인 연민의 시선과 그녀에게 드리워진 신비의 휘장을 걷어내야 비로소 가부장적 가족제도와 그 안에 몸담고 있던 그녀의 실상을 제대로 볼 수 있"다는 문제제기는 본고의 시각과 정확히 일치하는 것이다. 정출헌은 사씨가 유씨 가문에서 가장 유연수의 권력 파트너라는 점을 지적하고, 사씨가 교씨와 임씨를 영입하는 것은 가문 내에서의 지위를 지키기 위한 노력의 일환이라고 해석했다. 사씨의 실체에 한 걸음 다가선 진전된 논의로 생각되나, 사씨의 처신을 전적으로 "피와 불로 달구어진 가부장적 가족제도의 훈육과정"의 결과로만 이해하고 있어 아쉽다. 선행 연구를 제대로 파악하지 못한 것은 전적으로 필자의 잘못이다.
15) 김만중 지음, 이래종 옮김, 『사씨남정기』, 태학사, 1999. 이하 인용은 모두 이 책에서 한다.
　이외 김춘택의 친필본이라는 주장이 있었던 남기홍본과, 김만중의 원본계열로 추정되는 연세대본(811.36 김만중 사 - 필 - 가. 한문본)도 참조하였다. 연구자들이 지적해 온 것과 같이 김춘택의 번역이 간략한 史家의 문체라면, 연세대본의 문체는 좀 더 부드럽고 자세하다. 원본계열을 연구대상으로 삼는 것이 더 바람직하겠지만 아직 원본의 교감이나 재구가 이루어져 있지 않으므로 편의에 따라 김춘택의 한역본을 텍스트로 삼았다. 그러나 연세대본을 연구대상으로 하더라도 본고의 논지에는 영향이 없다.
　이본 연구에 대해서는 다음의 논의를 참고하였다. 정규복, 「번언남정기고」, 『연민이가원박사육질송수기념논총』, 범학도서, 1977. / 이금희, 『사씨남정기 연구』, 반도출판사, 1991. / 다니엘 부세, 「원문 비평의 방법론에 관한 소고」, 『동방학지』 98, 연세대 국학연구원, 1997.

2. 출신과 이념 지향

사정옥은 한미한 집안 출신이다. 아버지는 급사 벼슬을 지내다가 유배되어 죽었다. 의지할 만한 가까운 친족이 없는 것은 물론, 형제라고는 아직 유모의 품에 안겨 있는 남동생뿐이다(사정옥 혼인 당시). 사정옥은 針線뿐만 아니라 직접 紡績도 담당해야 하는 빈한한 家勢에서 자랐다. 신부감의 용모와 재덕이 뛰어나다고 하지만, 집안 형편이 이래서야 구혼하는 사람이 많을 수 없다. 사씨네 집에서 널리 듣보아 마땅한 서랑을 구하는 것은 더욱 어려운 일이다. 그래서 사정옥은 혼인할 나이(14세)가 되었는데도 청혼을 받지도 못했고, 그렇다고 謝家에서 擇壻를 위해 달리 노력한 바도 없다. 이러한 형편에 대대로 부귀를 누리는 유씨 가문의 구혼은 그야말로 절호의 기회요 행운이 아닐 수 없다. 게다가 유연수는 이미 과거에 급제한 '준비된 신랑감'이다.[16)

사씨는 사돈가의 권세보다는 며느리의 현숙함을 중요시하는 유소사에 의해 선택된 것이다. 그러나 문벌이나 世交를 보고 하는 혼사가 아니라 전적으로 신부감의 자질에 기대를 거는 것이므로 유소사 쪽에서도 신중을 기하지 않을 수 없어서, 관음찬을 짓게 하는 등 신부의 재덕을 충분히 시험한 뒤 청혼한다. 유가의 청혼에 사씨의 모친은 매우 기뻐하며 허락하려 하지만 사씨의 반응은 다르다. 사씨는 유가의 청혼을 듣고 자신의 한미한 문벌, 영락한 경제적 처지를 전혀 고려하지 않고 "유소사가 어진 재상(賢宰相)이기 때문에 결혼할 만하다(結婚宜無不可)" 고 한다. 유가의 부귀와 명예에 기가 죽기는커녕 자신이 그보다 더 높은 입장에서 용납해 주는 듯한 태도인 것이다. 사씨가 유가에 대해 이렇게 자존심을 내세우는 근거는 부친이 직언을 하다가 유배되어 죽었

16) 유연수에게는 구혼하는 집안이 많았다는 점이 명시되어 있다.

다는 데 있다. 대부분의 연구자들은 이 대목을 사씨가 부귀보다 명예를 추구하는 인물임을 보여주는 설정이라고 생각하고 큰 관심을 기울이지 않는 듯하다. 그러나 사씨의 현실적인 입장과 처지를 좀더 상세히 살필 필요가 있다.

누가 보더라도 謝家는 劉家에 비해 기울어진 집안이다. 유가에서 먼저 사정옥을 원했다고 하지만, 이것은 일종의 낙점이며 윗사람이 아랫사람을 발탁한 데 지나지 않는다. 유소사가 처음에 별다른 고려 없이 매파를 보내 청혼한 것도 상대방이 당연히 응할 것이라는 자신감이 있었기 때문이다. 사씨가 기분 나빠하는 것은 바로 이 점이다. 그녀는 권세가 아무리 혁혁한 가문이라 해도 조금이라도 꿇리는 혼사는 원하지 않는다. 다시 말해 사씨는 舅家와 대등한 관계에서 출발하기를 요구하는 것이다. 그런데 한미한 謝家가 부귀한 劉家와 대등해질 수 있는 유일한 방법은 名分을 내세우는 것이며, 이 때문에 사씨는 부친 사급사의 淸名에 더욱 매달리지 않을 수 없다.

다행히도 사씨는 이러한 요구를 만족시키면서 순탄하게 결혼한다. 유연수가 사씨를 친영하자 "위의의 성대함과 예도의 아름다움을 두고 당시 縉紳들 사이에서 부러워하지 않는 이가 없었"고[17], 10년 후 사씨가 쫓겨날 때 인근 마을 사람들은 "그때 딸을 둔 집안에서는 자신들의 분수를 헤아릴 줄 몰랐었지. 사씨 낭자와 같은 딸을 두기만을 모두가 바라지 않았던가?"라고[18] 혼인 당시를 회상한다. 사람들이 부러워했던 것은 사씨와 같은 훌륭한 규수를 맞아 가는 劉家가 아니라 딸을 잘 두어 부귀가와 결친하는 謝家라는 점에 주목할 필요가 있다.

그러나 사씨의 혼인으로 謝家의 위상이 크게 올라가지는 않았다. 오

---

17) "劉翰林以六禮親迎謝小姐 威儀之盛禮度之美 縉紳間無不欽羨者".
18) "十年前 劉翰林親迎謝夫人 從此路過 生女之家 不知自量 孰不願與謝娘子者".

히려 謝家는 사씨 모친의 죽음으로 더욱 몰락해 간다. 어느 정도인가 하면 사씨가 교씨의 모해를 받아 죄인으로 자처할 때, 앞으로의 거취를 의논하려고 찾아온 두부인이 서슴없이 "그대의 본가는 영락해서 의지할 수 없다"라고[19] 말할 지경이다. 도대체 친정의 가세가 얼마나 기울었길래 사씨 한 몸도 의탁하기 어렵다는 것일까? 그래도 사씨가 黜婦가 되어 선영으로 갔을 때 달려와 통곡하는 사람은 사공자뿐이다. 남매의 대화를 들어보자.

> 사공자가 달려와서 사씨를 보고 통곡하였다.
> "여자가 시집에서 용납을 받지 못하면 응당 본가로 돌아와야 합니다. 저저께서는 무엇 때문에 스스로 산중에 투신을 하셨습니까?"
> "본가로 가서 모친의 영연을 모시고 현제와 의지하고 싶은 마음이 어찌 없었겠는가? 그러나 한 번 본가로 돌아가면 문득 유씨와는 인연이 끊어질 것이야. 돌아보건대 내 몸은 본래 죄를 지은 적이 없었지. 한림도 원래 현명하고 군자다운 사람이야. 비록 한때 참언을 믿기는 하였으나 뒤에 어찌 후회하지 않겠는가? 하물며 한림이 비록 나를 끝내 저버린다 하더라도 나는 일찍이 선소사에게 득죄한 적이 없었지. 소사의 산소 아래서 늙어 죽는 것이 내 소원이라네. 현제는 너무 괴이하게 여기지 말게."
> 사공자는 더 이상 말릴 수 없음을 깨닫고 그대로 돌아갔다. 그리고 늙은 창두와 시비 한 사람을 보내 사씨의 심부름을 담당하게 하였다. 그러자 사씨가 말했다.
> "우리 집에는 노복이 많지 않지."
> 마침내 시비는 돌려 보내고 창두만 남겨 대문을 지키게 했다.[20]

---

19) "君之本家零落 無可聊賴 況新城 是乃啓讒之地 甚非安身之所". 물론 이어지는 말처럼 친정에서 외간 남자와 사통했다고 의심받았기 때문에 갈 수 없다는 것도 중요한 이유다. 그러나 시고모가 질부의 친가에 대해 대뜸 영락했다고 말할 수 있을 정도로 사씨의 친정이 어려운 지경에 이른 것은 확실하다고 하겠다.

사공자는 함께 돌아가자고 권유하지만 사씨는 '유가로의 복귀 아니
면 죽음!'이라는 자세로 거부한다. 유가에 대한 결연한 의지로 보아 사
씨가 유가를 나온 것은 체념이나 포기가 아니라 잠시 避禍한 데 지나
지 않는다는 점을 알 수 있다.[21] 사공자는 할 수 없이 돌아가 노창두와
시비를 보내는데, 노동력이 떨어지는 늙은 남자종 하나와 계집종 하나
가 사공자가 쫓겨난 누이를 위해 할 수 있는 최대치임이 드러난다. 그
러나 이것도 친정 형편으로서는 무리임을 잘 아는 사씨는 그나마 노동
력이 있는 계집종을 돌려 보낸다.[22] 매우 현실적인 설정이고, 사씨 입
장에서는 가슴아픈 일이다. 한편 이와 너무나 대조적으로 사씨가 머무
는 유씨 선영 아래는 고을 전체가 유가의 종족과 노복들이 사는 곳이
다. 사씨의 친정에서는 사씨를 위해 노비 둘을 보낼 만한 여유도 없는데
유가의 비복들은 넘쳐나 마을을 이룰 정도인 것이다. 사씨가 남정을 결
행할 때에도 사공자는 특별히 도울 수 있는 일이 없었다. 다른 경우였
다면 누이를 배행했겠지만 모친의 3년상을 치르는 중이었기 때문이다.

사가가 이렇게 몰락한 것을 볼 때 유연수가 처가에 대해 전혀 배려
하지 않았음을 알 수 있다. 유연수는 사씨의 모친이 병들어 위급해지자
단 한 번 약을 가지고 가서 위문했을 뿐, 처가와의 접촉이 없다. 더욱
놀라운 것은 그가 하나밖에 없는 처남인 사공자의 얼굴은 물론 성명조

20) "謝家公子 馳往見謝氏 哭曰 女子不容於夫家 則還歸本宗 而姐姐之自投空山
中何也 謝氏曰 吾豈不欲歸 侍母親靈筵 與賢弟相依 而一往本家 便與劉氏絶矣
顧念 此身本無罪 翰林本賢明君子人也 雖一時信讒 安知不悔於後乎 況翰林雖
終棄我 我未嘗得罪於先少師 惟老死少師墓下 是我願也 賢弟勿異也 謝公子知
不可爭 退而送老蒼頭 及侍婢一人 以給謝氏使令 謝氏曰 吾家奴僕小 遂還送侍
婢 而留蒼頭守門焉".
21) 사씨는 유가로 돌아갈 기대를 밝힌 후, 그 반대의 경우를 가정할 때(況翰林雖終
棄我)는 "하물며", "비록", "마침내"라는 세 개의 부사를 연첩하여 사용한다.
22) 실제로 사씨가 남겨둔 늙은 창두는 장사로 가던 중 뱃길의 노독을 견디지 못하고
죽을 정도로 쇠약한 존재였다.

차 모른다는 점이다. 유연수는 이부시랑으로 발탁되어 경사로 올라올 때 남창 추관으로 있던 사경안과 만나는데, 명첩을 받고도 그가 자신의 처남이라는 사실을 알지 못한다. 사경안 역시 유연수의 얼굴을 안다기보다 유연수의 이름을 안다. 사씨의 친정 新城은 몇 천리 떨어진 먼 곳도 아니고 바로 북경 남쪽이다. 어떻게 처가와 이토록 소원하게 지낼 수 있을까? 이를 통해 볼 때 유연수가 사씨를 賢妻로 존중했을지 몰라도 사씨의 친정은 전혀 존중하지 않았던 것이 분명하다. 사씨가 유가에 필적할 만큼 부귀와 권세를 가진 집안의 딸이었다면 결코 이렇게 무시할 수 없었을 것이다.

유연수는 사씨를 쫓아낼 때도 그 이유를 처가에 설명하지 않는다. 대부분 장편가문소설에서는 부인을 출거시킬 때 혼서와 봉채를 불사른 후 친정 식구들을 불러 내치는 이유를 알리거나 문서화하여 친정에 보낸다. 친정에서는 딸이 왜 쫓겨났는가를 알 권리가 있는 것이다. 그런데 유연수는 사씨를 내쫓는 이유를 유씨 가묘에 고유했을 뿐 謝家는 조금도 고려하지 않는다. 그가 처가를 얼마나 하찮게 생각하고 있는가를 보여주는 대목이다. 사공자 역시 누이의 출거에 대해 한 마디 항의도 하지 못한다. <창선감의록>에서는 조녀가 남부인을 치독하여 내다 버리자 심씨와 화춘이 윤시랑(남부인의 義父)이 와서 딸을 찾으면 어떻게 대답할까를 두고 전전긍긍한다.[23] 비록 윤시랑이 멀리 있지만 남부인이 없어진 것을 안다면 가만 있지 않을 것이라고 생각하기 때문이다. 가까이 있는 謝家를 안중에 두지 않는 유연수와는 상당히 다른 모습이다. <소현성록>에서는 소현성이 무고히 석씨를 내치자 석장군이 대로하여 칼을 들고 달려온다.[24] 이 또한 사공자의 무기력한 모습과는 크

---

23) 국립중앙도서관본 <창선감의록>, 제6회.
24) 이대본 <소현성록>, 권지삼.

게 차이가 있다. 모두가 사가의 가세가 유가에 비교할 수 없을 정도로 현격히 기울어졌음을 보여 준다.

사정옥이 이처럼 가난한 집안의 딸이며 친정으로부터 아무런 도움도 기대할 수 없었다는 것은 무엇을 의미하는가. 사정옥은 이러한 형편 때문에 더욱 철저히 이념적이고 명분적이 될 수밖에 없는 것이다. 객관적인 조건에서 현저히 열악한 사씨가 유연수와 대등하거나 혹은 더 우월한 입지를 확보하려면 이념적으로 우위에 서는 수밖에 없기 때문이다.[25] 다시 말해 사씨는 세계와의 투쟁 수단으로 윤리를 선택한 것이다.

사씨의 고난이 끝나는 시점은 사씨의 친정이 회복되는 시점과 일치한다. 사씨가 수월암에 머무는 동안 사공자는 3년상을 마치고 결혼을 하고 관직에 나아가 실질적인 가장 역할을 해내기 때문이다. 사돈가인 유가가 파탄에 직면했을 때 몰락한 것 같았던 사가는 자립에 성공한다. 사씨를 먼저 만난 것은 유연수이지만 수월암에 가서 정식으로 사씨를 맞아 오는 것은 사공자라는 점도 눈여겨 볼 만하다. 사씨가 의지할 만한 친정을 가지게 되자 사씨의 고난은 자연히 사라지게 된다. 요컨대 사씨의 고난은 단순히 첩 교씨로 인해 발생한 것이 아니라 미약한 친정이라는 사씨 자신의 출신 배경의 문제로부터 그 가능성이 잉태되어 있었던 것이다.

3. 자존적 성격

사정옥은 불리한 제반 조건을 이념에 충실함으로써 상쇄·극복하고자 한다. 그래서 그녀는 항시 자신의 도덕적 우월성을 입증하려는 강렬

---

25) 교씨는 스스로 우월하기를 포기한다. 가난한 사대부의 처가 되느니 재상가의 첩이 되겠다는 것은 재상가의 처가 될 수 없는 객관적 조건을 자각했기 때문이다.

한 욕망을 지니고 있다. 매사에 윤리적으로 완전무결해짐으로써 상대
방을 제압해야만 만족감을 느끼는 것이다. 이러한 인간형은 소설 속에
서 허구적으로 창출된 것이 아니라 현실에 실재한다. 긍정적으로 보자
면 자기를 엄격하게 절제하고 도덕률에 헌신하는 점을 높이 평가할 수
있겠지만 부정적으로 보자면 거만과 허영으로 비춰진다. 사씨의 예를
살펴보자.

사씨가 소실을 들이려 하자 두부인은 환란의 근본이라며 반대한다.
이 때 두부인은 사씨에게 "고금이 다르고 성인과 범인이 다르므로, 헛
되이 투기하지 않는 것만 믿고 二南의 교화를 이루려 한다면 이른바
虛名을 탐하다 實禍를 부르는 꼴이 될 것"이라고[26] 경고한다. 사씨가
세상 물정을 모르고 한갓 교과서적 원칙에 충실하려고 하는 것이 경험
이 많은 두부인의 눈에는 가소롭게 여겨지는 것이다. 두부인은 사씨의
심리를 매우 정확하게 간파하고 있다. 사씨가 今人이고 凡人이라는 자
신의 현실적 위치를 뛰어넘어 古人이면서 聖人인 太姒와 합치되기를
열망한다는 것이다. 여기서 중요한 것은 그녀가 실현하고자 하는 것이
자신의 절대적 우위에 기반한 敎化라는 점이다. 사씨는 소실을 자매처
럼 의지할 생각도 없고[27] 남편을 섬기는 데 부족한 점을 보완해 주기
를 기대하는 것도 아니다.[28] 사씨에게 소실은 太姒가 삼천 후궁을 거
느리고 南國 제후의 부인이 小星을 둔 것과 마찬가지로, 엄격한 상하
의 分義 아래 존재하는 일방적인 敎化의 대상이다.

---

26) "古今異宜 聖凡不相及 而徒欲以不妬 致二南之化 眞所謂慕虛名 而受實禍也".
27) 널리 알려져 있는 바와 같이 <구운몽>에서는 정처와 소실들(더구나 천첩들)이 자
　　매결연을 한다.
28) 대부분의 장편가문소설에서 현숙한 元妃들은 이러저러한 사정으로 두 번째 부인
　　이 들어오게 되었을 때 자신의 부족한 부분을 메꾸어 줄 同列이 생긴 것을 기뻐한
　　다.

이처럼 명예욕에 불타는 사씨의 성품은 두부인뿐 아니라 유연수와 교씨도 잘 알고 있는 바다. 그래서 교씨가 처음 참소했을 때 유연수는 곧 "저 사람은 항상 투기하지 않는다고 자부했"는데[29] 이상하다고 생각한다. 스스로 사씨를 투기할 사람이 아니라고 판단하는 것이 아니라 사씨의 평소 주장이 그랬다는 것이다. 사씨는 자신이 투기하지 않는다는 사실에 자긍하고 있었으며, 그 사실을 주위 사람들에게 지속적으로 환기시켰다는 점을 알 수 있다. 또한 유연수는 "교씨를 대하는 것도 매우 은혜로웠지."라고[30] 생각한다. 사씨가 교씨에게 잘 해주었다는 것이지만 "은혜"라는 표현은 수직적인 질서(주종관계)를 전제로 한다는 데 주목할 필요가 있다. "은혜"는 시부모가 며느리에게 또는 주인이 비복을 대할 때 쓰는 말이다. 시누이와 올케, 동서, 또는 한 남자의 여러 부인 같은 인격적으로 대등한 관계에서는 '화목'이나 '돈목'이라는 단어를 사용해야 한다. 따라서 사씨가 교씨에게 잘 해준 것은 주인이 비복을 은혜로 다스리는 것과 같은 차원임이 드러난다.

교씨는 계속되는 참소에서 말하기를 "부인은 위인이 말을 꾸미고 명예를 좋아하며 매사에 스스로 옛날 열녀에 비겨 안하무인"이라고[31] 한다. 참소하는 말이긴 하지만 사씨가 명예욕이 강하고 고인과 자신을 동일시한다는 점은 두부인이 지적한 바와 크게 다르지 않다. 스스로 엄격한 도덕적 기준을 지키는 사람이라면 그렇지 못한 다른 사람들을 못마땅하게 여기는 것은 당연한 일이며, 남을 무시하기도 쉽다. 그래서 사씨는 안하무인이라는 비난을 받는다. 여기에서 안하무인이라는 것은 교씨는 물론 남편 유연수까지도 업신여긴다는 의미이다.

---

29) "彼常以不妬自許".
30) "其待喬氏甚恩".
31) "夫人爲人 飾辭好名 每事自比古烈女 眼下無人".

실제로 사씨는 시아버지 유소사 앞에서 남편에게 허물이 있으면 간할 것을 명백히 했고, 유소사 사후에는 시아버지의 가법을 내세워 유연수를 節制하려고 한다. 동청의 문제가 바로 그것인데, 사씨는 동청을 가내에 두지 말라고 충고했으나 유연수가 듣지 않자 바로 시아버지를 들먹인다. 書記를 두는 것까지 일일이 간섭하고 나서는 것이다. 역시 17세기 후반의 소설인 <소현성록>에서는 소현성이 家臣 이홍에게 집안 살림을 맡겨 부인들의 불만을 사는 이야기가 나온다.[32] 소현성의 원비 화씨는 이홍이 후원 문을 열어 주지 않는 데 분개하여 이홍을 잡아 매달았다가 소현성의 견책을 받는다. 이에 비하면 사정옥은 지나치게 발언권이 강하다. 유연수도 이러한 사씨가 은근히 기분 나빴을 것이다. 그래서 그는 사씨를 내쫓는 고유문에서 "사씨는 남을 업신여기고 스스로 잘난 체"[33] 한다고 썼다.

사씨의 自尊自大가 절정에 달하는 것은 '懷沙亭呼天 黃陵廟敷袵'의 回章이다. 사씨는 모해를 받고 쫓겨나면서도 의연하게 대처해 왔다. 구고의 선영 아래에 더 이상 머물지 못하게 되었을 때에도 침착함을 잃지 않았다. 사씨가 이렇게 심리적 여유를 가지고 행동할 수 있었던 것은 그녀가 운명에 순종적이었기 때문이 아니라 두부인에 대한 믿음이 있었기 때문이었다. 비록 멀기는 하지만 두부인을 찾아간다면 당장 일신의 의탁이 해결될 뿐 아니라 유가로의 복귀 가능성도 높아진다. 그래서 사씨는 두추관의 전임 소식을 듣기 전까지는 실의하지 않았다. 그런데 노자가 다 떨어진 시점에서 두부인이 성도로 떠났다는 소식을 듣자 비로소 절망에 빠진다. 오갈 데 없는 신세가 되었기 때문이다. 그녀는 회사정에 올라 심회를 달래려 한다. 그러나 古人을 떠올리자 오히

---

32) 이대본 <소현성록>, 권지사.
33) "謝氏乃侮慢自聖 口談聖賢之行".

려 감정이 격정적으로 고조된다.

"이 땅은 바로 옛날 충신이 참소를 받고 물로 뛰어들어 스스로 목숨
을 끊었던 곳이라네. 구고님 신령께서는 내가 옛사람처럼 죄가 없다는
것을 잘 알고 계시지. 그 때문에 나로 하여금 이곳에서 스스로 물에
빠져 죽게 하려는 것이었어. 나의 정절을 온전하게 하여 옛사람과 더
불어 이름을 나란하게 하려는 것이었지. … 비간은 심장을 쪼갰고 자
서는 눈알을 뽑았어. 굴원은 상강에 빠졌고 가의는 복조부를 읊었지.
예로부터 이와 같았으니 나 또한 그렇지 않을 리가 있겠는가? … 비옵
건대 소녀의 넋을 건져 올리시어 그들과 함께 노닐 수 있게 하소서."[34]

사씨가 스스로 옛 열녀에 비긴다는 교씨의 비난이 거짓이 아니었음
을 위의 인용문을 통해 알 수 있다. 사씨는 참소를 입고 물에 빠져 죽
은 오자서와 굴원에 생각이 미치자 자신의 운명 또한 그렇다고 확신하
면서 "고인과 더불어 이름을 나란히 할 것"과 "그들과 함께 노닐 것"
을 꿈꾼다. 서술자가 사씨의 행적을 고인에 비기는 것이 아니라 사씨가
자발적으로 고인과 자신을 동일시하는 것이다. 죽음에 대한 사씨의 상
상은 비극적이고 위험하지만 한편으로는 달콤하다. 역대 충신과 더불어
천추만세토록 명예를 누릴 것을 믿기 때문이다. 스스로 불어넣은 비감
에 도취되어 사씨는 혼절하기까지 한다. 그러나 사씨의 자살 시도는 즉
흥적인 해프닝에 가깝다. 정자 기둥에 죽는다고 썼지만 벼랑 밑의 시퍼
런 물을 내려다 보자 사씨는 두려움과 슬픔에 질려 울다가 기절하고
만다. 한참 후에 정신을 차리자 더 이상 죽을 생각이 없어진 것은 물론

---

34) "此地卽古忠臣遇讒 投水而死之處也 舅姑神靈 知我之無罪如古人 故使我 於
此自投而死 以全其節 與古人齊名 … 比干剖心 子胥抉目 屈原沈湘 賈誼賦鵬
自古如此 吾何不然 … 乞引小女精魂 與之同遊".

이다.

사씨는 혼절한 와중에 황릉묘에 가서 이비를 만나는 꿈을 꾼다. '황릉묘부임' 대목은 "욕망의 폭력으로부터 벗어날 수 있는 유일한 통로로 (작가에 의해) 설정된 관념적 존재의 음조",[35] "서술자가 사씨가 처한 비극적 상황을 해소시키기 위해 관념적 조작을 수행하여 마련한 환상적 장치"[36] 등으로 해석되어져 왔다. 타당한 지적이나, 지나치게 서술자(작가)의 몫이 강조되어 온 듯하다. '황릉묘부임'은 사씨의 입장에서 해석될 여지가 충분하다. 즉 '황릉묘부임'이라는 환상을 창출해낸 주체는 다름 아닌 사씨라는 것이다. 사씨는 매우 절박한 상황에 처했고 투신자살하려는 생각도 한다. 그러나 이것은 냉정하게 내린 판단이 아니라 일시적인 충동일 따름이다. 진정으로 죽음을 결심했다면 유모와 아환의 손을 붙잡고 울지[37] 않는다. 사씨는 죽고 싶지 않으며 기절은 죽지 않을 수 있는 이유를 찾을 시간을 벌어준다.

사씨는 평소부터 자신을 옛날의 열녀에 비겨 왔고, 회사정에 올라서는 역대 충신과 스스로를 동일시했다. 사씨가 충동적으로 죽으려 하는 것은 비참하게 생을 마친 충신열녀의 운명을 재현하여 그들과 같은 반열에 서고 싶다는 열망 때문이다. 그런데 사씨의 꿈은 聖人인 二妃를 동원하여 자신의 운명이 그들과 다르고, 사후의 반열 또한 이미 보장되어 있음을 告知하여 죽지 않을 근거를 마련해 준다. 특히 50년 후에 曹大家, 孟德曜와 어깨를 나란히 할 것이라는 湘妃의 예언은 사씨가 평생 바라 마지않던 꿈의 실현이다. 요컨대 '황릉묘부임'은 사씨의 간절한 願望과 절박한 생의 집념이 빚어낸 환상세계인 것이다.

---

35) 김현양, 앞의 논문.
36) 박일용, 앞의 논문.
37) "三人相持 俯見江水 … 三人相與大哭".

지금까지 사씨는 굴종적으로 婦德에 헌신하는 인물로 알려져 왔다. 그러나 앞에서 살펴 본 바와 같이 사씨는 자만에 가까울 정도로 자존심이 강한 여성이며, 이념의 실천을 통해 명예를 추구한다. 왜냐하면 명예가 곧 자신의 입지를 사수하고 강화하는 가장 유효한 수단이기 때문이다. 사씨의 명예욕 이면에 실리가 숨어 있음을 간과해서는 안 된다.

4. 적극적 현실 대응

필자가 평소 <사씨남정기>에서 가장 궁금했던 점은 사씨가 왜 첩을 들이는가 하는 것이다. 사씨는 후사를 위해 첩을 들인다고 주장한다. 사정옥과 유연수는 15세에 혼인했고, 23세가 되도록 자식을 두지 못하자 첩을 들일 것을 결정한다. 교씨가 들어온 것은 이들 부부가 24세 때이다. 많은 연구자들이 지적한 것처럼 사씨의 나이는 출산을 포기하기에는 너무 일러 보인다. 그리고 첩을 들인다는 것이 반드시 후사를 위한 최선의 선택인가에도 의문이 있다. 엄기주,38) 박일용39) 등은 작품 창작 당시인 17세기 후반에 첩자로 후사를 잇는 것은 가문의 위상을 추락시키는 일이므로 후사를 위한 축첩이라는 설정이 허위임을 지적한 바 있다.

따라서 <사씨남정기>는 조선 후기의 일반적인 현실을 직접적으로 반영하는 것이 아니다. 그렇다고 작품 배경인 중국 明代의 상황에 충실한 것으로 볼 수도 없다. <사씨남정기>를 비롯한 장편소설들이 중국을 배경으로 삼는 것은 자유로운 상상을 펼치기 위한 방편일 뿐이기

---

38) 엄기주, 「사씨남정기의 의미와 서포의 작자의식」, 『고전문학연구』 8, 한국고전문학회, 1993.

39) 박일용, 앞의 논문.

때문이다. <사씨남정기>에 그려진 축첩 상황 또는 다른 장편소설에 나타난 다처제 상황은 기본적으로 작자의 상상에 의존하는 것이며, 작자의 의도에 따라 얼마든지 조작될 수 있는 것임을 감안해야 한다.

먼저 장편소설의 배경인 중국의 사정을 생각해 보자. 중국에서는 妾子라도 후사를 잇는 데 큰 문제가 없다. 그러나 중국에서는 여러 부인을 두는 것도 가능하다.[40] 혼인한지 10년이 가깝도록 자녀가 없다면 제2부인을 들여 후사를 얻을 수 있는 것이다. 그리고 이왕이면 좋은 가문의 딸을 취하는 것이 가문의 위상을 위해 바람직하다. 그래서 우리나라 장편소설들은 대부분 여러 부인을 두는 다처제의 상황을 소설적 관행으로 삼는다. <사씨남정기>와 마찬가지로 17세기 소설인 <소현성록>(宋代 배경)에서 소현성은 3부인을 두었고, <창선감의록>(明代 배경 : <사씨남정기>와 같은 嘉靖 연간)에서 화욱은 3부인을, 화진은 2부인을 두었다. 김만중의 작품인 <구운몽>에서도 2부인이 등장한다. 그리고 이들 부인들의 출신 가문은 하나같이 화려하여 남편의 가문을 빛낸다. 그런데 왜 유독 <사씨남정기>에서만 첩을 고집하는 것일까?

이 점은 첩을 영입하는 주체가 사씨라는 사실과 밀접한 관련이 있을 듯하다. 사씨는 결혼 9년이 되도록 자녀를 두지 못하자 첩을 들일 것을 종용한다. 당시 사씨는 24세로 요즘으로 생각하면 매우 젊은 나이다. 그러나 삼년상 기간을 빼더라도 6년이나 부부생활을 지속해 왔는데 출산하지 못했다는 것은 정상적인 상황이라고 볼 수 없다. 게다가 사씨는 월경불순까지[41] 있다. 아직 다른 사람들이 문제를 제기하지는 않더라

---

40) 사실 법적으로는 불가능하다. 그러나 중국은 우리 나라보다 처와 첩의 구별이 덜 엄격한 면이 있어서, 귀첩(貴妾)이라면 부인과 비슷한 대우를 받을 수도 있다. 陳顧遠, 『中國婚姻史』, 岳麓書社, 1998. 참조.

41) "婦人之事 又不能如期".

도 사씨 자신은 불안해지지 않을 수 없다. 더욱 중요한 것은 사씨의 친정이다. 어떤 문제가 발생하더라도 친정의 보호를 기대할 수 없기 때문이다. 자녀를 낳지 못하니 내쫓고 새로 부인을 들이자거나 혹은 달리 좋은 가문에서 두 번째 부인을 취하자는 여론이 일어난다면 사씨는 따를 수밖에 없는 형편이다. "시집온 지 9년에 한 자녀도 없으니 옛 법이라면 내치는 것이 마땅한데, 또한 어찌 소실을 꺼리겠느냐"[42]는 사씨의 언급에는 암암리에 이러한 염려가 배어 있다.

그래서 사씨는 먼저 행동을 취하기로 결정한다. 아예 자신의 위치에 위협이 되지 않을 소실을 구하는 것이다. 이러한 행위는 투기하지 않음을 자랑하는 사씨의 소신과도 맞아떨어진다. 매파는 교씨를 천거하는데, 매파의 교묘한 언변 때문에 사씨는 성급하게 교씨를 맞아들인다. 매파는 교씨의 용모과 재행이 너무 뛰어나서 도리어 부인의 뜻에 맞지 않을까 걱정스럽다고 한다.[43] 아리땁고 재주 있는 첩을 들였다가 남편의 사랑을 뺏길 텐데 나중에 후회하지 않겠느냐고 떠보는 것이다. 자신의 婦德을 의심하는 데 자존심이 상한 사씨는 덥썩 미끼를 문다.[44] 교씨를 거절하면 투기한다는 혐의를 받을 테니 좋다고 할 수밖에 없었던 것이다.

사씨가 이처럼 부덕에 철저하고 또 민감할 수밖에 없는 것은 유가에서의 사씨의 권력기반과 밀접한 관련이 있다. 유가에 비해 확연히 기울어지는 가문인 사가의 딸로서 사씨가 유가에 들어와 가권을 장악할 수 있는 것은 시아버지 유소사의 知遇 때문이다. 그리고 유소사가 높이

---

42) "妾入尊門九年 而無一子 於古法當去 又何小室之忌也".
43) "此女子容貌才行 皆超出於世 恐反不合於夫人之意".
44) "夫人笑曰 媒婆殆試我矣 第果何如 … 謝氏喜甚曰 仕族女子 自與賤人不同 吾意誠以爲當耳".

평가하고 인정한 것은 다름 아닌 사씨의 덕성과 행실이었다. 따라서 사씨는 온전히 도덕적 우위에 의지하여 유가에서 입지를 확보하고 있는 것이며, 자신의 위치를 굳건히 하기 위해 더욱 이념에 충실하지 않을 수 없다.

교씨는 사족 출신이었지만 사씨보다도 훨씬 몰락한 집안의 딸로, 유가에 들어오자 한림보다 사씨를 더욱 열심히 섬긴다.[45] 사씨가 자신을 영입한 데다 적서의 분의가 있는 만큼 교씨로서는 최선을 다하지 않을 수 없다. 사씨도 당연히 만족한다. 최초의 불화는 교씨의 음률로 시작된다. 사씨는 우연히 교씨가 霓裳羽衣曲을 거문고로 연주하고 鶯鶯과 薛濤의 시를 노래하는 것을 듣고 교씨를 불러 일장 훈계한다. 사씨의 질책은 세 가지로 정리된다. 첫째는 거문고 곡조를 잘못 선택했다는 것이다. 사씨는 霓裳羽衣曲이 唐 玄宗이 楊太眞과 즐길 때 나온 노래이므로 亡國之音이라고 비판한다. 둘째는 거문고 연주의 기교 문제다. 사씨는 교씨의 손놀림이 浮健하고 소리가 지나치게 哀怨하여 사람의 마음을 화평하게 할 수 없다고 한다. 셋째는 歌詞의 선택 역시 잘못되었다는 것이다. 鶯鶯은 실절한 여인이고 薛濤는 창기라 행실이 비천하니 그들이 지은 시를 노래하는 것 역시 비천하다는 주장이다.

사씨는 한 가지도 너그럽게 넘어가는 법 없이 문제삼을 수 있을 만한 것은 모두 문제삼는다. 이렇게 철저히 몰아세워 놓고 달리 좋은 곡조와 가사를 찾아 노래하라는 것은 하지 말라는 것과 다를 바 없다. 게다가 사씨는 나라를 망친 양귀비, 실절한 최앵앵, 기생이었던 설도에 교씨를 빗대고 있다. 교씨는 사씨의 말을 듣고 크게 부끄러워하며 모르고 그랬다고 사죄한다.

---

45) "喬氏聰明辨黠 能得翰林意 尤善事謝夫人 家中大小 莫不稱之".

교씨는 크게 부끄러워 머뭇거리다 사죄하였다.

"시골 여자라 단지 사람들이 하는 바를 본받았을 뿐 그 선악을 몰랐습니다. 이제 부인께서 바른 도리로 가르쳐 주셨습니다. 첩은 응당 그 말씀을 뼈에 새겨 잊지 않도록 하겠습니다."

사부인이 다시 교씨를 위로했다.

"내가 낭자를 사랑하므로 이야기한 것이었소 차후에 나에게도 과실이 있으면 낭자 또한 숨기지 말고 바로 말씀하여 주시기 바라오."[46]

사씨는 교씨를 위로하는 척 하지만 "이후 내게도 과실이 있거든 숨기지 말고 바로 말하라"는 것은 교씨의 음률이 '過失'이라는 점을 다시 한 번 못박는 발언이다. 또한 사씨의 말 속에는 자신의 정대한 행실에 대해 누구도 시비할 수 없을 것이라는 강한 자신감이 담겨 있다. 그렇다고 사씨가 교씨를 특별히 미워해서 꾸짖은 것은 아니다. 사씨의 입장에서는 자신이 교씨의 잘못을 지적하고 훈계하여 바로잡는 것이 너무나 당연한 일이다. 자신은 집안을 다스리고 교화하는 주체인 嫡妻이고, 교씨는 어디까지나 교화와 시혜의 대상인 妾이기 때문이다. 한 마디로 사씨는 교씨에게 두 사람의 신분 차이를 재확인시킨 것이다. 교씨는 너무나 분해서 유연수에게 참소하는데 교씨가 거짓말로 꾸며낸 점도 있지만 대체적으로는 자신이 받아들인 심정적인 상황을 그대로 표현한 것이다. 특히 "음란한 음악으로 장부의 심지를 고혹하게 하여 선소사의 가풍을 무너뜨리고 있다"는[47] 내용은 사씨가 직접적으로 하지는 않은 말이지만 교씨가 사씨의 의도를 제대로 이해한 것이라고 할

---

46) "喬氏大慚 跋踏謝曰 鄕曲女子 只效人之所爲 不自知其善惡 今蒙夫人之敎之以正 妾當鏤骨不忘 夫人又慰喬氏曰 吾愛娘子 故言之 此後 吾有過失 娘子亦宜直言無隱".
47) "聞又以淫亂之聲樂 蠱惑丈夫之心志 以壞先少師之家風 此死罪也".

수 있다.

이 때부터 교씨의 음모가 치밀하고 단계적으로 진행된 것은 우리 모두가 아는 바와 같다. 많은 연구자들이 교씨의 음해에 대한 사씨의 대응이 너무나 소극적이고 무기력하다고 생각한다. 그러나 과연 그럴까? 교씨는 사씨가 친정에 가서 외간 남자와 사통한 것처럼 꾸민다. 유연수가 마침내 사씨를 드러내 놓고 의심하자 사씨는 다음과 같이 말한다.

> 사씨는 그 이야기를 듣고 넋이 나가 눈물을 비처럼 흘리며 말했다. "첩이 평소 행실이 무상하여 상공으로 하여금 이런 의심을 품게 하였습니다. 살리든지 죽이든지 오직 상공에게 달렸습니다. 그러나 옛 말에 이르기를 '신실한 군자여 참언을 믿지 말라' 하였습니다. 또 '저 참소하는 자를 잡아다 호랑이에게 던지라'고도 하였습니다. 상공의 집안에 실로 참소하는 사람이 있습니다. 상공께서는 어찌하여 살펴보려 하지 않는 것입니까?"48)

사씨의 직접적인 변론은 위의 인용문이 전부이다. 사씨는 친정에 가서 외간 남자를 본 일도 없다느니 옥환이 왜 없어졌는지 모르겠다느니 시비 중의 누군가가 훔쳐갔을 것이라느니 하는 구구한 변명은 하지 않는다. 자신의 평소 행실을 알면서도 의심한다면 무죄를 발명하느라 구차하게 이야기해 봐야 소용이 없다는 생각에서다. 대신 사씨는 『詩經』을 두 군데 인용한다. 小雅 靑蠅篇의 "신실한 군자여 참소하는 말을 믿지 말라"와 小雅 巷伯篇의 "저 참소하는 자를 잡아다 호랑이에게 던지라"는 구절이다. 한 구절씩을 인용했을 뿐이지만, 각 구절은 해당

---

48) "謝氏聞此言 魂不守體 淚下如雨曰 妾素行無狀 致令相公有此疑 生之死之 惟相公 古語曰 愷悌君子 毋信讒言 又曰 取彼讒人 投畀豺虎 相公家內 實有讒人 相公盍察焉".

篇 전체의 의미 맥락을 지니고 있다고 보아야 한다. 사씨와 유연수는 모두 『시경』의 어느 한 구절만 들어도 그 편 전체의 의미를 떠올릴 수 있을 정도의 교양 지식을 갖춘 인물들이기 때문이다.

靑蠅篇은 참언을 쉬파리의 앵앵거리며 날아다니는 소리에 비유하여 군주에게 참언을 듣지 말라고 경계한 시다.[49] 사씨는 이 편을 인용함으로써 자신의 무죄를 주장하는 한편, 참소한 자를 더럽고 하찮은 존재로 唾罵한다. 그런데 이 시에서 쉬파리는 울타리에 앉아서 '우리 두 사람의 사이'를 교란시킨다. 울타리란 집의 일부이면서도 집 바깥에 더 가까운 장소로, 사씨의 정침으로부터 멀리 떨어져 있고 외부와 바로 연결되어 있는 교씨의 거처 백자당과 유사한 점이 있다. 따라서 사씨가 청승편을 인용한 데에는 교씨가 바로 자신을 참소한 자임을 암시하려는 의도가 들어 있다고 하겠다.

巷伯篇은 참소한 자에 대한 강한 증오를 표현한 시다.[50] 『시경』의 주석에는 이 편이 "죽이고 싶도록 미워하는 마음(欲其死亡之甚也)"을 나타낸 것이며, "어진 자를 좋아하기를 緇衣篇처럼 하고 악한 자를 미워하기를 巷伯篇처럼 한다(好賢如緇衣 惡惡如巷伯)"고 했다. 『시경』300편 가운데 가장 극렬한 분노와 미움을 표현한 시가 바로 항백편인 것

---

49) 營營靑蠅 止于樊　　앵앵거리는 청승이여 울타리에 앉았도다.
　　愷弟君子 無信讒言　개제한 군자는 참소하는 말을 믿지 말지어다.
　　營營靑蠅 止于棘　　앵앵거리는 청승이여 가시나무에 앉았도다.
　　讒人罔極 交亂四國　참인이 다함이 없어서 사국을 교란시키도다.
　　營營靑蠅 止于榛　　앵앵거리는 청승이여 개암나무에 앉았도다.
　　讒人罔極 構我二人　참인이 다함이 없어서 우리 두 사람을 교란시키도다.
50) 彼譖人者 誰適與謀　저 남을 참소하는 자여 누구를 주장하여 함께 꾀하는고.
　　取彼譖人 投畀豺虎　저 참소하는 자를 취하여 시호에게 던져주리라.
　　豺虎不食 投畀有北　시호가 먹지 않거든 북방의 불모지에 던져주리라.
　　有北不受 投畀有昊　북방이 받아주지 않거든 하늘에게 던져주리라.

이다. 사씨는 이 편의 인용을 통해 자신을 모해한 자에 대한 극단적인 증오를 표출하였다. 또한 이 시에서는 참소한 자를 호랑이에게 던져 주고, 호랑이가 받지 않으면 북방의 불모지에 보내 굶어죽게 하고, 북방이 받지 않으면 하늘에게 던져준다고 했다. 호랑이에게 뜯어 먹히거나 굶어죽는 것보다도 더욱 무서운 형벌은 하늘의 심판이라는 사고가 내재해 있다. 교씨의 악행에 대한 사씨의 복수 역시 항백편과 마찬가지로 하늘에 의해 이루어진다.

요컨대 위의 두 구절의 인용만으로 사씨는 해야 할 말을 다 한 것이 된다. 게다가 이 구절들은 모두 西周의 마지막 임금인 幽王을 풍자한 시다. 幽王은 정실 申后와 태자를 폐하고 총애하던 첩 褒姒를 왕후로 삼았으며, 褒姒와 그 주변의 간인들의 참소를 듣고 충신을 내치는 등 많은 실정을 범했다. 결국 사씨는 교씨를 간악한 포사에, 유연수를 혼암한 유왕에 비기고 있는 셈이다.

또 사씨는 "상공의 집안에 참소하는 사람이 있다"라고 다시 한 번 밝힌다. 단순히 가내가 아니라 "상공의 가내"라고 못박는 점에 주의하자. "상공의 가내"라는 것은 참소하는 사람이 사씨 자신의 책임 영역이 아니라 유연수의 영역에 존재함을 의미한다. 따라서 사씨는 자신을 함해한 인물로 교씨를 명백히 지적한 것이고, 그 표현 방식이 비유적이어서 노골적이지 않을 뿐, 가능한 한 최대한의 분노를 표시한 것이다. 따라서 사씨를 종래처럼 "자신을 모함한 교씨에 대해 한 마디 원망도 하지 않는 인물"이라고 보아서는 곤란하다.

유연수가 시비들을 심문하여 아무 것도 밝혀내지 못하자 사씨와 두 부인은 은밀히 옥환의 출처를 탐문한다. 가만히 당하고만 있는 것이 아니라 진상을 밝히기 위해 최대한 노력하는 것이다. 이후 교씨가 더욱 심한 모해를 실행하는 것도 사씨가 언제 자신의 음모를 밝혀낼지 모른다는 불안감에서 비롯된다. 사씨는 옥환 사건 이후로 초가에서 거적을 깔고 죄인으로 자처하는데 그러면서도 향후의 거취에 대해서 여러 모로 생각을 해 둔다. 두부인이 장사로 떠나기 직전에 사씨를 찾아 앞으로의 일을 의논하자 사씨는 다음과 같이 대답한다.

> "신성에는 진실로 갈 수 없습니다. 그래서 애초에 부인에게 의탁하려 하고 있었습니다. 그런데 부인께서 뜻밖에 멀리 떠나게 되셨습니다. 가만히 생각하니 만수천산 먼 곳을 여자 몸으로 어떻게 찾아갈 수 있겠습니까? 첩의 생각으로는 구고님의 산소 아래로 가서 머물다가 일신을 마칠까 합니다."[51]

사씨가 처음부터 시부모의 무덤 아래에 가서 고생할 생각을 한 것은 아니었다. 두부인에게 의탁하기로 작정하고 있었던 것이다. 그러나 두부인이 아들의 임지로 따라가게 되면서 계획에 차질이 빚어졌고 자기 혼자 몇 천 리 길을 여행하여 두부인을 찾아간다는 것이 매우 어려운 일이었기 때문에 차선책으로 선영에 의탁하기로 결정한 것이다. 선영에 의탁한다는 것은 처량하기는 해도 여러 가지로 이점이 있었는데 여기에 대해서는 동청이 잘 분석하고 있다.

사씨의 의도는 동청의 말대로 첫째, 신성에 가지 않음으로써 옥환의 일을 발명하고, 둘째, 스스로 무죄하다고 여겨 유씨집 총부로 자처하며, 셋째, 고을 사람들과 종족의 환심을 사서 지원을 받고, 넷째, 유연수가 왕래할 때 만나려는 것이다. 사씨가 동생 사공자에게 한 말에서 그녀의 의중이 더 직접적으로 드러난다.[52] 사씨는 일시적으로 쫓겨났지만 유

---

51) "新城誠不可往 初欲托身於夫人 夫人意外遠行 竊念萬水千山 女子一身 何以得達 妾意欲往投舅姑墓下 以終身耳".
52) "謝氏曰 吾豈不欲歸 侍母親靈筵 與賢弟相依 而一往本家 便與劉氏絶矣 顧念

가와의 인연을 포기할 생각이 조금도 없다. 때문에 동청과 교씨는 사씨가 선영에 머물지 못하도록 다시 계교를 꾸밀 수밖에 없는 것이다.

사씨는 유씨가의 家婦라는 자신의 위치에 강하게 집착한다. 회사정에서 물에 빠져 죽으려 할 때 그녀가 가장 간절하게 원하는 것은 "다시 술잔을 들고 소사의 사당에 올라가"는[53] 것이다. 그 다음으로 아들의 생사를 염려하고 동생을 그리워한다. 남편 유연수에 대해서는 일절 언급하지 않는다. 죽음에 직면한 극한 상황에서 사씨의 본심이 드러난 것으로 볼 수 있다. 사씨에게 가장 중요한 것은 사당에 올라갈 수 있는 총부의 지위이고, 그 다음으로 가치가 있는 것은 자신의 혈육인 아들과 동생인 것이다. 유연수는 사씨에게 큰 관심의 대상이 되지 못한다.

사씨가 잃어버린 것은 곧 교씨가 획득한 것이라고 할 수 있는데 그 실질은 家權이다.[54] 교씨는 사씨를 내쫓고 나서 비복들에게 "이제부터는 내가 집안 살림을 주관할 것이니라. 상벌과 호령이 내 손에 달렸지"라고[55] 선언한다. 한편 사씨는 유가를 떠나면서 비복들에게 "새 부인을 잘 모시면서 옛 사람도 때때로 생각해 달라"고[56] 당부하기를 잊지 않는다. 사씨와 교씨는 둘 다 유연수의 애정보다는 대대로 부귀한 유가의 가권 장악에 집착을 보이는 것이다.

사씨는 우여곡절 끝에 유가로 복귀하게 된다. 그러나 사씨의 문제가 모두 해결된 것은 아니다. 장주가 죽고 인아를 잃어버렸기 때문에 상황은 교씨를 맞기 이전으로 돌아갔다. 사씨가 나이가 들어(40세) 출산할

此身本無罪 翰林本賢明君子人也 雖一時信讒 安知不悔於後乎 況翰林雖終棄
我 我未嘗得罪於先少師 惟老死少師墓下 是我願也 賢弟勿異也".
53) "吾雖欲復奉盞 以上少師祠堂 何可得也".
54) 이것은 여러 선행 연구자들이 지적한 내용이며, 최근 정출헌이 탁월하게 분석해내기도 했다. 정출헌, 앞의 논문 참조.
55) "自今余主內政 惟賞罰號令在余".
56) "惟善事新夫人 亦時念舊人也".

희망이 완전히 사라졌다는 점에서는 더 악화되었다고 할 수도 있다. 이제 사씨는 노회한 경험을 살려 상황에 대처한다. 교씨를 영입할 때 치기로 인해 실수를 범했던 것을 깨닫고 신중하게 새로운 소실을 구하는 것이다.57) 사씨는 사족 여자라고 해서 흔쾌히 받아들였던 교씨 때와 달리 덕성을 보고 임씨를 고른다. 그런데 임씨는 아버지도 없이 계모 슬하에서 자란 여자로, 강가에 사는 것을 보아 뱃사공 내지 그와 유사한 신분이라고 할 수 있다. 임씨는 상민 내지는 천인에 가깝다고 할 수 있으며, 몰락하긴 했지만 사족의 딸로서 글을 읽을 수 있었던 교씨에 비해 신분이 현저하게 떨어진다. 교씨는 가난한 사대부의 처가 되기보다는 재상가의 첩이 되기를 원했던 반면, 임씨는 농사군의 아내가 되기 싫어 비구니가 될까 생각한다.58) 사족의 처가 된다는 것은 처음부터 바랄 수 없는 신분인 것이다.

여기에서 유연수가 사씨를 폐하고 교씨를 정실로 삼을 때의 상황을 회상해 볼 필요가 있다. 유연수는 교씨를 정실로 봉하며 가묘에 고유하기를 "첩 교씨는 비록 육례로 맞지 않았지만 명가의 후손이기 때문에"59) 정실로 삼을 만하다고 하였다. 교씨가 사씨의 지위를 빼앗을 수 있었던 기본 전제가 사족의 여자라는 출신에 있었던 것을 알 수 있다. 그래서 사씨는 이번에는 사족 여자가 아닌 천인을 소실로 구하는 것이다. 교씨를 맞을 때 "사족 여자는 천인과 절로 다르다"며60) 기뻐했던 것과는 반대의 행동이다. 다시 말해 사씨는 이번에는 결코 자신의 지위를 넘볼 수 없는 낮은 신분의 여자를 첩으로 택한 것이다. 게다가 임씨

---

57) "始吾年少未經事 見誤喬氏 苟其德性 如華容縣林女 則有何疑乎".
58) "秋英實不願爲田家婦 欲從姨母出家".
59) "小妾喬氏 初雖不備六禮 實名家之孫 誦詩讀禮 幽閑貞靜 宜令奉承祖宗祭祀 今特封爲正室 謹告".
60) "謝氏喜甚曰 仕族女子 自與賤人不同 吾意誠以爲當耳".

는 사씨를 처음 보고 선녀(天人)처럼 생각하는 촌스러운 시골 여자이며, 계모의 뜻을 잘 맞출 만큼 순종적인 성격이다. 사씨는 이런 모든 점을 고려한 끝에 임씨를 영입하기로 하고, "이보다 더 좋을 수는 없다"고[61] 만족해 한다.[62]

살펴본 바와 같이 사씨는 소극적이고 무기력하기는커녕 의지가 강하고 매사에 주도면밀하게 대처하는 인물이다. 그녀가 교씨와 임씨를 첩으로 들인 것은 완벽한 부덕의 실천인 동시에 각각의 상황에 맞춰 자신의 실리를 추구한 것이다. 사씨가 바보스러울 정도로 착한 여자라거나 현실에서는 불가능한 관념적 인물이라는 평가는 모두 사씨에 대한 오해이다. 사씨는 유가의 안주인으로서의 자신의 권력과 위치를 철저히 자각하고 있으며, 그것을 지켜내기 위해 최선을 다한다. <사씨남정기>는 바로 이 과정을 형상화한 작품이다.

5. 결론

<사씨남정기>는 한미한 집안의 딸 사씨가 도덕과 이념을 무기로

---

61) "今欲擇妾 無逾於此".
62) 이상구는 악한 첩 교씨와 선한 첩 임씨의 대립에 주목하면서, 사씨가 임씨를 처음 만날 때부터 새로운 첩으로 염두에 두고 있었다고 하였다. 그 증거로 사씨가 유소사에게서 받은 옥환을 임씨에게 주었다고 했는데, 이것은 작품의 실제와 다르다. 사씨가 유소사에게서 받은 옥환 한 쌍은 이미 설매가 훔쳐내어 냉진에게 주었기 때문이다. 유연수는 산동에서 냉진을 만났을 때 냉진의 속옷 고름에 달려 있는 일쌍 옥환을 발견한다(교감본 : 少年披着裏衣 而有一雙玉環 繫在衣帶. 남기홍본 : 少季被着裡衣 而有一雙玉環 繫在衣帶). 서술자가 사씨가 임씨에게 준 옥환을 '남은 옥환(所餘指環)'이라고 한 것은 여비로 쓰고 남은 것이라는 의미로 생각된다(교감본 : 謝氏出橐中所餘指環). 설령 사씨가 임씨를 첩으로 점찍었다 하더라도 사씨는 시아버지에게서 받은 세전지보를 첩에게 줄 인물이 아니다. 세전지보를 나눈다는 것은 동렬로 인정한다는 의미가 되기 때문이다.

부귀한 가문의 총부가 되고, 위기를 거쳐 지위를 공고히 하는 과정을 그린 작품이다. 본고에서는 이를 사씨의 출신, 성격, 행동으로 나누어 살펴보았으며, 그 결과 사씨는 추상화된 善이 아니라 현실 논리에 의해 움직이는 살아 있는 인물임이 밝혀졌다.

지금까지의 연구에서 이와 같은 사씨의 실체가 드러나지 않았던 것은 <사씨남정기>가 사씨의 현실 조건을 현숙한 부덕으로 화려하게 粉飾해 놓았기 때문이다. 그러나 이것이 작품의 흠이 되는 것은 아니다. 오히려 <사씨남정기>의 탁월한 성취는 사씨의 제반 행위를 더할 수 없이 지고한 이념의 승리로 그리면서도 사씨의 현실을 완전히 은폐하지 않았다는 데 있다. 사씨가 추구하는 이념의 세계는 흠집 하나 없이 매끄럽고 완전하게 제시된다. 대부분의 독자는 여기에 도취되어 사씨가 치켜들고 있는 이념의 깃발밖에 보지 못한다. 그러나 각도를 조금만 바꾸면 이념으로 매진할 수밖에 없는 사씨의 현실적 맥락이 가늘지만 분명한 윤곽을 가지고 떠오른다. 이 두 가지를 각각 완결적으로 또한 상호 모순되지 않게 작품에 형상화한 것이야말로 작자의 역량이라고 평가할 수 있다.

흔히 이념의 화신으로 인식되는 장편소설 주인공의 이면에는 대부분 사씨와 같은 현실적 처지가 존재한다. 그들은 이념의 화신이고 싶어서가 아니라 이념이 삶의 가장 유력한 방식이기 때문에 이념을 선택한다. 그런데 많은 연구자들은 이 점을 간과하고 소설 속의 인물들이 순진하게 가부장제 이념에 함몰되어 있다고 생각한다. 사씨는 나중에 황후에게 초빙되어 六宮의 사부 대접을 받는데, 한미한 집안의 딸로 태어나 권세가의 당당한 안주인이 되고 자녀를 제대로 생산하지 못한 치명적인 약점에도 불구하고 부덕을 잃지 않으면서 자신의 위치를 지켜낸 사씨의 처신이야말로 千秋에 女師가 될 만한 것이다.

본고는 그동안 무기력자로 평가되었던 사정옥이 사실은 적극적인 현실론자였음을 밝혔다. 사씨는 이제까지의 고전소설 연구에서 일종의 기준점 역할을 해 왔다. 사씨가 과연 기준점인가에도 의문이 있지만, 사씨의 실체를 제대로 파악하지 못한 상태에서 그녀를 기준으로 내려진 다른 인물(다른 작품의 여주인공)에 대한 평가에 오류의 가능성이 높다는 것이 더 큰 문제이다. 사씨는 더 이상 수동적인 운명론자로 왜곡되어서는 안 된다. 이제 그녀의 진실을 이해할 때가 되지 않았을까.

Ⅲ. <옥원재합기연>의 역사소설적 성격

1. 서론

<옥원재합기연>(이하 <옥원>)은 이미 선학들에 의해 여러 방면에서 연구가 축적된 작품이다. 그러나 작품 이해의 기초가 될 역사적 배경 및 역사적 사실과의 관련 양상에 대해서는 제대로 밝혀진 바가 없다. <옥원>이 역사적 사실과 동떨어져 완전히 허구적으로 창작된 작품이라면 시대적 배경을 논의하는 것이 불필요할 수도 있다. 그러나 <옥원>은 宋朝 神宗 연간의 역사와 밀접한 관련을 지니고 있으며, 때문에 이러한 측면을 간과하고 작품을 평가한다면 <옥원>의 고유하고 독특한 일면을 사장시키게 될 것이다.

기존의 논자들도 <옥원>에 많은 실존인물이 등장한다고 지적한 바 있으나,[1] 대부분 역사적 배경을 단순한 배경으로 보고 작품의 서사적 전개와 관련시켜 파악하지 않았다. 그러나 <옥원>의 올바른 이해를

---

[1] 심경호, 「낙선재본 소설의 선행본에 관한 일고찰 - 온양정씨 필사본 <옥원재합기연>과 낙선재본 <옥원중회연>의 관계를 중심으로 - 」, 『정신문화연구』 38, 한국정신문화연구원, 1990. / 최길용, 「<옥원재합기연> 연작의 작자고」, 『조선조연작소설연구』, 아세아문화사, 1992. / 이지하, 「<옥원재합기연> 연작 연구」, 서울대 박사학위논문, 2001.

위해서는 시대적 배경 및 주요 사건에 대한 고증이 반드시 필요하다. 역사와의 관련성을 통해 작품의 성격이 새롭게 논의될 여지가 있기 때문이다. 또 선행 논자들은 작품에서 주목되는 사실들, 즉 다양한 사상이 공존한다거나, 적대자에 대한 복수가 잔혹하지 않다는 점 등을 들어 작자의 지향으로 설명하였는데, 이러한 추정이 가능하려면, 이것이 역사적 사실의 재현인지, 작자의 허구적 창작인지부터 밝혀져야 할 것이다.

이에 본고는 <옥원>의 역사 수용 양상을 실증적으로 밝히고, <옥원>이 역사와 허구를 어떻게 결합시켰으며, 역사 속에서 한 개인이 살아가는 모습을 어떻게 형상화했는가를 구체적으로 분석하여, 그동안 주목하지 않았던 작품의 새로운 면모를 드러내고자 한다.[2]

2. 〈옥원〉의 역사 수용 양상

1) 북송 신종조 정치 현실의 재구성

<옥원>은 宋 神宗 연간의 역사적 전개를 충실하게 따르고 있으므로, 작품을 제대로 이해하기 위해서는 당시의 정치적 상황을 알아야 한다.

宋 神宗은 제위에 오르자 王安石을 기용하여 급진적인 개혁을 추진한다. 당시는 재정 악화, 遼·西夏와의 굴욕적인 외교, 대지주의 토지 겸병 등으로 인해 사회 전반에 개혁이 필요한 상황이었다. 그러나 司馬光 등 조정의 중신들은 기득권을 침해하는 新法에 반대하면서 舊法黨을 형성한다. 신·구법당의 대립은 왕안석에 대한 신종의 절대적인 지지로 인해 구법당의 패배로 돌아가고, 구법당은 대부분 지방관으로

좌천되거나 은거하였다. 그러나 이들은 집요하게 신법에 반대하는 한편, 慈聖太后 曹氏(仁宗皇后)와 宣仁太后 高氏(英宗皇后), 환관 등 궁중의 세력을 움직여 신종에게 압력을 가했다. 熙寧 7년에 심한 기근이 들자 신법에 대한 비난이 더욱 거세져, 왕안석이 사임하고 知江寧府로 물러나기에 이른다. 그러나 이 기간에도 신법은 계속 시행되었고 왕안석은 곧 복귀하여 다시 신법을 추진했다.

그러나 1차 사임 이후 왕안석의 정치적 영향력은 크게 약화되었고, 신법당 내부의 분열과 아들 王雱의 죽음으로 인한 충격 등으로 熙寧 9년에는 정계를 떠나게 된다. 이후에도 신법은 계속 시행되었으나, 내용과 범위가 축소되었고, 두 차례에 걸친 西夏 進攻이 실패하면서 신·구법당의 세력판도는 역전될 기미를 보이기 시작한다. 신종이 죽고 10세인 哲宗을 대신해 宣仁太后가 수렴청정을 하게 되자, 신법당은 정치적으로 패배하고, 구법당이 정권을 장악하였다.

신·구법당의 대립이 여기에서 끝난 것은 아니었다. 철종이 親政을 하면서 다시 신법당을 등용했고, 철종 사후에는 한때 신·구법당을 절충하려는 시도가 있었으나 徽宗 즉위 후 다시 신법당이 정권을 잡았다. 이처럼 신·구법당이 번갈아 권력을 쥐면서 당쟁은 더욱 극렬해졌고, 신종 연간과는 달리 잔혹한 정치적 보복이 뒤따랐다. 이것이 결국 북송의 멸망으로까지 이어지게 된다.[3]

<옥원>의 시대적 배경은 熙寧 초~元豊 말로,[4] 신종의 죽음 직전에 작품이 마무리된다. 즉 <옥원>은 구법당의 몰락으로부터 출발하여,

---

3) 신법당과 구법당의 당쟁에 대해서는 양종국, 『송대사대부사회연구』, 삼지원, 1996. / 이춘식, 「송대 保革의 대립과 망국」, 『東亞史상의 보수와 개혁』, 신서원, 1995. / 齊濤 編, 『中國黨爭實錄』, 齊魯書社, 1999. / 제임스 류, 이범학 역, 『왕안석과 개혁정책』, 지식산업사, 1991. 참조.
4) 원우 원년의 일도 잠깐 언급되지만, 이것은 후일담이다.

구법당인 주인공이 정치적으로 재기하는 과정을 그리고, 구법당의 승리를 목전에 둔 시점에서 끝난다. 이러한 시대 설정에는 여러 가지 이유가 있겠지만, 가장 큰 이유는 후편 <십봉기연>의 존재에 있다고 생각된다. 元祐 연간의 일은 <십봉기연>에서 다루어질 것이므로, <옥원>에서 굳이 신종 사후까지 서사화할 필요가 없었으리라는 점이다.

이지하는 <옥원>의 시대적 배경이 영종 시절이며, 작품이 신종과 신법과의 관계, 그리고 신종 사후 새로운 왕이 등극함으로써 정치적 판도가 달라진 사실 등에 대해서는 전혀 언급하지 않았다고 했다.[5] 그러나 이것은 사실과 다르다. 우선, 작품 내에 영종 연간이라는 언급이 없으며,[6] 작품에서 황제를 '신종'이라 지칭하지 않더라도, 熙寧·元豊이라는 연호가 있다면 신종이라고 보아야 한다. 그리고 廟號는 황제 사후에 결정되는 것이므로, 신종 연간에 씌어졌다고 작품 내에서 주장되는 <옥원>에서는[7] 묘호가 사용되지 않는 것이 더 자연스럽다. 또한 신종 사후의 정치권의 판도 변화를 다루지 않은 것은 <십봉기연>이 존재하기 때문이다.

<옥원>은 신종 연간의 정치적 굴곡을 충실하게 보여준다. 熙寧 2년의 구법당 대신들의 퇴진, 熙寧 3년의 王安石의 李定 천거와 이를 반대한 蘇頌·李大臨 등의 좌천, 熙寧 7년의 왕안석의 1차 사임, 呂惠卿의 배신, 熙寧 8년의 왕안석의 復相, 왕안석과 여혜경의 대립 및

---

5) 이지하, 앞의 논문, pp.22~23.
6) '영종황애'라는 언급이 있지만(권9), 이것은 당시가 영종 시절이라는 것이 아니라 영종이 황후 고씨와의 사이에서 今上(신종) 외에 3남2녀를 더 두었다는 이야기를 하기 위해서이다.
7) 작품 내에서 <옥원>의 작자는 석씨 형제들이다. 이들이 <옥원>을 최종 완성하는 것은 원우 원년 삼월이지만, 소세경과 이현영의 혼인에 이르기까지는 이미 원풍 8년 이전에 기록한 것으로 되어 있다. 권21 참조.

王雱의 여혜경 탄핵, 熙寧 9년 왕방의 죽음, 왕안석의 퇴임, 元豊 초 李定·王安禮의 執政 취임, 元豊 5년의 과거 실시, 여혜경의 좌천, 蔡確의 입각 등[8] 역사적 사실이 작품에 정확하게 수용되어 있다. 물론 소송이 潮州에 폄적되었다는 것은 사실과 다르고, 왕안례가 執政이 된 시기나 왕안석의 復相 시기에는 오차가 있으나 이것은 <옥원>이 역사서가 아니라 소설인 이상 당연히 나타날 수밖에 없는 변용이다.

그런데 <옥원>은 단순히 역사적 사실을 수용하는 데 그치지 않고, 역사를 서사 진행의 활력 원천으로 삼고 있다. 즉, 등장인물들의 삶이 역사적 변동의 물결을 타도록 결구한 것이다. 작품에서 가장 흥미로운 사건인 소세경과 이현영의 혼사장애는 소송이 신법당과 대립하여 폄적됨으로써 야기되며, 이원의가 신법당 중에서도 가장 간악한 인물인 여혜경을 추종하면서 심화된다. 왕안석이 金陵에서 이현영을 구하는 것은 1차 사임시 知江寧府로 내려가 있었기에 가능한 일이었으며, 왕안석이 곧 復相되고 자신을 배신한 여혜경의 세력을 꺾었기 때문에 소세경과 이현영의 혼사가 이루어질 수 있었다.

소송이 해배되고 소세경이 정계로 진출했을 때 여혜경이 소송 부자를 해치려 하지만 큰 위협이 되지 않는 것은, 여혜경의 권세가 이미 쇠했기 때문이다. 실제로 여혜경은 왕안석의 復相 이후 권력에서 밀려났고, 원풍 5년에 군사적 문제로 신종의 노여움을 사서 知單州로 쫓겨났다.[9] 여혜경 대신 새로운 적대세력으로 떠오르는 蔡確·蔡卞·蔡京 등은 왕안석의 은퇴 이후 권력을 장악했는데, 신법을 계승했지만 왕안

---

8) 李燾(宋) 撰, 『續資治通鑑長編』, 世界書局, 1974. / 脫脫(元) 撰, 『宋史』, 中華書局, 1966. 참조.
9) <옥원>에서는 소송을 죽이려 했던 일 때문에 폄출되는 것으로 바꾸었다. 여혜경이 힘을 잃자, 이원의도 더 이상 소동을 일으키지 않고 회과한다. 따라서 이원의의 악행은 여혜경과 결부되어 있는 것으로 보아야 할 것이다.

석이 지녔던 이념이 없었고, 부패했으며, 이후 제2차 개혁기, 즉 철종 친정기에 구법당을 가혹하게 탄압하게 될 인물들이다.[10] 따라서 <옥원>은 채확 등을 왕안석과 달리 타협할 수 없는 姦黨으로 형상화하고, 소세경으로 하여금 논핵하게 하였다.[11]

원풍 8년에 소송이 개봉부윤에 임명되면서, 아직 채확 등 신법당이 조정의 세력을 쥐고 있음에도 불구하고 작품은 축제 분위기에서 마무리된다. 이는 신종의 죽음과 신종 사후 구법당의 정권 장악을 예견한 데서 비롯된다. 작품 내에서 신종은 延安郡王(後의 哲宗)에게 司馬光과 呂公著을 재상으로 기용하고, 뒤에 소세경을 쓰라는 말을 남기는데, 이것은 자신의 죽음 이후의 정치적 변화를 예고하는 것이다.

이처럼 <옥원>은 신종 연간의 史實에 토대하여 설계된 작품이며, 특히 희령~원풍 연간의 신종의 태도 변화를 잘 보여준다. 신종의 구법당으로의 선회가 작품 내에서 약간 과장된 측면이 있겠지만, 구법당 쪽에 마음이 기울고 있으면서도 신법당에 둘러싸여 있는 신종의 모습은 역사적 사실에 근거한 것이다. 따라서 <옥원>에서 시대적 배경은 단순한 배경이 아니라 작품을 구성하는 결정력을 지닌 요소라고 할 수 있다.

2) 실존인물의 수용과 변용

<옥원>에는 수많은 실존인물이 등장한다. 그 중 비중 있는 역할로는 소세경의 부친 蘇頌, 이원의의 부친 文定公 李迪, 공씨의 부친 孔

---

10) 제임스 류, 앞의 책, pp.101~102.
11) 실제로 원풍 5년에 채확이 尙書右僕射 兼 中書侍郎이 되자, 낙양에 은거하고 있던 三朝의 원로대신 富弼이 채확을 공격하는 상소를 올린 사실이 있다. 『宋史』 <蔡確傳> 참조.

道甫, 공씨의 오빠 孔宗翰, 석겸(석학사 명첨)의 부친 石延年(字:曼卿) 등
이 있다. 그러나 소세경과 이원의는 허구적인 인물이다. 따라서 <옥원>
에서는 실존인물을 토대로 그의 자손들을 허구적으로 창조하여 주인공
으로 삼았다고 할 수 있다.

먼저, 소송은 작품의 주요 등장인물인데, 역사적 인물 소송의 행적과
작중 소송의 삶은 꽤 다르다. 역사적인 蘇頌은 李定 천거를 반대한 일
로 좌천되지만 작중 소송처럼 6년간 폄출되지는 않기 때문이다. 그러
나 실존인물 소송이 희령·원풍 연간에 신법당의 배척을 받아 외직을
전전한 것은 사실이다. 그가 중앙 정계에서 안정적으로 활동하게 된 것
은 원풍 후반이며, 구법당이 정권을 장악한 원우 연간에 이르러서야 刑
部尙書·吏部尙書 兼 侍讀 등 요직을 역임하고 원우 7년에 재상이 된
다.[12] 요컨대, 실존인물 소송은 희령 연간에 신법당에 의해 밀려났다가
원풍 후반에 중앙에 복귀하여 원우 연간에 크게 활약한 구법당의 인물
이며, 이것은 <옥원>에서 형상화하고 있는 바와 같다. 따라서 <옥원>
은 극적인 효과를 위해 실제 소송의 정치적 부침을 단순화·극단화한
것이라 할 수 있다. 또 이것은 소세경이라는 허구적 인물을 등장시키기
위한 안배이기도 하다.

소송의 정치적 행적이 작품 속에서 변용된 것과 달리, 그의 인간적
풍모는 <옥원>에 그대로 수용되어 있다. 『宋史』 列傳은 소송을 도량
이 크고, 예를 지키며, 九流·百家之說로부터 圖緯·律呂·星官·算
法·算經·本草에 이르기까지 無所不通하며, 典故에 밝고, 언변이 뛰
어난 인물로 평가하고 있다.[13] 이것은 "셩이 튬후ᄒ여 혈긔로 사롬 쑤

---

12) 『宋史』 <蘇頌傳> 참조.
13) "頌器局宏遠不與人校長短 以禮法自持 雖貴奉養如寒士 自書契以來經史九流
    百家之說 至於圖緯律呂星官算法算經本草無所不通 尤明典故 喜爲人言亹亹不

지스믈 못ᄒ"고(권2), "텬문복셔와 음양지니의 통티 못홀 거시 업스며 ᄯᅩ 태종 블셔룰 닉이 보아 셰샹 밧 일을 능히 다 알"며, "언논의 히박ᄒ미 만믈지니 무블통지ᄒ며 고금스긔 본말의 니ᄅᆞ히 유루ᄒ미 업"고, "됴뎡과 고인의 젼고룰 닐너 모든 스긔룰 구감ᄒ매 하ᄀᆞᆨ으로 ᄒ여금 즐겨 도라가기룰 닛"게(권14) 만드는 <옥원>의 소송과 같다. 이를 통해 볼 때, <옥원>의 작자는 蘇頌이라는 실존인물의 성격에 큰 매력을 느껴 작품에 등장시킨 듯하다.

이외에, 거란에 사신으로 가서 冊曆의 차이를 이해시키고(권1), 江寧縣과 滄州에서 지방관을 지낸(권18) 소송의 세부적 행적도 작품에 수용되어 있어, <옥원>의 작자가 蘇頌의 생애에 대해 숙지하고 있었음을 보여준다.

따라서 <옥원>의 작자는 실존인물 蘇頌의 위인이 훌륭할 뿐 아니라, 그의 삶을 통해 구법당 일반의 정치적 궤적을 드러낼 수 있다고 판단하여, 작품의 주요 인물로 등장시킨 것으로 보인다. 또한, 소송이 오래 살았으면서도 철종 친정기의 신법당 치하에서 화를 입지 않았다는 점도 주인공의 부친으로 선택된 이유 가운데 하나일 것이다. <십봉기연>에서 소송의 손자들이 번영하는 모습을 그리려면 소송 일가가 정치적 파란에 휩싸이는 일이 없어야 하기 때문이다. 실존인물 소송이 철종 친정기에 화를 면할 수 있었던 것은 그의 明哲保身한 처세 때문이었는데,14) <옥원>은 '명철보신'에 큰 관심을 기울이고 있다. 작중에서 소송은 표면적으로 강직한 인물로 그려지고 있으나, 자세히 살펴보면

絶". 『宋史』 <蘇頌傳>.
14) "論曰 大防重厚摯骨鯁頌有德量 三人者皆相於母后垂簾聽政之秋 而能使元祐之治比隆嘉祐 其功豈易致哉 … 頌獨歸然高年 未嘗爲姦邪所汙 世稱其明哲保身". 『宋史』 列傳 <第九十九>.

강직하면서도 '보신'에 유의하고 있음을 알게 된다. 특히 아들 소세경과 관련하여 이러한 측면이 더 두드러지게 나타난다. 이 점은 3장에서 상론될 것이다.

<옥원>에서 소송의 집안과 이원의의 집안은 先世로부터 깊은 인연이 있는 것으로 나온다. 소송의 부친은 이원의의 부친 문정공의 구원을 입었으며, 소송은 문정공의 門生이다. 文定公 李迪이 실존인물임은 앞서 언급한 바와 같다. 작중에서 이현영의 조부는 복주인 문정공 이적으로(권9), 소송의 부친이 진종 말년에 정위의 미움을 받아 위태로울 때 구해주고 자신도 폄적되었으며(권1), 2번 재상을 지낸 인물로 그려진다(권10). 실제로 文定公 李迪은 濮州人이며, 眞宗 말년 章獻皇后가 政事를 대리할 때, 장헌황후의 측근인 丁謂·曹利用 등과 대립했다가 폄출된 바 있다.[15] 다만 소송의 부친을 구해주었다는 것은 허구로, 蘇家가 李家에 큰 은혜를 입었다는 상황 설정을 위한 것이다. 그러나 蘇頌이 李迪의 아들 李肅之와 오랜 교분이 있었던 것은 사실이며, 소송은 이숙지의 墓誌를 쓰기도 했다.[16] <옥원>의 작자는 이와 같은 소송과 이숙지의 친분에 착안하여 작중의 소송-이원의의 관계를 창조한 것으로 보인다.

이현영의 외조부, 즉 공씨의 부친으로 설정된 孔道輔(字:原魯)는 孔子의 45世孫으로, 眞宗 연간 郭皇后 폐출시에 諫官 孫祖德·范仲淹 등을 이끌고 재상 呂夷簡에 대항하다가 쫓겨난 直臣이다.[17] 도보는

---

15) 『宋史』 <李迪傳> 참조.

16) 蘇頌, 『蘇魏公文集』 卷六十一, 商務印書館, 1971. 참조.

17) 『宋史』 <孔道輔傳> 참조. / "원의 췩실ᄒ니 곳 션셩의 후예라 공부ᄌ 스십뉵세 손이니 공시의 부명은 도뵈니 ᄌᄂᆞᆫ 원뇌러라 공이 인묘됴의 어ᄉᆞ듕승을 ᄒᆞ니 대륜을 굿게 잡아 튱딕이 크게 나타나니 공의 탁셰훈 ᄉᆞ격은 명도 텬셩 즈음을 드ᄃᆞ여 볼기 알거니". 권9.

성정이 鯁挺特達하고 탄핵을 만나도 피하지 않았으며, 풍채가 肅然하여 權貴들이 꺼렸다고 한다.[18] 그의 아들인 宗翰은 희령·원풍 연간 내내 지방관으로 전전하다가, 원우 초에 司農少卿이 되었다. 작중에서 공종한은 이현영이 왕안석의 양녀가 되어 경사로 돌아왔을 때에 비로소 등장하며, 그동안 지방에 있었던 것으로 설명된다. 이것은 실제 공종한의 사적을 고려한 설정인 동시에, 작품의 구성을 위한 안배이기도 하다. 공종한이 계속 이원의 옆에 있었다면 이원의가 원래의 혼약을 깨고 딸을 권세가에 시집보내려는 엄두를 내지 못했을 것이며, 이현영이 군자를 찾아 자신의 처세를 묻기 위해 가출하는 일도 없었을 것이기 때문이다.

> 내 이 말을 드르나 동희의 귀룰 씻디 못ᄒ니 흔이 명목디 못ᄒ리라 만일 왕방이 사라셔 이 ᄆᆞᆷ을 ᄯᅳᆺ디 아니면 내 딜녀룰 죽이고 혹 이놈이 죽거든 딜녀룰 단발문신ᄒᆞ여 안셕의 불인불의룰 탄박ᄒᆞ리라 폐식톄읍ᄒᆞ여 ᄎᆞ마 견디디 못ᄒ니 공이 비록 팀묵ᄒᆞ나 션군의 습긔 이셔 엄정결개흔디라 (권3)

인용문은 왕방이 억지로 이현영을 취하려 하자 공종한이 분해 하는 내용이다. 공종한은 왕방이 계속 이현영을 탐낸다면 이현영을 죽이고, 왕방이 죽는다면 이현영을 僧尼로 만들겠다는 과격한 발언을 한다. 서술자는 이와 같은 공종한의 과격함이 孔道甫로부터 물려받은 嚴正潔介함이라고 설명한다. 공종한이 완전히 허구적인 인물이고, 강렬한 성품이 그 혼자만의 것이라 해도 작품에는 지장이 없다. 그러나 작자는 굳이 실존인물인 공도보를 내세워, 그로부터 실존인물이지만 이미 허

---

18) "道輔性鯁挺特達 遇事彈劾無所避 出入風采肅然 及執憲權貴益忌之". 『宋史』 <孔道輔傳>.

구화된 인물인 아들 공종한의 성격을 도출해내려고 한다. 실존인물의 차용이 단순한 차용에 그치지 않고, 그 후손인 허구적인 등장인물의 성격 창조에 기여하게 되는 것이다. 이것은 공종한 뿐만 아니라, 완전히 허구적인 인물인 이현영에까지 이어진다. 이현영은 성격이 峭强하고 烈烈하여, 불의한 일을 당할 때마다 자해·자살 등 극단적인 행동을 서슴지 않는다. 이것은 이현영이 무지한 부모 밑에서 자라 예에 맞는 대처방식을 익히지 못한 때문도 있지만, 더 근본적인 이유는 가까이는 외숙부, 멀리는 외조부로부터 이어받은 과격한 성품에 있다.

이와 같이 실존인물의 성격이 허구적인 후손들의 성격을 결정하는 예는 石家에서도 찾아볼 수 있다. 작품 내에서 석겸과 그 아들들은 예법에 구애되지 않고 風流와 戲謔을 즐긴다. 이러한 석씨 일가의 성품은 石延年이라는 실존인물로부터 온 것이다. 석연년은 관료로 현달하기보다는 詩人으로 명성이 높았으며,[19] 위인이 호탕하고 행동에 거리낌이 없었고, 世事에 얽매이는 것을 싫어하였다. 술을 잘 마셔 신선이라는 소문이 났다는 일화도 있다.[20] "희희ᄒᆞ고 방탕ᄒᆞ여 지명을 쳔즈ᄒᆞ나 ᄯᅩ흔 호식탐음"한(권4) 작품 속의 석만경은 이와 같은 실존인물 석연년의 형상에서 유래된 것이며, 이와 같은 자유분방한 성격은 석만경으로부터 다시 석씨 일가 전체로 확산된다.

따라서 <옥원>의 작자는 등장인물들의 성격의 연원을 실존인물에 둠으로써 인물의 성격에 개연성을 두려 했다고 할 수 있다. 물론 北宋代 歷史에 대한 지식이 전혀 없는 독자들에게는 이와 같은 작자의 배

---

19) 석연년의 시는 기발하고도 빼어났으며, 격조가 높고 우렁찼다고 한다. 연세대 중국문학사전 편역실,『중국문학사전』Ⅱ 작가편, 다민, 1994, p.191.

20) "爲人跌宕任氣 節讀書通大略 爲文勁健 於詩最工而善書 … 延年雖酣放若不可攖以世務 然與人論天下事是非無不當".『宋史』<石延年傳>.

려가 아무런 효과를 발휘할 수 없었겠지만, 작자는 북송의 역사 및 역사적 인물들에 대한 해박한 지식을 가지고 있었고, 자신과 같은 수준의 독자를 상정하고 창작에 임한 것으로 추측된다. 다시 말해, 소송·이적·공도보·석연년 등의 역사적 인물에 대한 배경지식이 있는 독자라면, 그의 후손들로 나오는 등장인물들의 성격을 실존인물과 연관시켜 단번에 파악하고 수긍할 수 있었으리라는 것이다.

위에서 살펴본 인물 외에, <옥원>에 등장하는 실존인물은 다음과 같다. 구법당의 중신인 歐陽脩, 司馬光, 呂公著, 文彦博, 范純仁, 程顥·程頤 형제와, 蜀學派의 문인인 蘇軾, 蘇轍, 黃庭堅, 蘇過, 구법당의 신진인 司馬康, 韓忠彦, 范祖禹, 呂希哲, 劉安世, 朱光庭, 賈易, 王安石의 일가인 王安石, 王安禮, 王安國, 吳國夫人, 王雱, 신법당인 呂惠卿, 李定, 蔡確, 蔡卞, 王韶, 이외에 선대의 인물로 이현영의 꿈속에 나타나는 范質, 朱熹의 증조부 朱森 등이 작품에서 일정한 역할을 담당하는 인물들이며, 기타 富弼, 韓琦, 范仲俺, 丁謂, 蔡京, 胡瑗, 孫覺, 李常, 曾布, 劉摯, 王岩叟, 曾鞏, 胡安定, 劉安節, 孫復 등은 이름만 언급되는 인물들이다.

3) 북송대 중국의 사실적 재현

<옥원>은 중국을 배경으로 하면서도 조선의 제도·문물·관습을 반영하는 다른 작품들과 달리, 북송대 중국의 현실을 사실적으로 재현하려 노력하였다.

먼저 과거제도를 들 수 있다. 소세경의 집은 蜀의 眉州인데, 洛陽의 司馬光에게 유학한다. 소세경이 미주로 돌아가서 鄕試에 응시하겠다고 하자, 사마광은 開封府에 入籍하고 과거를 보라고 권유하고, 이것

이 소송의 뜻이라고 설득한다(권7). 고전소설 가운데 과거를 어디에서 볼 것인지, 과거에 응시하기 위해 호적이 필요한지 등의 문제에 관심을 갖는 작품은 극히 드물다. 많은 작품에서 주인공은 아무 준비 없이 과거에 응시하고, 과장에 구경갔다가 장원에 뽑히기도 한다. 즉 실제의 과거시험과 동떨어져 낭만적으로 형상화되고 있는 것이다. 그러나 <옥원>에서는 북송 당시의 과거에서 민감한 문제 중 하나였던 응시지역을 언급함으로써 사실적인 면모를 보여준다.

북송 때, 과거의 첫 단계인 解試는 응시자의 거주지에서 보도록 되어 있었다. 그러나 당시에는 開封府試에 참가하는 것이 하나의 이상이었는데, 이것은 개봉부가 정치·경제·교육·문화의 중심지로서 다른 지역보다 배당된 합격인원이 더 많았고, 수시로 황제의 특혜가 내려졌으며, 많은 시험관이 거주하는 등 여러 모로 유리했기 때문이었다.[21] 그래서 지방의 응시자들이 불법적으로 개봉의 호적을 만드는 폐해가 일어나기도 했다.[22] 따라서 작품 속에서 소송과 사마광이 소세경에게 개봉에 입적하고 京試에 응시할 것을 권하는 것은 실제 북송대의 사회상황을 사실적으로 반영한 것이다.

<옥원>에서 소세경이 치르는 과거는 解試, 南省試, 殿試이다. 과거가 鄕試, 會試, 殿試의 3단계로 정립된 것은 宋初이다. 그런데 明·淸代에는 지방에서 치르는 첫 시험을 鄕試라고 부른 반면, 宋代에는

---

21) 존 샤피, 양종국 역, 『송대 중국인의 과거생활-배움의 가시밭길』, 신서원, 2001, pp.120~122.

22) 흥미롭게도 이 현상을 비판한 대표적인 두 사람이 소송과 사마광이다. 蘇頌은 "천하 州·郡의 擧子는 이미 本處人이 많으나 解額은 적기 때문에 빈번하게 경사로 달려가서 戶貫을 급히 구하고 있으니, 鄕擧의 弊 중 이보다 심한 것은 없다"고 비판했고(『蘇魏公文集』 卷15), 司馬光은 京師에 유학하지 않으면 進士 급제를 할 수 없으므로, "사방의 학자가 모두 향리를 버리고 부모를 떠나 경사에서 늙어가며 다시 돌아가지 않는다"고 지적하였다(양종국, 앞의 책, p.163).

解試라고 불렀다. 우리 나라에서도 宋朝의 제도를 본받았던 高麗 때
에는 지방시를 解試라고 했고, 조선시대에는 일반적으로 鄕試라고 했
다.[23] 따라서 <옥원>에서 '解試'라는 용어를 사용한 것은 송대라는
시대적 배경에 충실하기 위해서이다. 중앙에서 치르는 시험을 가리키
는 南省試(=省試)라는 용어도, 마찬가지로 송과 고려에서 사용되던 것
이다.

　다음으로 관직제도를 살펴보자. <옥원>에서 소세경은 과거에 장원
급제한 후 翰林檢討 兼 起居舍人에 제수되고, 수개월만에 天章閣待
制가 된다(권7). 작품 내에서 이러한 인사는 知制誥로 발탁하기 위한
수순이라고 설명된다. 起居舍人은 정7품으로 과거 급제자가 바로 제
수받을 수 없는 관직이며,[24] 몇 개월만에 待制로 승진한다는 것도 불
가능한 일이다. 그러나 待制가 황제 측근의 侍從으로서, 문학의 엘리
트들이 차지하는 관직이었으며, 승진에 있어 특별히 우대받은 것이 사
실이다.[25] 따라서 황제가 소세경을 황제의 자문관인 知制誥로 뽑기 위
해 측근인 待制로 임명했다는 설명은 설득력이 있다. 소세경이 利州
通判이 되는 것도 사실적이다. 북송대 진사급제자의 초임 지방관 중
가장 많은 비율을 차지하는 것이 知州·知府의 副官인 通判이기 때
문이다.[26] 소세경은 3년 동안 지방관을 역임한 후, 中書舍人(정4품) 兼
知制誥에 제수되어 중앙으로 올라온다. 이것은 進士合格者들이 황제
측근의 館閣職을 거치고 지방관으로 나가 재정관료로서의 능력을 발
휘하다가 중앙의 知制誥나 樞密院의 都承旨, 樞密直學士에 등용되

---

23) 조선시대 文科(大科)는 初試(鄕試), 覆試, 殿試의 3단계로 이루어졌다.
24) 蘇軾이 과거에 급제한 후 제수 받은 첫 관직은 정9품의 大理評事였다.『宋史』
　　<蘇軾傳> 참조.
25) 신채식,『宋代官僚制硏究 —宋史列傳分析을 통하여』, 三英社, 1981, p.201.
26) 신채식, 위의 책, p.172.

는 전형적인 출세 경로를 보여주는 것이다.[27]

이와 같이 <옥원>은 관직제도나 관리의 승진 과정에 대해서도 구체적이고 현실적인 관심을 보여주며, 북송대의 사실을 반영하였다. 이것은 일반적인 장편소설과는 크게 다른 지향으로, 보통 장편소설에서는 남성 주인공이 과거에 급제하면 곧 翰林學士가 되며, 20대에 侍郎이나 尙書가 된다. 그리고 巡撫使나 按察使가 되어 지방으로 가는 경우는 있지만, 직접 지방관으로 부임하는 경우는 없다. 따라서 <옥원>은 일반적인 장편소설과는 달리 실제 역사에 밀착된 작품이라고 할 수 있다.

<옥원>을 읽으면 등장인물들이 모두 인척 관계로 얽혀 있다는 인상을 받게 되는데, 이 또한 당대 현실과 어긋나지 않는다. 북송 중기의 정치집단은 사회계층적 구성에 있어서는 唐代의 귀족에 비해서 그 폭이 넓었지만, 규모면에서는, 여전히 수도 개봉에 중심이 놓여 있었고, 또 혼인관계에 의해 서로 결합되어 있다고 해도 좋을 정도로 소규모였다고 한다.[28] 그러므로 개봉·낙양에 관료들이 집중되어 있고, 또 이들이 복잡한 인척 관계로 맺어져 있는 <옥원>의 작중 상황은 북송대 실제 사회 분위기라고 할 수 있다. 비단 분위기뿐만 아니라, 王安石의 女壻가 蔡卞이며(권18), 呂公著의 女壻가 范祖禹라는(권9) 등의 언급도 사실이다.[29]

한편, <옥원>은 북송대의 학문적 분위기와 학파의 존재를 사실적으로 그리고 있다. <옥원>에서 소송은 유·불·도에 정통한 인물로 형

27) 신채식, 위의 책, p.82.
28) 존 샤피, 양종국 역, 『송대 중국인의 과거생활－배움의 가시밭길』, 신서원, 2001, p.45.
29) 『宋史』<王安石傳>·<呂希哲傳> 참조.

상화되며, 왕안석 부부는 불교를 신봉하고 있고, 여공저는 佛書를 옹호한다. 불교가 배척되던 조선시대에 이와 같은 소설을 창작했다는 것은 곧 작자가 불교나 도교 등 유교 이외의 사상에 개방적인 태도를 지녔기 때문이라고 추측하기 쉽다.30) 그러나 작자의 세계관이나 지향을 논하기 앞서, 蘇頌이 九流·百家之說에 無不通知하고, 王安石이 불교에 침잠했으며, 呂公著가 佛書를 좋아한 것은 사실이다.31) 그리고 이러한 학문·사상의 다양성은 소송 등에게서만 볼 수 있는 것이 아니라 당시의 전반적인 분위기로, 송대 사대부의 학문·사상세계 내부에는 유교 뿐 아니라 불교·도교 등을 포함하여 다양한 사상체계가 자리잡고 있었다.32) 따라서 <옥원>에 나타난 도·불에 대한 긍정적인 시선은 북송대 사상적 경향의 충실한 재현으로 보는 것이 옳을 것이다.

<옥원>은 북송대의 주요 학파에 대한 인식도 보여준다. 당시에는 왕안석의 新學派, 司馬光의 朔學派, 程頤·程顥의 洛學派, 四川 蘇氏의 蜀學派 등의 학파가 존재했는데,33) 작품 속에도 司馬光의 문하, 程頤·程顥 형제의 문하, 蘇軾 일가 등이 분립하고 있다. 그리고 주인공 소세경은 촉학파에 혈연·지연을 두고, 삭학파의 수제자이며, 낙학파로부터 인정을 받아, 보수파에 속하는 3개 학파의 장점을 두루 갖춘 최고의 文士·君子로 형상화된다. 장원급제 후 황제가 所學을 물어보자 소세경은 "다만 춘츄롤 강호고 기여의 소여호"다고(권7) 대답하여, 보수파로서의 입장을 분명히 한다. 신학파는 『周禮』에서 이론적 정당성을 찾았고, 삭학파를 비롯한 보수파는 『春秋』를 숭상했기 때문이다.

---

30) 이지하, 앞의 논문.
31) 김만중, 홍인표 역, 『서포만필』 하, 일지사, 1987, p.242.
32) 양종국, 『송대사대부사회연구』, 삼지원, 1996, p.197.
33) 제임스 류, 앞의 책, pp.44~47.

그러므로 '다만 春秋룰 講'했다는 소세경의 언급은 곧 '나는 삭학파(보수파)이며 신학파를 배척한다'는 의미이다.

학파간의 대립을 보여주는 또 다른 예로, 朱光庭·賈易가 소세경을 蘇軾과 같은 부류로 폄하하고 있다가 재평가한 사건이 있다(권13). 여기에서 낙학파인 주광정과 가이가 소식을 부정적으로 평한 것은[34] 실제 낙학파와 촉학파 사이의 갈등을 반영한 것이다. 구법당 집권 이후 洛黨과 蜀黨은 洛蜀論爭으로 불리는 대규모 정치논쟁을 벌이는데, 賈易는 이 때 소식을 공격했다.[35]

이처럼 <옥원>은 북송대의 정치·사회·사상에 대한 해박한 지식을 보여준다. 이와 같은 작품 성향은 일반적인 장편소설에서 찾아볼 수 없는 것으로, 이를 통해 <옥원>의 작자가 북송대 역사에 대한 깊은 조예가 있었을 뿐 아니라, 역사적 실재를 사실적으로 재현하는 소설을 창작하고자 했음을 알 수 있다.

3. 구법당의 패배·재기의 전형화

<옥원>은 역사를 적극적으로 수용한 작품이지만, 작품에서 중심적으로 형상화하는 것은 허구적인 인물 소세경의 행적이다. 따라서 <옥원>의 역사적 사실과 허구적인 주인공의 삶이 어떤 관련을 맺고 있으며, 주인공이 추구하는 것은 무엇인가를 살피는 것이 작품 해석에 중요

---

[34] "초낭인의 셩명은 쥬광정과 가이라 즈쇼로 흑문경슐ᄒᆞ여 하람쳐ᄉ 정뎡슌을 조차 노는디라 초의 군평의 일홈을 듯고 믿디 아냐 ᄲᅥᄒᆞ더 이 불과 소ᄌ쳠의 무리로 부술 눌녀 쳔언을 일오고 말노ᄲᅥ 녯 글을 슐ᄒᆞ미라 엇디 힝실이 놉흐며 흑문의 연원 ᄒᆞᆫ 거술 알니오 ᄒᆞ더니". 권13.
[35] 『宋史』 <賈易傳> 참조.

하다. 결론부터 말하자면, 작중 소송·소세경 부자의 삶은 구법당의 패배와 재기라는 역사적 과정을 전형화해서 보여준다고 할 수 있다.

1) 소세경의 출사 - 소송의 대리자적 성격

소송은 신법당을 비판하다가 潮州로 폄적된다. 그런데 여혜경은 소송을 출폄시킨 데 만족하지 않고 소송은 물론, 그 아들 소세경까지 살해하려 한다. 이로부터 소송 부자는 여혜경의 독수를 피해 살아남는 데 전력을 기울인다. 소송은 6년이 지나서야 사면되는데, 이것도 정치적으로 재기한 것이 아니라, 왕안석이 이현영을 혼인시키기 위해 개인적으로 주선한 것이었다. 따라서 이 때의 사면 복직은 소송이 선뜻 받아들일 수 있는 것이 아니다.

소송은 신법당이 구법당에 대한 탄압을 늦추지 않으면서, 자신만 사면해 주는 것에 의구심을 느끼고 거절하려 한다.[36] 이와 같은 태도는 명분에 합당한 것이다. 그런데 소송은 금방 생각을 바꿔 "안석이 혜경으로 더브러 심부샤합ᄒ여 조아롤 삼앗다가 일조의 비반ᄒ매 원독결분ᄒ여 종슈롤 이분ᄒ매 각닙기의 미ᄎ미"라고(권2) 하면서 사면을 받아들인다. 왕안석과 여혜경을 분리시킴으로써 사면을 받아들일 명분을 만드는 것이다. 이것은 또한 적대자를 여혜경에 한정한다는 뜻이기도 하다. 이처럼 사면은 받아들였지만 정당한 명분 없이 복직까지 수락하기는 어려워, 소송은 사직하고 귀향하게 된다.[37] 그러나 본래 은거를 사모

---

36) "ᄌ첩을 가쇄ᄒ고 노부롤 신셕ᄒ미 필유소연이라 군직 힝거에 일월의 교연홀지니 가히 사롬이 어엿비 넉이믈 특별이 바다 원슈롤 은혜로 밧드미 참안ᄒ지라 내 출히 남히의 뼉어 힝골을 널노 ᄒ여곰 주어 도라가게 ᄒ미 힝이니 이 뼈곰 나의 원이 아니라". 권2.

37) "벼술 굴기의 미쳐는 창연ᄒ여 굴오더 벼술을 가히 아니리라 니론즉 죄롤 텬즈긔

하여 물러난 것이 아니므로 중앙정계에 대한 소송의 지향을 대신할 인
물이 필요하고, 소세경이 이 역할을 맡게 된다.

소세경은 낙양 유학을 거쳐 장원급제하는데, 그가 출사한 조정은 적
대세력인 신법당의 조정이다. 일반적인 고전소설에서라면 주인공이 적
대세력과 치열하게 갈등하면서 복수하겠지만, <옥원>에서 소세경은
의외로 조용히 출사하고, 반대세력의 방해공작도 없다. 그 이유는 무엇
인가?

> 과뎨 칙문을 보매 은하의 국도롤 버혀 만니창히의 원턴이 호호혼 근
> 원이니 의논이 시례롤 마초디 아니ᄒ고 뜻이 뎡대ᄒ더 구투여 간샤롤
> 침쳑ᄒ여 모든 방훼롤 모ᄒ디 아냐시니 원턴ᄒ고 졍슉ᄒ여 가히 방논
> 이 챡졀의 의응홀디라 공이 남파의 대열ᄒ여 경공 형뎨롤 더ᄒ여 ᄀ라
> 디 쇼뎨 어린 줄이 아니라 ᄎ지 젹이 근원이 이시니 내 죡히 그 쳐셰
> 롤 근심티 아닛노라 (권14)

인용문은 소세경이 殿試에서 제출한 策文을 본 후의 소송의 반응이
다. 殿試의 策文은 시국과 관련한 문제에 대해 자신의 주장을 펴는 글
이다. 따라서 구법당이라면, 응당 책문에서 신법당의 정책의 오류 및
부정부패를 비판해야 한다. 그런데 소세경의 책문은 뜻이 정대하지만
구태여 신법당을 공격하거나 자극하지 않는다. 현실적으로 신법당의 세
력이 강하다는 점을 인정하고, 쓸데없이 마찰을 일으키지 않는 것이다.
따라서 소세경의 출사가 순조롭게 이루어지는 것은 이와 같은 明哲保
身한 처세 때문이라고 할 수 있다. 그리고 이 책문에 대한 소송의 태

더으미오 쏘 벼슬을 가히 하리라 니론즉 원이 붕우의게 밋는다 ᄒ여 돌이 지나도
록 다시 그룻ᄒ가 싱각ᄒ니". 권8. 소송이 구법당 동료들을 의식하여 사직했음을
알 수 있다.

도도 주목할 만하다. 소송은 책문을 보고 아들의 처세를 근심할 필요가 없다면서 기뻐한다. 무모하게 신법당에 대적하지 않고, 때를 기다리기를 바라는 것이다. 따라서 소세경의 명철보신은 소세경 스스로의 선택인 동시에 소송이 지정한 방향이라고 할 수 있다.[38]

2) 소세경의 여혜경 제거 - 私的 복수

소세경이 출사하자 황제는 소송에게도 형부상서를 제수한다. 그러나 소송은 사직상소와 함께 十策을 올려 신법을 공격하고, 구법당을 기용하고자 하면서도 그 주장을 듣지 않는 황제를 비난한다.[39] 이것은 중앙 정계에 대한 강한 지향에도 불구하고, 구법당의 영수인 司馬光과 呂公著가 관직을 거부하는 상황에서 자기 혼자 출사할 수 없다는 소송의 판단을 보여주는 사건이다. 다시 말해 소송은 사직상소를 통해 구법당으로서의 연대감을 확고히 표명하고자 한 것이다.

소송의 상소가 나라를 抱寃하고 조정을 譏弄한다는 李定의 비난을 불러일으키자, 소세경도 이에 맞서 상소한다. 여기에서 흥미로운 점은 소세경이 소송과 달리, 신법당 전체를 공격하지 않고 여혜경을 목표로 한다는 것이다. 소세경은 조정에 대한 불만을 토로하고, 천하가 위태하고 나라가 병들었다고 하면서도, 幼沖한 小臣이 국정을 논한들 무슨

---

38) 후에 소세경은 아들 봉회에게 "네 아비 가뎡지훈을 밧줍고 부즈디교룰 듯즈오니 긔즛 미즈는 될디언뎡 비간은 효측디 아니리니 네 모룸미 죵신토록 금일지언을 긔록하라"고 한다(권17). 이를 통해서도 소세경이 죽음을 무릅쓰는 강직보다는 명철보신을 선택하고 있으며, 이것이 소송과 사마광의 교훈이었음을 알 수 있다.

39) "스마광 녀공져 등을 쓰시면 이곳 경계대략지신이니 신곳치 브지무용ᄒ 니룰 닐위지 아니셔도 됴뎡이 묽고 국개 다힝ᄒ리이다 … 셩상이 미양 스마광을 블너 닐위믈 근졀이 ᄒ샤 밋 니룬매 그 말솜을 쓰지 아니시니 이는 폐하의 말솜과 일이 샹합지 아니시미라". 권8.

소용이 있겠느냐면서 여혜경만을 공격 대상으로 삼는다.[40] 소송의 상소를 비난한 것은 이정인데도, 소세경은 이 사건을 적대자 여혜경에게 보복하는 기회로 삼은 것이다. 소세경은 여혜경이 폄적된 소송을 죽이려 한 일을 폭로하여 僻地의 知州로 좌천시킨다. 신법당 전체와 맞서기를 피하는 대신, 이미 권력에서 어느 정도 소외된 여혜경을 공격하여 성공한 것이다.

소세경이 신법당 전체나 신법당의 다른 인물들에 대해서는 함구하면서 유독 여혜경에게 보복하는 것은 다른 인물들과 달리 여혜경이 이념이나 政見의 대립 차원을 넘어선 사사로운 원수이기 때문이다. 즉, 소송 일가의 원수는 신법당이라기보다는 여혜경인 것이다. 여혜경과 왕안석이 모두 신법당이라 해서 같은 악인으로 그려야 한다거나 동일하게 배척해야 한다는 논리는 작품 내에서 성립하지 않으며, 역사적 평가와도 맞지 않는다. 여혜경에 대한 역사적 평가는 몹시 나쁜데, 특히 왕안석을 배신한 일로 혹평을 받고 있다. 사마광은 처음부터 왕안석에게 여혜경의 배신을 경고했으며,[41] 이에 대한 언급이 작품에도 나온다.[42] 다시 말해, 작품에서 여혜경은 처음부터 악인으로 설정되어 있고, 소송

---

40) "수십년 즈음의 진신쟝뷔 괴칙을 드려 뼈 말이 가학고 튱셩이 지극ᄒᆞ디 능히 가랍ᄒᆞ시나 우용치 못ᄒᆞ시니 신은 유틈미미ᄒᆞᆫ 쇼신으로 말이 미ᄒᆞ고 긔샹이 경약ᄒᆞ니 죨흔 베프미 구든 거슬 능히 열고 막힌 거슬 트미 어려오니 말슴의 ᄉᆞᆺ지 아니ᄒᆞ고 번극홀디라 그 시죵을 더어 베프지 아니ᄒᆞ고 다만 ᄉᆞᆼ의 원울ᄒᆞ고 통박ᄒᆞᆷ믈 알외ᄂᆞ이다". 권8.

41) "光又貽書安石曰 詔諛之士於公今日誠有順適之快 一旦失勢將必賣公自售矣". 『宋史』<呂惠卿傳>.

42) "녀혜경이 대로ᄒᆞ여 젼의 왕공으로 더브러 ᄶᅥ기 틈이 잇더니 대극하여 샹젼의셔 왕공을 단죄ᄒᆞ여 젼젼 죄악을 표표히 고ᄒᆞ고 쇼송을 은셕ᄒᆞ기롤 크게 막ᄌᆞᄅᆞ니 형공이 대로ᄒᆞ여 젼일 ᄉᆞ마공의 말슴을 비로소 ᄭᅵᄃᆞᄅᆞ매". 권2. '젼일 ᄉᆞ마공의 말씀'이 무엇인지는 작품에 언급되지 않는다. <옥원>의 작자는 이 정도는 독자가 당연히 알고 있을 것으로 생각한 듯하다.

일가를 私的으로 죽이려 했기 때문에 용서할 수 없는 적대자이며, 소세경의 복수 역시 여혜경에 한정하여 이루어진다는 것이다. 이원의가 소세경과 딸의 혼약을 배약하고, 소송을 모함하고, 소세경을 죽이려 하는 등 여러 사건의 배후에는 반드시 여혜경이 있다. 여혜경이 소송 일가에 대한 함해를 포기하자, 이원의는 더 이상 소동을 벌이지 못하고 돌연 개과한다. 따라서 이원의와 소세경의 대립은 표면적으로는 옹서 갈등처럼 보이지만, 심층적으로는 여혜경과 소세경의 대립이라고 할 수 있다.

요컨대, 소송은 관직을 거부하고 신법당을 비난함으로써 구법당으로서의 명분을 세우고, 소세경은 소송의 상소를 뒷받침하여 신법당을 공격하기보다는 이를 여혜경 제거 기회로 이용함으로써 명철보신하게 처세하고 있는 것이다.

3) 소세경의 관직 생활 - '신법의 폐단 입증

소세경은 廉問御史가 되어 대표적인 新法인 靑苗法의 폐해를 구체적으로 입증한다. 청묘법은 대지주의 고리대로부터 빈농을 구제하기 위한 저리금융정책으로, 봄에 농업자금을 빌려주고 가을에 원금과 이자를 환수하는 제도였다.43) 청묘법은 신법 중 가장 먼저 실시되어, 반대파의 치열한 비판을 야기시키면서 정치쟁점화되었는데, 청묘법에 대한 반대의 명분은 대부의 강제할당, 이자의 수취, 연좌책임제 등으로 인한 문제점이었다. 소세경이 염문어사로서 밝혀낸 청묘법의 폐해도 이러한 범주에 속한다. 한 노파는 자신의 집이 청묘전을 빌릴 필요가 없는 데도 억지로 대부하였으며, 원래 할당된 금액은 납부할 수 있었지

---

43) 제임스 류, 앞의 책 참조

만 다른 사람의 몫까지 책임지도록 하여, 결국 가산이 탕패하고 가족이 해체되었다고 하소연한다.[44] 이 예에는 강제할당, 이자 수취, 연좌책임 등 신법 시행의 제문제점이 집약되어 있다.

소세경은 개봉부에서 죄수들을 석방하고 疑獄을 해결하기도 하는데, 죄수가 많아진 이유를 "됴뎡이 법을 고치므로브터 빅셩이 산지스방ᄒ여 그 졍스의 이긔디 못ᄒ"게(권11) 된 것으로 설명한다. 백성의 艱難의 원인을 모두 신법에 돌리고 있는 것이다. 따라서 소세경의 염문어사직 수행은 신법의 폐해를 밝힌다는 의미를 지니고 있다.[45] 그런데 소세경은 염문어사 임무를 마치고 돌아와서 "쳥묘의 폐롤 붉히나 구ᄐ여 법을 파ᄒ믈 쳥치 아니"한다(권11). 객관적인 자료만 제시하고 판단을 황제에게 미룸으로써 신법당과 정면으로 맞서기를 꺼리는 것이다. 소세경은 파직시킨 관료들의 죄상도 자세히 보고하지 않는데, 이 또한 적을 만들지 않으려는 처세로 보인다.

그러나 소세경은 蔡確의 入閣에는 공세를 취한다. 그것은 소세경이

---

44) "네는 내 집이 유여ᄒ더니 나라히 쳥묘법을 셰오므로브터 ᄎᄎ 패ᄒ니 봄의 돈을 주어 이쎠의 거두고 ᄀ을의 주어 셰말의 거두어 니식을 아오로 바드니 ᄆ양 돈을 두엇다가 삭수롤 혜아려 기드려 니롤 쪄 바치니 공히 무더 처음은 근심업시 바치타가 관개 내 집을 잘 바친다 ᄒ고 족인과 혹 닌니의 거슬 물리고 내종은 내 가부로써 빅셩 빗 밧눈 소임을 시기니 무러 바치다가 못ᄒ여 집과 논이 다 진ᄒ니 직작년의ᄂ 내 두 아들을 프라 밧치고 작년은 내 ᄒᆫ ᄯᆯ을 프라 바치며 금년은 바칠 거시 업서". 권10.

45) 작중에서 개봉부윤은 왕안국인데, 이것은 왕안례의 오기이다. 원래 왕안석에게는 王安禮와 王安國 두 동생이 있었는데, <옥원>에는 왕안국의 이야기가 먼저 나오므로, 왕안석의 동생이 둘이라는 사실을 모르는 필사자가 뒤에 나오는 왕안례의 이야기마저도 왕안국의 이야기로 통일해 버린 듯하다. 왕안례는 知開封府, 尙書左丞 등 높은 관직을 지냈으며, 왕안국은 聲色을 즐겼으며 일찍 죽었다. 『宋史』 <王安禮傳>・<王安國傳> 참조. / 개봉부에서의 소세경의 활약 역시 왕안례의 치적을 차용한 것으로 보인다. "以翰林學士知開封府 事至立斷前滯訟不得其情及具按而未論者幾萬人 安禮剖決未三月三獄院及畿赤十九邑囚繫皆空 … 特升一階". 『宋史』 <王安禮傳>.

개혁의 주체였던 왕안석·이정 등과 개혁의 계승자들인 蔡確·蔡卞·
蔡京 등을 엄격히 분리시켜 보기 때문이다.[46) 소세경은 왕안석이 뜻은
높았으나 用人을 잘못하여 국정을 그르쳤다고 하여 동정적인 태도를
보이지만, 채확은 "간샤로 위츌ᄒ고 독ᄒ이 위심ᄒ"다고 배격한다(권
12). 즉 신법당 중에도 서로 인정할 수 있는 무리가 있고, 인정할 수 없
는 무리가 있는 것이다. 따라서 소세경이 명철보신을 위주하고 있지만,
채확의 정권 장악까지 좌시한다는 것은 구법당으로서의 명분에 맞지
않으므로 채확 탄핵이라는 사건이 설정되었다고 할 수 있다.

여기에서 짚고 넘어가야 할 한 가지 문제는 왕안석에 대한 태도이다.
선행 논의 중에는 왕안석에 대해 우호적인 입장을 보이는 인물은 주로
개혁적인 성향을 지닌다고 하여, <옥원>의 작자가 온건개혁파일 것으
로 추정한 예가 있었다.[47) 그러나 이러한 추정은 지나치게 성급하다.
왕안석을 간신의 전형이자 소인의 대표로 보는 것이 조선 후기의 지배
적 시각인가 하는 점에도 의문이 있고,[48) 왕안석을 동정하거나 옹호한
다고 해서 그것이 곧 개혁에 대한 지지로 이어진다고 단언하기 어렵다.
예를 들어 金萬重은 왕안석이 자기를 알아준 임금을 만나지 못했다면
후세 사람들이 마땅히 程伊川과 같이 존경했을 것이라고 했으며,[49) 蘇
洵의 문장보다 王安石의 문장이 더 뛰어나다고 평가하기도 했지만,[50)
김만중을 개혁론자로 볼 수는 없다.

---

46) 실제로 왕안석·이정은 『宋史』 <名臣傳>에, 채확 등은 <姦臣傳>에 실려 있다.
47) 정병설, 「조선후기 정치현실과 장편소설에 나타난 소인의 형상-<완월회맹연>과
   <옥원>을 중심으로」, 『국문학연구』 4, 서울대 국문학 연구회, 2000. / 이지하, 앞의
   논문.
48) 송시열은 왕안석에 대한 주희의 평가를 그대로 따랐다. 『효종실록』 권20 효종 9년
   11월 8일(辛丑)의 기록 참조.
49) 김만중, 『서포만필』 하, 홍인표 역, 일지사, 1987, p.131.
50) 김만중, 앞의 책, p.135.

원래 왕안석과 사마광을 중심으로 한 신·구법당의 대립은 정치적 이념의 대립이라는 성격이 강했고, 서로 갈등하면서도 개인적인 교우 관계가 지속되었다. 왕안석의 2차 퇴진 후 蘇軾이 金陵으로 왕안석을 찾아가기도 했고, 왕안석의 이웃으로 이사할 계획도 있었다고 한다. 또 사마광은 왕안석과 취향이 비슷해서 친했고, 신법 시행 이후 절교했지만 왕안석이 죽자 높이 추증할 것을 건의하기도 했다.[51] 그러나 신종 사후 신·구법당의 대립은 정책적 대립을 떠나 정치적 복수극이 되고 말았다. 이와 같은 정황을 고려할 때, 소세경이 왕안석에 대해서는 비교적 너그러운 태도를 취하고, 음모와 술수로 유명했던 蔡確을 비롯하여 철종 친정기에 구법당을 탄압하게 될 蔡京·蔡卞을 배척하는 것은 당연한 일이라 할 수 있다.[52]

왕안석에 대한 소세경의 견해는 司馬光의 평가나 朱熹의 평가,[53] 주희의 견해를 수용한 『宋史』의 평가와 일치한다.[54] 이미 살펴보았듯이 <옥원>의 작자는 북송대 정치·사회를 작품 속에 정확히 재현하려 하였고, 이를 위해 역사서를 비롯하여 여러 사료적 가치가 있는 서적(소설 포함)을 참고한 것으로 추측된다. 실제로, 작품에 등장하는 많은 삽화가 『宋史』列傳이나 『名臣言行錄』의 그것과 일치한다. 李沆의 집이 좁았다든가(권9), 王安石이 王安國에게 鄭聲을 물리치라고 하자 왕안국은 왕안석에게 佞人을 물리치라고 대답했다는(권3) 등의 일화는

---

51) 朱熹, 『宋名臣言行錄』 참조.
52) 작중에서 王雱의 처 蔡氏가 蔡京·蔡卞의 누이로 설정된 것도 蔡京·蔡卞 무리에 대한 작자의 부정적인 평가를 보여주는 것이다.
53) 주희, 앞의 책 참조.
54) "論曰 朱熹嘗論 安石以文章節行高一世 而尤以道德經濟爲己任 被遇神宗致位宰相 世方仰其有爲庶幾復見二帝三王之盛 而安石乃汲汲以財利兵革爲先務 引用凶邪排擯忠直躁迫强戾 使天下之人囂然 喪其樂生之心 卒之羣姦嗣虐流毒四海 至於崇寧宣和之際而禍亂極矣 此天下之公言也". 『宋史』 <王安石傳>.

모두 『宋史』列傳에서 차용된 것이다. 따라서 왕안석에 대한 <옥원>의 평가 역시 『명신언행록』 및 『송사』의 견해를 수용한 결과로 보아야 한다. 한편, 宋代 話本小說인 <拗相公>은 왕안석의 失政을 비판하면서도 그가 훌륭한 문장가였고 백성을 생각하는 선비였다는 사실을 부정하지 않고 있다.[55] 그러므로 <옥원>에 나타난 왕안석 동정론은 그다지 희귀하거나 특출한 것이 아니며, 이 점에 근거하여 작자의 개혁 성향을 판단하는 것은 무리라고 할 수 있다.

소세경은 태후의 옹호로 복직되고,[56] 채확 등은 파출된다. 그러나 작중에서 채확의 파출은 매우 가볍게 다루어지며, 후반부로 가면 언제 복직되었다는 언급도 없이 채확이 다시 執政이 되어 있다. 이것은 실제 역사에서 채확이 파출된 적이 없기 때문에 일어난 현상으로, <옥원>의 작자가 소세경의 채확 탄핵과 채확 파출이라는 허구적 사건을 창조하면서도, 되도록 역사적 사실로부터 멀리 벗어나려 하지 않았음을 보여준다. 소세경은 이 사건을 계기로 利州 通判으로 부임하게 된다. 이것은 중앙을 떠나려는 소세경과[57] 소세경의 사직을 만류하는 황제, 그리고 소세경을 가능한 한 위태한 곳으로 보내려는 신법당 삼자의 타협점이라고 할 수 있다. 다시 말해, 채확 탄핵이 소세경의 일방적인 승리는 아니었던 것이다.

소세경은 利州 通判으로 부임하여 이주의 三害인 전염병, 기근, 海獸를 해결하는데, 이들은 모두 신법과 관련이 있다. 우선 기근과 해수

---

55) 張暎 譯, <拗相公>, 『京本通俗小說譯註』, 지영사, 1998. '拗相公'은 고집 센 재상이라는 뜻으로, 왕안석의 별명이다.
56) 구법당을 지지했던 선인태후가 소세경을 감싼다는 것은 적절한 설정이라고 할 수 있다.
57) 소세경이 채확을 탄핵할 때에는 이미 중앙을 한동안 떠날 결심을 한 것이라고 할 수 있다.

는 熙寧 연간 王韶의 의해 추진된 河湟 개척 때문에 발생한 것이다.[58] 실제 역사에서 王韶는 西夏를 공략하기 위해 河湟을 먼저 수복할 것과, 渭源으로부터 秦州까지 경작되지 않은 땅을 개간할 것을 주장했으며, 왕안석의 지지 하에 많은 군사적 공적을 세웠다.[59] 그런데 <옥원>에서는 왕소가 河湟을 개척하고 井田을 만드느라 분묘와 집을 헐어냈기 때문에 기근이 들고 해수가 나타났다고 설명한다. 천재지변이 인간의 잘못된 행동 때문에 벌어진다는 것은 유학의 전통적인 입장으로, 희령·원풍 연간에 천재지변이 날 때마다 사마광 등 구법당들은 신법이 잘못되었기 때문이라고 주장했다. <옥원>에서 이주의 자연재해를 보는 시각도 이와 같다. 신종과 신법당이 추진했던 서하 공략 자체를 반대하는 것은 아니지만, 그로 인해 천재지변이 발생했다고 하여 신법의 부당성을 강조하고 있는 것이다.

이주를 휩쓴 전염병 역시 왕소의 책임이다. 利州刺史인 왕소가 5년 전에 冤獄을 일으켜, 직간하고 귀양 온 유어사 부자(구법당)를 죽였기 때문에 전염병이 일어났다는 것이다. 왕소는 그 죄로 자식들이 모두 죽고 자신도 매일밤 귀신들에게 고문을 당하는데, 이것은 왕소가 사람을 많이 죽여 만년의 병세가 이상했다는 『宋史』의 기록을 부연한 이야기로 보인다.[60] 또 여기에서 열녀로 등장하는 두 여성은 각각 文彦博의

---

58) "희령 듕의 쥬스 왕쇼 … 황하룰 여러지라 ㅎ니 형공이 뻐 션용ㅎ여 쇼룰 힝ㅎ라 촉의 현임ㅎ여 하황을 열고 정전을 밍그니 사룸의 무덤을 프고 집을 허러 셔남의 풍화슈한의 변이 니엇더니 원풍 원년의 쇠 니줘즈스룰 ㅎ매 구강 농왕묘룰 헐고 근쳐 명묘룰 만히 뭇지르므로부터 홀연 풍뇌우박ㅎ여 대슈 슈년ㅎ여 여염이 다 쓰고 인민이 죽는 쟈 불가승쉬라 힉쉬 작화ㅎ고 … 호풍환우ㅎ여 사룸을 수리매 차돗ㅎ고 야곡을 느라돈니며 다 조아 먹어 남기지 아니ㅎ고". 권15.

59) "熙寧元年 詣闕上平戎策三篇 其略以爲西夏可取 欲取西夏 當先復河湟 … 韶又言渭源至秦州良田不耕者萬頃 願置市易司頗籠商賈之利 取其羸以治田 帝從其言". 『宋史』 <王韶傳>.

60) "韶晚節言動不常 頗若病狂 狀旣病疽 洞見五臟 蓋亦多殺徵云". 『宋史』 <王

손녀, 呂公著의 장녀로, 신법당의 비도덕성에 비해 구법당의 도덕성을
선양하는 역할을 한다.

소세경은 전염병, 기근을 해결한 후 少華山의 群盜를 항복시킨다.
이들의 두목 안천위는 신법 때문에 관리를 죽이고 도적이 되었는데, 이
는 도적 역시 신법의 폐해 때문에 발생했음을 보여주기 위한 설정이다.
소세경은 도적떼의 양곡으로 기민을 진휼하고, 도적들을 교화하여 양
민이 되게 한다.

이와 같은 제반 문제를 해결하자, 비로소 제문을 써서 해수를 잡아
내어 벌하는데, 이것은 해수의 作變이 인간 사회가 잘못 다스려질 때
발생하는 것으로 보기 때문이다.61) 즉, 정치가 잘못되고, 원옥이 일어
나며, 治者에게 도덕적으로 문제가 있을 때는 해수가 사람을 해치고
수령에게 항거하지만, 이제 이주의 모든 문제가 해결되었고, 盛代의 治
化가 행해졌기 때문에 해수는 그 질서와 권위에 복종할 수밖에 없다는
것이다.

이처럼 이주를 잘 다스린 후, 소세경은 원풍 8년에 中書舍人 知制
誥가 된다. 이 때에는 소송도 開封府尹이 되어 함께 상경하는데, 소송
의 출사는 소세경의 승진보다 중요한 의미를 지닌다. <옥원>은 소송
의 정치적 패배로 시작되었고, 소세경의 출사 또한 중앙 정계에 대한
소송의 지향을 대리한 것이다. 중앙 복귀는 변하지 않는 소송의 집념이
다. 따라서 소세경이 아무리 출세한다 해도, 소송의 정치적 재기가 없
으면 작품의 요구가 다 충족되었다고 볼 수 없다.

소송은 황제가 부르기만 하면 곧 출사하려 하며,62) 자신은 사마광처

誥傳>.

61) "법을 어즈러이고 국강을 상히오는 탐관오리 먼니 왕화롤 준봉티 아니ᄒᆞ니 니러
빅셩이 오만ᄒᆞ고 궤졍ᄒᆞ매 악어와 희쉬 작변ᄒᆞ니". 권16.

럼 큰 인물이 아니므로 벼슬을 사양하고 버틸 이유가 없다면서 이러한 결정을 정당화한다. 이것은 이전에 관직을 거절할 때의 강경한 태도와는 큰 차이가 있다. 이와 같은 태도 변화는 상황의 변화에 기인한다. 예부상서나 형부상서에 제수되었을 당시는 혼자만 사면된 상황이었으나, 현재는 동료들도 모두 폄적에서 풀려났기 때문에 눈치를 볼 필요가 없어진 것이다. 여기에서 흥미로운 것은 "나는 사마광이 아니니까" 괜찮다는 소송의 사고방식이다. 명분을 크게 의식하면서도, 결정적인 순간에는 명분보다 실리에 따라야 한다는 주의이기 때문이다. 명철보신과 실리의 추구, 이것이 <옥원>에서 소송·소세경 부자가 살아가는 방식이라 할 수 있다.

이와 같은 태도는 일반적인 고전소설에서 찾아보기 힘들다. 소설에서는 현실과 타협하지 않는 이상적인 인물을 주인공으로 내세우고, 그 이상이 실현되는 과정을 보여주는 것이 보편적이기 때문이다. 이에 비해 <옥원>의 주인공들은 매우 현실적이며, 세계와 단독으로 맞서는 투지 대신 현실의 파도에 몸을 적절히 맡기며 살아남는 지혜를 지니고 있다. 이것이 바로 <옥원>이 다른 소설과 차별되는 점이다.

4. 〈옥원〉의 소설사적 의의 - 결론을 겸하여

이제까지 <옥원>이 북송 신종조의 역사를 어떻게 수용했고, 허구적인 주인공이 추구하고 성취하는 것은 무엇이었는지를 살펴보았다. <옥원>은 북송 신종조의 정치적 변동을 구성의 주요 골격으로 삼고, 실존 인물과 실제 사실들을 토대로 허구적인 상상력을 가미하여 창작되었으

---

62) "(상이) 만일의 혹 브르시미 겨시면 맛당이 멍에룰 짓촉ㅎ여 나아가리니 내 본디 군실의 왕좌홀 그릇시 아니니 엇디 구투여 내의 디취룰 쓰라 견집ㅎ리오". 권17.

며, 당시의 정치·사회·사상의 동향을 충실하게 재현하였다. 또한 가공적인 주인공의 삶마저도 구법당의 新進이라는 역사적 존재의 전형으로 형상화함으로써 역사 현실에 더욱 밀착하였다. 요컨대, <옥원>은 북송 신종조라는 역사적 상황 아래에서 소송과 소세경 부자가 구법당의 패배라는 격류를 어떻게 극복하고 재기하는가를 현실적으로 보여주려 한 작품이라고 할 수 있다. 이와 같은 소설 유형은 우리 고전소설에서 매우 드문데, 이러한 유형을 논하자면 역사소설이라고 할 수 있을 것이다.

역사소설이란 역사상의 사건·인물·풍속 등 史實을 소재로 하여 꾸며진 소설이다. 역사소설에도 여러 층위가 있겠지만, 본고에서 말하는 역사소설은 새로운 역사 해석을 목표로 하는 정통 역사소설(이념적 역사소설)이 아니라, "역사문학의 한 형태로서 지난날의 역사적인 시대를 배경으로 특별한 역사적인 인물이나 사건을 재현 또는 재창조하는 소설"이라는[63] 의미의 일반적인 역사소설이다. 역사소설이 "여타의 소설과 그 형태에 있어서는 다름없으면서도 역사 속의 실존적인 인간 즉 역사적 삶에서 착상된 인간의 경험과 삶에 밀착된다는 점에서 그 특이성을 가"진다고[64] 볼 때, <옥원>은 역사소설이라고 할 수 있다.

장편소설 가운데 역사소설로 언급된 작품은 규장각본 <옥환기봉>이 유일한 듯하다.[65] 그러나 규장각본 <옥환기봉>은 역사서의 체제를 모방함으로써 역사소설보다는 역사서 자체가 되고자 한 작품이며, <옥원>은 역사서가 아닌 역사소설을 지향하는 작품이라는 점에서 차이가

63) 이재선, 『한국소설사』 근현대편 I, 민음사, 2001, pp.432~433.
64) 이재선, 「역사소설의 성취와 반성」·이주형, 「한국역사소설의 성취와 한계」, 『현대한국문학 100년 - 20세기 한국문학, 어떻게 볼 것인가』, 민음사, 1999, pp.119~193. 참조.
65) 이승복, 「옥환기봉과 역사의 소설화」, 『선청어문』 28, 서울대, 2000.

있다. 본격적인 역사소설이라는 이름에는 <옥원>이 더 걸맞다고 할
수 있다. <옥원>은 역사성을 중요시하지만, 단순히 파란만장한 역사
를 재현하거나 그 기복을 묘사하는 데 그치지 않는다. <옥원>의 관심
은 굴곡이 심한 역사 속에서 주인공들이 살아가는 방식, 즉 한 인간 또
는 한 가족의 운명이 어떻게 전개되며, 이들이 어떻게 대처해 나가는가
에 있다. 기존의 연구에서 역사소설적 성격에 주목하지 않은 것도 <옥
원>이 역사에 대한 탐구 못지 않게 인간에 대한 탐구가 강한 소설이
기 때문일 것이다.

혹자는 <옥원>이 이처럼 북송대 역사에 충실하다면, 중국소설로 의
심할 수도 있다. 그러나 기존의 연구에서 밝혔듯이 <옥원>에는 우리
나라의 풍속이나 제도가 등장하고, 무엇보다 필사자가 작자를 개인적
으로 알고 있는 것으로 진술하고 있으므로 결정적인 증거가 나오지 않
는 이상, 우리 나라 소설로 보아야 한다. 다만, <옥원>의 창작에는 역
사서·잡록·소설 등 수많은 중국 서적이 토대가 되었을 것으로 본다.
특히 <옥원>은 많은 삽화를 보유하고 있는데, 이 중 대부분이 다른
책에서 차용한 것일 가능성이 높다.[66]

<옥원>의 탁월성 가운데 하나는 인생의 모든 측면을 생동감 있게
그려낸다는 점이다. 기존에 <옥원>을 여성소설로 본 연구가 있었듯
이,[67] 여성의 관점에 주목한다면 이 작품은 충분히 여성소설로 읽힌다.
한편, 역사적·정치적 측면에 주목한다면 <옥원>은 역사소설이기도
하다. 이처럼 전혀 다른 두 가지 시각이 가능한 것은 <옥원>이 정치

---

66) 王雱이 蘇軾의 여동생 蘇小妹를 취하려 했다가 용모가 平常해서 그만두었다는
   내용이 <옥원>에 나오는데, 이것은 『三言』의 <蘇小妹三難新郎>에서 수용된 것
   이다. 馮夢龍 編, <蘇小妹三難新郎>, 『三言』, 湖北人民出版社, 1996. 참조.
67) 정병설, 「옥원재합기연의 여성소설적 성격」, 『한국문화』 21, 서울대 한국문화연구
   소, 1998.

생활과 가정생활, 신법의 폐해와 자녀의 재롱을 동일한 밀도와 수준으로 그려냈기 때문이다. 대부분의 장편소설은 이를 양립하지 못하고, 가정생활과 혼사담을 자세히 그리는 대신 정치생활과 군공·치적담 등은 피상적으로 처리한다. 이것은 작자가 정치 등을 구체적으로 다룰 만한 배경지식이 부족하다는 것이 첫 번째 이유일 것이고, 장편소설의 대다수 독자인 여성들이 그와 같은 방면에 관심이 없다는 것이 두 번째 이유일 것이다. 실제로 <옥원>의 필사 상태도 연애·가정담을 다룰 때는 선명하고 오자도 적다가, 정치적 논쟁에 이르면 알아보기가 힘들어진다. 이것은 필사자가 정치에 관심도 없고 상식도 부족했기 때문이라고 할 수 있다. 이러한 점을 감안한다면 <옥원>의 작자는 조선 후기 장편소설 작가군 중에서도 뛰어난 인물이라고 할 수 있다.

　<옥원>은 과거 역사의 특정 시대를 면밀히 고증하고 해석하여 창작된 소설이다. <옥원>에 나타난 북송대의 정치상황이나 학문적 분위기, 실존인물에 대한 정보는 신뢰할 만하다. 따라서 <옥원>은 소설로서의 흥미 외에 역사에 대한 교육적 정보의 기능을 지닌 작품이라고 할 수 있다. <옥원>의 존재는 역사소설이 드물게나마 우리 고전소설의 토양에서 자랐고, 장편소설의 영역이 그만큼 다양하게 개척되었음을 의미한다.

　<옥원>은 조선 후기 소설사에서 장편소설의 역사소설적 가능성을 탐색하고, 작품의 질적 수준을 한 단계 끌어올렸다는 점에서 높이 평가되어야 한다. 본고에서는 <옥원>의 역사적 수용 양상과 역사를 배경으로 주인공 부자의 삶이 지니는 의미만을 살피고, 작자의 계층이나 의식에 대해서는 다루지 못했다. 이러한 문제는 작품에 대한 충실한 이해가 전제된 후에야 조심스러운 접근이 가능하다고 생각하기 때문이다. 작자에 대한 탐구나 본격적인 작품론은 앞으로의 과제로 삼기로 한다.

찾아보기

장편소설과 여와전

2003년 8월 6일 인쇄
2003년 8월 13일 발행

저　자 ········· 지연숙
발행인 ········· 김흥국
발행처 ········· 도서출판 **보고사**(제6-0429)
주　소 ········· 서울시 성북구 보문동 7가 11번지
전　화 ········· 922-5120~1(편집), 922-2246(영업)
팩　스 ········· 922-6990
메　일 ········· kanapub3@chollian.net
　　　　　　www.bogosabooks.co.kr

ISBN 89-8433-182-1
잘못된 책은 교환하여 드립니다.

정가 15,000원